प्रेत और छाया

(उपन्यास)

इलाचन्द्र जोशी

जन्म : 13 दिसम्बर, 1902 ई. अल्मोड़ा में एक प्रतिष्ठित मध्यवर्गीय परिवार में हुआ। अल्मोड़ा जैसे प्राकृतिक रमणीय स्थान ने इनके व्यक्तित्व पर असर डाला है।

गतिविधियाँ : सन् 1921 में शरद बाबू से इनकी भेंट। 'चाँद' के सहयोगी सम्पादक, सन् 1929 में 'सुधा' का सम्पादन। पहला उपन्यास जो 1927 ई. में लिखा गया था, सन् 1929 में प्रकाशित हुआ। 'कोलकाता समाचार', 'चाँद', 'विश्ववाणी', 'सुधा', 'सम्मेलन-पत्रिका', 'संगम', 'धर्मयुद्ध' और 'साहित्यकार' जैसी पत्रिकाओं के सम्पादन से भी जुड़े रहे।

प्रमुख रचनाएँ

उपन्यास : लज्जा, संन्यासी, पर्दे की रानी, प्रेत और छाया, निर्वासित, मुक्तिपथ, सुबह के भूले, जिप्सी, जहाज का पंछी, भूत का भविष्य, ऋतुचक्र।

कहानी : धूपरेखा, दीवाली और होली, रोमांटिक छाया, आहुति, खँडहर की आत्माएँ, डायरी के नीरस पृष्ठ, कटीले फूल लजीले काँटे।

समालोचना तथा निबन्ध : साहित्य सर्जना, विवेचना, विश्लेषण, साहित्य चिन्तन, शरतचन्द्र-व्यक्ति और कलाकार, रवीन्द्रनाथ ठाकुर, देखा-परखा।

पुरस्कार : उत्तर प्रदेश शासन द्वारा 'ऋतुचक्र' उपन्यास पर प्रेमचन्द पुरस्कार 1969-70 ई., राज्य साहित्यिक पुरस्कार उत्तर प्रदेश शासन द्वारा 1974-75 ई. विशिष्ट पुरस्कार उत्तर प्रदेश शासन द्वारा 1976-77, साहित्य वाचस्पति की उपाधि 1979 ई.।

निधन : सन् 1982 ई.।

इलाचन्द्र जोशी

प्रेत और छाया

लोकभारती पेपरबैक्स

प्रथम पेपरबैक संस्करण : 2018

लोकभारती पेपरबैक्स : उत्कृष्ट साहित्य के लोकप्रिय संस्करण

लोकभारती प्रकाशन
पहली मंजिल, दरबारी बिल्डिंग, महात्मा गाँधी मार्ग,
इलाहाबाद-211 001

वेबसाइट : www.lokbhartiprakashan.com
ईमेल : info@lokbhartiprakashan.com

शाखाएँ : 1-बी, नेताजी सुभाष मार्ग, दरियागंज, नई दिल्ली-110 002
अशोक राजपथ, साइंस कॉलेज के सामने, पटना-800 006 (बिहार)
36-ए, शेक्सपियर सरणी, कोलकाता-700 017

आस्था पेपर कन्वर्टर
इलाहाबाद द्वारा मुद्रित

मूल्य : ₹ 200

PRAĪT AUR CHHĀYĀ
by Ilachandra Joshi

ISBN : 978-93-86863-44-7

मेरी बात

हमारे द्वन्द्वात्मक भौतिकवादी प्रगतिवादियों का कहना है कि जो रचना अन्तर्जीवन के किसी भी स्वरूप से सम्बन्ध रखती है, वह किसी प्रकार भी प्रगतिशील नहीं मानी जा सकती है। वे लोग मनुष्य के अन्तर्जीवन को बाह्य-जीवन की केवल प्रतिच्छाया समझते हैं, उसकी अपनी कोई स्वतन्त्र सत्ता नहीं मानते। उनकी धारणा है कि बाह्य-जीवन की परिस्थितियाँ आर्थिक व्यवस्था के परिवर्तन के साथ-ही-साथ जिन-जिन रूपों में बदलती जाती हैं, अन्तर्जीवन के स्वरूप भी उसी के अनुसार बदलते चले जाते हैं।

यह स्वीकार नहीं किया जा सकता कि बाह्य-जीवन की परिवर्तनशील परिस्थितियों का प्रभाव अन्तर्जीवन पर भी थोड़े-बहुत अंशों में पड़ता रहता है। पर केवल इतने-से कारण से यह मान लेना कि उसकी अपनी कोई स्वतन्त्र सत्ता नहीं है, और एकमात्र आर्थिक व्यवस्था ही बाह्य-जीवन की ही तरह अन्तर्जीवन की भी परिचालिका है, क्या अत्यन्त संकीर्ण तथा एकांगीय दृष्टिकोण नहीं है? मनोविज्ञान तथा जीव-विज्ञान (अध्यात्म-विज्ञान को मैं सकारण छोड़ देता हूँ।)—इन दोनों की दृष्टियों से यह मत बिलकुल छिछला और उपहासास्पद सिद्ध होता है। आधुनिक मनोविज्ञान ने अत्यन्त परिपुष्ट प्रमाणों से यह सिद्ध कर दिया है कि मानव-मन के भीतर की अतल गहराई में एक ऐसा गहन रहस्यमय, अपार और अपरिमित जगत् वर्तमान है, जिसकी अपनी एक निजी स्वतन्त्र सत्ता है। यह जगत् किसी भी बाहरी—आर्थिक अथवा सामाजिक—अनुशासन से परिचालित नहीं होता। आदि काल से—जब मनुष्य इस पृथ्वी पर पशु की अवस्था में चार पाँवों के बल चला-फिरा करता था तब से, बल्कि उससे भी पहले से—लेकर आज तक के विकास-काल से सृष्टि के एक अज्ञात रहस्यमय नियम के क्रम से जो-जो वृत्तियाँ मानव अथवा पूर्व-मानव के भीतर बनती और बिगड़ती चली गयीं, उनमें समया-अनुक्रम से (और सृष्टि के उसी अज्ञात, रहस्यमय नियम के क्रम से) संस्कार—परिशोधन—होते चले गये। पर जिन प्रारम्भिक वृत्तियों का संस्कार हुआ, वे नष्ट न होकर उसके अज्ञात चेतना-लोक में संचित होती चली गयीं। विकास की प्रगति के साथ-ही-साथ परिशोधित वृत्तियों का भी पुनः परिशोधन हुआ, और इस नये परिशोधन के पूर्व की वृत्तियाँ भी अज्ञात चेतना के उसी अतल लोक में छिपकर अज्ञात

ही रूप से संचित हो गयीं। यह क्रम आज तक बराबर प्रवर्तित होता चला गया है। इस अपरिमित दीर्घकाल के भीतर असंख्य मूल पशु-प्रवृत्तियाँ और उनके संस्कार उस अगाध अज्ञात चेतना-लोक में दबे और भरे पड़े हैं। आधुनिक मनुष्य ने सभ्यता के ऊपरी संस्कारों के लेप से अपने सचेत मन में अवश्य सफेदपोशी कर ली है। पर जिस पर्दे पर वह सफेदपोशी की गयी है वह इतना झीना है कि जरा-जरा-सी बात से वह फट जाता है, और उसमें तनिक भी छिद्र पैदा होते ही उसके नीचे दबी पड़ी पशु-प्रवृत्तियाँ परिपूर्ण वेग से विस्फुटित होने लगती हैं। इन मूल (पशु) प्रवृत्तियों को जितने ही जोर से सभ्य मनुष्य नीचे को दबाता है, उतने ही प्रवेग से वे रबर की गेंद की तरह ऊपर को उछाल मारने लगती हैं।

अन्तर्मन के अतल में दबी पड़ी ये प्रवृत्तियाँ वैयक्तिक (और, फलस्वरूप, सामूहिक) मानव के आचरणों तथा पारिवारिक और सामाजिक संगठनों को किस हद तक युगों से परिचालित करती आयी हैं और आज भी कर रही हैं, इसका यदि खाता तैयार किया जाये, तो आश्चर्य से स्तब्ध रह जाना पड़ेगा। आज का मनोवैज्ञानिक जब गहराई से सोचता है, तो उसे यहाँ तक विश्वास करना पड़ता है कि समय-समय में जिन विभिन्न आर्थिक तथा राजनीतिक व्यवस्थाओं का प्रकोप या प्रताप संसार में छाया है, उनके मूल में अज्ञात चेतना के भीतर अज्ञात रूप से ही कुलबुलानेवाली असंख्य रहस्यमयी प्रवृत्तियाँ अथवा संस्कार हैं। सामन्त-युग में वीर-पूजा—'हीरो-वर्शिप'—की भावना से विशाल जनता ओत-प्रोत क्यों रहती थी? उस युग में दासों पर अपरिमित अत्याचार होते थे, यह बात मैं मानता हूँ। पर साथ ही असंख्य दास अपने प्रभुओं के हित के लिए, बिना किसी विवशता के, पूर्ण स्वेच्छा से—केवलमात्र पलकों के इशारे से, अपने प्राणों की बलि दे दिया करते थे, इस बात के ऐतिहासिक प्रमाण मिलते हैं। ऐसा क्यों होता था? आप कहेंगे कि यह सामन्तों के शिक्षित पिट्ठुओं के प्रचार-कार्य का फल था—उन्होंने अपने कुटिल प्रचार द्वारा अशिक्षित अथवा अर्द्ध-शिक्षित जनता में यह विश्वास उत्पन्न कर दिया था कि अपने प्रभु के कार्य के लिए अपने प्राण दे देना, महान् पुण्य-कार्य है। यह मैंने माना; पर प्रश्न यह है कि कुछ गिने-चुने व्यक्तियों के द्वारा किया गया इस प्रकार का प्रचार-कार्य, इतनी बड़ी जनता में ऐसी आसानी से क्यों कारगर हो गया? क्या अशिक्षित जनता में सभी प्रकार के प्रचार-कार्यों का प्रभाव सहज में पड़ जाता है? यदि ऐसा होता तो आज भी, जब कि बीसवीं शताब्दी आधी बीत चुकी है, हम असंख्य हिन्दू-जनता को रेलों की भयंकर असुविधा के बावजूद लाखों की संख्या में प्रयाग, काशी और हरिद्वार आदि स्थानों में 'पुण्य-संचय' के प्रलोभन से विशेष-विशेष अवसरों पर गंगा-स्नान के लिए भीड़ लगाते हुए न देखते। वर्षों से शिक्षित जनता द्वारा यह प्रचार किया जा रहा है कि गंगा-स्नान सम्बन्धी मेले भेड़ियाधसानी मेले होते हैं, और वास्तव में कोई पुण्य उनके द्वारा संचित नहीं किया जा सकता। तथापि इस तरह के प्रचारों को अत्यन्त उपेक्षा की दृष्टि से देखते हुए हमारी अशिक्षित और अर्द्ध-शिक्षित जनता तीर्थस्थानों में महामारी फैलने की आशंका के बावजूद भीड़ लगाती रहती है।

असल में केवल वही प्रचार-कार्य जनता में आसानी से कारगर हो सकता है, जो जनता के अवचेतन मन में निहित किसी विशेष प्रवृत्ति को उभाड़ता है, और तब उसे स्वेच्छित रूप देता है। उस प्रवृत्ति का जनता के अवचेतन मन में बीज-रूप से निहित होने की शर्त अनिवार्य है। वीर-पूजा की वृत्ति आदिम बर्बर-काल से मनुष्य के मन में बोयी जा चुकी है। अब वह अवचेतन मन का एक संस्कार बन गयी है, और इस बीसवीं शताब्दी में मार्क्सियन सिद्धान्तों द्वारा प्रभावित जनता में भी वह पूर्णरूप से वर्तमान है। अन्तर केवल यह है कि सामन्तवादी युग में दास लोग अपने लुटेरे महाप्रभुओं को वीर मानकर उनकी पूजा करते थे या अपनी वीर-पूजा के संस्कार को धार्मिक रूप देकर पौराणिक अवतारों अथवा धार्मिक नेताओं की महावीरता के प्रति श्रद्धांजलि अर्पित करते थे, और आज के वैज्ञानिक और 'बुद्धिवादी' युग में सामाजिक क्रान्तिकारियों, राजनीतिक डिक्टेटरों अथवा महान् नेताओं की पूजा नये और सुसंस्कृतरूप से की जाती है। केवल इतना ही नहीं, उन डिक्टेटरों अथवा 'महान् नेताओं' के प्रति आज भी विशाल जनताओं द्वारा वैसा ही कट्टर भक्ति-भाव प्रदर्शित किया जाता है जैसा राम अथवा कृष्ण-भक्ति के युगों में। मध्ययुग में हमारे यहाँ कट्टर शैवों तथा कट्टर वैष्णवों के बीच अक्सर संघर्ष के फलस्वरूप जो सिरफुटौवल होती रहती थी, उसी का सुसंस्कृत रूप आज भी, उदाहरण के लिए, गाँधीवादियों अथवा मार्क्सवादियों के बीच देखा जा सकता है।

मानव-जाति के सामूहिक अवचेतन मन में निहित आदिम-कालीन प्रवृत्तियाँ आज भी पूर्णरूप से—नये-नये स्वरूपों में—बेमालूम ढंग से अथवा स्पष्टतः, अपना कार्य करती चली जाती हैं, और राष्ट्रों के उत्थान, पतन, अन्तरराष्ट्रीय क्रान्तियों तथा विश्वव्यापी युद्धों के पीछे मूलतः उन्हीं निहित प्रवृत्तियों की अज्ञात रहस्यमयी शक्ति का चक्र चलता रहता है, इस बात के असंख्य प्रमाण मिल सकते हैं। फ्रान्स की राज्यक्रान्ति में सामन्तवादी शासन-चक्र से उकतायी हुई जनता प्रजातन्त्र के लक्ष्य की ओर आगे बढ़ी थी; पर कुछ कदम आगे बढ़ते-न-बढ़ते वह स्वयं समस्त प्रजातन्त्रवादी नेताओं को ध्वस्त करके नेपोलियन को डिक्टेटर के रूप में सिर पर उठाने के लिए उतावली हो उठी, जिसके फलस्वरूप फ्रान्स एक जबर्दस्त साम्राज्यवादी राष्ट्र के रूप में परिणत हो गया। किसी शक्तिशाली डिक्टेटर की अधीनता भक्ति-भाव से स्वीकार करने की प्रवृत्ति मानवीय जनता की अज्ञात चेतना में भयंकर हठकारिता के साथ वर्तमान है। कोई भी राजनीतिक या आर्थिक व्यवस्था न तो उस प्रवृत्ति को जमाती है न उखाड़ ही पाती है। अर्थात् उसकी वह अन्तःप्रवृत्ति बाह्य-जीवन से बिलकुल स्वतन्त्र रूप में अपनी सत्ता रखती है। जर्मनी में हिटलर ने इस प्रवृत्ति को नये सिरे से जमाया नहीं है, बल्कि आदिम काल से बीज-रूप में जमे हुए उस संस्कार को केवल उभाड़ा है, और उभाड़कर उससे अनुचित लाभ उठाना चाहा है। विगत बीस वर्षों से यूरोप में डिक्टेटरों का जो बोलबाला रहा है, वह कोई नयी बात नहीं हुई है; बल्कि उसी मूल-प्रवृत्ति का नये रूपों में प्रत्यावर्तन हुआ है जिसने फ़िरोनकालीन मिस्र और प्राचीन एसीरिया तथा बेबिलोनिया के

तानाशाहों को उत्पन्न किया था। जनता के भीतर युग-युगों से पूजा की जो भावना निहित है, उसकी पूर्ति के लिए एक ऐसा मनोवैज्ञानिक वातावरण तैयार हो जाता है, जो धूर्त डिक्टेटरों को जन्म देता है। जनता बाहर से कैसी ही प्रगतिशील क्यों न बन जाये, उसके भीतर अन्धविश्वास और अन्ध-पूजा की भावना बराबर बनी रहती है। लेनिन ने कभी नहीं चाहा कि उसकी पूजा हो, पर उसके जीवन-काल में ही रूस की जनता उसे अवतार के रूप में पूजने लगी थी, और बाद में उसकी मूर्तियों का ताँता लग गया और उसकी कब्र के ऊपर वार्षिक उत्सव मनाया जाने लगा।

उसी प्रकार पूँजीवाद तथा साम्राज्यवाद के विस्तार के पीछे भी मनोवैज्ञानिक कारण छिपे हुए हैं। मनुष्य के सामूहिक अवचेतन मन के भीतर दबी हुई कुछ विशेष प्रवृत्तियों का सामूहिक उभार इनके विकास का कारण है, यह बात बड़ी आसानी से सिद्ध की जा सकती है। इन सब बातों से हम इस परिणाम पर पहुँचते हैं कि केवल बाह्य-जीवन की सामाजिक-आर्थिक व्यवस्था और उसके परिणामस्वरूप वर्गसंघर्ष को ही बाहरी और भीतरी जीवन की एकमात्र परिचालिका शक्ति मानना, और केवल उसी से सम्बन्ध रखनेवाले तत्त्वों की खोज के पथ को 'प्रगतिशीलता' का एकमात्र पथ बताना घोर भ्रममूलक है। वर्तमान महायुद्ध ने हमें पहले से भी अधिक निश्चितरूप से यह जता दिया है कि बाह्य-जगत् की समस्त सामाजिक, आर्थिक और राजनीतिक प्रवृत्तियों और व्यवस्थाओं का संचालन मूल रूप से सामूहिक मानव की सामूहिक अज्ञात चेतना के भीतर दबे पड़े असंख्य संस्कारों के ही प्रस्फुटन और विस्फोट द्वारा होता है। महायुद्ध की समाप्ति के बाद, इस दृष्टिकोण पर सुस्पष्ट रूप से प्रकाश पड़ेगा, इस बात की पूरी सम्भावना है।

यदि प्रगति को अन्तर्जीवन के प्रकाश में न देखा जाये, तो वास्तव में प्रगति का सारा अर्थ ही अर्थहीन हो जाता है। वर्तमान महायुद्ध इस बात का प्रमाण है कि बाह्य-जीवन की एकांगीय भौतिक द्वन्द्वात्मक 'प्रगति' मानव के सामूहिक अवचेतन मन की अति-प्राचीन पाशविक प्रवृत्तियों के संघर्ष में आकर घोरतम प्रतिक्रियात्मक और चरम विनाशकारी सामूहिक विस्फोटकों के रूप में फूट पड़ती है। बर्बर युग में मानव-समाज छोटे-छोटे दलों में विभक्त था। प्रत्येक दल दूसरे दल से शंकित रहता था। अवसर पाते ही अपेक्षाकृत शक्तिशाली दल अपने आसपास दूसरे दलों पर आक्रमण करके, उनके संहार द्वारा उनकी सारी संचित सम्पत्ति लूटने का पूर्ण प्रयास करता था। आज केवल यही अन्तर हम पाते हैं कि मानव-समाज के उन छोटे-छोटे दलों ने महा, बल्कि विराट्, दलों का रूप धारण कर लिया है। सामूहिक मानव की अवर्णनीय, अविश्वसनीय, कालान्तक पाशविकता के जो प्रत्यक्ष प्रमाण आज बीसवीं शताब्दी के प्रगतिशीलतम युग में मिल रहे हैं, संसार के किसी भी विगत प्रतिक्रियात्मक युग में क्या उसकी तुलना खोजी जा सकती है? एक विराट् देश में—रूस में—मार्क्सियन प्रकृतिवाद की पूर्ण प्रतिष्ठा के बाद भी वह दृष्टान्त संसार के अन्यान्य 'सभ्यतम' राष्ट्रों

में अनुकरणीय क्यों नहीं हो पाया? स्वयं रूस को एक पूर्ण युग के अनुभव के बाद अन्तरराष्ट्रीय समाजवाद के आदर्श को क्यों ताक पर रख देना पड़ा? युगों-युगों से संचित मानव का सारा भौतिक ज्ञान-विज्ञान क्यों 'फासिज़्म' के पोषक एक से अधिक शक्तिशाली राष्ट्रों में सामूहिक मरण-लीला की अकथनीय विराट् योजना के रूप में संघटित हो उठा? और इस बात की क्या गारण्टी है कि 25-30 वर्ष बाद इस महाघाती युद्ध से भी सैकड़ों, बल्कि हजारों गुना अधिक विध्वंसक और प्रलयंकर युद्ध बीसवीं सदी के समाप्त होने के पहले ही सारे संसार को महाश्मशान में परिणत न कर डालेगा? क्योंकि तब तक निश्चय ही, द्वन्दात्मक भौतिकवाद के क्रम से, आधुनिक विज्ञान, जो कि सबसे बड़ा विनाश-शास्त्र है, नाश के ऐसे-ऐसे मृत्युवाहक अस्त्रों का आविष्कार कर लेगा, जिनकी तुलना में आज के घोर विनाशक अस्त्र भी अत्यन्त तुच्छ लगेंगे। यदि आप यह समझें कि तब तक आप मार्क्सियन प्रगतिवाद का प्रचार सारे विश्व में करके संसार को स्वर्ग बना डालेंगे, तो आप घोर भ्रम में पड़े हुए हैं। 1914-18 के युद्ध में भी कुछ अबोध आशावादी इसी प्रकार की कल्पना किया करते थे। आपको जान लेना चाहिए कि 25-30 वर्ष बाद एक और महानाशक महायुद्ध अनिवार्य है—यदि भौतिक विज्ञानवाद की प्रगति इसी रूप में रही और अन्तर्विज्ञानवाद की खिल्ली लोग इसी रूप में उड़ाते रहे जिस रूप में हमारे यहाँ के मार्क्सियन प्रगतिवादी उड़ाया करते हैं।

मैं मानता हूँ कि द्वन्द्वात्मक भौतिक विज्ञानवाद के तत्त्वों से आप विश्वशान्ति और विश्वसमता के सिद्धान्तों को गणित के प्रश्नों की तरह निश्चित प्रमाणों सहित सिद्ध कर सकते हैं। पर याद रखिये कि मानव-जीवन गणित नहीं है। मानव की अन्तश्चेतना के अगाध अतल में हिटलर की तरह एकच्छत्र शक्ति प्राप्त करने की जो दुर्दान्त और घातक लालसा आदिकाल से डेरा जमाये हुए है, जो लोभ, मोह, मद, मात्सर्य, हिंसा, क्रूरता और घोर स्वार्थपरायणता आदि की असंख्य पशु-प्रवृत्तियाँ इतने युगों के विवर्तन के बाद भी आज तक सुदृढ़ और सुनिश्चित रूप से स्थिर हैं, उनका इलाज क्या आपके 'डायलेक्टिक मैटीरियलिज़्म' से उद्‌भूत बाह्य-जीवन-सम्बन्धी प्रगति कर सकेगी?

विश्व में तब तक अपेक्षाकृत (पूरी नहीं) शान्ति की स्थापना असम्भव है जब तक मानव-समाज अन्तर्जीवन को उतना ही (बल्कि अधिक) महत्त्व नहीं देता जितना कि बाह्य-जीवन को। क्योंकि इस बात के निश्चित प्रमाण जीवन की गहराई में दृष्टि डालनेवाले मनोवैज्ञानिक को मिलते हैं कि सामूहिक सभ्य मानव के राजनीतिक, आर्थिक तथा सामाजिक जीवन के युग-युग में परिवर्तित पुनरावर्तित होनेवाले रूप उसकी सामूहिक अज्ञात चेतना में निहित प्रवृत्तियों के रहस्यमय परिचालन से बनते और बिगड़ते हैं। इसलिए मानवता के लिए सबसे कल्याणकर उपाय यह है कि वह अपनी उस अज्ञात चेतना के गहरे और अधिक गहरे, स्तरों में प्रवेश करके उसके भीतर जड़ जमानेवाली आदिकालीन पशु-प्रवृत्तियों की छान-बीन और विश्लेषण करें, और उस पातालपुरी की नारकीय अन्धकारा में बद्ध उन संस्कारों की यथार्थता स्वीकार करके ऐसी

तरकीब निकालने का प्रयत्न करे जिससे गलत रास्ते से होकर उन बद्ध प्रवृत्तियों का विध्वंसक विस्फोट न हो; बल्कि उचित मार्गों से उनका नियमित प्रस्फुटन हो। न तो उन सामूहिक प्रवृत्तियों को दबाने से काम चलेगा, न उन्हें अस्वीकार करने से और न अज्ञातरूप से उनका आकस्मिक विस्फोट होने देने से।

इस विचित्र और स्थान-काल से मेल न खानेवाली भूमिका द्वारा मैंने साहित्य-सर्जना को केवल बाह्य-संघर्षमय जीवन के चित्रण का माध्यम माननेवाले नवीन अलोचकों को अपने साहित्य तथा जीवन-सम्बन्धी दृष्टिकोण से परिचित कराने का भोड़ा प्रयास किया है। मेरा यह ध्रुव निश्चित विश्वास है कि व्यक्तियों के अन्तर्जीवन के स्वरूप ही सामूहिक बाह्य-जीवन के रूपकों के रूपों में—विश्वव्यापी राष्ट्रीय तथा अन्तरराष्ट्रीय, आर्थिक तथा सामाजिक परिस्थितियों के प्रतीक बनकर—प्रकट होते रहते हैं। यह तथ्य इस समय हमारे तरुण आलोचकों को घोर अविश्वसनीय तथा उपहासास्पद प्रतीत हो सकता है। पर मैं निश्चित विश्वास के साथ यह कहना चाहता हूँ कि भावी संसार—युद्धोत्तरकालीन संसार को यह महान् सत्य स्वीकार करना ही होगा, यदि वह फिर एक बार उस दूसरे कल्पान्तक महायुद्ध को नहीं बुलाना चाहता जिसका उल्लेख मैं पहले कर चुका हूँ।

अतएव मेरे वर्तमान उपन्यास में जिन असाधारण चरित्रों के अन्तर्जीवन—बल्कि अन्तरतर और अन्तरतम जीवन—के (आत्मघाती अथवा आत्म-उद्‌बोधनकारी, दोनों प्रकार के) द्वन्द्वचक्रों का वैश्लेषिक चित्रण किया गया है, उनके सम्बन्ध में आप चाहे और कुछ सोचें, उन्हें केवल-मात्र पारिवारिक जीवन की व्यक्तिगत समस्या मानकर उनकी अवहेलना न करें, यह आप लोगों से मेरा अनुरोध है। मेरे उपन्यास में बहुत-से कलात्मक दोष हैं, और उन दोषों के लिए मेरी निन्दा करने का पूरा अधिकार आपको है। पर यदि आप इस बात के लिए मुझे दोषी ठहरावें कि मैंने केवल व्यक्तिगत तथा पारिवारिक समस्याओं को अपनाकर प्रगति के पथ की उपेक्षा की है, तो मैं यह दोष स्वीकार करने को तैयार नहीं हूँ। आप यह निश्चित रूप से समझ रखें कि ''व्यक्तिगत जीवन की समस्याएँ' ही संसार के महान् राजनीतिक, आर्थिक और सामाजिक चक्रों के बीज रूप—बल्कि मूलगत प्रतीक और आधारभूत सिद्धान्त हैं। जब तक आप इन 'व्यक्तिगत समस्याओं' के भीतर निहित रूपकों में विश्व के विराट् बाह्य-चक्र जीवन की समस्याओं को देखने की दृष्टि नहीं रखेंगे, तब तक आप न तो यथार्थ प्रगति के रूप से परिचित हो सकते हैं, न साहित्य-कला के मूल प्राणों का विकास आपके आगे भासित हो सकता है।

मनुष्य की सामूहिक अज्ञात चेतना आदिकाल से लेकर आज तक समस्त मानवीय कलाओं का मूल उत्स रही है। फिर भी आज की कला ने हजारों वर्षों के बाद एक निश्चित प्रगति की ओर पग बढ़ाया है। आज तक की कला अज्ञात चेतना के रहस्यमय लोक से उत्थित होती थी, सन्देह नहीं; पर कलाकारों को साधारणतः इस बात का पता

नहीं रहता था कि वे अपने सचेत मन पर उतरनेवाले कलात्मक तत्त्वों को कहाँ से प्राप्त कर रहे हैं और किस उद्देश्य से वे तत्त्व उन्हें बेबस ढकेले लिये जा रहे हैं। केवल अपनी अन्ध-प्रज्ञा (इण्ट्यूशन) की नौका पर चढ़कर वे अन्धविश्वास के साथ अपनी ज्ञात तथा अज्ञात चेतना के बीच के महासागर में उसे मुक्त भाव से छोड़ दिया करते थे। पर आज का कलाकार जानता है कि मानव की सामूहिक अज्ञात चेतना के किन तत्त्वों को लेकर वह किस विशेष उद्देश्य से अपनी कला का निर्माण कर रहा है। वह उन तत्त्वों का पूर्ण विश्लेषण करके उनकी सूक्ष्म-से-सूक्ष्म गतिविधि से परिचित और उनके सम्बन्ध में पूर्ण जागरूक रहता है। और यही कारण है कि वह अन्तर्जीवन-लोक की गहन प्रवृत्तियों का निश्चित स्वरूप हमें बताकर, बाह्य-जीवन-चक्र से उनकी सुसंगति का मार्ग हमारे लिये निर्देशित कर देता है। कला की कल्याणमयी प्रगति का इससे अधिक स्वस्थ और उन्नत आदर्शमूलक लक्ष्य दूसरा नहीं हो सकता। स्मरण रहे कि, 'आज के कलाकार' से मेरा आशय यह नहीं है कि संसार में आज जितने भी कलाकार हैं वे इसी पथ को अपनाये हुए हैं। अज्ञात चेतना की असंख्य उलझनों में उलझे हुए कलाकारों की संख्या संसार में अभी काफी से ज्यादा है। पर यदि युग के कुछ गिने-चुने प्रतिनिधि अग्रणी कलाकार भी इस पथ की ओर अग्रसर हुए हों, तो यह भावी पथ-प्रदर्शन के लिए यथेष्ट है।

मैं फिर एक बार कहना चाहता हूँ—भावी युग को निश्चय ही यह मानना पड़ेगा कि बाह्य और अन्तःस्थिति, सभी प्रकार के जीवन-चक्रों की मूल परिचालिका शक्ति है विश्व-मानव की सामूहिक अज्ञात चेतना। बाहरी जीवन की प्रगति (जिसमें मार्क्सियन सिद्धान्तों के अनुसार होनेवाली प्रगति भी शामिल है) अपने-आप में महत्त्वपूर्ण है, यह मैं मानता हूँ। केवल मानता ही नहीं हूँ, बल्कि 'अण्डरलाइन' करके यह बात कहना चाहता हूँ। पर अन्तर्जीवन की प्रगति के साथ सामंजस्य स्थापित हुए बिना यह बाह्य प्रगति शून्य में स्थापित किये गये हवाई किलों की तरह ही निष्फल सिद्ध होगी—जैसा कि आज तक होती आयी है। अन्तर्जीवन और अज्ञात चेतना से सम्बन्धित रचनाओं की उपेक्षा करने से काम न चलेगा।

अज्ञात चेतना का मनोविज्ञान अभी तक शैशव अवस्था से आगे नहीं बढ़ पाया है। यूरोप के मनोवैज्ञानिकों ने इस ओर कदम बढ़ाया है, पर अभी तक वे प्रारम्भिक सीढ़ी भी तय नहीं कर पाये हैं। मेरे मन में यह दृढ़ विश्वास है कि यह सब विज्ञानों का मूलगत विज्ञान भारतीय क्षेत्र में ही चरम उन्नति प्राप्त कर सकेगा। अन्तश्चेतना की रहस्यमयता की ओर भारतीय दार्शनिकों का झुकाव उपनिषदों के युग से लेकर आज तक बराबर जारी रहा है। उपनिषदों के युग में हमने उस अगाध रहस्यमयता का महान् आभास पाया है। अब उसी रहस्योन्मुखता की प्रवृत्ति को नया रूप देकर अन्तर्दृष्टि और विवेक से पूर्ण समन्वय से हम भारतीयों को इस तथ्य के अनुसन्धान में जुट जाना होगा

कि अज्ञात चेतना के पाताललोक में स्थित अतल नरक के विश्लेषण द्वारा बाह्य-जीवन-तत्त्वों के साथ उन नारकीय (किन्तु मूल) जीवन-तत्त्वों का समुचित सम्बन्ध स्थापित करके मानव-जगत् में किन उपायों से आपेक्षिक स्वर्ग की स्थापना की जा सकती है। इस ओर का कोई भी प्रयास, चाहे वह कैसा ही क्षीणतम और असंख्य दोषों से पूर्ण क्यों न हो, उपेक्षणीय नहीं होना चाहिए—स्वल्पमप्यस्य धर्मस्य त्रायते महतो भयात्। यही आप लोगों से मेरा विनम्र निवेदन है।

इलाचन्द्र जोशी

प्रेत और छाया

(उपन्यास)

1

युक्त प्रान्त के किसी विख्यात शहर के एक कुख्यात होटल में पाँच व्यक्ति दूसरी मंजिल के एक एकान्त कमरे में एक टेबिल को घेरकर बैठे हुए भोजन-पान में रत थे। प्रायः आठ बजे रात का समय था। वे लोग पान अधिक कर रहे थे और भोजन कम।

पाँचों व्यक्ति एक-दूसरे से भली-भाँति परिचित थे। बल्कि यह कहना अनुचित न होगा कि पाँचों मित्र थे। उनमें से जो महाशय उम्र में सबसे बड़े दिखायी देते थे, उनका नाम था प्रोफ़ेसर हरिराम वर्मा। वह किसी हाईस्कूल में अध्यापक थे। बड़े मिलनसार थे और अपने विद्यार्थियों के साथ इस भाव से मिलते थे, जैसे वह स्वयं एक विद्यार्थी हों। उनके मित्रों ने आदरार्थ उनके नाम के आगे 'प्रोफ़ेसर' शब्द जोड़ दिया था। उनकी उम्र पैंतालीस वर्ष के लगभग होगी। वह एक मटमैले रंग का सूट और प्रायः उसी रंग की टाई पहने थे। जिस व्यक्ति के साथ वे बातें कर रहे थे, वह एक गोरे रंग का, कुछ दुबला-सा, सुदर्शन युवक था। उसके सिर के काले और घुँघराले बाल बहुत घने और कुछ बड़े दिखायी देते थे। ऐसा जान पड़ता था कि कम-से-कम दो महीने से उसने बाल नहीं कटाये होंगे। उसके बाल काफी घने दिखायी देते थे। उसकी आँखों की अभिव्यंजना में एक प्रकार की भावमग्नता का-सा आभास सब समय झलकता रहता था। सब मिलाकर उसका व्यक्तित्व विशेष प्रभावोत्पादक लगता था, जो दर्शकों की दृष्टि को बहुत जल्दी अपनी ओर आकर्षित कर लेता था। युवक का नाम पारसनाथ था। उसके मित्रों को मालूम था कि वह चित्रकारी किया करता है, हालाँकि उसने अपना एक भी चित्र शायद ही किसी मित्र को कभी दिखाया हो। यह बात केवल उसके दो-एक ही घनिष्ठ मित्रों को मालूम थी कि वह चार-चार, पाँच-पाँच रुपया मूल्य पर अपने चित्रों को कुछ मासिक पत्रों के मालिकों या पुस्तक-प्रकाशकों के हाथ बेचकर अपना गुजारा करता है।

प्रोफ़ेसर साहब ने अपने गिलास में पड़ी हुई शेष घूँट को निःशेष करते हुए पारसनाथ को लक्ष्य करके कहा—"तुम कल्पना नहीं कर सकते कि मैंने आज की 'पार्टी' में 'कण्ट्रिब्यूट' करने के लिए किस जरिये से पैसे प्राप्त किये हैं, तुम जानते हो, मैंने क्या किया है?"

पारसनाथ मेज पर रखे हुए पैकेट से एक सिगरेट निकालते हुए बोला—"जी नहीं।"

"मैंने चोरी की है, चोरी!"

पारसनाथ सिगरेट मुँह में डालकर उसे जलाने जा रहा था! पर प्रोफ़ेसर साहब की बात सुनकर वह जलाना भूल गया और अत्यन्त आश्चर्य से प्रोफ़ेसर साहब की ओर देखते हुए बोला—"चोरी!"

"हाँ, चोरी! मेरे यहाँ आज एक मेहमान आये हुए थे। एक बार उन्होंने अपना कोट बदलने के इरादे से कोट के सब रुपये निकालकर टेबिल पर रख दिये। उस समय हम दोनों किसी एक राजनीतिक विषय की चर्चा में मग्न थे। बड़ी गरम बहस हो रही थी। यहाँ तक नौबत आयी कि दोनों में तू-तू मैं-मैं होने लगी। फल यह हुआ कि जब मेहमान महोदय दूसरा कोट पहनकर टेबिल पर रखे हुए नोट अपनी जेब में डालने लगे, तो एक नोट कैसे टेबिल के नीचे गिर गया, इस बात पर हम दोनों में किसी का ध्यान नहीं गया पर वास्तव में मैं यह गलत बात कर रहा हूँ। मेरा यह अनुमान है कि मैंने अपने अनजान में उस नोट को गिरते हुए देख लिया था, हालाँकि मेरे सचेत मन को इस बात की कोई सूचना नहीं मिली थी। मेहमान महोदय जब क्रोधवश अकेले टहलने के लिए निकल गये, तो मैंने अपने अनजान ही में टेबिल के नीचे देखा। वहाँ जब वह नोट पाया, तो मेरी प्रसन्नता की सीमा न रही। मैंने मन में यह निश्चय करके वह नोट चुपके से उठाकर अपनी जेब में रख लिया कि जब आज रात में या कल सुबह मेहमान महाशय का मिजाज ठिकाने आ जायेगा, तो उन्हें उस नोट की सूचना दे दूँगा, और यह कह दूँगा कि उसे मैंने खर्च कर डाला है, तनख्वाह मिलने पर वापस कर दूँगा। मैं वापस अवश्य कर दूँगा (हालाँकि कब वापस करूँगा, यह अभी अनिश्चित है); पर जिस मनोवृत्ति से मैंने उस नोट को अपने पास रख लिया, उसे चोरी के सिवा और क्या कहा जा सकता है?"

पारसनाथ एकाग्रचित्त से प्रोफ़ेसर साहब की बातें सुन रहा था। उसके मुख के भाव से ऐसा मालूम होता था, जैसे उसे उन सब बातों पर विश्वास ही न हो रहा हो। उसने कहा—"आपने एक बहुत ही विचित्र बात सुनायी है। मैं तो कुछ समझ ही नहीं पा रहा हूँ।"

"तुम समझ ही कैसे सकते हो, जबकि तुम्हें उन परिस्थितियों का कोई अनुभव नहीं है, जिनसे होकर मैं कई वर्षों से गुजर रहा हूँ।"

पारसनाथ अपनी अन्तिम घूँट समाप्त करते हुए बोला—"आप डेढ़ सौ रुपया प्रति मास पाते हैं, और मेरे पास रोजी का कोई साधन नहीं है—अर्थात् जो कुछ है भी वह नहीं के बराबर है। ऐसी हालत में भी यदि आप यह कहना चाहें कि मुझे उन परिस्थितियों का कोई अनुभव नहीं है, जिनसे होकर आप गुजर रहे हैं, तो निश्चय ही आपकी परिस्थितियाँ अस्वाभाविक होंगी।"

वर्मा जी ने इस बीच एक सिगरेट जलाकर कसकर धुआँ निकालना शुरू कर दिया था। सिगरेट की राख को टेबिल पर झाड़ते हुए उन्होंने कहा–"तुम्हारा अनुमान बिलकुल ठीक है। मेरी परिस्थितियाँ सचमुच अस्वाभाविक हैं, और उस सारी अस्वाभाविकता के मूल में है मेरी भोली-भाली, पति-परायणा, निर्दोष पत्नी। वह प्रायः प्रतिवर्ष एक बच्चे को जन्म देती रहती है, जिसके फलस्वरूप उसका स्वास्थ्य–जो कि पहले से ही क्षीण था– दिन-पर-दिन गिरता चला जाता है; पर आश्चर्य की बात यह है कि इतने पर भी वह मरती नहीं; और इस वर्ष फिर वह एक नये बच्चे को जन्म देने की तैयारी पर है। अपने कॉलेज के दिनों में मैं बड़ा रोमांसवादी था और दिन-दहाड़े अपने सम्बन्ध में विचित्र-विचित्र वैवाहिक रोमांसों के स्वप्न देखा करता था। उन स्वप्नों के बीच स्वभावतः किसी बच्चे के जन्म लेने की कोई कल्पना मेरे मन में उत्पन्न नहीं हो पाती थी। तब मुझे क्या पता था कि मेरा विवाह अत्यन्त अनरोमाण्टिक ढंग से होगा, पर रोमांस-रहित विवाह होने पर भी जब मैंने अपनी पत्नी को देखा, तो मैं उसका रूप-रंग और शील-स्वभाव देखकर प्रसन्न हो गया। तब वह हिन्दी मिडिल पास कर चुकी थी और उसके स्वभाव की सहज शालीनता मुझे अत्यन्त प्रिय लगी। एक वर्ष तक उसको लेकर मैं रागरंग में मस्त रहा। दूसरे वर्ष जब उसने अपने पहले बच्चे को जन्म दिया, तो मेरी स्वाभाविक उमंगों का मूलस्रोत ही जैसे बन्द हो गया। उसके बाद प्रायः प्रतिवर्ष एक के बाद दूसरा, दूसरे के बाद तीसरा–इस हिसाब से सन्तान-वृद्धि होती चली गयी। धीरे-धीरे मैंने अपने बाह्य-जीवन को उस विचित्र अस्वाभाविक परिस्थिति के अनुकूल बनाने की चेष्टा की; पर मेरा भीतरी जीवन तिल-तिल करके मरता चला गया। इस आशा में कि मेरे उस मृत प्राय जीवन में क्षणिक प्राणों का संचार हो जाये, मैंने इस 'अमृत-रस' को (यह कहते हुए वर्मा जी ने टेबिल पर रखी हुई बोतल की ओर ऊँगली उठायी) अपनाना शुरू कर दिया। पर ओस की बूँदों से कहीं प्यास बुझ सकती है। इस समय मेरे बारह बच्चों में से नौ जीवित हैं, जिनमें से पाँच बच्चों के पढ़ाने-लिखाने के खर्च में आधी से ज्यादा तनख्वाह चलीं जाती है। इसके अलावा भोजन-वस्त्र, बच्चों के लिए दूध, मेहमानदारी आदि में जो खर्च बैठता है, उसका ठीक-ठीक हिसाब रख सकना मेरे लिये असम्भव है। मेरी पत्नी का स्वास्थ्य दुर्गति की चरम सीमा को पहुँच जाने पर भी वह स्वयं अपने हाथ से खाना बनाने को बाध्य है–उसके लिए एक महराजिन रखना मेरे लिये असम्भव सिद्ध हो रहा है। बच्चे बीमार होते रहते हैं–अभी कुछ ही दिन पहले एक बच्चा इस कदर बीमार पड़ा कि उसकी मृत्यु निश्चित समझ ली गयी थी–तो भी मैं एक डॉक्टर को बुलाने में असमर्थ रहा। घर में भोजन-वस्त्र की कमी हमेशा बनी रहती है; पर मैं सब-कुछ देखकर भी अनदेखा और सब-कुछ सुनकर भी अनसुनी कर देता हूँ। बच्चों का पेट काटकर भी बोतल में अपने को डुबाये रहता हूँ। आगाओं और दूसरे सूदखोरों से कर्ज लेते-लेते मैं इस हद तक 'डेस्परेट' हो गया हूँ कि कहीं किसी भी जरिये से कितनी ही बड़ी दर पर कर्ज क्यों न मिले, मैं आँख

मूँदकर स्वीकार कर लेता हूँ, और जब क्षण-काल के लिए उन कर्ज के रुपयों से मेरी जेब गर्म रहती है, तो उस समय के लिए मैं अपने को राजा समझता हूँ और मेरे उल्लास और उमंग की सीमा नहीं रहती।''—यह कहकर वर्मा जी न जाने क्या सोचकर एक बार ठठाकर हँस पड़े।

पर पारसनाथ ने जब उनका किस्सा सुना, तो उसके भावुक हृदय में ऐसा लोमहर्षक आतंक छा गया कि उसके मुँह से सान्त्वना के रूप में एक शब्द भी न निकला। वह केवल भ्रान्त दृष्टि से वर्मा जी की ओर देखता रह गया।

वर्मा जी कहते चले गये—''लोग कहते हैं कि मजूरों और किसानों की दशा अत्यन्त शोचनीय है। मेरा यह विश्वास है कि हम मध्यवित्तों की स्थिति जैसी दयनीय है, वैसी और किसी वर्ग की नहीं। हम लोग सैकड़ों प्रकार की लौकिक और सामाजिक नियमाचारों के बन्धनों से इस बुरी तरह जकड़े रहते हैं कि उनसे छुटकारा पाना असम्भव हो जाता है। अव्वल में बेकारी मध्यवित्तों के सिरों पर सवार रहती है, और जो लोग उस डाकिनी के ग्रास से किसी कदर बच पाते हैं, अपनी कमायी का अधिकांश भाग व्यर्थ की अलौकिकता में खर्च करने के लिए बाध्य होते हैं, और उन लौकिक आचार-विचारों की रक्षा के कारण परिवार के भोजन-वस्त्र आदि की प्रधान समस्याएँ गौण हो उठती हैं। मेरी पत्नी का स्वास्थ्य इतना खराब है, कि किसी भी समय उसका हार्ट फेल कर सकता है; पर मेरे लिये उसकी मृत्यु का प्रश्न भी गौण हो उठा है और इस समस्या ने प्रधान रूप धारण कर लिया है कि यदि आज ही अकस्मात् उसकी मृत्यु हो जाये, तो उसके मृतक संस्कार के लिए रुपया कहाँ से आयेगा। तिस पर, चूँकि मध्यवित्त लोग पढ़े-लिखे होते हैं, इसलिए उनकी अनुभूतिशीलता बहुत बढ़ जाने से वे सब समय गहन मानसिक चिन्ताओं से पीड़ित रहते हैं। किसानों और मजूरों में एक तो बेकारी कम पायी जाती है, तिस पर उन्हें सामाजिकता का शिकार उस हद तक नहीं बनना पड़ता जिस हद तक हम लोगों को; और, सबसे महत्त्वपूर्ण बात यह है कि वे शिक्षित न होने से उतने अनुभूतिशील नहीं होते, जितने कि मध्यश्रेणी के लोग।''

वर्मा जी की इस बात के उत्तर में एक साँवले रंग का खद्दरधारी व्यक्ति, जिसकी उम्र प्रायः तीस वर्ष की होगी और जो 'साम्यवादी' नामक एक साप्ताहिक-पत्र का सम्पादन करता था, बोल उठा—''किसानों और मजूरों को अनुभूतिशील होने का उतना ही अधिकार है, जितना आप लोगों को। वे शिक्षित नहीं हैं, अनुभूतिशील नहीं हैं, इसमें उनका कोई दोष नहीं है। इसके लिए दोषी हैं आप लोग, दोषी हैं आप लोगों के पूँजीपति पिट्ठू।''

'साम्यवादी'-सम्पादक की बात सुनकर वर्मा जी की मद-भरी आँखों में क्रोध का एक क्षीण आभास झलक उठा; पर तत्काल वह भाव व्यंग्य में परिणत हो गया। उन्होंने सम्पादक महाशय को लक्ष्य करके कहा—''आप ठीक कहते हैं। हम मध्यवित्त श्रेणी

के लोग आपके किसानों और मजूरों की उन्नति के क्रम में निश्चय ही बाधक-स्वरूप हैं। मुझे तो ऐसा लगता है कि इस सम्बन्ध में हम लोग अपने पूँजीपति पिट्ठुओं से भी अधिक दोषी हैं, और व्यक्तिगत रूप से शायद मैं सबसे अधिक दोषी सिद्ध होऊँगा, क्योंकि प्रति वर्ष एक बच्चे को जन्म देकर मैं किसानों और मजूरों का ग्रास छीननेवालों के साथ हाथ बँटा रहा हूँ।''—यह कहकर वह न जाने क्या सोचकर ठहाका मारकर हँस पड़े।

पारसनाथ बीच में किसी गम्भीर चिन्ता में मग्न हो पड़ा था। प्रोफ़ेसर साहब का अट्टहास सुनकर उसे चैतन्य हुआ। उसने प्रोफ़ेसर साहब की ओर देखते हुए कहा—''आज आपने अपने जीवन के इतिहास का जो अधूरा अध्याय सुनाया, उसने मेरे हृदय में एक विचित्र अशान्ति उत्पन्न कर दी है, एक निराले भय की भावना जैसे मेरी छाती पर चढ़ बैठी है। मैं सोच रहा हूँ कि वर्तमान युग में बुद्धिजीवी मनुष्य वास्तव में कितना दयनीय हो उठा है! मुझे ऐसा लगता है कि हम सब मध्य श्रेणी के बुद्धिजीवी व्यक्ति वर्तमान संसार के लिए निपट निरर्थक और अनावश्यक सिद्ध हो रहे हैं। हम सब परोपजीवी—पैरेसाइट्स—हैं, और युग-विवर्तनकारी प्रगतिशील समाज के पोषक तत्त्वों का निरर्थक शोषण करते चले जाते हैं। वर्तमान विश्वव्यापी क्रान्ति के बाद जब संसार का नव-निर्माण होगा, तो हमलोग और किसी भी रूप में अपनी उपयोगिता का प्रमाण नाम को भी न दे सकेंगे—यह निश्चित है। आपने अभी जो बात व्यंग्य के रूप में कही है, उसे मैं 'सीरिअसली' लेता हूँ। वास्तव में प्रतिवर्ष एक बच्चा पैदा करने का कोई अधिकार आपको नहीं है। यह आपकी पत्नी के प्रति अन्याय है, आपके बच्चों के प्रति अन्याय है, समाज के प्रति अन्याय है और संसार के प्रति अन्याय है। आप स्वयं एक 'सुपरफ्लुअस'—अनावश्यक—प्राणी हैं, तिस पर अपने बच्चों के रूप में ग्यारह 'सुपरफ्लुअस' प्राणियों को और जन्म देकर आपने समाज को व्यर्थ के लिए भार-ग्रस्त कर दिया है। आपने सबसे पहली और सबसे भयंकर भूल यह की कि अपने को विवाह के बन्धन में बाँध लिया। मध्यवित्त श्रेणी के लोगों को चाहिए कि वे कभी भूल कर भी...''

इतने में उसी 'पार्टी' का चौथा व्यक्ति, जो एक स्वस्थ और मस्त युवक था और किसी एक प्रसिद्ध इन्श्योरेन्स कम्पनी का एजेण्ट था, बीच ही में बात काटकर बोल उठा—''आप लोग इन सब बेतुकी बातों को खतम भी करेंगे या नहीं? हम लोग यहाँ राग-रंग मनाने आये हैं या समाजशास्त्र पर व्याख्यान सुनने?''—यह कहकर उसने पाँचवें व्यक्ति से, जो एक कवि था, कहा—''केसर जी, अपना कोई गीत सुनाइये!''

'केसर' जी ने गला साफ करके तुरन्त कुछ गुनगुनाना शुरू कर दिया और कुछ ही क्षण बाद वह अत्यन्त ऊँचे स्वर में अपनी रची एक कविता गाकर सुनाने लगे।

2

कवि जी अपनी कविता सुना ही रहे थे कि अकस्मात् होटल के एक नौकर के साथ एक नौजवान लड़की ने कमरे में प्रवेश किया। उसकी उम्र उन्नीस-बीस वर्ष के लगभग मालूम होती थी। उसका रंग गेहुँआँ था। वह एक मटमैले रंग की 'प्लेन' साड़ी पहने थी। सिर आधा खुला हुआ था और बाल बड़ी सादगी से सँवारे हुए थे। उसकी आँखों की अभिव्यंजना में एक सहज सतर्कता का भाव वर्तमान रहने पर भी उस भाव के ऊपर भय, संकोच, करुणा और कौतूहल की एक मिश्रित छाया आश्चर्यजनक रूप से भासित हो रही थी। उसका लम्बा कद कुछ दुबलापन लिये था। ऐसा मालूम होता था, जैसे उसके लम्बे-लम्बे और कुछ-कुछ पिचके हुए-से गाल उसकी नुकीली ठुड्डी से मिले हुए नहीं हैं, बल्कि उसके पतले-से ओठों के इर्द-गिर्द दो छोटे-छोटे से गढ़े गालों और ठुड्डी के बीच में व्यवधान उत्पन्न किये हुए हैं।

उस लड़की के प्रवेश करते ही सब लोग अत्यन्त उत्सुक दृष्टि से उसकी ओर देखने लगे। कवि जी ने कविता सुनाना बन्द कर दिया और वह पुलकित भाव से नवागता की ओर एकटक देखते रह गये। पारसनाथ भी उसकी ओर एकटक देख रहा था; पर उसकी आँखों में पुलक की अपेक्षा कौतूहल का भाव अधिक था। यदि सच पूछा जाये, तो वह उस लड़की के आगमन से भीतर-ही-भीतर कुछ खीझ-सा उठा था। सारी मण्डली में केवल एक व्यक्ति ऐसा था, जिसके मुख पर सहज प्रसन्नता के चिह्न स्पष्ट व्यक्त हो उठे थे। वह व्यक्ति था इन्श्योरेन्स कम्पनी का एजेण्ट। उसी ने सबसे पहले नवागता का स्वागत किया। वह खड़ा हो गया और बड़े उत्साह के साथ बोला—"आइये बाई जी, पधारिये। इस कुर्सी पर विराजिये।"

लड़की के मुख पर घबराहट के चिह्न स्पष्ट व्यक्त हो रहे थे। वह काँपते हुए पगों से धीरे-धीरे आगे बढ़ रही थी। ऐसा जान पड़ता था, जैसे गिर पड़ेगी। इन्श्योरेन्स कम्पनी के एजेण्ट ने बेझिझक उसका हाथ पकड़ लिया और निर्दिष्ट कुर्सी पर बैठने के लिए हाथ से संकेत करते हुए कहा—"आप, तो बहुत तकल्लुफ कर रही हैं।"

लड़की के मुख पर घबराहट का भाव बढ़ता चला जाता था। उसने एक हलके झटके से अपना हाथ छुड़ा लिया और धीरे से निर्दिष्ट स्थान पर प्रायः दुबककर बैठ गयी।

इन्श्योरेन्स कम्पनी का एजेण्ट उसकी बगलवाली कुर्सी पर बैठ गया। बाद में मालूम हुआ कि उसी की 'गुप्त आज्ञा' का पालन करते हुए नौकर ने 'बाई जी' को उसकी खिदमत में हाजिर किया था। उसने बैठते ही 'बाई जी' के कन्धे पर हाथ रखते हुए कहा—"आप तो कुछ बोलती ही नहीं? हम लोगों से आप इस कदर नाराज क्यों हैं?"

लड़की ने उसका हाथ धीरे से हटाते हुए कहा—"नहीं, नहीं, ऐसा न कीजिये।" उसकी घबराहट इस हद तक पहुँच चुकी थी कि उसके चेहरे से मालूम होता था जैसे वह रो देगी, पर उसके मुख के इस भाव से उपस्थित मण्डली के दो रसिक जनों का उत्साह भंग होने के बजाय और अधिक भड़क उठा। कवि जी प्रारम्भ में कुछ सकुचाये हुए से थे; पर अब वह भी उत्साहित हो उठे। उन्होंने कहा—"इस युग में लाज करने-वाली स्त्री घोर प्रतिक्रियावादी समझी जाती है, बाई जी! आप हम लोगों को अपने यौवन की मादकता से क्यों वंचित करना चाहती हैं! यह कंजूसी आपको नहीं सुहाती।"—यह कहकर उन्होंने अपना दाहिना हाथ युवती के बायें कन्धे पर रखा और बायें हाथ से उसके सिर के बाल सहलाने लगे। वह एक ओर इन्श्योरेन्स कम्पनी के एजेण्ट से और दूसरी ओर कवि जी से मुक्ति पाने के लिए, अत्यन्त प्रबलता से छटपटाने लगी, और प्रायः रोने के से शब्द में केवल—"नहीं! नहीं!" के सिवा और कोई बात उसके मुँह से नहीं निकल पाती थी; पर दोनों रसिक मित्रों का उत्साह तनिक भी ठण्डा नहीं पड़ रहा था और वह ठौर-कुठौर हाथ फेरते हुए उसे परेशान करनै में एक विचित्र सुख का अनुभव कर रहे थे। साम्यवादी युवक एक व्यंग्यपूर्ण दृष्टि से यह सब दृश्य चुपचाप बैठा देख रहा था। वर्मा जी स्तब्ध और चकित थे; पर पारसनाथ की मानसिक दशा अत्यन्त शोचनीय हो उठी थी। उसके साथियों का साहस इस सीमा को पहुँच सकता है, इस बात की कल्पना इस घटना के पहले उसके मन में कभी उत्पन्न नहीं हुई थी। सारा दृश्य उसे अत्यन्त वीभत्स लग रहा था और उसे मार्मिक आघात पहुँच रहा था। कुछ देर तक तह सन्न बैठा रहा। उसके बाद वह अचानक उठ खड़ा हुआ और क्रोध से काँपता हुआ, पूरी ताकत से चिल्लाकर बोला—"स्टाप दिस नानसेन्स!" और यह कहकर वह आगे बढ़ा और एक-एक धक्के से अपने दोनों साथियों को अलग हटाकर लड़की को लक्ष्य करके बोला—"अगर आप चाहें, तो यहाँ से जा सकती हैं, आपको कोई नहीं रोकेगा।"—दोनों रसिक-बन्धु विरोध के रूप में कुछ कहना ही चाहते थे कि पारसनाथ ने लाल आँखें दिखाकर उन्हें फिर एक बार जोरों से डपटा। लड़की एक बार अत्यन्त व्याकुल दृष्टि से पारसनाथ की ओर देखकर धीरे से—प्रायः अनिच्छा से—अपनी कुर्सी पर से उठी, इसके बाद उसने फिर एक बार उसी विकल वेदना-भरी दृष्टि से पारसनाथ की ओर देखा, और फिर कम्पित और शंकित पगों से दरवाजे की ओर बढ़ी। पारसनाथ क्षण-भर के लिए अपने स्थान पर अनिश्चित अवस्था में खड़ा रहा, और लड़की की ओर देखता रहा। उसके बाद सहसा लपककर लड़की के पास गया और अपने कोट की भीतरी जेब से काले रंग के चमड़े का एक बटुआ निकालकर उसने उसमें

से पाँच रुपये का एक नोट निकाला और लड़की की ओर उसे बढ़ाते हुए बोला—"यहाँ आने पर आपको जो कष्ट हुआ उसका पूरा हर्जाना तो मैं नहीं दे सकता, फिर भी...यह लीजिये!"

लड़की ने सहमी और सकुचायी हुई दृष्टि से एक बार पारसनाथ की ओर देखा। क्षण-भर के लिए वह द्विविधा में खड़ी रही और फिर काँपते हुए हाथों से उसने नोट ले लिया। इसके बाद तेज कदम रखती हुई वह दरवाजे से बाहर निकल गयी।

जब पारसनाथ लौटकर अपने स्थान पर बैठा, तो इन्श्योरेन्स कम्पनी के एजेण्ट ने कहा—"वाह यार, तुमने यह अच्छा मजाक किया! अरे, जब उसे रुपया देना ही था, तो एकाध घण्टा पास बिठाकर रंग-रस की बातें कर ली होतीं। नाहक पाँच रुपये का खून किया! तुम भी परले सिरे के...हो!"

कवि जी बोले—"सारा 'मूड' किरकिरा हो गया!"

वर्मा जी ने कहा—"अच्छा ही हुआ, जो लड़की चली गयी। हम लोग 'ड्रिंक' इसलिए करते हैं कि इस बहाने एक जगह इकट्ठा होकर जी खोलकर आपस में सुख-दुःख की बातें करें, या इधर-उधर की गपें उड़ावें। जब तक वह लड़की हम लोगों के बीच रहती, तब तक मैं एक शब्द भी मुँह से न निकाल पाता, और इससे बढ़कर सजा मेरे लिये और कोई हो नहीं सकती।"

कवि जी प्रायः एक आह भरते हुए बोले—"आप लोग सब घोर अरसिक हैं!"

इन्श्योरेन्स कम्पनी के एजेण्ट ने कवि जी की बात की ताईद की, और वह खीझ-भरी दृष्टि से पारसनाथ की ओर देखने लगा।

पर पारसनाथ के मुख पर उससे भी अधिक खीझ का भाव वर्तमान था—खीझ ही नहीं, घृणा भी उसमें स्पष्ट परिस्फुट थी। एक बार तीखी दृष्टि से इन्श्योरेन्स कम्पनी के एजेण्ट की ओर देखकर उसने आँखें फेर लीं, और अपने गिलास में बची हुई अन्तिम घूँट को समाप्त करके उसने 'ब्वाय' को पुकारा। 'ब्वाय' तत्काल हाजिर हुआ। पारसनाथ ने उससे 'बिल' लाने को कहा। जब 'ब्वाय' बिल लाया, तो वह अपने हिस्से का रुपया चुकाकर उठ खड़ा हुआ और यह कहकर कि उसकी तबीयत ठीक नहीं है, उसने सबसे क्षमा माँगी और वहाँ से चल दिया। वर्मा जी उसे रोकने की बहुत चेष्टा करते रहे; पर वह नहीं रुका।

●

3

बाहर निकलकर पारसनाथ ने घर वापस चलने के इरादे से एक ताँगा पकड़ा। पैसे की तंगी के कारण वह अक्सर एक्के पर ही आता-जाता था; पर आज वह कुछ दूसरे ही 'मूड' में था, और खासकर इस समय वह एक अच्छी-सी सवारी चाहता था, जिस पर बैठकर वह अपने मन के भीतर उठनेवाली तरह-तरह की चिन्ताओं पर एकान्त भाव से विचार कर सके। रह-रहकर उस विचित्र लड़की का चित्र उसकी मानसिक आँखों के आगे फड़फड़ा रहा था। जिस प्रकार की लड़कियाँ होटलों में व्यवसाय किया करती हैं, उनमें से कइयों से वह घनिष्ठ रूप से परिचित था—उनमें से कितनों से उसका घनिष्ठ सम्बन्ध रहा, यह प्रश्न दूसरा है; पर इस प्रकार की जितनी भी लड़कियों को वह जानता था, उन सबकी मूलगत प्रकृति उसे एक ही तरह की लगी—उन सब के हाव-भाव, रंग-ढंग और बात-व्यवहार उसे एक ही साँचे में ढले हुए-से मालूम होते थे, पर आज जिस लड़की को 'ब्वाय' लाया था, उसकी रहस्यमयता ने उसे प्रथम क्षण से ही विस्मय में डाल दिया था, और वह विस्मय प्रतिपल बढ़ता चला जाता था। वह लड़की कहाँ से आयी, क्या समझकर उन लोगों के बीच में आकर बैठ गयी, और जब से आयी, तो प्रथम क्षण से ही असहनीय बेचैनी से क्यों छटपटाने लगी? उसकी आँखों से जो एक मार्मिक विकलता व्यक्त हो रही थी, वह ऐसी सच्ची और अकृत्रिम थी कि कोई भी अनुभूतिशील व्यक्ति उसके प्रति उदासीन नहीं रह सकता था। उसके उस व्याकुल भाव ने प्रारम्भ में पारसनाथ के मन में यह धारणा उत्पन्न कर दी थी कि होटलवाले किसी भले घर की लड़की को कहीं से बरबस भगाकर लाये हैं और उसे उसकी इच्छा के विरुद्ध पेशा करने के लिए बाध्य कर रहे हैं। इस कल्पना से उसका खून खौलने लगा था। अपने साथियों को डाँट बताकर उस लड़की को उनके पञ्जों से छुड़ाने के सम्बन्ध में जो फुर्ती उसने दिखायी थी, उसका यही कारण था—नहीं तो इस तरह की फुर्ती उसके स्वभाव के प्रतिकूल थी, और अक्सर ऐसे अवसरों पर वह चुप लगा जाया करता था, और अपने साथियों की सभी ज्यादतियों का एक प्रकार से मौन समर्थक-सा बना बैठा रहता था। पर, जब उसने अपनी जेब से पाँच रुपये का नोट निकालकर 'हर्जाने' के बतौर लड़की को दिया और केवल क्षण-भर की झिझक के बाद लड़की ने

उसे स्वीकार कर लिया, तो पारसनाथ को बिजली का-सा धक्का लगा। फिर भी इस बात से उसकी शंका का समाधान तनिक भी नहीं हुआ और उसका कौतूहल घटने के बजाय और अधिक भड़क उठा। ताँगा हिचकोले खाता हुआ तेज रफ्तार से चला जा रहा था। अपने को गिरने से बचाने के उद्देश्य से पारसनाथ पूरी ताकत से पीतल का डण्डा पकड़े हुए था। स्प्रिंग का गद्दा पुराना हो चला था। उसका स्प्रिंग भी भीतर से दो-तीन स्थानों पर टूट गया था और पारसनाथ के शरीर में बुरी तरह से गड़ रहा था। गद्दे के ऊबड़-खाबड़ होने और घोड़े की चाल तेज होने के सबब पारसनाथ अपनी सीट पर ठीक तरह जम नहीं पाता था। बार-बार वह गद्दे पर से खिसक जाता था और फिर-फिर उसे सँभलकर बैठना पड़ता था। इस क्रिया से उसकी एकान्त चिन्तना में बाधा पहुँचने के अलावा शारीरिक कष्ट भी कुछ कम नहीं हो रहा था; पर यह सब होने पर भी उसने ताँगावाले से यह नहीं कहा कि ताँगे को धीरे-से चलावे। बार-बार उसके मन में यह इच्छा उत्पन्न होती थी कि ताँगेवाले को टूटे हुए स्प्रिंग का बेडौल गद्दा रखने और एकदम घिसे हुए टायरोंवाला ताँगा चलाने के लिए खूब जोरों की डाँट बतावे; पर हर बार बात उसके ओठों तक आकर रुक जाती थी। वह मन-ही-मन सैकड़ों गालियाँ ताँगेवाले को दे रहा था; पर निपट आलस्य और अवसादवश एक शब्द भी मुँह से नहीं निकाल पाता था। हर तीसरे कदम पर ताँगा भयंकर रूप से हिचकोले खाता था। और पारसनाथ अपनी सीट से बिछलकर उचक उठता था; और हर बार वह ताँगेवाले को मन-ही-मन गाली देकर मन मारकर रह जाता था।

पीतल के डण्डे को कसकर पकड़े हुए वह शरीर की उस डाँवाँडोल स्थिति में भी अपनी मानसिक चिन्ताधारा को बरबस एकाग्र करने के असम्भव प्रयास में लगा हुआ था। वह सोच रहा था—"यदि वह लड़की बलपूर्वक भगाकर लायी गयी है, और पेशे से उसे आन्तरिक चिढ़ है, तो उसने मेरे दिये हुये पाँच रुपये स्वीकार क्यों कर लिये? और जब मैंने उन दो दुष्टों की ज्यादतियों से उसे मुक्त करने के उद्देश्य से उससे कहा कि यदि वह चाहे तो उठकर जा सकती है, उसे कोई नहीं रोकेगा, तो वह अनिच्छा से क्यों उठी? बड़ी निराली, बड़ी ही रहस्यमयी लड़की मालूम होती है!"—इतने में ताँगे ने बड़ा जबर्दस्त हिचकोला खाया और पारसनाथ फिर एक बार अपनी जगह से बिछलकर उचक उठा और "धत्तेरे की!" कहकर मन-ही-मन ताँगेवाले को बड़ी विचित्र गाली देने लगा। ताँगा एक सुनसान सड़क से होकर जा रहा था। कृष्णपक्ष की रात थी। जिस सड़क से होकर ताँगा जा रहा था, वहाँ की बिजली की लाइन किसी कारण से फेल हो गयी थी, जिसके फलस्वरूप सड़क में अँधेरा हो गया था।

"निश्चय ही वह लड़की पेशेवर है"--वह सोचता चला गया—"और साधारण पेशेवर नहीं, बल्कि बहुत घुटी हुई है। अपने मुख पर घबराहट का भाव व्यक्त करके ग्राहकों पर अपने स्वभाव की रहस्यमयता द्वारा गहरा प्रभाव डालने की कला में वह प्रवीण हो चुकी है। वह जान गयी है कि ग्राहकों के चोचलों के प्रति आत्मसमर्पण न करके और

अपने स्वभाव का यथार्थ परिचय न देकर ग्राहकों को उत्सुकता के चक्कर में डाले रहना अधिक-से-अधिक पैसा कमाने का अच्छा तरीका है!"—पारसनाथ को अपने पाँच रुपयों के लिए बड़ा अफसोस होने लगा। नशे के क्षणिक प्रभाव से भावुकता के फेर में पड़कर उसने अपनी वर्तमान तंगी की हालत में व्यर्थ में पाँच रुपये का खून कर दिया—यह सोच-सोचकर वह जी मसोसने लगा। वास्तव में पाँच रुपया खर्च होने की पीड़ा ताँगे पर सवार होने के समय से ही, कभी ज्ञात में और कभी अज्ञात में, उसे निष्ठुर रूप से सता रही थी। उसे इन्श्योरेन्स कम्पनी के एजेण्ट पर बड़ा क्रोध आ रहा था, जिसने 'राग-रंग' मनाने के उद्‌देश्य से उस लड़की को बुलाकर एक विचित्र और अरुचिकर स्थिति उत्पन्न कर दी।

सच बात यह थी कि जिन व्यक्तियों के साथ आज पारसनाथ ने पान और भोजन किया था, उनमें से किसी से भी उसने कभी हार्दिक योग का अनुभव नहीं किया। उन लोगों के साथ वह अनेक बार नशा-पानी कर चुका था, पर कभी एक दिन के लिए भी उस नशे के फलस्वरूप उसके मन में किसी प्रकार की सुखद तरंग नहीं उठी। वह कई बार मन-ही-मन प्रतिज्ञा कर चुका था कि उन लोगों की मण्डली में भविष्य में शरीक नहीं होगा; पर उसकी वह प्रतिज्ञा कभी पूरी नहीं हो पायी। उसे केवल उस रहस्यमयी लड़की के कारण व्यर्थ में पाँच रुपया नष्ट होने का ही दुःख नहीं हो रहा था, बल्कि अपने 'मित्रों' के साथ खाने-पीने में जो रुपया खर्च हुआ था, उसके लिए भी काफी अफसोस हो रहा था। पर, सबसे अधिक ग्लानि उसके मन में इस बात से उत्पन्न हो रही थी कि इतना रुपया (जो उसकी उस समय की आर्थिक अवस्था को देखते हुए काफी बड़ी रकम थी) खर्च होने पर भी उसे एक पैसे के मूल्य का भी सुख प्राप्त न हो सका। यद्यपि उसने अपने किसी भी साथी की अपेक्षा कम शराब नहीं पी थी, तथापि होटल से बाहर निकलते ही उसका सारा नशा काफूर हो गया था। उसका यह अनुभव नया नहीं था; पर मजे की बात यह थी कि इस समय अपने साथियों को कोसने पर भी वह जानता था कि यदि कल फिर उससे प्रस्ताव किया जाये; तो वह तत्काल 'पार्टी' में शरीक होने के लिए राजी हो जायेगा। केवल इसी एक बात को लेकर उन लोगों से उसका हेल-मेल था, वर्ना वह उन सबको अतिशय घृणा की दृष्टि से देखता था। इस समय भी वह सोच रहा था—"वे सब अत्यन्त घृणित जीव हैं। इस बात से वे स्वयं भी परिचित है और इसी कारण बाहर से घनिष्ठ मित्र बने रहने पर भी भीतर-ही-भीतर एक-दूसरे से घृणा करते हैं। एक असहाय और विवश वेश्या को पाँच आदमियों के सामने जलील किये बिना, उनका 'मूड' नहीं जमने पाता। लुच्चे कहीं के! और उस मूर्ख कवि को देखा? अपने को युग का प्रवर्तक समझता है! बड़ा आया कहीं का प्रवर्तक! नम्बरी लफंगा है।"—वास्तव में एक रोज ताव में आकर उक्त कवि कह बैठा था कि, "मैं क्रान्ति का अग्रणी हूँ—इस समय हिन्दी-जनता मेरी कविताओं का आदर नहीं करती; पर सौ वर्ष बाद मेरी चीज़ों का वह आदर होगा कि मेरे सब आलोचक बन्दरों

की-सी शक्ल बनाकर रह जावेंगे—मैं उसी दिन की प्रतीक्षा में हूँ।''—जब उसके ध्यान में यह बात लायी गयी कि सौ वर्ष बाद न उसके वर्तमान आलोचक जीवित रहेंगे न वह, तो वह बोला—''इसी बात का तो अफसोस है! फिर भी मेरी आत्मा को तो सन्तोष होगा!''—इस पर जब प्रचलित मण्डली के एक सज्जन ने कहा—''आप रूढ़िवाद के विरोधी होने पर भी क्या आत्मा के अस्तित्व पर, विश्वास करते हैं!'' तो कवि जी तत्काल सँभल गये और बोले—''हाँ हाँ, आप ठीक कहते हैं। मैं भूल ही गया था। दरअसल आत्मा और परमात्मा पर विश्वास करना प्रतिक्रियावादी मनोवृत्ति का परिचय देना है। आत्मा पर विश्वास करने की पुरानी आदत पड़ी हुई है न, इसलिए यह भूल हो गयी! क्षमा कीजियेगा!''

यह कथोपकथन पारसनाथ के सामने हुआ था। उसकी याद आने पर वह मन-ही-मन हँसने की चेष्टा करने पर भी अपने को न रोक सका और प्रकट रूप से ठहाका मारकर हँस पड़ा। उस निर्जन और प्रायान्धकार सड़क में उसे अकस्मात् अकारण अट्टहास करते देखकर ताँगेवाला चौंक उठा। उसने पीछे को मुड़कर आश्चर्य से पारसनाथ की ओर देखा। वह उसके आकस्मिक अट्टहास का कारण पूछने जा रहा था, तब तक पारसनाथ ने अपनी मुद्रा पहले से भी अधिक गम्भीर—बल्कि भयावनी—बना ली थी, इसलिए ताँगेवाला सहमकर रह गया, और उसे कुछ पूछने का साहस न हुआ।

●

4

मकान के पास पहुँचने पर पारसनाथ ने एक चौराहे पर ताँगे को खड़ा करवाया और किराया चुकाकर एक गली के भीतर चला गया। इस गली के बाद वह बायीं ओर एक दूसरी गली की ओर मुड़ा, जो पहलीवाली गली से तंग थी और कुछ दूर जाने के बाद दाहिनी ओर को मुड़कर एक तीसरी गली में घुसा, जो पिछली दोनों गलियों की अपेक्षा अधिक तंग और अँधेरी थी। उसके बाद एक चौथी गली मिली। यह चौथी गली जैसी तंग और अँधेरी थी, वैसी ही गन्दी भी थी। इस गली के एक छोटे-से मकान में पारसनाथ रहता था। गली की दोनों ओर दो नालियाँ मोरियों के अविरत झरना-प्रवाह से प्रतिपल 'पुलकाकुल' होकर निरन्तर कल-कल शब्द से बहती रहती थीं। जब पहले-पहल पारसनाथ उस मकान में आया था, तो उस गली से आते-जाते हुए रूमाल से अपनी नाक ढक लेता था; पर बाद में धीरे-धीरे उसे आदत पड़ गयी, और मोरियों से उड़नेवाली गन्ध और ह्विस्की की गन्ध में कोई अन्तर उसके लिए न रह गया; बल्कि यह कहना अत्युक्ति में शुमार न होगा कि उस विशेष गन्ध में उसकी नाक के दो छिद्रों से होकर भीतर प्रवेश करके धीरे-धीरे उसके साथ इस हद तक हेल-मेल बढ़ा लिया कि वह उसके जीवन का एक आवश्यक उपकरण बन गयी। यदि संयोग से कोई दिन ऐसा बीतता, जब वह दिन-भर मकान से बाहर रहता, तो उस गली की मोरियों का धारा-प्रवाह और नालियों की सड़ायँध उसके मन में बिछुड़न की-सी एक विचित्र बेचैनी उत्पन्न करने लगती, और वह जल्दी-से-जल्दी मकान पर पहुँचने के लिए व्याकुल हो उठता।

गली की गन्ध से भी अधिक मोह उसे अपने मकान की गन्ध के प्रति हो गया था। मकान के दरवाजे का ताला खोलते ही भीतर जाने के लिए एक गलीनुमा रास्ता मिलता था, जिसकी दाहिनी बगल में गुसलखाना और बायीं बगल में युगों से संचित सील से तर एक कमरा था, जो 'बैठक का कमरा' कहलाता था। ज्यों ही पारसनाथ ने दरवाजा खोला, त्यों ही प्रतिदिन की तरह गुसलखाना और सील से तर फर्श की परिचित गन्ध ने उसका स्वागत किया। दरवाजा भीतर से बन्द करके एक दियासलाई जलाकर उसकी रोशनी के सहारे वह भीतर गया। भीतर एक दस फीट चौड़ा और सवा सात फीट लम्बा

'सहन' मिलता था, जिसकी प्रायः एक चौथाई जगह पानी के नल से लगे हुए हौज ने घेर ली थी। 'सहन' से होकर ऊपर को सीढ़ियाँ जाती थीं और उन सीढ़ियों को पार करने के बाद एक बरामदा मिलता था। उस बरामदे से लगे हुए एक कमरे में पारसनाथ रहता था और उसी कमरे में उसका 'स्टूडियो' भी था। उस कमरे की दक्खिन की ओर की दीवार से सटा हुआ एक दुमंजिला कच्चा मकान था, जिसमें पासियों के दो-तीन कुनबे रहते थे। उत्तर की ओर 'सहन' की दीवार से सटा हुआ एक और कच्चा मकान था, जिसमें मुसलमान कसाइयों के तीन या चार परिवार रहते थे। सामने—पश्चिम की ओर, गली की दूसरी बगल में—दो चार छोटे-छोटे पक्के मकान थे, जिनमें हिन्दू, तमोली और मुसलमान बीड़ीवाले रहते थे। उत्तर की ओर बारियों और कुर्मियों की झोंपड़ियाँ थीं।

पर अपनी गली की उस हरिजन बस्ती के बीच में उसे घर की-सी सुरक्षित अवस्था की अनुभूति होती। वहाँ उसके पड़ोसियों का दैनिक जीवन उसके अपने आन्तरिक जीवन से बहुत मेल खाता हुआ-सा मालूम होता। दूर देश में भटका हुआ पंछी जिस प्रकार अपने स्वजातीय पक्षियों के बीच में आकर चैन की साँस लेता है—पारसनाथ भी उस गली में 'अपनों' के बीच में एक नीड़—बल्कि बिल—का अनुसन्धान करके परम सन्तुष्ट था।

पारसनाथ ने बत्ती नहीं जलायी, यद्यपि चारों ओर कृष्णपक्ष की रात का घना अँधेरा छाया था। पूर्व-अभ्यास की सहायता से उसने कपड़ों को उतारकर उन्हें ठीक स्थान पर टाँग दिया और जूते उतारकर चुपचाप पलँग पर लेट गया। उसके लेटते ही दक्खिन की तरफ की दीवार से सटे हुए मकान से सहसा विकट चीत्कार और कोलाहल मचता हुआ सुनायी दिया, और उसके बाद "पटापट-पटापट-पटापट!" का शब्द और साथ ही वीभत्स, अश्लील और अश्रव्य गालियों की बौछार। माजरा क्या है, यह जानने में पारसनाथ को तनिक भी देर न लगी, क्योंकि वह रोज इस तरह की बातें सुनने का आदी हो गया था। एक पासी ताड़ी पीकर आया था और आते ही अपनी पत्नी के मुँह से एक कटु व्यंग्य की बात सुनकर वह उचक उठा और एक लाठी से उसे तड़ातड़ पीटना शुरू कर दिया। पासिन भयंकर शब्द से रोने-चिल्लाने लगी और साथ ही अपने पति को माँ-बहन की गालियाँ देने लगी। इस पर उसका पति उन्हीं गालियों पर डबल कालिमामय रंग चढ़ाकर उनसे ताबड़तोड़ मशीनगन की तरह फायर-पर-फायर करता चला गया। और बीच-बीच में लाठी-चार्ज चलता जा रहा था। गालियों का अंश बहुत-कुछ काट-छाँट देने के बाद उसकी बात इस रूप में पारसनाथ के कानों में आयी—"रण्डी! हरामजादी! मैं उस आदमी को अच्छी तरह जानता हूँ जो तेरा यार है, जिससे फँसकर तू मुझे कुत्ते से भी बदतर समझने लगी है। तुझे खिलाऊँ-पिलाऊँ मैं, और गिरस्ती का सुख उठावे दूसरा! मैं आज खास तौर से इसीलिए ताड़ी पीकर आया हूँ कि अपने दिल की बातें साफ-साफ कह सकूँ—और मैं तेरा खून करूँगा, और तेरे उस यार का भी!"—यह कहकर उसने फिर तड़ातड़ पीटना शुरू किया, और उसकी स्त्री इस कदर

दहाड़ने लगी कि पास ही एक पीपल के पेड़ पर बसेरा लेनेवाले बगलों के बच्चे सोते हुए जग पड़े और मारे घबराहट के किकियाने लगे। इतने में उसी मकान के नीचे के कमरो में रहनेवाले पासी और पासिनों ने वहाँ आकर एक बावैला-सा मचा दिया। कोई उस स्त्री का पक्ष लेने लगा और कोई उसके शराबी पति का।

पासियों का झगड़ा अभी शान्त नहीं होने पाया था कि पूर्व की तरफ मुसलमान कसाइयों के यहाँ से ठीक उसी तरह की चिल्लाहट का बगूला-सा उठा। आश्चर्य की बात यह थी कि वहाँ भी एक मर्द अपनी स्त्री को पीटने लगा था और गाली के लिए ठीक उसी प्रकार के शब्दों का प्रयोग कर रहा था, जो उसके पड़ोसी पासी के मुँह से निकल रहे थे—जैसे दोनों ने एक ही स्कूल में पढ़कर एक ही शब्दकोश का अध्ययन किया हो।

पारसनाथ को अपने पड़ोसियों का वह तूफानी कोलाहल तनिक भी अप्रिय और कर्णकटु नहीं मालूम हो रहा था। उसे उन सब बातों में बड़ा रस मिल रहा था। उसके मुहल्ले में प्रायः प्रतिदिन इस तरह के झगड़े-फसाद होते रहते थे और वह उनका आदी हो गया था। दिन-रात चारों ओर के उस विकृत कोलाहल और सड़ी हुई गन्ध के बीच अपने कमरे में बैठा या लेटा हुआ वह ऐसे आराम का अनुभव करता, जैसे सैकड़ों कुलबुलाते और फुफकारते हुए साँपों के बीच में पड़ा-पड़ा लहराता हुआ एक अच्छा-खासा नाग। शिक्षित, सभ्य और सम्पन्न व्यक्तियों के बीच हमेशा एक ऐसी बेचैनी का अनुभव उसे होता था, जिसका ठीक वर्णन करने में वह असमर्थ था। उन लोगों की मण्डली में उसे ऐसा लगता, जैसे वह एक विजातीय वातावरण के बीच में आ पड़ा हो, जहाँ वह किसी हालत में भी सुरक्षित नहीं है। भीतर-ही-भीतर उन लोगों से शंकित और घबराया हुआ-सा रहता, यद्यपि बाहर से ऐसा भाव जताता, जैसे वह किसी से नहीं डरता और किसी व्यक्ति से किसी भी विषय में उसका स्थान नीचा नहीं है।

5

लेटे-लेटे पारसनाथ ने फिर एक बार उस लड़की का ध्यान किया, जिसे आज वह होटल में पाँच रुपया दे आया था। वह सोचने लगा—"क्या यह सम्भव है कि उस लड़की के मन पर मेरे उच्चाशय से प्रेरित व्यवहार का प्रभाव पड़ा होगा? उसने मेरे उस व्यवहार को किस रूप में ग्रहण किया होगा? क्या उसके मन में यह धारणा न जमी होगी कि जिस मण्डली के बीच में वह बैठी थी, उसमें केवल एक ही व्यक्ति ऐसा था, जो स्त्रियों की इज्जत करना जानता है? मैंने जो उसे बिना किसी स्वार्थ-सिद्धि के पाँच रुपये दिये, मेरी उस उदारशीलता के प्रति क्या वह उदासीन रह सकती है?"—सोचते-सोचते वह अपनी विचार-धारा का मजाक स्वयं उड़ाने लगा—"स्त्रियों की इज्जत" की बात मैंने खूब सोची! स्त्री और उसकी इज्जत! आज तक कितनी स्त्रियों की इज्जत मैंने की है? और करूँ भी क्यों? इस जाति में ऐसा कोई गुण है भी, जिसका आदर किया जा सके! मेरा ध्रुव विश्वास है कि संसार में केवल वे ही स्त्रियाँ 'सती-साध्वी' होने का ढोंग रच सकती हैं, जिन्हें या तो समाज के कड़े बन्धनों ने स्वेच्छाचरण का मौका नहीं दिया है, या जिन्हें प्रार्थित पुरुष प्राप्त नहीं हो पाये हैं। मैं अभी यदि किसी 'साध्वी' स्त्री के पीछे पड़ जाऊँ, तो देखूँ कि वह अपने सतीत्व को किस हद तक कायम रख सकती है!—वह मन-ही-मन याद करने लगा कि किन-किन 'उच्च-श्रेणी' की स्त्रियों के साथ सम्बन्ध स्थापित करने का मौका उसे मिला था, जिनसे किसी कारण से वह कतराता रहा। इसके बाद जिन-जिन 'निम्न-श्रेणी' की स्त्रियों के साथ सम्बन्ध स्थापित कर चुका था, उनके चित्रों को अपना मानसिक 'एलबम' खोलकर उलटने लगा। उनमें से एक का चित्र आग की लपट की तरह जलते हुए रंग से आलोकित हुआ और उसकी भीतरी आँखों के आगे झलझलाने लगा। जब वह दार्जिलिंग में था, तो वहाँ की एक पहाड़ी लड़की से उसका परिचय हो गया था, और वह परिचय धीरे-धीरे घनिष्ठता में परिणत हो गया। पहाड़ी-खूबानी की तरह, आग से पिघलते हुए सोने का-सा उसका रंग था और खूबानी की तरह उसका गोल मुख स्वास्थ्य और सरलता से भरपूर था। उसके सिर के घने काले और चिकने बाल, सुडौल भौंहें, न बहुत छोटी, न बहुत बड़ी आँखों की घनी और लम्बी बरौनियाँ, न बहुत चिपटी और न बहुत तीखी नाक, लम्बे-पतले, रँगे हुए-से ओंठ, सब

मिलकर उसके प्रसन्न मुख को एक अनोखा आकर्षण प्रदान करते थे। पारसनाथ के पिता कालिम्पांग में ऊन का व्यवसाय करते थे। उनसे झगड़कर वह दार्जिलिंग चला गया था और वहाँ एक नेपाली हाईस्कूल में लड़कों को पढ़ाने का काम उसे मिल गया था। एक दिन कार्निवल में उस पहाड़ी लड़की से उसका प्रथम परिचय हुआ। जुए के एक 'स्टाल' पर अण्टा-गुड़गुड़ का खेल चल रहा था। वह लड़की वहाँ पर खड़ी थी और उस खेल में पूरी दिलचस्पी ले रही थी। पारसनाथ जानता था कि दार्जिलिंग में भले घरों की लड़कियाँ भी इस तरह के खेलों में दाँव लगाना अच्छा विनोद समझती हैं; इसलिए उस लड़की को खेलते देखकर उसे कुछ आश्चर्य नहीं हुआ। वह कभी आठ आना और कभी एक रुपया दाँवपर लगा रही थी। कभी जीतती थी और कभी हारती थी; पर जिस समय से पारसनाथ ने उसमें दिलचस्पी लेनी शुरू की, तब से अधिकतर उसकी हार ही होती चली जा रही थी। एक बार वह एक-एक करके लगातार पाँच रुपये हार गयी। हार के कारण उसका गौर-वर्ण मुख तमतमा उठा था, जिससे उसका आकर्षण पारसनाथ को दुगना बढ़ा हुआ मालूम होता था। इसके बाद एक घटना घटी। लड़की ने 'ताज' पर एक रुपया रखा। जब अण्टा-गुड़गुड़ का टेबिल पर उलटाया हुआ डिब्बा ऊपर उठाया गया, तो सबने आश्चर्य से देखा कि तीनों गोटियों के ऊपर ताज के चिह्न हैं। इस हिसाब से दाँव का तिगुना रुपया मिलेगा, इस आशा से लड़की का मुख प्रसन्नता से चमक उठा। पर उसके दुःख और आश्चर्य की सीमा न रही, जब उसके रुपये पर एक दूसरे व्यक्ति ने, जिसकी शक्ल गुण्डे की-सी थी, अधिकार जमाना चाहा। उस व्यक्ति ने कहा कि वह रुपया उसने दाँवपर रखा है। लड़की ने पूरी ताकत से गुण्डे की अनधिकार चेष्टा का विरोध किया; पर गुण्डा बड़ा शोर और ऊधम मचाने लगा। लड़की रोनी-सी सूरत बनाकर दुःख, ग्लानि और लज्जा के कारण चुप हो गयी! इतने में पारसनाथ उस गुण्डे के पास गया और उसने सब दर्शकों के सामने उससे यह प्रस्ताव किया कि वह उस रुपये पर लड़की का अधिकार स्वीकार कर ले, क्योंकि वास्तव में वह रुपया उसी का है, और इस स्वीकृति के बदले में वह उसे चार के बजाय पाँच रुपये अपनी गाँठ से देगा। गुण्डा पहले थोड़ा-सा बड़बड़ाया; पर बाद में लोभवश उसने पारसनाथ की बात मान ली। स्टालवाले ने दाँव के एक रुपये के साथ तीन रुपये और मिलाकर चारों रुपये लड़की को दे दिये। इधर पारसनाथ ने गुण्डे को पाँच रुपये देकर उससे चुपचाप वहाँ से चल देने को कहा। गुण्डा बिना किसी आपत्ति के चला गया। इसके बाद पारसनाथ ने लड़की की ओर देखा। वह लड़की भी उसी की ओर देख रही थी। उसके सुन्दर मुख पर विस्मय और कौतूहल से मिश्रित कृतज्ञता का भाव झलक रहा था। पारसनाथ अपने उद्देश्य की सफलता देखकर मन-ही-मन प्रसन्नता से पुलकित हो उठा। वह दाँव लगाती जाती थी और बीच-बीच में अपनी सुन्दर कुतूहली आँखों से ससंकोच पारसनाथ की ओर देखती जाती थी। प्रायः बीस मिनट बाद वह लड़की अपने साथ की दो और लड़कियों के साथ वहाँ से चली गयी। जाते समय उसने

एक पूर्ण उत्सुकता-भरी दृष्टि से पारसनाथ की ओर देखा। पारसनाथ का रोआँ-रोआँ विकल हो उठा। वह भी उसके पीछे-पीछे चक्कर लगाने लगा—एक शोहदे की तरह नहीं, बल्कि बड़ी शालीनता के साथ, सहज-स्वाभाविक ढंग से। लड़की जिस किसी भी स्टाल में जाती, वह भी उलटे रास्ते से होकर वहाँ पहुँच जाता, और काफी दूर हटकर खड़ा रहता—जैसे वह इत्तफाक से वहाँ आ पहुँचा हो।

इसके बाद उसने इस बात का पता लगाना शुरू किया कि वह लड़की कहाँ रहती है और क्या करती है। अपने एक नेपाली मित्र से उसे मालूम हुआ कि वह छोटी-छोटी लड़कियों के एक स्थानीय म्युनिसिपल स्कूल में मास्टरनी है। यह भी मालूम हुआ कि उसकी माँ उसे दूध-पीती अवस्था में ही छोड़कर चल बसी थी, और उसके पिता उसकी माँ की मृत्यु से भी पहले घर से लापता हो गये थे, और अभी तक उनका पता नहीं लग सका। एक रोमन कैथोलिक पादरी ने एक देशी ईसाई परिवार में उस लड़की के पालन-पोषण का प्रबन्ध कर दिया और उसका नाम रेबेका रखा। बाहर के लोगों ने उसका नाम 'काञ्ची' रखा, क्योंकि जिस परिवार में वह पली थी, वहाँ की सब लड़कियों से वह छोटी थी। उसके हाईस्कूल पास करने के एक साल बाद बूढ़े पादरी की मृत्यु हो गयी। पादरी की मृत्यु के बाद पूर्वोक्त ईसाई परिवार के लिए वह भार-स्वरूप हो गयी, क्योंकि पादरी प्रतिमास नियमित रूप से लड़की के पोषण का जो खर्चा दिया करता था, वह अब बन्द हो गया। लड़की अब काफी समझदार हो चली थी। वह स्वयं अपने 'पोषकों' से मुक्ति पाने की चेष्टा में थी। म्युनिसिपल स्कूल में नौकरी लगते ही वह अलग रहने लगी। पारसनाथ ने देखा कि ऐसी हालत में लड़की से हेलमेल बढ़ाने में कोई दिक्कत नहीं होनी चाहिए। उसके उसी नेपाली मित्र ने रेबेका से उसका व्यक्तिगत परिचय करा दिया। इसके बाद बड़ी तेजी से दोनों में घनिष्ठता बढ़ती चली गयी। वास्तव में वह लड़की प्रारम्भ से ही उस पर रीझ गयी थी। क्यों रीझ गयी, इसका कारण भी पारसनाथ से छिपा नहीं रहा। पारसनाथ अवश्य देखने में सुन्दर था; पर यह बात उससे छिपी न रही कि उसकी सुन्दरता के कारण रेबेका उसके प्रति आकर्षित नहीं हुई है, और यह भी कोई विशेष कारण नहीं था कि अण्टा-गुड़गुड़ के खेल में उसने अपने पाँच रुपयों पर पानी फेरकर उस लड़की का पक्ष-समर्थन किया। यह प्रारम्भिक चुग्गा अवश्य था; पर इससे अधिक नहीं। जिस बात ने लड़की को सबसे अधिक प्रभावित किया, वह थी पारसनाथ की मन्द-मधुर और सहृदय मुस्कान, उसके मुख के भाव की शिष्ट, शालीन और समवेदनापूर्ण अभिव्यक्ति। अपने स्वभाव का विश्लेषण करते-करते इतने वर्षों के अनुभव के बाद पारसनाथ भली-भाँति समझ गया था कि उसके मुख की यह अभिव्यक्ति यद्यपि एक बाहरी मुखड़ा है, तथापि वह मुखड़ा ऐसा अकृत्रिम जान पड़ता है, कि कोई भी उसे देखकर धोखे में आ सकता है। उसके उस मुखड़े के नीचे उसका जो असली व्यक्तिगत सैकड़ों काले साँपों की तरह संयुक्त कुण्डली-चक्र रचे हुए है, वह प्रारम्भ में छिपा ही रह जाता है।

कुछ भी हो, वह लड़की सौ जानों से उस पर मर-मिटी। घनिष्ठता बढ़ते-बढ़ते यहाँ तक बढ़ी कि दोनों के बीच शारीरिक प्रेम-सम्बन्ध स्थापित हो गया। पारसनाथ कभी उसे रेबेका कहकर पुकारता, कभी 'काञ्ची' कहता और कभी 'कांचनी'। पारसनाथ ने उसका एक तैल-चित्र अंकित किया। जब चित्र पूरा तैयार हो गया, तो काञ्ची को वह इतना पसन्द आया कि वह बहुत देर तक उसे देखती रह गयी। उस चित्र के कारण पारसनाथ पर उसकी श्रद्धा चौगुनी बढ़ गयी। वह उसे एक असाधारण प्रतिभा-सम्पन्न व्यक्ति समझने लगी। पारसनाथ कभी उसे सैर के लिए बर्च-हिल के पास किसी एकान्त स्थान में ले जाता, कभी महाकाल के मन्दिर के पास एक बेंच पर बैठकर दोनों सूर्यास्त के समय सामने हिमालय के विस्तार का दृश्य देखते। कभी छुट्टी के दिन टाइगर-हिल से सूर्योदय की अनुपम छटा देखने वहाँ पहुँचे जाते। पारसनाथ हिम-पर्वतों और उनकी चोटियों के ऊपर, अथवा नीचे के बादलों पर अस्तगामी अथवा नवोदित सूर्य की रंग-बिरंगी छटा के प्रस्फुटन पर बड़ी बारीकी से गौर करता कि कहाँ पर कौन रंग गहरा है, कौन हलका और कौन मिश्रित। अपने मानसिक पट पर उस दृश्य को अंकित करके, वह अपने चित्र में उसे अविकल उतारने में बहुत-कुछ सफलता प्राप्त कर लेता।

कुछ महीनों तक रेबेका के साथ उसका रोमांस बिना किसी विघ्नबाधा के झरने के मुक्त-प्रवाह की तरह चलता रहा। दोनों में से किसी ने उस 'रोमांस' के फलस्वरूप अपने भीतर की यथार्थ प्रतिक्रिया का परिचय बहुत दिनों तक दूसरे को न दिया। इसका एक कारण शायद यह था कि दोनों नवयौवन की उमंग में बहे चले जा रहे थे और उनका ऊपरी मन उस बहे चले जाने को ही सबसे महत्त्वपूर्ण बात समझ रहा था; पर कुछ महीनों बाद काञ्ची के अन्तर्मन के मन्थन की प्रतिक्रिया उसके सचेत मन पर भी होने लगी। वह प्रारम्भ से ही पारसनाथ को आत्म-समर्पण करके उस पर पूर्ण विश्वास किये बैठी थी। उसके मन में यह निश्चित विश्वास जमा हुआ था कि पारसनाथ से उसका जो सम्बन्ध स्थापित हुआ है, वह आजीवन स्थायी रहेगा—इसमें किसी भी कारण से अन्यथा हो सकता है, इस बात की कल्पना ही उसके मन में कभी नहीं उठी। पारसनाथ का जैसा व्यवहार उसके प्रति था, उसकी सहृदयता और सच्चाई के सम्बन्ध में सन्देह का लेश भी कभी उसके भीतर उत्पन्न नहीं हुआ; पर कुछ महीनों के अनुभव से उसकी सामाजिक दृष्टि सजग हो उठी, और एक दिन जब दोनों सन्ध्या के समय 'बर्च-हिल' के एक एकान्त बेंच पर बैठे हुए थे, तो अकस्मात् वह पारसनाथ से प्रश्न कर बैठी कि विवाह के लिए उसने कौन महीना निश्चित किया है और विवाह किसी आर्य-मन्दिर में होगा, या गिरजे में? अन्यमनस्क पारसनाथ के ऊपर अकस्मात् जैसे बिजली कड़क उठी। इतने दिनों तक कभी एक क्षण के लिए भी विवाह की कोई कल्पना ही उसके मन में उदित नहीं हुई थी।

वह कुछ देर तक चकित दृष्टि से काञ्ची की ओर देखता रह गया, और फिर बोला, "विवाह? कैसा—किसके विवाह की बात तुम कर रही हो?"

काञ्ची ने शान्त भाव से कहा—"हम दोनों का, और किसका? मेरा यह खयाल है कि हिन्दू मत से ही विवाह ठीक रहेगा, और मैं जल्दी ही किसी आर्य-संस्था द्वारा अपनी शुद्धि कराना चाहती हूँ। मैंने सुना है कि मेरे माँ-बाप हिन्दू थे, और मेरे जन्मगत संस्कार भी हिन्दुओं के-से हैं।"

पर पारसनाथ को जैसे किसी ने एक ऊँची चट्टान की चोटी पर से उठाकर नीचे खड्ड पर पटक दिया हो। उसको सँभलने में काफी देर लगी। जब कुछ स्थिर हुआ, तो अपना यथार्थ मनोभाव यथेष्ट सफलता से छिपाकर वह बोला—"ठीक है। मेरी भी यही राय है, किसी विश्वसनीय और मान्य संस्था द्वारा शुद्धि करानी होगी। मैं जल्दी ही इस सम्बन्ध में पूछताछ करूँगा।"

इसके प्रायः एक सप्ताह बाद एक दिन पारसनाथ अपना बोरिया-बँधना उठाकर चम्पत हो गया, और फिर कभी दार्जिलिंग नहीं गया।

●

6

प्रारम्भ में वह अपने जीवन के इस प्रथम 'रोमांस' की याद करके मन-ही-मन खूब हँसा करता और सोचता—"अच्छा बेवकूफ मुझे बनाना चाहती थी वह छोकरी! खूब बचा भैया, खूब बचा! नहीं तो उसके जाल में प्रायः फँस ही चुका था। कैसी भोली बनी रहती थी। शुद्धि कराके हिन्दू मत से विवाह करने चली थी! किस कदर बनने लगी थी? न जाने मुझसे पहले कितनों से सम्बन्ध स्थापित कर चुकी होगी। ये पहाड़ी छोकरियाँ अपनी चारित्रिक लीला से स्वयं शैतान को भी धोखे में डाल सकती हैं।"—पर उसे उस समय पता नहीं था कि उस 'पहाड़ी छोकरी' के संसर्ग से उसके मन के मर्मस्थान पर एक बहुत छोटी-सी फुन्सी निकल आयी है, जो छोटी होने पर भी बाद में बहुत विषैली सिद्ध होने लगी और धीरे-धीरे उसका आकार भी बढ़ गया। कई दिनों तक उस स्थान पर समय-समय पर ऐसी टीस उठा करती थी कि असह्य पीड़ा से वह कराह उठता था। उसने अनेक मानसिक उपचार किये, पर मर्म की वह फुन्सी जिसने प्रायः एक फोड़े का रूप धारण कर लिया था, किसी प्रकार भी अच्छी नहीं हुई। धीरे-धीरे वह फोड़ा नासूर में परिणत हो गया और वह उसके जीवन का एक अंग बन गया। उससे उठनेवाले दर्द और निरन्तर बहनेवाले मवाद से वह अभ्यस्त हो गया। और वह मवाद भी ऐसा विषैला था, कि जिन-जिन व्यक्तियों के घनिष्ठ सम्पर्क में पारसनाथ आता था, उनके भीतरी स्तर पर उस घाव का चेप लगते ही वे भी उस मानसिक राजरोग से आक्रान्त हो जाते।

लेटे-लेटे पारसनाथ सोचने लगा कि वह काञ्ची के अकपट प्रेम और सर्वस्व समर्पण का तिरस्कार करके क्यों उससे कतराकर भाग निकला? यदि उससे विवाह कर लिया होता, तो उसमें हानि ही क्या थी? वह नौकरी करके कुछ कमा ही रहा था और स्वयं काञ्ची को भी स्कूल से कुछ-न-कुछ मिलता ही था; इसलिए आर्थिक समस्या उसके सामने निश्चय ही नहीं थी। तब कौन-सी रुकावट थी? सामाजिक! फूः! सामाजिक रुकावट! समाज से उसका क्या सम्बन्ध, जब कि वह अपनी 'व्यभिचारिणी' माता और 'धूर्त और लम्पट' पिता से हमेशा के लिए नाता तोड़कर घर से बाहर निकल पड़ा था? तब क्यों उसने काञ्ची के समान सहृदय और स्नेहशील लड़की से विवाह करके स्थायी बन्धन में बँधना अस्वीकार कर दिया! यदि उससे विवाह कर लिया होता, तो आज इस

गली-रूपी नरक का कीड़ा बनने की नौबत न आती; खाने और पीछे की जो अव्यवस्था बरसों से उसके पीछे लगी हुई है, वह न रहने पाती, और उसके वर्तमान उच्छृंखल और अस्त-व्यस्त जीवन की जो अनिश्चित गतिविधि उसे परेशान किये हुए है, वह सम्भवतः एक सुन्दर, शुभकर शृंखला में बँधकर सहज सुखमय शान्ति का रूप धारणकर लेती। इतनी मूर्खता, ऐसी भयंकर भूल उससे क्योंकर सम्भव हुई? "हाँ, ठीक है! (–उसने मन-ही-मन कहा–) व्यभिचारिणी माता और क्रूर और कपटी 'पिता' ने जो सबक मुझे सिखाया है, उसका असर कहाँ जायेगा? मैं क्यों किसी स्त्री से स्थायी सम्बन्ध जोड़ूँ, जब मेरी माँ ने (जो काञ्ची से कुछ कम सहृदय और स्नेहशील नहीं जान पड़ती थीं) अपने आचरण से मेरे 'पिता' के मन पर यह विश्वास जमा दिया है कि सतीत्व या सदाचार नाम की कोई चीज किसी की भी स्त्री में नहीं पायी जा सकती?"–अपने 'पिता' बाबू बैजनाथ की वह मर्मघाती बात फिर एक बार उसके अन्तर्मन के स्मृति-पटल को चीरकर ऊपर उठ आयी, जो प्रतिदिन प्रतिपल उसके अवचेतन मन को कुरेदती रहती थी। उन्होंने एक दिन एकान्त में पारसनाथ से कहा था–"तुझे मालूम है छोकरे, कि तू अपने बाप का–यानी अपनी माँ के पति का–बेटा नहीं है? तेरा बाप मैं नहीं, बल्कि शिवशंकर वैद्य है। उस चमार को तूने भी अक्सर अपनी माँ के पास आते-जाते देखा होगा। तेरी सूरत आधी उस चमार से मिलती है और आधी अपनी माँ से। तेरी उस कुलटा माँ के कारण ही मुझे गाँव की जमींदारी छोड़कर यहाँ इतनी दूर–कालिम्पांग में–आना पड़ा है। मैं जानता हूँ कि तू मुझे शराब-कबाब और भूटानी स्त्रियों के बीच में देखकर मुझसे घृणा करता है–तेरी आँखों से तेरे मन के इस भाव का पता मुझे स्पष्ट चल जाता है। पर तुझे जानना चाहिए कि मेरी यह दुर्दशा किसने की है! जमींदारी छोड़ने से रुपये-पैसे का कोई घाटा मुझे नहीं रहा–ऊन का जो कारोबार मैंने खोला है, उससे बिना किसी परिश्रम के तीन-चार लाख रुपया सालाना मुझे मिल जाता है; पर मेरे भीतर की जो जलन है, जो आग में लाल की हुई सैकड़ों सुइयों से सब समय मेरे मन को छेदती रहती है, वह प्रतिमास एक करोड़ रुपया मिलने पर भी कैसे शान्त हो सकती है? यदि शराब न होती और ये भूटानियाँ न होतीं, तो मैं पागल हो गया होता! इसलिए मैं खूब शराब पीऊँगा, खूब मजे उड़ाऊँगा! मुझे तेरा डर नहीं है! और देख, अब से कभी अपनी आँखों को इस तरह चढ़ाकर और नाक-भौं सिकोड़कर मेरी ओर न देखना–खबरदार! इस तरह देखना हो तो मेरे सामने न आना; वर्ना वह देख, वह जो दुनाली बन्दूक टँगी है, उससे तेरा काम तमाम कर दूँगा! जा, भग यहाँ से!"

पारसनाथ ने जब यह बात सुनी, तो सन्न रह गया। उसका सिर भिन्नाने लगा और सारा मकान लट्टू की तरह कल्पनातीत तेजी से घूमता हुआ मालूम होने लगा। उसके 'पिता' की एक-एक बात आधे-आधे वाक्यों में बिखर गयी और वे सब अर्द्धवाक्य उसके मस्तिष्क के चारों ओर नन्हें-नन्हें से भूत-प्रेतों की तरह उछल-कूद मचाते हुए उसको मुँह चिढ़ाने लगे।

उस घटना के बाद से पारसनाथ के भीतरी जीवन में भयंकर परिवर्तन आ गया। उसे ऐसा मालूम होने लगा कि जीवन के प्रभात में जो एक रहस्यपूर्ण प्रकाशमय, निर्मल आकाश, एक अज्ञात; किन्तु मनोहर स्वप्न की छवि लेकर उसकी आँखों के आगे उतरा था, उस पर किसी ने अपने दानवी हाथ से केवल एक ही बार ब्रश फेरकर एक छोर से दूसरे छोर तक गाढ़ कालिमामय कोलतार पोत दिया है। उस कोलतार की पुताई अब मृत्यु-पर्यन्त नहीं मिटने की—यह ध्रुव विश्वास उसके मन में जम गया। जिस मर्मघाती व्यंग्य, भयंकर घृणा और कुटिल प्रतिहिंसा की मुद्रा से वह भूकम्प और अग्नि-विस्फोट पैदा करनेवाली बात उसके 'पिता' ने उससे कही थी, वह आधी रात की एक विकराल भौतिक छाया के रूप में उसके मस्तिष्क के भीतर प्रवेश कर गयी, और तब से सैकड़ों तरीकों से झाड़-फूँक करने पर भी वह छाया उसके भीतर से हटी नहीं, बल्कि अधिकतर दृढ़ता से अपना आसन जमाती चली आयी थी। कालिम्पांग में पारसनाथ ने लामा लोगों के मन्दिरों की दीवारों पर भड़कीले रंगों से रंगे हुए जो विचित्र और भयावनी मूर्तियों के चित्र अंकित देखे थे, अपने 'पिता' की क्रोध, घृणा और विकृत व्यंग्य की सर्पाकार रेखाओं से बिगड़ी हुई शक्ल उसे उन्हीं दानवी मूर्तियों से मेल खाती हुई मालूम होने लगी। इसके पहले भी वह कई बार कालिम्पांग आकर अपने 'पिता' के साथ रह चुका था, पर कभी एक दिन के लिए भी उस 'तिब्बती दानव' ने (जैसा कि मन-ही-मन वह बाद में अपने उस नामधारी 'पिता' को सम्बोधित करने लगा था) स्नेह का आभास भी उसके प्रति प्रकट नहीं किया, और कभी सीधे मुँह बात नहीं की। उस शख्स का अनोखा, गन्दा, अर्द्धभोटिया वेश, सैकड़ों झुर्रियों से युक्त पालिश-रहित 'जूते' के चमड़े का-सा चेहरा और उस चेहरे पर पुता हुआ एकान्त आत्म-प्रेम, निपट घृणा और चरम हिंसा के भावों से मिश्रित अमिट रंग—ये सब बातें मिलकर उसे एक विचित्र, वीभत्स, रहस्यमय और भयानक रूप प्रदान करती थीं। वह जानता था कि उसके 'पिता' की आयु का अड़तालीसवाँ साल भी अभी पूरा नहीं हुआ है, किन्तु उसी आयु में उनके चेहरे पर बुढ़ापे का पूरा प्रकोप छा गया था। वह काफी शिक्षित थे और यूनिवर्सिटी की शिक्षा पाये हुए थे; पर कुछ वर्षों से एक विचित्र परिवर्तन उनके जीवन में आ गया था। पारसनाथ से वह परोक्ष में बातें करते थे—किसी तीसरे व्यक्ति के माध्यम से—और 'छोकरा' के सिवा और कोई शब्द कभी उसके लिए व्यवहार में नहीं लाते थे। प्रत्यक्ष रूप से केवल एक बार उन्होंने पारसनाथ से बातें की थीं—और वही अन्तिम बार भी था—जब उन्होंने स्पष्ट शब्दों में यह जता दिया कि पारसनाथ उनका बेटा नहीं है। इस चरम घटना के पहले पारसनाथ अपने 'पिता' की उपस्थिति में आतंकित रहने पर भी अपनी स्थिति को असाधारण और अस्वाभाविक नहीं समझता था। उसके पिता की ऊन की फैक्टरी में काम करनेवाले भोटिया स्त्री-पुरुष और घर के नौकर-चाकर भी उसके साथ बड़े स्नेह और सम्मान से पेश आते थे। उन लोगों के बीच में रहकर उसने भूटानी दुनिया की अद्भुत और रहस्यमयी कहानियाँ सुनकर, बौद्ध 'गुम्फाओं' (मन्दिरों) के लामा-पुरोहितों से लामा-पुराण की रोमांचकारी गाथाएँ सुनकर और उन मन्दिरों की

दीवारों पर अंकित भौतिक मूर्ति-चित्रों की कला पर अपनी बाल-बुद्धि के अनुसार बड़ी बारीकी से विचार करने की चेष्टा में तन्मय रहकर कालिम्पांग में उसके दिन बेमालूम कट जाते थे।

अन्तिम बार जब वह कालिम्पांग गया था, तब वह अज्ञान बालक नहीं रह गया था। तब वह कलकत्ता विश्वविद्यालय में एम. ए. की परीक्षा देकर छुट्टियों में वहाँ गया था। परोक्ष में प्रथम श्रेणी में पास होने की सूचना भी उसे वहीं मिल गयी थी। इसके बाद जब एक दिन उसने संकोच त्यागकर अपने जीवन के कार्यक्रम के सम्बन्ध में अपने पिता से कोई निश्चित बात तय करने का साहस किया, और यह सूचित करते हुए कि वह यूरोप जाकर चित्रकला सीखना चाहता है, व्यय की बात चलायी, तो उसी सिलसिले में उसके 'पिता' ने उसके जन्म का इतिहास सुना दिया और इस बहाने अपने भीतर बहुत दिनों से दबा हुआ सड़ा, गन्दा और बदबूदार मवाद बाहर निकालकर उसके छींटों से पारसनाथ को तरकर दिया। प्राथमिक स्तब्ध अवस्था के बाद पारसनाथ के भीतर जैसे जन्म-जन्मान्तर से संचित क्रोध और हिंसा की उन्मत्त तरंगें पागलगति से उमड़ती हुई, शेषनाग के सहस्त्र फनों की तरह फुफकार मचाती हुई, उसकी नाक के दो छिद्रों से होकर विषैली-साँसें छोड़ने लगीं। उस रात वह प्रायः एक बजे तक पलँग पर बन्धनग्रस्त पागल भेड़िये की तरह छटपटाता हुआ करवटें बदलता रहा। रह-रहकर कालकूट से भी अधिक तीव्र और उग्र विषयुक्त हाइड्रोजन से उसकी छाती बैलून की तरह फूल उठती थी—चरम विस्फोट के लिए। प्रायः एक बजे के समय वह उठा। उसे मालूम था कि मकान के एक कमरे में 'तिब्बती दानव' ने तरह-तरह के भोटिया, नेपाली और तिब्बती हथियार दीवारों पर सजाकर लटका रखे हैं। वह कमरा मकान के बीच में था और हमेशा खुला रहता था। वह चुपके से उठकर उसी कमरे में गया। नौकर-चाकर सब गहरी नींद में मग्न थे। एक दियासलाई जलाकर उसने एक विशेष स्थान पर टँगी हुई एक नेपाली 'खुकरी' उतारी। इसके बाद म्यान-सहित उसे पकड़कर चुपके-चुपके, निःशब्द किन्तु धीर और स्थिर पगों में 'तिब्बती दानव' के कमरे की ओर बढ़ा। कमरा खुला हुआ था; पर एक छोटा-सा बल्ब जल रहा था; जिसका प्रकाश उसकी चारों ओर जमी हुई काई के कारण बहुत मन्द पड़ गया था। वह जानता था कि 'दानव' बड़ा शक्की-मिजाज और कायर है, और उसके कमरे में रात-भर बत्ती जलती रहती है। 'दानव' सोया हुआ था और विकट शब्द से खर्राटे ले रहा था। पाँच 'कैण्डल-पावर' के धुँधले बल्ब के मन्द प्रकाश में उसके चीमड़ मुख की वीभत्स आकृति और भी अधिक भयावनी मालूम हो रही थी। गहरी नींद में मग्न होने पर भी उसकी आँखें एक-चौथाई खुली हुई थीं, जो उसके विकट रूप को सौगुना विकटतर बना रही थीं। और उस हालत में भी उसके मुख का घृणा और परोपेक्षा का भाव स्पष्ट परिस्फुट हो रहा था। उस भाव ने पारसनाथ के हृदय की धुआँती और ठण्डी पड़ती हुई आग को फिर एक बार दहका दिया, और उसने म्यान से खुकरी को बाहर निकालने के लिए उसकी मूठ को पकड़ा।

ऐसा करते हुए वह एकटक एक विचित्र उन्मादक दृष्टि से अपने नामधारी पिता की ओर देख रहा था, और निद्रा-विचरण की-सी दुःस्वप्नावस्था में न मालूम क्या सोच रहा था और न जाने किस बात पर गौर कर रहा था। खुकरी को जब वह आधा बाहर निकाल चुका, तो अकस्मात् उसकी तन्मय आँखों ने उस गिद्ध की तरह पड़े हुए वृद्ध की भौहों के ऊपर और एक-चौथाई खुली हुई आँखों के नीचे पड़ी हुई झुर्रियों में एक निराले और दिल दहलानेवाले करुण भाव की सूक्ष्म झलक देखी, जिसके अस्तित्व से वह इतने दिनों तक एकदम अपरिचित रहा। उस घृणा-मिश्रित करुण छाया का आभास पाकर वह, न जाने क्यों, आतंक से काँप उठा। जिस नंगी, झलझलाती हुई खुकरी को वह म्यान से आधा बाहर निकाल चुका था, वह अपने-आप, बिना उसकी इच्छित चेष्टा के, धीरे से फिर म्यान के भीतर प्रवेश करने लगी—ठीक जिस प्रकार मदारी का साँप उसके हाथ से होकर अधखुली टोकरी के भीतर अपने-आप धीरे-धीरे प्रवेश करता चला जाता है। वह अब भी उस अर्द्ध-वृद्ध गिद्ध की ओर एकटक देख रहा था और उसकी आँखें पलक नहीं मार रही थीं। अपनी तत्कालीन निद्रा-विचरण की-सी अवस्था में उसने किस प्रकार का करुण भाव उस घृणित मुख पर देखा, बाद में ठण्डे दिल से उस पर विचार करके वह उसका विश्लेषण करने की चेष्टा करने पर भी असफल रहा और क्यों उस भाव को देखकर वह आतंक से सिहर उठा, और आधी निकाली हुई खुकरी क्यों अपने-आप भीतरी चली गयी, इसका भी कारण वह कुछ सोच नहीं पाया; पर इतना निश्चित था कि उसे हत्या से रोकने का कारण चाहे और जो कुछ भी रहा हो, बुड्ढे के चेहरे के उस अव्यक्त करुण भाव से पिघलकर—दया के वश में होकर—वह उसका खून करने से विरत नहीं हुआ था। जैसा कि पहले कहा जा चुका है, 'तिब्बती दानव' के मुख पर उस अपरिस्फुट दयनीय भाव ने पारसनाथ के मन में करुणा जगाने के बजाय उसे भयभीत किया था। और यदि सच पूछा जाये, तो वह करुण भाव सैकड़ों झुर्रियों से घिरे हुए उस हिंसात्मक मुखड़े पर 'फिट' नहीं बैठता था, बल्कि उसके घृणा और विद्वेष के मिश्रित रंगों को और अधिक काला, और अधिक गाढ़ा बनाने में सहायक हो रहा था। पारसनाथ के भयभीत होने का एक कारण यह भी था।

'बुड्ढे' का खर्राटे लेना अभी तक बन्द नहीं हुआ था। पारसनाथ और एक मिनट तक उसी अधझुकी हुई अवस्था में खड़ा रहा, और उसी तन्मय दृष्टि से शायद 'बुड्ढे' की अजगर-सी आँखों के एक-चौथाई खुले भाग के भीतर अपने मर्म की दृष्टि गड़ाने की असम्भव चेष्टा करता रहा। सहसा उन आँखों के भीतर न मालूम क्या भाव देखकर वह चौंका और एक भौतिक भय से भीत होकर उसने मुँह फेर लिया। इसके बाद पहले की ही तरह निःशब्द पगों से वापस चला गया। खुकरी को यथास्थान रखकर वह अपने कमरे में वापस जाकर चुपचाप पलँग पर लेट गया।

लेटे-लेटे वह सोचने लगा—"बुड्ढे" ने जो लोमहर्षक बात मुझे सुनायी, उसमें सत्य का अंश कितना है? क्या यह सम्भव नहीं है कि माँ से किसी कारण से असन्तुष्ट होकर

उसके मन ने अनजान में उसके विरुद्ध एक काल्पनिक लांछन गढ़ लिया और अपनी उस काल्पनिकता को सत्य मानकर वह बरसों से अपने-आपको धोखा देता चला आ रहा है? निश्चय ही यही बात है। माँ का जो रूप इस नराधम ने मेरे आगे रखा है, वह कभी सत्य नहीं हो सकता! ''पर—पर—तब क्या मैं इसी व्यक्ति का बेटा हूँ? क्या यह घृणित दानव किसी भी हालत में मेरा बाप हो सकता है?'' और यह सोचकर कि कहीं वह सचमुच इसी बाप का बेटा न हो, उसके सारे शरीर पर घृणा और ग्लानि के कारण काँटे खड़े हो गये! उसके भीतर से विद्रोह की आवाज उठने लगी और वह मन-ही-मन कहने लगा—''नहीं, मैं इस वीभत्स गिद्ध का बेटा कभी नहीं हो सकता—किसी भी हालत में नहीं; न रूप में, न रंग में न किसी मनोभाव में ही उससे मेरा कोई साम्य है! पर यदि मैं उसका बेटा नहीं हूँ तो इसका अर्थ स्पष्ट ही यह है कि मेरी माँ वास्तव में व्यभिचारिणी है और मैं उसकी जारज सन्तान हूँ!''—इस अन्तिम कल्पना ने उसके अधपके फोड़े को अत्यन्त निर्ममता के साथ नाखून से खरोंच दिया। वह भीतर-ही-भीतर कराह उठा, और करवट बदलकर, लेटे-ही-लेटे उसने दोनों हाथों से अपना सिर ढक लिया।

●

7

इसके बाद अपनी माँ की चिर-परिचित सुन्दर, स्नेहपूर्ण, चिर प्रसन्न छवि उसकी बन्द आँखों के सामने घूमने लगी। और साथ ही उस वैद्य की भी आकृति सजीव रूप में उसके आगे खड़ी हो गयी, जिसके साथ 'तिब्बती दानव' ने उसकी माँ का सम्बन्ध बताया था। वह देखने में सुन्दर नहीं था; पर उसका स्वभाव बहुत शिष्ट और व्यवहार बहुत मधुर था। वह अक्सर उन लोगों के यहाँ आता-जाता रहता था। छुटपन में पारसनाथ उस वैद्य को बहुत चाहने लगा था, और उसके आने पर खेलकूद अथवा पढ़ना-लिखना छोड़कर उसके पास चला आता और ध्यानपूर्वक उसकी मीठी-मीठी बातें सुनता रहता। माँ के साथ उस वैद्य की बोल-चाल उसे कभी किसी अज्ञात कारण से भी नहीं खली। यह कल्पना कभी भूल से भी उसके मन में नहीं उठी कि वह मधुरभाषी और शिष्टस्वभाव वैद्य उसकी माँ का प्रेमी हो सकता है, और—और—उसके बेटे का बाप भी! और आज अकस्मात् वज्र के आलोक से भयंकर 'सत्य' उसके आगे प्रकट हुआ, जिसने एक पल में उसे संसार से और समाज से एकदम छिन्न कर दिया, जीवन की महत्त्वाकांक्षा का तार तोड़ दिया और यौवन की रंगीनी का जाल नष्ट कर दिया। अलिफलैला के किसी जिन्न ने सहसा आकर बीस वर्ष से परिचित दुनिया का रूप एक क्षण में इस प्रकार मूलतः बदल दिया कि वह कुछ समझ ही नहीं पाता था। उस बदली हुई दुनिया में मानवी सृष्टि का कोई चिह्न ही उसे कहीं नजर नहीं आता था, सर्वत्र किसी पैशाची सृष्टि के विचित्र, वीभत्स और भयावनी आकृति-प्रकृति के जीव-जन्तु उसे दिखायी दे रहे थे। उसके मन में एक दुर्निवार तरंग उठी कि बन्दूक से गोली खाकर आत्महत्या कर ले; पर न जाने उसके मन के किस अतल में सोया पड़ा दानव आज के भयंकर मन्थन और आन्दोलन के फलस्वरूप अँगड़ाइयाँ लेता हुआ उठ बैठा था और समस्त मानव-समाज के प्रति एक विकृत प्रतिहिंसा के भाव से उसकी आत्मा को ओत-प्रोत करता हुआ, उसके अनजान में उसे आत्महत्या से विरत कर रहा था।

दूसरे ही दिन वह अपने 'पिता' के किसी कारिन्दे से पचास रुपया उधार लेकर बिना किसी से कुछ कहे-सुने दार्जिलिंग चला गया। दार्जिलिंग में उसे एक स्कूल में नौकरी मिल गयी थी, यह पहले ही कहा जा चुका है। दार्जिलिंग में काञ्ची से घनिष्ठता होने

पर अपने बीस वर्ष के आदर्शोन्मुख जीवन के पुराने अभ्यास से उसने उसके साथ सहज प्रेममय व्यवहार प्रदर्शित किया था, पर नवोत्थित दानव उस विश्वास-परायण, सरल-हृदय, अनुभवहीन, एकाकिनी लड़की के प्रति प्रतिहिंसा के अस्त्र का पहला प्रयोग करने के लिए कुतूहली हो उठा। फलस्वरूप उसे ऐन मौके पर धोखा देकर वह भागकर कलकत्ते चला गया, जैसा कि पहले कहा जा चुका है। कलकत्ते में वह प्रायः तीन वर्ष तक अव्यवस्थित जीवन बिताता रहा। बीच-बीच में, कुछ महीनों तक किसी स्कूल में नौकरी करके, कुछ महीनों तक प्राइवेट ट्यूशन द्वारा और कुछ महीनों तक एक दुकान में सेल्समैन की हैसियत से काम करके वह अपना खर्चा चलाता रहा। साथ-ही-साथ चित्रकला का जो थोड़ा-बहुत अभ्यास उसने किया था, उसे एक निश्चित रूप देने की आकांक्षा से उसने किसी एक विद्यालय में उक्त कला की विशेष शिक्षा भी प्राप्त की। इसके बाद इधर-उधर भटकता हुआ एक दिन वह युक्तप्रान्त के उस शहर में पहुँच गया, जिसका उल्लेख पहले किया जा चुका है। कालिम्पांग की घटना के बाद से उसने निश्चय कर लिया था कि इस जीवन में अब न कभी घर जायेगा और न कोई पत्र अपनी माँ को लिखेगा। 'तिब्बती दानव' को तो वह पहले भी कभी कोई पत्र नहीं लिखता था।

जब वह युक्तप्रान्त के पूर्वोक्त शहर में आया, तो प्रारम्भ में कुछ दिनों तक रोजी का कोई भी सिलसिला न लग सकने के कारण उसे बड़ी परेशानी उठानी पड़ी; पर बाद में कुछ पुस्तक-प्रकाशकों से उसका परिचय हो गया और वह दो-दो, चार-चार रुपयों पर उनकी पुस्तकों के 'डिजाइन' तैयार करके किसी तरह, लशटम-पशटम अपनी गुजर करने लगा। धीरे-धीरे जब उसकी परिचित मण्डली की परिधि और विस्तृत हो गयी, और कुछ व्यक्तियों को उसकी कला विशेष रूप से पसन्द आने लगी, तो उसे चित्रकला के शिक्षक के बतौर दो-तीन व्यक्तियों ने नियुक्त कर लिया। बाद में दो स्थानों से उसे अलग हो जाना पड़ा—शिक्षार्थियों की उदासीनता के कारण। अब केवल एक जगह वह चित्रकला सिखाने जाता था—पण्डित छगनलाल भुजौरिया के यहाँ। भुजौरिया जी से पारसनाथ का परिचय कैसे हुआ और उनकी 'धर्मपत्नी' नन्दिनी को अकस्मात् चित्रकला सीखने का शौक कैसे चर्राया, इसका भी एक छोटा-सा इतिहास है। भुजौरिया जो अपने 'मित्रों' पर यह जमाने के आदी थे कि वह केवल सब प्रकार की ललित कलाओं के शौकीन ही नहीं, बल्कि विशेषज्ञ भी हैं। दो-चार मरभुक्खे चित्रकारों द्वारा अंकित मूल चित्र बहुत ही सस्ते दामों में प्राप्त करके अपने बैठके के कमरे को उन्होंने सुशोभित कर रखा था, और जो कोई भी मित्र उनसे मिलने आता, उसका ध्यान वह प्रत्येक चित्र की 'स्वाभाविक और कलापूर्ण सुन्दरता' की ओर आकर्षित करते हुए बड़े गर्व का अनुभव करते। जब उन्हें मालूम हुआ कि पारसनाथ एक गरीब चित्रकार है और चित्र भी खासे अच्छे तैयार कर लेता है, तो उन्होंने उससे दोस्ती गाँठनी शुरू की। पारसनाथ का शिष्ट, शान्त और संकोची स्वभाव उन्हें बहुत पसन्द आया। पहले ही दिन अपने यहाँ उसे ले जाकर उन्होंने अपनी धर्मपत्नी से उसका परिचय कराया और उसे

खाना खिलाकर बड़ी आवभगत की। जब कभी वह अपनी श्रीमती का परिचय किसी व्यक्ति से कराते तो कहते—"यह मेरी धर्मपत्नी नन्दिनी है।" 'धर्मपत्नी' शब्द को अपने मित्रों के बीच में उन्होंने इस कदर 'पेटेण्ट' करवा लिया था कि जब उनके किसी मित्र को उनकी श्रीमती का हाल जानना होता, तो वह पूछता—"कहिये भुजौरिया जी, आपकी धर्मपत्नी की तबीयत कैसी है?"—भरसक गम्भीरता के साथ मित्र महाशय यह प्रश्न करते, पर रोकने की पूरी चेष्टा करने पर भी व्यंग्य की मुस्कान उनके ओठों के इर्द-गिर्द झलक उठती; किन्तु भुजौरिया जी कभी उस बात को व्यंग्य के रूप में ग्रहण न करते और परिपूर्ण गम्भीरता के साथ अपने गहरे नीले रंग के चश्मे के भीतर से कहते—"उसकी तबीयत का हाल क्या बताऊँ साहब, एक-न-एक बीमारी उसे लगी ही रहती है। 'एनीमिया' की पुरानी शिकायत तो थी ही, अब इधर कुछ दिनों से 'लिवर' बढ़ जाने से वह परेशान रहती है। सोलह-सोलह रुपये के तीन-तीन डॉक्टर रोज सुबह-शाम देखने आया करते हैं। कीमती दवाएँ उसे इस कदर खिलायी जा चुकी हैं कि कुछ ठिकाना नहीं। खर्चे की मुझे परवाह नहीं है; पर कुछ फायदा तो हो!"—यह कहते हुए वह मुख की मुद्रा ऐसी बनाते, जिससे इस बात पर अविश्वास करने का कोई कारण न रह जाता, वह अपनी 'धर्मपत्नी' से बेहद प्रेम रखते हैं।

पारसनाथ से एक दिन उन्होंने कहा—"मैं तो अपने को कलाकारों का बेदाम का गुलाम समझता हूँ और उनकी बड़ी इज्जत करता हूँ। मैं जानता हूँ कि हमारे यहाँ के चित्रकार आर्थिक चिन्ता से किस कदर पीड़ित रहते हैं, इसलिए मैं भरसक अपने वित्तानुसार उन्हें 'पैट्रोनाइज़' करने की चेष्टा करता रहता हूँ। आप मुझे सुन्दर-सुन्दर चित्र देते रहिये, मैं भरसक आपकी सेवा करता रहूँगा। मैं बखूबी जानता हूँ कि कलाकार की कृति अमूल्य होती है, उसका मूल्य रुपयों से नहीं चुकाया जा सकता; इसलिए मैं आपकी चीजों का बाजारू मूल्य पूरा चुकाने पर भी यह समझूँगा कि आपने मुझ पर असीम कृपा की है, और आप देखेंगे कि कृतज्ञता-प्रकाशन में मैं यथाशक्ति कोई त्रुटि नहीं करूँगा। मैंने सुना है कि आप तिब्बती चित्रकला के विशेषज्ञ हैं, इसलिए आप पहले मुझे उसी नमूने का एक चित्र तैयार करके दीजिये। उसके बाद जो पहाड़ी दृश्य आपको सबसे सुन्दर लगा हो, उसका एक चित्र तैयार करके दीजिये। और—और—एक और चित्र आपको मेरे लिये तैयार करना होगा। मेरी धर्मपत्नी को 'मॉडल' बनाकर एक सुन्दर नारी-मूर्ति की रचना आपको करनी होगी। ये तीन चित्र फिलहाल आप तैयार करके मुझे दें। आप देखेंगे, मैं एक महीने में आपका वह 'प्रोपेगण्डा' करूँगा, जो वर्षों में भी दूसरे लोग नहीं कर पाते।"

भुजौरिया जी की सदाशयता पर पारसनाथ वास्तव में मुग्ध हो गया। परदेश में अपने संकोची और अभिमानी स्वभाव के कारण वह विकट आर्थिक परिस्थिति में पड़ा हुआ था, इसलिए एक निश्चित आश्रय पाने की आशा से वह मन-ही-मन भुजौरिया जी को हार्दिक धन्यवाद देने लगा। जब पहले-पहल उसने भुजौरिया जी को देखा था, तब उनके

मुख की आकृति और हाव-भाव देखकर सहम गया था। उसे ऐसा मालूम होने लगा था कि, 'तिब्बती दानव' की प्रतिमूर्ति उसके सामने आकर खड़ी हो गयी है। भुजौरिया जी की आँखें गहरे काले रंग के 'क्रुक्स लेन्स'-युक्त चश्मे से ढकी होने के कारण उनका यथार्थ भाव जानना कठिन था–वही एक बचत थी, जिससे वह कुछ आश्वस्त हुआ था, वर्ना वह बहुत घबरा उठा था; पर, जब उसने उनका प्रेमपूर्ण व्यवहार देखा, तो वह गद्गद हो गया; और विशेषकर जब उन्होंने अपनी धर्मपत्नी से बेतकल्लुफी का सम्बन्ध स्थापित करने का मौका उसे दिया, तो वह और भी अधिक कृतज्ञ हो उठा। उसने जल्दी-जल्दी दो चित्र भुजौरिया जी की इच्छा और सुझाव के अनुसार तैयार करके उन्हें दे दिये। भीतर-ही-भीतर उन चित्रों से बहुत प्रसन्न होने पर भी बाहर से 'पैट्रोनाइजिंग' स्वर में उन्होंने कहा–"चित्र काफी अच्छे हैं। कुछ सुधार की आवश्यकता अवश्य है; पर थोड़ा परिश्रम और करने से आप इस कला में विशिष्टता प्राप्त कर लेंगे–मेरा यह विश्वास है। आप अब मेरी धर्मपत्नी को 'मॉडल' बनाकर एक ऐसी नारी-मूर्ति तैयार कीजिये, जो बरबस दर्शकों का ध्यान अपनी ओर आकृष्ट कर ले। इस बात का ध्यान रखियेगा कि बैक-ग्राउण्ड कवित्वपूर्ण रहे और रंग भड़कीले हों; पर हों सुरुचिपूर्ण।" पारसनाथ के मन में यह सन्देह बिना किसी प्रत्यक्ष कारण के घर कर गया था कि नन्दिनी 'मॉडल' बनने से इनकार कर देगी; पर उसके आश्चर्य का ठिकाना न रहा, जब वह केवल राजी ही नहीं हुई, बल्कि बहुत प्रसन्न हुई। चित्र जब समाप्त हो गया, तो उसे देखकर वह और अधिक प्रसन्न हो उठी। उसके बाद उसने स्वयं चित्रकला सीखने का प्रस्ताव किया।

●

8

दो दिन बाद शाम को पारसनाथ उसी होटल में अकेले गया। उस लड़की के सम्बन्ध में अपने कौतूहल को वह किसी प्रकार भी दबा नहीं पाता था। होटल के उस विशेष नौकर को उसने बुलाया, जो पिछले दिन उस लड़की को उन लोगों के पास पहुँचा गया था। वह एक जवान छोकरा था। उसकी आँखें यद्यपि शरारत से भरी थीं, तथापि उनमें एक स्निग्ध कोमल भाव भी वर्तमान था। पारसनाथ ने उससे धीरे से पूछा—"कल तुम जिस लड़की को लाये थे, उसे आज भी ला सकते हो?"

"जी हाँ!"

"वह क्या इसी होटल में रहती है?"

"जी नहीं!"

"तब? क्या किसी चकले में रहती है!"

"जी नहीं!"

"तब?"

"वह अपने घर रहती है—वह एक भले घर की लड़की है, बाबू जी। कॉलेज में पढ़ती है।"

पारसनाथ के आश्चर्य का ठिकाना न रहा। भ्रान्त दृष्टि से नौकर की ओर देखता हुआ बोला—"भले घर की लड़की है, कॉलेज में पढ़ती है, और तिस पर भी रोजगार करने के लिए होटलों में आती है!"

"वे लोग अब बहुत गरीब पड़ गये हैं, बाबू जी!"—मन्द, करुण और साथ ही दुष्टतापूर्ण मुस्कान से नौकर ने कहा।

पर पारसनाथ की भ्रान्ति का निवारण कतई नहीं हुआ, बल्कि उसका कौतूहल उत्तरोत्तर बढ़ता ही चल गया। कुछ देर तक चुप रहकर उसने कहा—"कुछ भी हो, तुम जाकर उसे बुला लाओ। हाँ, इसके पहले एक काम करो। मैं इस बड़े कमरे में नहीं बैठना चाहता—इसके अलावा यह कमरा एकदम रास्ते पर है। एक छोटा-सा एकान्त कमरा मुझे चाहिए...हाँ, एक बात और है। पहले मुझे एक बोतल 'बियर' दे जाओ। मैं पहले 'बियर' पी लूँ, तब उसे मेरे पास लाना, समझे?"

"जी हाँ।"

"तब जाओ...पर पहले मुझे कमरा दिखा दो।"

'ब्वाय' उसे तीसरी मंजिल पर एक छोटे-से कमरे में, जो वास्तव में एकान्त स्थान पर था, ले गया। वहाँ पंखा वगैरह ठीक करके तब बियर लाने गया।

थोड़ी देर में एक बोतल बियर, एक सादा गिलास और एक प्लेट में बरफ और बोतल खोलने की चाभी लेकर वह वापस आया। तीनों चीजों को मेज पर रखकर उसने कहा—"मैं बाहर खड़ा हूँ, जब आप हुक्म देंगे मैं उस लड़की को बुला लाऊँगा।"—यह कहकर वह चला गया।

पारसनाथ ने बोतल खोलकर गिलास में बियर डाली और उसके बाद चम्मच से उसमें बरफ डालकर वह प्रायः आधा गिलास एक साँस में पानी की तरह पी गया। इसके बाद एक सिगरेट जलाकर पीने लगा, और पीते हुए सोचने लगा—"मैंने बड़ी चतुराई की जो ह्विस्की न मँगाकर बियर मँगायी। वह लड़की निश्चय ही शराबियों से घृणा करती होगी। उस रोज की घबराहट का एक कारण निश्चय ही यह भी रहा होगा कि उसकी अगल-बगल के दोनों व्यक्ति अधिक ह्विस्की पिये हुए थे। एक तो ह्विस्की की गन्ध से उसका माथा भिन्ना रहा होगा, तिस पर शराबियों से सावधान रहने की शिक्षा ऐसी लड़कियों को पहले से ही दे दी जाती है; पर बियर की गन्ध एक तो उग्र नहीं होगी, तिस पर उसके पीनेवाले का दिमाग दुरुस्त रहता है। मैं ठण्डे दिमाग से उस लड़की से बातें करना चाहता हूँ।"

उसने गिलास को मुँह से लगाया और जो बियर उसमें बची हुई थी, उसे भी एक साँस में पी गया। इसके बाद दूसरी बार गिलास भरकर उसने बोतल को खाली कर दिया। इस बार भी उसने दो घूँटों में गिलास खाली कर दिया, और तब छोकरे को पुकारा। छोकरा आया। पारसनाथ ने कहा—"जाओ, अब उसे बुला लाओ।"—छोकरा चला गया। पारसनाथ ने खाली बोतल और खाली गिलास को टेबिल के नीचे छिपाकर रख दिया।

लड़की के स्वागत के लिए पारसनाथ अपने मन को तैयार करने लगा। बियर पीने से एक हलके-से गुलाबी नशे ने उसके मन को और मस्तिष्क को छा दिया था। उसका चित्त इस समय बहुत प्रसन्न और स्वस्थ था। वह जानता था कि यदि वह अपनी मित्रमण्डली के साथ होता, तो उसके मन की स्थिति हरगिज ऐसी प्रफुल्ल न होती। अपनी इस उलटी प्रकृति पर उसे स्वयं आश्चर्य होता था कि साथियों के बीच में पीने की अपेक्षा अकेले में पीने से वह अधिक प्रसन्न रहता है। उसने सोचा कि उस अत्यधिक संकोचशीला और रहस्यमयी लड़की से बातें करने का इससे अच्छा मौका दूसरा हो नहीं सकता। फिर भी एक अज्ञात आशंका से उसका हृदय रह-रहकर मृदु-मन्द धड़क रहा था। यह क्यों?—वह मन-ही-मन सोचने लगा—"किसी युवती स्त्री से, और खासकर ऐसी स्त्री से, जो होटल में रोजगार के इरादे से आती हो, ऐसे स्वच्छन्द

और साथ ही एकान्त स्थान में बातें करने से घबराहट की कौन-सी बात है? आज तक इस तरह की कितनी ही स्त्रियों से वह 'प्रेमालाप' कर चुका था; पर कभी इस प्रकार की हौलदिली और आत्मविश्वासहीनता का अनुभव उसने नहीं किया। और आज एक साधारण-सी लड़की का इन्तजार करते हुए उसका चित्त डाँवाँडोल होने लगा—यह वास्तव में उसके लिए आश्चर्य की ही बात थी।"

बाहर किसी के पाँवों की आहट सुनायी दी। ऐसा मालूम हुआ कि कोई व्यक्ति चप्पलों से होनेवाली आवाज को दबाने की चेष्टा करता हुआ धीरे से चला आ रहा है। सहसा वही भीत, चकित, संकुचित और भ्रान्त मूर्ति दरवाजे पर आकर खड़ी हो गयी, जिसकी प्रशंसा पारसनाथ इतनी देर तक आशा और आशंका की मिश्रित धड़कन के साथ कर रहा था। वह घबराहट के साथ उठ खड़ा हुआ और अत्यन्त शिष्टता के साथ नमस्कार के रूप में हाथ जोड़ता हुआ बोला—"आइये, पधारिये!"—उसकी इस शिष्टता से लड़की के मुख पर संकोच का भाव और अधिक घनीभूत हो आया, पर भय का भाव स्पष्ट ही बहुत-कुछ कम हो गया। वह कनखियों से पारसनाथ की ओर देखती हुई आगे बढ़ी। पारसनाथ ने सामनेवाली कुर्सी की ओर हाथ से संकेत करते हुए अत्यन्त विनम्रता के साथ कहा—"तशरीफ रखिये!"

लड़की फिर एक बार कनखियों से उसकी ओर देखकर धीरे से उसके बताये हुए स्थान पर जाकर बैठ गयी। पारसनाथ ने जान-बूझकर उसे अपनी बगलवाली कुर्सी पर बैठने को नहीं कहा। जब लड़की बैठ गयी, तो पारसनाथ स्वयं भी बैठ गया। लड़की ने सिर तनिक झुका लिया था, और वह आधी दृष्टि से पारसनाथ की ओर देख रही थी। पारसनाथ ने इस बात पर गौर किया कि लड़की का कद लम्बा है, और मोटाई उस कद के अनुपात में न होने पर भी वह बहुत दुबली भी नहीं दिखायी देती थी। उसकी साड़ी से उसके सिर का केवल आधा भाग ढक रहा था। गहरे काले और चिकने बालों के बीच में एक पतली किन्तु सुरुचि से सँवारी हुई माँग उसके सारे व्यक्तित्व को एक निराला तीखापन प्रदान कर रही थी। उसकी नाक लम्बी और तीखी थी; पर उसका सिर बहुत नुकीला न होकर कुछ गोलाई लिये हुए था, और आश्चर्य की बात है कि उस गोलाई के कारण उसकी नाक की सुन्दरता घटने के बजाय और अधिक बढ़ी हुई मालूम होती थी।

जैसा कि पहले कहा जा चुका है, पारसनाथ के चित्त की स्थिति आज बहुत ही स्वस्थ और प्रसन्न थी। बियर ने जिस हलकी गुलाबी मादकता से उसके मस्तिष्क को आच्छन्न कर रखा था, उसके कारण उसे ऐसा अनुभव हो रहा था, जैसे उसके भीतर की सब कुटिल और विषैली प्रवृत्तियाँ उसके मन के अतल में जाकर डूब गयी हों, और उनके स्थान पर उसकी किशोर अवस्था का सहज, सुन्दर और निष्कपट व्यक्तित्व पूरे वेग से ऊपर उभर आया हो। बहुत दिनों के बाद आज एक अपूर्व कोमल, निर्मल और निश्छल भाव उसके पुलकित हृदय में रंगीन फुहारे बरसाने में सफल हुआ था। अत्यन्त

कुटिल और अस्वाभाविक परिस्थितियों के फेर में पड़ने के कारण जो तलखी, जो आत्मनाशी और समाजधाती विषैली कटुता, वर्षों से उसके भीतर संचित होती आयी थी, वह इस समय न जाने किस मायामन्त्र के प्रभाव से अन्तर्हित हो गयी। पाप और पीड़न की क्लेदाक्त, ग्लानियुक्त भावना को वह इतने दिनों से जान-बूझकर अपनाता चला आ रहा था, उस विकृत भावना में एक प्रकार का विचित्र, पाशविक—बल्कि पैशाचिक—सुख प्राप्त कर रहा था, वह उसकी तत्कालीन मीठी और मादकता की परिस्थिति, उस अद्भुत रहस्यमयी लड़की की उपस्थिति में न जाने कहाँ काफूर हो गयी। अपने मन के उस आकस्मिक परिवर्तन से वह जितना ही विस्मित हो रहा था, उतना ही पुलकित भी हो रहा था। इस बात की आशा उसे कतई नहीं थी कि उसका वह मनोभाव स्थायी रहेगा, पर चाहे जितने भी समय के लिए रहे, उसका महत्त्व बहुत बड़ा है, यह बात वह निश्चित रूप से समझे बैठा था। वह लड़की ही उसकी मानसिकता के इस महान् परिवर्तन का कारण थी, इस सम्बन्ध में उसे तनिक भी सन्देह नहीं रहा। पर क्यों? उस लड़की में कौन-सी ऐसी विशेष बात थी, जिसका ऐसा मार्मिक प्रभाव उसके मन पर पड़ा? आज तक जितनी नवयुतियों से उसका परिचय हो चुका था, उनमें से किसी की भी अपेक्षा वह नयी लड़की अधिक सुन्दरी नहीं थी। बल्कि सच पूछा जाये, तो उन सबकी तुलना में उसकी शारीरिक सुन्दरता अत्यन्त फीकी लगती थी। उसका आवश्यकता से बहुत अधिक लम्बा मुख, नुकीली ठुड्डी और गालों और ठुड्डी के बीच पड़े हुए गड्ढे—इन सब विशेषताओं का यदि विश्लेषण किया जाये, तो वह निश्चित रूप से शारीरिक सौन्दर्य के पारखियों के आगे कुरूप सिद्ध होती; पर उसके समस्त व्यक्तित्व से एक अनोखी रहस्यपूर्ण तीक्ष्णता, एक निराली पुनीत अस्पर्शिता की अदृश्य और सूक्ष्म—बल्कि, आध्यात्मिक—तरंगें उठकर संचित पापवासना की विषैली साँसों से गन्दे उस होटल के कमरे के एकान्त वातावरण को बड़ी तीव्र से आन्दोलित कर रही थी।

कुछ क्षण तक कमरे में स्तब्ध सन्नाटा छाया रहा। इसके बाद पारसनाथ ने अत्यन्त विनम्र भाव से, मधुर वाणी में पूछा—"देवी जी, क्षमा कीजियेगा, मुझे आपका नाम मालूम नहीं हुआ!"

कौतूहल-भरी आधी दृष्टि से एक बार पारसनाथ की ओर देखकर लड़की ने फिर आँखें नीची कर लीं, और दाहिने हाथ की तर्जनी से मेज पर कुछ अर्थहीन सांकेतिक चिह्न अंकित करती हुई, बहुत ही धीमी आवाज में वह बोली—"मुझे मंजरी कहते हैं।"

उसकी उस धीमी आवाज में एक ऐसा अप्रत्याशित जादू था, जिसने पारसनाथ की नजर में उसके व्यक्तित्व को कई स्तर ऊँचे चढ़ा दिया। वह अत्यन्त पुलकित हो उठा और श्रद्धा और सम्मान से भरी मुस्कान का हलका-सा आभास अपनी तनिक सलज-सी आँखों में झलकाता हुआ बोला—"ओह! मंजरी देवी! बड़ा ही सुन्दर, कवित्वपूर्ण नाम है! पर मंजरी देवी, एक बात है। आपके मुख के भाव से कुछ ऐसा आभास मिलता

है, जैसे आप मुझे एक अत्यन्त हीन और पतित व्यक्ति समझती हों। इसमें सन्देह नहीं कि मैं वास्तव में एक गिरा हुआ प्राणी हूँ—जैसा कि मेरी प्रत्येक बात से, प्रत्येक व्यवहार से आपके आगे स्पष्ट हो रहा होगा। फिर भी मैं नम्र निवेदन के साथ आपसे यह प्रश्न करने का दुस्साहस करना चाहता हूँ कि क्या मैं सचमुच इतना अधिक घृणा के योग्य हूँ, जितना मेरे प्रति आपके रुख से प्रकट हो रहा है? मैं आपको विश्वास दिलाता हूँ, मंजरी देवी, कि मैं हीन होने पर भी बहुत दुःखी हूँ—परिवार से अभिशप्त, समाज से बहिष्कृत और संसार से तिरस्कृत। यकीन मानिये, मैं बन नहीं रहा हूँ, मैं सच्चे हृदय से यह यथार्थ बात आज पहली बार आपके आगे प्रकट कर रहा हूँ, जिसे इतने दिनों तक सबसे छिपाता रहा। मुझे घृणा और सन्देह की दृष्टि से नहीं, बल्कि करुणा की दृष्टि से देखिये मंजरी देवी!" यह कहते हुए वास्तव में उसकी आँखें छलछला आयीं और एक मार्मिक व्याकुलता प्रकाश-रेखाओं के रूप में उनसे विकीरित होती हुई मालूम हुई। लड़की इस समय पूर्ण दृष्टि से—आँखें फाड़-फाड़कर—स्तब्ध भाव से उसकी ओर एकटक देख रही थी। संकोच, सन्देह और घबराहट का कोई चिह्न भी इस समय उसके मुख पर शेष नहीं रह गया था। उसकी आँखों में केवल जिज्ञासा का भाव वर्तमान था; पर वह कुछ बोली नहीं, उसी पूर्ण जिज्ञासु भाव से पारसनाथ की ओर देखती रही।

पारसनाथ को अपनी भावुकता पर स्वयं आश्चर्य हो रहा था। नशे का अनुभव वह इसके पहले कई बार कर चुका था, पर नशा चाहे कैसा ही गहरा क्यों न हो, इस प्रकार की भावप्रवणता उसमें इसके पहले कभी किसी भी हालत में नहीं आयी थी। जीवन के प्रति बराबर एक व्यंग्यपूर्ण हिंसात्मक दृष्टिकोण उसका रहा था, और इस प्रकार भावुकता को वह ओछे, छिछले और हीन प्रकृति के व्यक्तियों की विशेषता समझता था। तिस पर किसी स्त्री के आगे आवेश में आना तो उसकी दृष्टि में हीनता की चरम सीमा थी; इसलिए आज का अनुभव उसके लिए एकदम नया था।

मंजरी का विभ्रान्त और जिज्ञासु भाव देखकर उसका साहस बढ़ गया। उसी भाव-विह्वल गद्गद स्वर में उसने कहा—"यदि आप अनुचित न समझें, तो इस बगलवाली कुर्सी पर आकर तशरीफ रखें, मंजरी देवी। मुझसे किसी प्रकार के अनुचित व्यवहार की आशंका आप न करें। मेरी इस बात पर विश्वास करें कि आपके प्रति मेरी मन में एक सम्मान का भाव उत्पन्न हो गया है।"

घनी, काली बरौनियों से युक्त अपनी बड़ी-बड़ी तनी हुई आँखों की पूर्ण दृष्टि में विस्मय-उत्सुक भाव प्रकट करती हुई मंजरी कुछ देर तक उसकी ओर देखती रही; इसके बाद धीरे से उठकर पारसनाथ की बगलवाली कुर्सी पर आहिस्ते से बैठ गयी।

"आपकी इस कृपा के लिए मैं आपको हृदय से धन्यवाद देता हूँ।"—यह कहते हुए पारसनाथ के मुख पर पुलक और करुणा-भरी मुस्कान की अस्पष्ट छाया घिर आयी।

मंजरी अनमने भाव से मेज पर रखी हुई एक बुझी हुई सिगरेट के टुकड़े को उठाकर दोनों हाथों से उसके बाहर का कागज चीरकर उसके भीतर भरी हुई तम्बाकू की पत्तियों

को बाहर निकालने लगी। सहसा पारसनाथ बोल उठा—"ओह! आप क्या—आप क्या सिगरेट पीती हैं! माफ कीजियेगा..."

तम्बाकू की पत्तियों को मेज पर बिखेरते हुए पारसनाथ की ओर न देखकर मंजरी ने तनिक नाज से अपनी गर्दन को किंचित् लचकाकर कहा—"जी नहीं।" "जी" शब्द पर उसने कुछ जोर दिया। उसकी गर्दन लचकाने की मुद्रा और "जी" शब्द पर जोर देने का ढंग—इन दो बातों ने पारसनाथ के मन पर यह धारणा जमा दी कि मंजरी के मन में न उसके प्रति अविश्वास का भाव शेष रह गया है, न किसी प्रकार की आशंका का चिह्न। कुछ ही समय पहले जो लड़की जाल में फँसी हुई, संगीहीन और असहाय कपोती की तरह संकुचित और भीत होकर थर-थर काँप रही थी, उसमें आश्वासन और विश्वास का भाव जगाने में सफलता प्राप्त करने के कारण पारसनाथ की प्रसन्नता का ओर-छोर नहीं था; पर उसने भरसक अपने उस हर्षाकुल भाव को दबाने की चेष्टा की। वह मंजरी की लम्बी-लम्बी और पतली उँगलियों के सुन्दर, सुडौल नाखूनों पर गौर करता हुआ कुछ देर तक न मालूम क्या सोचता रहा। इसके बाद उसने कहा—"मैं आपसे कुछ प्रश्न करना चाहता हूँ—यदि आप मेरी ढिठाई क्षमा करें तो!"

मंजरी ने कौतूहल-भरी दृष्टि से उसकी ओर देखा, पर वह बोली कुछ नहीं। पारसनाथ कहता चला गया—"क्या मैं जान सकता हूँ कि आपका घर—जन्म स्थान—कहाँ है?"

तम्बाकू की बिखरी हुई पत्तियों को मेज पर से झाड़ते हुए मंजरी ने बिना पारसनाथ की ओर देखे बहुत ही धीरे से कहा—"मेरा जन्म दिल्ली में हुआ, पर वैसे हम लोग हापुड़ के रहनेवाले हैं।"

"ओह, यह बात है! अच्छा, आपके पिता जी यहाँ क्या करते हैं?"

इस बार मंजरी ने कनखियों से, पारसनाथ की ओर देखा, और फिर बोली—"मेरे पिता जी की मृत्यु कई साल पहले हो चुकी है।"

"तो इस समय यहाँ आपके घर पर कौन-कौन हैं?"

"माँ के सिवा और कोई नहीं है!"

"भाई-बहन।"

"कोई नहीं।"

"ओह, समझा! तो—तो आप लोगों की गुजर कैसे...पर माफ कीजियेगा, मैं जानता हूँ कि मैं ज्यादती कर रहा हूँ और मुझे इस प्रकार का प्रश्न करने का कोई अधिकार नहीं है! फिर भी, यदि आप अनुचित न समझें, तो एक प्रश्न मैं और करना चाहता हूँ—इस होटल से आपका परिचय कब से हुआ?"

"प्रायः दो महीने से।"

"अच्छा! मैं समझता हूँ आपका प्रधान उद्देश्य यहाँ आकर भोजन करने का रहता होगा?"—पारसनाथ जान-बूझकर बन रहा था। पर उसके इस प्रश्न के उत्तर में मंजरी ने केवल एक बार तीखी दृष्टि से उसकी ओर देखा, और मुँह से कुछ नहीं बोली।

सहसा पारसनाथ ने व्यस्त भाव जताते हुए कहा—"ओह, मैं आपसे यह पूछना भूल ही गया कि आपके लिए क्या खाना मँगाया जाये। ब्वाय!"

'ब्वाय' पास ही कहीं खड़ा था। आवाज सुनते ही तत्काल उपस्थित हुआ। पारसनाथ यह कहना ही चाहता था कि मंजरी देवी के लिए खाना लाओ, पर उसके कुछ कहने के पहले ही मंजरी बोल उठी—"मैं कुछ खाऊँगी नहीं।"

अत्यन्त दुःखित भाव जताते हुए पारसनाथ ने पूछा—"क्यों?"

"होटल में गोश्त बनता है, और मैं गोश्त नहीं खाती।"

"पर वेजिटेरियन खाना भी तो यहाँ बनता है।"

"जिस रसोई में गोश्त बनता हो, वहाँ की बनी कोई चीज मैं नहीं खा सकती।"

"ओह, यह बात है! तो आप कट्टर धार्मिक हैं!"—न चाहते हुए भी पारसनाथ के मुँह से व्यंग्य की गन्ध मूली खाने के बाद के डकार की तरह बाहर निकल ही पड़ी।

फिर उसी मर्मभेदी तीखी दृष्टि से पारसनाथ की ओर देखते हुए मंजरी ने कहा—"जी नहीं! ('जी' पर उसने एक बार फिर काफी जोर दिया) मैं न धार्मिक हूँ न कट्टर; पर मांस से मुझे स्वभाव से ही अरुचि है।"

"हूँ! अच्छा, खाना रहने दीजिये, कुछ पी ही लीजिये! शर्बत मँगाया जाये? या लेमनेड, जिंजर या और कोई चीज?"

"अच्छी बात है, मैं 'लाइम-जूस' पी लूँगी।"—यह कहकर उसने 'ब्वाय' की ओर देखा, पारसनाथ के कहने पर 'ब्वाय' चला गया।

कुछ देर तक फिर सन्नाटा छाया रहा। जिस एक प्रश्न के लिए पारसनाथ इतनी हेर-फेर की बातें कर रहा था, उसे पूछने का साहस उसे नहीं हो रहा था, और इस कारण वह व्याकुल होकर भीतर-ही-भीतर छटपटा रहा था।

अन्त में वह रह न सका। कमर कसकर परिणाम के लिए तैयार हो गया और हिम्मत बाँधकर बोल उठा—"मंजरी देवी, मैं एक प्रश्न पूछने की धृष्टता और करना चाहता हूँ, इसके बाद फिर आपको परेशान नहीं करूँगा। आशा करता हूँ, मेरी इस अन्तिम धृष्टता को आप अवश्य ही क्षमा कर देंगी। आपका शील-स्वभाव देखकर यह बात मेरे आगे स्पष्ट हो चुकी है कि आप होटल में किसी विवशता के कारण आती हैं—स्वेच्छा से, किसी सुख की लालसा से नहीं; पर साथ ही दो महीने के अनुभव से आपको यह भी मालूम हो गया होगा कि होटल में जिस प्रकार के लोग आते हैं उनसे आत्मरक्षा करना सब समय सम्भव नहीं है। एक ओर आप आत्मरक्षा के लिए इस कदर सचेत रहती हैं कि किसी पुरुष के स्पर्श-मात्र से ग्लानि से सिहर उठती हैं, और दूसरी ओर—माफ कीजियेगा, मेरा उद्देश्य किसी हालत में भी आप पर किसी प्रकार का छींटा कसने का नहीं है, मैं केवल अपने मन की एक शंका का निवारण चाहता हूँ, जिसने दो दिन से मुझे बेचैन कर रखा है। मैं यह भी जानता हूँ कि जिस बात का कोई सम्बन्ध मेरे जीवन से नहीं है, उसके विषय में किसी प्रकार की बेचैनी महसूस करने का कोई

अधिकार भी मुझे नहीं होना चाहिए; पर मनुष्य का यह मन जाने कैसी-कैसी विचित्र मूर्खताओं से भरा रहता है, इस बात का अन्दाज लगाना भी कठिन है। कुछ भी हो, मैं यह कहने जा रहा था, मंजरी देवी, कि यह जानते हुए भी कि इस होटल में किसी भी समय आपकी बेइज्जती हो सकती है, आप क्यों...''—अकस्मात् वह ठिठककर रह गया। लड़की टपाटप आँसू गिराने लगी थी, और कुछ ही समय बाद वह सिर नीचा किये चुपचाप आँचल से आँसू पोंछने लगी।

पारसनाथ के आश्चर्य का ठिकाना न रहा। अत्यन्त घबराहट के स्वर में उसने कहा—''मुझसे बड़ी भारी गलती हुई, मुझे क्षमा कर दीजिये। वास्तव में मैं बड़ा ही नीच हूँ, और केवल नीच ही नहीं, घोर मूर्ख भी हूँ। फिर भी आप विश्वास मानिये, मैंने जान-बूझकर आपका हृदय दुखाने की चेष्टा नहीं की। अब आप शान्त हो जाइये, मंजरी देवी, और मुझे क्षमा कर दीजिये। मैं आपके पैरों पड़ता हूँ।''—यह कहकर उसने वास्तव में झुककर हाथ जोड़े। ऐसा मालूम होता था, जैसे लड़की स्वयं शान्त और स्थिर होने के लिए व्यस्त है; पर चेष्टा करने पर भी अपने अन्तरतम प्रान्त से उमड़े हुए आवेग को रोक नहीं पाती। वह बार-बार अपनी आँखों को और नाक को पोंछती जाती थी; पर बेशर्म आँसू जैसे रोके नहीं रुकना चाहते थे। पारसनाथ आन्तरिक व्याकुलता प्रकट करता हुआ बार-बार कहता था—''शान्त हो जाइये, मंजरी देवी मुझे क्षमा कर दीजिये! अब से कभी इस तरह की भूल मुझसे नहीं होगी।''

जब 'ब्वाय' 'लाइम-जूस' की बोतल, गिलास और बर्फ लेकर आया, तब लड़की कुछ शान्त हुई। पारसनाथ ने इशारे से 'ब्वाय' को चले जाने के लिए कहा। वह चला गया। मंजरी कुछ देर तक आँसुओं के रहे-सहे चिह्नों को अंचल से मिटाती रही। इसके बाद अकस्मात् उठ खड़ी हुई, और पारसनाथ की ओर न देखकर भर्रायी हुई आवाज में बोली—''मैं जाती हूँ, मुझे देर हो रही है, क्षमा कीजियेगा!'' यह कहकर उसने पारसनाथ की ओर हाथ जोड़े, पर फिर भी उसकी ओर नहीं देखा। पारसनाथ की घबराहट का अन्त नहीं था। वह भी तत्काल उठ खड़ा हुआ, और बड़ी हड़बड़ी के साथ अपनी जेब में हाथ डालकर उसने दस रुपये का एक नोट बाहर निकाला, और अत्यन्त अनुनयपूर्वक बोला—''मेरी यह तुच्छ भेंट स्वीकार कर लीजिये, मंजरी देवी, नहीं तो मुझे जो दुःख होगा, उसका वर्णन नहीं हो सकता।''

लड़की ने रोने के कारण किंचित् फूली हुई आँखों की अर्द्ध दृष्टि से एक बार पारसनाथ की ओर देखा, और फिर नोट पर उसकी दृष्टि अटक गयी। क्षण-भर की हिचकिचाहट के बाद उसने चुपचाप वह नोट थाम लिया, और फिर एक बार कनखियों से पारसनाथ की ओर देखकर और जल्दबाजी से हाथ जोड़कर वह तेज कदम रखती हुई बाहर निकल गयी।

उसके जाते ही पारसनाथ अपने सिर के चारों ओर ऐसा अनोखा सन्नाटा मालूम करने लगा कि चक्कर आने के कारण वह गिरते-गिरते रह गया। जब वह कुर्सी पर

बैठा, तो कमरे की छत बिजली के लट्टू सहित उसे अपने चारों ओर घूमती हुई मालूम होने लगी। स्पष्ट ही नशे का खुमार बहुत जल्दी शुरू हो गया था, और उसने शुरू होते ही उग्र रूप धारण कर लिया था। पर, वह केवल बियर के ही नशे का खुमार नहीं था। आज थोड़े ही अर्से में जिस आश्चर्यजनक नशे का अनुभव उसे हुआ था, उसकी तुलना में बियर का नशा अत्यन्त तुच्छ और नगण्य था। उस वृहत् नशे के खुमार ने भी स्वभावतः असाधारण रूप धारण कर लिया था।

कुछ देर तक वह उसी सन्न अवस्था में बैठा रहा। इसके बाद 'ब्वाय' को बुलाकर उसने बियर की दो बोतलें और मँगायीं। बोतलों के आने पर वह धीरे-धीरे पीने लगा। प्रायः दो घण्टों के भीतर उसने दोनों बोतलें समाप्त कीं। वह जानता था कि मनोवैज्ञानिक कारणों के परिवर्तन के साथ नशे का रूप अथवा क्रम भी बदलता रहता है—कभी गहरा, कभी हलका, कभी मधुर, कभी कटु। जिस आश्चर्यमयी लड़की के रहस्यमय आवरण को छिन्न करने के उद्देश्य से आज वह होटल में अकेले आया था, उसने अपना भेद तनिक भी न खोलकर और भी अधिक अन्धकारमय रहस्य-पटों से अपने को आवृत कर लिया—इस कारण बियर का नशा उसे एक विचित्र भाँति के भँवर में गोते खिलाने लगा। उसने नशे को दबाने की तनिक भी चेष्टा न करके उस भँवर में मुक्त रूप से अपने को छोड़ दिया। उसे ऐसा महसूस हो रहा था कि उसके सिर के चारों ओर एक ज्वलन्त प्रकाशपूर्ण गोल रेखा शनिग्रह के चारों ओर घूमनेवाले आलोकचक्र की तरह चक्कर काट रही है, और उस प्रकाश-रेखा के बीच में स्याही से भी गाढ़े काले रंग का गोला पूर्ण सूर्यग्रहण की अतल अन्धकारमय छवि की तरह स्थिर है; और वह अन्धकार भी ऐसा रहस्यपूर्ण है कि उस पर देर तक आँखें ठहर नहीं पातीं—सूर्य के प्रज्वलित प्रकाश की ही तरह वह निविड़ अन्धकार भी जैसे आँखों में चकाचौंध लगा देनेवाला है!

अन्त में जब वह बिल चुकाकर और ब्वाय को 'टिप' देकर जाने के इरादे से कुर्सी पर से उठा, तो प्रायः दो मिनट तक उसका सिर चक्कर खाता रहा; पर फिर शीघ्र ही वह सँभल गया और प्रबल मानसिक चेष्टा से नशे के प्रभाव को बहुत-कुछ दबाने में समर्थ हो गया।

एक एक्के पर सवार होकर जब वह घर चलने लगा, तो रास्ते-भर लड़की की रोती सूरत उसकी स्मृति में उज्ज्वल-से-उज्ज्वलतर रूप धारण करती रही और एक अनोखी वेदना, जिसका अनुभव उसके पहले उसे कभी नहीं हुआ था, रह-रहकर उसके भीतर टीस मारने लगी। इतनी बात उसके आगे स्पष्ट हो गयी थी कि परिस्थितियों की घोरतम विवशता ने लड़की को होटल में आने को बाध्य किया है। पर (वह सोचने लगा।) जब वह इस पथ पर पाँव रख चुकी है, तो उसे पूर्ण रूप से अपना क्यों नहीं लेती? इस प्रकार प्रतिपल तिल-तिल करके अपनी आत्मा को जलाते रहना और साथ ही जीविका का कोई दूसरा उपाय खोजने में असमर्थ होना—इससे बढ़कर कष्टकर और अस्वाभाविक

परिस्थिति और क्या हो सकती है? उसे चाहिए कि यथार्थता को पूर्ण रूप से स्वीकार ले और मुक्त होकर, स्वेच्छा से, प्रसन्नतापूर्वक एक पेशेवर वेश्या का जीवन बिताना शुरू कर दे। जब संसार ने उसकी तनिक भी परवाह नहीं की है, और समाज देना नहीं चाहता, तो वह क्यों थोथी भावुकता के फेर में पड़े?—क्यों यह सोचकर प्रतिपल पीड़ित होती रहे कि वह—एक भले घर की लड़की—एक ऐसे पथ की ओर कदम बढ़ाने के लिए विवश हुई है, जहाँ उसकी इज्जत एक-न-एक दिन मिट्‌टी के मोल बिककर ही रहेगी? जब समाज ने उसे नंगा-बूचा कर दिया है, तब वह क्यों अपनी खुशी से परिपूर्ण निर्लज्जता को नहीं अपना लेती, और जीवन और यौवन के उस सुख से (भले ही वह सुख अत्यन्त गन्दा और वीभत्स हो) क्यों नहीं तृप्त हो लेती, जो उसके सामने से होकर मोरियों के अविरत धारा-प्रवाह की तरह बहा चला जा रहा है? पारसनाथ की चिन्ताधारा अपने मकानवाली गली की मोरियों को नहीं भूल पायी; यह सोचकर मन-ही-मन उसे हँसी भी आ रही थी।

उसका जला-भुना मन इस प्रकार का तर्क कर तो रहा था; पर उसका अन्तर्मन भीतर-ही-भीतर उस लड़की की 'थोथी भावुकता' के प्रति श्रद्धा और सम्भ्रम से बार-बार झुक-झुक पड़ता था।

●

9

दूसरे दिन सवेरे नींद खुलते ही पारसनाथ को याद आया कि नन्दिनी ने कल उसे विशेष आग्रहपूर्वक अपने यहाँ भोजन के लिए निमन्त्रित किया था, और आज दिन का भोजन उसे उसी के यहाँ करना होगा। वह नित्य सुबह-शाम एक सस्ते भोजनालय में खाना खाया करता था। केवल चाय अक्सर घर ही में पिया करता था। इस काम के लिए उसने अपने पड़ोस की एक पासिन नियुक्त कर रखी थी, जो सुबह आकर झाड़ू-बुहारी करके चाय बनाकर उसे पिला जाती थी और उसके कमरे में रखे हुए घड़े का पानी बदलकर रख जाती थी। उसी प्रकार एक बार शाम को भी आकर चाय बना देती थी।

भोजनालय में निकृष्ट श्रेणी का भोजन मिलता था। इसलिए आज नन्दिनी के यहाँ घर का बना भोजन मिलेगा, इस कल्पना से उसे कुछ प्रसन्नता अवश्य हुई। पर, एक बात रह-रहकर उसे कुछ विचलित-सा कर रही थी। इधर कुछ दिनों से वह इस बात पर गौर कर रहा था कि नन्दिनी के प्रत्येक हाव-भाव, रंग-ढंग और बात-व्यवहार में एक विशेष परिवर्तन आ रहा है। उसके रक्त और मांस से पुष्ट, सुन्दर, स्वस्थ और गोरे-उजले मुख ने पारसनाथ को प्रारम्भ में अत्यन्त प्रबलता से आकर्षित किया था, इसमें सन्देह नहीं। पर धीरे-धीरे वह ऐसा अनुभव करने लगा था कि नन्दिनी के चारों ओर अत्यधिक लालसाजनित विलास का एक ऐसा भार-ग्रस्त वातावरण तैयार हो उठा है, जिसमें मिठास की मात्रा आवश्यकता से बहुत अधिक है। उस मिठास की अतिशयता से वह छक गया था और अघाने लगा था। इसलिए प्रारम्भ में नन्दिनी से जिस तरह की घनिष्ठता बढ़ाने के लिए वह लालायित हो उठा था, उसकी विशेष चाह अब उसके मन में नहीं रह गयी थी। इसका एक कारण और था। जब उसने नन्दिनी को पहले-पहल देखा था, तब उसके मन में यह धारणा उत्पन्न हुई थी कि वह गृहस्थाश्रम के अत्यन्त उच्च और पवित्र शिखर पर स्थित एक ऐसी मायामूर्ति है, जिसके दर्शन दूर से ही किये जा सकते हैं; पर जिसे स्पर्श नहीं किया जा सकता। ज्यों-ज्यों वह उसके निकट सम्पर्क में आता चला गया, त्यों-त्यों इस सम्बन्ध में उसकी धारणा बदलती चली गयी। पर, यह सब होने पर भी वह अब भी उसके विवाहित-जीवन की जादू-भरी सीमा-रेखा से मोहाविष्ट था; नन्दिनी को उस पवित्र सामाजिक शृंखला की सीमा-रेखा से बाहर

निकालकर उसे विनाश के पथ पर ले जाने की प्रवृत्ति उसके भीतर बहुत दिनों से जोर मार रही थी। इस प्रवृत्ति को उभाड़ने में स्वयं नन्दिनी के पति महाशय परोक्ष में सहायक सिद्ध हो रहे थे। भुजौरिया जी के अनेक जटिल गाँठों से युक्त व्यक्तित्व से वह जितना ही अधिक परिचित होता जाता था; उनके प्रति उतनी ही घृणा भी उसके मन में बढ़ती चली जाती थी। साथ ही वह यह भी जानता था कि वह कुटिल प्रकृति का व्यक्ति, उससे चाहे कैसा ही अनुचित लाभ क्यों न उठावे, इस परदेश में वह बिना उसके आश्रय के एक दिन भी नहीं ठहर सकता; इसलिए भीतर-ही-भीतर उससे चाहे वह कितना ही क्यों न कुढ़े, पर बाहर से उसके प्रति वह अत्यन्त सौजन्यपूर्ण व्यवहार प्रदर्शित करता था। पर, अपने भीतर दबी हुई घृणा और विद्रोह की भावनाओं का बदला वह उसी की तरह भीतर से कुटिल; पर बाहर से मीठे उपायों से लेना चाहता था।

पारसनाथ के मन में यह धारणा जमने लगी थी कि वह भुजौरिया जी और उनकी 'धर्मपत्नी' के स्वभाव से पूर्णतया परिचित हो गया है। पर उसका यह भ्रम कितना बड़ा था, इसका पता उसे बाद में धीरे-धीरे लगना शुरू हुआ। उस भ्रम की पहली सूचना उसे नन्दिनी के उस विशेष निमन्त्रण के दिन मिली।

प्रायः बारह बजे के समय वह भुजौरिया जी के मकान के पास पहुँचा। वह जल्दी ही पहुँचना चाहता था; पर रास्ते में किसी एक पुस्तक-प्रकाशक के यहाँ व्यावसायिक बातें करने में उसे देर हो गयी थी। एक्के पर से उतरकर भाड़ा चुकाकर उसने एक गली के भीतर प्रवेश किया और उसके बाद एक-दूसरी गली में गया। वहाँ से कुछ दूर चलकर बायीं ओर मुड़कर उस तीसरी गली में दाहिने हाथ की तरफ दूसरे मकान के पास जाकर ठहर गया। स्थान के चुनाव में भुजौरिया जी उससे किसी कदर कम न निकले, यह सोचकर उसे मन-ही-मन हँसी आ रही थी। उस गली में भी दोनों तरफ गन्दी नालियाँ न जाने किस वैतरणी से मिलने के लिए आतुर होकर कलकल शब्द से बही चली जा रही थीं। मकान और नाली के बीच एक पुलोपम पत्थर रखा गया था। उसके सहारे नाली को पार करके वह दरवाजे पर पहुँचा और जंजीर को जोर से झनझनाने लगा। भीतर से रमणी-कण्ठ से आवाज आयी—"कौन?"

"मैं हूँ, किवाड़ खोलिये।"

कुछ देर बाद किवाड़ खुला और एक सुन्दरी युवती ने, जिसकी रूपछटा तपाये हुए सोने की तरह निखर रही थी, किवाड़ खोला। उसके मुख की मधुर मुस्कान से यह स्पष्ट मालूम होता था कि वह अपने भीतर के हर्ष और उल्लास के भाव को छिपा नहीं पा रही है। उसके इस उल्लसित भाव का छुतहा प्रभाव पारसनाथ पर भी पड़े बिना न रहा, और वह भी मन्द-मधुर मुस्कराने लगा। पारसनाथ के भीतर प्रवेश करते ही रमणी ने भीतर से दरवाजा बन्द कर दिया। भीतर प्रवेश करते ही सील की उसी सुपरिचित गन्ध ने पारसनाथ का स्वागत किया, जिसकी स्मृति का तार उसके अपनी गलीवाले मकान से अविच्छिन्न रूप से जुड़ा हुआ था। ऊपर जाने की सीढ़ियाँ उस भरपूर दुपहरी के

समय भी अन्धकार से ढकी हुई थीं; पर जब दोनों ऊपर पहुँचे, तो वहाँ का उन्मुक्त वातावरण पूर्व-परिचित होने पर भी पारसनाथ को नया-सा लगा। एक सहननुमा चौड़े बरामदे पर धूप खुल-खेल रही थी। मुँडेर पर बराबर-बराबर फासले पर पाँच-छह गमले रखे हुए थे, जिन पर पाँच तरह के विलायती फूल लगे हुए थे; नीचे जितनी ही गन्दगी और अन्धकार था, ऊपर उतनी ही सफाई और प्रकाश। सामने के कमरे के भीतर प्रवेश करते ही उसका सुसज्जित रूप देखकर यह विश्वास करना कठिन हो जाता था कि नीचे गली की नालियों में असंख्य कीटों और कीटाणुओं का एक असीम लोक भासमान होता हुआ अनन्त की ओर प्रसरणशील हो रहा है, और भुजौरिया जी के उस 'कला-भवन' का उपहास करने का दुस्साहस कर रहा है। भुजौरिया जी ने अपने उस किराये-वाले मकान का नाम 'कला-भवन' रख दिया था। वास्तव में उस मकान के केन्द्रीय कमरे के भीतर कला की बहुत-सी सामग्रियाँ सुसज्जित थीं। उसकी दीवारों पर राफेल, वान गाग, सेजान कान्स्टेबिल आदि प्रसिद्ध यूरोपियन चित्रकारों के कुछ चित्रों की मुद्रित प्रतिलिपियों के अतिरिक्त आधुनिक भारतीय, और विशेषकर युक्तप्रान्तीय चित्रकारों के कतिपय मूल चित्र भी टँगे हुए थे। स्वयं पारसनाथ द्वारा अंकित एक मूल चित्र वहाँ वर्तमान था। उसने अपने अंकित पाँच मूल चित्र भुजौरिया जी को दिये थे, जिनमें से केवल एक चित्र उस कमरे में टँगा था। वह चित्र उसे विशेष रूप से प्रिय था। वह चित्र था दार्जिलिंग के 'टाईगर हिल' से दिखायी देनेवाला सूर्योदय का दृश्य। उसकी पृष्ठतम् भूमि पर किंचित् बायीं ओर हिमालय के हिम-मण्डित शिखरों पर प्रतिस्फुरित होनेवाली रवि-रश्मियों की कनकरेखा-छटा; उसके बाद निकट के पहाड़ों पर कुछ सुनहलापन लिये हुए हलके लाल रंग का हासाभास; उसके बाद सामने तनिक दाहिनी ओर, मालभूमि की क्षितिजरेखा से मिले हुए घने बादलों को भेदती हुई, अदृश्य सूर्य की तीर के समान तीखी किरणें; और अन्त में अग्रतम भूमि पर लहरों से आन्दोलित विशाल झील के समान फैली हुई सघन मेघतुल्य नीहार-राशि पर बिखरे हुए कुंकुम की अवर्णनीय शोभा! एक तो वह दृश्य ही अपने-आप में सुन्दर था, तिसपर रंगों का सामंजस्य और रेखाओं की बारीकी ने उसकी सुन्दरता को कई गुना अधिक बढ़ा दिया था। इस चित्र को पारसनाथ ने जिस तन्मयता से अंकित किया था, वह जैसे किसी सुदूर भूतकाल की बात हो गयी थी। उसके बाद वह फिर किसी चित्र में इस प्रकार अपनी आत्मा के रस से तैयार किया हुआ रंग न दे सका। उसके साथ एक सुख-स्मृति—जो अब एक तीक्ष्ण काँटे के रूप में परिणत हो गयी थी—जड़ित थी। काञ्ची ने तब उस विशेष दिन के सूर्योदय के समान ही उसके जीवन के ऊपर स्तर-प्रति-स्तर जमे हुए घने काले बादलों को अपने अन्तर के तीव्र ज्योतिर्मय किरण-तीरों से भेदकर उसके अन्तर को एक विचित्र रूप-छटा से आलोकित किया था। तब उसे क्या पता था कि उसके अपने भीतर अभी गाढ़ कृष्ण मेघों का ऐसा अक्षय कोष संचित है, जो फिर किसी भी समय उमड़कर पहले से भी अधिक भयंकर कालिमा

से उसके अन्तराकाश को छा देगा और समस्त प्रकाश-रेखाओं का पथ एकदम बन्द कर देगा। आज बहुत दिनों के बाद, न मालूम क्यों उसके हृदय में काञ्ची की दबी हुई स्मृति की वेदना उक्त चित्र को देखने से एक बार तीव्र वेग से उभर आयी—पर कुछ ही क्षण के लिए। दूसरे ही क्षण नन्दिनी के मधुर झंकार-भरे स्वर ने उसे वर्तमान की वास्तविकता के बीच में खड़ा कर दिया। अपनी बड़ी-बड़ी उज्ज्वल आँखों में स्नेहलालसा से भरी मीठी मुस्कान झलकाकर वह बोली—"आपने इतनी देर कर दी कि मैं तो बिलकुल निराश ही हो गयी थी!"

वास्तव में उसकी मुस्कान बहुत ही (पारसनाथ की धारणा के अनुसार, आवश्यकता से कहीं अधिक) मीठी थी। और इस कारण उसका आकर्षण भी, तत्काल के लिए, भयंकर रूप से प्रबल था। उस मुस्कान से पूर्णतया अनुप्राणित होता हुआ पारसनाथ भी मधुर-मधुर मुस्कराता हुआ बोला—"मुझे बहुत दुःख है। एक धूर्त प्रकाशक के चक्कर में पड़ गया था। क्षमा कीजियेगा। भुजौरिया जी कहाँ हैं?"

"गये होंगे किसी की गिरह काटने! उनके चक्करों का मुझे क्या पता।"—यह कहते हुए उसकी मधुर मुस्कान पल में जैसे किसी जादू के मन्त्र से विलीन हो गयी, और उसकी तनी हुई भौंहों के इर्द-गिर्द बल पड़ गये। पारसनाथ ने आज नन्दिनी का यह एकदम नया रूप देखा।

अत्यन्त विस्मित होकर उसने कुछ झिझकते हुए पूछा—"वह क्या खाना खाकर गये हैं?"

"तरह-तरह के फरफन्दों से जब छुट्टी मिले तब न! उन्हें घर पर खाने की फुर्सत कहाँ! अपने ही समान किसी लफंगी, जालसाज या गिरहकट के यहाँ कुछ खा-खिला लेते होंगे। आजकल सुबह सात बजे निकल जाते हैं, दिन-भर गायब रहते हैं—और रात में दस बजे के पहले कभी वापस नहीं आते।"

"ओह, यह बात है। शायद अपने व्यवसाय से सम्बन्धित किसी आवश्यक काम में व्यस्त रहते होंगे।"—मुख पर अत्यन्त गम्भीरता का भाव व्यक्त करते हुए पारसनाथ ने अपना यह मन्तव्य प्रकट किया।

नन्दिनी की आँखों में एक अतिशय तीखी और कटीली—प्रायः हिंसक—छाया घिर आयी। भौंहों को पहले से भी अधिक तानते हुए कहा—"व्यवसाय से सम्बन्धित बात उनके लिए इस बात की चिन्ता के सिवा और क्या हो सकती है कि किस भले आदमी को घर-घाट से बैठा दिया जाये, किस गरीब का सर्वनाश करके अपना 'बैंक एकाउण्ट' बढ़ाया जाये, किस निरीह को चिकनी-चुपड़ी और 'उच्च कलापूर्ण' बातों से वश में करके उसका सारा सत्त्व चूस लिया जाये!"—यह कहते हुए वास्तव में उसकी आँखें एक हिंस्र जन्तु की तरह जलने लगी थीं। उसके मुख के जिस "आवश्यकता से अधिक मीठे", भाव से पारसनाथ इतने दिनों तक परिचित था, वह उसका तत्कालीन भाव देखते हुए एकदम असम्भव-सा लगने लगा। वह सोचने लगा कि नन्दिनी के असली रूप के सम्बन्ध में इतने दिनों तक वह भयंकर भ्रम में कैसे पड़ा रह गया!

नन्दिनी कुछ देर तक उसी जलती हुई हिंसक दृष्टि से, तनिक अनमने भाव से, चुपचाप पारसनाथ की ओर देखती रही। इसके बाद उसी तीखे स्वर में बोली–"आपको पता है, आपने अपने जो पाँच चित्र इन्हें दिये थे, उनमें से चार क्यों गायब हैं?"–इस प्रश्न के उत्तर में कुछ न कहकर पारसनाथ ने केवल अपनी विस्मित दृष्टि से यह जता दिया कि वह इस रहस्य से कतई परिचित नहीं है।

नन्दिनी क्षण-भर ठहरकर बोली–"आपने अपने प्रत्येक मूल चित्र के लिए जो दस-दस रुपये इनसे पाये हैं, उनसे आप निश्चय ही अपनी वर्तमान स्थिति का खयाल करके सन्तुष्ट हो गये होंगे, और आपके मन में यह विश्वास जम गया होगा कि यह महाशय बड़े सहृदय और उदार हैं; पर आपको मालूम नहीं है कि किस कुटिल जोंक के पाले पड़े हैं। आपके चारों चित्र इन 'कला-प्रेमी' महाशय ने अपने परिचित दो-एक राजा-रईसों के हाथ सौ-सौ, डेढ़-डेढ़ सौ रुपये में बेच डाले हैं! पर मारिये गोली इन सब बातों को। ऐसे नीच व्यक्ति की चर्चा करना भी पाप है। ऐसे अर्थपिशाच का नाम लेने से या तो खाना नहीं मिलता, या खाया हुआ खाना हजम नहीं होता। आज बड़े चाव से मैंने खाना तैयार किया था। एक तो आप देर में आये, जिससे सारा खाना ठण्डा होकर मिट्टी हो गया, तिस पर आपने एक ऐसे व्यक्ति की चर्चा चलायी कि...क्या कहा जाये! कुछ भी हो; आप आराम से बैठिये, मैं खाना लाती हूँ।"–यह कहकर वह बाहर चली गयी।

पारसनाथ उसकी बात सुनकर सन्नाटे में आ गया। भुजौरिया जी की करतूतों का हाल सुनकर उसे जो आश्चर्य हुआ, सो तो हुआ ही; पर सबसे बड़ा आश्चर्य हुआ उस 'अर्थ-पिशाच' के प्रति उसकी 'धर्मपत्नी' का रूप देखकर। आज तक नन्दिनी के किसी भी व्यवहार से वह यह अनुमान नहीं लगा पाया था कि वह अपने पति से इस कदर असन्तुष्ट हो सकती है। और असन्तुष्ट होने पर भी कोई स्त्री किसी गैर शख्स के आगे ऐसे खुले शब्दों में, ऐसी कटुता के साथ अपने पति के गुप्त रहस्यों का भण्डाफोड़ करके सान पर चढ़ी हुई छुरी की धार से भी तीखी आलोचना कर सकती है, यह बात उसकी कल्पना के अतीत थी। वह भ्रान्त भाव से एक सोफे पर बैठ गया और नन्दिनी का जो एकदम नया रूप आज उसके देखने में आया था, उस पर ठण्डे दिल से विचार करने की विफल चेष्टा करने लगा।

थोड़ी देर बाद नन्दिनी एक अधेड़ उम्र की नौकरानी को साथ लेकर आयी। नौकरानी के हाथ में एक थाली थी, जिस पर परोसा लगाया गया था, और दूसरे हाथ में एक चौघड़ा था, जिस पर चार कटोरों में चार तरह की तरकारियाँ रखी हुई थीं। एक झलझलाती हुई थाली नन्दिनी के हाथ में भी थी और उसके दूसरे हाथ में बड़ा-सा डिब्बा था, जिसमें पूड़ियाँ दबाकर रखी हुई थीं। फर्श पर कालीन के ऊपर एक दस्तरख्वान पहले से ही बिछा दिया गया था। उसी पर थालियाँ रख दी गयीं। उसके बाद नन्दिनी ने पारसनाथ से नीचे बैठने का अनुरोध किया। दोनों जमकर बैठ गये। नौकरानी पानी लाने चली गयी। दोनों साथ-साथ खाने लगे। इस समय नन्दिनी के मुख पर उसी स्नेह-सरस मधुर मुस्कान की झलक वर्तमान थी, जिससे पारसनाथ भली-भाँति परिचित था। एक कौर

मुँह में डालने के बाद पारसनाथ ने कहा—"आज मुद्दत के बाद घर का बना भोजन मिला है। होटल का खाना खाते-खाते तबीयत ऊब गयी थी।"

नन्दिनी ने किंचित् करुण दृष्टि से उसकी ओर देखते हुए कहा—"क्या बताऊँ, मैं तो रोज ही आपसे यहीं खाने के लिए अनुरोध करती; पर इन मक्खीचूस महाशय के रंग-ढंग देखकर हिम्मत नहीं पड़ती।"—वह खाना चबाती हुई बोल रही थी, जिससे उसका रूप बड़ा गद्यमय लग रहा था, यद्यपि उसकी आँखों का तत्कालीन सहृदय भाव बड़ा प्रभावोत्पादक था।

पारसनाथ केवल चार ही पूड़ियाँ खाने के बाद अघा गया था। वास्तव में पक्की रसोई उसे विशेष रुचती नहीं थी। शिष्टाचार के बतौर उसने 'घर के बने भोजन' की जो तारीफ की थी, उसका कोई विशेष प्रियकर उत्तर भी उसे नहीं मिला था, और 'मक्खीचूस महाशय' का अन्न उसके गले के नीचे उतरना नहीं चाहता था; पर नन्दिनी बड़े-बड़े कौर मुँह में डालकर बड़े चाव से खा रही थी; और जितनी देर में पारसनाथ चार पूड़ियाँ समाप्त कर पाया था, उतनी देर में वह प्रायः उसका दुगना खा चुकी थी। नौकरानी आकर पानी रख गयी। पारसनाथ कुछ देर तक घूँट-घूँट करके पानी पीता रहा। उसके बाद नन्दिनी का साथ देने के इरादे से वह एक दहीबड़ा उठाकर कुतर-कुतर कर खाने लगा। उसका हाथ ढीला पड़ते देखकर नन्दिनी ने कहा—"आप तो कुछ खा ही नहीं रहे हैं। खाना निश्चय ही आपको पसन्द नहीं आया होगा!"

"नहीं, नहीं, खाना बहुत अच्छा बना है; पर, बात यह है कि मैं नाश्ता करके आया था।"

नन्दिनी के मुख पर वेदना के चिह्न स्पष्ट दिखायी देने लगे। उसने कहा—"अच्छा कम-से-कम दो पूड़ियाँ तो और खा लीजिये। थाली की पूड़ियाँ पड़ी रहने दीजिये। डिब्बे की पूड़ियाँ अभी गरम हैं।"—यह कहकर उसने डिब्बे से दो पूड़ियाँ निकालकर पारसनाथ की थाली की ओर बढ़ायीं। पारसनाथ मना करता रहा; पर नन्दिनी ने उसकी थाली में पूड़ियाँ डाल ही दीं।

पारसनाथ ने कहा—"आपने व्यर्थ में इन पूड़ियों को नष्ट किया है। मैं अब खा नहीं सकता। सचमुच मेरा पेट भर गया है।"

पर नन्दिनी हठीली बालिका की तरह जिद करती हुई और आँखों में हार्दिक अनुनय का भाव जताती हुई कहने लगी—"न! आपको खाना ही होगा! आप नहीं खायेंगे, तो मैं भी नहीं खाऊँगी। आपको भूख नहीं है; पर मुझे तो भूख लगी है। अगर आपको मेरा भूखा रहना पसन्द है, तो अच्छी बात है, न खाइये!"—यह कहकर उसने कृत्रिम क्रोध का भाव जताते हुए अपने हाथ समेट लिये और अपने सामने से थाली हटा दी।

"अरे, आप यह क्या करती हैं! अच्छा, लीजिये मैं आपका साथ देता हूँ।"—यह कहकर पारसनाथ ने एक छोटा-सा टुकड़ा तोड़कर मुँह में डाला। नन्दिनी ने एक बार तिरछी दृष्टि से उसकी ओर देखकर और दृष्टतापूर्ण मुस्कान मुख पर झलकाकर थाली अपनी ओर खींचकर खाना शुरू कर दिया।

●

10

जब दोनों खा-पी चुके और नौकरानी बर्तन उठाकर फर्श साफ करके चली गयी, तो पारसनाथ आराम के साथ एक कोच पर बैठ गया और जेब से सिगरेट निकालकर उसे जलाकर पीने लगा। नन्दिनी नीचे बैठकर पान लगाती हुई व्यंग्य-भरी मुस्कान के साथ बोली—"मैंने कहा था न कि आपने आते ही ऐसे व्यक्ति की चर्चा चलायी, जिसका नाम सुनने से भूखा रहना पड़ता है! यही कारण है कि आपने पेट-भर भोजन नहीं किया!"

"नहीं नन्दिनी देवी, ऐसा कहकर आप मुझ पर ज्यादती कर रही हैं। मैंने सचमुच जरूरत से बहुत ज्यादा खाया है।"

पान लगाकर दो बीड़े नन्दिनी ने पारसनाथ को दिये और दो बीड़े अपने मुँह में डाले। ऊपर से पूरी एक चुटकी-भर तम्बाकू की पत्तियाँ मुँह में डालते हुए उसने तम्बाकू की छोटी-सी डिबिया (जो सम्भवतः चाँदी की थी और उसके ऊपर तारामण्डल का चमचमाता हुआ पत्थर जड़ा हुआ था) पारसनाथ की ओर बढ़ा दी। पारसनाथ हँसा। उसने कहा—"आप अच्छी तरह जानती हैं कि मैं पान के साथ कभी तम्बाकू नहीं खाता, पर जानते हुए भी रोज ऐन मौके पर यह बात भूल जाती हैं और रोज तम्बाकू की डिबिया मेरी ओर बढ़ाती हैं!"—अपनी भूल पर नन्दिनी भी हँस पड़ी। उसने कहा—"दरअसल आजकल मेरा दिमाग ठिकाने नहीं रहता।"

"क्यों, आजकल क्या कोई खास चिन्ता आपके सिर पर आ पड़ी है?"

"कोई खास चिन्ता भी नहीं मालूम होती। मैं स्वयं नहीं जानती कि बात क्या है!"—यह कहकर वह उसी कोच की दूसरी बगल में बैठ गयी जिस पर पारसनाथ बैठा था। उसे बैठते देखकर पारसनाथ सँभलकर बैठ गया।

कुछ देर बाद पारसनाथ ने कहा—"मुझे ऐसा मालूम होता है, नन्दिनी देवी, कि यह छोटी-सी तम्बाकू की डिबिया आपके जीवन के किसी एक विशेष महत्त्वपूर्ण अध्याय से सम्बन्धित है।"

कुछ चौंककर नन्दिनी ने पूछा—"क्यों? यह अनुमान आपने कैसे लगाया?"

''यों ही। आपको मालूम होना चाहिए कि मैं नजूमी भी हूँ।''

''ओह, समझी!''—यह कहकर वह अत्यन्त गम्भीर भाव से ध्यानपूर्वक पारसनाथ की ओर देखती रही। कुछ क्षण के लिए वह अनमनी भी दिखायी दी। इसके बाद सहसा फिर उसके मुख पर सहज प्रसन्न भाव झलक उठा। अपनी जगह से खिसककर वह पारसनाथ के बहुत निकट आकर बैठ गयी, और अपना दाहिना हाथ बढ़ाती हुई बोली—''चूँकि आप ज्योतिषी हैं, इसलिए आप निश्चय ही हाथ देखना जानते होंगे। जरा मेरा हाथ देखकर बताइये कि निकट भविष्य में मेरे जीवन में कोई महत्त्वपूर्ण परिवर्तन आनेवाला है या नहीं।''

पारसनाथ कुछ देर तक चकित भाव से उसकी ओर देखता रह गया। आज उसकी ढिठाई के कई नये नमूने वह देख चुका था, और उसकी प्रत्येक बात और प्रत्येक व्यवहार उसे रहस्यमय लग रहा था। कुछ झिझकते हुए उसने उसका हाथ धीरे से पकड़ लिया, और गौर से हस्तरेखाओं का निरीक्षण करने का ढोंग रचने लगा।

कुछ देर बाद बोला—''आपका भविष्य बहुत उज्ज्वल है। दो वर्ष के भीतर आप पुत्रवती और विशेष रूप से धन-धान्यवती होंगी। और सौभाग्यवती तो आप अन्त तक रहेंगी!''

''जाइये, आपको सब समय हँसी की ही सूझती है!''—यह कहकर वह बड़े नाज से मुस्कराने लगी, और फिर बच्चों के-से अनुनय के स्वर में बोली—''जरा अच्छी तरह से देख लीजिये न! सचमुच मुझे अपने भविष्य के सम्बन्ध में बड़ी चिन्ता है।''—उसकी आँखें ललक रही थीं और उसके हाथ की गरमी पारसनाथ को कुछ अस्वाभाविक-सी लग रही थी। एक अज्ञात घबराहट का अनुभव करते हुए पारसनाथ ने उसका हाथ छोड़ दिया, और उसका मुख किंचित् गम्भीर हो आया। उसने कहा—''मैं दरअसल हँसी कर रहा था। मैं हाथ देखना नहीं जानता।''

''आप नहीं जानते पर मैं जानती हूँ हाथ देखना! लाइये, अपना हाथ दीजिये, मैं आपके जीवन के भूत, वर्तमान और भविष्य की सब बातें ठीक-ठीक बता दूँगी।''—यह कहकर उसने पारसनाथ के हाथ बढ़ाने की प्रतीक्षा न करके स्वयं उसका हाथ पकड़ लिया और देखने लगी। इतने में नीचे से नौकरानी की आवाज सुनायी दी—''बहू जी किवाड़ बन्द कर दीजिये।'' वह सम्भवतः चौका-बर्तन कर चुकी थी और अब किसी काम से जा रही थी।

''मैं एक मिनट में आती हूँ, तब देखूँगी।''—कहकर वह तेजी से बाहर चली गयी। नौकरानी के चले जाने पर उसने भीतर से नीचे का दरवाजा बन्द कर दिया और फिर ऊपर वापस चली आयी। पारसनाथ सन्नाटे में था और ठीक से न कुछ समझ पाता था, न सोच पाता था।

नन्दिनी फिर उसी स्थान पर जाकर बैठ गयी बल्कि इस बार पारसनाथ के और अधिक निकट—प्रायः कन्धे-से-कन्धा सटाकर—बैठ गयी। पारसनाथ चूँकि कोच के

बिलकुल कोने पर बैठा हुआ था, इस कारण उसके लिए हटने की तनिक भी गुंजाइश नहीं थी। नन्दिनी ने बैठते ही उसका हाथ पकड़ लिया और अपने बायें हाथ की हथेली पर उसे स्थापित करके वह हाथ देखने लगी। चूँकि अब नौकरानी भी चली गयी थी, इसलिए सारे मकान में उन दो प्राणियों के अतिरिक्त तीसरा कोई नहीं था। पारसनाथ अपने को एक ऐसी परिस्थिति में पा रहा था, जो अच्छी थी या बुरी, इस सम्बन्ध में कुछ भी निर्णय उसका मन नहीं कर पा रहा था। नन्दिनी प्रकट में बहाना तो हाथ देखने का कर रही थी, पर उसके हाथ की अस्वाभाविक जलन (जो और चाहे कुछ भी हो, साधारण बुखार की सूचक नहीं थी), आँखों की पुलकभरी सजलता, चेहरे की तमतमाहट, सुगन्धित श्वासों का गहरा चढ़ाव-उतार—ये सब लक्षण उसका कुछ दूसरा ही रूप पारसनाथ के सामने रख रहे थे। निर्जन गृह की उस एकान्त परिस्थिति में नन्दिनी की वह विह्वलता एक अनोखी अशान्ति उसके मन में उत्पन्न कर रही थी। बहुत दिनों से उसके मन में इस प्रकार के अवसर की लोल आकांक्षा बनी हुई थी; पर आज जब दीर्घ प्रतीक्षा के बाद वह अवसर आया, तो न मालूम क्यों उसका मन कछुए के अंगों की तरह अपने को चारों ओर से सिकोड़ने लगा। वह जानता था कि इस संकोच का कारण धार्मिक अथवा नैतिक नहीं है। धर्म और नीति के भय को वह वर्षों पहले तिलांजलि दे चुका था। और न यही कारण था कि नन्दिनी का मदालस और लालसा-विभोर रूप उसे आकर्षणहीन लग रहा हो। यदि सच पूछा जाये, तो नन्दिनी का उस समय का रूप उसे जैसा मादक और मोहक लग रहा था, वैसा इसके पहले कभी नहीं लगा। जो ज्वर उस समय स्पष्ट ही नन्दिनी के प्राणों के रन्ध्र-रन्ध्र को अन्ध आवेग से झकझोर रहा था, वह संक्रामक व्याधि की तरह उसकी नाड़ियों में भी पागल गति से संचरित हो रहा था; पर यह सब होने पर भी कौन निविड़ रहस्यात्मक बाधा आज अकस्मात् भीमकाय गौरीशंकर पर्वत की तरह दुरतिक्रम्य होकर बीच में आ गयी? सहसा यह कौन अदृश्य वज्र-रेखा तिलस्मी व्यवधान खड़ा कर गयी? उसका अन्तर्मन कारण जान गया था; पर बाह्य मन भ्रान्त अवस्था में केवल छटपट-छटपट कर रहा था।

नन्दिनी ने हाथ देखते हुए किंचित गद्गद स्वर में कहा—"आपके हाथ के बायें किनारे पर सबसे छोटी उँगली के नीचे यह जो तीन छोटी-छोटी रेखाएँ हैं, वे काफी साफ और गहरी हैं। यह रेखाएँ यह जताती हैं कि तीन स्त्रियों से आपका घनिष्ठ प्रेम-सम्बन्ध रहेगा—यह भी सम्भव है कि तीनों से आपका विवाह हो जाये!"—यह कहकर वह कनखियों से एक अनोखी अदा के साथ पारसनाथ की ओर देखने लगी।

पारसनाथ उचक उठा और क्षण-काल के लिए चकित और स्तब्ध दृष्टि से उसकी ओर देखता रह गया—"क्या यह सम्भव है?"—उसने मन में सोचा—"क्या नन्दिनी वास्तव में अन्तर्दर्शिनी है? या यह दैव-योग की बात है? नहीं, वास्तव में वह न तो हस्तरेखा-विशेषज्ञ है और न अन्तर्दर्शिनी। यह केवल एक इत्तफाक है कि उसके मुँह से कौतुकवश इस तरह की बात निकल पड़ी है, जो—जो कौन जाने!—सम्भवतः सत्य

भी सिद्ध हो सकती है।''—और तत्काल वह खूब जोर से अट्टहास कर उठा।—''खूब! आपने सचमुच बड़े मजे की बात कही है! तीन विवाह! खूब!''—और यह कहकर उसने एक हलके झटके से अपना हाथ छुड़ा लिया। पल में उसका वह लालसाजनित ज्वर न जाने कहाँ तिरोहित हो गया, जिससे मुक्ति पाने के लिए वह बुरी तरह छटपटा रहा था; पर फिर वही प्रश्न आधी रात के किसी भूत की कौतूहली छाया की तरह उसके मन के किसी अन्धकारमय कोने से झाँकने लगा कि पोषित आकांक्षा की चरितार्थता का पूरा संयोग प्राप्त होने पर भी क्यों वह उस ज्वर से छुट्टी पाने के लिए बेचैन था?

बहरहाल, जब उसने हलके-से झटके से अपना हाथ छुड़ाया और अट्टहास किया, तो नन्दिनी जैसे खिसिया गयी, और तत्काल अलग हटकर बैठ गयी। पल में उसके मुख का भाव आश्चर्यजनक रूप से बदल गया। लज्जा, वेदना और हलके-से क्रोध के मिश्रित भाव की छाया ने उसके मुख पर जैसे स्याही पोत दी। आधी दृष्टि से पारसनाथ की ओर देखकर उसने अर्द्धव्यक्त स्वर में कहा—''आप बड़े निष्ठुर और निर्मोही हैं।''—और यह कहकर वह कोच पर से उठी; पासवाले सोफा पर जाकर मुँह प्रायः फेरकर बैठ गयी, और दाहिने हाथ की तर्जनी के नाखून से सोफा की लकड़ी पर न मालूम क्या गड़बड़झाला लिखने लगी।

पारसनाथ ने देखा कि मामला थोड़ा-सा टेढ़ा पड़ रहा है। उसने कहा—''ओह, आप नाराज हो गयीं! मुझे माफ कीजिये, नन्दिनी देवी, मेरा इरादा कतई आपको नाराज करने का नहीं था।''

पर नन्दिनी कुछ न बोली, और उसी तरह मुँह फेरे नाखून से लिखती रही। पारसनाथ को एक कौतुक सूझा। वह तत्काल उठ खड़ा हुआ और नन्दिनी के आगे फर्श पर घुटने टेक कर हाथ जोड़कर औंधे लेट गया—ठीक जिस प्रकार एक पुजारी देवता की मूर्ति के आगे भक्ति-भाव से प्रणत होता है। नन्दिनी कौतूहलपूर्ण आधी दृष्टि से उसका यह नया रंग और नया ढंग देख रही थी। पारसनाथ कुछ देर तक उसी अवस्था में चुपचाप हाथ जोड़े लेटा रहा। इसके बाद बोला—''क्षमहु देवि भक्त कृत अपराधू!''

यह विचित्र कौतुक देखकर नन्दिनी के भीतर फुरेरियाँ उठ रही थीं। वह पूर्ण प्रयत्न से हँसी रोकने की चेष्टा कर रही थी। क्षण-भर बाद पारसनाथ फिर बोल उठा—''होहु प्रसन्न देहु बरदानू!'' बहुत चेष्टा करने पर भी नन्दिनी अपने को रोक न सकी, उच्छ्वसित आवेग से खिलखिलाती हुई हँसी पड़ी। कुछ देर तक मुँह में कपड़ा ठूँसकर फिर एक बार हँसी को दबाने की चेष्टा की; पर प्रबल उच्छ्वासों के साथ हँसी फूट-फूट पड़ती थी। अन्त में वह उठ खड़ी हुई और मुक्त वेग से हँसने लगी। पारसनाथ भी उठ बैठा। अपने हास्यजनित आँसुओं को अंचल से पोंछती हुई नन्दिनी बोली—''जाइये! आप बड़े दुष्ट हैं!''

पारसनाथ ने सहज मुस्कान के साथ कहा—''नहीं नन्दिनी देवी, मैं उतना दुष्ट नहीं हूँ, जितना कि आप समझे बैठी हैं। आप अकारण मुझसे नाराज हो गयी थीं।''—यह कहकर वह खड़ा हो गया।

नन्दिनी कृत्रिम क्रोध से आँखें नचाती हुई बोली—"आपका हृदय बड़ा कठोर है, दूसरों की भावनाओं का तनिक भी असर आपके हृदय पर नहीं पड़ता।"

पारसनाथ ने उसकी पहेली को कुछ-कुछ समझने पर भी न समझने का-सा भाव जताते हुए कहा—"अगर आपकी किसी भावना को न समझने की चूक मुझसे हुई हो, तो मैं हृदय से क्षमा चाहता हूँ। आपकी आज की दावत मैं कभी नहीं भूलूँगा। अच्छा, इस समय आज्ञा दीजिये!"

नन्दिनी ने इस बार सहज भाव से उसकी ओर देखा। बोली—"क्या अभी चले जाना चाहते हैं? मैंने जो नया चित्र अंकित किया है, उसे तो आपने देखा ही नहीं, जरा ठहरिये, मैं लाती हूँ।"—पारसनाथ फिर एक बार कुर्सी पर बैठ गया। नन्दिनी एक मेज की दराज से एक चित्र निकालकर लायी और पारसनाथ के हाथ में देकर उसकी कुर्सी का डण्डा पकड़कर खड़ी रही। चित्र में दिखाया गया था कि एक स्त्री एक तालाब से कमल तोड़ने के लिए झुकी हुई है! चित्र को देखते हुए पारसनाथ ने कहा—"वाह, बहुत सुन्दर चित्र है! पर स्त्री का चित्र आपसे बहुत मिलता-जुलता है। क्या शीशे में अपनी आकृति देखकर आपने यह चित्र खींचा था? सेल्फ पोर्ट्रेट?"

"जाइये। आप तो मेरी हर बात का मजाक उड़ाना चाहते हैं!"

"नहीं, मैं सच कहता हूँ। कुछ भी हो, चित्र बहुत सुन्दर बना है। इसके लिए मैं आपको बधाई देता हूँ। यह लीजिये!"—यह कहकर उसने चित्र नन्दिनी को वापस कर दिया और स्वयं उठ खड़ा हुआ। इसके बाद बोला—"अच्छा, अब आज्ञा दीजिये! हाँ, एक बात है—" कहकर वह रुक गया। नन्दिनी उत्सुक दृष्टि से उसकी ओर चुपचाप देख रही थी; पर जब उसने देखा कि बात कहते-कहते वह रुक गया, तो उसने कहा—"क्या बात है, कहते क्यों नहीं?"

किंचित् उपेक्षा का-सा भाव प्रकट करते हुए पारसनाथ बोला—"कोई खास बात नहीं है। यों ही एक बात याद आ गयी थी, जो अब मुझे अनावश्यक मालूम हो रही है। अच्छा, नमस्कार!"—यह कहकर वह जाने लगा; पर नन्दिनी ने उसका रास्ता रोकते हुए कहा—"वह बात क्या है, बिना उसे बताये आपको जाने नहीं दिया जायेगा। आधी बात मुँह से निकालकर रुक जाना, यह कहाँ का शिष्टाचार है!"

पारसनाथ बड़ी द्विविधा में पड़ गया। फिर उसने सोचा कि कहने में हर्ज ही क्या है! उसकी जैसी हताश स्थिति है, उसमें झूठमूठ की मान-मर्यादा का खयाल रखना और पीली शान बनाये रहना महज बेवकूफी है। उसने कहा—"मैं...मैं...मुझे कुछ रुपयों की आवश्यकता है। क्या इस समय तीस रुपये आप मुझे कर्ज के बतौर दे सकेंगी? देखिये, तकल्लुफ के चक्कर में न पड़ियेगा। अगर आप बिना दिक्कत के दे सकें तो दीजिये, वरना कोई ऐसा बात नहीं है, मैं कहीं से दूसरा प्रबन्ध करने की चेष्टा करूँगा।"

पारसनाथ ने सोचा था कि कर्ज की बात सुनकर नन्दिनी या तो बड़े संकोच में पड़ जायेगी, या उसके मुख पर घृणा की रेखाएँ खिंच जायेंगी। इसलिए उसने अपने जान

में बड़ा दुस्साहस करके, मन मारकर वह प्रस्ताव किया था, पर, उसके आश्चर्य की सीमा न रही, जब उसने देखा कि उसका प्रस्ताव सुनकर नन्दिनी का चेहरा अस्वाभाविक प्रसन्नता से खिल उठा। वह बोली–"आप दो मिनट ठहरिये; मैं अभी लाकर देती हूँ।"–यह कहकर वह भीतरवाले कमरे में चली गयी। कुछ ही देर बाद लौटकर उसने दस-दस के पाँच नोट पारसनाथ को देते हुए कहा–"यह लीजिये! मुझे अभी इन रुपयों की कोई जल्दी नहीं है। आप फुर्सत से–छह महीने, या साल-भर या दो साल बाद जब सुविधा हो तब–दीजियेगा।"–पारसनाथ ने बिना गिने ही रुपये जेब में रख लिये और धन्यवाद देकर विदा हुआ।

●

11

रास्ते-भर वह नन्दिनी के आज के प्रत्येक व्यवहार के सम्बन्ध में सोचता रहा, और सोच-सोच कर कभी विस्मित, कभी विभ्रान्त, कभी पुलकित और कभी भीत होता रहा। मकान पर पहुँचने के बाद उसने दाढ़ी बनायी। पासिन ने आकर चाय बनाकर उसे पिलायी। इसके बाद स्नान करके कपड़े-वपड़े बदलकर वह बाहर जाने की तैयारी करने लगा। आज उसका चित्त बहुत प्रसन्न था। ऐसी प्रसन्नता का अनुभव उसे खास-ही-खास दिनों में हुआ करता था। उस प्रसन्नता के यद्यपि बहुत-से कारण हो सकते थे, तथापि उसका प्रधान कारण क्या है, यह बात उससे छिपी नहीं थी। जब-जब उसकी जेब रुपयों से गरम होती थी, तब-तब उसे उक्त विशेष प्रकार की प्रसन्नता का अनुभव होता था—तब इस बात का खयाल उसे नहीं रहता था कि किस जरिये से उसे रुपये प्राप्त हुए हैं—चाहे वह बयाने के रूप में प्राप्त हों, चाहे काम करने के बाद पारिश्रमिक के रूप में, चाहे पठान से कर्ज के रूप में। आज सुबह से यह चिन्ता उसे बेहद पीड़ा पहुँचा रही थी कि उसकी जेब प्रायः शून्य हो चुकी है। इसी कारण वह नन्दिनी के पास जाने के पहले एक प्रकाशक के पास गया था, जिसकी बहुत-सी किताबों के डिजाइन वह बना चुका था। उसके पास जाकर उसने बयाने के रूप में बीस रुपये माँगे थे; पर प्रकाशक ने साफ लफ्जों में इनकार कर दिया था। चारा न देखकर उसने नन्दिनी से कहा था। नन्दिनी से कर्ज माँगने पर जिस क्षणिक ग्लानि का अनुभव उसे हुआ था, वह दो कारणों से उसके अवचेतन मन में दब गयी थी—एक कारण यह कि जब उसने कर्ज का प्रस्ताव किया, तो नन्दिनी के मुख पर संकोच, घृणा अथवा अवज्ञा का भाव व्यक्त होने के बजाय आश्चर्यजनक प्रसन्नता झलक उठी थी (चाहे उस प्रसन्नता का कारण कुछ भी रहा हो), दूसरा यह कि काल्पनिक नहीं, बल्कि वास्तविक रुपयों से—सम्राट की छाप से युक्त नीले रंग के फड़फड़ाते हुए कागज के प्यारे-प्यारे चौकोर टुकड़ों से—उसकी जेब गरम हो उठी थी। इसके सिवा एक कारण और था, जिसे उसका सचेत मन जान-बूझकर भुला रहा था। वह यह कि आज वह होटल में जाकर बड़े इतमीनान से बियर पी सकेगा, और उस रहस्यमयी लड़की से एक बार फिर आत्म-विश्वासपूर्वक आलाप करने की सुविधा प्राप्त कर सकेगा, जिसने किसी अज्ञात

कारण से दो ही दिन के भीतर उसके मन के बहुत भीतर के स्तर को प्रबल रूप से आन्दोलित कर दिया था।

प्रायः छह बजे के करीब वह होटल के लिए रवाना हुआ। होटल पहुँचते ही उसने उस विशेष लड़के को अपने पास बुलाया, जो मंजरी को बुला लाया था। चूँकि पिछले दिन उस लड़के को उसने जाते समय अच्छा-खासा 'टिप' दिया था, इसीलिए वह बड़ी प्रसन्नता से उसके पास दौड़ा चला आया। पारसनाथ ने पूछा कि कलवाला कमरा खाली है या नहीं। जब मालूम हुआ कि कमरा खाली है, तो उसने वहीं चलकर बैठने का विचार किया। कमरे में जाकर, कोट उतारकर, पंखा खुलवाकर जब वह आराम से कुर्सी पर बैठ गया, तो उसने एक नोट लड़के को देकर कहा कि बियर की दो बोतलें एक साथ ले आये। जब लड़का लाने चला गया, तो उसने बिना किसी उद्‌देश्य के यों ही एक बार बाकी नोटों को गिना। जब उसने देखा कि दो के बदले दस-दस के चार नोट बाकी हैं, तो वह हर्ष और आश्चर्य से उचक पड़ा। उसने मन में सोचा—"नन्दिनी ने निश्चय ही भूल से उसे तीन के बदले पाँच नोट दे दिये हैं—शायद नोट बरसात की सील के कारण एक-दूसरे से चिपके हुए होंगे। कल मैं निश्चय ही उसके पास जाकर फौरन उसकी इस गलती की सूचना उसे दे दूँगा, और दो नोट उसे वापस कर दूँगा। पर नहीं, वापस करने की जल्दी ही क्या है? उसे केवल सूचित कर दूँगा और कह दूँगा कि वे पाँच नोट मैंने कर्ज के रूप में ले लिये हैं। अच्छा, यह कैसा रहेगा, कि मैं उसे इस बात की सूचना ही न दूँ? उसकी भूल को सुधारने की क्या गरज मुझे पड़ी है! उसकी तिजोरी में उस 'मक्खीचूस' द्वारा संचित बहुत-से नोट पड़े हुए हैं। यदि मेरे समान आर्थिक कष्ट से पीड़ित व्यक्ति को इन लोगों की भूल से कुछ लाभ हो गया, तो क्यों उस लाभ को नुकसान में परिणत करने की मूर्खता की जाये! पर ठहरो! जब नन्दिनी ने जान-बूझकर तीस के बदले पचास रुपये मुझे दिये हों? ठीक है, यही बात है! वह बड़ी चण्ट है और अपने मक्खीचूस पति की तरह ही घुटी हुई है। वह कभी नोटों को गिनने में भूल नहीं कर सकती। तब उसने जान-बूझकर यह जो भूल की, उसका कारण क्या हो सकता है? समझा! वह मेरी ईमानदारी की परीक्षा लेना चाहती है! उसने मुझे उठाईगीर ही समझ लिया है। बेहया कहीं की! जैसे उसके स्वभाव का लफंगापन मुझसे छिपा हो! आज जिस बेहयाई का परिचय उसने दिया, वह एक वेश्या की हरकतों को भी मात करती थी। जहन्नुम में जाये! मुझे क्या करना है उसकी बेहयाई या सुघराई से! मैं कल ही कहीं से कर्ज लेकर उसके सब रुपये वापस कर दूँगा।"

इस तरह की कल्पना से उसका प्रसन्न मनोभाव खीझ, ग्लानि और हिंसा में परिणत हो गया। थोड़ी देर बाद लड़का बियर की दो बोतलें और बाकी रुपये लेकर आया। उसके बाद नीचे जाकर जब वह गिलास, बरफ और चाभी लेकर आया, तो पारसनाथ ने बड़ी उतावली से एक बोतल खोलकर गिलास में बियर डाली और बरफ मिलाकर गटागट पीने लगा। एक साँस में पूरा गिलास खतम करने के बाद उसने शेष बियर

भी गिलास में डाली; और तब एक सिगरेट जलाकर आराम से पीने लगा। पर ग्लानि और खीझ का मिश्रित भाव उसके मन पर से हट नहीं रहा था; इसलिए दूसरे गिलास को उसने जल्दी समाप्त कर डाला। इसके बाद दूसरी बोतल खोलकर फिर गिलास भरा, और उसे भी जल्दी-जल्दी गटककर पीने लगा। जब तीसरा गिलास समाप्त हुआ, तो थोड़ी-सी स्थिरता उसके मन में आने लगी। चौथी बार गिलास भरकर उसने लड़के को पुकारा, और उसे यह ऑर्डर दिया कि गिलास के सिवा बाकी सब चीज़ों को उठाकर ले जाये, और उसके बाद मंजरी को बुला लाये। उसके चले जाने पर परसनाथ चौथे गिलास में से कुछ रुक-रुककर पीने लगा। फिर भी लड़के के वापस आने के पहले ही उसने चौथा गिलास भी समाप्त कर दिया। अब उसका मन कुछ तरंगित होने लगा था, और एक अलस विषाद का पुलकप्रद वातावरण सिगरेट के धुएँ की तरह ही उसके चारों ओर छाने लगा था। शंकित, कम्पित और पुलकित हृदय से वह मंजरी की पग-ध्वनि की प्रतीक्षा कर रहा था।

सहसा वह नव-परिचित पग-ध्वनि, जो एक ही बार में उसे चिर-परिचित-सी जान पड़ने लगी थी, अत्यन्त मन्द, मधुर और धीर गति से उसके उत्सुक कर्ण-कुहरों में आकर उन्मादक ताल से बजने लगी। पारसनाथ का हृदय—जिसे वह दो दिन पहले तक ढीठ, निडर और किसी भी स्त्री की उपस्थिति में किसी भी कारण से विचलित न होनेवाला समझता था—उस पग-ध्वनि के ताल के साथ ही धक-धक धड़कने लगा। वह अपने को सँभालने की कोशिश कर ही रहा था कि वही रहस्यमयी छाया-मूर्ति दरवाजे पर आकर खड़ी हो गयी, जो दो दिन के परिचय के बाद भी एकदम अपरिचित-सी लगती थी। उसे देखते ही एक वर्णनातीत रोमाञ्च की अपूर्व अनुभूति बिजली के हलके-से धक्के की सुरसुरी की तरह उसके सिर से लेकर रीढ़ के अन्तिम सिरे तक दौड़ गयी। वह हड़बड़ाता हुआ तत्काल उठ खड़ा हुआ, और एक व्याकुल मुस्कान के साथ हाथ जोड़कर उसने लड़की का अभिवादन किया। लड़की के मुख पर आज न किसी प्रकार के संकोच की जड़ता का कोई चिह्न वर्तमान था, न किसी तरह की वेदना की म्लान छाया। उस पर केवल झलक रहा था तीक्ष्ण बुद्धि का संयत विलास और सहज कुतूहल की भेद-भरी मार्मिकता। आज जैसे वह अपने रहस्यमय व्यक्तित्व के अनन्त पटों में से एक पट उघाड़कर आयी थी, और केवल उस एक पट के उघड़ने से ही पारसनाथ को ऐसा अनुभव होने लगा था, जैसे उसकी काया-पलट हो गयी हो। आज उसकी गति में आत्म-विश्वास का भाव भी आश्चर्यजनक रूप से वर्तमान दिखायी देता था। पारसनाथ के "आइये, विराजिये", कहने के पहले ही वह निश्चित पगों से आगे बढ़कर सामनेवाली कुर्सी पर जाकर आराम से बैठ गयी।

उसे बैठते देखकर पारसनाथ भी बैठ गया। पारसनाथ की आँखें पुलक-गद्गद सजल मुस्कान से चमक रही थीं। अकस्मात् बिजली की-सी झलक से उसके आगे यह सत्य उद्घाटित हुआ कि आज दिन में नन्दिनी के यहाँ, लालसाजनित ज्वर के चरम क्षण

में—ऐन मौके पर—जो रहस्यमयी, वज्र रेखा, उन दोनों के बीच आ खड़ी हुई थी, वह वास्तव में वही छायामूर्ति थी, जो इस समय उसके सामने बैठी हुई है। उसने अत्यन्त कोमल और सहृदयतापूर्ण स्वर में कहा—"क्षमा कीजियेगा, मंजरी देवी, मैंने आज फिर आपको कष्ट दिया। कल मुझे ऐसा लगा था कि आपकी तबीयत अच्छी नहीं है, इसलिए आज आपकी तबीयत का हाल जानने की इच्छा को मैं दबा न पाया।" (यह कहते हुए उसने मन-ही-मन कहा—"झूठ बोलने की कला में मैं दिन-पर-दिन निपुण होता जा रहा हूँ—यह वास्तव में बड़ी तारीफ की बात है।) आज तो आपका जी अच्छा है न?"

मंजरी निस्संकोच भाव से, पूर्ण दृष्टि से उसकी ओर देख रही थी—कौतूहल-मिश्रित सहज गम्भीरता के साथ पारसनाथ के प्रश्न के उत्तर में बड़ी शालीनता के साथ गर्दन घुमाती हुई, अपनी तर्जनी के नाखून से मेज पर कुछ अर्थहीन सांकेतिक चिह्न अंकित करती हुई बोली—"जी—...हाँ, आपकी दया से मेरी तबीयत बिलकुल ठीक है।"

पारसनाथ का पुलक-गद्‌गद भाव उत्तरोत्तर बढ़ता ही चला जाता था। उसने कहा—"यह सुनकर मुझे बड़ी खुशी हुई! अच्छा; मंजरी देवी, मैं आपसे निवेदन के रूप में एक बात पूछना चाहूँ, तो आप बुरा तो न मानेंगी? विश्वास रखिये, मैं बनने या बनाने के उद्‌देश्य से नहीं बल्कि सच्चे हृदय से एक प्रश्न आपसे करना चाहता हूँ।"

लिखना छोड़कर, मेज पर दाहिने हाथ की कुहनी टेककर भरपूर दृष्टि से पारसनाथ की ओर देखते हुए मंजरी ने मन्द-मधुर किन्तु धीर-गम्भीर स्वर में कहा—"कहिये, आप क्या पूछना चाहते हैं?"

"मैं यह पूछना चाहता था कि—कि मैंने आपको किसी भी समय एक क्षण के लिए मुस्कराते नहीं देखा, क्या—क्या अपने स्वभाव की इस अस्वाभाविकता पर आपने कभी विचार किया है? माफ कीजियेगा, मेरी बात का कुछ दूसरा अर्थ न लगाइयेगा। मैं एक सीधी-सी बात सीधे ढंग से पूछना चाहता हूँ।"—यह कह चुकने के बाद उसने मन-ही-मन सोचा—"कहीं कल की तरह वह आज भी रो न पड़े।"

पर मंजरी ने एक बार मर्मच्छेदी दृष्टि से उसकी ओर देखकर सहज भाव से अत्यन्त धीर और संयत स्वर में कहा—"आप ऐसा क्यों समझते हैं कि न मुस्कराना 'स्वभाव की अस्वाभाविकता' है।"—पारसनाथ ने पुलकित आश्चर्य से देखा कि ऐसा कहते हुए मुस्कान की बहुत ही क्षीण—प्रायः अव्यक्त—झलक मंजरी की आँखों में और ओठों के इर्द-गिर्द खिलने लगी। जैसे घोर अमावस्या की निशा के शेष प्रहर की अन्तिम घड़ी में पूर्व क्षितिज की रेखा में प्रकाश का पूर्व आभास व्यक्त-सा होने लगा हो।

उसे देखकर पारसनाथ के हृदय के अणु-अणु में एक मन्द, मधुर गुदगुदी-सी उठने लगी। पुलकित पलकों के भीतर विकल हर्ष छलकाते हुए वह बोला—"निश्चय ही न मुस्कराना एक अस्वाभाविक अवस्था है, मंजरी देवी; जरा सोचिये तो सही, जीवन में

प्रतिपल, प्रतिक्षण, दुःख, शोक, चिन्ता, ग्लानि और भय की भावनाओं से जिस व्यक्ति की आत्मा दबी हुई हो, अनन्त जीवन के केन्द्र में प्रवाहित होनेवाले आनन्द के मुक्त निर्झर से छहरती हुई कुछ बूँदें भी जिसके मन का अभिषेक न कर पाती हों, वह व्यक्ति कितना अभागा, और कितना अभिशप्त है। मैं मानता हूँ कि कठोर-से-कठोर, अँधेरी-से-अँधेरी और कड़वी-से-कड़वी परिस्थितियाँ मनुष्य के जीवन को चारों ओर से घेर सकती हैं; पर झरना घनी अँधेरी गुहाओं के भीतर से होकर बहने को बाध्य होने पर भी सहस्त्रों बाधाओं को तोड़-फोड़ कर मुक्त प्रकाश की ओर अपना रास्ता निकाल ही लेता है। उसी प्रकार हम लोगों को, जो कि घोर अन्धकारमय सामाजिक स्तरों के नीचे—सैकड़ों बुलबुलाते हुए बिच्छुओं और साँपों, और लपलपाते हुए नरक के कीड़ों के बिलों के भीतर—जीवन बिताने को विवश किये गये हैं क्या यह उचित नहीं है कि उन अन्ध गह्वरों को भेदकर कम-से-कम इतना पथ निकाल लें कि सूर्य की दो चार किरणें उनके भीतर प्रवेश कर सकें।''

यह कहते हुए पारसनाथ को ऐसा अनुभव हो रहा था, जैसे उसकी कलामयी प्रतिभा, जो वर्षों से भयंकर पाषाण-खण्डों के चाप से दबी पड़ी थी, आज अँधेरी गुहा से बाहर फूट निकलनेवाले झरने की ही तरह अकस्मात् किसी प्रबल शक्ति की प्रेरणा से उच्छ्वसित आवेग से फूट पड़ी है। मंजरी विस्मय-विह्वल दृष्टि से उसकी ओर देख रही थी। स्पष्ट ही पारसनाथ के भीतर कलामय स्तर के आकस्मिक विस्फोट का बड़ा गहरा प्रभाव उस पर पड़ा था। कुछ क्षण तक स्तब्ध रहने के बाद मुक्त मुस्कान की दीप्त छाया से मंजरी का सारा मुख उज्ज्वल हो आया; जैसे वैदिक ऋषि के मन्त्रावाहन से अन्धकार का पर्दा फाड़कर उषा पूर्ण रूप में प्रकट हुई हो। उस स्निग्ध, उज्ज्वल मुस्कान की छटा को छहराती हुई वह बोली—''आप तो कवि मालूम होते हैं।''

पारसनाथ के मुख पर धीरे-धीरे एक सहज-सहृदय गम्भीरता की सकरुण छाया घनीभूत होती जाती थी। उसने शान्त और संयत स्वर में कहा—''एक जमाना था, जब मैं कवि भी था और चित्रकार भी। तब एक निश्चित ध्येय भी मेरे आगे था और जीवन का अर्थ भी मुझे बहुत-कुछ स्पष्ट-सा लगता था। पर वह बात सुदूर भूतकाल की हो गयी है; अब वह मुझे पूर्वजन्म की-सी लगती है, बल्कि अनेक जन्म पहले की...'' उसी रहस्यवादी शैली में बहुत देर तक बोलते रहने की आकांक्षा पारसनाथ को आकुल करने लगी थी; पर मंजरी का कौतूहल मन वास्तविक तथ्यों को जानने के लिए अधीर हो रहा था।

''पूर्व जन्म की बात जाने दीजिये, इस जन्म में आप क्या करते हैं, यह बताइये।''

''इस जन्म में झख मारता हूँ, मंजरी देवी! चार-चार, पाँच-पाँच रुपयों पर अपनी आत्मा के बिखरे हुए टुकड़ों को बेचता फिरता हूँ—इतने पर भी सब समय खरीददार नहीं मिलते।''

पारसनाथ की करुण स्वीकारोक्ति से अत्यन्त व्यथित होने पर भी स्पष्ट बात जानने का कौतूहल मंजरी दमन नहीं कर पाती थी। उसने कहा—''क्षमा कीजियेगा, मैं रूपक की भाषा नहीं समझ पाती। आखिर क्या चीज आप बेचते हैं? कविताएँ?''

''नहीं मंजरी देवी, कविताएँ तो कौड़ी की तीन-तीन के भाव भी कोई नहीं खरीदता। मैं बाजारू चित्र बनाकर बेचता हूँ।''

''ओह, यह बात है। तो आप चित्रकार हैं? यह तो बड़ी अच्छी बात है। यह तो बड़ी इज्जत का पेशा है।''—यह कहते हुए उसके मुँह से एक अव्यक्त आह-सी निकल पड़ी, जैसे तुलना में अपने पेशे की हीनता गाढ़े काले रंगों से उसके आगे उभर आयी हो।

कुछ क्षण तक दोनों चुप रहे। उसके बाद मंजरी ने पूछा—''आपका घर कहाँ है?''

''विश्व का कोई भी कोना ऐसा नहीं है, जिसे मैं अपना घर कह सकूँ।''

''आपका जन्म कहाँ हुआ है?''

''आजमगढ़ जिले के एक गाँव में।''

''तब क्या वहाँ आपका घर नहीं है?''

''अवश्य था, पर अब नहीं है।''

मंजरी ने समझा कि शायद किसी आर्थिक संकट के कारण पारसनाथ का घर-वर बिक-बिका गया है; इसलिए इस अप्रिय चर्चा को आगे बढ़ाना उसने उचित नहीं समझा। पर कुछ और बातें जानने के लिए वह उत्सुक थी। उसने पूछा—''आपके बाल-बच्चे क्या यहीं आपके साथ हैं?''

इस बार पारसनाथ के मुख का सकरुण भाव व्यंग्य की-सी मुस्कान में परिणत हो गया। बोला—''मेरे न कोई बाल है न बच्चा। मैं अभी अविवाहित हूँ।''

''ओह, समझी! पर आपके माता-पिता तो अवश्य ही आपके साथ होंगे?''

''जी नहीं, मैं यहाँ अकेला हूँ, और बहुत सम्भव है आजीवन अकेला ही रहूँगा।''

मंजरी के मन में आया कि पूछें—''इतना वैराग्य क्यों?'' पर उसने कुछ नहीं पूछा। कुछ देर वह प्रश्न-भरी दृष्टि से पारसनाथ की ओर देखती रही। इसके बाद सहसा उसने पूछा—''समय क्या हो गया, क्या आप बता सकते हैं?''

''मेरे पास घड़ी तो नहीं है, पर मेरा अन्दाज है कि साढ़े आठ बजते होंगे। क्यों आपको कुछ जल्दी है क्या?''

''जी हाँ, मैं तो बातों में भूल ही गयी थी। माँ की तबीयत खराब है। उसके लिए मुझे जल्दी ही एक दवा ले जानी है। अच्छा, इस समय आज्ञा दीजिये!''—यह कहकर वह हाथ जोड़ती हुई उठ खड़ी हुई। उसके चेहरे पर चिन्ता की रेखाएँ स्पष्ट खिंच गयी थीं।

पारसनाथ भी खड़ा हो गया, और पिछले दिन की तरह आज भी उसने जेब से दस रुपये का एक नोट निकाला और उसे मंजरी की ओर बढ़ाता हुआ संकोचपूर्वक मुस्कराने

लगा। संकोच के अतिरिक्त उसकी मुस्कान में बड़ी कोमलता और सहृदयता भी वर्तमान थी। आज मंजरी को रुपया देते हुए उसे अकारण ही संकोच हो रहा था; उसे ऐसा लगता था, जैसे रुपया देने से मंजरी अपने को अपमानित अनुभव करने लगेगी। वह उस समय के लिए यह बात एकदम भूल गया कि वह दो बार उसके हाथ से रुपया ले चुकी है! उसने यह नहीं सोचा कि जो लड़की स्पष्ट ही अपनी निपट गरीबी से तंग आकर होटल में अजनबी पुरुषों को रिझाने का पेशा स्वीकार कर चुकी है, वह आज क्यों रुपया लेने से इनकार करेगी और अपने को अपमानित समझेगी? आज उससे बातें करते हुए वह ऐसा मोहाच्छन्न और तन्मय हो गया था कि इस बात की सुधि ही उसे न रही कि वह किसी याचक, सहायप्रार्थी और गरजमन्द लड़की से बोल रहा है। उसके मन में उस समय के लिए यह भ्रम जम गया था, कि वह एक सम्पन्न और कुलीन घर की सुसंस्कृता लड़की से बातें कर रहा है। इसलिए मंजरी जब जाने लगी, तो वास्तविकता की ओर ध्यान लौट आने पर भी पूर्वोक्त क्षणिक भ्रम का संस्कार अभी तक उसके मन में बना हुआ था। यही कारण था कि नोट देने के लिए हाथ फैलाते हुए उसका मन आज कुछ सिकुड़-सा रहा था। और तारीफ की बात यह रही कि वास्तव में आज मंजरी का मुख उस नोट को देखकर अदमनीय लज्जा से लाल और साथ ही असीम वेदना से अत्यन्त म्लान हो आया। पर, यह सब होने पर भी यह बात पारसनाथ से छिपी न रही कि उसकी क्षुब्ध आँखें उस नोट पर एकटक गड़ी हुई थीं—जिस प्रकार कई दिनों से भोजन न पाये हुए भिखारी की आँखें रोटी के टुकड़े पर से हटना नहीं चाहतीं। फिर भी उसने पारसनाथ की ओर देखने का साहस न करते हुए मरी हुई आवाज में कहा—"आज रहने दीजिये; कल ही तो आपने दिया है!"—उस मरी हुई आवाज से पारसनाथ के आगे यह बात स्पष्ट हो गयी कि न चाहते हुए भी उन रुपयों का कितना बड़ा प्रलोभन उसके लिए है! और सम्भवतः उसकी आवश्यकता भी बड़ी भयंकर, बड़ी ही जीवन-शोषी है! उसके पीड़ित हृदय में अदम्य करुणा की एक व्याकुल लहर तल से सतह तक उमड़ उठी। यह अनुभूति उसके लिए बिलकुल नयी-सी थी। उसका संकोच पल में जाता रहा और अत्यन्त सहज भाव से उसने कहा—"नहीं, मंजरी देवी, यह कदापि नहीं हो सकता! आपको मेरी यह तुच्छ सेवा स्वीकार करनी ही होगी!"—यह कहते हुए उसने इस बार निर्भय होकर नोट आगे बढ़ाया। मंजरी ने उसकी ओर न देखकर जैसे मन मारकर वह नोट उसके हाथ से ले लिया, और फिर एक बार हाथ जोड़कर (उसकी ओर बिना देखे ही) वह बड़ी तेजी से बाहर निकल गयी।

पारसनाथ कुछ देर तक भटका और भरमाया-सा अपने स्थान पर खड़ा रहा। उसके बाद धीरे-से फिर कुर्सी पर जाकर बैठ गया। लड़के को बुलाकर उसने खाना मँगाया। जब खाना आया, तो उस समय के लिए सब-कुछ भूलकर भूखे बाघ-सा वह उस पर तन्मयता से टूट पड़ा। खा-पीकर बिल चुकाकर, लड़के को इनाम देकर वह भ्रमित मन से एक्के पर सवार होकर मकान की ओर चला गया।

●

12

दूसरे दिन वह चाहने पर भी नन्दिनी के यहाँ इस बात की सूचना देने नहीं गया कि उसने तीस की जगह पचास रुपये उसे दे डाले हैं। दिन-भर वह ऐसी क्लान्त अवस्था में खटिया पर लेटा रहा, जैसे जीवनव्यापी असफल परिश्रम से थका-माँदा हो। सन्ध्या होते ही उसमें न जाने कहाँ से अपने-आप धीरे-धीरे एक अजीब संजीवनी स्फूर्ति-सी फिर आयी। पासिन आकर चाय बना गयी। चाय पीकर, स्नान करके, सज-सँवरकर वह तैयार हुआ। जेब टटोलकर देखा, अभी पैंतीस के करीब रुपये पड़े हुए थे। "चलो ठीक है—अभी से चिन्ता की कोई बात नहीं है!"—यह सोचकर वह कुछ प्रसन्न होने की चेष्टा करने लगा।

ठीक साढ़े छह बजे वह होटल में पहुँच गया। उसी परिचित कमरे में बैठकर बियर मँगाकर पीने लगा। जब पी-पिला चुका, तो लड़के को उसने मंजरी को बुला लाने के लिए भेजा, और अत्यन्त उत्सुक हृदय से अधीरता के साथ उसकी प्रतीक्षा करने लगा। प्रायः पन्द्रह मिनट बाद लड़के ने आकर सूचना दी कि मंजरी नहीं आ सकती, क्योंकि उसकी माँ की तबीयत खराब है। पारसनाथ को ऐसी निराशा हुई, जैसी इसके पहले कभी जीवन में नहीं हुई थी! उस हताश अवस्था में उसने एक बोतल बियर की मँगाकर पी, और कुछ खा-पीकर चलता बना।

दो दिन तक वह कहीं नहीं गया। घर ही पर बैठकर दो-तीन पुस्तकों के 'कवर-डिजाइन' बनाकर उसने तैयार कर डाले। इधर कुछ दिनों से वह आलस्य और जड़तावश कोई काम नहीं कर पाया था। पैसे की निपट तंगी की हालत में जब दो-चार दिन का ठिकाना उसने कर लिया, तो उसे बड़ा सन्तोष हुआ।

तीसरे दिन वह शाम को फिर होटल गया। वहाँ पहुँचते ही उसने इस बात का पता लगवाया कि मंजरी की माँ की तबीयत अब कैसी है, और वह होटल में आ सकती है या नहीं। मालूम हुआ कि अभी तबीयत अच्छी नहीं हुई है, और लड़की नहीं आ सकती।

पारसनाथ बड़े चक्कर में पड़ गया। साथ ही यह सोचकर उसे मन-ही-मन अपने ऊपर कुछ घृणा-सी हुई कि इस बात से दुःखित होने के बजाय कि मंजरी की माँ की

तबीयत खराब है, वह केवल इस बात के लिए चिन्तित है कि मंजरी रंग-रस की बातें करने के लिए उसके पास नहीं आ पा रही है। रंग-रस की बातें? और नहीं तो क्या वह उस अनाथ लड़की के जीवन के वास्तविक सुख-दुःख का साझी बनने के लिए उत्सुक है? उसके समान उत्तरदायित्वहीन, पलायनशील प्राणी के लिए क्या यह सम्भव है? किसी हालत में भी नहीं!

पर मनुष्यता का भी तो कुछ तकाजा है। जब तक मंजरी की सांसारिक अवस्था के सम्बन्ध में वह अजान था, तब उसका रुख चाहे कैसा ही क्यों न रहा हो; पर अब जब वह उसकी निपट अनाथ अवस्था से परिचित हो गया है, तो क्या यह उचित है कि वह केवल उसकी माँ की तबीयत का हाल जानकर ही रह जाये और उसकी परेशानी में हाथ न बँटाये?

होटल के कमरे में बैठा बियर पीता हुआ वह इस तरह की बातें सोच रहा था। बीच-बीच में एक निपट उदासीनता की भावना उसे धर दबाती थी; पर फिर-फिर जैसे कोई उस उदासीनता के भीतर उँगली डालकर उसके मन को खरोंच देता था। ऐसे अवसरों पर उसके भीतर दुर्निवार रूप से यह प्रेरणा जग उठती कि मंजरी के घर जाकर उसकी वर्तमान परेशानी की हालत में उसकी सहायता करनी चाहिए। कई बार उसने अपने-आप को समझाया कि किसी एक पेशेवर लड़की के लिए इस कदर समवेदनशील होना निपट मूर्खता है; ऐसी लड़कियाँ बहुत मिल सकती हैं, और उसे भूलकर उसी छोकरे के जरिये से किसी नयी लड़की का पता लगाना चाहिए। सम्भवतः वह नयी लड़की मंजरी से भी अधिक आकर्षणशील निकल आवे। पर रह-रहकर कोई रहस्यमयी शक्ति उसके मन के भीतरी स्तर को किसी तेज, तीखी और नुकीली चीज से निरन्तर खरोंचती जाती थी। रह-रहकर उसके अन्तर्वासी के कानों में कोई फुसफुसा रहा था कि मंजरी के घर जाकर उससे मिलना परम आवश्यक है; और चूकने पर जीवन का एक चरम क्षण उसके हाथ से चला जायेगा।

खा-पी चुकने के बाद वह अत्यन्त चिन्तित और अस्थिर अवस्था में मकान को वापस चला गया। मकान में पहुँचकर बिस्तर पर लेटने के बाद भी वह बहुत देर तक ऐसी बेचैनी से छटपटाता रहा, जिसकी पूर्वानुभूति की कोई याद उसे नहीं आती थी।

दूसरे दिन वह कुछ जल्दी—प्रायः पाँच बजे के समय—होटल में पहुँचा, और उस लड़के से, जो मंजरी को बुलाने जाया करता था, कहा—"क्या तुम मुझे मंजरी का मकान दिखा सकते हो?"

लड़का कुछ सकपकाया। उसने कहा—"मकान तो दिखा सकता हूँ, पर—पर क्या आप उसके यहाँ जाना चाहते हैं? वहाँ आप कैसे जा सकेंगे? वह मुहल्ले के बीच में अपनी माँ के साथ रहती है।"

पारसनाथ ने कहा—"तुमसे मैं ये सब बातें जानना नहीं चाहता। तुम मुझे उसका मकान दिखा दो, बस! इसके लिए, तुम्हें इनाम मिलेगा, घबराओ नहीं।"

लड़का राजी हो गया। पारसनाथ उसके साथ चला गया। होटल से कुछ ही दूर आगे जाकर दोनों दाहिनी ओर एक गली की तरफ मुड़े। गली काफी लम्बी दिखायी दी। प्रायः डेढ़ फर्लांग चलने के बाद फिर दाहिनी ओर को मुड़ना पड़ा। उस तंग गली में सबसे पहले मुसलमानों के दो-चार कच्चे घर दिखायी दिये। उसके बाद चार कदम आगे चलकर बायीं ओर एक कुछ ऊँची उठी हुई जगह पर एक गाय बँधी थी। उसकी एक बछिया भी उसी के पास खूँटे से बँधी थी। सारा स्थान सड़ी हुई घास, गोबर और गोमूत्र की गन्ध से पवित्र हो रहा था। उसी स्थान से लगा हुआ एक कच्चा मकान था, और उसके बाद ही एक छोटा-सा दुमंजिला, पक्का मकान था। होटल का लड़का उसी मकान के पास आकर ठहर गया, और बोला—"इसी मकान में वह रहती है।"

दरवाजा बाहर से बन्द था। पारसनाथ ने संकेत में लड़के को यह आदेश दिया कि वह दरवाजे पर धक्का दे और आवाज लगाये। पर लड़के ने नम्रतापूर्वक इनकार करते हुए कहा—"वह मुझसे नाराज हो जायेगी कि मैं एक आदमी को अपने साथ यहाँ ले आया। मुझे इजाजत दीजिये, मैं जाता हूँ।"—पारसनाथ ने उससे अधिक कुछ कहना बेकार समझकर चार आने पैसे उसे थमा दिये। लड़का चला गया। पारसनाथ ने हौले से दरवाजे की जंजीर को किवाड़ से बजाना शुरू कर दिया। कुछ ही देर बाद भीतर से आवाज आयी—"कौन है!" वह चिर-परिचित-सा झंकृत कण्ठस्वर था। पारसनाथ के हृदय में कँपकँपी-सी दौड़ गयी। गला साफ करके, साहस बाँधकर उसने धीरे से कहा—"जरा खोलिये!"

दरवाजा खुला। मंजरी खड़ी थी। पारसनाथ को देखकर वह भौंचक्की-सी रह गयी। अपनी विस्मित और विभ्रान्त आँखों से फाड़-फाड़कर उसकी ओर केवल देखती रही। पारसनाथ ने संकोच से घबराये हुए स्वर में बहुत ही धीरे से कहा—"क्षमा कीजियेगा! मैं जानता हूँ कि यहाँ आकर मैंने बड़े दुस्साहस का काम किया है; पर जब मैंने सुना कि आपकी माता जी की तबीयत खराब है, और चार दिन के बाद भी सँभल नहीं पायी हैं, तो विश्वास मानिये, मैं विकल हो उठा और रह नहीं सका। मैं आपसे हार्दिक प्रार्थना करता हूँ, मंजरी देवी, कि मुझे भीतर अपनी माता जी के पास ले चलिये और उनके दर्शन करने दीजिये। मैं आपको विश्वास दिलाता हूँ कि मैं आपकी माता जी की सेवा-टहल में विघ्नकर्त्ता नहीं, बल्कि सहायक सिद्ध हूँगा।"

उसके शब्दों से और मुख के भाव से ऐसी सच्ची कातरता प्रकट होती थी कि मंजरी स्पष्ट ही प्रभावित होती हुई दिखायी दी। कुछ क्षण तक चुप रहने के बाद वह पारसनाथ से भी धीमी आवाज में बोली—"मैं केवल एक शर्त पर आपको माँ के पास ले जा सकती हूँ। वह शर्त यह है कि मैं माँ को आपका परिचय देते हुए चाहे कैसी ही गलत बात क्यों न कहूँ, आप उसका खण्डन न करें, बल्कि आवश्यकता पड़ने पर उसकी ताईद करते रहें।"

"मुझे यह शर्त मंजूर है।"

"तो चलिये।"—यह कहकर मंजरी ने भीतर से दरवाजा बन्द कर दिया, और जीने से होकर ऊपर जाते हुए उसने पारसनाथ को संकेत किया कि वह भी उसका अनुसरण करे। जीना पार करके दोनों एक बरामदे पर चढ़ आये। उस बरामदे से लगा हुआ एक छोटा-सा कमरा था। उस कमरे के भीतर एक खटिया पर प्रायः अधेड़ अवस्था की एक स्त्री लेटी हुई थी। वह बहुत सुस्त दिखायी देती थी और उसके चीमड़ मुख पर पड़ी हुई झुर्रियों की संख्या गिनी नहीं जा सकती थी। उसकी दोनों आँखें खुली हुई थीं, जिनके पीले-से कोयों पर निस्तेज और प्रकाशहीन पुतलियाँ अत्यन्त चंचलता के साथ द्रुत-गति से डोल रही थीं। स्पष्ट ही वह अन्धी थी। मंजरी ने पारसनाथ के साथ भीतर प्रवेश करते ही कहा—"अम्माँ, जिन्होंने कॉलेज में मेरे काम से खुश होकर मुझे बीस रुपये इनाम के बतौर दिये थे, वह आये हैं—तुम्हारी तबीयत का हाल पूछना चाहते हैं।"

अधेड़ महिला की ज्योतिहीन आँखों में मधुर मुस्कान खिल आयी। उनका मुरझाया हुआ चेहरा परम उल्लास से जगमगा उठा। वह धीरे से उठ बैठीं और हड़बड़ाये हुए स्वर में बोलीं—"आओ बेटा, बैठो! भगवान् तुम्हें सुखी रखें। जब से बिटिया ने इनाम पाया है, तब से बराबर वह तुम्हारा जिक्र बात-बात में करती रहती है। कहती है—तुम सोच नहीं सकतीं अम्माँ, कि वह कितने बड़े और कैसे भले-आदमी हैं। मैं कहती हूँ—तू अभागिन न जाने किस मनहूस साइत में जनमी थी, तेरे जन्म के समय से आज तक मुझ पर एक के बाद एक विपत्ति के पहाड़ टूटते गये हैं, नहीं तो मैंने भी अपने भले दिनों में सभी बुरे आदमी नहीं देखे हैं—भले भी काफी देखे हैं। यह बात मैं खूब अच्छी तरह से सोच सकती हूँ कि जिस आदमी ने हमारी आजकल की घोर विपत्ति के समय बिटिया को बीस रुपया इनाम दिया है, यह कैसा भला और कितना बड़ा होगा। बेटा, तुम्हें, ईश्वर ने हमारे लिये पठाया है। तुमने वक्त पर बिटिया को इनाम न दिया होता, तो मैं तो दवा और पथ्य के बिना मर ही गयी होती, साथ ही बिटिया की भी जो दुर्गति हो गयी होती, उसे मैं ही जानती हूँ। हम लोग बड़े दुःखी हैं, बेटा, भगवान् दुश्मन की भी यह दुर्दशा न करें!"—यह कहकर अधेड़ स्त्री अपनी अन्धी आँखों से टपाटप आँसू गिराने लगी।

पारसनाथ भ्रान्त दृष्टि से उसकी ओर देख रहा था। वह अपने को एक विचित्र, भौतिक और रहस्यमय वातावरण में पा रहा था, और भूला, भटका, भरमाया-सा खड़ा था। उसने एक बार मंजरी की ओर देखा। उसके मुख पर और आँखों में दारुण वेदना और निस्सीम लज्जाजड़ित कातर प्रार्थना के मिश्रित भाव की घनी छाया अंकित हो गयी थी। मंजरी के मुख का वह भाव देखकर सहसा पारसनाथ के मन में न मालूम कहाँ से एक आश्चर्यजनक साहस और स्फूर्ति का संचार हो गया। उसने सहज भाव से आत्मविश्वासपूर्वक कहा—"अम्माँ जी, मैं आपकी तबीयत का हाल जानने के लिए आया हूँ। मैंने सुना था कि आप बीमार पड़ी हैं। अब आपकी तबीयत कैसी है?"

"अब अच्छी है, बेटा, अच्छी है!"—अपना सिर हिलाते हुए और निर्जीव आँखों की निःसत्त्व पुतलियों को अनोखे ढंग से घुमाते हुए अधेड़ स्त्री ने कहा।

पारसनाथ बोला–"मुझे यह जानकर बड़ी ख़ुशी हुई, अम्माँ जी! अब आप कोई चिन्ता न करें। अब दो दिन में आप बिलकुल चंगी हो जायेंगी। मैं अब से सब समय आपकी सेवा में उपस्थित रहूँगा।"

"तुम्हारी हजार वर्ष की आयु हो बेटा! भगवान् तुम्हें सदा सुखी रखें। तनिक इधर आओ, मेरे पास खटिया पर आकर बैठ जाओ। मैं तुम्हारे सिर पर हाथ फेरकर अपना कलेजा ठण्डा करूँ। आओ बैठो!"

पारसनाथ क्षणिक झिझक के बाद खटिया के पैताने पर जाकर बैठ गया। इस बीच मंजरी चुपके से बाहर खिसक गयी थी। अधेड़ महिला धीरे से सरककर पारसनाथ के बहुत निकट चली आयीं और पारसनाथ के टोपी-रहित सिर पर धीरे से हाथ फेरती हुई बोलीं–"वह भी आज तुम्हारे ही बराबर हो गया होता, बेटा! उसके भी बाल तुम्हारी ही तरह चिकने, मुलायम और घुँघराले थे। आठ वर्ष तक मैंने गोद में खेलाकर, पाल-पोसकर बड़ा किया और एक दिन हँसता-खेलता चल बसा–इस अभागिन छोकरी के जन्म के तीन महीने बाद!"

इतने में मंजरी ने एक टूटी हुई कुर्सी लाकर कमरे में रख दी। पारसनाथ कुछ देर तक खटिया पर ही बैठा रहा और अधेड़ महिला उसके सिर के बालों को सहलाती रही। बाद में वह बोला–"अब आप आराम से लेट जाइये, अम्माँ जी, मैं कुर्सी पर जाकर बैठता हूँ।" यह कहकर वह उठ खड़ा हुआ और कुर्सी पर जाकर बैठ गया। मंजरी एक कोने में दीवार के सहारे चुपचाप खड़ी थी। वह कभी अपनी अम्माँ की ओर देखती थी, कभी पारसनाथ की ओर। पारसनाथ ने देखा कि उसकी आँखों में कभी कोरा कौतूहल झलकता था, कभी एक अनोखे सन्देह की-सी छाया घिर आती थी, और कभी एक करुण कृतज्ञता का-सा भाव झलक पड़ता था। कुछ देर बाद न मालूम क्या सोचकर पारसनाथ को अपनी माँ के साथ अकेले छोड़कर वह नीचे चली गयी।

अधेड़ महिला दीवार से पीठ सटाकर खटिया पर बैठी हुई थीं। पारसनाथ के बहुत कहने पर भी वह नहीं लेटीं। कुछ समय तक दोनों मौन रहे। उस निर्जन कमरे की स्तब्धता के बीच में अधेड़ महिला की निष्प्राण आँखों की दो चंचल पुतलियाँ निरन्तर दोलित होकर पारसनाथ के मन में एक अज्ञात, भौतिक भय का-सा संचार कर रही थीं। उस भय के भूत को भगाने के उद्देश्य से वह मौन भंग करता हुआ बोला–"अम्माँ जी, मुझे ऐसा लगता है कि आपका जीवन सदा इसी तरह की गरीबी में नहीं बीता। निश्चय ही आपने अच्छे दिन भी देखे हैं।"

"तुम्हारा सोचना बिलकुल ठीक है, बेटा। मैंने काफी अच्छे दिन देखे हैं। बिटिया के पिता जी दिल्ली में कपड़ों का व्यापार करते थे। हजारों का लेन-देन रहता था, पर भगवान् का कुछ ऐसा कोप उन पर सवार हुआ कि वह सट्टेबाजी के चक्कर में पड़ गये। उसमें उन्होंने दो-तीन लाख रुपया कमाया भी; पर बाद में ऐसा उलटा पासा पड़ा कि कमाया हुआ सारा धन गँवाकर, व्यापार चौपट करके उन्होंने बुजुर्गों की जोड़ी हुई

जमीन-जायदाद भी बेच दी। उसे भी सट्टे के अर्पण करके दिवालिया बनकर इस शहर में चले आये। सब-कुछ खतम कर डाला; पर मेरे एक भी गहने पर उन्होंने हाथ नहीं लगाया—मेरे कहने पर भी नहीं। यहाँ आकर वह परचून की एक छोटी-सी दुकान खोलकर किसी तरह गुजारा करने का इरादा रखते थे; पर यहाँ आने के तीन ही महीने बाद एक दिन रात के वक्त अचानक उनके दिल की धड़कन बन्द हो गयी और मेरे ऊपर जो गाज गिरी उसका अन्दाज तुम लगा सकते हो, बेटा।''—यह कहते हुए फिर एक बार उनकी आँखों से झड़ी लग गयी।

पारसनाथ चुप था। सान्त्वना का एक भी शब्द उसके मुँह से निकल नहीं पाता था। अधेड़ महिला कहती चली गयी—''विधाता ने मेरी गोद से एक हँसते-खेलते बच्चे को छीन लिया, तिस पर भी उसे तसल्ली नहीं हुई, और मेरा सुहाग भी घोर दुर्गति के बाद लूट लिया। इस बिटिया से बड़ी मेरी एक और लड़की थी, दो साल बाद वह भी मर गयी। यहीं पर बातें खतम नहीं हुई। कुछ समय बाद मेरी सबसे बड़ी लड़की विधवा हो गयी। यहाँ पर विधाता ने इतनी लाज रखी कि विधवा होने के एक वर्ष बाद वह खुद भी मर गयी। मंजरी सबसे छोटी लड़की है। अपने पिता के मरने के चार महीने बाद इसका जन्म हुआ। उस समय मेरी उम्र करीब तीस बरस की रही होगी। बिटिया इस समय बीस वर्ष की है। ये बीस वर्ष जिस तरह की यम-यातना सहते हुए मैंने बिताये हैं, बेटा, उसे मैं ही जानती हूँ। करीब पाँच हजार के गहने मेरे पास थे। उन्हें बेच-बेचकर मैंने इतने दिनों तक अधपेट खाना खाकर इसे पाला है, स्कूल भी पढ़ाया है; पर इधर छह महीने से मैं बिलकुल लाचार हो गयी हूँ। बेटा! विधाता ने मेरी आँखों की जोत भी छीन ली। दोनों आँखों में मोतिया-बिन्द पड़ गये थे। एक अधकचरे डॉक्टर से आपरेशन करवाया। मुझ पर दया करके दो सौ के करीब फीस उसने माँगी। रुपये का रुपया गया, और दोनों आँखें भी जाती रहीं। इतने पर भी मेरे पापों का भोग पूरा नहीं हुआ। जो कुछ गहना बचा रह गया था वह सब एक दिन चोरी हो गया, अब काल के दिन पूरा करने के लिए जीती हूँ। मर नहीं पाती। छह महीने से बिटिया मुझे पाल रही है। कॉलेज की फीस भी देती है। मकान का किराया भी चुकाती है, मुझे भी खिलाती-पिलाती है। कैसे सब कर रही है, मैं नहीं जानती, बेटा! कहती है कि कॉलेज से वजीफा मिलता है, और एक घण्टा किसी के यहाँ पढ़ाने जाती है; पर इस तरह कब तक चलेगा, बेटा! अगर मैं अन्धी न हो गयी होती, तो निश्चय ही एक दिन मकान में आग लगाकर बिटिया को साथ लेकर जल मरती; पर विधाता को यह भी मंजूर नहीं है, और मैं लाचार, एकदम लाचार हो गयी हूँ।''—यह कहकर वह फूट-फूट कर रोने लगी।

सन्ध्या का प्रायान्धकार कमरे में छाने लगा था। अधेड़ महिला की दिल दहलाने-वाली रामकहानी सुनते हुए पारसनाथ को ऐसा मालूम-हो रहा था, जैसे उस कमरे को चारों ओर से भयंकर आकृतिवाले भूत-प्रेत और पिशाच-दानवों ने घेर लिया है, और वे

सब किसी कारण से बौखलाये हुए 'हा-हा! हू-हू!' के भैरव हुंकार और फुफकार-भरे शब्दों में गरजते हुए उन्मत्त नृत्य करते रहे हैं। भय की उस चरम अनुभूति ने कुछ समय के लिए उसे प्रायः चेतनाशून्य बना दिया; पर जब उसने मंजरी की माँ को फूट-फूटकर रोते देखा, तो प्रचण्ड चेष्टा से अपनी सब दबी हुई शक्तियों को बटोरने में उसने सफलता पा ली। अत्यन्त धीर, गम्भीर और आश्वासन-भरी वाणी में वह बोला—"अम्माँ जी, जो बात बीत गयी, उसके लिए आपको दिलासा देने में मैं अपने को बिलकुल असमर्थ पाता हूँ। पर, इस समय से आप लोगों की सेवा का पूरा भार मैं अपने ऊपर लेता हूँ, और आपको विश्वास दिलाता हूँ कि आजीवन अपनी इस बात से कभी मुँह नहीं मोड़ूँगा। मैं स्वयं एक बहुत गरीब आदमी हूँ, अम्माँ जी, और मेरे दुःख की कहानी बहुत लम्बी न होने पर भी भयंकरता में कुछ कम नहीं है। फिर भी अपनी सामर्थ्य के अनुसार मैं आज से बराबर आप लोगों की सेवा में तत्पर रहूँगा, आपके आगे इस बात की प्रतिज्ञा करता हूँ।"—उसे ऐसा अनुभव हो रहा था कि वह नया भार स्वीकार करते हुए उसके हृदय में युगों से संचित एक मनों भारी बोझ हलका हो गया। यह बात उसके आगे स्पष्ट नहीं हो रही थी कि वह पुराना बोझ क्या था, और कैसा था; पर इतना निश्चित रूप से अनुभव कर रहा था कि उसका स्वरूप चाहे कैसा ही क्यों न रहा हो, वह दीर्घकाल से एक भीषण चट्टान के भार की तरह उसकी छाती पर पड़ा हुआ था, और उसके अनजान में उसकी आत्मा के श्वास-छिद्रों को बन्द करके प्रतिपल उसका दम घोटने की चेष्टा में रत था। पर नया भार—जो उस पुराने भार की तुलना में फूल की तरह हलका लग रहा था—स्वीकार करते ही उसकी छाती पर पड़ा हुआ वह वज्र-पाषाण न जाने किस मायावी स्पर्श से काफूर हो गया! किसी कर्त्तव्य को स्वीकार करने का सुख इतना बड़ा होता है, यह बात उसे आज मालूम हुई।

अधेड़ महिला ने उसकी बात सुनकर आँसुओं को रोकने की चेष्टा करते हुए गले में अटकी हुई आवाज में कहा—"बेटा, मैं पहले ही कह चुकी हूँ कि भगवान् ने तुम्हें भेजा है। मैं और क्या कहूँ—मेरे लिये तुम साक्षात् ईश्वर के रूप में आये हो!"

सहसा कनखियों से दरवाजे पर किसी की छाया देखकर पारसनाथ ने पीछे की ओर मुँह करके देखा। मंजरी एक हाथ में चाय का प्याला और दूसरे में दूध का गिलास लिये खड़ी थी। असल में मंजरी को आये कुछ देर हो चुकी थी। पारसनाथ को भाव-विह्वल स्वर में अम्माँ को दिलासा देते सुनकर वह आड़ में खड़ी हो गयी थी।

भीतर आते ही उसने पारसनाथ की ओर प्याला बढ़ाते हुए कहा—"लीजिये, चाय पीजिये! चाय तो आप पीते ही होंगे?"—उसकी तिरछी दृष्टि में संकोच से दबी हुई, अव्यक्त रहस्यमयी मुस्कान खेल रही थी। चाय का प्याला लेकर पारसनाथ धीरे-धीरे पीने लगा। दूध का गिलास मंजरी ने अपनी माँ के हाथ में दे दिया। पारसनाथ चाय पीता हुआ परम कौतूहल-भरी दृष्टि से बड़े गौर से मंजरी की ओर देख रहा था। वह जान गया था कि मंजरी ने उसकी 'प्रतिज्ञा' वाली बात सुन ली है। उस बात का क्या असर उस पर पड़ा, यह जानने के लिए वह बेहद उत्सुक हो उठा था। मंजरी की आँखों

की दबी हुई मुस्कान उसे ठीक बात का पता नहीं दे रही थी। फिर भी कृतज्ञता के-से एक अस्पष्ट भाव का छायाभास उसके मुख पर अस्फुट रूप से व्यक्त हो रहा था। वह दीवार के सहारे खड़ी होकर ससंकोच पारसनाथ की ओर देख रही थी, और बीच-बीच में पारसनाथ की तद्गत दृष्टि से सहमकर अपनी माँ की ओर देखने लगती। सहसा पारसनाथ ने कहा—''आप क्या चाय नहीं पीयेंगी? अपना प्याला भी यहीं ले आइये।''

मंजरी ने बड़ी धीमी आवाज में कहा—''जी नहीं, मैं अभी नहीं पीऊँगी।''—यह कहती हुई वह नीचे की ओर देखकर अपने दाहिने पाँव के अँगूठे से फर्श की मिट्टी खुरचने लगी।

चाय पीकर पारसनाथ उठ खड़ा हुआ। अधेड़ महिला की ओर देखकर वह बोला—''अम्माँ जी, इस समय आज्ञा दीजिये। कल मैं फिर आऊँगा। अब से मैं रोज आता रहूँगा।''—यह कहकर वह मंजरी की ओर हाथ जोड़कर जाने लगा। उसे जाते देखकर मंजरी सँभलकर खड़ी हो गयी, और संकोच का भाव त्यागकर अत्यन्त स्निग्ध और सहज मुस्कान के साथ बोली—''खाना खाके जाइये।''

मंजरी का अनुरोध पारसनाथ को एकदम अप्रत्याशित लगा। एक बिलकुल नयी और सुखद अनुभति से पुलकित होकर उसने कहा—''क्षमा कीजियेगा, इस समय मुझे एक जरूरी काम से जल्दी जाना है, नहीं तो मैं अवश्य खाकर ही जाता। कल फिर आऊँगा, अभी आज्ञा दीजिये!''—यह कहकर उसने मंजरी की ओर हाथ जोड़े और फिर चला गया।

●

13

तब से पारसनाथ ने नियमित रूप से मंजरी के यहाँ जाने का क्रम बना लिया। अक्सर सन्ध्या के समय वह वहीं खाता। कभी मंजरी की माँ के पास बैठकर बातें करता—उन्हें लामा-पुराण के दिलचस्प किस्से सुनाता, अखबार की खबरों से परिचित कराता, वेद-वेदान्त के गहन विषयों की सरल व्याख्या करता—और कभी मंजरी को छोटे-मोटे कामों में सहायता देने के बहाने नीचे चला जाता। प्रारम्भ में तो मंजरी उसे अनभ्यस्त ढंग से काम में हाथ बँटाते देखकर अत्यन्त संकुचित हो उठती थी, और वास्तव में उसकी 'सहायता' से मंजरी के काम में विघ्न ही अधिक पहुँचता था; पर धीरे-धीरे वह आदी हो गयी, और पारसनाथ की ऐकान्तिक निकटता उसके जीवन का एक आवश्यक—बल्कि अनिवार्य—अंग-सी बनने लगी। पारसनाथ भी ज्यों-ज्यों मंजरी के अधिक निकट आता जाता था, त्यों-त्यों वह अपने भीतर एक आश्चर्यजनक स्थिरता, एक अविश्वसनीय मानसिक स्वास्थ्य की अनुभूति के साथ ही एक ऐसी निराली मीठी वेदना की गुदगुदी का अनुभव करता जाता था, जो एकदम अपूर्व थी। वह एक ऐसी लड़की के हृदय का विश्वास पा गया था, जो आज तक संसार के सब प्राणियों को अत्यन्त सन्देह की दृष्टि से देखती थी, और सबसे घबरायी और डरी हुई-सी रहती थी। पारसनाथ का मन जान गया था, कि ऐसी लड़की का विश्वास पा जाना किसी हालत में भी साधारण बात नहीं है।

अपना सहज आलस्य पारसनाथ ने छोड़ दिया था, और वह समय-असमय तरह-तरह के व्यावसायिक और कलात्मक चित्रों को अंकित करने के काम में जुटा रहता। उन चित्रों को लेकर वह प्रकाशकों और 'कला-प्रेमी' व्यक्तियों के यहाँ भटकता रहता, और जो कुछ भी मिल जाता, उतने ही से सन्तोष करके, तीन प्राणियों के परिवार का खर्चा किसी तरह चलाता। वह अपने को मंजरी और उसकी माँ के परिवार का एक अविच्छिन्न अंग समझने लगा था। कुछ रुपयों का प्रबन्ध होते ही उसने एक महीने के लिए जिंस खरीदकर मंजरी को सौंप दिया। गेहूँ, चावल, दाल, घी, तेल, लकड़ी, कोयला, मिर्च-मसाला आदि सभी चीजें रखवा दीं। इसके अलावा जो-कुछ भी ऊपरी खर्च होता था, उसका भी सब भार उसने अपने ऊपर ले लिया। स्वयं वह अपने पुराने

मकान ही में रहता था। उसका मोह वह छोड़ नहीं पाता था; पर प्रतिदिन सन्ध्या को वह नियमित रूप से मंजरी के यहाँ जाता था, और कभी-कभी सुबह को और दोपहर को भी।

जिस दिन उसने नन्दिनी से रुपये कर्ज लिये थे, तब से उसने उसके यहाँ जाना छोड़ दिया था; पर कुछ समय बाद जब वह कड़ी मेहनत के फल से सौ-डेढ़-सौ रुपये का प्रबन्ध कर सकने में समर्थ हुआ, तो एक दिन पचास रुपया लेकर वह नन्दिनी के पास पहुँचा।

आज भी नन्दिनी अकेली थी। भुजौरिया जी घर पर नहीं थे। नन्दिनी ने जब पारसनाथ को देखा, तो उसकी विस्मित आँखों में एक सकरुण वेदना-भरी मुस्कान झलक उठी। आज वह बहुत सुस्त दिखायी देती थी। उसके स्वस्थ और सुन्दर मुख की जिस चमक-दमक से पारसनाथ परिचित था, उसका लेश भी आज वर्तमान नहीं था। उसके उस मुरझाये हुए चेहरे पर उदासी की जो घनी छाया आज पारसनाथ ने देखी, वह वास्तव में उसकी कल्पना के परे थी। उसे देखकर वह सहम-सा गया।

पारसनाथ ने जब नमस्कार किया, तो नन्दिनी ने भी उत्तर के रूप में चुपचाप हाथ जोड़ दिये। उसके बाद वह उसी विषाद-म्लान दृष्टि से उसकी ओर देखती हुई अत्यन्त धीर और मन्द स्वर में बोली—"आप इस कदर नाराज हो सकते हैं, यह मैं इसके पहले स्वप्न में भी नहीं सोच सकती थी। बैठिये, खड़े क्यों हैं!"—यह कहती हुई वह स्वयं एक कुर्सी पर बैठ गयी। पारसनाथ यह सोचकर आया था कि वह नन्दिनी के रुपये वापस करके खड़े-खड़े दो-एक शिष्टाचार की बातें करके वापस चला जायेगा; पर उसके मुख का कल्पनातीत करुण और उदास भाव और बात करने का कुछ अनोखा-सा ढंग देखकर वह बैठने को बाध्य हुआ।

एक कुर्सी पकड़कर जब वह बैठ गया, तो सलज्ज मुस्कान के साथ बोला—"क्षमा कीजियेगा, नन्दिनी देवी, उसके बाद इतने दिनों तक मैं फिर आ नहीं सका। बात असल में यह हुई कि एक तो मैं इधर काम में इतना अधिक व्यस्त रहा कि कहीं जाने-आने का अवकाश ही नहीं मिला, दूसरे मेरे पास—मैं इतने दिनों तक रुपयों का प्रबन्ध नहीं कर पाया। आपने जो पचास रुपया कर्ज देकर आवश्यकता के समय मेरी सहायता की थी, उसे इतने दिनों तक न चुका सकने के कारण मैं मारे संकोच के आपके पास आने का साहस ही नहीं कर सका। मैं फिर एक बार आपसे क्षमा-प्रार्थना करता हूँ।—यह कहकर उसने जेब से दस रुपये के पाँच नोट निकालकर सकुचाते हुए उन्हें नन्दिनी की ओर बढ़ाया और फिर कहा—"यह लीजिये!"

नन्दिनी के मुख पर व्यंग्य, क्रोध और ग्लानि के भाव एक साथ परिस्फुट हो उठे। उसने आधी दृष्टि से एक बार उन रुपयों की ओर देखा; पर उन्हें लेने के लिए हाथ नहीं बढ़ाया। और फिर अत्यन्त म्लान मुस्कान के साथ पारसनाथ की ओर देखकर बड़ी ही दीनता-भरे स्वर में कहा—"आपने मुझे एकदम शायलॉक ही समझ लिया, पारसनाथ

बाबू? या सूदखोर काबुली? आप मेरे यहाँ इतने दिनों तक इसलिए नहीं आये कि आप मुझसे कुछ रुपया माँगकर ले गये थे, यह कितना बड़ा अन्याय आपने मुझ पर किया है, इसे आप नहीं समझेंगे। खैर, आप आज किसी बहाने आये तो सही!" —यह कहते ही उसकी आँखों में आँसू की दो बड़ी-बड़ी बूँदें चमक उठीं। वह धीरे से साड़ी के पल्ले से आँखें पोंछने लगी।

पारसनाथ एकदम भौंचक्का-सा होकर भ्रान्त दृष्टि से नन्दिनी की ओर ताकता रह गया। उसकी कुछ समझ ही में नहीं आता था कि बात क्या है। उसने अपना जो हाथ नोटों-सहित आगे को बढ़ाया था, उसे धीरे-से पीछे हटा लिया। उसके बाद सान्त्वना के स्वर में बोला—"आप यह क्या करती हैं, नन्दिनी देवी? आप रोने क्यों लगीं? मैं मानता हूँ कि मुझसे बड़ा अन्याय हुआ है; पर इस कारण क्या आपको मुझे इस कदर लज्जित करना चाहिए? मैं आपको न शायलॉक समझता हूँ, न सूदखोर काबुली! आपके हृदय की महत्ता से यदि मैं परिचित न होता, तो कभी आपसे कर्ज न माँगता, फिर चाहे कैसी ही कठोर विपत्तियों का सामना मुझे क्यों न करना पड़ता। मैं फिर एक बार आपसे प्रार्थना करता हूँ कि मुझे क्षमा कर दीजिये, और इन रुपयों को रख लीजिये।"—यह कहकर उसने फिर एक बार नोटों सहित अपना हाथ उसकी ओर बढ़ाया।

पर नन्दिनी ने उसके हाथ की ओर देखा तक नहीं, और वह अंचल से अपनी आँखें पोंछती रही। पोंछते-पोंछते आँखें लाल हो आयीं। आँसू सूख गये थे, पर फिर भी वह पोंछती गयी। एक अजीब-सी बेकली पारसनाथ के मन में समाने लगी थी। अपने सामने बैठी हुई उस युवती नारी का करुण-भाव देखकर उसके मन में दया उत्पन्न हो रही हो, ऐसा नहीं कहा जा सकता। और न वह यह सोचकर पुलकित ही हो रहा था कि अपने पति से असन्तुष्ट एक सुन्दरी रमणी उसके प्रेम से पीड़ित होकर विह्वल आँसू बहा रही है। उसके मन में रह-रहकर एक अवर्णनीय मादक-ज्वर की असहनीय ज्वाला दहकने लगी थी, और साथ ही एक अज्ञात भय का-सा संचार हो रहा था। प्रेम के कड़वे-मीठे अनुभव उसे बहुत हो चुके थे; पर गृहस्थ धर्म में दक्ष किसी विवाहिता नारी की प्रेम-पीड़ा का अनुभव उसके लिए बिलकुल नया था। इसमें सन्देह नहीं कि इस प्रकार के प्रेम की कल्पना उसके लिए सदा अत्यन्त आकर्षक रही, और प्रारम्भ में नन्दिनी को चित्रकला सिखाने की जो तत्परता उसमें जगी थी; उसका एक प्रधान कारण यह आकर्षण भी था; पर ऐन मौके पर जब वह दुर्लभ प्रेम-याचक की तरह उसके सामने उपस्थित हुआ, तो वह ठिठककर रह गया और सहमकर उसने अपने को समेटना शुरू कर दिया। पिछली बार जब वह निमन्त्रण खाने नन्दिनी के यहाँ गया था, तभी से उसके मन में इस प्रकार की प्रतिक्रिया शुरू हो गयी थी, जैसे कि पहले कहा जा चुका है। उसके अन्तर्मन के किसी गुप्त कोने से कोई अज्ञात संस्कार उसके कानों में यह गुनगुना रहा था कि यह पथ बड़ा ही भयंकर है और किसी जनजान काली रात की कराल भौतिक छाया से घिरा हुआ है। नन्दिनी को देखकर रह-रहकर उसका हृदय बरबस धड़क रहा

था। उस विषम संकटमय मानसिक परिस्थिति से मुक्त होने के लिए वह छटपटाने लगा। इतने में किसी ने नीचे का दरवाजा खटखटाया। नन्दिनी तत्काल सँभल गयी और उठ खड़ी हुई। एक बार फिर अपनी दोनों आँखें अच्छी तरह से पोंछकर बाहर चली गयी।

भुजौरिया जी आज किसी नियमित समय से पहले ही घर वापस चले आये थे। नन्दिनी उनके साथ ऊपर चली गयी। पारसनाथ उन्हें देखकर उठ खड़ा हुआ और शिष्टाचारपूर्वक दोनों हाथ जोड़ते हुए मन मारकर मुस्कराने लगा।

"अखखाह! आप हैं! अब तो आपके दर्शन ही दुर्लभ हो गये हैं, जनाब! मेरी धर्मपत्नी मुझसे कई बार यह शिकायत कर चुकी है कि पारसनाथ बाबू ने हम लोगों से एकदम असहयोग ही कर डाला है! क्यों नन्दा है न!"—यह कहकर उन्होंने एक विचित्र मुस्कान से अपने गाढ़े काले रंग के चश्मे के भीतर से नन्दिनी की ओर देखा। नन्दिनी एक कुर्सी के सहारे खड़ी थी। उसने एक बार गम्भीर मुद्रा से अपने पति की ओर तेवर चढ़ाते हुए देखा, और फिर चुपचाप मुँह फेर लिया।

पारसनाथ के मन की सब भावनाएँ उस व्यक्ति को देखकर तीती ही उठीं। पालिश-रहित काले जूते के घिसे चमड़े की तरह उसके मुच्छविहीन चीमड़ मुख पर जनखों की-सी अभिव्यक्ति देखकर असह्य घृणा से उसका सारा शरीर सिर से लेकर पाँव तक जर्जरित हो उठा। पर, बाहर से उसने घृणा का लेश भी प्रकट न होने दिया और सलज्ज भाव से मुस्कराता हुआ चुप खड़ा रहा।

भुजौरिया जी ने अपनी किश्तीनुमा टोपी उतारकर खूँटी पर टाँग दी, और फिर टसर की शेरवानी उतारते हुए बोले—"आपने मेरी धर्मपत्नी को मॉडल बनाकर जो चित्र अंकित किया था, हमारे राजा साहब को वह बहुत पसन्द आया। वह उसे अपने पास रखना चाहते थे; मैंने 'प्रेजेण्ट' के बतौर उन्हें दे दिया। इसी एक बात से आप समझ सकते हैं कि मैं आपकी कला का प्रचार कैसे प्रतिष्ठित व्यक्तियों के आगे करता रहता हूँ; पर आप तो इस बात की ओर ध्यान ही नहीं देना चाहते। इधर बहुत दिनों से आपने कोई चित्र मुझे देने की कृपा नहीं की।"

इस बात का कोई उत्तर पारसनाथ ने नहीं दिया। भुजौरिया जी की ओर गौर से देखते हुए उसके मन में बरबस यह विचित्र अनुभूति जग रही थी कि उनके मुख की एक-एक मुद्रा, एक-एक हाव, एक-एक भाव, एक ऐसी अनिष्टकारी प्रेतात्मा से मिलता-जुलता है, जिससे उसका परिचय बहुत पुराना हो, और जो कई युगों—बल्कि जन्मों—से उसके पीछे पड़ा हो। देख-देखकर उसके शरीर में घृणा, भय और क्रोध के कारण भयभीत साही की तरह काँटे खड़े हो रहे थे। उत्कट घृणा और साथ ही लोमहर्षक भय उभाड़नेवाले व्यक्ति का आकर्षण अत्यन्त प्रबल होता है—रेंगनेवाले जहरीले कीड़े की तरह। पारसनाथ कुछ देर तक 'हिप्नोटाइज' किये गये व्यक्ति की तरह भुजौरिया जी की ओर स्थिर दृष्टि से देखता रहा, और चाहने पर भी आँखें फेर न सका। उसके बाद अकस्मात्

एक झटके से पूरी ताकत के साथ अपने मन का भूत झाड़कर वह एक कदम पीछे को हटा और बोला—"इस समय मुझे आज्ञा दीजिये, एक बहुत जरूरी काम से मुझे एक जगह जल्दी ही पहुँचना है। फिर कभी आऊँगा—जल्दी ही।"—यह कहकर उसने मरे मन से भुजौरिया जी की ओर हाथ जोड़े और फिर उन्मन अवस्था में खड़ी नन्दिनी की ओर एक बार भयंकर अपराधी की-सी दृष्टि से देखकर उसने हाथ जोड़ते हुए अत्यन्त संकोच-भरी आवाज में कहा—"अच्छा, नमस्कार! फिर आऊँगा!"—यह कहकर वह बड़ी तेजी से बाहर चला गया।

14

पारसनाथ जब बाहर आकर बड़ी सड़क से होकर एक्के की खोज में चलने लगा, तो उसकी मानसिक आँखों के आगे रह-रहकर नन्दिनी की बड़ी-बड़ी आँखों की वह उदास, कातर दृष्टि, वह विकल हाहाकारमयी छाया, हवा से फहर-फहर उड़नेवाले काले पर्दे की तरह डगमग-डगमग गति से नाच रही थी और उसके भीतर एक अनोखी बेचैनी की कँपकँपी पैदा कर रही थी। इधर कुछ समय से मंजरी के संसर्ग में आने से उसके भीतर जो एक निश्चितता आने लगी थी, वह आज के अनुभव से जैसे फिर से अस्त-व्यस्त और डाँवाँडोल होने के चिह्न प्रकट करने लगी; असंख्य तूफानी झकोरों से बिखरे हुए और सैकड़ों द्वन्दों के उलटे-सीधे आघातों से चिथड़े-चिथड़े होकर फटे हुए उसके जिस अन्तर्मन में टाँके-से लगने लगे थे, उसे कोई जैसे फिर एक बार किसी तेज छुरे से आर-पार चीरने पर उतारू हो गया था।

वह बलपूर्वक उसे घोर अशान्त भावना को दबाने की चेष्टा करने लगा। आकाश में पूरब की ओर से घने काले बादल बड़ी तेजी से उमड़ते हुए आ रहे थे। सितम्बर का महीना प्रायः आधा बीत चुका था; पर अभी तक मानसून का जोश तनिक भी ठण्डा नहीं पड़ा था। उन घहराते हुए तूफानी बादलों की ही तरह पारसनाथ के भीतर भी जैसे कोई चीज रह-रहकर वेग के साथ उमड़ रही थी, जो एक बार बरसने पर भी शान्त होगी या नहीं, इसका कोई आश्वासन उसे नहीं मिल रहा था। चौराहे पर पहुँचने पर उसे एक खाली एक्का दिखायी दिया। उसे तय करके वह मंजरी के मकान की ओर चल पड़ा।

ज्यों-ज्यों एक्का आगे बढ़ता था त्यों-त्यों किसी अज्ञात माया और अस्पष्ट आशा से पारसनाथ के भीतर की अशान्ति भी कम होती जाती थी, और उसके स्थान पर एक सुस्थिर, सुखद और स्वास्थ्यप्रद अनुभूति धीरे-धीरे अपना प्रभाव फैलाती जाती थी। जब एक्का निश्चित गली के पास पहुँचा, तो वह उतर पड़ा और एक्केवाले को किराये के पैसे देकर वह तेज कदम रखता हुआ मकान की ओर बढ़ा। बूँदे पड़ने लगी थीं और ज्यों ही वह दरवाजे पर पहुँचा, त्यों ही मूसलधार पानी बरसने लगा। उसने बड़े जोर से किवाड़ों पर धक्का देना शुरू किया। तत्काल दरवाजा खुला। अत्यन्त स्निग्ध और मधुर-मुस्कान-भरी दृष्टि से मंजरी ने उसका स्वागत किया। भीतर जाकर पारसनाथ ने

स्वयं दरवाजा बन्द कर दिया—सहज अधिकार के साथ, आत्मविश्वासपूर्वक। जैसे वह अपने ही मकान में आया हो।

मंजरी ने उसी सरस और मीठी मुस्कान के साथ कहा—"आप बड़े भाग्यशाली हैं!"

"वह कैसे?"—प्रश्न करते हुए पारसनाथ की आँखों में विस्मय भरी उत्सुकता झलक रही थी।

"जब आप मकान पर पहुँच चुके, तब पानी पड़ना शुरू हुआ। रास्ते में अगर इस तरह की वर्षा होती, तो आप बुरी तरह भीग गये होते, और बदलने को एक भी कपड़ा आपको यहाँ न मिलता!"—यह कहते हुए संकोच-भरी दुष्टता का एक अत्यन्त क्षीण आभास उसकी आँखों में और ओठों पर थिरकने लगा।

जिस अशान्त पीड़ा को पारसनाथ नन्दिनी के यहाँ से अपने साथ लाया था, वह मंजरी की स्निग्ध दृष्टि की पहली झलक से ही कपूर की तरह हवा में विलीन हो गयी थी। उसके भीतर पूर्ण स्थिरता आ गयी थी। उसके मुख पर सहज आत्मविश्वास की शान्त मुस्कान खेलने लगी थी। अत्यन्त धीरता के साथ उसने कहा—"तुम ठीक कहती हो, मंजरी देवी, सचमुच इस सम्बन्ध में भाग्य ने मुझ पर कृपा की है; पर विश्वास मानो, यह एक अपवाद है, जिस पर मुझे स्वयं आश्चर्य हो रहा है। क्योंकि भाग्य-देवता मुझ पर उतने कृपाशील नहीं रहते जितना कि तुम समझे बैठी हो। फिर भी इतना निश्चित है कि आज किसी कारण से वह सचमुच मुझ पर प्रसन्न हैं, इसका सबसे बड़ा प्रमाण यह है कि आज तुम भी...पर हटाओ। अम्माँ जी की तबीयत कैसी है?"

मंजरी का चेहरा अचानक अकारण ही कुछ गम्भीर हो आया था, उसने धीरे-से कहा—"अच्छी है!"

"आज खाना क्या खिलाओगी?"

"जो आप कहें।"

"घर पर तरकारी क्या-क्या है?"

"आलू के सिवा और तो कुछ भी नहीं है। आज कोई कुँजड़ा इस तरफ आया नहीं।"

"अच्छा, मैं बाजार जाकर कुछ तरकारियाँ खरीदकर ले आता हूँ, तब तक तुम चाय के लिए पानी चढ़ा दो। आज अभी तक चाय पीने का मौका नहीं मिला। छाता है?"

"हाँ, है। मैं ऊपर जाकर ले आती हूँ।"—यह कहकर मंजरी ऊपर चली गयी। पारसनाथ खड़ा-खड़ा सोचने लगा कि मंजरी से परिचय हुए इतने दिन हो गये, दोनों के बीच पूर्ण घनिष्ठता का सम्बन्ध स्थापित होने की पूर्ण सुविधाएँ प्राप्त हो गयीं पर अभी तक उसके मन की गाँठें खुल नहीं पायी हैं, अभी तक संकोच, झिझक और विचित्र ढंग की अज्ञात आशंकाओं से वह ग्रसी हुई है।

मंजरी ऊपर जाते ही उलटे पाँव वापस चली आयी। आते ही उसने लड़खड़ाती आवाज में कहा—"अम्माँ को जाने क्या हो गया है, वह बेहोश-सी पड़ी हुई हैं। जल्दी

ऊपर चलिये।''–भयंकर घबराहट की लोमहर्षक छाया उसके मुख पर घिर आयी थी। गाढ़ कालिमा से उसका चेहरा पुता हुआ था। पारसनाथ हड़बड़ाता हुआ ऊपर गया। मंजरी भी उसके पीछे चली। वास्तव में मंजरी की माँ का बुरा हाल था। वह खटिया पर चित होकर बेख़बर-सी पड़ी हुई थीं। पारसनाथ ने उनका दाहिना हाथ पकड़कर देखा। वह जैसे जल रहा था। उसने चिल्लाकर पुकारा–''अम्माँ जी, अम्माँ जी!'' पर अम्माँ जी के कानों तक उसकी आवाज पहुँची ही नहीं। उसने न जाने क्या सोचकर मंजरी से कहा कि वह उन्हें हिला-डुलाकर जगाने की कोशिश करे। मंजरी प्रायः रोती हुई खटिया के पास गयी और–''अम्माँ! अम्माँ!''–पुकारती हुई हाथ से उनके शरीर को हिलाकर जगाने की चेष्टा करने लगी। सहसा अधेड़ महिला ने अपना दाहिना पाँव कुछ हिलाया और अपनी अन्धी आँखों को आधा खोलकर करवट बदलने की चेष्टा की। मंजरी ने रोनी आवाज से जोर से पुकारा–''अम्माँ!'' अधेड़ महिला ने एक बार दोनों आँखों को पूरा खोलकर अपनी लक्ष्यहीन निस्तेज पुतलियों को विचित्र ढंग से घुमाया, और उसके दोनों ओंठ भी जैसे कुछ कहने के लिए फड़क उठे; पर फिर तत्काल उन्होंने आँखें बन्द कर लीं और ओंठ भी।

पारसनाथ बोला–''मैं जल्दी किसी डॉक्टर को बुला लाता हूँ। तुम यहीं बैठी रहना। घबराना नहीं, मैं अभी आता हूँ।''–यह कहकर सामने खूँटी पर टँगे छाते को लेकर वह चला गया। मंजरी हताश भाव से फर्श पर घुटने टेककर दोनों हाथों के सहारे खटिया के डण्डे पर सिर रखकर निश्चेष्ट अवस्था में आँखें बन्द करके बैठ गयी। बाहर झमाझम पानी बरस रहा था और भीतर सन्ध्या के प्रायान्धकार में कराल मृत्यु की मौन छाया घिरी हुई थी। मंजरी को ऐसा मालूम हो रहा था, जैसे वह प्रेतों और छायाओं के किसी घोर दुःस्वप्न-लोक में किसी दुर्गम पहाड़ी पथ पर एकाकी चली जा रही है–किसी अज्ञात रहस्यमय अनिर्दिष्ट स्थान में बसेरा ढूँढ़ने के लिए; जैसे समय बहुत कम है और चलने में शीघ्रता न करने से अनन्त अन्धकारमयी कालरात्रि उसे चारों ओर से घेरकर अपने विकराल जबड़ों से ग्रस लेगी। वह हाँफती हुई, ठोकरें खाती हुई केवल चली जा रही है–कहाँ से चली है, किस दिशा की ओर भागी जा रही है, कहाँ पहुँचने पर उसे विश्राम मिलेगा, इसका कुछ भी भान उसे नहीं है। बहुत देर तक उसी दुःस्वप्न की अवस्था में वह औंधे मुँह बैठी रही। सहसा रोगिणी ने अपने दोनों पाँवों को झटकना शुरू किया। मंजरी उचककर उठ बैठी। उसने भीत होकर देखा कि रोगिणी अपने दोनों पाँवों को छटपटाती हुई, दोनों हाथों को ऊपर की ओर फैलाकर जैसे किसी भारी चीज को पकड़ने के लिए घोर निष्फल प्रयास कर रही हो। बेहद घबराकर मंजरी फटी हुई आवाज में चिल्लाकर बोली–''अम्माँ! अम्माँ!''

पर अम्माँ के कान इस प्रत्यक्ष पार्थिवलोक से अनन्त योजन दूर पहुँचे हुए थे, और अनन्त वज्रों की वर्षा होने पर भी किसी भी पार्थिव माध्यम से उन तक आवाज नहीं पहुँच सकती थी। केवल बीस-पचीस मिनट पहले उनका शरीर, उनका मन, उनकी

आत्मा इसी पृथ्वी के—प्रत्यक्ष जगत् के—सहस्त्रों बन्धनों के असंख्य तानों-बानों से अगणित रूपों में उलझे हुए थे; पर अब उनमें से किसी भी बन्धन से जैसे अणुमात्र सम्बन्ध भी उनका नहीं रह गया था, और किसी चिर-रहस्यमय, चिर-अज्ञात और चिर-अज्ञेय लोक की कल्पनातीत अनुभूतियाँ—वे विभीषिकापूर्ण भी हो सकती हैं, आनन्दातिरेक से भरी भी हो सकती हैं—उनमें मूलतः भिन्न प्रकार की चेतना का संचार कर रही थीं। उनका छटपटाना बढ़ता ही जाता था, और बार-बार अपने दोनों हाथों को किसी अज्ञान विवशता के कारण वह नीचे कर लेती थीं और फिर उन्हें ऊपर उठाकर न जाने किस मानव-संग-स्पर्श-वर्जित लोक के किसी प्राणी अथवा प्राणियों के आगे किस अलौकिक आकांक्षा से प्रपसार रही थीं। उनकी पूर्णरूप से खुली हुई आँखों की प्रकाशहीन पुतलियाँ प्रतिपल न जाने किस व्याकुलता से स्पन्दित होकर किस प्रेत-जगत् का अपार्थिव दृश्य देखने में समर्थ हो रही थीं। मंजरी इस हद तक घबरा उठी कि उसने पुकारना छोड़ दिया। किसी अज्ञात संस्कारवश उसे विश्वास हो गया कि बीस वर्ष तक प्रतिपल, प्रतिक्षण वह जिस नारी के आँचल से इस तरह चिपकी रही है, जिस तरह जीवित शरीर की नसों के रक्तकण, जिसके अन्धी, निश्चेष्ट और निरुपाय होने पर भी यह कल्पना उसके मन में कभी नहीं समा सकी कि उनके आँचल के स्पर्श के बिना वह एक पल के लिए भी जीवित रह सकती है, वह अकस्मात् बिना किसी पूर्व-सूचना के उससे पूर्णरूप से विच्छिन्न होकर दूर-दूर, कल्पनातीत रूप से दूर चली गयी है, और अब वह किसी भी मानवीय उपाय से पकड़ में नहीं आ सकेगी। अपने अर्द्ध-चेतन मन की यह आकस्मिक अनुभूति मंजरी को ऐसी डरावनी, ऐसी हौलनाक लगी कि मारे आतंक के उसकी नाड़ियों का रक्त-प्रवाह जैसे सिमटकर धीमा पड़ गया और उसकी गति एकदम रुद्ध होने को हो गयी। उसे जैसे काठ मार गया और वह फर्श पर घुटने टेककर औंधी अवस्था में सिर छिपाकर लेट गयी।

कितनी देर तक इस अवस्था में वह मूर्च्छितप्राय पड़ी रही, इसका अन्दाज वह स्वयं नहीं लगा सकी। उसकी वह अर्द्धमूर्च्छा तब भंग हुई जब पारसनाथ डॉक्टर को साथ लेकर बड़ी तेजी से जूते फटफटाता हुआ ऊपर चला आया। उसके जाने के बाद भीतर से मकान का दरवाजा बन्द करना मंजरी भूल गयी थी, इसलिए पारसनाथ को इस बार किवाड़ खटखटाने की जरूरत नहीं पड़ी थी। अँधेरा गाढ़-से-गाढ़तर हो आया था। पारसनाथ को इस बात की याद दिलानी पड़ी कि बत्ती नहीं जलायी गयी है। मंजरी जैसे किसी पूर्व-जीवन की-सी स्मृति के आघात से अकचकाती हुई उठ खड़ी हुई, और बत्ती जलाने के लिए नीचे गयी। पानी निरन्तर, अविराम गति से, अविरल धारापात से, पृथ्वी के प्रतिपल जीवन-मरण की घटनाओं की पूर्ण उपेक्षा करता हुआ अन्धभाव से बरसता चला जा रहा था। उसके अटूट प्रवाह से मंजरी के भीतर का आकाश और अन्तरिक्ष व्यापी हाहाकार भूतों, प्रेतों और दानवों के असंख्य मजीरों और करतालों से युक्त उन्मत्त कोलाहल के साथ मिलकर एक प्रचण्ड ताण्डव की सृष्टि कर रहा था।

लालटेन जलाकर जब वह ऊपर गयी, तो डॉक्टर ने अपना वाटर-प्रूफ उतारकर खूँटी पर टाँग दिया, और रोगिणी की नब्ज देखने लगा। स्टेथास्कोप की नली कान से लगाकर उसके हृदय, फेफड़े तथा अन्य स्थानों की परीक्षा करने लगा। उसके बाद उसने अपनी यह राय प्रकट की कि एक विशेष प्रकार का इन्जेक्शन देना होगा। अपने 'बैग' से इन्जेक्शन का सामान निकालकर उसने पारसनाथ से कहा कि रोगिणी के हाथ-पाँव मजबूती से पकड़ लिये जायें, ताकि 'इन्जेक्शन' देते समय वह छटपटाये नहीं। पारसनाथ ने रोगिणी के दोनों हाथ और मंजरी ने बड़ी घबराहट के साथ दोनों पाँव पकड़ लिये। फिर भी रोगिणी पाँवों को छटपटाती रही। डॉक्टर ने तनिक डाँट के स्वर में कहा—"मजबूती से कसकर पकड़िये। घबराने से कैसे काम चलेगा!"

एक बार कुहने से आँसुओं को पोंछकर मंजरी ने यथाशक्ति जोर लगाकर अपनी माँ के पाँवों को पकड़ा। डॉक्टर ने इन्जेक्शन देना शुरू किया। इन्जेक्शन देने के कुछ ही समय बाद यह असर दिखायी दिया कि जिस अस्वाभाविक बल से रोगिणी इतनी देर से छटपटा रही थी, वह क्षीण पड़ गया। मंजरी और पारसनाथ, दोनों ने अपने हाथ उठा लिये। रोगिणी को धीरे-धीरे एक अवश, अलस जड़ता घेरने लगी, और वह निद्रा की-सी अवस्था में झूमने लगी। डॉक्टर ने सन्तोष का उल्लसित भाव मुख पर झलकाते हुए कहा—"अब चिन्ता की कोई बात नहीं है, कुछ समय के लिए इन्हें इसी हालत में चुपचाप लेटे रहने दीजिये, और करीब आधे घण्टे बाद यह दवा इन्हें दीजियेगा। इसके बाद आधे-आधे घण्टे के अन्तर से देते रहियेगा।"—यह कहकर उसने कागज के एक टुकड़े पर दवा का नाम लिख दिया। फीस लेकर, वाटर-प्रूफ पहनकर, 'बैग' उठाकर डॉक्टर साहब चलने लगे। पारसनाथ ने लालटेन पकड़ उन्हें रास्ता दिखाया। इसके बाद मंजरी को दिलासा देकर वह दवा लाने चला गया। मंजरी शून्य, निस्तेज और निष्प्राण भाव से रोगिणी के कमरे के दरवाजे के पास फर्श पर बैठ गयी, और अपने घुटनों के बीच सिर छिपाये रही। वर्षा का तार टूटता ही न था। वर्षा के उस धारापात के अविरत स्वर, ताल और लय में मंजरी के शून्य मस्तिष्क में केवल एक अस्पष्ट अनुभूति अचेत मन के तल से उठकर टकरा रही थी—वह यह कि आज की प्रलय-रात्रि में किसी भी क्षण या तो सारी पृथ्वी उलट जायेगी, या सारा आसमान टूटकर नीचे गिर पड़ेगा—जीवन-चक्र की जिन विविध सुख-दुःखमयी क्रियाओं और प्रतिक्रियाओं से वह इतने दिनों तक परिचित रही है, अपनी एकान्त स्नेहमयी माता के आँचल की अन्धकार छाया के नीचे बीस वर्ष तक जिस रहस्यमय भौतिक लोक की अदृश्य प्रेत-पुतलियों से उसका घनिष्ठ सम्बन्ध रहा है, वे सब उस विनाश के क्षण की प्रलय-बाढ़ में बहकर न जाने किस चिर-अन्धकारमय, अतल और अनन्त मरण-सागर के कराल काल-गर्भ में सदा के लिए लीन होकर एकाकार हो जायेंगी।

थोड़ी देर बाद पारसनाथ दवा लेकर आ पहुँचा। मंजरी ने एक बार सिर ऊपर उठाकर उसकी ओर देखा—अत्यन्त करुणा-कातर, जिज्ञासु दृष्टि से; जैसे पूछना चाहती

हो—"क्या इस भयंकर, जीवन-शोषी दुःस्वप्न से उबरने की कोई सम्भावना है? क्या कोई ऐसा अमृतमय उपचार तुम्हारे हाथ में है, जो इस मृत्यु-भग्न अन्ध वातावरण में जीवन के प्रकाश की किसी क्षीणतम रेखा का भी संचार कर सके?"

पारसनाथ की रहस्यमयी गम्भीर-दृष्टि में न जाने उसने क्या उत्तर पाया! वह मौन उत्तर पाते ही उसने फिर अपने सिर को अपने घुटनों के बीच में छिपा लिया।

रोगिणी इस समय बिलकुल निश्चेष्ट अवस्था में पड़ी हुई थी। वह जैसे बड़े कष्ट से, अटक-अटक कर साँस ले रही थी। पारसनाथ ने अपने अनभ्यस्त हाथ से उसकी नाड़ी देखी। नाड़ी की गति उसने आश्चर्यजनक रूप से क्षीण पायी। प्रायः आधा घण्टा पहले उसके हाथ ज्वर की तीव्रता से जिस अनुपात में जल रहे थे, इस समय प्रायः उसी अनुपात में ठण्डे लगे। वह घबराया। उसने मंजरी से जल्दी एक बड़ा-सा चम्मच लाने को कहा। मंजरी हड़बड़ाती हुई उठी और नीचे से एक चम्मच ले आयी। शीशी से चम्मच में दवा डालकर उसने बायें हाथ से रोगिणी का सिर धीरे से ऊपर को उठाया, और दाहिने हाथ से चम्मच उसके मुँह से लगाकर धीरे से उसे पिलाने लगा। रोगिणी उस अचेत अवस्था में भी बड़े चाव से बल्कि प्रबल लालसा से उसे बूँद-बूँद करके धीरे-धीरे घुटकने लगी। वह इस हद तक दुर्बल पड़ गयी थी कि उन बूँदों को घुटकने में भी उसे कष्ट हो रहा था। दवा पिलाने के बाद पारसनाथ ने रोगिणी को धीरे से लिटा दिया। प्रायः दस मिनट तक वह खड़ा रहा। उसके बाद उसने फिर एक बार रोगिणी का हाथ पकड़कर देखा। इस बार हाथों में फिर से ताप का कुछ संचार होता दिखायी दिया। चैन की क्षणिक साँस लेकर उसने अपना भीगा हुआ कोट उतारकर खूँटी पर टाँग दिया और कोने में पड़े काठ के एक बक्स पर बैठ गया। वर्षा के झर-झर स्वर के अतिरिक्त और कोई शब्द कहीं नहीं सुनायी देता था। प्रायः आधे घण्टे तक पारसनाथ उसी अवस्था में बैठकर न जाने क्या सोचता रहा। इसके बाद फिर उठकर रोगिणी को दवा पिलाने लगा। कुछ देर तक वह स्थिति की यथार्थता को नहीं समझ पाया। बात यह हुई कि इस बार ज्यों ही उसने चम्मच को रोगिणी के मुँह से लगाया, त्यों ही उसने ऐसी बड़ी हड़बड़ी से मुँह खोलकर ऐसी उत्कट लालसा से उसे घुटकना चाहा जैसे कोई भूखा बच्चा निद्रा की अचेत अवस्था में माता का स्तन मुख से लगाते ही अधैर्य के साथ चूसने लगता है, अथवा दिनों का प्यासा मृतप्राय व्यक्ति पानी की बूँद मुख में पड़ते ही अधीर आकुलता से और अधिक बूँदों के लिए मुँह बाये रहता है। उसने अपने जीवन में इसके पहले कभी किसी को मरणासन्न अवस्था में नहीं देखा था। पर सहसा, किसी अज्ञात संस्कारवश, वह चौंक उठा और वास्तविकता वज्र की प्रकाश-रेखा-सी एक बार उसकी आँखों के आगे नाच उठी। रोगिणी का शरीर हिम की तरह ठण्डा हो गया था और वह इस तरह साँस ले रही थी, जैसे बड़े कष्ट से हाँफ रही हो। उसी अज्ञात संस्कार की प्रेरणा से घबरायी हुई आवाज में पारसनाथ ने मंजरी से कहा—"मंजरी, जल्दी से एक लोटे में पानी लाओ! जल्दी!"

मंजरी निद्रा-विचरण की-सी अवस्था में उठी और नीचे जाकर एक लोटे में पानी ले आयी। पारसनाथ ने खटिया पर बैठकर रोगिणी का सिर धीरे से उठाकर अपने घुटने पर रख लिया था। मंजरी लोटा थामे खड़ी थी। पारसनाथ चम्मच से पानी लेकर रोगिणी को पिलाने लगा। चम्मच मुँह से लगते ही रोगिणी ने फिर अत्यन्त अधीरता से मुँह खोला, जैसे खोते से गिरा हुआ अधमरा गौरैये का बच्चा मरणासन्न, अचेतन अवस्था में भी किसी के स्पर्शमात्र से सचेत-सा हो उठता है और एक रहस्यमयी जीवन-लालसा से प्रेरित होकर मुँह खोलता है। वह रुक-रुककर जल की बूँदों को घुटकने लगी। दूसरी बार जब उसके मुँह से चम्मच लगाया गया, तो उसने पहले से भी अधिक अधीरता से मुँह खोला, जैसे किसी रेगिस्तान के अनन्त प्रसार के बीच में वह पड़ी हो और उस प्रसार की तरह ही उसकी जलती हुई प्यास भी अनन्त हो। क्या उन बूँदों से वह सर्वशोषी कराल तृष्णा-युग-युग की जीवन-लालसा से अतृप्त, अनन्त असन्तोषों से दग्ध, असंख्य विफल कामनाओं से ध्वस्त मानवात्मा की वह चिरन्तन पागल प्यास—बुझ सकेगी?—पारसनाथ ने मन-ही-मन यह प्रश्न किया। प्रश्न के उत्तर में उसके अन्तर के कानों में किसी अदृश्य शैतान ने ठठाकर अट्टाहास किया। उस विकट अट्टहास को सुनकर वह आतंक से सिहर उठा। वह चम्मच से पानी की बूँदें पिलाता गया, और उन्हें पीने के लिए रोगिणी की अधीर अन्तराकांक्षा उग्र-से-उग्रतर होती गयी। पर साथ ही घुटकने की शक्ति उसमें क्षीण-से-क्षीणतर होती जाती थी। मंजरी भीत, विस्मित और पथरायी हुई आँखों से एकटक उस चरम निष्ठुर दृश्य को देख रही थी। उसके पत्थर के आँसू तरल अश्रुओं का पथ पूर्णतः रोध किये हुए थे। कुछ समय बाद रोगिणी की यह अवस्था हो गयी कि अज्ञात संस्कारवश पीने की इच्छा रखते हुए भी वह एक भी बूँद गले के नीचे न उतार सकी। श्वास की गति क्षीणतम हो गयी। अन्त में रोगिणी की अन्तिम साँस के साथ नाक से होकर एक प्रकार का झाग-सा निकल आया, और उसकी गर्दन पारसनाथ के घुटने के नीचे लटक गयी। मुँह अन्तहीन पिपासा की अतृप्ति लिये असफल चेष्टा की गतिहीन अवस्था में सदा के लिए खुला ही रह गया; अधखुली अन्धी आँखें न जाने किस छायालोक में पहुँच कर कौन-सा भीतरी प्रकाश पाकर जगमगा उठीं। मंजरी चीख मार उठी। पानी का लोटा उसके हाथ से आवाज के साथ फर्श पर गिर गया। वह पछाड़ खाकर माँ के पैरों पर गिर पड़ी, और उन स्पर्शज्ञानहीन चरणों को अपने खौलते हुए आँसुओं से तर करने लगी। उसके फफकने से उसकी पीठ के उभरने और बैठने की क्रिया क्रम से चल रही थी। पारसनाथ ने मृत शरीर का सिर अपने घुटने से उठाकर धीरे से तकिये पर रख दिया। उसने मंजरी को दिलासा देने के लिए बार-बार मुँह खोलना चाहा; पर प्रत्येक बार उसकी चेष्टा विफल हुई। उसके ओंठ जैसे गोंद लगने से एक-दूसरे से चिपक गये हों।

●

15

बाहर वर्षा ने भीषणतम रूप धारण कर लिया था। ऐसी प्रलयवृष्टि पारसनाथ ने पहाड़ में अवश्य देखी थी; पर देश में प्रकृति का यह कोप उसके लिए एक नया अनुभव था। ऐसे अन्धवेग से पानी बरस रहा था, जैसे वह सोचता हो कि आज न बरसने से फिर कभी नहीं बरस पायेगा। शाम से अभी तक एक-एक क्षण के लिए भी उसका तार नहीं टूटा था। पास-पड़ोस में चारों ओर सन्नाटा छाया हुआ था, केवल एक साँड़ सम्भवतः किसी एक अरक्षित स्थान में खड़ा होने से बीच-बीच में भयंकर शब्द से हुंकार उठता था।

पारसनाथ के सामने यह समस्या पेश हुई कि मृत-शरीर के संस्कार का क्या उपाय किया जाये। एक तो वह उस मुहल्ले के किसी भी व्यक्ति से परिचित न था, तिस पर उस प्रलय-वर्षा में किसके पास जाया जाये, और कौन आकर उसकी सहायता करने को राजी होगा! फिर भी यह समस्या व्यावहारिक दृष्टि से अत्यन्त महत्त्वपूर्ण होने पर भी पारसनाथ को इतना बेचैन नहीं कर रही थी, जितना मंजरी को सान्त्वना देने की आकुलता। उसके कुछ समझ ही में नहीं आता था कि मंजरी को किस ढंग से, किन शब्दों में क्या कहकर दिलासा दे। वह रह-रहकर एक ऐसे निपट निस्सहाय, अज्ञान बच्चे की तरह कातर सिसकियाँ भर रही थी, जो आधी रात में माँ के चिर-परिचित अँचल से बिछुड़ने पर रोते-रोते थक गया हो, और जिसके रोने-चिल्लाने की अक्षमता के कारण रुलायी ने हिचकियों का रूप धारण कर लिया हो।

पारसनाथ खटिया पर से उठकर कोने पर रखे हुए काठ के बक्से के ऊपर निश्चेष्ट बैठ गया। दोनों घुटनों पर कुहने टेककर हथेलियों से उसने अपना माथा छिपा लिया। उस समय उसकी आँखें उसके मन की ही तरह इस कदर अनुभूतिशील हो उठी थीं कि लालटेन का क्षीण प्रकाश भी उसे असह्य मालूम हो रहा था। इसलिए हथेलियों को आँखों का 'शेड' बनाकर वह अपनी तत्कालीन विचित्र परिस्थिति पर विचार करने की चेष्टा करने लगा। पर, केवल जमीन-आसमान को एक करनेवाली वर्षा के "हहर! हहर!" शब्द, महानाश की लास्य-लीला से पीड़ित विश्व के हाहाकार-भरे कलरोल के सिवा और कोई विचार-तरंग उसके भ्रान्त मस्तिष्क से आकर नहीं टकराती थी। कुछ देर तक उसी

भटकी हुई, मानसिक अवस्था में स्तब्ध बैठे रहने के बाद सहसा, बिना कुछ सोचे या इच्छा किये, उसने एक बार खटिया पर पड़ी मृत स्त्री की ओर देखा। वही चिर-विस्मय से अधखुला मुँह, चिर-प्रश्न की भ्रान्ति के कारण अधखुली आँखें, चिर-निरुत्तर की स्तब्धता से सन्न मुख की पाषाण-तुल्य अभिव्यंजना! और उसके काठ के समान अचल, गतिहीन चरणों पर लोटती हुई, मर्मघाती मौन क्रन्दन से बिलखती हुई एक निःसम्बल, कठोर जीवन-संघर्ष में बुरी तरह से पराजित तरुणी! बाहर चारों ओर प्रलय-लीला का गर्जन-स्वर; और भीतर निर्जन, एकान्त कमरे में मौत का भयावह सन्नाटा। वह दृश्य देख-देखकर एक अज्ञात रहस्यमय भौतिक भय से पारसनाथ का हृदय बैठा जा रहा था। मृत स्त्री के मुख की भयंकर प्रेत-रूप-छाया पर उसकी आँखें कुछ देर तक जैसे किसी मेस्मेरिज़्म के आकर्षण से गड़ी रह गयीं। इसके पहले उसके मन में भय की भावना तनिक भी नहीं उत्पन्न हुई थी। कठोर कर्त्तव्य की-सी एक ठोस अनुभूति ने उसकी नसों में लोहे की-सी शक्ति प्रदान कर दी थी। पर, अब जब सब-कुछ शेष हो गया और कमरे के भीतर और बाहर मौत की छाया-मूर्तियों की फुफकार और सिसकार के सिवा और कोई शब्द मस्तिष्क के कर्ण-कुहरों में सुनायी न दिया, तो एक अलौकिक भय के सैकड़ों अनुचर विचित्र और वीभत्स रूप धारण करके उसके आगे नाचने लगे। कुछ काल तक इस भौतिक भय ने उसके भीतर ऐसा विकट रूप धारण कर लिया कि उसे ऐसा मालूम होने लगा; जैसे वह चेतनाशून्य हो जायेगा; पर शीघ्र ही उसके भीतर प्रतिक्रिया शुरू हुई, और आत्म-रक्षा की भावना जागरित हुई। भय को झाड़कर और कर्त्तव्य की कठोरता को फिर एक बार सुदृढ़ रूप से सामने रखकर वह उठ खड़ा हुआ। मंजरी के पास जाकर उसने प्रबल चेष्टा से मुँह खोलकर पुकारा—"मंजरी!" उस मृत्यु-मौन वातावरण में उसे स्वयं अपनी आवाज बड़ी भयावनी लगी—जैसे वह नहीं, बल्कि यमराज का कोई क्रूरकर्मी दूत मंजरी को पुकार रहा हो। पर मंजरी के कानों तक जैसे उस शब्द की क्षीणतम भनक भी नहीं पड़ी, जैसे किसी अगम अतल के गहनतम रन्ध्र से वह आवाज उठी हो और रास्ते में अनेक कन्दराओं के भीतर असंख्य चट्टानों से टकराने के बाद ऊपर पहुँचने के पहले ही अपनी प्रतिध्वनि में अपने-आप विलीन हो गयी हो।

पारसनाथ को दूसरी बार पुकारने का साहस नहीं हुआ। मंजरी अभी तक उसी अवस्था में औंधी लेटी हुई थी। पारसनाथ उसी के पास नीचे बैठ गया, और अकस्मात्, बिना किसी पूर्व कल्पना या विचार के उसने मंजरी की पीठ पर हाथ रखकर धीरे से सहलाना शुरू कर दिया। वह खुद नहीं जानता था कि वह क्यों ऐसा करने लगा; पर उसका अज्ञात मन जानता था कि उस चरम संकट के अवसर पर उसे दिलासा देने के लिए कोई शब्द उसके पास नहीं है, और साथ ही उसे शान्त करने की भी परम आवश्यकता है। इसलिए अपने अनजान ही में उसने उसकी पीठ पर हाथ फेरना शुरू कर दिया था। मंजरी पीठ पर उसका हाथ पड़ने पर चौंक उठी, और उसकी ओर देखने लगी। कैसी आश्चर्यजनक, कैसी अनोखी और कैसी अप्रत्याशित वह दृष्टि थी! रोने

के कारण दोनों पलकें सूज उठी थीं, पुतलियाँ भीगी हुई थीं और आँखों के कोर लाल हो उठे थे। आँखों के नीचे, दो हलके नीले रंग के दाग-से अंकित हो गये थे। उसके मुख पर भय और घबराहट का लेशमात्र चिह्न भी वर्तमान नहीं था। केवल थी एक मर्मघाती पीड़न की दिल दहलानेवाली अभिव्यक्ति। उसकी आर्द्र आँखों के एक कोने से व्यक्त होती थी असीम करुण वेदना, और दूसरे कोने से दहक रही थी क्रोध और हिंसा की निर्धूम आग; पर किसके प्रति वह आक्रोश था? क्रूर नियति के प्रति व्यर्थ रोष की वह ज्वाला क्या अपनी असफलता से खिसियाकर अपने-आप बुझ जायेगी, या पारसनाथ को भी अपने साथ ले बीतेगी?

पर पारसनाथ उस दृष्टि से तनिक भी नहीं सहमा। उसे वह सहज-स्वाभाविक लग रही थी। उसकी स्वयं अपनी आँखें भीगी हुई थीं, और वह अनमने भाव से मंजरी की पीठ पर हाथ फेरता जाता था। मंजरी को भी स्पष्ट ही वह एक साधारण बात लग रही थी। पता नहीं क्यों। क्योंकि यह निश्चित था कि किसी भी साधारण परिस्थिति में न तो पारसनाथ को उसकी पीठ पर हाथ लगाने का साहस हो सकता था, न मंजरी ही उसकी इस तरह की हरकत का प्रतिरोध किये बिना रहती; पर इस समय दोनों एक अत्यन्त असाधारण परिस्थिति की मझधार में, एक भौतिक रहस्यमयी अनुभूति के भँवर में गोते खा रहे थे। दोनों की मानसिक दशा एक अस्वाभाविक स्तर पर आकर उद्भ्रान्त हो उठी थी।

कुछ ही क्षण बाद मंजरी फिर औंधी हो गयी, और शव के चरणों पर उसने अपना मुँह छिपा लिया। पारसनाथ की आँख से टपाटप आँसू गिरते जा रहे थे, और वह निद्रा-विचरण की-सी मनोदशा में मंजरी की पीठ सहलाता जाता था। वह स्वयं नहीं जान पाता था कि उसकी आँखों से क्यों बरबस आँसू टपकते जाते हैं। क्या वास्तव में मंजरी की माँ की मृत्यु से उसे इस कदर दुःख हुआ था? हो सकता है; पर दुःख की अनुभूतियाँ तो जीवन में उसे उससे कई गुना अधिक विकट रूप में हो चुकी थीं; किन्तु इस कदर आतुर तो वह कभी नहीं हुआ। तब आज कौन विशेष कारण आ गया? पर इस बात का कोई भीतरी कारण खोजने की प्रवृत्ति उस समय उसके मन में नहीं जग रही थी।

वर्षा का अखण्ड प्रवाह जारी था; बल्कि उसका वेग निरन्तर बढ़ता ही चला जाता था। पारसनाथ बहुत देर तक उसी अवस्था में बैठा ही रहा, और मंजरी भी उसी निश्चल स्थिति में पड़ी रही। प्रायः एक घण्टे बाद मंजरी उठ बैठी। पारसनाथ ने उसकी ओर देखा। इस समय उसकी आँखों की भाव-व्यंजना ने एक दूसरा ही रूप धारण कर लिया था। क्रोध और हिंसा के स्थान में एक सरस, सुकोमल और स्निग्ध वेदना स्थिर रूप में छा गयी थी। इतनी देर तक जैसे वह अपने भीतर, अन्तरतम प्रदेश में दबी हुई किसी अज्ञात शक्ति को बटोरने में पूरे प्रयत्न से लगी हुई थी। उस प्रयत्न में बहुत-कुछ सफलता पाने पर इस समय उसके व्यक्तित्व का एक निराला ही रूप, पारसनाथ की आँखों के आगे झलक उठा। उसे देख-देखकर उसके भीतर, तल से सतह तक, तूफान

के वेग से एक विचित्र मन्थन-क्रिया चलने लगी। बाहर, भीतर, चारों ओर झंझामय वातावरण का पागल प्रवेग अत्यन्त भीषण रूप से उसके हृदय को झकझोरने लगा। वह जैसे अपने-आप से भयभीत हो उठा और उस भय से आत्मरक्षा करने के लिए किसी सजीव और सहृदय प्राणी के निकटस्पर्श की परमआवश्यकता अपने अनजान में उसे महसूस हुई। सहसा उस प्रलय-वात्या के ताल से अपने अन्तर का ताल मिलाते हुए उसने मंजरी के अत्यन्त निकट जाकर उसका दाहिना हाथ दृढ़तापूर्वक पकड़ लिया। उसकी दोनों आँखों के कोनों में आँसुओं के छोटे-छोटे कण चमक रहे थे। उन्हें पोंछने का तनिक भी ध्यान उसे नहीं था, और वह अपने-आप को, देश और काल को, जीवन और मृत्यु को भूलकर, लोमहर्षक उन्माद से ग्रस्त होकर मंजरी के सिर से अपना सिर सटाकर निरन्तर आँसू बहाता चला गया। जैसे उस महाप्रलय की नाश-निशा में वह एक स्वाभाविक और साधारण बात थी। पारसनाथ के आँसुओं का वेग अधिकाधिक उमड़ता जाता था; जैसे वह बाह्य प्रकृति की तूफानी वर्षा का ही स्वाभाविक प्रतिरूप हो। मंजरी की आँखों से भी फिर से झड़ी बरसने लगी। पारसनाथ के आँसुओं से मंजरी के गाल और ओंठ भीग रहे थे और मंजरी के आँसुओं से उसके। कितनी देर तक दोनों उस चरम मोह की दशा में मग्न रहे, इसका अन्दाज दोनों में से एक को भी नहीं था। अकस्मात् एक काल्पनिक अथवा वास्तविक खटका सुनकर पारसनाथ ने खटिया पर पड़ी हुई मृत नारी के शव की ओर देखा और देखते ही एक अवर्णनीय आतंक की अनुभूति से वह सिहर उठा। लालटेन का प्रकाश पहले से क्षीण पड़ गया था, सम्भवतः तेल चुक गया था। उस क्षीण प्रकाश में पारसनाथ ने देखा, या उसे यह भ्रम हुआ, कि मृत नारी ने अपनी अधखुली आँखों को पहले से कुछ अधिक खोला, और एक बार पलक मारकर वह जैसे एक विचित्र और भयावह रूप से मुस्कराने लगी—व्यंग्य से, प्रतिहिंसा से, अथवा प्रसन्नता से, कौन जाने! उसके सारे शरीर में रोंगटे खड़े हो गये। मंजरी को छोड़कर वह अलग हटकर बैठ गया, और कुछ देर तक भ्रमित दृष्टि से मृत स्त्री की ओर देखता रह गया।

लालटेन की बत्ती बुझने पर थी। वह मंजरी से कहना चाहता था कि उसका तेल चुक गया; पर उसके गले से जैसे आवाज ही नहीं निकलती थी। बड़ी चेष्टा से उसने बहुत ही धीमी, फटी-सी आवाज में कहा—"तेल कहाँ रखा है? लालटेन में डालना होगा।"

मंजरी ने जैसे प्रेत-लोक के बीच में वह मानव-वाणी सुनी। उसकी अन्यमनस्कता भंग हुई। घबरायी हुई आवाज में धीरे-से बोली—"तेल तो अब नहीं है। बोतल में जितना बचा था, वह सब मैंने लालटेन में डाल दिया था!"

"तब तो बड़ी मुश्किल हुई!"—प्रायः फुसफुसाते हुए पारसनाथ ने कहा—"सारी रात अँधेरे में बितानी पड़ेगी!"

इसके बाद फिर सन्नाटा छा गया। लालटेन की बत्ती में केवल हलके नीले रंग की एक अत्यन्त क्षीण प्रकाश-रेखा शेष रह गयी थी। उस जुगनू के-से प्रकाश में मृत नारी

की मुखाकृति पारसनाथ को पहले से भी विकटतर जान पड़ती थी। एक रोमांचकर भय की वीभत्स छाया ने उसकी आत्मा को ग्रस-सा लिया था; पर यह होते हुए भी, भय की उस चरम अवस्था में भी, एक विचित्र भौतिक रस का क्षीण आभास उसकी तत्कालीन अनुभूति के साथ मिलकर एकाकार हो गया था। कुछ क्षण बाद प्रकाश की नीली झाँई भी समाप्त हो गयी, और भीतर और बाहर, दोनों के दृश्य अनन्त अन्धकार के साथ मिलकर एकरूप हो गये।

मंजरी ने घबरायी हुई आवाज में कहा—"बहुत डर मालूम हो रहा है।"—यह कहकर वह सरकती हुई पारसनाथ के पास चली आयी, और अपने दोनों हाथों से उसने उसके दोनों घुटने पकड़ लिये। पारसनाथ का विचित्र हाल था। एक ओर उसे उस सुख की अनुभूति बरबस पुलकित कर रही थी; जिसकी प्रतीक्षा वह इतने दिनों तक अत्यन्त अधैर्य के साथ करता आया था, और दूसरी ओर मृत नारी के मुख का वह विकट व्यंग्यपूर्ण (काल्पनिक या वास्तविक) भाव आतंक से उसके रोएँ खड़े कर रहा था, जिसे कुछ ही समय पहले बुझती हुई लालटेन के क्षीण प्रकाश में उसने देखा था, या देखने का भ्रम हुआ था।

वह सोच रहा था—बाहर अनन्त अन्धकार, और भीतर अनन्त अन्धकार, चारों ओर प्रलय-वर्षा का नाश-नृत्य, किसी प्राणी के अस्तित्व का सूचक कोई शब्द कहीं नहीं, और उस मृत्यु से भी अधिक कराल कालिमा से पुते हुए अन्ध-पट के भीतर एक तरुण और एक तरुणी एक-दूसरे से सटे हुए! इतने दिनों से तृषित और क्षुधित प्राणों की उद्दाम, उच्छृंखल आकांक्षा की पूर्ण पूर्ति में तब कौन-सी रुकावट शेष रह गयी है?—केवल एक ऐसी नारी का सूखे काठ के समान निस्पन्द, निष्प्राण शव, जो जीवित अवस्था में ही मृतक के समान थी। वह सूखी मिट्टी से भी अधिक जड़ और निर्जीव शव आकाश-पाताल-व्यापी इतने बड़े सुयोग के बीच में इतना भीषण व्यवधान, ऐसी दुर्लंघ्य दीवार खड़ी करने में समर्थ हो सकता है! यह कैसा अलौकिक आश्चर्य है।

पर इस आश्चर्य से विभ्रान्त होने पर भी रह-रहकर यह अपूर्व पुलकानुभूति उसके शरीर में और मन में हर्ष के काँटे खड़े कर रही थी कि मंजरी ने इतने दिनों के प्रबल प्रतिरोध और कठोर संयम के बाद चरम परीक्षा के उस घोर विभीषिकापूर्ण क्षण में उसके घुटनों का सहारा पकड़कर अपने को पूर्ण विश्वास के साथ अर्पित कर दिया था। इस मार्मिक अनुभूति का रस और अच्छी तरह से ग्रहण करने के उद्देश्य से वह जेब से एक सिगरेट निकालकर जलाने लगा। दियासलाई ज्यों ही 'ठस-स्' की आवाज के साथ जली, त्यों ही उसके प्रकाश में उसकी दृष्टि न चाहने पर भी बरबस एक बार फिर खटिया पर पड़े हुए मृत शरीर पर पड़ी। उसके मुख का पतली झिल्ली की तरह चीमड़ मांस, शून्य के किसी निश्चित बिन्दु पर गड़ी हुई उघड़ी आँखें, खोखल गाल, खुला हुआ मुँह और नुकीली ठुड्डी, सब मिलकर पहले से भी अधिक भयावना रूप धारण किये हुए थे। पारसनाथ ने उस ओर से आँख हटाकर हड़बड़ी के साथ सिगरेट जलायी, और दियासलाई के शेष जले हुए टुकड़े को बुझाकर बड़ी तेजी से बाहर बरामदे की तरफ

फेंक दिया। इसके बाद वह कश लेने लगा। कश लेने से सिगरेट का जलता हुआ सिरा निपट अँधेरे में किसी भूत की भूनी आँख की तरह दहक उठता था।

भय, भ्रान्ति और गुदगुदी की उस अवस्था में वह बहुत देर तक एक के बाद दूसरी सिगरेट जलाकर पीता चला गया। मंजरी उसके दाहिने घुटने पर सिर रखे निश्चल अवस्था में लेटी हुई थी। उसकी भाप के समान तप्त साँसों की गरमी का अनुभव वह अपने शरीर पर कर रहा था।

रात इतनी लम्बी मालूम होती थी, जैसे अनन्त काल तक उसका अन्त ही नहीं होगा। वर्षा का वेग घटने का कोई आसार नहीं दिखायी दे रहा था। पारसनाथ सोच रहा था कि कहीं से किसी जीवित मानव के कण्ठस्वर की भनक भी उसके कानों में पड़ती, तो भूतलोक के जिस जादू की स्तब्धता उसके चारों ओर अटल रूप से छायी हुई थी, वह टूट जाता। दूर कहीं साढ़े का सूचक एक घण्टा बज उठा। वह ठीक अनुमान न लगा सका कि ढाई बजा या साढ़े तीन। उस घण्टे के बजने के साथ ही, पास ही कहीं से 'टन-टन-टनन' की आवाज सुनायी दी। उसने अनुमान लगाया कि सम्भवतः कोई लुहार हथौड़े से लोहा पीट रहा है। उस शब्द को सुनकर उसके मन में एक आश्चर्यजनक साहस और आशा का-सा संचार हुआ। उसे ऐसा विश्वास होने लगा, जैसे वह आवाज वास्तव में भौतिक जादू के मूल पर चोट-पर-चोट मार रही है।

उस आवाज के सहारे उसने उसी अवस्था में प्रायः पौने दो घण्टे बिता दिये। धीरे—बहुत धीरे—वर्षा का वेग कुछ कम होता हुआ-सा जान पड़ा। प्रकाश का क्षीण-अति-क्षीण-आभास भी अच्छेद्य अन्धकार को बड़ी ही कठिनाई से भेदकर किसी अदृश्य शून्यलोक से उतरकर व्यक्त होता हुआ-सा जान पड़ा। मंजरी रात-भर की घोर परिश्रान्त मानसिक अवस्था के बाद उसी अवस्था में पारसनाथ के घुटने के सहारे सिर टेककर, बरबस गहरी नींद में सो गयी थी। पारसनाथ की थकान उससे कहीं अधिक होने पर भी वह यथास्थित बैठा ही रहा। उसके घुटने दर्द करने लगे थे, पाँवों में झुनझुनी चढ़ गयी थी, तथापि इस भय से वह रंचमात्र भी हिला-डुला नहीं कि कहीं मंजरी की नींद उचट न जाये।

●

16

जब काफी देर हो गयी और दिन चढ़ आया, तो उसने मंजरी को जगाया। मंजरी हड़बड़ाती हुई उठ बैठी, और दोनों हाथों से आँखें मलने लगी। वर्षा का जोर बहुत घट गया था। पारसनाथ ने कहा—"मैं पास-पड़ोस के आदमियों को खबर देकर संस्कार का प्रबन्ध करता हूँ। तुम बैठी रहो, मैं थोड़ी देर में आता हूँ।"

यह कहकर वह छाता लेकर बाहर गया। मुहल्ले में किसी से परिचय न होने पर भी, उसने दो-चार दरवाजे खटखटाये। फल यह हुआ कि प्रायः पाँच-छह आदमी श्मशान-यात्रा के लिए तैयार हो गये। एक अनुभवी व्यक्ति को साथ लेकर पारसनाथ ने अवसर के उपयुक्त, आवश्यक चीजें खरीदीं। इस चक्कर में पूरे दो घण्टे लग गये। इसके बाद अर्थी तैयार करके, मृतक का शरीर उस पर रखकर, उपयुक्त वस्त्रों और फूल-मालादि से उसे सजाकर, मंजरी को स्तब्ध और विभ्रान्त अवस्था में यथासम्भव सान्त्वना देने की चेष्टा करके पारसनाथ दूसरे श्मशान-यात्रियों के साथ राम-नाम की महिमा का नारा लगाता हुआ मृतक के अन्तिम संस्कार के लिए चल दिया। मंजरी मृतात्मा की अदृश्य स्मृतिछाया के साथ उस नीरस हाहाकार-भरे मकान में अकेली पत्थर के आँसू बहाती हुई पड़ी रही।

बहुत देर बाद—युगों की एकान्त प्रतीक्षा के बाद—जब पारसनाथ श्मशान से लौटकर आया, तो मंजरी ने देखा कि उसके खिन्न मुख पर एक ऐसी दिल दहलानेवाली क्लान्त छाया घिरी हुई थी, कि मालूम होता था जैसे वर्षों प्रेतों के बीच में जीवन बिताकर वह किसी तरह जान छुड़ाकर मनुष्य-लोक में आ पहुँचा है। श्मशान-यात्रा की थकावट एक तो यों ही भयंकर होती है, तिस पर सारी रात मृतक पर पहरा देते हुए उसने जागरण में बितायी थी, और उसके भी ऊपर कल सुबह से उसने कुछ नहीं खाया था। यह सब होते हुए भी उसकी थकित दृष्टि से एक स्थिर निश्चय और आत्म-विश्वास का भाव व्यक्त हो रहा था। आते ही उसने कहा—"सबसे पहले भोजन का प्रबन्ध करना होगा। तुम भी भूखी हो, और मैं भी भूखा हूँ। उसके बाद दोनों मिलकर सलाह करेंगे कि कहाँ जाना होगा, क्या करना होगा।"

मंजरी केवल एक अतिशय करुणापूर्ण उत्सुक दृष्टि से उसकी ओर देखकर चुप हो रही।

पारसनाथ ने कहा—"इस वक्त खाना घर पर नहीं बन सकता। मैं बाजार से लाता हूँ, बड़ी भूख लगी है।"

मंजरी फिर भी चुप रही, और उसी विकल दृष्टि से ससंकोच उसकी ओर देखती रही, पारसनाथ बाजार चला गया। प्रायः बीस मिनट बाद एक बड़े दोने में पूड़ियाँ, कचौड़ियाँ, मिठाई आदि लेकर वापस आया।

मंजरी ने सोचा था कि वज्र की-सी जो आकस्मिक चोट उस पर पड़ी है, उसके बाद खाने-पीने की-सी तुच्छ बातों का कोई प्रश्न ही नहीं उठ सकता। वास्तव में इस वक्त तक वह इस विषय को बिलकुल ही भूली हुई थी; पर अब उसे अनुभव हुआ कि उस परम महत्त्वपूर्ण तथ्य को अधिक समय तक भुलाया नहीं जा सकता। कैसे ही भयंकर दुःख का पहाड़ क्यों न टूट पड़े, सारे संसार में प्रलय क्यों न आ जाये, पर पेट का प्रश्न उन सब स्वर्ग-मर्त्य-व्यापी महाप्रश्न को तुच्छ करके ज्वलन्त सत्य के रूप में उन सबके ऊपर चढ़ बैठता है। पारसनाथ उसके सामने खाद्य-सामग्री रखकर स्वयं भी वहीं पर पलथी मारकर बैठ गया। मंजरी कुछ देर तक अपने-आप को धोखा देने के इरादे से हाथ खींचे रही; पर जब पारसनाथ ने सुदृढ़ शब्दों में आग्रह किया—बल्कि आदेश दिया—तो उसने सुस्त हाथों से छोटे-छोटे कौर तोड़कर खाना शुरू किया।

जब दोनों खा-पी चुके, तो पारसनाथ—बोला—"मेरा एक प्रस्ताव है। सोच-समझकर उस पर अपनी राय दो। मैं यह कहना चाहता हूँ कि तुम आज ही यह मकान छोड़कर मेरे साथ चली चलो। यह जरूर है कि मेरा मकान इससे भी गन्दी जगह पर है, और वहाँ ठीक तरह से रहने की कोई विशेष व्यवस्था नहीं है, पर फिर भी नयी परिस्थिति में इसके सिवा और कोई चारा मैं नहीं देखता। खूब सोच-समझकर उत्तर दो कि तुम्हारी क्या राय है?"

मंजरी दाहिने घुटने पर अपना गाल टेककर सिर झुकाये बैठी थी, और निरुद्देश्य भाव से अपने पाँव की उँगलियों की ओर देख रही थी। अत्यन्त क्षीण और अस्पष्ट स्वर में उसने उत्तर दिया—"जैसा आप कहें।"

पारसनाथ को आशा नहीं थी कि इतने सहज में तत्कालीन विकट समस्या का समाधान हो सकेगा। श्मशान से लौटते समय वह रास्ते-भर इस सम्बन्ध में तरह-तरह की बातें सोचता आया था कि मंजरी दुस्सह व्यथापूर्ण भावुकता अथवा मोह-मग्नता के कारण न जाने 'त्रिया-हठ' का कौन-सा भयंकर रूप धारण करेगी—आत्महत्या कर लेगी, या घुल-घुलकर मरना चाहेगी, अथवा समाज और संसार से विद्रोह करके, होटल के वीभत्स जीवन को पूर्ण रूप से, खुल्लम-खुल्ला, अपनाने को दौड़ पड़ेगी। वह इस प्रकार सहज-शान्त भाव से उसका आनुगत्य स्वीकार करने को राजी हो जायेगी, इस बात की कल्पना उसने नहीं की थी। जब उसने मंजरी का संकोचपूर्ण संक्षिप्त, किन्तु बुद्धि और

विचार द्वारा दृढ़ और निश्चित उत्तर सुना, तो वह पिछली रात की और उसके बाद तमाम दिन की सारी थकावट एकदम भूल गया। वह खूब अच्छी तरह समझ रहा था कि एक बहुत बड़े और कठोर उत्तरदायित्वपूर्ण कर्त्तव्य का भार उसने लिया है; पर मंजरी की सहज स्वीकृति ने कर्त्तव्य के उस मनों-भारी बोझ को फूल से भी अधिक लघु और सहज-साध्य बना दिया।

उसी क्षण बाहर जाकर उसने एक ताँगा तय किया और उसे गली के पास खड़ा करवा के जब वापस आया तो मंजरी से तैयार होने के लिए कहा। मंजरी प्रकट में अत्यन्त धीरता के साथ उठी। पारसनाथ ने कहा कि इस समय केवल बिस्तर और बक्स ले चलने से काम चल जायेगा—बाकी चीजें बाद में ले जानी होंगी। यह कहकर उसने स्वयं मंजरी का बिस्तर बाँधना शुरू कर दिया। मंजरी चुपचाप बक्स में कपड़े और दूसरी आवश्यक चीजें रखने लगी। जब दोनों काम पूरे हो गये, तो पारसनाथ एक कुली को भीतर बुला लाया, और उसने बिस्तर और बक्स ताँगे पर रखने के लिए कहा। मकान में बाहर से ताला लगाकर दोनों गली से बाहर निकलकर ताँगे पर जा बैठे।

रास्ते-भर दोनों चुप रहे। बीच-बीच में मंजरी अपनी उदास, गम्भीर और साथ ही कौतूहलपूर्ण दृष्टि से पारसनाथ की ओर देखती थी, पर पारसनाथ की आँखों की ढिठाई से सकुचाकर मुँह फेर लेती थी।

जब पारसनाथ के मकान की गली के पास ताँगा पहुँचा, तो दोनों उतर पड़े। ताँगेवाले का किराया चुकाकर पारसनाथ ने एक मजूर को पुकारा और उसके सिर पर सामान रखकर मंजरी का हाथ पकड़कर उसने गली के भीतर प्रवेश किया। गन्दी गलियों से यद्यपि मंजरी का यथेष्ट परिचय था, तथापि जिस गन्दगी के बीच आज वह आ पड़ी थी, वह कुछ दूसरी ही किस्म की थी, इस बात का अनुभव वह मन-ही-मन करने लगी। उसे पग-पग पर सँभलकर दोनों ओर की नालियों से अपने कपड़े और जूते बचाकर चलना पड़ रहा था। कुछ दूर आगे चलकर उसे नाक बन्द करनी पड़ी। टोले-मुहल्ले की औरतें और बच्चे उसे बड़े गौर से देख रहे थे।

मकान का दरवाजा खुलने पर जब मंजरी ने भीतर कदम रखा, तो नाली की सड़ायँध से भी अधिक विकट गन्ध ने जैसे उसकी नाक पर आकस्मिक रूप से आक्रमण किया। अभी दिन नहीं डूबा था और बाहर पूर्ण प्रकाश था; पर पारसनाथ के मकान के भीतर, गलीनुमा रास्ते में, ऐसा घोर अन्धकार छाया हुआ था कि हाथ-से-हाथ नहीं सूझता था। मंजरी एक बार किसी चीज से ठोकर खाकर गिरते-गिरते बची। पारसनाथ ने दियासलाई जलायी। उसके सहारे वे लोग सहन में पहुँचे। वहाँ से जीने पर चढ़कर ऊपरवाले बरामदे पर जा पहुँचे। मंजरी ने देखा कि बाहर की तंग और गन्दी गली में चारों ओर का रुद्ध वातावरण जिस कदर दम घोंटनेवाला मालूम होता था, ऊपर, पिछवाड़ेवाले चौड़े बरामदे से, उसी परिमाण में सब तरफ खुला हुआ, बाधा-बन्धनहीन दृश्य नजर आता था। चारों ओर के कच्चे मकान पारसनाथ के मकान की तुलना में

बहुत छोटे और सिमटे हुए-से दिखायी देते थे, इसलिए हवा और रोशनी का प्रवेश वहाँ बेरोक-टोक होता था। बाहर गली में उसके अन्तर के विषाद की भयंकर कालिमा पर जो गाढ़तर काला रंग चढ़ गया था, वह ऊपर आने पर कुछ-कुछ धुल-सा गया। सामने, प्रायः एक फर्लांग की दूरी पर, एक नीम के पेड़ पर असंख्य बगुले बैठे हुए थे; ऐसा मालूम होता था, जैसे किसी पहाड़ पर रखी हुई बर्फ से भी अधिक सफेद जाल बिछ गया हो। उस पेड़ के पास ही एक मन्दिर का चूड़ा डूबते हुए सूर्य की सुनहली आभा से चमक रहा था। उस पर झलकता हुआ प्रकाश मंजरी को, न मालूम क्यों, एक अपूर्व, रहस्यमयी आशा से काँपता हुआ-सा लग रहा था। अलग-अलग और सामने की दीवारों से सटे हुए मकानों के खपड़ों के बीच से स्थान-स्थान पर धुएँ के बादल उठते हुए दिखायी देते थे। रात-भर और दिन-भर की आत्मशोषी थकान के बाद मंजरी को उस नये वातावरण का एक साधारण-से-साधारण दृश्य अकारण ही सुखद और आशाप्रद-सा लग रहा था। उसे ऐसा अनुभव होने लगा, जैसे चौबीस घण्टों के भीतर, मृत्यु के सहस्र योजनव्यापी महासागर में डूबती-उतराती हुई, वह अचानक, अप्रत्याशित रूप से फिर एक बार जीवन के तट पर आ पहुँची हो। वह तट मानचित्र के ठीक किस स्थान पर है, वह भयंकर हिंसक जीव-जन्तुओं से युक्त किसी दुर्गम-जंगल के पास उतरी है, या किसी ओर-छोर रहित रेगिस्तान के पास, इस बात का कोई पता अभी उसे नहीं मिला था। केवल एक ही अनुभूति इस समय उसके मन-प्राण को छाये हुए थी—वह यह कि वह जीवन के ठोस धरातल पर आ पहुँची है, जिसकी आशा उसने एक प्रकार से छोड़ दी थी। प्रत्येक छोटी-से-छोटी बात भी उसे जीवन के केन्द्र की ओर खींचने में समर्थ हो रही थी। यहाँ तक कि खपरैल से छायी छतों पर से उठनेवाला धुआँ भी उसे विशेष महत्त्वपूर्ण मालूम हो रहा था। उत्तर की दीवार से लगे हुए मकान से अश्लील गाली-गलौज और झगड़े-फसाद का क्रम शुरू हो गया था। और कोई समय होता, तो मंजरी निश्चय ही इस तरह की बातें सुनकर सहम जाती; पर आज उसने अनन्त अन्धकारमय मृत्युलोक में निवास करनेवाली अशरीरी-प्रेत-छायाओं के बीच से किसी प्रकार मुक्ति पाकर जीवन के छोर पर नये देश में और नये काल में पाँव रखा था; इसलिए प्रत्येक घटना, प्रत्येक बात और प्रत्येक दृश्य उसे एकदम नया और कौतूहलपूर्ण लग रहा था।

पारसनाथ ने अपने ही कमरे की एक तरफ उसके लिए खटिया लगा दी और बिस्तर बिछा दिया। दोनों अपने-अपने बिस्तर पर लेट गये। मंजरी ऐसी भयंकर थकावट मालूम कर रही थी कि चुपचाप लेट जाने के सिवा और किसी काम की कल्पना ही उसके मन में नहीं उठ पायी। कुछ देर तक वह लेटे-लेटे तरह-तरह की अस्पष्ट, अर्थहीन भ्रामरी कल्पनाओं में निमग्न रही। उसके बाद गहरी नींद में घोड़े बेचकर ऐसी बेखबर सोयी कि फिर दूसरे दिन धूप निकलने पर ही आँखें खुलीं।

●

17

प्रायः तीन सप्ताह तक नये स्थान में मंजरी का मन बहुत डाँवाँडोल रहा। न वह किसी काम में ठीक तरह से जी लगा पाती थी, न ठीक तरह से कोई बात सोच पाती थी। इसमें सन्देह नहीं कि वह नियमित रूप से खाना बनाकर पारसनाथ को खिलाती थी, और जिस दिन पारसनाथ होटल में खाना खाकर आता, उस दिन वह स्वयं भी नहीं खाती थी। पारसनाथ मंजरी के यहाँ से बर्तन वगैरह सभी चीजें उठाकर ले आया था; जिससे एक छोटी-मोटी गिरस्ती का पूरा आडम्बर जुट गया था। चाय भी महरी के भरोसे न छोड़कर मंजरी स्वयं बनाती थी। झाड़ू देने, बर्तन माँजने और कमरा ठीक तरह से सजाने आदि बातों के सम्बन्ध में वह बीच-बीच में महरी को हिदायत देती रहती थी। फिर भी वह सब काम मरे मन से, निद्रा-विचरण की-सी अवस्था में करती थी। वह बहुत कम बोलती थी और पारसनाथ के आवश्यक प्रश्नों का बहुत ही संक्षिप्त उत्तर देकर रह जाती थी। पारसनाथ अत्यन्त धैर्यपूर्वक, प्रत्येक विषय में उसका रुख देखकर, उससे बातें करता था, और बीच-बीच में उपयुक्त अवसर देखकर अत्यन्त शिष्टता, शालीनता के साथ आन्तरिक स्नेह-भरे शब्दों में उसे दिलासा देने की चेष्टा करता रहा। मंजरी उसकी बातें सुनती थी, उन पर विचार करने की चेष्टा करती थी; पर फिर अपने भीतर के सीमाहीन अन्धकार में मग्न होकर अपने को बिलकुल दबा और छिपा देने का प्रयास करती थी।

प्रायः तीन सप्ताह बाद एक दिन मंजरी की मनोदशा में एक ऐसा अनोखा, अप्रत्याशित और मूलगत परिवर्तन आया कि वह स्वयं विस्मय से विमूढ़ रह गयी। वर्षा-ऋतु के बाद की प्रथम पूर्णिमा के दूसरे दिन की बात है। सन्ध्या का समय था। धीरे-धीरे अँधेरा छाने लगा था। पारसनाथ किसी आवश्यक काम से बाहर गया हुआ था, और एक घण्टे बाद लौट आने की सूचना दे गया था। मंजरी चूल्हे पर तरकारी चढ़ा चुकी थी, और उसमें पानी छोड़कर, तनिक विश्राम का अवसर पाकर ऊपर बरामदे पर लोहे की एक कुर्सी पर बैठी हुई थी और सामने पूरब की तरफ से आकाश का दृश्य देख रही थी।

कुछ समय बाद पूर्व क्षितिज के ऊपर उज्ज्वल सोने के रंग का चन्द्रमा धीरे-धीरे उठता हुआ दिखायी दिया। नीम की सघन पत्तियाँ उसे ढकने के प्रयत्न में विफल सिद्ध हो रही थीं। परिवार के प्रायः पूर्ण गोलाकार चन्द्रोदय का वह दृश्य मंजरी को अकस्मात् एकदम नया और अपूर्व परिचित-सा लगा। वह बहुत देर तक एकटक उसकी ओर देखती रही, जैसे वह उसके बीस वर्ष के नीरस और अनन्त निराशा से पूर्ण, अर्द्धमृत जीवन की चरम परिणति के बाद आज अचानक अप्रत्याशित रूप से एक नया और निराला सन्देश लेकर आया हो। देख-देखकर मंजरी अघाती नहीं थी। नव-जीवन-वाहक उस आकाश-दूत को दो सुन्दर सरस आँखें अत्यन्त स्निग्ध और मधुर दृष्टि से देख रही थीं। वह सिर से लेकर पाँवों तक अपनी नस-नस में एक विचित्र पुलक की सिहरन का अनुभव करने लगी। उसका हृदय एक अनोखे उन्माद की गुदगुदी से फड़कने लगा, और उसकी आँखें एक विकल सुखानुभूति से गीली हो आयीं।

सहसा एक तारा न जाने किस रहस्यमय लोक से टूटकर आनन्दबाण की तरह तीव्र प्रकाश से झलझलाता हुआ उसकी दृष्टि से ओझल हो गया। चारों ओर के कच्चे मकानों से उठे हुए अदृश्य धुएँ से उसकी आँखों में जिस कड़वेपन की जलन का अनुभव हो रहा था, वह भी उसकी उस समय की मार्मिक हर्षानुभूति के साथ मिलकर एकाकार हो गयी थी, और उन दोनों प्रकार की अनुभूतियों से निकले हुए आँसू एक रूप में मिलकर अविरल धारा में उसके गालों से होकर बहते जाते थे। इतने दिनों से जिस अतलव्यापी, दुर्दमनीय दुर्बलता से उसका मन दबता चला जाता था, और एक अथाह दलदल में फँसे हुए व्यक्ति की तरह, उबरने की चेष्टा करने पर अधिक वेग से निरन्तर नीचे को धँसता जा रहा था, उसे जैसे अचानक टेक मिल गयी। अपने बचपन से लेकर वर्तमान समय तक के जीवन-इतिहास के जिन पन्नों को वह इतने दिनों तक मजबूत डोरे से बाँधकर मन के किसी अगम अन्धकारमय कोने में बन्द रखे हुए थी, और अत्यन्त अप्रिय और डरावनी, भूत-प्रेतों की तरह काली-काली स्मृतियों के जगने के भय से उन्हें छूने तक का साहस नहीं करती थी, वे अकस्मात् किसी मायावी-स्पर्श से बन्धन-मुक्त होकर, आग की लपटों के समान जलते हुए अक्षरों से जगमगाते हुए, रात में उड़नेवाले भिन्न-भिन्न आकृतियों के, रंग-बिरंगे और प्रकाशमय गुब्बारों की तरह, एक-एक करके उसकी मानसिक आँखों के सामने से होकर उड़ने लगे। एक-एक गुब्बारे में जैसे उसके विगत जीवन के प्रतिपल की जलन और तपन का चित्रमय इतिहास अंकिता था; पर चाहे कैसी ही भयंकर और घोर दुःखपूर्ण स्मृतियाँ उनमें अंकित क्यों न हों, इस समय वे मंजरी के प्रायः अतीन्द्रिय पुलकानुभव को बढ़ाने में ही सहायक सिद्ध हो रहे थे। वह ऐसा महसूस करने लगी कि इतने वर्षों से वह जिस व्यक्तिगत, पारिवारिक और सामाजिकहीनता की अनुभूति से, अपने जान में या अनजान में, अत्यन्त निर्ममता के साथ पीड़ित होती आयी थी, उसकी अतल में जड़ जमायी हुई कील, जैसे फूटे हुए फोड़े के गद्गद प्रवाह के साथ, बाहर को निकल आयी। उसके

अवचेतन मन की किसी गुप्ततम गुफा में दबी हुई आत्मरक्षा की स्वास्थ्यकर प्रवृत्ति जैसे किसी जादूगरनी की सोने की छड़ी के स्पर्श से जाग उठी, और उसके कानों में यह मन्त्र गुनगुनाने लगी–"तुम्हें अपने पिछले जीवन के समस्त जटिल बन्धनों को तोड़कर, कुटिल काँटेदार तारों के आल-जाल से उलझी हुई दुःखद गाँठों को खोलकर आगे बढ़ना होगा। पग-पग पर पिछली स्मृतियों को कुरेदते रहने से तुम केवल जड़-मृत्यु के अन्धकूप में सड़ती रहोगी। तुम्हारे चिरकष्टमय जीवन का जो एकमात्र सहारा–माँ का स्नेह अँचल–तुमसे छिनकर, काल की प्रबल आँधी के झोंके से उड़कर, अनन्त शून्य में विलीन हो गया है। उसके लिए रोते रहने से निर्वाण के कराल काल-गर्भ में चिरकाल तक घुलते रहने के सिवा कोई लाभ तुम्हें नहीं होगा। इसलिए उस कँटीली स्मृति को जड़ से नष्ट करके तुम्हें आगे बढ़ना होगा। जिस व्यक्ति ने तुम्हारी चरम संकट की स्थिति में तुम्हारे लिये अपना हाथ बढ़ाया है, उसके प्रति इस कदर उदासीन रहना निश्चित विनाश के गर्त की ओर पग रखना है। चारों ओर के अँधेर-घुप में प्रकाश की रेखा लेकर जो व्यक्ति टूटते हुए तारे की तरह तुम्हारे जीवन में अकस्मात् आया है, उसे हर हालत में तुम्हें अपनाना होगा, यदि तुम यथार्थ जीवन से कुछ भी सम्बन्ध जोड़ना चाहती हो तो! सम्भव है, उस टूटते हुए तारे ने जिस जीवन-पथ की ओर संकेत किया है, उस मार्ग से चलने पर अनिश्चित भविष्य में जीवन का कोई निश्चित प्रकाशमय लक्ष्य सामने आ जाये!"

यह दैववाणी अथवा अन्तरात्मा की चेतावनी ठीक इसी रूप में इन्हीं शब्दों में उसके आगे व्यक्त हुई हो, ऐसा नहीं; पर इस आशय के एक अस्पष्ट, अपरिस्फुट आभास ने उसके चित्त की इतने दिनों की जड़ अवस्था को एक छोर से दूसरे छोर तक हिला दिया, और जीवन, समाज और व्यक्तियों के सम्बन्ध में उसका दृष्टिकोण ही एकदम बदल दिया।

इतने में नीचे किवाड़ खटखटाने का शब्द हुआ। आज की उस नयी, संजीवनी पुलकानुभूति की मधुर कँपकँपी से बल खाती हुई, वह लालटेन हाथ में लेकर दरवाजा खोलने गयी। किवाड़ खुलते ही पारसनाथ ने भीतर प्रवेश किया। अपने पीछे दरवाजा बन्द करते हुए बोला–"मुझे लौटने में देर तो नहीं हो गयी?"

बड़े नाज से मुँह फुलाती, और कृत्रिम मन की अव्यक्त मुस्कान मुख पर झलकाती हुई मंजरी बोली–"देर तो आप करते ही हैं। मेरे साथ अधिक समय तक रहना आपको अच्छा नहीं लगता है, इसलिए किसी-न-किसी बहाने टले रहना चाहते हैं।"

पर उसकी आँखों से पता चलता था कि जो बात वह कह रही है, उसकी सचाई पर स्वयं उसे विश्वास नहीं है। आज उसके हाव-भाव और बात करने के ढंग में पारसनाथ ने एक ऐसा आमूल परिवर्तन पाया कि उसका कोई सम्भव या असम्भव कारण उसकी समझ में नहीं आ रहा था; पर कारण समझ में न आने पर भी मंजरी का वह बदला हुआ रुख देखकर उसके हृदय में एक ऐसी मीठी वेदना से भरी गुदगुदी उठने लगी कि अपना वह हर्ष-गद्गद भाव छिपाना उसके लिए कठिन हो गया।

मंजरी लालटेन दिखाती हुई भीतर की ओर चलने लगी और पारसनाथ उसके पीछे-पीछे चलता हुआ पुलकित स्वर में बोला—"नहीं मंजरी, बात ऐसी नहीं है। तुम्हारी यह धारणा बड़ी भारी भूल से भरी हुई है। तुमसे दूर भागने की इच्छा मेरे अनजान में—स्वप्न में भी—कभी मेरे मन में नहीं समा सकती। फिर भी मैं मानता हूँ कि मैं तुमसे थोड़-बहुत कतराता अवश्य हूँ; पर इसका यह अर्थ नहीं है कि मैं इच्छा से ऐसा करता हूँ। मेरे कतराने का कारण केवल यह है कि अपने प्रति तुम्हारा मनोभाव मैं अभी तक ठीक तरह से नहीं समझ पाया हूँ। इसके अलावा मैं स्पष्ट देखता आया हूँ कि आजकल तुम अपने ही मनोभावों में डूबी रहना पसन्द करती हो। मेरे सब समय निकट रहने से कहीं तुम्हारी इस एकान्तमग्नता में विघ्न न पहुँचे, इस डर से मैं बीच-बीच में तुम्हें अकेली छोड़कर चला जाता हूँ; पर मैं आज यह पहली बार महसूस कर रहा हूँ कि तुम्हारे मनोभाव के सम्बन्ध में इस प्रकार की धारणा करके मैं बड़ी गलतफहमी में रहा।"

लालटेन लेकर मंजरी रसोई के कमरे में पहुँची, और पारसनाथ भी वहीं गया। लालटेन खूँटी पर टाँगकर मंजरी एक थाली में कुछ आटा लेकर गूँधने बैठ गयी। पारसनाथ भी एक पीढ़े पर बैठ गया। आटा गूँधते हुए मंजरी ने उसी सरस मधुरता से आँखें घुमाते हुए कहा—"आपकी बात से यही प्रकट होता है कि आप मुझसे प्रेम नहीं करते, बल्कि डरते हैं।"

इसके पहले कभी उसने इस तरह खुलकर स्पष्ट शब्दों में कोई बात मुँह से नहीं निकाली थी। पारसनाथ को ऐसा लगा कि मंजरी के मौन विषाद की जो छाया इतने दिनों तक उसके भी मन पर अपने गाढ़े काले आभास का पर्दा डाले हुए थी, उसे सहसा जैसे किसी ने बीच से फाड़कर चीरकर फेंक दिया। अपने स्वर में आवश्यकता से अधिक कोमलता लाने की चेष्टा करता हुआ वह बोला—"अगर तुम विश्वास करो, तो अपने मन की सच-सच बात तुम्हें बताऊँ!"

"बताइये,"—धीरे से मंजरी ने कहा।

"तो सुनो। मैं तुमसे प्रेम भी करता हूँ और डरता भी हूँ। ये दोनों बातें इस हद तक एक-दूसरे से मिली हुई हैं कि एक को दूसरे से अलग करना कठिन है। फिर भी एक बात पर तुम विश्वास कर लो। वह यह कि तुमसे जो मैं डरता हूँ, उससे तुम्हारे प्रति मेरे प्रेम में कोई कमी आने के बजाय और अधिक गहराई और गम्भीरता आ गयी है—कम-से-कम मैं ऐसा समझता हूँ।"

मंजरी अत्यन्त तीखी दृष्टि से परीक्षक की तरह पारसनाथ की ओर देख रही थी, जैसे उसके मन के भीतर की सही-सही बात मालूम करने का प्रयास कर रही हो। जब पारसनाथ रुक गया, तो उसकी आँखों के कुछ-कुछ म्लान भाव से पारसनाथ को ऐसा लगा कि बात का ठीक-ठीक स्वरूप उसके आगे स्पष्ट नहीं हुआ। वह सिर नीचे की ओर करके साने हुए आटे को पूरी ताकत से दबाकर गूँधने लगी। कुछ देर तक दोनों मौन रहे। तरकारी भक-भक शब्द से पक रही थी, और आवश्यकता से अधिक पक चुक थी। मंजरी ने अनभन होने के कारण अभी तक उतारा नहीं था।

कुछ समय बाद पारसनाथ अपनी बात के सिलसिले में कहने लगा—"मुझे कभी-कभी स्वयं इस बात पर आश्चर्य होता है कि मैं तुमसे डरता क्यों हूँ। अपने जीवन में मैं कभी किसी भी स्त्री से, किसी भी अवसर पर, किसी भी कारण से नहीं डरा। अगर सच पूछो—सच पूछो—तो मैं स्त्रीमात्र से अत्यन्त घृणा करता आया हूँ और उसे सैकड़ों डंक, हजारों तीखे पंजे और लाखों विषैले कीटाणुओं से युक्त, एक घोर घातक और हिंसक जीव के बतौर देखता आया हूँ..."

मंजरी ने आटा गूँधना छोड़ दिया और वह आँखें फाड़-फाड़कर अत्यन्त भीत और चकित दृष्टि से पारसनाथ की ओर देखती रह गयी। पारसनाथ की प्रज्वलित आँखों में और तमतमाये हुए मुख पर लालटेन की जली हुई बत्ती और चूल्हे की आग की लपटों का प्रकाश पड़ने से उसमें एक अनोखी रहस्यमयी भौतिक प्रतिच्छाया बिखर रही थी। उसे देख-देखकर मंजरी के मन में घबराहट अवश्य उत्पन्न हो रही थी; पर साथ ही वह इस बात पर भी ध्यान दे रही थी कि पारसनाथ का ऐसा सुन्दर, सतेज रूप इसके पहले उसके देखने में कभी नहीं आया। पारसनाथ का वह ज्वलन्त सौन्दर्य उसे जितना ही आश्चर्यजनक लग रहा था, उतना ही उन्मादक भी।

पारसनाथ उसी आवेग के साथ, जैसे अपने-आप से कहता चला गया—"मेरे बिखरे हुए जीवन के घोर पीड़ित क्षणों में सारी स्त्री-जाति के विरुद्ध कभी-कभी ऐसी भयंकर प्रतिहिंसा की कल्पना मेरे मन में जगी है, जिस पर इस समय स्वयं मुझे विश्वास नहीं होना चाहता। वह दिन, वह स्थान और वह समय भी मुझे स्पष्ट याद आ रहा है, जब दार्जिलिंग की किसी एक एकान्त सड़क पर अकेले टहलते हुए उस विचित्र प्रतिहिंसा का एक ऐसा विकट, वीभत्स और राक्षसी रूप मेरी मानसिक आँखों के आगे नंगा होकर नाचने लगा कि सोच-सोचकर मैं अभी सिहर उठता हूँ। मैं यह इच्छा करने लगा कि सारी नारी-जाति एक विराट् अग्निसागर में डूबकर विनष्ट हो जाये, और उसका अस्तित्व कहीं किसी भी रूप में शेष न रहे। कैसी भयंकर, कैसी दिल दहलानेवाली नारकीय कल्पना है यह! जरा सोचो तो सही!"

मंजरी ने आटा गूँधना छोड़ दिया था। पारसनाथ के तमतमाये हुए मुख और जलती हुई आँखों की भौतिकता ने पहले से भी अधिक लोमहर्षक रूप धारण कर लिया था। मंजरी खोई, भरमायी हुई-सी, सन्न अवस्था में एकटक उसकी ओर देख रही थी। उसकी सहज सहानुभूति से भरी दृष्टि पारसनाथ के मुख के हिंसक भाव की ओट में छिपी हुई एक ऐसी विशेषता पर गड़ गयी थी, जो उसे सबसे अधिक आश्चर्य में डाल रही थी। वह किसी एक अज्ञात संस्कार की प्रेरणा से इस बात पर गौर कर रही थी कि पारसनाथ की उस हिंसकता के नीचे किसी एक अव्यक्त कोने में एक मर्मघाती पीड़ा झलक रही है; पर न तो उस दानवी-हिंसा का कोई कारण उसके सामने आ रहा था, न उस अव्यक्त वेदना का।

पारसनाथ क्षण-भर के लिए चुप रहा, और मर्मघाती दृष्टि से, अनमने भाव से, मंजरी के अधनंगे सिर की ओर देखता रहा। फिर बोला—"मैं अच्छी तरह जानता हूँ कि मेरी इस भयंकर नाशकारी और समाजघाती कल्पना की बात सुनकर तुम मुझसे घृणा करने लगोगी। आज मैं स्वयं अपनी इस ध्वंसक मनोवृत्ति की हीनता से भली-भाँति परिचित हो गया हूँ; पर इस बात की कल्पना से मेरे भीतर कोई चीज रह-रहकर टीस मारने लगती है कि कभी किसी कारण से नारी-जाति के प्रति मेरे विद्वेष की आग बढ़ते-बढ़ते प्रलय की बाढ़ की तरह फैल गयी थी। कभी एक दिन, एक क्षण के लिए भी, मैंने स्त्री-जाति के खिलाफ कुम्भीपाक से भी हजारगुना अधिक लोमहर्षक नरक की कल्पना की है, यह सोच-सोचकर बीच-बीच में मेरा हृदय हहर उठता है और मुझे ऐसा अनुभव होने लगता है कि मैं निश्चित रूप से पागल हो जाऊँगा। यह तो मैं नहीं कह सकता कि आज वह आग बुझकर राख बन गयी है—नहीं, अभी उसके बहुत-से अंगारे शेष हैं, हालाँकि राख से ढक गये हैं; पर इतना जरूर है कि उनसे तब तक कोई खतरा नहीं है, जब तक मैं स्वयं उन्हें न दहकाना शुरू करूँ। जानती हो मंजरी, मेरी वह सर्वभक्षी आग अपने-आप इस हद तक ठण्डी क्यों पड़ गयी? जिस दिन मैंने पहले-पहल तुम्हें होटल में देखा, उस दिन मुझे कुछ ऐसा भान हुआ कि मेरे जीवन के ओर-छोर-हीन, धधकते हुए रेगिस्तान में बरसाती हवा का एक झोंका बह चला, और तर बादलों की एक अस्पष्ट रेखा जलते हुए क्षितिज के एक कोने में दिखायी दी। उसके बाद वह रेखा दिन-पर-दिन घनी होती गयी और ऊपर, रेतीली धूल से धुँधले आकाश में, फैलती चली गयी। तुम्हारी माँ की मृत्यु की रात में वे बादल हम दोनों के गाढ़ मिलन के आँसुओं के रूप में पहली बार बरसे।"—यह कहते हुए पारसनाथ की आँखें सजल हो आयीं और अश्रु के अस्फुट कण कोयों में चमकने लगे।

मंजरी सहसा उठ खड़ी हुई, और हाथ धोकर, साड़ी के पल्ले से पोंछकर, पारसनाथ के एकदम निकट चली गयी और घुटने टेककर बैठ गयी। उसके बाद उसने बायाँ हाथ उसके गले में डालकर, अपनी अधमुंदी आँखों को उसकी आँखों से सटाकर, अचानक एक अनोखे आवेश से पारसनाथ को बच्चों की तरह चुमकारा और बार-बार उत्कट मोह से चुमकारती चली गयी। उसकी आँखों से उस काली रात की ही तरह आँसुओं की गंगा-जमुनी धाराएँ विह्वल वेग से ढलक रही थीं और पारसनाथ के गालों को तर कर रही थीं। जब उसका आवेश कुछ शान्त हुआ, तो सहज वेदना से पूर्ण दृष्टि को पारसनाथ की गीली आँखों पर गड़ाकर उसकी गर्दन को अपनी बाँहों से और अधिक कसकर जकड़ती हुई, पुचकार भरी आवाज में धीरे से बोली—"आप बहुत ही दुःखी हैं, बहुत ही! मुझसे कई गुना अधिक!"

पारसनाथ का दाहिना हाथ मंजरी की पीठ पर स्थापित था। वह अनमने भाव से कभी उसकी पीठ को धीरे से थपथपा रहा था, कभी सहलाता था। उसने अपनी लम्बी साँस दबाने की व्यर्थ चेष्टा करते हुए कहा—"तुम ठीक ही कहती हो, मंजरी! मैं सचमुच बहुत ही दुःखी, बड़ा ही दयनीय हूँ। तुम्हारे दुःख का कारण तुम्हारी अनाथ अवस्था है। तुम्हारे माँ-बाप नहीं हैं, भाई नहीं है, बहन नहीं है, अपना कहने को कोई भी संसार

में शेष न रहा। तुम्हारे दुःख का मूल कारण यह है। यह एक बहुत बड़ा कारण है, मैं मानता हूँ। पर मैं सनाथ होने पर भी अनाथ हूँ, सब-कुछ होने पर भी मुझे एकदम रीता रह जाना पड़ा है। संसार के खुले आँगन में समाज की भरी सभा के बीच में, मेरे लिये कहीं कोई स्थान नहीं रह गया है; इसलिए इस बन्द गली के घोर नरक में जीवन बिताने के लिए मुझे बाध्य होना पड़ा है। पिछले सात वर्षों से मैं जहाँ भी रहा हूँ, इसी प्रकार के नारकीय वातावरण में सड़ने के लिए मजबूर हुआ हूँ। इस प्रकार दिन-रात नरक में रहने के कारण मैं मनुष्य-समाज के प्रति विद्रोह, प्रतिहिंसा और घृणा की आग को सुलगाता चला गया हूँ। जिस दिन मुझे पहले-पहल मालूम हुआ कि मैं अपनी माँ के प्रेमी का पुत्र हूँ, न कि उसके पति का, उस दिन जो विस्फोट मेरे भीतर हुआ, उसने मेरे जीवन के स्वप्नों और आदर्शों को उलट दिया। तब से कैसी-कैसी भयंकर मानसिक उलझनों और विकृतियों के तूफान के बीच से होकर मुझे गुजरने पड़ा है, इसकी कल्पना तक तुम नहीं कर सकोगी।''

मंजरी के आँसुओं की गति सहसा एकदम रुक गयी। उसकी आँखें गीली होने पर भी उसकी भ्रान्ति दृष्टि जैसे बिलकुल सूख गयी थी। उसने फुसफुसाते हुए कहा—''यह आप क्या कहते हैं?''

''मैं ठीक ही कहता हूँ, मंजरी! स्पष्ट ही मेरी बात से तुम्हें भयंकर धक्का पहुँचा है, और ऐसा होना स्वाभाविक है। तुम्हें केवल धक्का ही नहीं पहुँचा होगा, बल्कि इस बात से मेरे प्रति तुम्हारी समवेदना भी घृणा में बदल सकती है; पर अगर मैं अपने मर्म की उस पीड़ा को तुम्हारे आगे भी व्यक्त न करूँ, जो मुझे प्रतिदिन, प्रतिपल काठ के भीतर छिपे हुए कीड़े की तरह काट रही है, तो संसार में दूसरा कौन ऐसा व्यक्ति है, जिसके आगे मैं अपना जी इस तरह खोल सकता हूँ, मेरी अन्तरतम बात सुनने के बाद अब तुम्हें पूरा अधिकार है कि तुम मुझसे घृणा करो। मैं तुम्हें केवल यह बता देना चाहता था कि मैं घृणा के ही योग्य हूँ, किसी का प्रेम और समवेदना पाने योग्य नहीं।''

''उफ! उफ! तुम बड़े अभिमानी हो!''—कहकर मंजरी ने फिर एक बार आवेश में आकर उसकी गीली आँखों को चूम लिया और अपने गाल से उसके आँसुओं को पोंछने लगी।

''तुम, क्या मंजरी, यह जानने पर भी कि मैं अपनी माँ के पति का पुत्र नहीं हूँ, तुम मुझे घृणा के योग्य नहीं समझती?''

''नहीं, नहीं, कतई नहीं! आप किसी भी हालत में घृणा के योग्य नहीं हैं। मैं पहले ही कह चुकी हूँ कि आप बहुत ही दुःखी हैं, बहुत ही! और, कोई भी दुःखी आदमी घृणा के योग्य नहीं हो सकता, चाहे वह कितना ही हीन क्यों न हो।''—यह कहकर वह एक बार उसकी बायीं आँख और फिर दाहिनी आँख से निकलेवाले आँसुओं को गाल से पोंछने लगी। कुछ देर तक दोनों उसी अवस्था में मौन बैठे रहे। उसके बाद मंजरी उठ खड़ी हुई और चूल्हे से तरकारी उतारकर पराठे तैयार करने के काम में जुट गयी।

•

18

खा-पी चुकने के बाद पारसनाथ अपने पलँग पर जाकर लेट गया। पासिन आकर बर्तन माँजने लगी, और मंजरी उसे काम बताने के उद्देश्य से नीचे ही रह गयी। जब पासिन चली गयी, तो भीतर से दरवाजा बन्द करके मंजरी भी ऊपर चली गयी। पारसनाथ दीवार की ओर मुँह करके लेटा हुआ था, सोया नहीं था। मंजरी ने लालटेन बुझाकर उसे धीरे से एक कोने में रख दिया। उसके बाद बहुत ही धीमी आवाज में, अत्यन्त कोमल और मधुर स्वर में बोली–"सो गये क्या?"

पारसनाथ ने करवट बदली और कहा–"नहीं तो, यों ही लेटा हुआ था।"

मंजरी धीरे से उसी पलँग पर बैठ गयी, जिस पर पारसनाथ लेटा हुआ था, और अपनी लम्बी-लम्बी, कोमल और अनुभूतिशील उँगलियों से धीरे-धीरे उसके सिर के घुँघराले बालों को सहलाने लगी। इसके कुछ ही समय बाद वह सहसा उसी पलँग पर लेट गयी, और पारसनाथ को अपनी दाहिनी बाँह से जकड़कर उससे लिपट गयी। आज पहली बार वह पारसनाथ के साथ लेटी थी। यह सोच-सोचकर पारसनाथ हैरान था कि जो नवयुवती इतने दिनों तक इस कदर संकोचशील रही कि दिन-भर में मुश्किल से दस-पाँच अस्फुट वाक्य मुँह से निकाल पाती थी, वह आज अकस्मात् इस हद तक ढीठ कैसे बन गयी कि अपने-आप आकर उससे लिपट गयी! यह कैसे सम्भव हो गया। अपनी पतित आत्मा की निपट नीचता की बात सुनकर उस रहस्यमयी के अन्तर के किस सुकोमल स्थान को उसने अपने अनजान में स्पर्श कर दिया, जहाँ से घृणा के बजाय करुणा और समवेदना का अनन्त स्रोत मुक्त होकर फूट पड़ा? उसे ऐसा लगा कि अपने इतने दिनों तक के घोर विकृत, निष्क्रिय और आवारा जीवन में आज पहली बार उसे एक ऐसी सफलता मिली है, जो सच्चे अर्थों में महत्त्वपूर्ण कही जा सकती है। मंजरी के लिपटने से उसे जो रोमांच की अनुभूति हो रही थी, वह केवल शारीरिक ही नहीं थी, उसका हृदय, बुद्धि और समस्त आत्मा भी रोमांचित हो रही थी।

उस रात से मंजरी के साथ उसका पति-पत्नी का-सा सम्बन्ध स्थापित हो गया। उस सम्बन्ध से दोनों के जीवन की प्रगति, अनुभूति और दृष्टिकोण में एक आश्चर्यजनक परिवर्तन के चिह्न साफ झलकते हुए दिखायी दिये। पारसनाथ के भीतर के जिन फोड़ों

ने नासूर का रूप धारण कर लिया था, उसके घाव जैसे भरने लगे हों--उसे ऐसा अनुभव होने लगा। अपने पिछले जीवन की सब ग्लानियों को वह भूलने-सा लगा, और एक ऐसी शान्त, संयत, स्वस्थ और सबल अनुभूति का-सा आभास उसके मन की ऊपरी सतह पर छाने लगा, जो उसके लिए एकदम नयी थी।

मंजरी को ऐसा महसूस हो रहा था कि उसके इतने वर्षों के टूटे-फूटे और बिखरे हुए जीवन के आकाश के ऊपर जो एक धुन्ध-सा चारों ओर छाया हुआ था, वह फट गया है, और एक कोने से हटता चला जा रहा है। उस फटे हुए स्थान के भीतर से अपने भावी जीवन के लक्ष्य की निश्चित-सी झाँकी उसे दिखायी देने लगी थी।

पारसनाथ पहले से भी अधिक स्फूर्ति और कर्मण्यता के साथ चित्रकारी के काम पर जुट गया। पहले उसके मन में इस बात की ग्लानि सब समय बनी रहती थी कि उसकी कला के सच्चे रूप की कदर कोई नहीं करता और जो थोड़ी-बहुत पूछ होती है, वह केवल उसके बाजारू चित्रों की ही होती है; अब उस बात की तनिक भी ग्लानि उसके मन में शेष नहीं रही, और वह धड़ल्ले से बाजारू चित्र अधिक-से-अधिक संख्या में तैयार करके सस्ते-से-सस्ते दामों पर उन्हें बेचने लगा। ग्लानि न होने का सबसे बड़ा कारण यह था कि जो कर्त्तव्य उसके सामने आ गया था, उसकी महत्ता उसके आगे सुस्पष्ट हो गयी थी। उस कर्त्तव्य को किसी भी उपाय से पूरा करने में जो सुख था, कला की बेकदरी का दुःख उसके आगे नाचीज था। मंजरी का परिपूर्ण प्रेमजनित आत्मसमर्पण पाकर वह अपने इतने दिनों तक के मलिन और भ्रष्ट जीवन को सार्थक समझने लगा था।

मंजरी को ऐसा बोध होने लगा था, जैसे वर्षों तक भूल से भरी, उलझी हुई, अस्वाभाविक और अवास्तविक परिस्थितियों के बीच जीवन बिताने के बाद उसके जीवन का क्रम अचानक किन्हीं दैवी हाथों से सुलझ पड़ा है, और वह सहज, स्वाभाविक और ठीक परिस्थितियों के बीच में अपने-आप, बिना किसी चेष्टा के, किसी रहस्यमय नियम के क्रम से आ पड़ी है। पारसनाथ ने स्त्री-जाति के सम्बन्ध में अपनी जिस हौलनाक, प्रचण्ड हिंसापूर्ण राक्षसी अन्तःप्रवृत्ति के अस्तित्व का वर्णन उसके आगे किया था, उससे उसके मन में न तो तनिक भय का संचार हुआ था, न पारसनाथ के खिलाफ प्रतिक्रिया के रूप में किसी प्रकार की अप्रिय भावना ही उसके मन में जगी थी। बल्कि यह सोचकर उसे आश्चर्य हो रहा था कि पारसनाथ की उस खूँख्वार मनोवृत्ति का परिचय मिलने पर उसके मन के नीचे इतने दिनों तक दबा हुआ प्रेम किसी भूकम्प के कारण, चट्टान के भीतर से फौव्वारानुमा सोते की तरह, तल से सतह तक उमड़ उठा, और बाहर निकल आया। पारसनाथ को उसने जिस दिन पहले-पहल होटल में देखा था, तभी से उसके प्रति वह अपने मन में एक निराले आकर्षण का अस्पष्ट अनुभव-सा करने लगी थी; पर उस अनुभूति को उस समय उसने अपने मन में इसलिए विशेष महत्त्व नहीं दिया था कि उस अस्फुट वेदना की कोई सार्थकता तक उसकी समझ

में नहीं आ रही थी। तब उसने सोचा था कि डाकगाड़ी से कई गुना अधिक तेजी से चलनेवाले जीवन की प्रगतिशील यात्रा के बीच में न जाने कैसी-कैसी परिस्थितियाँ कैसे-कैसे व्यक्तियों को स्टेशनों के प्लेटफार्मों पर क्षण-काल के लिए सामने लाकर खड़ा कर देती हैं; उन्हीं में से एक व्यक्ति वह—पारसनाथ—भी है। पर दूसरे दिन जब पारसनाथ ने अकेले में, होटल के एकान्त कमरे में, उसे बुलाया, तो मंजरी को ऐसा लगा कि वह नव-परिचित व्यक्ति स्टेशनों के प्लेटफार्मों पर खड़े रहनेवाले साधारण यात्रियों से भिन्न है; और अपनी एक अलग विशेषता रखता है। उसके शील से, बात से, व्यवहार से मंजरी ऐसा अनुभव करने लगी कि वह व्यक्ति उसके लिए नया नहीं है; जैसे पिछले जीवन के किसी भूले हुए क्षण में वह एक बार पहले भी उससे मिल चुकी है—केवल मिली ही नहीं, बल्कि उसका काफी घनिष्ठ सम्बन्ध भी उससे रह चुका है। पर कहाँ? किस क्षण में? किस जन्म में? किस लोक में? दूसरे दिन जब पारसनाथ ने फिर उसे होटल में बुलाया और अपने भीतर की किसी अत्यन्त मार्मिक गुप्त पीड़ा का आभास उसे दिया, तो वह उसके और भी निकट अपने को महसूस करने लगी; पर फिर भी इस प्रकार की कोई आशा, आकांक्षा या विश्वास उसके मन में उत्पन्न नहीं हुआ कि वह नवपरिचित सुन्दर और सुशील युवक जीवन-परिधि का केन्द्र बन सकता है।

उसके बाद जिस दिन पारसनाथ उसके मकान का पता लगाकर उसके पास पहुँचा, उस दिन पहले-पहल उसके अन्तर्मन को यह सूचना मिली कि वह युवक उसके जीवन के अत्यन्त निकट आ गया है, और उस निकटता के परिणामस्वरूप वह अपने जीवन की डोर से उसके जीवन को बाँधे बिना न रहेगा। जिस गठजोड़े की कल्पना का आभास उस दिन उसके भीतरी मन को मिला था, उसकी यथार्थता उस कालरात्रि में सम्भव हुई, जब वह और पारसनाथ अखण्ड-वर्षा की प्रलय-लीला के बीच में, निर्जन और एकान्त घर में उसकी माँ के मृत शरीर की निगहबानी कर रहे थे। चारों ओर अँधेरा और मौत का एकच्छत्र राज्य देखकर उन दोनों के अतल में सोया हुआ पशु-संस्कार—जीवन की ओर खींचनेवाला संस्कार—जैसे एक-साथ जाग पड़ा था, और दोनों उस घुप अन्धकार में टटोलते हुए जीवन की क्षीण-से-क्षीण प्रकाश-रेखा को भी पकड़ने के लिए अधीर हो उठे थे। उस अधीरता का ही परिणाम था कि दोनों अपने अनजान में, मृत्यु के लहराते हुए तूफानी समुद्र के छोर में, एक-दूसरे को व्याकुल भाव से जकड़कर, भागते हुए जीवन का उड़ता हुआ पल्ला पकड़कर, आत्मरक्षा करने में समर्थ हुए थे। माँ के मृत शरीर के रूप में मूर्तिमान मौत को साक्षी-मानकर मंजरी ने पारसनाथ का जो बाहु-बन्धन स्वीकार किया था, उसकी चरम परिणति जब उस नये मकान में आने के प्रायः एक महीने बाद हुई, तो उसने उस नये अनुभव को अत्यन्त स्वाभाविक रूप में ग्रहण किया। उसके कौमार्य की अनुभूति का जो आकस्मिक खण्डन हुआ, उससे किसी प्रकार का धक्का उसे जान में या अनजान में नहीं पहुँचा; पर उससे एक पुलक-भरे विस्मय की आकुलता अवश्य उसके भीतर उत्पन्न हुई। उसे ऐसा लगा कि उसके पिछले जीवन की संकीर्णता

ने जो एक भयंकर काला पट अलंघ्य दीवार की तरह उसके चारों ओर खड़ा कर रखा था, और उसके मन में यह धारणा जमा रखी थी कि उसके परे केवल मृत्युमयी मरुभूमि का दिगन्त प्रसार और अनन्त कालरात्रि के सिवा और कुछ नहीं है, वह जैसे अचानक अपने-आप फट गया, और उस दरार के उस पार विपुल जीवन का खुला हुआ विस्तार अनेक रंगों और रूपों में उसकी मानसिक आँखों के आगे झलकने लगा। वह सोचती कि इतने दिनों तक जीवन का इतना बड़ा फैलाव उससे एकदम छिपा रहा, यह कैसे सम्भव हुआ। और जिस काली दीवार को वह लोहे के चट्टान से भी अधिक कठोर और दृढ़ समझे बैठी थी, वह एक दिन अचानक जैसे किसी तिलस्माती करामात से इतनी आसानी से हट गयी। जादूलोक की कौन परी इतने दिनों तक—प्रायः बीस वर्षों तक—उसे भूतजगत् के काले तिलिस्म के संकीर्ण घेरे में बाँधकर इतने बड़े, इस कदर फैले हुए, सहज और वास्तविक जीवन के विस्तार को उसकी आँखों की ओट में रखे रही? यह प्रश्न ज्यों ही उसके मन के ऊपर—सतह पर—उभर आता, त्यों ही उसके अज्ञात मन के भीतर एक अनोखा भयावना और अनिच्छित उत्तर तल से उठकर अनेक तरंगों से टकराता हुआ; बहुत-से अस्पष्ट चक्र बनाता हुआ, ऊपर उठ आता। कौन थी वह परी? इसके उत्तर के रूप में जैसे कोई पलटे में उसके कानों में फुसफुसाने लगता—"क्या वह परी तुम्हारी अन्धी माँ नहीं थी?"—वह चौंक उठती और उस भयंकर उत्तर को अतल में दबाने की चेष्टा करती हुई अपने-आप से कहती—"माँ? नहीं, नहीं, किसी भी हालत में नहीं! वह बेचारी अपने अन्तर का सारा स्नेह जीवन-भर केवल मेरे ही लिये सुरक्षित रखे रही। उससे अधिक करुणामयी और स्नेहशीला माता की कल्पना मैं स्वप्न में भी नहीं कर सकती। बेचारी दुःखिनी माँ! अच्छा ही हुआ, जो जल्दी मर गयी, नहीं तो न जाने अभी क्या-क्या भयंकर दुःख, कष्ट और विपत्तियाँ उसे झेलनी पड़ती। मरकर वह मुक्त हो गयी।"—और फिर तत्काल वही शैतान निष्ठुर व्यंग्य और निर्मम परिहास के बतौर उसके भीतर के कानों में फुसफुसाने लगता—"और साथ ही तुम्हें भी मुक्त कर गयी! स्नेह के जिस कठोर बन्धन में वह तुम्हें बाँधे हुए थी, वह तुम्हारे जीवन की गति को चारों ओर से रोके हुए था और भीतर-ही-भीतर तुम्हारे अनजान में तुम्हारी अन्तरात्मा का रस सोख-सोखकर तुम्हें निष्प्राण, सूखे झाड़ में परिणत करने पर तुला हुआ था। यह अच्छा ही हुआ कि उसकी मृत्यु ऐसे समय हो गयी, जब तुम्हारे भीतर थोड़ी-सी हरियाली शेष थी। अब उपयुक्त खाद और पानी मिल जाने से वह हरियाली फिर से लहलहाने लगी है। अब उसके सूखने का कोई डर नहीं है।" अपने अन्तर के उस मुँहफट शैतान का मुँह वह बार-बार बन्द करने की चेष्टा करती रहती; पर किसी प्रकार सफल नहीं हो पाती थी। अन्त में उसके भीतर की एक अज्ञात स्वस्थ चेतना ने उसे सुझाया कि उस निर्मम सत्य को खुले हृदय से स्वीकारकर लेने में ही उसका कल्याण है; और धीरे-धीरे उसके सचेत मन ने उस कठोर सत्य को स्पष्ट स्वीकारकर लिया—बड़े ही भयंकर द्वन्द्व और मर्मघाती पीड़न के बाद।

उस स्वीकृति का बहुत स्वास्थ्यकर प्रभाव उसके मन पर पड़ने लगा। उसका बीस वर्ष का विगत जीवन जिन विचित्र भ्रमों, भ्रान्तियों और आशंकाओं के बीच में बीता था, जो उसके जान में या अनजान में, प्रतिपल उसे अपने नुकीले स्प्रिंग के-से पंजों से जकड़े रहते थे, वे अकस्मात् जैसे मन्त्रबल से तिरोहित होनेवाले भूतों की तरह विलीन हो गये। जीवन के सम्बन्ध में उसका दृष्टिकोण ही एकदम बदल गया, और अब प्रत्येक गन्दी-से-गन्दी और भयंकर-से-भयंकर बात में भी उसे आशा का प्रकाश और प्राणों की सजीव गति दिखायी देती थी।

सन्ध्या को पारसनाथ बाहर चला जाता था, और मंजरी घर पर अकेली रह जाती थी; पर उस विजातीय-से वातावरण में, चारों ओर गाली-गलौज, दंगा-फसाद, कलह और कोलाहल के बीच में, अकेले रहने पर भी उसके मन में एक क्षण के लिए भी न किसी प्रकार के भय की भावना उत्पन्न होती थी और न कभी सूने एकाकीपन की ही अनुभूति जगती थी। उसे ऐसा लगता था, जैसे वह एक विशाल परिवार के बीच में सहज-स्वाभाविक स्थिति में रहने लगी है। चूँकि यह सत्य उसके आगे प्रकाशित हो गया था कि कलह और कोलाहल पारिवारिक जीवन के अनिवार्य अंग हैं, इसलिए वह सन्ध्या के निपट अकेलेपन की अवस्था में भी, चारों ओर की गन्दी गालियों की बौछार और झगड़े-झंझटों के वीभत्स विस्फोटों के बीच भी, जीवन के सहज और घरेलू रूप का-सा अनुभव करती थी।

बीच-बीच में कोई-कोई सन्ध्या ऐसी भी बीतती थी, जब चारों ओर के पड़ोस में स्तब्ध शान्ति-सी छायी रहती; केवल खपरैलों से ऊपर को उठता हुआ धुआँ यह सूचित करता था कि वह स्थान निर्जन नहीं है। ऐसे अवसर पर काम से क्षणिक अवकाश पाकर वह पिछवाड़े के चौड़े बरामदे पर एक टूटी कुर्सी पर बैठ जाती, और सामने कुछ ही दूर पर खड़े नीम और इमली के पेड़ों की चोटियों पर, डूबते हुए सूर्य के पीले प्रकाश का झिलमिल झलकना देखती। उन पेड़ों पर बसेरा लेनेवाले बगुलों द्वारा तानी हुई सफेद छतरी का दृश्य देख-देखकर वह अनमनी-सी किसी एक ऐसे अजान सुख में कुछ समय के लिए विलीन हो जाती, जो स्पष्ट होते-होते रह जाता था।

इस तरह मंजरी के अन्तस्तल में जीवन के सम्बन्ध में भय की जो भावना वर्षों तक घर किये हुए थी, नयी परिस्थिति में वह आश्चर्यजनक रूप से काफूर हो गयी, और उसके स्थान पर एक अस्पष्ट तथापि निश्चित आशा का भाव अपना रंग जमाने लगा। पर, पारसनाथ की स्थिति कुछ समय बाद बिलकुल उसका उलटा रूप धारण करने लगी। आज तक वह अपने को संसार और समाज से बहिष्कृत समझकर नारकीय वातावरण में लुका-छिपा रहने में ही अपनी रक्षा समझता था, सन्देह नहीं; पर उस परिस्थिति में किसी भी प्रकार के भय की भावना का लेश भी उसके ज्ञात में या अज्ञात में वर्तमान नहीं था। उसके भीतर केवल थी मानव-जाति के प्रति घृणा और समाज के विरुद्ध प्रतिहिंसा की भावना। वह एकान्त प्रतिहिंसक प्रवृत्ति जीवन के सम्बन्ध में एक

प्रकार की विकृत आशा और वीभत्स उत्साह से उसके मन को सब समय सजीव-सी बनाये रहती थी। वह अपने को पाताल-पुरी का नियन्ता समझता था, जो ऊपर के प्रकाशमय जगत् से पराजित दशा में नीचे निर्वासित कर दिया गया हो। उस अन्धकारमयी पाताल-पुरी के भूत-बैतालों को वह अपना अनुचर–या अधिक-से-अधिक सहचर–समझता था, जिन्हें संगठित करके वह एक बार ऊपर के मुक्त संसार पर पूर्ण प्रतिहिंसा के साथ धावा बोलना चाहता था–इसलिए नहीं कि वहाँ अपना अधिकार जमाकर अपने सभी अनुचरों के जीवन को सुन्दर, प्रेममय और प्रकाशमय बनाये, बल्कि इसलिए कि अपने जले दिल के झुलसे हुए अरमानों को फिर से हरा-भरा करे और अपनी व्यक्तिगत विजय की प्रतिष्ठा से आत्मसन्तोष प्राप्त करे। कुछ भी हो, इतना निश्चित है कि अपनी काल्पनिक अन्धपुरी में जिन यमदूतों के बीच उसका नेता बनकर वह रहता था, उनके संग में चाहे और किसी भी प्रकार की प्रचण्ड पीड़ा से वह फुफकारता रहता हो; पर भय नाम की कोई चीज उसके पास तक फटक नहीं सकती थी।

किन्तु जब से मंजरी से उसका घनिष्ठ सम्बन्ध स्थापित हो गया, तब से उसके मन ही हलचल के क्रम में एकदम उलट-फेर हो गया। मन के भीतर के नासूर के जिस दर्द से वह इतने दिनों तक दिन-रात भीतर-ही-भीतर कराहता चला आता था, उसे भूल गया, और उस रीते स्थान को भय से भरना शुरू कर दिया। मंजरी से प्रेम करके उसने अपने जीवन में पहली बार नारीत्व–बल्कि मनुष्यत्व–के प्रति अपना हार्दिक सम्मान प्रकट किया था; पर अब उसे ऐसा अनुभव होने लगा, जैसे उसकी इस बुत-परस्ती को कुफ्र समझकर उसके अन्तरलोक की प्रजा–कल्पना-जगत् के भूत-बैताल–भयंकर रूप से विद्रोही होकर उसे परिपूर्ण विनाश की धमकी देने लगी है; जैसे–उसके नरक ने पहली बार भय के सहस्त्रों बीजों को उगाने का निश्चय-सा कर लिया हो। अज्ञात और अव्यक्त शंकाएँ उसे चारों ओर से विकट भौतिक आकार धारण करके घेरने लगीं। वह प्रतिपल उन्हें दबाने की कोशिश करता रहता; पर प्रतिपल वह दबाये गये रबर की गेंदों की तरह ऊपर को उछल-उछल उठती थीं।

एक दिन रात में जब दोनों खा-पीकर ऊपर सोने के कमरे में गये; तो पारसनाथ दीवार से सिर अड़ाकर अधलेटी अवस्था में सिगरेट जलाकर पीने लगा। मंजरी भी आराम करने की मनोदशा में उसी पलँग पर जा बैठी और पारसनाथ की ओर मुँह करके ठीक उसी तरह दीवार पर सिर अड़ाकर दाहिने हाथ पर गाल टेककर लेट गयी। लालटेन सामने आले पर रखी हुई थी, उसका प्रकाश यद्यपि मन्द कर दिया गया था, फिर भी असंख्य छोटे-छोटे हरे रंग के कीड़े और पतिंगे उसे चारों ओर से घेरे हुए थे। सिगरेट का धुआँ उड़-उड़कर मंजरी की नाक पर और मुख पर आक्रमण कर रहा था। प्रारम्भ में उस धुएँ की गन्ध से उसका सिर भिन्नाने लगता था, और उसे उबकाई आने लगती थी; पर धीरे-धीरे पारसनाथ के ओठों की निकटता का अनुभव करते-करते, सिगरेट की गन्ध की आदी वह इस हद तक हो गयी कि अपने जीवन में जितनी भी प्रकार की

गन्धों का अनुभव उसने किया था, उन सबसे अधिक तम्बाकू की वह अनोखी, तेज और कड़वी गन्ध प्रिय मालूम होने लगी थी!—यह केवल इसलिए कि उस गन्ध से वह एकमात्र व्यक्ति घनिष्ठ रूप से सम्बन्धित था, जिसे वह आन्तरिक हृदय से चाहने लगी थी। उस गन्ध ने उसके ऊपर ऐसा जबर्दस्त प्रभाव डाल दिया था कि जब पारसनाथ पास में न भी होता, तब भी उसे अपने चारों ओर जली हुई सिगरेट के महकने का-सा अनुभव होता रहता। आज भी वह उस प्रिय गन्ध का रसानुभव करने की इच्छा से पारसनाथ के मुँह के अत्यन्त निकट अपना मुँह किये हुए थी। पारसनाथ को यह बात मालूम नहीं थी कि मंजरी उस गन्ध को इस कदर पसन्द करने लगी है। उसने सहज भाव से कहा—"मेरे सिगरेट खतम करने तक तुम जरा हटकर बैठ जाओ, नहीं तो धुएँ से तुम्हारा जी खराब हो जायेगा।"

मंजरी ने अपनी बड़ी-बड़ी आँखों को तानकर, तिरछी दृष्टि में मार्मिक मुस्कान झलकाते हुए, स्निग्ध, सरस स्वर में कहा—"मेरा जी खराब होने की तनिक भी चिन्ता न करो; धुआँ उड़ाये जाओ। मुझे अच्छा लगता है।"

"सच? तब लो, आज तुम भी एक सिगरेट फूँको। बहुत दिनों से मेरी इच्छा रही है कि तुम्हें सिगरेट पीते देखूँ!"

"हटो! तुम भी कभी-कभी बड़ी अजीब बात करते हो।"—कहकर मंजरी अर्द्धस्फुट कण्ठ से खिलखिला उठी।

आज पहली बार पारसनाथ ने उसे खिलखिलाते हुए सुना और देखा। उसे उस दिन की याद आयी, जब प्रायः चार मास पूर्व मंजरी को उसने पहली बार होटल में देखा था। उसका उस दिन का अत्यन्त गम्भीर रूप और अत्यन्त करुण और रोनी-सी सूरत देखने के बाद उसके लिए स्वप्न में भी इस प्रकार की कल्पना कर सकना सम्भव नहीं था कि वह कभी सहज-स्निग्ध भाव से मुस्करा सकती है। उस दिन के बाद धीरे-धीरे घनिष्ठ परिचय हो जाने पर भी वह कभी एक दिन के लिए भी इस सम्भावना पर विश्वास नहीं कर पाया था कि वह किसी भी हालत में खिलखिला सकती है। अर्द्धव्यस्त और सलज्ज मुस्कान की झलक उसके मुख पर पारसनाथ ने कभी-कभी अपवाद-रूप से अवश्य देखी थी; पर खिलखिलाता हुआ रूप कभी नहीं देखा। और आज? वह सोचने लगा कि समय कभी-कभी कैसे आश्चर्यजनक करिश्मे दिखाता है! केवल चार मास में इतना बड़ा परिवर्तन कैसे सम्भव हो गया? असल में चार भी कहाँ, डेढ़ महीना कहिये! क्योंकि मंजरी के स्वभाव में जो-जो भी अद्भुत, आमूल परिवर्तन पारसनाथ के देखने में आये थे, वे सब उसकी माँ की मृत्यु के बाद ही। और मजा यह कि जिस प्रकार के परिवर्तनों की आशंका पारसनाथ ने की थी, इधर मंजरी के प्रत्येक व्यवहार में उसका एकदम उलटा रूप देखने में आ रहा था। नहीं तो उस लड़की से माँ की मृत्यु के डेढ़ ही महीने बाद इस प्रकार खिलखिलाने की आशा कैसे की जा सकती है, जिसका सारा जीवन माँ के आँचल की छाया के नीचे बीता हो और जो स्वभाव से गम्भीर-प्रकृति हो!

कुछ भी हो, उसका खिलखिलाना पारसनाथ को केवल आश्चर्यजनक ही नहीं, बल्कि बहुत सुखकर भी लगा। कुछ क्षण तक वह मन में अत्यन्त मधुर पुलक का अनुभव करता हुआ पहले से अधिक स्फूर्ति में सिगरेट का धुआँ उड़ाता रहा। उसके बाद सहसा अकारण भय की उसी अनुभूति ने भूत की तरह उसे धर दबाया, जो इधर कुछ दिनों से जान में या अनजान में समय-असमय उसके पीछे पड़ी रहती थी। उसकी सारी मानसिक दशा ही एकदम बदल गयी; पर मंजरी को उसके इस भाव-परिवर्तन का तनिक भी आभास नहीं मिल पाया था। वह पहले की ही तरह बड़े नाज के साथ मन्द-मधुर, संयत मुस्कान मुख पर झलकाती हुई संकेतपूर्ण दृष्टि से उसकी ओर देख रही थी।

पारसनाथ सिगरेट का शेष टुकड़ा बाहर फेंककर दीवार से अच्छी तरह पीठ अड़ाकर, जमकर बैठ गया और अचानक बोल उठा—"मुझे अक्सर यह सोचकर आश्चर्य होता है, मंजरी, कि मनुष्य के आसपास का वातावरण उसके अनजान में, चोरी-छिपे, बेमालूम ढंग से उसके मन पर, उसकी आत्मा पर, अदृश्य कीटाणुओं की तरह किस सफाई से अपना प्रभाव जमा बैठता है। मनुष्य चाहे कितना ही सावधान क्यों न रहे, कैसे ही आत्मविश्वास का कवच क्यों न पहने हो, वातावरण में फैले हुए उन अदृश्य कीटाणुओं से किसी भी हालत में बच नहीं सकता। एक साधारण-सा—बहुत ही साधारण—दृष्टान्त यही लो न, कि तुम्हारे समान सात्त्विक-स्वभाव लड़की (होटलवाले तुम्हें चाहे किसी ही दृष्टि से क्यों न देखते रहे हों; पर मैं जानता हूँ कि तुम्हारी प्रकृति आश्चर्यजनक रूप से सात्त्विक रही है)—मैं कहना चाहता था कि तुम्हारे समान लड़की भी, जिसके जन्मगत संस्कार कट्टर रूप से सात्त्विक रहे हों, इस नारकीय वातावरण में रहने से इतने कम अर्से में इस कदर बदल सकती है, इस बात पर सहज में विश्वास नहीं होना चाहता!"

मंजरी के हँसमुख मुँह पर अकस्मात् एकदम काला और घना अँधेरा छा गया। उसे ऐसा लगा कि जिस सुन्दर और प्रिय गन्धयुक्त फूल को वह बड़े आराम से अपने हृदय से चिपकाए हुई थी, उसके भीतर से अचानक, किसी जहरीले कीड़े ने बाहर निकलकर ऐसे अवसर पर उसके मर्म पर डंक मार दिया, जब कि वह कतई उसके लिए तैयार न थी।

उसने धीरे से कहा—"मैं तुम्हारा मतलब कुछ समझी नहीं। 'इस प्रकार बदल सकती है' से तुम्हारा आशय क्या है, मैं कुछ अन्दाज न लगा पायी।"

उसकी आवाज में कुछ भारीपन का आभास पाकर पारसनाथ सँभल गया। अपने स्वर में अकारण खीझ और व्यंग्य के बदले तनिक करुणा का पुट लाने की चेष्टा करता हुआ वह बोला—"तुम कहीं मेरी सीधी-सी बात का अर्थ कुछ और न लगा लेना! मेरा आशय केवल यह था कि अर्थ के अभाव और सामाजिक असंगति के कारण हम दोनों जिस नरक में रहने को बाध्य हुए हैं, वह अपना अस्वास्थ्यकर प्रभाव जान में या अनजान में हम लोगों पर स्वभावतः कम या अधिक मात्रा में छोड़ता चला जा रहा है। मैं मजाक

में जो उदाहरण तुम्हें देने जा रहा था, वह सिगरेट के धुएँ की गन्ध से सम्बन्ध रखता है। यह स्पष्ट है कि तुम केवल इस गन्ध की आदी ही नहीं हुई हो, बल्कि वह तुम्हें बहुत भाने लगी है। यहाँ आने के पहले तुमने कभी इस बात की कल्पना भी नहीं की होगी कि सिगरेट की जलायँध के प्रति तुम्हारे मन में कभी इस प्रकार मोह-सा उत्पन्न हो सकेगा। हम लोग परिस्थितियों की विवशता के कारण सच्चे अर्थों में नरक के कीड़े बन गये; मंजरी! इसमें बुरा मानने की कोई बात नहीं है। इसमें न तुम्हारा दोष है, न मेरा। नहीं, मैं गलत कह रहा हूँ। मैं बहुत-कुछ अंशों में अपनी वर्तमान अवस्था के लिए दोषी हूँ (हालाँकि कोई भी आदमी अपनी भीतरी इच्छा से नरक को नहीं अपनाना चाहेगा, यह बात तुम स्वीकार करोगी); पर तुम तनिक भी दोषी नहीं हो--यह इसलिए कि तुमने अपनी इच्छा को मेरी इच्छा में लीन कर दिया है; पर किसी की इच्छा या अनिच्छा का प्रश्न नहीं है। प्रश्न यह है कि इच्छा से हो चाहे अनिच्छा से, जहाँ एक बार नरक का जीवन हम लोगों ने स्वीकार कर लिया, वहाँ आत्मरक्षा की विकृत मनोवृत्ति उस नरक की वीभत्सता के प्रति एक प्रकार की घृणित ममता का-सा भाव हमारे भीतर जगाने लगती है। यह मनोभाव, यह मीठी-मीठी मोहकता बड़ी ही घातक है, मंजरी! मैं बहुत दिनों बाद इस सत्य से परिचित होने लगा हूँ। नहीं तो पहले मुझे भी यह नरक बहुत प्रिय था; पर इधर अब कुछ दिनों से इस कल्पना से भी मेरा दिल दहल उठता है कि मैं इतने दिनों तक बड़ी प्रसन्नता से इस भयंकर वातावरण के बीच रहा। आज मेरा रोआँ-रोआँ इस नरक से छुटकारा पाने के लिए बेचैन हो उठा है। मुझे ऐसा लगने लगा है कि उस रौरव के सब अदृश्य संरक्षक जैसे चारों ओर से मेरा गला दबाने पर तुले हों और मेरा दम घोंट कर मुझे मार डालना चाहते हों।''

पारसनाथ का लम्बा आत्म-उद्गार सुनकर मंजरी के मुख का घुप-अँधेरा बहुत-कुछ छूट गया; पर फिर भी उसके चेहरे पर गम्भीरता पूर्ण मात्रा में बनी रही। बल्कि, उस गम्भीरता ने और अधिक गहरा और भावपूर्ण रूप धारण कर लिया। उसके मुख का भाव देखकर पारसनाथ को ऐसा भान होने लगा कि जीवन की गहराइयों के सम्बन्ध में उसके--मंजरी के--अन्तस्तल के अनुभव कुछ कम गम्भीर और मर्मस्पर्शी नहीं हैं, हालाँकि विश्वविद्यालय की एक अपरिपक्व छात्रा से अधिक मननशील जीवन बनाने की सुविधा उसे नहीं मिल सकी है।

उसी गम्भीर मुद्रा के साथ मंजरी ने कहा--''आपके साथ यहाँ आने पर मेरे मन में यह विश्वास जम चुका है कि नरक की जमीन पर ही स्वर्ग की स्थापना हो सकती है। नरक से घबराकर भाग निकलने से ही अगर कोई यह समझे कि वह नारकीय भावनाओं से छुट्टी पा जावेगा, तो इससे बड़ी भूल जीवन में दूसरी नहीं हो सकती। क्या तुम यह सोचते हो कि नरक बाहरी दुनिया की कोई चीज है? गलत बात है। अपने भीतर नजर डालो, वहाँ तुम्हारे ही शब्दों में भयंकर कुम्भीपाक भभक रहा है और रौरव के विषैले कीड़े कुलबुला रहे हैं। बाहर तो केवल उस भीतरी नरक की अँधेरी छाया व्यक्ति को डराना

चाहती है। मासूम बच्चों की तरह छाया से कतराकर असली चीज़ को अपने भीतर वहन करता हुआ अगर कोई आदमी सातवें स्वर्ग में भी जावे, तो निश्चय ही वह उस स्वर्ग को भी अपने भीतर के पाप-जगत् की छाया से घोर अन्धकारमय बना देगा। और, जो स्वर्ग नरक की यथार्थता पर स्थापित नहीं है, वह झूठा है; वह आत्मकामियों के संकीर्ण मन की मरीचिका है। नरक ज्वलन्त यथार्थ है। जो व्यक्ति इस यथार्थ को यथार्थवादी उपायों द्वारा ही स्वर्ग का रूप देने में समर्थ होगा, केवल वही कल्याण को अपना सकता है।''

पारसनाथ स्तब्ध दृष्टि से मंजरी की ओर देख़ रहा था। उसे ऐसा लग रहा था कि जिस मंजरी के मुँह से इस प्रकार के गहन विचार-मूलक शब्द निकले हैं, वह कोई दूसरी ही मंजरी है; वह, वह मंजरी नहीं है जिसकी परम संकोचशीलता, संयत स्निग्धता और साथ ही गुपचुप स्वभाव की गहरी और सुदृढ़ छाप उसके मन पर पड़ चुकी है।

कुछ क्षण तक दोनों चुप रहे, उसके बाद पारसनाथ बोला–''मुझे तुम्हारे मुँह से इस तरह की गम्भीर बातें सुनकर बड़ा आश्चर्य हो रहा है, मंजरी! तुमने कब, कहाँ और किससे ये सब बातें सीखी हैं? तुम्हारे कोर्स की किसी भी किताब में निश्चय ही इस तरह के विचार नहीं पाये जा सकते। तुम्हारी उम्र बीस-इक्कीस वर्ष से अधिक नहीं होगी। इतनी कम उम्र में जीवन के इस तरह के गहरे और पक्के अनुभव तुम्हें हुए होंगे, इस बात पर भी सहज में विश्वास नहीं होता। इसमें सन्देह नहीं कि कड़वे अनुभव तुम्हें काफी हो चुके हैं; पर जिस तरह के मार्मिक विचार तुमने अभी प्रकट किये हैं, उनके लिए बहुत अधिक कड़वाहट और तीखेपन के अनुभव की आवश्यकता है। अपनी दुःखी, अन्धी और भोली-सी माँ से तुमने इस तरह के विचार पाये होंगे, इस बात पर भी विश्वास नहीं होना चाहता। तब बात क्या है?''

''मेरा यह अनुमान है कि अपनी 'दुःखी, अन्धी और भोली-सी' माँ से ही मैंने इस तरह के विचार पाये हैं। भाग्य के षड्यन्त्र से उस पर इस तरह मार-पर-मार पड़ती चली गयी कि अपने अनजान में वह मनुष्य-जाति से भयंकर रूप से घृणा करने लग गयी थी–मेरा यह निश्चित विश्वास है। कोई भी बाहरी आदमी ऊपरी नजर से देखने पर उसे सीधी-सादी, भोली और शान्त-स्वभाव समझता। और सच बात तो यह है कि वह स्वभाव से सरल और शान्त थी भी; पर परिस्थितियों के फेर और कुदरती मार ने धीरे-धीरे उसके भीतरी स्वभाव को इस कदर बदल डाला कि स्वयं मुझे आश्चर्य के साथ ही दुःख भी होने लगा। केवल मनुष्य-जाति के प्रति ही उसके मन में घृणा पैदा नहीं हो गयी थी, बल्कि मुझे कभी-कभी यह सन्देह होने लगता है कि जब अन्त में उसकी आँखों का प्रकाश भी जाता रहा तो अपने अनजान में देवताओं से भी वह क्रुद्ध हो गयी थी। पर, इसका यह अर्थ कदापि नहीं है कि देव-अर्चना, पूजा-ध्यान आदि से उसने हाथ एकदम खींच लिये थे। नहीं, वह अन्त तक देवताओं की प्रार्थना करती रही, और गंगा-स्नान के महत्त्व पर उसका मरते दम तक विश्वास रहा। देवताओं को न कोसकर

वह अपने भाग्य को और अपने पूर्वजन्म के कर्मों को कोसती थी। पर, यह सब होने पर भी श्रद्धा-भक्ति के सम्बन्ध में उसका भीतरी मन डाँवाँडोल होने लगा था। बीच-बीच में उसके जले दिल के उद्गारों से यह बात मेरे आगे स्पष्ट हो जाती थी। मनुष्यों के प्रति घृणा और देवताओं के प्रति आक्रोश की प्रतिक्रिया यह देखने में आयी कि उसने अपने अन्तर का सारा स्नेह-प्रेम मुझ पर केन्द्रित करना शुरू कर दिया...''

पारसनाथ अपने सम्पूर्ण मन और सारी आत्मा से तल्लीन होकर सुन रहा था, और मंजरी के अस्वाभाविक रूप से तमतमाये हुए चेहरे पर अपनी ठगी-सी आँखों को गड़ाये हुए था। उसने सहसा मंजरी की बात बीच ही में काटते हुए कहा—''जरा मैं एक बात जानना चाहता हूँ, मंजरी; तुमने अभी जो कहा कि तुम्हारी माँ ने मनुष्य-जाति के प्रति घृणा की प्रतिक्रिया के कारण अपने अन्तर का स्नेह तुम पर केन्द्रित कर दिया, यह बात मैं ठीक से समझ न पाया। अपनी इकलौती लड़की के प्रति कोई भी माँ अपने हृदय का सारा प्रेम निछावर कर देगी, इसमें प्रतिक्रिया का सवाल कहाँ से आ गया?''

''तुम ठीक कहते हो– कोई भी अपनी इकलौती बेटी को जी-जान से चाहेगी, इसमें आश्चर्य की बात कुछ भी नहीं है; पर माँ मुझे केवल चाहती ही नहीं थी, बल्कि अपने स्नेह के हजारों बन्धनों से मुझे इस तरह जकड़ने पर तुली हुई थी कि उस स्नेह के पिंजड़े से एक भी तीली को तोड़कर एक भी कदम इधर-उधर रखने की सुविधा वह मुझे नहीं देना चाहती थी। मैं यद्यपि स्वयं अपनी इच्छा से उस पिंजड़े के भीतर बन्द रहना चाहती थी—माँ से एक क्षण के लिए भी अलग रहने से मुझे दुःख होता था—पर उस अस्वाभाविक परिस्थिति को अन्त तक पूर्णरूप से निभा ले जाना असम्भव था। माँ के लिए विश्व-ब्रह्माण्ड में एक मैं ही सब-कुछ थी; पर मेरे लिये माँ यद्यपि बहुत-कुछ थी, पर, एक बात ऐसी थी, जो मेरी दृष्टि में मातृ-भक्ति से कुछ कम महत्त्व नहीं रखती थी; जिसके लिए कोई भी त्याग मेरी नजर में बड़ा नहीं था—कॉलेज की पढ़ाई मैं किसी भी हालत में छोड़ना नहीं चाहती थी। छुटपन से मेरे मन में, न जाने कैसे, यह मूर्खतापूर्ण महत्त्वाकांक्षा घर किये बैठी थी कि मैं एक बहुत बड़ी डॉक्टरनी बनूँगी। मुझे तो कभी-कभी यह भ्रम होने लगता है कि मैं पेट से ही यह अनोखी आकांक्षा लेकर पैदा हुई थी। आज मैं खूब अच्छी तरह जानती हूँ कि इस तरह की इच्छा को मन में पालने से बढ़कर बेवकूफी दूसरी कोई नहीं हो सकती...''

''क्यों? इसे तुम बेवकूफी क्यों समझती हो?''

''इसलिए कि उस इच्छा की पूर्ति की कोई सुविधा मेरे पास नहीं है। पर नहीं, असल कारण यह भी नहीं है। सच बात यह है कि आज मैं जान गयी हूँ कि मेरे जीवन की सार्थकता कहाँ पर है। तुमसे घनिष्ठता होने के पहले कभी स्वप्न में भी मैं नहीं सोच सकती थी कि...पर किस बात से मैं किस बात पर आ गयी हूँ। मैं कह रही थी कि कॉलेज की पढ़ाई के प्रति मेरा मोह माँ के प्रति मेरी ममता से किसी कदर कम नहीं था। माँ से यह बात छिपी नहीं रह गयी थी, इसलिए भीतर-ही-भीतर उसे पीड़न और

ईर्ष्या की जलन का अन्त नहीं था। मैं स्पष्ट देखती थी कि उसका विवेक मेरी पढ़ाई का विरोध कतई नहीं कर पाता था; पर उसका हृदय इस बात के प्रति भयंकर विद्रोह हो उठा था। फल यह दिखायी देता था कि उसके भीतर भयंकर द्वन्द्व मचता रहता था। उसका हृदय चाहता था कि सारी दुनिया चाहे जहन्नुम में जाये, हम दोनों चाहे भूखों मरें, चाहे कुछ भी हो; पर मैं चौबीसों घण्टे उसके हृदय के खूँटे से बँधकर उसकी स्नेहछाया में बैठी रहूँ, और वह सब समय प्रतिक्षण प्रतिपल मेरे सिर पर और पीठ पर हाथ फेरती रहे। जरा सोचो तो सही, मातृप्रेम की यह सब-कुछ सोखनेवाली प्यास कैसी भयंकर है! सब-कुछ ग्रस जानेवाली कैसी भूख है! मैं आज स्पष्ट स्वीकार करती हूँ कि उसके इस अति स्नेह-भार में मैं कभी-कभी उकता उठती थी। फिर भी उसके सर्वग्रासी प्रेम की प्रतिच्छाया मेरे मन पर पड़े बिना न रही। उठते-बैठते, सोते-जागते, यहाँ तक कि कॉलेज की पढ़ाई के समय भी, जान में या अनजान में, केवल माँ की ही चिन्ता का भूत मेरे मन पर धरना दिये रहता था। माँ चाहती भी शायद यही थी—कि मैं अगर सब समय उसके निकट न भी रह पाऊँ, तो कम-से-कम उसके पीछे उसकी चिन्ता में घुलती अवश्य रहूँ! मुझे पूरा विश्वास है कि मेरे कॉलेज की साथिन से—जिन्हें उसने कभी एक दिन के लिए भी नहीं देखा था—वह मन-ही-मन भयंकर रूप से ईर्ष्या करने लगी थी। केवल मेरी संगिनियों से ही नहीं, और भी न जाने किन-किन कल्पित व्यक्तियों से मेरे सम्बन्ध में उसके मन में ईर्ष्या उत्पन्न होने लगी थी। जब से उसकी दोनों आँखों की रोशनी जाती रही, तब से उसके भीतर उस अनोखी ईर्ष्या ने बढ़ते-बढ़ते भयावना रूप धारण कर लिया था—चूँकि अब वह प्रत्यक्ष कुछ भी देख सकने में समर्थ न थी, इसलिए उसके मन में एक विशेष सन्देह के भूत ने घर कर लिया—न जाने किन-किन व्यक्तियों, किन-किन कल्पित छायामूर्तियों से घनिष्ठता बढ़ाकर, उसके स्नेह-बन्धन से मुक्त होकर मैं उसके अन्धेपन का लाभ उठा रही हूँ, और अपने सारे तन-मन और आत्मा से उसके घनघोर स्नेह का पूर्ण प्रतिदान देने से कतरा रही हूँ। इस कल्पना से जो असहनीय पीड़ा, जो भयंकर जलन उसे दिन-रात, भीतर-ही-भीतर, बुरी तरह बेचैन करने लगी थी, उसे वह यद्यपि मुझसे भरसक छिपाने की चेष्टा करती थी; पर बीच-बीच में उसके दो-एक अस्फुट शब्दों से उसके अन्तर की सारी ज्वाला मेरे आगे स्पष्ट हो जाती थी...''

मंजरी की भावमग्न आँखों की मोहकता एक-एक वाक्य के साथ उत्तरोत्तर बढ़ती ही चली जाती थी। पारसनाथ को ऐसा लगा कि आज तमाम रात उसी आवेश और तल्लीनता के साथ निरन्तर बोलते रहने पर भी वह एक पल के लिए भी नहीं उकतायेगी। आज पहली बार उसने मंजरी के अखण्ड मौनव्रत को इस प्रकार की अटूट वाग्धारा के रूप में बदलते हुए पाया। उसके मौन की अवधि जितनी ही लम्बी और ढीली रही, उसकी प्रतिक्रिया भी वैसी ही प्रबल, तेज और तीखी होकर सामने आयी; पर इस बात से भी अधिक आश्चर्य पारसनाथ को मंजरी की बातों के ढंग से हो रहा

था। अपनी माँ के उत्कट और एकान्त स्नेह का विश्लेषण करके वह अपनी जिस मार्मिक अनुभूति का परिचय दे रही थी, वह सचमुच सन्नाटे में डालनेवाली थी। इसके अलावा उसकी बातों से पारसनाथ की आँखों के आगे उस काली रात का वह भयावना दृश्य फिर एक बार सजीव और समूर्त हो उठा, जिसे उसका सचेत मन बड़ी मुश्किल से इतने दिनों बाद भुला पाया था—बाहर के गर्जित प्रलय और भीतर के स्तब्ध सन्नाटे के बीच में खटिया पर पड़ी हुई वह चीमड़ और जर्जर प्रेतछाया। वह भाग्य के सैकड़ों क्रूर उत्पातों की चोटों से सिकुड़ी-सिमटी हुई नारी का वीभत्स शव-रूप—शैतान को मुँह चिढ़ाता हुआ और दुर्भाग्य को विकट व्यंग्य की लोमहर्षक दृष्टि से ललकारता हुआ!

वह बोला—"तब तो वह निश्चय ही मुझसे भी ईर्ष्या करती रही होंगी?"

मंजरी ने उसी अनमनी, दर्द-भरी और भ्रान्त दृष्टि से देखते हुए कहा—"कुछ असम्भव नहीं है। मरने के कुछ दिन पहले से न जाने किस प्रकार की अनोखी, बे-सिरपैर की कल्पनाएँ और बेमतलब की आशंकाएँ उसके मन को चारों तरफ से झंझोड़ने लगी थीं? उसकी बातों से उसके मन की कोई भी बात साफ-साफ मालूम न होने पर भी इतना मैं निश्चित जान गयी थी कि उसके भीतर कुछ विचित्र द्वन्द्वों और उलझनों की भयंकर खींचा-तानी चल रही है।"

सहसा पारसनाथ को उस क्षण की याद आयी, जब उस प्रलय की रात में वे दोनों अज्ञात रूप से एक-दूसरे के एकदम निकट आकर अत्यन्त करुण और भाव-गद्गद अवस्था में आँसुओं से एक-दूसरे के गालों को तर कर रहे थे। उस चरम मोह से आत्म-विस्मृत मनोदशा में, लालटेन के क्षीण प्रकाश में, सहसा उसने मृत नारी के मुँह पर एक विकट व्यंग्य-भरी प्रतिहिंसात्मक मुस्कान झलकती हुई देखी थी। उस भयंकर भ्रमपूर्ण अथवा यथार्थ दृश्य ने जिस लोमहर्षक भय का संचार उस समय पारसनाथ के मन में किया था, उससे कई गुना अधिक तीव्रता से उसी भय ने आज पारसनाथ को फिर एक बार धर दबाया। उस समय वह उस 'भोली और अन्धी' स्त्री की ईर्ष्या से तनिक भी परिचित नहीं था, और उसकी मृत अवस्था में उसके मुख पर जिस अनोखी भयावनी मुस्कान का आभास उसे (वास्तव में या भ्रम से) दिखायी दिया था, उसके मूल कारण की जानकारी उसे नहीं थी; पर आज जब मंजरी ने अपनी माँ के अन्तर्मन के द्वन्द्वों, संघर्षों और उलझनों का स्पष्ट रूप उसके सामन रखा, तो वह चौंक उठा, और उसे ऐसा लगा, जैसे उस मृत नारी के मुख की उस भौतिक मुस्कान का अर्थ उसके आगे आतिशबाजी के अक्षरों में स्पष्ट हो गया है। वह अपने भय की भावना को दबा न सका और खाट पर से उचक उठा। आले के पास जाकर उसने लालटेन की क्षीण रूप से जलती हुई बत्ती को तेज कर दिया। उसके तेज करते ही छोटे-छोटे हरे-हरे कीड़ेनुमा पतिंगों की संख्या बेहद बढ़ने लगी। वे सैकड़ों—बल्कि हजारों—की तादाद में आकर लालटेन के चारों ओर कुहरे का-सा जाल तानने पर तुले हुए थे।

19

बत्ती तेज करने के बाद पारसनाथ फिर खाट पर आकर बैठ गया, और एक और सिगरेट निकालकर उसने जलायी। पूरब की ओर जो मुसलमान परिवार रहता था, वहाँ पति-पत्नी के बीच कुहराम मचना शुरू हो गया था। पारसनाथ यह सोचकर मन-ही-मन कुढ़ रहा था कि मानव-जीवन के चित्र-पट पर प्रतिफलित होनेवाले सब फिल्मों में घृणा, प्रतिहिंसा, भय और असन्तोष के रंगों के अतिरिक्त और कोई दूसरा रंग खिलता हुआ उसकी नजर में क्यों नहीं आता! एक लम्बी साँस लेते हुए उसने कहा—''तुमने अपनी माँ के जीवन का बहुत ही भयंकर चित्र उतारकर मेरे सामने रखा है, मंजरी!''

मंजरी दीवार से पीठ सटाकर दोनों पाँवों को समेटकर बैठ गयी थी। अनमने भाव से उसने कहा—''हाँ, माँ का जीवन बहुत ही भयंकर मानसिक पीड़न में बीतता था। उसके भीतर के उस दिल दहलानेवाले दर्द और जलन की प्रतिक्रिया मुझ पर भी होने लगी थी। एक तो अन्धी, परबस और निस्सहाय माँ की वह चरम मानसिक पीड़ा, तिस पर घोर आर्थिक कष्ट, और तिस पर भी बी. एस-सी. की पढ़ाई खतम करने की मेरी परम उत्कण्ठा—इन तीन प्रकार की चिन्ताओं ने मुझे बुरी तरह धर दबाया। माँ जिस ज्वाला से परेशान हो रही थी, उसने छूत की बीमारी की तरह मुझ पर भी आक्रमण किया; पर मुझ पर उसकी प्रतिक्रिया दूसरे ही रूप में हुई। जब हमारी आर्थिक दुर्गति चरम सीमा को पहुँच गयी, और मुझे होटल के जीवन को ऊपरी तौर से अपनाने के लिए बाध्य होना पड़ा, तो मेरे भीतर मेरे अनजान में नरक ने अपना जाल फैलाना शुरू कर दिया। तब इस बात का पता मुझे नहीं था; पर आज यह बात मेरे आगे स्पष्ट हो रही है। नरक-लोक की घृणा, भय और गन्दगी ने अपनी जटिल जड़ें मेरे भीतर जमानी शुरू कर दीं। अगर मैं अपने भीतर के उस नरक से ने कतराकर उसे यथार्थ रूप में स्वीकार कर लेती, और उस नरक की जमीन की ही मिट्टी से स्वर्ग-स्थापना की कल्पना कर लेती, तो शायद मेरे मन पर प्रतिक्रिया उतने बुरे रूप में न हुई होती। कुछ भी हो, माँ की मृत्यु के बाद आज उस सत्य का महत्त्व मेरी समझ में आने लगा है। अब कोई भी नरक चाहे कैसे ही भीषण-रूप में मेरे सामने क्यों न आये, वह मुझे निश्चित कर्त्तव्य-पथ से डिगा नहीं सकेगा। फिर भी, माँ की ममता की याद मुझे अब भी

बीच-बीच में दर्द की फाँस से बेचैन कर देती है। अपने अन्तिम दिनों में वह बड़ी ही मार्मिक मानसिक पीड़ा से कष्ट पाती रही, बड़ी ही भयंकर अन्तर्ज्वाला से जलती रही। मैं उसे किसी भी रूप में कोई सान्त्वना नहीं दे पायी, बल्कि उसकी चिन्ता की आग को और अधिक दहकाने का कारण बनी रही। बेचारी ने जीवन में बहुत ही दुःख पाया!"

यह कहते हुए मंजरी की आँखों से बूँद-बूँद करके आँसू नाक के दोनों किनारों से होकर नीचे ढरकने लगे। जब वह आँसू ढरका रही थी; तो भीतर से किसी अँधेरे कोने से एक आवाज उसके कानों में यह फुसफुसा रही थी—"यह विह्वलता तुम्हारे लिये बिलकुल अच्छी नहीं है। तुम्हें जीवन में टिके रहने के लिए बहुत ही कठोर, बहुत ही निर्मम होना होगा।"

मंजरी के आँसुओं के साथ पारसनाथ की भ्रान्ति भी जैसी बह चली—कम-से-कम उसे उस समय ऐसा ही लगा। अपने बायें हाथ से मंजरी की कमर पकड़कर दाहिने हाथ से उसके आँसू धीरे से पोंछते हुए वह बोला—"तुम्हारा स्वभाव बहुत ही विचित्र है, मंजरी! एक तरफ तुम इस हद तक रूखी हो कि घण्टों पत्थर की मूर्ति की तरह जड़ और अचल बैठी रहती हो; दूसरी तरफ इतनी अधिक संवेदनशील हो कि जरा-सी बात से, साधारण-सी स्मृति से, तुम अपने आँसुओं में स्वयं डूब जाती हो और दूसरों को भी डुबा देती हो। एक ओर तुम बेहद सयानी और समझदार मालूम होती हो, और दूसरी ओर निपट अबोध और भोली। एक ओर तुम्हारे अखण्ड मौन के टूटने की कोई सम्भावना ही नहीं दिखायी देती, दूसरी ओर तुम्हारी वाग्धारा का अटूट प्रवाह रोके नहीं रुकना चाहता। तुम्हारी प्रकृति के इस अनोखेपन के कारण ही मैं तुम पर सौ जानों से फिदा हूँ।"—यह कहकर उत्कट प्यार से दाँतों को पीसते हुए उसने मंजरी को दोनों बाँहों से जकड़कर आवेश के साथ छाती से लगा लिया। पास-पड़ोस में चारों ओर सन्नाटा छा गया था। मुसलमान दम्पति का लड़ना-झगड़ना भी ठण्डा पड़ गया था। ज्यों ही उसने मंजरी के ओठों से अपना मुँह लगाया, त्यों ही अचानक किसी चीज के खटकने की आवाज सुनकर उसे बिजली का-सा धक्का लगा। उसकी दृष्टि अपने-आप लालटेन की ओर गयी। एक बड़ा-सा पतिंगा आकर लालटेन की चिमनी पर अपना सिर पटक रहा था। एक जरा-से शब्द से इस कदर चौंक उठने का कारण जब पारसनाथ ने अपने मन के भीतर खोजना शुरू किया, तो अपनी भरमायी हुई-सी मानसिक आँखों के आगे उसने अपने और मंजरी के बीच में उसकी मृत माता की प्रेतछाया को खड़ा पाया—भयंकर ईर्ष्या से जली-भुनी हुई, उत्कट प्रतिहिंसा से बौखलायी हुई! यह जानते हुए भी कि वह उसके मन का निरा भ्रम है, उस लोमहर्षक भ्रम के प्रभाव से अपने को मुक्त करने में वह सफल नहीं हो पाता था। मंजरी को ढीली बाँहों से पकड़े हुए वह कुछ देर तक शून्य दृष्टि से लालटेन की ओर देखता रह गया। मंजरी ने कुछ घबराकर पूछा—"बात क्या है? तुम इस तरह क्यों देख रहे हो?"

क्षण-भर के लिए पारसनाथ उसी अवस्था में अनमने भाव से उस आले की ओर देखता रहा, जहाँ लालटेन रखी हुई थी। एक छिपकली आकर हरे-हरे कीड़ेनुमा पतिंगों को चख रही थी। पारसनाथ आधे मन से उसे देख रहा था, और आधे मन से कुछ दूसरी ही भ्रान्ति और भय के भँवर में गोते खा रहा था। दूसरे क्षण उसने मंजरी के प्रश्न का उत्तर देते हुए कहा—''कुछ नहीं; छिपकली को देख रहा था।''

मंजरी खिलखिला उठी। उसने कहा—''मैं तो डर गयी थी।''

पारसनाथ ने अपने अन्तर के कल्पना-जगत् से उपजी हुई अनोखी और भयावनी भ्रान्ति को बलपूर्वक झाड़ने की चेष्टा करते हुए फिर एक बार मंजरी को बाँहों से जकड़कर छाती से लगा लिया, और मीठे दुलार और पुचकार-भरी आवाज में कहा—''तुम तो कहती थीं कि, ''मुझे डर नहीं लगता'' ।''

''वाह, यह कैसे हो सकता है। मैंने ऐसा कब कहा? मैंने तो केवल यह कहा था कि जिस नरक के वातावरण से तुम भाग निकलना चाहते हो, उससे कतराकर छुटकारा नहीं पाया जा सकता, बल्कि उसे यथारूप स्वीकार करने से ही उस पर विजय पायी जा सकती है।''

''तुम्हारा यथार्थवाद जीवन की गहरी दार्शनिकता की नींव पर खड़ा है। मैं इसे अपना बड़ा भारी सौभाग्य समझता हूँ कि तुम्हारे समान फ़िलॉसफ़र लड़की के घनिष्ठ सम्पर्क में मैं आ सका।''

मंजरी मन्द-मधुर मुस्कराती हुई, पारसनाथ के घुँघराले बालों पर अपनी कोमल-कोमल उँगलियाँ फेरती हुई बोली—''चलो, बड़ा अच्छा हुआ। मैं फ़िलॉसफ़र और तुम चित्रकार—यह संयोग विधि रचा विचारी। अगर समय आने पर अखबारों में यह हेड-लाइन छप जाये कि 'फ़िलॉसफ़र लड़की से चित्रकार का विवाह', तो अच्छा विनोद रहेगा।''

'विवाह' शब्द सुनते ही पारसनाथ का मुँह अत्यन्त गम्भीर हो आया, यहाँ तक कि उस पर एक हलकी-सी कालिमा पुत गयी। पता नहीं क्यों, यह शब्द वर्षों से उसके अन्तर्मन के लिए एक हौवा बना हुआ था। बहुत दिनों से वह उसे भूला हुआ था; इसलिए जब आज मंजरी ने अचानक उसका उल्लेख किया, तो भीतर-ही-भीतर उसका खून सूखने-सा लगा। कुछ क्षण तक चुप रहकर वह मरे मन से, निर्जीव स्वर में बोला—''अच्छा मंजरी, एक बात मैं तुमसे बहुत दिनों से पूछने की इच्छा रखता हूँ। आज तक पूछने का ठीक मौका नहीं मिला। आज तुमने स्वयं इस बात की चर्चा चलाकर मुझे उस सम्बन्ध में प्रश्न करने का अवसर दिया है। मैं यह जानना चाहता हूँ कि तुम क्या सचमुच यह आवश्यक समझती हो कि हम दोनों का विवाह हो जाये—मेरी बात को पहले ठीक से समझ लो। मेरा आशय यह है कि क्या तुम वैवाहिक विधान को—उसके सामाजिक रूप को—अनिवार्य रूप से महत्त्वपूर्ण मानती हो? क्या बिना सामाजिकता की मुहर के दो हृदयों का सच्चा प्रेम तुम्हारी दृष्टि में कोई अर्थ नहीं रखता?''

"अर्थ क्यों नहीं रखता!"—आवेश के साथ मंजरी बोली—"दो हृदयों का सच्चा प्रेम किसी भी हालत में किसी भी परिस्थिति में अपने-आप में महत्त्वपूर्ण है, इस बात को कोई भी सहृदय और समझदार व्यक्ति अस्वीकार नहीं कर सकता। पर, इस पर 'समाज की मुहर' लगने से उसकी महत्ता एक सुन्दर, शालीन और व्यवस्थित रूप धारण कर लेती है। मेरी तो यह विश्वास है कि मनुष्य ने सभ्यता और संस्कृति के विकास से जितने भी सामाजिक नियमों का आविष्कार किया है, उन सबमें विवाह की व्यवस्था श्रेष्ठ है। मैं यहाँ तक अनुमान करती हूँ कि भविष्य में भी मानव-समाज चाहे कितना ही अधिक उन्नत और प्रगतिशील क्यों न बन जाये, किसी भी हालत में वह विवाह-विधान को तोड़ने की बात नहीं सोच पायेगा। यह हो सकता है कि वह उसे और अधिक उन्नत और सुघड़ रूप देने की चेष्टा करे; पर उसे तोड़ेगा किसी भी हालत में नहीं—चाहने पर भी नहीं!"

विवाह के प्रति मंजरी का इस कदर पक्षपात देखकर पारसनाथ का जी घबरा उठा और तेज कुनैन के-से स्वाद से कड़वा हो गया। अपने चेहरे पर अत्यन्त विरस और विकृत भाव प्रकट करके, चोरों की-सी सूरत बनाकर, कुछ-कुछ नकियाता हुआ-सा वह बोला—"सच पूछो तो मैं विवाह-प्रथा को ढोंगियों और सफेदपोश बदमाशों की प्रथा समझता हूँ। जहाँ सच्चा प्रेम नहीं है, जहाँ दो पक्षों के पार्थिव स्वार्थ की कानूनन रक्षा का प्रश्न ही सबसे बड़ा प्रश्न है, वहीं विवाह की आवश्यकता है। इस प्रकार की प्रथा मनुष्य को केवल सामाजिक विधि-निषेधों का दास या कठपुतला बनाने के सिवा और कोई भी उपयोगिता नहीं रखती। जो सामाजिक विधान व्यक्ति को पूरी स्वतन्त्रता नहीं देता, वह जाये चूल्हे में—उसकी तनिक भी परवाह करना किसी भी समझदार व्यक्ति का काम नहीं है।"

मंजरी के मुख पर घबराहट और भ्रान्ति के चिह्न देखकर वह सँभल गया। बोला—"मेरी बात का यह अर्थ न लगाना कि मैं तुमसे विवाह नहीं करूँगा। तुम अगर विवाह को आवश्यक समझती हो, तो मैं अवश्य विवाह करूँगा; पर एक बात है। अभी मेरी आर्थिक स्थिति ठीक नहीं है। स्थिति सँभलते ही मैं जल्दी-से-जल्दी इस सामाजिकता की पूर्ति कर सकूँगा, ऐसी आशा रखता हूँ।"

मंजरी ने कहा—"यह बात बिलकुल भी जरूरी नहीं है कि विवाह बड़े आडम्बर और टीमटाम से हो।"

"फिर भी आखिर दो-चार आदमियों को न्योता देना ही होगा, दो-तीन जोड़े कपड़े खरीदने और सिलाने होंगे, दो-एक गहने (चाहे नकली ही क्यों न हों) मोल लेने ही होंगे। इसी तरह और भी दो-चार खर्चे निकल ही आयेंगे।"

"अन्दाज से कुछ बता सकते हो कि तुम्हारी स्थिति कब तक इस काबिल हो जायेगी?"

मंजरी के इस साधारण-से प्रश्न से पारसनाथ का चेहरा सहसा आश्चर्यजनक रूप से म्लान हो आया। उस पर एक ऐसी अनोखी, घनी वेदना की कालिमा पुत गयी कि

मंजरी देखकर चकित रह गयी। ऐसा मालूम होता था, जैसे वह अब रो ही देगा। उसके मुख का वह भाव देखकर मंजरी का हृदय करुणा से बरबस भींग गया। उसने अत्यन्त कोमलता से पारसनाथ की गर्दन पर हाथ रखकर बड़े ही स्निग्ध और सरस स्वर में कहा—"क्या मेरी किसी बात से तुम्हारे मन पर चोट पहुँची है? अगर मुझसे अनजान में कोई भूल हुई हो, तो मुझे क्षमा कर दो।"

पारसनाथ बहुत ही धीरे से एक अनोखी दर्द-भरी आवाज में बोला—"नहीं, तुमसे कोई भूल नहीं हुई है; पर मैं बड़ा ही अभागा हूँ; इसलिए अक्सर मेरे हित की बात भी मेरे लिये उलटी सिद्ध हो जाती है। तुम्हारी बात के महत्त्व को मैं अच्छी तरह महसूस कर रहा हूँ। विवाह के विरुद्ध मैं जो तर्क कर रहा था, उसके दो कारण हैं। एक तो मेरी विरोधी बात करने की भोड़ी आदत, दूसरे मेरी आर्थिक विवशता, जिसके कारण मुझे पग-पग पर ग्लानि, अपमान और संकोच का सामना करना पड़ता है। मैं सच कहता हूँ, मंजरी, आर्थिक विवशता ने मेरे जीवन की मूल गति को ही अत्यन्त निष्ठुरता से रूँध डाला है। मुझे कभी-कभी ऐसा मालूम होने लगता है कि मेरे भाग्य के भीतरी-और बाहरी दोनों प्रकार के तत्त्वों ने मिलकर मेरे विरुद्ध एक अत्यन्त विकट भयावना चक्र रच डाला है। उस चक्र ने मुझे इस बुरी तरह उलझा डाला है कि मैं एक भयंकर बेबसी का अनुभव करने लगा हूँ। भाग्यचक्र के उस कठोर पेचकश के दबाव से मेरी इच्छा-शक्ति ही जैसे निर्जीव पड़ गयी है। अपनी वर्तमान मानसिक और भौतिक परिस्थितियों से ऊपर उठने के लिए मैं बार-बार छटपटाने की चेष्टा करता हूँ, पर छटपटाने में भी अपने को असमर्थ मालूम करने लगता हूँ। बीच-बीच में बरबस अपने मन की इस दशा को भुलाने की कोशिश करता रहता हूँ; पर जरा-सी ठेस से वह दबी हुई पीड़ा टीस मारकर जाग उठती है। विवाह की बात प्रारम्भ से ही मेरे भीतरी मन में कुलबुला रही थी। मैं इस समय तक अपने-आप को धोखा देता हुआ उसे भुलाये हुए था; पर आज उसकी चर्चा उठते ही जैसे मेरे भीतरी घाव के मर्मस्थान को किसी ने खरोंच दिया, और उस मूल पीड़ा के साथ उसकी सहायक और भी सैकड़ों सोयी हुई पीड़ाएँ जग उठी हैं। क्षमा तुम्हें मुझे करना होगा, मंजरी! तुम्हारे स्वभाव की स्नेहशीलता, विश्वासपरायणता और धैर्य का पता मुझे लग गया है। इसलिए मैं तुमसे एक आन्तरिक प्रार्थना करना चाहता हूँ। क्या तुम मुझे वचन दे सकती हो कि मेरी उस प्रार्थना को तुम निष्फल नहीं जाने दोगी?"

मंजरी इस बीच पारसनाथ की ठुड्डी पर इस तरह हाथ फेर रही थी, जैसे वह एक प्यारा-प्यारा, नन्हा-सा मासूम बच्चा हो मधुर पुचकार भरे स्वर में उसने कहा—"इस कदर अधीर होना तुम्हें नहीं सुहाता। इस तरह की बात कहकर तुम मुझे लज्जित क्यों करते हो? भला मैं किस प्रार्थना के योग्य हूँ? अगर तुम्हारे प्रति मेरे मन में प्रेम न भी जगा होता, तो मैं मरते दम तक तुम्हारी इस महान् कृपा और सदाशयता को न भूलती कि मेरी चरम विपत्ति और अनाथ और असहाय अवस्था में तुमने मुझे अपने पास आश्रय दिया है। मेरी दुःखिनी माँ के अन्तिम दिनों में तुमने जिस लगन से उसकी

सेवा की है, जिस सच्ची सहृदयता से तुमने मेरी रखवाली की है, वह क्या किसी भी हालत में भुलाने की बात है! हीन-से-हीन व्यक्ति भी कृतज्ञता के उस बन्धन को सुखपूर्वक स्वीकार किये बिना नहीं रह सकता। यह जानते हुए भी तुम डरते हुए संकोच के साथ कहते हो कि, "मैं तुमसे एक आन्तरिक प्रार्थना करना चाहता हूँ। (यहाँ पर मंजरी का गला सहसा भर आया) कभी-कभी तुम बड़ी निष्ठुर बात कह जाते हो।"—यह कहकर उसने दोनों बाहों से बड़ी मजबूती के साथ पारसनाथ का कन्धा पकड़ लिया, और उसके गाल से अपने गाल को इस तरह धीरे से रगड़ने लगी, जैसे हिरनी अपने नवपरिचित प्रेमी हिरन के सिर से अपना सिर रगड़ती है।

पारसनाथ भाव-विह्वल होकर बोला—"नहीं मंजरी, मैं सच्चे हृदय से तुम्हें श्रद्धा और सम्मान के योग्य समझता हूँ, और तुम्हारे स्वभाव की शालीनता और चरित्रबल की तुलना जब मैं अपने से करता हूँ, तो अपने को किसी हद तक हीन और ओछा पाता हूँ, इस बात की कल्पना भी शायद तुम नहीं सकोगी। मैंने तुम्हारे संकट के अवसर पर तुम्हें 'आश्रय' देकर रत्ती-भर भी कृपा तुम पर नहीं की है, मेरी बात पर तुम विश्वास कर लो। तुम्हारे चरित्रबल की दृढ़ता ऐसी वास्तविक और आश्चर्यजनक है कि वह किसी के 'आश्रय' की रंचमात्र अपेक्षा नहीं करती; बल्कि तुम्हीं ने मुझे अभय देकर अपने इतने निकट आने की अनुमति दी, इससे मैंने अपने को कितना अधिक गौरवशाली समझा है, यह मैं क्या बताऊँ। जो भी हो, जो बात मैं कहना चाहता था, वह तो रह ही गयी। मैं तुमसे यह प्रार्थना करना चाहता हूँ, मंजरी, कि तुम अभी कुछ समय तक विवाह की बात बिलकुल भूल जाओ। कम-से-कम साल-भर तक के लिए इस बात को स्थगित रहने दो। मैं चाहता हूँ कि अभी कुछ समय तक हम दोनों नरक के बीच में नरक के कीड़े ही बने रहें। मुझे विश्वास है कि साल-भर बाद मैं अपनी आर्थिक स्थिति को बहुत-कुछ सुधारने में समर्थ हो सकूँगा। तब नरक के इस निवास से बाहर निकलकर, समाज के कीच में पाँव रखकर विवाह करने में बड़ी सहूलियत होगी। बोलो, तुम्हें क्या मेरा यह प्रस्ताव मंजूर है? क्या मुझ पर तुम इतना विश्वास करती हो कि साल-भर तक प्रसन्नता से, धैर्य और साहस के साथ, वर्तमान अस्वाभाविक परिस्थिति को स्वाभाविक रूप से निबाहते जाना स्वीकार करोगी? बोलो!"

कुछ क्षणों तक मंजरी के मुख पर गम्भीर चिन्ता की छाप अंकित हो गयी थी; पर शीघ्र ही उसके मुख का वह भाव स्वाभाविक मुद्रा में बदल गया। उसने सहज स्नेह-भरी आवाज में कहा—"मुझे तुम पर पूरा विश्वास है, जिसका सबसे बड़ा प्रमाण यह है कि विवाह न होने पर भी मैं तुम्हारे साथ विवाहिता स्त्री से भी अधिक विश्वास और सहज अधिकार के साथ रहने लगी हूँ। इसमें सन्देह नहीं कि हम दोनों का विवाह हो जाना मैं परम आवश्यक समझती हूँ; पर अगर अभी तुम्हें यह बात सुविधाजनक नहीं मालूम होती, तो मैं साल-भर क्या दो साल तक भी बड़े धैर्य और विश्वास के साथ उस सम्बन्ध में चुप रह सकती हूँ।"—यह कहकर वह फिर एक बार पारसनाथ के घुँघराले बालों को अपनी प्रेम-पुलकित उँगलियों से धीरे-से सहलाने लगी।

पर पारसनाथ के भीतर न जाने क्या होने लगा था। मंजरी के उस स्नेह-स्पर्श से उसके मन में और शरीर पर भयंकर विरसता और उत्कट ग्लानि के कारण तीखे जहरीले काँटे खड़े हो रहे थे। अपनी उस नयी और अप्रत्याशित अनुभूति के कारण उसे बड़ी मानसिक पीड़ा हो रही थी, और उसके लिए वह अपने-आपको कोस रहा था। पर प्रबल चेष्टा करने पर भी वह किसी भी उपाय में उस अरुचिकर अनुभूति से छुटकारा नहीं पा रहा था। न चाहने पर भी उसके मन में यह इच्छा होती थी कि एक सबल झटके से मंजरी के स्नेह-पाश से अपने को छुड़ाकर, अपने भीतर के और बाहर के दम घोंटनेवाले वातावरण से मुक्त होकर, कहीं भाग निकले; किसी ऐसे अज्ञात, शून्य, एकाकी और निपट निर्जन स्थान में जा पहुँचे, जहाँ न किसी व्यक्ति का बन्धन हो न समाज का, न निज का दबाव हो न पराये का;–हो केवल अनन्त सूनापन और इच्छा की बाधाहीन, अटूट और उन्मुक्त गति।

अकस्मात् ऐसी भयंकर वीतरागता उसमें कैसे आ गयी, कुछ देर तक इसका कोई कारण स्वयं उसकी समझ में नहीं आ पाया। केवल वीतरागता ही नहीं, एक अनोखे भय और ग्लानि का मिश्रित भाव उसकी छाती पर जैसे बरबस चढ़ बैठा था। आज जितनी भी बातें मंजरी से हुई थीं, उन सबका एक ऐसा सम्मिलित प्रभाव उसके मन और मस्तिष्क पर पड़ा, जो उसे बड़ा ही भयावना लग रहा था। अपनी दुर्भाग्यपीड़िता, अन्धी माँ की जिस विकट ईर्ष्यापरायणता का हौलनाक वर्णन मंजरी ने किया था, उसने पारसनाथ का दिल पहले ही दहला दिया था; तिस पर जब उसने विवाह की चर्चा चलायी, तो उसकी मानसिक आँखों के आगे सारी स्थिति एक दूसरे ही रूप में आ खड़ी हुई। प्रारम्भ में जिस रोमाण्टिक भावना अथवा कोरी भावुकता की प्रेरणा से वह अत्यन्त प्रबलता के साथ मंजरी के प्रति आकर्षित हुआ था, उसने उसके अनजाने उसके मन में किसी एक गहरे स्तर पर अपना रंग जमाना आरम्भ कर दिया था। उसके अनजाने ही में बात बढ़ते-बढ़ते बहुत दूर तक पहुँच चुकी थी। और, आज अब अचानक उसके अवचेतन मन के ऊपर का पर्दा फटा, तो उसने अत्यन्त भयभीत होकर देखा कि मंजरी के संसर्ग में बहुत ही घनिष्ठ और मार्मिक रूप में आने पर भी उसकी मूल प्रकृति में विशेष अन्तर नहीं आ सका है–हालाँकि मूल प्रकृति के ऊपरी स्तरों पर उस संसर्ग का बड़ा जबर्दस्त प्रभाव पड़ा है। जिस भगोड़ी प्रवृत्ति से प्रेरित होकर दार्जिलिंग की पहाड़ी लड़की को ऐन मौके पर धोखा देकर वह भागकर चला आया था, वही दबी हुई प्रवृत्ति आज अकस्मात् उसके मन के तल से उमड़ती-घुमड़ती हुई ऊपर को उठती हुई मालूम हो रही थी। 'विवाह' शब्द ने उसकी प्रकृति के लिए जैसे भयंकर हौआ का रूप धारण कर लिया था; पर वर्षों से इस बात का कारण खोजने की बहुत चेष्टा करने पर भी वह उसकी पकड़ में नहीं आता था।

फिर भी इस बार अपने स्वभाव के एक विशेष परिवर्तन पर उसका ध्यान गया! वह यह कि पहाड़ी लड़की को जिस आसानी से छोड़कर वह भाग निकला था, मंजरी को

उस आसानी से छोड़ नहीं पायेगा, यह बात वह निश्चित रूप से समझ गया था। मंजरी ने वास्तव में अपने सुदृढ़ चरित्रबल के आधार पर प्रतिष्ठित सहृदय और मार्मिक प्रेम को पारसनाथ के मन की इस हद की गहराई तक पहुँचा दिया था कि उससे सहज ही में पिण्ड छुड़ाना उसे असम्भव-सा लग रहा था।

"'पर' क्या उससे पिण्ड छुड़ाना ही होगा!"—मंजरी के स्नेह-स्पर्श की विरसता का अनुभव करता हुआ वह सोचने लगा—"क्या यह मेरा कर्त्तव्य नहीं है कि मैं उस लड़की से विवाह करके अपने प्रेम को स्थायी और सामाजिक रूप दूँ, जिसने यह जानकर भी कि मैं जारज हूँ, मेरे प्रति अपनी प्रेम-भावना में तनिक भी सिकुड़न नहीं आने दी, बल्कि उसे और अधिक फैला दिया? उसके विवाह करके जीवन-व्यापी सम्बन्ध स्थापित कर लेना केवल मेरा कर्त्तव्य ही नहीं है, बल्कि वह मेरे लिये, मेरी नारकीय आत्मा के लिए, कल्याणकारी भी है। अपने विशृंखल जीवन में स्थिरता लाने का एक सुयोग मेरे सामने आया है, यदि अपने विकृत स्वभाव की चरम हीनतावश उसे भी मैं गँवा बैठा, तो फिर त्राण का कोई भी उपाय कहीं, किसी भी रूप में, मेरे लिये नहीं रह जायेगा। इसलिए मुझे यह बन्धन स्वीकार करना ही होगा, चाहे इस समय मुझे वह कैसा ही विरस और अप्रीतिकर क्यों न लगता हो।"

यह सोचते ही उसने आश्चर्य के साथ अनुभव किया कि जिस विरसता और ग्लानि की भावना ने अभी कुछ ही समय पहले उसे बुरी तरह से धर दबाया था, वह उसी तरह, जैसे किसी जादू के मन्त्र से, अपने-आप काफूर भी हो गयी। मंजरी के प्रति प्रेमाकर्षण की जो अनुभूति उसे बासी और निर्जीव लगी थी, उसने सहसा अन्तस्तल के भाव-जगत् के किसी इन्द्रजाली पारस के स्पर्श से फिर से ताजा और नये जीवन के स्पन्दन से फड़फड़ाता हुआ रूप धारण कर लिया। वह अचानक उठ खड़ा हुआ और मंजरी के एकदम निकट चला गया। इसके बाद आन्तरिक उल्लास से तरंगित होकर उसने मंजरी को अत्यन्त दृढ़ आलिंगन-पाश में जकड़ लिया।

●

20

चारों ओर सन्नाटा छाया हुआ था; केवल बीच-बीच में पासवाले इमली के पेड़ पर बसेरा लेनेवाले बगुलों के बच्चे किसी अज्ञात आशंका से एक अनोखे और रहस्यपूर्ण स्वर में चहचहा उठते थे।

कुछ क्षणों तक दोनों चरम भाव-मग्न अवस्था में एक-दूसरे के बाहु-बन्धन में जकड़े रहे। अचानक पारसनाथ किसी कारण से चौंक पड़ा, और मोहमग्न मंजरी के बाहु-बन्धन से अपने को छुड़ाकर उचककर उठ बैठा। मंजरी ने बड़ी घबराहट के स्वर में पूछा—"क्या हुआ?" पारसनाथ ने कोई उत्तर नहीं दिया। मंजरी भी उठा बैठी और अत्यन्त चिन्तित और व्याकुल भाव जताते हुए उसने फिर प्रश्न किया—"आखिर बात क्या हुई, बताते क्यों नहीं!"

"कुछ नहीं, कुछ नहीं!"—अत्यन्त क्षीण स्वर में पारसनाथ ने उत्तर दिया। ऐसा मालूम होता था जैसे गले के भीतर के किसी अँधेरे कोने में छिपे हुए अधखुले छिद्र से वह आवाज आ रही हो।

मंजरी ने चारपाई से उठकर लालटेन जलायी। लालटेन के प्रकाश में उसने देखा, पारसनाथ की आँखों में एक अनोखी घबराहट और भ्रान्ति का-सा भाव छाया हुआ था। उसने फिर पूछा—"जरा बताओ तो सही, कि तुम अचानक क्यों चौंक पड़े?"

पारसनाथ ने शून्य की ओर देखते हुए कहा—"मुझे यों ही भ्रम हो गया था। तुम अब अपनी खटिया पर सो जाओ। मैं भी लेट जाता हूँ। बत्ती चाहे जलती रहने दो।"

मंजरी का कौतूहल और अधिक बढ़ गया था, और वह फिर एक बार पूछना चाहती थी कि बात असल में क्या हुई; पर पारसनाथ उसकी ओर से मुँह फेरकर इस ढंग से लेट गया, जैसे स्पष्ट जता देना चाहता हो कि उसके किसी भी प्रश्न का उत्तर देने की मानसिक स्थिति उसकी नहीं है। विवश होकर मंजरी भी अपनी खटिया पर जाकर लेट गयी; पर अनेक उद्भ्रान्त कल्पनाओं ने चारों ओर से उसके मन और मस्तिष्क को इस तरह छा दिया कि बहुत देर तक उसे नींद न आयी।

असल में पारसनाथ को अकस्मात् एक ऐसा रहस्यमय अनुभव हुआ, जो इधर कुछ दिनों से उसके जान में या अनजान में, समय-असमय, अस्पष्ट, छायात्मक रूप से उसे

परेशान कर रहा था। जब वह मंजरी को एकान्त भावमग्न अवस्था में अपनी छाती से जकड़े हुए था, तो उस अँधेरे कमरे में, अपनी बन्द आँखों से निकलनेवाली चिनगारी के प्रकाश में, उसे स्पष्ट दिखायी दिया (कम-से-कम उसे उस समय ऐसा ही लगा) कि उसे अधेड़ और अन्धी स्त्री की विकट और लोमहर्षक, प्रेतछाया, आतंक उत्पन्न करनेवाली, वीभत्स और कुटिल व्यंग्यपूर्ण मुस्कान मुख पर झलकाकर उन दोनों के बीच में आकर खड़ी हो गयी है। मंजरी ने आज उसकी जिस प्रचण्ड ईर्ष्यापरायणता का वर्णन किया था, वह भी उस गतिशील और भयावनी छाया-मूर्ति की मुखमुद्रा में जैसे प्रतिहिंसा के रंग में रँगी हुई, स्पष्ट उभरी हुई दिखायी देती थी। मंजरी की माँ की मृत्यु की जिस कालरात्रि में उसके मुख का जो प्रेत-रूप उसने देखा था, और जिसे देखकर वह एक अज्ञात, रहस्यमय भय से सिहर उठा था, आज की छाया-मूर्ति का रूप उससे कई गुना अधिक वीभत्स और भयंकर उसे लगा। उसे देखते ही वह उचक उठा था। उसे ऐसा जान पड़ा कि मंजरी को और कुछ देर तक जकड़े रहने से वह प्रेतछाया निश्चय ही उसका दम घोंटकर छोड़ेगी। ध्यान देने योग्य बात यह है कि उसका विवेक निश्चित रूप से यह जानता था कि वह रोमांचकारी छाया-मूर्ति उसके शंकित मन की भ्रान्ति के समूर्त रूप के सिवा और कुछ नहीं है। पर उसके विवेक से इस निश्चित विश्वास से उसके भ्रान्त और भीत मन को तनिक भी तसल्ली नहीं मिल रही थी।

जब वह मंजरी के कौतूहल और आशंका का निवारण किये बिना ही कम्बल से नाक-मुख ढककर, गुड़मुड़ी बाँधकर, चुपचाप लेट गया, तो भी बहुत देर तक वही भयावनी छाया उसकी आँखों की बन्द पुतलियों के आगे समूर्त, सजीव रूप में क्षण-क्षण में मुद्राएँ बदलती हुई-सी चलती-फिरती रही। वह उस छाया-चित्र को मिटाने के लिए ज्यों-ज्यों अपनी पलकों से पुतलियों को दबाता था, त्यों-त्यों वह हौलनाक प्रेतछाया अधिकाधिक स्पष्ट रूप से उभरती हुई जान पड़ती थी। बीच-बीच में वह कम्बल के भीतर ही पलकों को उघाड़ देता था—इस आशा से कि आँखों की पुतलियों के उघड़े रहने से वह छाया-मूर्ति सम्भवतः अपने-आप विलीन हो जायेगी; पर यह उपाय भी व्यर्थ सिद्ध हो रहा था। एक बार उसकी इच्छा हुई कि करवट बदले और मुख पर से कम्बल हटाकर लालटेन के प्रकाश में आँखें खोले; पर इस भय से कि ऐसा करने से मंजरी को कैफियत देनी होगी और उसके प्रश्नों का उत्तर देने को बाध्य होना पड़ेगा, उसे न मुँह खोलने का साहस होता था न करवट बदलने का। वह उसी स्थिर अवस्था में लेटा हुआ उस अनोखी, दिल दहलानेवाली, और दम घोंटनेवाली भूत-भावना से छुटकारा पाने के लिए बुरी तरह से छटपटाने लगा। आँखें बन्द किये हुए उसे ऐसा अनुभव हो रहा था, जैसे असंख्य छोटे-छोटे—बहुत ही छोटे—पीले-पीले प्रकाश-कण अनन्त अन्धकारमय शून्य के बीच में टिमटिमा रहे हैं, और उन पुंजीभूत ज्योतिष्कणों के बीच में वह कभी न हटनेवाली प्रेतछाया अपने चीमड़, पंजेनुमा हाथों की लम्बी-लम्बी, पतली-पतली उँगलियों के तीखे और नुकीले नाखूनों से उसे नोचने के लिए निरन्तर आगे को बढ़ी चली जा

रही है। ऐसा जान पड़ता था कि वह अकेली नहीं है, बल्कि उसके चारों ओर असंख्य छाया-अनुचर और अनुचरियाँ, भूत-बैताल, यक्ष और यक्षिणियों की तरह मँडरा रहे हैं।

"पागल! पागल! क्या यह अनोखी भ्रान्ति मुझे पागल किये बिना न मानेगी!"—उसी स्थिर अवस्था में लेटा-लेटा पारसनाथ सोचने लगा—"क्या सचमुच मेरा दिमाग इतना कमजोर पड़ गया है कि इन छाया-मूर्तियों से किसी तरह अपना पिण्ड नहीं छुड़ा पाता? यह तो स्पष्ट है कि ये सब छाया-मूर्तियाँ मेरी शंकित और भ्रान्त कल्पना की उपज के सिवा और कुछ नहीं हैं, तिस पर भी ये सजीव और साकार रूप धारण करके इस बुरी तरह मेरे पीछे पड़ी हुई हैं—यह मेरे रोगी मन की अनोखी धुन है!"

एक ओर वह स्वकल्पित छाया-मूर्तियों की गतिविधि को बड़े गौर से देख रहा था, दूसरी ओर आकाश और पाताल से सम्बन्ध रखनेवाली तरह-तरह की चिन्ताएँ कर रहा था। पूरे दो घण्टे तक उसके मन की यही स्थिति रही। उसके बाद उसकी थकित आँखें झपने लगीं, और वह गहरी नींद में सो गया।

●

21

दूसरे दिन सुबह जब पारसनाथ जगा, तो उसे अपने चारों ओर का वातावरण श्मशान की तरह एक मृत्युमयी छाया से घिरा हुआ मालूम हुआ। उसके अन्तराल में प्रेतलोक के विचित्र छायात्मक जीवों का अनोखे ढंग से कुलबुलाना और फुसफुसाना निरन्तर एक तार में और एक गति में चल रहा था। शरत्‌काल की पीली धूप भी उसे मृत्यु-किरणों के प्रकाश की परछाईं की तरह लग रही थी। ऐसा जान पड़ता था, जैसे भय-भ्रान्ति से भरे मृत्यु-जगत् के भौतिक चरों ने मानव-जगत् के सम्पूर्ण जीवन-चक्र को एक अदृश्य मरण-माया से छा दिया है, और पृथ्वी पर समस्त जीवन-तत्त्वों को जड़, निष्प्राण और निश्चेतन बना दिया है।

वह बिस्तर पर लेटे-लेटे छत की कड़ियों की ओर शून्य दृष्टि से ताक रहा था और उस चरम अवसाद और निपट उदासी के रंग में रँगी हुई अनुभूति से ग्रस्त होकर ऐसा निश्चेष्ट बन गया था कि बार-बार बिस्तर पर से उठने की ठानने पर भी उठ नहीं पाता था। जैसे किसी ने लोहे की मोटी जंजीर से कसकर उसके पाँव बाँध दिये हों। जब मंजरी एक कप में चाय लेकर आयी, तो उसके मुख पर सकरुण और सहृदय मुस्कान की मृदु-मन्द झलक देखकर पारसनाथ के मन में एक अजीब बेचैनी समा गयी, जिसका कारण स्वयं उसकी समझ में कुछ नहीं आया। एक प्रबल झटके से अपनी निश्चेष्ट मानसिकता को झाड़कर वह उठ बैठा, और मंजरी के हाथ से प्याला लेकर घूँट-घूँट करके पीने लगा।

मंजरी ने धीरे से, कुछ डरी हुई-सी आवाज में कहा—"आज तुम्हारा चेहरा एकदम उतरा हुआ है, क्या बात है? तबीयत तो ठीक है?"

उसकी ओर न देखकर, चाय पीते हुए पारसनाथ ने अस्पष्ट स्वर में उत्तर दिया—"बिलकुल ठीक है।"

"कल रात तुम्हें अचानक क्या हो गया था?"

पारसनाथ ने चाय पीते हुए एक बार मंजरी की ओर देखा। सहसा उसका ध्यान एक ऐसी बात पर गया, जो प्रत्यक्ष होने पर भी, न जाने क्यों, आज तक उसकी आँखों की पैनी दृष्टि से छिपी रह गयी थी। वह इस कदर भयभीत हो उठा कि प्याला शेष

चाय सहित उसके हाथ से नीचे गिरते-गिरते रह गया। आज तक मंजरी के भाव-सौन्दर्य की तेजस्विता ने उसकी मुखाकृति की विभिन्न रेखाओं की विशेषताओं को एक सम्मिलित रूप देकर पारसनाथ की आँखों में चकाचौंध-सा लगा रखा था। आज अचानक एक अनोखी, अस्वाभाविक प्रेरणा के फलस्वरूप उसने देखा कि मंजरी के उस सचेत भाव-सौन्दर्य के अन्तराल में, उसके कपाल, भौंहें, नाक, ओंठ और ठुड्डी की रेखाओं में, उसकी मृत माता के उसी जर्जर और चीमड़ मुख का साम्य वर्तमान है, जिसके वीभत्स छायात्मक रूप ने इधर कुछ दिनों से, और विशेषकर कल रात से, उसकी (पारसनाथ की) छाती को चमगादड़ की तरह जकड़ रखा है।

उसकी आँखों में एक लोमहर्षक भौतिक भय की प्रतिच्छाया देखकर मंजरी बेहद घबरा गयी। अत्यन्त करुण और मार्मिक वेदना की गाढ़ छाया ने जैसे उसके मुख पर नील पोत दिया। प्रायः रोनी-सी आवाज में उसने कहा—"तुम्हें कल से क्या हो गया, बताओ! चुप क्यों हो? बोलो!"—उसके स्वर में दारुण भय और मर्मच्छेदी पीड़ा के अलावा स्नेह-रस, पुचकार और सकरुण दुलार का भाव भी वर्तमान था। पारसनाथ कुछ क्षणों तक चाय पीना छोड़कर, चाय का प्याला निश्चेष्ट भाव से हाथ में लिये उसी भीत दृष्टि से एकटक मंजरी की ओर देखता रहा। उसके बाद शेष चाय को, जो काफी ठण्डी हो चुकी थी, एक घूँट में समाप्त करके तश्तरी सहित प्याला नीचे रख दिया, और बिना कुछ बोले, अनमने भाव से, अपनी धोती के पल्ले से हाथ और मुँह पोंछने लगा। मंजरी उसकी बगल में बैठ गयी, और बायाँ हाथ उसके गले में डालकर और दाहिने हाथ को धीरे से उसके गालों पर फेरती हुई अत्यन्त व्याकुल-विह्वल भाव से बोली—"इतने घबराये हुए क्यों हो, बोलो! बोलो!"—उसकी आँखों से गरम-गरम आँसू अटूट लड़ी के रूप में बहने लगे थे। पारसनाथ ने फिर एक बार बड़े गौर से उसकी ओर देखा। आन्तरिक वेदना का जैसा मर्मघाती रूप उस समय मंजरी के चेहरे से व्यक्त हो रहा था, वह असाधारण था। पारसनाथ ने कभी इस बात की कल्पना नहीं की थी कि मंजरी के समान अभिमानिनी, शान्त और संयत-स्वभाव नारी अपनी निपट व्याकुलता और चरम विह्वलता को इस हद तक मुक्त रूप से व्यक्त कर सकती है। उसका वह चरम समवेदनात्मक रूप एकदम अप्रत्याशित, आश्चर्यजनक और अपूर्व था। उसे देख-देखकर पारसनाथ को ऐसा अनुभव होने लगा कि मंजरी के मर्म के अतल से उमड़े हुए आँसुओं की खरधारा के प्रवाह के साथ जैसे उसके हृदय का सारा भय, समस्त भ्रान्ति तीव्रगति से बहती चली जा रही है। भूत के झाड़े जाने के बाद भूतग्रस्त व्यक्ति का मन जिस प्रकार हलका और स्वस्थ हो उठता है, पारसनाथ के मन की भी ठीक वही दशा होने लगी। अपने मन के उस आकस्मिक भाव-परिवर्तन पर उसे स्वयं आश्चर्य होने लगा। उसके मन की आँखों से जैसे किसी ने भ्रम का चश्मा उतारकर फेंक दिया, और मंजरी का सहज-सहृदय, करुण और कोमल रूप सरल और स्वाभाविक वेष में उसके सामने उभर उठा। उस रूप में उसकी माँ की विकृत प्रेतात्मा की छाया का लेश भी कहीं नहीं दिखायी देता था।

"इतनी बड़ी भ्रान्ति के चक्कर में पड़ा हुआ था मैं! ऐसी भयंकर मानसिक दुर्बलता का शिकार बन गया हूँ मैं! इस दुर्बलता पर मुझे हर हालत में विजय पानी ही होगी—यदि मैं परिपूर्ण विनाश से आत्म-रक्षा करना चाहता हूँ तो!"

यह सोचकर पारसनाथ मंजरी की पीठ पर हाथ रखकर सान्त्वना के स्वर से बोला—"मुझे कुछ भी नहीं हुआ, मंजरी! तुम इस कदर क्यों घबरा उठी हो। मेरे पेट में अचानक दर्द उठ गया था। अब बिलकुल ठीक हो गया है। चिन्ता की कोई बात नहीं है।"—यह कहकर वह बड़े प्यार से मंजरी की पीठ थपथपाने लगा। उसकी इस बात से मंजरी के भीतरी मन से सन्देह का काँटा दूर नहीं हुआ; पर ऊपरी मन को बहुत-कुछ तसल्ली मिल गयी। आँसू पोंछने के बाद जब वह कुछ स्थिर हो गयी, तो गद्‌गद स्वर में बोली—"मैं तो बेतरह डर गयी थी! तुम अपने पेट का इलाज़ किसी डॉक्टर से क्यों नहीं कराते? इधर कुछ दिनों से तुम्हारा स्वास्थ्य काफी गिरा हुआ मालूम होता है।"

"मैं आज डॉक्टर के पास जाऊँगा। इस समय तुम मेरे लिये खिचड़ी बना दो। खा-पीकर मैं चल दूँगा।"

मंजरी धीरे से उठी और नीचे चली गयी।

22

खा-पीकर पारसनाथ बाहर निकला। तरह-तरह की चिन्ताएँ करता हुआ, निरुद्देश्य भाव से पैदल टहलता हुआ, एक खुले स्थान में जा पहुँचा। वहाँ धूप खाने के इरादे से एक स्थान पर लेट गया। वहाँ एकान्त शान्ति छायी थी। आसपास में कहीं कोई आदमी नजर नहीं आता था। केवल एक व्यक्ति, जो सूरत-शक्ल और पोशाक-पहनावे से मुसलमान मालूम होता था, सामने कुछ दूरी पर एक ताड़ के पेड़ की छाया के नीचे उसी की तरह लेटा हुआ था।

लेटे-लेटे पारसनाथ ने अपनी तत्कालीन मानसिक दशा पर विचार करना चाहा। तरह-तरह की, बे-सिरपैर की, ऊटपटांग कल्पनाएँ उसके मस्तिष्क में कूद-फाँद मचाने लगीं। इसके बाद न बहुत तेज, न बहुत मीठी धूप की गरमी से उसका शरीर अलसाने लगा, और कुछ समय बाद उसकी आँख लग गयी। रात में उसे अच्छी तरह से नींद नहीं आयी थी; इसलिए प्रायः एक घण्टे तक वह सोता रहा। जब जगा तो सारा बदन धूप से तप रहा था, और मुख पर पसीने की बूँदे चमक रही थीं। अधिक गरमी न सह सकने के कारण वह उठ बैठा, और थोड़ी देर बाद वहाँ से उठकर चल दिया।

अनिश्चित पगों से, निरुद्देश्य अवस्था में वह चला जा रहा था। कहाँ जा रहा है, और किस ओर उसे जाना है, इसकी कोई चेतना उस समय उसके चिन्ता-ग्रस्त मन पर नहीं थी। उस निर्जन दुपहरी में कल रात की विभीषिका अलसायी हुई-सी उसके अन्तस्तल में सो रही थी, सन्देह नहीं; पर बीच-बीच में उसके खर्राटे लेने की अस्पष्ट आवाज उसके सचेत मन के कानों में अस्पष्ट स्वर में गूँज उठती थी। और वह गूँज ऊपर निर्मल, नील आकाश में मँडरानेवाली चीलों की तीखी आवाज के साथ मिलकर, एक निराले ही ढंग की उदासी और घबराहट की अनुभूति से उसे रह-रहकर पीड़ित कर रही थी।

निर्जन सड़क से होकर चलता हुआ वह सोच रहा था—"मरते दम तक क्या इसी तरह के विचित्र-विचित्र भयों, भ्रान्तियों और दुश्चिन्ताओं से मेरे जीवन का आकाश छाया रहेगा? जीवन-भर क्या मैं शंकित और भीत मन से इस तरह निरुद्देश्य भटकता फिरूँगा? मुझे क्या हो गया है? क्यों मेरा मन इस कदर दुर्बल और अस्वस्थ हो गया

है? क्यों मैं तरह-तरह की अर्थहीन और कारण-रहित उलझनों से सब समय जकड़ा रहता हूँ? क्यों मंजरी के समान स्वस्थ-हृदय और सबल-प्रकृति नारी का प्रेम पाकर भी उस प्रेम को पूर्ण रूप से अपनाने, और अपने भटके हुए जीवन में एक स्थिर निश्चित गति लाने में असमर्थ सिद्ध हो रहा हूँ? कौन ऐसी अज्ञात, भौतिक, प्राकृतिक या अप्राकृतिक शक्ति है, जो उसे अपनाने से मुझे बार-बार रोकती है, और बार-बार मुझे नरक के गहन से भी गहनतर स्तर की ओर बरबस घसीटे लिये जाती है? क्या वास्तव में कोई बाहरी शक्ति मेरे विरुद्ध षड्यन्त्र रचती चली जाती है, या मेरी नारकीय आत्मा के ही भीतर ऐसी कोई अज्ञात विकृति छिपी है, जो मकड़े की तरह अनोखे भयों और भ्रान्तियों के जाले बुनती रहती है? उन जालों में बहुत-सी मक्खियाँ फँसकर रह गयी हैं जिनका सत्त्व चूसकर उन्हें सूखे हुए छिलकों की तरह मृत अवस्था में जाले में लटके रहने के लिए, मैंने छोड़ दिया है। पर, बहुत सम्भव है कि उसी जाल में एक दिन मैं स्वयं इस तरह उलझकर रह जाऊँगा कि उसी में सूखकर मरने के सिवा मेरे लिये कोई रास्ता नहीं रह जायेगा।"

सोचते-सोचते उसका हृदय एक बार हहर उठा। वह चला जा रहा था। कुछ समय बाद निर्जन रास्ते को पार करके वह एक ऐसे स्थान पर पहुँच गया, जहाँ एक्के-ताँगे बड़ी तेजी से खड़खड़ाते हुए चले जा रहे थे। फुटपाथ से होकर चलता हुआ, वह कुछ समय बाद बिना कुछ सोचे हुए एक गली के भीतर जा घुसा। उस गली के भीतर कुछ आगे जाने पर उसे सहसा यह चेत हुआ कि वह अपने अनजान में नन्दिनी के मकान की गली के एकदम निकट आ पहुँचा है। वह ठिठककर खड़ा रह गया। वह इरादा करके तो वहाँ नहीं आया था! यह कैसे सम्भव हुआ? निश्चय ही उसका अवचेतन मन उसके अज्ञात में किसी रहस्यमय उद्देश्य की प्रेरणा से जान-बूझकर उसे वहाँ घसीट लाया था! इतनी दूर तक चले आने के बाद लौट चलना उचित होगा? एक बार हो आने में हर्ज ही क्या है?

सहसा उसे याद आया कि जो पचास रुपये उसने नन्दिनी से लिये थे, उन्हें अभी तक लौटाया नहीं है। उस दिन लौटाने गया था, पर नन्दिनी का रुख देखकर उसे लौटाने का साहस नहीं हुआ था। यदि आज वह तंगहाल हो, और रुपया वापस माँग बैठे, तब? आज तो उसके पास लौटाने के लिए रुपया नहीं है। "पर यह मेरी नीचता और मूर्खता है जो मैं इस तरह की बात सोचता हूँ!"—उसने मन-ही-मन कहा—"वास्तव में उसे रुपयों की जरा भी परवाह नहीं है। अगर मैं चाहूँ, तो वह मुझे पचास रुपया और दे सकती है।"—उसे याद आया कि उसने उस बार केवल तीस रुपये चाहे थे, पर नन्दिनी ने उसे जान-बूझकर अनजान-सी बनकर पचास रुपये दे दिये थे। और जब वह रुपया लौटाने जा रहा था, तो उसने कहा था—"मैं क्या शायलॉक हूँ या सूदखोर काबुली?"—और रुपयों को देखकर उसका मुख व्यंग्य, क्रोध और ग्लानि की मिश्रित छाया से, म्लान हो आया था। "पर वह मुझसे चाहती क्या है? वह क्या सचमुच मुझसे

प्रेम करती है? हो सकता है! कुछ भी हो, इतना निश्चित है कि वह विचित्र स्वभाव की स्त्री है। उस दिन वह कैसी ढिठाई से मेरे कन्धे-से-कन्धा सटाकर मेरा हाथ पकड़कर देखने लगी थी! उस दिन उसके स्वभाव में कैसा अल्हड़पन, कैसी लापरवाही और साथ ही कैसी शोखी भरी हुई थी! और जब दूसरी बार मैं उसके पास गया था तब उसकी गम्भीर मुखाकृति में मूक विषाद की कैसी म्लान छाया घिरी हुई थी! उसकी उदास आँखों से अत्यन्त करुण उलाहने से भरा कैसा मार्मिक और रहस्यमय भाव व्यक्त होता था। उसकी उस निःशब्द व्याकुलता की निपट अवज्ञा करके मैं चला आया था। और तब से आज तक इस गली की ओर मैंने झाँका तक नहीं!"

नन्दिनी से जब वह पिछली बार मिला था, तब से प्रायः डेढ़ महीना बीच चुका था। वह ढेड़ महीने का अर्सा उसे डेढ़ वर्ष से भी अधिक मालूम हो रहा था—इस बीच ऐसे गहन अनुभवों से होकर वह गुजर चुका था। वह सोच रहा था कि न जाने इस बीच नन्दिनी के स्वभाव में कैसा परिवर्तन आ गया होगा। तरह-तरह की बे-सिरपैर की कल्पनाएँ उसके मन में संकोच और द्विविधा का भाव उत्पन्न कर रही थीं; पर जिस परिमाण में संकोच का भाव बढ़ता जाता था, उसी मात्रा में उससे मिलने की इच्छा उसके मन में प्रबल-से-प्रबलतर होती जाती थी।

अन्त में उसने जाने का ही निश्चय किया। वह जिस स्थान पर द्विविधा के कारण खड़ा रह गया था, वहाँ से उस गली की ओर आगे बढ़ा, जहाँ नन्दिनी रहती थी। मकान के पास पहुँचकर उसने दरवाजा खटखटाया। भीतर से तीखी; किन्तु मीठी आवाज से किसी ने कहा—"कौन है?"

उत्तर में पारसनाथ कुछ न बोला। कुछ क्षण बाद उसने दुबारा दरवाजा खटखटाया। फिर भीतर से तेज और तीखी आवाज में किसी ने कहा—"कौन है?" पर पारसनाथ फिर भी चुप रहा। उसे जैसे "मैं हूँ" कहने का साहस ही नहीं होता था। यह जानने में उसे देर न लगी कि आवाज नन्दिनी की है। थोड़ी देर बाद किसी के सीढ़ियों से होकर नीचे उतरने का शब्द सुनायी दिया। उसे सुनकर पारसनाथ बरबस मन-ही-मन कह उठा—"वह पगध्वनि मेरी पहचानी!" उस पगध्वनि की ताल-से-ताल मिलाता हुआ उसका हृदय भी धक्-धक् धड़कने लगा। आज की यह अनुभूति उसके लिए एकदम नयी थी। उसके पहले वह कभी नन्दिनी के पास जाने पर इस कदर विचलित नहीं हुआ था। उसे आश्चर्य इस बात पर अधिक हो रहा था कि उसकी उस घबराहट में एक विचित्र प्रकार के सुख की-सी अनुभूति वर्तमान थी।

दरवाजा खुला। नन्दिनी उसके आमने-सामने खड़ी थी। प्रथम क्षण में पारसनाथ ने उसके मुख पर चरम विस्मय की भ्रान्ति का भाव देखा। उसके बाद दूसरे ही क्षण वह भाव कोमल विषाद के एक हलके-से आवरण के रूप में बदल गया। और उसके बाद ही, तत्काल, वह हलका-सा शरत्कालीन बादल भी हट गया, और निर्मल-शुभ्र प्रसन्नता के प्रकाश से उसका सारा मुख प्रभासित हो उठा। एक पुलकपूर्ण सजलता उसकी सुन्दर,

बड़ी-बड़ी आँखों में झलकने लगी। पारसनाथ को आज उसके मुख का सौन्दर्य एकदम नया, अनुपम और अपूर्व लगा, और उसका हृदय मीठी मादकता-भरी पुलक सिहरन का अनुभव करने लगा। इतने दिनों तक नन्दिनी से उसका घनिष्ठ परिचय रहा; पर इस तरह की पुलकानुभूति तो वह कभी उसके भीतर जगाने में समर्थ नहीं हुई थी! तब आज कौन-सी नयी बात पैदा हो गयी? क्या नन्दिनी के सौन्दर्य में कोई विशेष प्रकार की भावमग्नता आ गयी थी, या उसके अपने ही स्वभाव में इधर कोई मूलगत परिवर्तन आ गया था? सम्भवतः दोनों ही कारणों के समन्वय से उस नयी अनुभूति की सृष्टि हुई थी।

कुछ क्षण तक दोनों एक-दूसरे को देखकर ठिठके-से खड़े रहे। दोनों बोलना चाहते थे; पर जैसे दोनों में से किसी का पुलक-गद्‌गद कण्ठ फूटना ही नहीं चाहता था। ऐसा लगता था, जैसे दोनों किसी विचित्र रहस्यपूर्ण सम-अनुभूति से, अचानक एक ही क्षण, एक ही रूप में, मोहाच्छन्न-से उठे हैं।

पहले नन्दिनी के मुँह से आवाज निकली। उसने नमस्कार के रूप में हाथ जोड़ते हुए क्षीण, गद्‌गद और अस्फुट स्वर में कहा—"आइये, पधारिये!"

"पधारिये" शब्द द्वारा शायद नन्दिनी के अनजान में एक गुप्त व्यंग्य का आभास व्यक्त हो उठा—पारसनाथ ने इस बात पर गौर किया; पर वह कुछ बोला नहीं, और भीतर प्रवेश करके सीढ़ियों से होकर ऊपर चलने लगा। नन्दिनी भीतर से दरवाजा बन्द करने के बाद ऊपर गयी। पारसनाथ को खड़ा देखकर नन्दिनी ने क्षीण स्वर में कहा—"विराजिये।"—उसकी आँखों में संकोच, वेदना और प्रसन्नता के भाव एक साथ व्यक्त हो रहे थे। पारसनाथ एक सोफे पर बैठ गया। नन्दिनी भी पासवाले कौच पर धीरे से बैठ गयी। कुछ देर तक दोनों एक-दूसरे के मुख पर अंकित भावों की परीक्षा करते हुए-से चुप रहे। उसके बाद नन्दिनी धीरे से बोली—"इतने दिनों बाद आपको आखिर हम गरीबों का ध्यान हो ही आया।"—पारसनाथ संकोच से जैसे दबा जा रहा था। सिर कुछ नीचा करके उसने कहा—"मैं आपसे बहुत-बहुत क्षमा चाहता हूँ, नन्दिनी देवी! इस बीच मेरा शरीर और मन दोनों अस्वस्थ रहे। इसलिए चाहने पर भी मैं आपकी तरफ न जा सका।" नन्दिनी के मन में एक बार यह पूछने की प्रबल इच्छा हुई कि आखिर आपके मन के अस्वस्थ होने का क्या कारण उत्पन्न हो गया?" पर फिर चुप रह गयी। कुछ समय तक फिर एक अशोभन मौन-भाव कमरे में छा गया। उसके बाद सहसा पारसनाथ ने ससंकोच (पता नहीं, आज वह नन्दिनी के आगे इस कदर अस्वाभाविक संकोच का अनुभव क्यों कर रहा था) प्रश्न किया—"भुजौरिया जी कहाँ है?"

नन्दिनी ने मृदु-मृदु संकोच के साथ मन्द-मन्द मुस्कराते हुए कहा—"वह दो दिन से बाहर गये हुए हैं—एक बारात के साथ!"—यह कहते हुए उसके ओठों के इर्द-गिर्द एक दुष्टतापूर्ण व्यंग्य का क्षीण आभास झलक उठा।

पारसनाथ ने पूछा—"विवाह में?"

"म...के ठाकुर साहब के मँझले लड़के की शादी है। ठाकुर साहब ने आपके भुजौरिया जी को सबसे उपयुक्त व्यक्ति समझकर विवाह का सारा प्रबन्ध उन्हीं के हाथों सौंप दिया है।"—उसकी व्यंग्यपूर्ण मुस्कान इस बार और अधिक तीखी हो उठी।

"अच्छा, यह बात है! तब तो बड़ी खुशी की बात है?"—यह कहकर पारसनाथ ने अपने अनजान में नन्दिनी के व्यंग्य में योग देने का क्षीण प्रयास किया।

"आपको शायद पता न होगा, आपके भुजौरिया जी इसके पहले और भी बहुत-से राजा-रईसों की शादियों के प्रबन्धक रह चुके हैं! उन लोगों के बीच में वह 'मैनेजर' नाम से ही प्रसिद्ध हैं। केवल शादी-ब्याहों में ही नहीं, किसी भी भोज, 'टी-पार्टी' या इसी तरह के दूसरे अवसरों पर उन्हीं को याद किया जाता है।"

"अच्छा! मुझे यह बात मालूम नहीं थी। तो आपके पति महोदय सचमुच बड़े महत्त्वपूर्ण व्यक्ति हैं!"—यह कहते हुए पारसनाथ ने मन-ही-मन यह अनुभव किया कि आज प्रारम्भ से उसे जिस अकारण संकोच का अनुभव होने लगा था, वह नन्दिनी की बातों के ढंग से उसी प्रकार अकारण ही गायब भी हो गया है। भुजौरिया जी की मैनेजरी की चर्चा चलने से नन्दिनी का संकोच भी अपने-आप जाता रहा, और मुक्त प्रसन्नता की एक निराली दीप्ति से उसका मुख चमक उठा था। उस प्रसन्नता की परछाईं पारसनाथ के भी मन पर और मुख पर पड़ चुकी थी।

नन्दिनी बोली—"केवल यही नहीं। मैंने तो यहाँ तक सुना है कि ये महाशय (—उसका आशय स्पष्ट ही भुजौरिया जी से था—) किसी एक राजा साहब के जनानखाने के भी प्रबन्धक रह चुके हैं, और वह जनाना भी ऐसा-वैसा नहीं, बड़ा ही कट्टर पर्दानशीन जनाना!"

अकृत्रिम आश्चर्य से पारसनाथ ने कहा—"यह आप क्या कहती हैं? यह कैसे सम्भव हो सकता है? आप क्या हँसी में यह बात कह रही हैं, या..."

पर नन्दिनी के मुख के भाव से परिहास का कोई भी लक्षण प्रकट नहीं हो रहा था, बल्कि सहसा उसका मुख एक गहन गम्भीर भाव की छाया से अन्धकारमय हो गया था,—केवल आँखों और ओठों के तीखे व्यंग्यपूर्ण भाव की बिजली उस घने बादलों की-सी निविड़ता के बीच में कौंध उठती थी। पारसनाथ नन्दिनी की वह मुखमुद्रा देखकर एकदम सहम गया, और स्तब्ध दृष्टि से चुपचाप उसकी ओर देखता रहा।

नन्दिनी ने अपने कण्ठ से गुरु-गम्भीर ध्वनि निकालते हुए कहा—"मैं हँसी में नहीं, यथार्थ में कह रही हूँ। मेरे पास इसका कोई प्रमाण न होने पर भी उसकी सचाई पर मेरा पूरा विश्वास है। आप कह सकते हैं कि जब तक कोई व्यक्ति पूरा पागल ही न हो तब तक वह कैसे किसी पुरुष को अपने जनाने की पर्दानशीन औरतों के बीच में नियुक्त कर सकता है; पर जिन राजा साहब की बात मैंने कही है, उनके सम्बन्ध में कहा जाता है कि वह आपके भुजौरिया जी के 'पुरुषत्व' को तनिक भी खतरे के योग्य नहीं समझते थे। जिस प्रकार पिछले जमाने में समर्थ लोग अपने जनाने में स्त्रियों की

संरक्षता के उद्देश्य से खोजा लोगों को नियुक्त किया करते थे, उसी प्रकार अगर इस युग के कोई राजा साहब आपके भुजौरिया जी को अपने जनाने का प्रबन्धकर्त्ता नियुक्त करें, तो इस बात से मुझे कुछ भी आश्चर्य नहीं होता। मुझसे तो यहाँ तक कहा गया है कि स्वयं आपके भुजौरिया जी ने राजा साहब को अपनी पुरुषत्वहीनता का मौखिक प्रमाण जान-बूझकर दिया—इस उद्देश्य से कि इस उपाय से उनकी नियुक्ति जनाने में हो जावे। मर्दाने से जनाने को उन्होंने इसलिए बेहतर समझा कि उनकी राय में मर्दों की अपेक्षा स्त्रियों से अधिक रुपया खसोटा जा सकता है। आपको इस शख्स की विकृत और हीन मनोवृत्ति का कुछ भी पता नहीं है, पारसनाथ जी, इसलिए मेरी बात से आपको आश्चर्य होना स्वाभाविक है। आप नहीं जानते कि यह महाशय कितने बड़े अर्थ पिशाच हैं। रुपये के लिए यह नहीं कर सकते, ऐसा कोई दुष्कर्म इस संसार में नहीं है। रुपये की खातिर—अब आपसे क्या छिपाऊँ—यह मेरी इज्जत तक उतरवाने पर उतारू हो गये थे। जिन राजा साहब का जिक्र मैंने अभी आपसे किया है, उन्हीं के हाथ कुछ दिनों के लिए मुझे बेचने की बात यह तयकर चुके थे!"

पारसनाथ स्तब्ध होकर, मूढ़ भाव से नन्दिनी की बातें सुन रहा था। उसे अपने कानों पर जैसे विश्वास ही नहीं होना चाहता था। जब नन्दिनी की अत्यन्त प्रवेगशील और भयावह वाक्धारा कुछ रुकी, तो वह प्रायः फुसफुसाते हुए बोला—"यह सब आप क्या कह रही हैं, नन्दिनी देवी!" मैं तो कुछ समझ ही नहीं पा रहा हूँ।"

पर नन्दिनी के भीतर बहुत दिनों से दबी हुई पीड़ा वर्षा की बाढ़ की तरह उमड़ चली थी, और बाँध को तोड़ने के लिए पूरी ताकत से हहरा उठी थी। वह बड़ी तीखी आवाज में बोली—"समझने की बात है भी नहीं, मुझे चार वर्षों से दिन-रात समझने को बाध्य होना पड़ा है, इसलिए समझ पायी हूँ। इधर करीब तीन महीने से उनकी ज्यादतियाँ दिन-पर-दिन इस कदर बढ़ती चली जा रही हैं कि अब अधिक सहन करना मेरी ताकत के बाहर की बात हो गयी है। आजकल मुझे बीच-बीच में यह सन्देह होने लगता है कि कहीं मैं अचानक पागल न हो उठूँ। रात में मुझे अच्छी तरह नींद नहीं आती। तरह-तरह की बातें सोचने से दिमाग इस तरह गरम हो उठता है कि मैं आधी-आधी रात में पलँग पर से उठकर कमरे में टहलने लगती हूँ। मेरे मन की और धन की सारी ताकत इस भूत ने छीन ली है, और मैं लाख चाहने पर भी उसके शिकंजे से अपने को नहीं छुड़ा पाती हूँ। इस यम के दूत ने मुझे चिकनी-चुपड़ी बातों से फुसलाकर, मेरा सर्वस्व छीनकर, मुझे नरक की इस काल कोठरी में कैद कर लिया है, पारसनाथ जी, नहीं तो मैं सब दिन इस तरह बेबस, अनाथ और असहाय नहीं थी। मुझे अपनों के बीच से छुड़ा कर इस शख्स ने भूतों के इस डेरे में पल-पल दम घुट-घुटकर मरने के लिए छोड़ दिया है। इस मकान की एक-एक दीवार राक्षस की-सी बड़ी बाहें फैलाकर जैसे मेरा गला दबोचना चाहती हैं। यहाँ की बन्द हवा भूतों और प्रेतों की विषैली साँसों से मेरा दम खुश्क किये रहती हैं। एक भी आदमी ऐसा नहीं है, जिसके आगे अपना

दिल खोलकर, अपने भीतर का रोना रोकर, मन कुछ हलका करूँ। श्मशान के जिस चाण्डाल के साथ मुझे रहना पड़ता है, वह इस घात में बैठा है कि कब मैं मरूँ और कब वह मेरा कफन उतारकर, उसे बेचकर जो कुछ भी रुपया मिले उससे लाभ उठावे! पर मैं नहीं मरूँगी! हरगिज नहीं! भूत, प्रेत, यक्ष और पिशाच से भी लड़कर मैं अपने को परास्त न होने दूँगी—यह कायर चाण्डाल तो नाचीज है।''

पारसनाथ हतबुद्धि-सा होकर, आँखें फाड़-फाड़कर, भ्रान्त दृष्टि से उसकी ओर देख रहा था। नन्दिनी की आँखें एक विचित्र भौतिक दीप्ति से चमक रही थीं। पारसनाथ सोच रहा था, कि इतने दिनों तक वह नन्दिनी के जिस सौम्य, शान्त और शिष्ट स्वभाव से परिचित था, वह क्या केवल एक मुखड़ा ही था? उसकी आड़ में नन्दिनी का ऐसा भयंकर, लोमहर्षक रूप छिपा रह सकता है, इस बात की कल्पना ही इसके पहले वह नहीं कर सकता था। कौन जाने उसका आजवाला रूप ही मुखड़ा हो, और उसके जिस सौम्य और शिष्ट रूप से वह आज तक परिचित रहा है, वही उसका वास्तविक रूप हो?

अपने स्तब्ध भाव को अधिक तूल न देने के उद्‌देश्य से वह यथा-सम्भव धीर और गम्भीर स्वर में बोला—''आजकल तो आपको इस मकान में अकेले रहना पड़ता होगा। अपनी जैसी मानसिक स्थिति आपने बतायी है, उसमें अकेले रहना आपको और भी अधिक कष्टकर लगता होगा, गली-दर-गली जिस अँधेरे मकान में आप रहती हैं, उसमें अकेले ही रहने से कोई साहसी पुरुष भी घबरा उठेगा; आप एक तो नारी हैं, तिसपर अपने जीवन-चक्र की परिस्थितियों से घबरायी हुई हैं।''

आपका अनुमान बहुत गलत नहीं,''—उसी गहन गम्भीरता से नन्दिनी ने उत्तर दिया—''कोई भी स्त्री—विशेषकर जिसकी बाहरी और भीतरी परिस्थितियाँ मुझ-जैसी हों—निश्चय ही इस भूत के डेरे में अकेली रहने से घबरा उठेगी; पर, आपके भुजौरिया जी ने मेरे मन की यह दशा कर डाली है कि अब मैं अपने को मनुष्य नहीं समझती—मैं स्वयं प्रेतनी बन गयी हूँ, हालाँकि मेरे शरीर के गठन से इस बात पर विश्वास करना कठिन होगा। जिस जबर्दस्त इच्छाशक्ति की सहायता से मैं इस नरक की गन्दगी में भी अपना शारीरिक स्वास्थ्य कायम रखे हूँ, इसकी कल्पना आप मुश्किल से कर पायेंगे। जो भी हो, इतना आप मान लीजिये कि इस रौरव नरक में अपने अकेलेपन की तंग चहारदीवारी के भीतर बन्द पड़े रहने से मैंने अपना सहज रूप जैसे खो दिया है—मुझे ऐसा लगता है। भूत-प्रेतों के बीच में रहकर उन्हीं काल्पनिक या वास्तविक, अदृश्य और रहस्यमय जीवों के अनुरूप मेरी मानसिक दशा बन गयी थी। आरम्भ में कुछ दिनों तक मुझे उन प्रेतों और छायाओं से ऐसा भय मालूम होता था कि मेरे रोंगटे खड़े हो जाते थे; पर धीरे-धीरे मैंने अपने को बहुत-कुछ उन्हीं के समान बना लिया। शायद मेरी आत्मरक्षा की प्रवृत्ति ने मुझे ऐसा बनने के लिए बाध्य किया है। फिर भी मेरे पिछले रूप का कुछ अंश अभी तक मेरे भीतर शेष है, और वह अंश भी

बीच-बीच में बेतरह घबरा उठता है। पर उस घृणित व्यक्ति के साथ रहकर दुकेला बनने की अपेक्षा मैं अकेले भूत-प्रेतों के बीच में रहना बेहतर समझती हूँ; पर मारिये गोली इन सब बातों को। आपने आज इतने दिनों बाद दर्शन दिये हैं, आपका समय इस तरह की भयावनी, दुःख पहुँचनेवाली और अरुचिकर बातों से नष्ट करने के कारण मैं आपसे क्षमा चाहती हूँ। मेरे दुर्भाग्य से किस बात की चर्चा से क्या बात आ पड़ी! खैर। इधर मैंने अकेले में समय काटने के लिए कुछ रेखा-चित्र तैयार किये हैं। रेखा-चित्र क्या हैं, अच्छे खासे कार्टून बन पड़े हैं। मैं आपको दिखाती हूँ।''—यह कहकर वह उठ खड़ी हुई, और एक बड़ी मेज के पास जाकर, उसके 'ड्राअर' से तीन चित्र निकालकर पारसनाथ को दिखाने के लिए ले आयी। इस समय उसके मुख पर वह सहज-स्वाभाविक, प्रसन्न और चंचल भाव झलक रहा था, जिसकी सजीवता पारसनाथ को प्रारम्भ से ही आकर्षक लगी थी। कुछ ही क्षण पहले जो घनी अँधेरी भौतिक छाया उसके मुख पर घिर आयी थी, वह न जाने किस मायामन्त्र से काफूर हो गयी थी। नन्दिनी के मुख का वह द्रुत भाव-परिवर्तन देखकर पारसनाथ के आश्चर्य का ठिकाना नहीं था।

23

पारसनाथ ने अपना विस्मित भाव छिपाकर ऊपर से मन्द-मन्द मुस्कराते हुए उन चित्रों को नन्दिनी के हाथ से लेकर देखना शुरू किया। पहला चित्र देखकर उसकी हँसी रोके नहीं रुकी। उसे दबाने की भरपूर चेष्टा करने पर भी वह बरबस 'फिक्क' करके हँस पड़ा, और उसके बाद ही ठहाका मार उठा। यह उसके स्वभाव के लिए एक नयी बात थी, क्योंकि इधर कई वर्षों से वह कभी एक बार भी ठहाका मारकर नहीं हँसा था—चाहने पर भी नहीं। वह बोला—''माफ कीजियेगा, मुझे बड़े बेमौके हँसी आ गयी। कुछ भी हो, चित्र सचमुच बड़े मजे का बन पड़ा है।''

वह चित्र स्पष्ट ही भुजौरिया जी का 'केरिकेचर' था। हालाँकि चित्रकर्त्री ने सीधा-सादा (किन्तु कलात्मक) रेखाचित्र अंकित करना चाहा था, व्यंग्यचित्र नहीं। चश्मा, टोपी का पहनावा और नाक की मोटाई देखकर यह अन्दाज अवश्य लगाया जा सकता था कि वह भुजौरिया जी का चित्र है; पर इसके अलावा भुजौरिया जी की आकृति-प्रकृति से किसी प्रकार का साम्य उसमें नहीं पाया जा सकता था। उसमें बड़ी ही भोड़ी और वीभत्स आकृति व्यक्त हो पड़ी थी। केवल वीभत्स ही नहीं, बल्कि भयावह भी। यदि कोई श्मशान का चाण्डाल चश्मा लगाये, सभ्य वेश में, उसके सामने आकर खड़ा होता, तो निश्चय ही उस चित्र से मिलती-जुलती उसकी आकृति होती। कुछ देर तक उस चित्र को गौर से देखता हुआ पारसनाथ अन्यमनस्क-सा हो गया और नन्दिनी ने जो भयंकर उद्गार अभी कुछ समय पहले उसके आगे प्रकट किये थे, उन पर विचार करते-करते कल्पना-लोक में बहुत दूर पहुँच गया। जब नन्दिनी ने कहा—''आप तो इस चित्र पर ऐसे मुग्ध हो गये हैं कि उसे छोड़ना नहीं चाहते! क्या ऐसी मनोमोहक आकृति कभी देख नहीं?''—तो उसे चैतन्य हुआ। चित्र को उठाकर उसने नन्दिनी को दे दिया, और दूसरा चित्र देखने लगा। वह दूसरा कार्टून एक स्त्री का था। उसकी आकृति भी पिछले चित्र की आकृति से कुछ कम वीभत्स नहीं थी। ''यदि पहला श्मशान के चाण्डाल का था, तो यह दूसरा चित्र निश्चय ही श्मशान की किसी चाण्डालिनी से मिलता है''—पारसनाथ ने मन-ही-मन कहा। और यह सोचकर उसके मन में एक अज्ञात भय उत्पन्न होने के साथ ही हँसी की गुदगुदी भी उठ रही थी, न

जाने क्यों। और वह भय-मिश्रित भेद-भरी हँसी जब उसके ओठों पर आकर बल खाने लगी, तो नन्दिनी ने कौतुकपूर्वक मुस्कराते हुए कहा—"यह चित्र निश्चय ही आपको पसन्द आया होगा।"

"यह किसका चित्र है?"

"मेरी नौकरानी का।"

"आप निश्चय ही उससे घृणा करती हैं—भयंकर रूप से! मेरा अनुमान ठीक है न?

"यह आपने कैसे जाना?"—अकृत्रिम विस्मय के साथ नन्दिनी ने प्रश्न किया।

"पहले मेरी बात का उत्तर दीजिये! मेरा अनुमान ठीक है या नहीं?"

"ठीक है भी और नहीं भी है।"

"ऐसा क्यों?"

"यह एक भेदभरी बात है, जिसे सुनकर आपको कोई लाभ नहीं होगा। लाइये, यह चित्र मुझे दे दीजिये। आप तीसरा चित्र देखिये।"—यह कहकर उसने नौकरानी का चित्र अपने हाथ में ले लिया। पारसनाथ तीसरा चित्र देखने लगा।

तीसरा चित्र वास्तव में बहुत ही विचित्र था। पिछले दो चित्रों की तरह वह न वीभत्स था न भयंकर। वह एक युवती का चित्र था, जिसके मुख का भाव पहली बार देखने पर उदास मालूम होता था, दूसरी बार देखने पर गहन-गम्भीर और तीसरी बार देखने पर व्यंग्य और परिहास से पूर्ण। उसका कपाल ऊपर को उठा हुआ था, आँखें नीचे को धँसी हुई, नाक कुछ सिकुड़ी हुई-सी, दाहिनी तरफ का कान साड़ी के बाहर निकला हुआ, और बायीं तरफ का गायब, और ओंठ एक-दूसरे से इस तरह सटे हुए कि एक है या दो, इस बात का पता चलना कठिन था। एक बार पारसनाथ को लगा कि उस चित्र की आकृति नन्दिनी से कुछ मिलती-सी है, पर फिर उसने सोचा कि असम्भव है।

उसने पूछा—"यह किसका चित्र है?"

विचित्र विभ्रम के साथ मुस्कराते हुए नन्दिनी ने कहा—"आश्चर्य है कि आप नहीं पहचान पाते! यह मेरा 'सेल्फ-पोर्ट्रेट' है। अपने को शीशे में देख-देखकर मैंने इसे अंकित किया है।"

अत्यन्त विस्मय और कौतुक के साथ पूरी आवाज में पारसनाथ बोला—"सच? यह क्या आप स्वयं हैं? तब तो आप बड़ी ही रहस्यमयी हैं। यह चित्र आपके 'मिस्टिक' रूप का परिचय देता है।"

"मैं आपका आशय ठीक समझी नहीं"—कुछ गम्भीरता के साथ नन्दिनी ने कहा।

"मैं यह कहना चाहता था कि प्रतिदिन के साधारण व्यवहारों में आपका जो रूप सामने आता है, वह आपका असली रूप नहीं है। उसके अन्तराल में छिपा हुआ एक दूसरा ही रूप है—और उसी गुप्त रूप से आपके सच्चे व्यक्तित्व का पता चल सकता

है। इस चित्र में आपके अनजान में आपका वह छिपा हुआ व्यक्तित्व प्रकट हो उठा है।''

कुछ क्षण तक नन्दिनी आश्चर्य से पारसनाथ की ओर देखती रह गयी; पर शीघ्र ही उसका वह विस्मित भाव परिहास में बदल गया। सारी बात को मजाक का रूप देते हुए उसने कहा—''आप कभी-कभी साधारण-से-साधारण और छोटी-से-छोटी बात पर गम्भीरता का ऐसा गहरा रंग चढ़ा देते हैं कि अक्ल दंग रह जाती है। साफ यह क्यों नहीं कह देते कि, ''तुम अभी एक अनाड़ी चित्रकर्त्री हो'?''

''ठीक है। मैं मानता हूँ कि अभी आप चित्रकला में नौसिखिया हैं; पर इससे क्या हुआ! आपके अवचेतन मन की जो अनुभूतियाँ रेखाओं के रूप में इन चित्रों में फूट पड़ी हैं, उन्हें अवास्तविक किसी प्रकार भी नहीं कहा जा सकता।''

''अच्छा, अच्छा, बहुत हुआ! अब बस कीजिये? लाइये, यह चित्र मुझे दीजिये, और इसके बाद मेरे एक निवेदन का उत्तर दीजिये।''

''फरमाइये!''—चित्र नन्दिनी के हाथ में देते हुए पारसनाथ ने कहा।

''आज आप क्या मुझे सिनेमा दिखाने ले चलेंगे? इधर प्रायः तीन महीने से मैंने कोई फिल्म नहीं देखा—हालाँकि देखने की बड़ी इच्छा मेरे मन में रही है; पर दिखाता कौन है? हमारे श्रीमान जी के लिए तो टके का सवाल सबसे बड़ा है। तीन महीना पहले एक 'पास' कहीं से मुफ्त में जुटाकर ले आये थे, जिससे काम चल गया। उनकी कड़ी निगरानी के मारे, मैं अपना निज का रुपया भी खर्च नहीं कर पाती हूँ। आज आपके आ जाने से बड़ा अच्छा मौका हाथ आया है। क्या आप चलना स्वीकार करेंगे?''

पारसनाथ की इच्छा हुई कि अपनी जेब टटोले और देखे कि उसमें कितना रुपया है—दो व्यक्तियों के टिकट के लिए काफी है या नहीं; पर संकोचवश उसे साहस नहीं हुआ। फिर तत्काल उसे याद आया कि नन्दिनी ने अपने 'निज के रुपये' का जिक्र जान-बूझकर किया है—यह जताने के लिए कि वह अपना ही रुपया खर्च करेगी। कुछ भी हो, सिनेमा देखने की तनिक भी इच्छा न होने पर भी नन्दिनी का प्रस्ताव टालना उसने उचित नहीं समझा। बोला—''अगर आपकी ऐसी प्रबल इच्छा है, तो मुझे चलने में कोई आपत्ति नहीं है।''

नन्दिनी का मुख अकृत्रिम प्रसन्नता से उज्ज्वल हो आया। अपनी पुलकित आँखों को बड़े नाज के साथ नचाते हुए उसने कहा—''आपने मेरी बात मानकर मुझ पर जो कृपा की है, उसका वर्णन नहीं कर सकती।''

पारसनाथ को लगा, जैसे उसके नाज की ओट में एक अस्पष्ट करुण भाव व्यक्त होते-होते रह गया। उसने कहा—''इसमें कृपा की कौन-सी बात है! मैं तो इसे अपना सौभाग्य समझता हूँ।''

''मुझे भय था कि मेरे प्रस्ताव को आप बड़ी सफाई से टाल जायेंगे। क्यों इस प्रकार का भय मेरे मन में बना हुआ था, इसका कारण स्वयं मेरे लिये स्पष्ट नहीं है। जो भी हो—मैं बहुत कृतज्ञ हूँ। चार बजे चाय पीने के बाद हम लोग चलने की तैयारी करेंगे।

तब तक समय काटने के लिए एक काम किया जाये। मैं एक और प्रार्थना आपसे करना चाहती हूँ। आशा करती हूँ आप उसे भी अवश्य ही मानेंगे।''

पारसनाथ कुछ नहीं बोला, केवल प्रश्न-भरी दृष्टि से नन्दिनी की ओर बड़े गौर से देखने लगा।

नन्दिनी ने लाज और नाज-भरी मधुर मुस्कान अपने सुन्दर, स्वस्थ और तमतमाये मुख पर झलकाते हुए कहा—''अगर आप आज्ञा दें, तो मैं अभी यहाँ बैठे-बैठे एक रेखाचित्र आपका भी अंकित करना चाहती हूँ।''

यह प्रस्ताव सुनकर, न जाने क्यों, पारसनाथ के मन में किसी अज्ञात और रहस्यमय अन्ध-संस्कारवश एक अस्पष्ट भय की-सी अनुभूति लहरा उठी, पर उस अनुभूति को अपनी स्वाभाविक कायरता और नादानी समझकर उसने प्रकट रूप से विनोदपूर्वक मुस्कराने की चेष्टा की, और कहा—''रेखाचित्र अंकित करने की यह अच्छी धुन आपके सिर पर सवार हुई है! मेरा चित्र खींचकर क्या कीजियेगा?''

''मैं आपके पैरों पड़ती हूँ, पारसनाथ जी, मेरी इस इच्छा को पूरी होने दीजिये। मैं जानती हूँ कि मेरी यह लड़कपन की-सी इच्छा है। पर, इधर कुछ दिनों से इस लड़कपन ने इस बुरी तरह मुझे परेशान कर रखा है कि क्या बताऊँ! मैं बहुत दिनों से सोच रही थी कि कब आप आवें और कब आपका चित्र खींचने की सुविधा मिले। आज जब आप मौके से आ गये हैं, तो अब 'नाही' न कीजिये।''

पारसनाथ सस्नेह मन्द-मन्द मुस्कराने लगा। बड़े मीठे स्वर में उसने कहा—''अच्छी बात है, जब आपका लड़कपन इस हद तक आपको परेशान किये हुए है, तो मैं आपत्ति न करूँगा। यह लीजिये, मैं ठीक 'पोज' में बैठा हूँ। निकालिये अपना कागज और पेन्सिल!''

नन्दिनी के मुख पर वास्तव में बच्चों की-सी प्रसन्नता झलक उठी, वह बड़ी फुर्ती से मेज के पास गयी, और दराज से कागज और पेन्सिल निकालकर उसी मेज के पास पारसनाथ की ओर मुँह करके बैठ गयी। इसके बाद गम्भीर मुद्रा से बड़े मनोयोगपूर्वक पारसनाथ की ओर देख-देखकर एक-एक रेखा अंकित करती चली गयी। धीरे-धीरे नन्दिनी की मुख-मुद्रा गम्भीर-से-गम्भीरतर होती चली गयी और वह एक कुशल और कलाप्राण चित्रकार की तरह चित्रांकन के कार्य में जैसे सम्पूर्ण मन और आत्मा से तल्लीन हो गयी। पारसनाथ ने देखा कि उसके मुख का जो भाव प्रारम्भ में परिहास के-से हलके रंग से रँगा हुआ था, उसने निविड़ गम्भीरता धारण कर ली—वैसी ही निविड़, जैसी कुछ समय पहले भुजौरिया जी की चर्चा चलने पर, अपने चारों ओर के अन्ध-कारागार के भीतर दम अटकानेवाले वायुमण्डल का वर्णन करते समय, एक गहन भौतिक छाया उसके मुख पर घिर आयी थी। उसके मुख का वह भाव देख-देखकर पारसनाथ विस्मित और भ्रान्त-सा हो रहा था। वह जानता था कि नन्दिनी न एक कुशल चित्रकर्त्री है, न कलाप्राण ही है, पर आज उसने उसके मुख से जिस तरह की बातें सुनी थीं, और उसके बनाये हुए जो तीन चित्र देखे थे, उनसे उसके मन में एक विशेष धारणा बँध

गयी थी; वह यह कि उसकी अन्तःप्रज्ञा उसके अनजान में कभी-कभी ऐसी मार्मिक और सूक्ष्म बातों का आभास पा लेती है, जिनके सम्बन्ध में बड़े चतुर और अनुभवी कलाकार भी चूक जाते हैं; इसलिए सारे मामले को एक हलके-से परिहास के रूप में ग्रहण करते हुए भी वह प्रारम्भ से ही बरबस एक अज्ञात भय की हलकी गुदगुदी का-सा अनुभव कर रहा था।

नन्दिनी ने चित्र बनाने में प्रायः पौने घण्टा समय लिया। चित्र समाप्त होने पर जब उसने खण्ड-खण्ड रूप से निर्मित अपनी कलाकृति पर एक सम्पूर्ण दृष्टि फेरी, तो सहसा उसके मुख की सारी गम्भीरता एक निश्छल परिहास के भाव में बदल गयी, और उसे देख-देखकर वह हँसते-हँसते लोटपोट होने लगी। वह एक बार उस चित्र को देखती और एक बार पारसनाथ के मुख की ओर, और फिर खिलखिलाती हुई हँसने लगती। पारसनाथ ने अपना कौतूहल अधिक दमन न कर सकने के कारण जब कहा—"लाइये, मुझे दिखाइये"—तो वह हँसते-हँसते जैसे लोटन कबूतर बन गयी। ऐसा मालूम होता था, जैसे हँसने से उसका दम अटका जा रहा हो। हँसी के उस 'फिट' के कारण वह चाहने पर भी कुछ बोल न सकी, और केवल हाथ के इशारे से उसने जताया कि वह उस चित्र को पारसनाथ को दिखाना नहीं चाहती। 'फिट' जब कुछ धीमा पड़ा, तो साड़ी के पल्ले से आँसू पोंछते हुए उसने कहा—"मुझे पता नहीं था कि इतना समय नष्ट करने के बाद ऐसी भोड़ी शक्ल बनकर रह जायेगी। आपकी आकृति से कहीं, किसी भी रूप में तो इसका साम्य होता। ऐसी भद्दी और भयावनी सूरत तो आपके भुजौरिया जी की भी नहीं है!"—यह कहकर उसने फिर एक बार अपने हाथ में लिये हुए उस चित्र को देखा और फिर हँसने लगी।

पारसनाथ का कौतूहल अब अदम्य और असहनीय हो उठा था। वह कुछ तीखी आवाज में बोला—"माफ कीजियेगा, पर आप यह अच्छा तमाशा कर रही हैं! मुझे जरा दिखाइये तो सही! जरा मैं भी तो देखूँ कि मेरी क्या गत आपने बना डाली है!"—यह कहकर उसने वह चित्र नन्दिनी के हाथ से एक प्रकार से छीनकर ले लिया।

चित्र देखते ही पहले पारसनाथ हँसने जा रहा था, दूसरे ही क्षण उसकी वह हँसी उसके ओठों के भीतर बन्द होकर रह गयी, और एक अनोखी भ्रान्ति का-सा भाव उसकी आँखों में समा गया। वह कल्पना को किसी हद तक तोड़-मरोड़कर भी यह नहीं सोच सकता था कि उसकी आकृति किसी भी हालत में और किसी भी अंश में उस चित्र से मिलती-जुलती हो सकती है। फिर भी, न जाने क्यों, उसे देखकर रह-रहकर एक रहस्यमय भय का भाव उसकी सारी अन्तरात्मा को रेल के इंजन के धुएँ से भी अधिक काले और गाढ़े कुहरे से ढकने लगा। वह कुछ देर तक मन्त्र-मूढ़-सा भीत और चकित दृष्टि से एकटक उस चित्र को देखता रहा। उस चित्र में उसके सिर के घुँघराले बाल खड़े और बिखरे हुए दिखाये गये थे, भौंहें सिकुड़ी हुईं, आँखें गढ़ों के भीतर एकदम धँसी हुईं, गालों की हड्डियाँ बाहर को निकली हुईं, नाक मरोड़ी हुई और ठुड्डी का पतला-सा सिरा नीचे झूलता हुआ-सा। ऐसा जान पड़ता था, जैसे कोई और प्रतिहिंसापरायण

प्रेतात्मा नरक की अन्ध-गुहा के अतल और अगम अन्धकार के किसी छिद्र से पहली बार बाहर की ओर झाँक रहा हो।

नन्दिनी ने जब देखा कि पारसनाथ चित्र का मजाक उड़ाने के बजाय अत्यन्त गम्भीर मुद्रा से उसे देख रहा है, और उसमें तल्लीन-सा हो गया है, तो उसके आश्चर्य का ठिकाना न रहा। कुछ क्षण वह स्तब्ध भाव से उसकी ओर देखती रही, उसके बाद अचानक उठ खड़ी हुई और पारसनाथ के हाथ से चित्र को छीनती हुई परिहास के स्वर में बोली—"इस प्रकार अपनी छवि पर आप ही मुग्ध होना किसी प्रकार भी उचित नहीं है!"

पारसनाथ जैसे आधीरात के घोर दुःस्वप्न से चौंक उठा। उसकी आँखों में अभी तक भ्रान्ति का भाव वर्तमान था। उसकी दृष्टि से वह गौर से नन्दिनी की ओर देखता हुआ सोचने लगा—अपने अवचेतन मन की किसी लोमहर्षक अन्तर्दृष्टि की अज्ञात प्रेरणा से वह उस प्रकार का चित्र अंकित करने में समर्थ हुई। वह जानता था कि चित्रकला में नन्दिनी का हाथ सधा हुआ नहीं है, पर कैसा ही नौसिखिया कलाकार क्यों न हो, किसी व्यक्ति का रेखाचित्र अंकित करता हुआ वह इस हद तक आमूल बदला हुआ रूप नहीं दिखायेगा—सब नहीं तो कुछ रेखाएँ और कुछ भाव अवश्य ही उसमें स्पष्ट या अस्पष्ट रूप से परिस्फुट पाये जायेंगे; पर नन्दिनी ने जो चित्र खींचा था, उसकी कोई भी रेखा पारसनाथ की बाहरी आकृति की किसी भी रेखा से मेल नहीं खाती थी। तिस पर तारीफ की बात यह थी कि उस चित्र की प्रत्येक रेखा ऐसी सुदृढ़ मौर सुपरिस्फुट थी कि इस बात पर विश्वास नहीं होना चाहता था कि वह किसी अनाड़ी चित्रकार की कृति है। आज पहली बार नन्दिनी वास्तविक कला की एक भेद-भरी कृति तैयार करने में समर्थ हुई थी—पारसनाथ को ऐसा लगा।

वह सहसा उठ खड़ा हुआ और मेज के पास जाकर उससे जुड़े हुए शीशे में उसने अपना मुँह देखा—यह जानने के लिए कि नन्दिनी के रेखाचित्र से मेल खानेवाले किसी भी भाव या रेखा की झलक उसके मुख पर दिखायी देती है या नहीं; पर कहीं कोई भी चिह्न उसने ऐसा नहीं पाया, जो उस चित्र की किसी भी रेखा से मिलता हुआ हो। धीरे-धीरे उसके गम्भीर मुख पर हँसी की अस्पष्ट आभा झलक उठी, और कुछ ही समय बाद वह अस्पष्ट आभा स्पष्ट-से-स्पष्टतर होती गयी।

उसी रहस्यमयी मुस्कान के साथ नन्दिनी की ओर देखकर उसने कहा—"आपकी आँखों से 'एक्स-किरणों' का-सा प्रकाश झलकता हुआ मालूम होता है। आपने कभी 'एक्स-किरणों' की सहायता से लिया गया कोई फोटो देखा है?"

"जी नहीं।"

"उन किरणों के लिए मनुष्य के शरीर के चमड़े का कोई अस्तित्व ही नहीं रहता। उस चमड़े के आवरण को भेदकर उसके भीतर के नंगे रूप का फोटो लेने में वे किरणें सहायता पहुँचाती हैं। आपने भी शायद अपने अनजान में, अपनी अन्तर्दृष्टि की 'एक्स-किरणों' की सहायता से, मेरे भीतरी रूप का रेखाचित्र खींचने में सफलता पायी है।"

नन्दिनी उसकी बात को अच्छा मजाक समझकर खिलखिलाकर हँस पड़ी; बोली–"एक्स-किरणोंवाली बात एक ही रही! मुझे पता नहीं था कि मेरी 'अन्तर्दृष्टि' में इस तरह की कोई बात छिपी रह सकती है। आज उसका आविष्कार करके आपने केवल भीतरी ही नहीं, मेरी बाहरी आँखें भी खोल दी हैं।"

इस बीच पारसनाथ की मुस्कान अत्यन्त करुण हो आयी थी। परिहास की छाया का लेश भी नन्दिनी ने उसके मुख पर नहीं पाया। अत्यन्त क्लान्त स्वर में वह बोला–"हँसने की बात नहीं है, नन्दिनी देवी; आपने अपने अनजान में मेरे भीतर का यथार्थ रूप जैसे आईने में उतारकर रख दिया है। मालूम होता है, जिन प्रेतों और छायाओं का उल्लेख आज कुछ ही समय पहले आपने किया था, उनके संसर्ग में रहने से आपकी अनुभूति अत्यन्त रहस्यमयी और मार्मिक बन गयी है। उसी अनुभूति की अज्ञात प्रेरणा से आपके अनजान में आपकी भीतरी आँखों के आगे मेरा असली रूप बेपर्दा होकर प्रकट हो गया है।"

उसके मुख की मुद्रा गम्भीर-से-गम्भीरतर होती चली गयी। नन्दिनी के मन में इस बार थोड़ी-सी घबराहट पैदा हो गयी। उसने कहा–"आश्चर्य है कि आप एक साधारण हँसी की बात को भी गम्भीर रूप में लेना चाहते हैं। मैंने आपका रेखाचित्र खींचने की बात को एक अच्छा मजाक समझा था। अगर मैं यह जानती कि आप उसे इतना महत्त्व देंगे, तो मैं हरगिज उसकी चर्चा न चलाती।"

"नहीं नहीं, मैं उसे कोई महत्त्व नहीं देता। मैंने भी उसे मजाक ही समझा है।"–यह कहकर वह मुख पर सहज भाव लाने की चेष्टा करता हुआ एक कुर्सी पर बैठ गया; पर नन्दिनी ने देखा कि अभी तक एक भेदभरी चिन्ता की छाया उसके मुख पर से नहीं हटी है।

कुछ क्षण तक नन्दिनी चुपचाप खड़ी रही और पारसनाथ के मुख के अनमने भाव पर गौर करती रही। उसके बाद उसने सहसा कहा–"मैं नीचे जाकर चाय बनाती हूँ। आप तब तक कोई किताब या अखबार उठाकर पढ़ें। मैं पाँच मिनट में आती हूँ। उसके बाद फिर सिनेमा जाने की तैयारी करेंगे।"–यह कहकर वह नीचे चली गयी।

पारसनाथ कुछ देर तक उसी अनमने भाव से बैठा रहा। उसके मन की ऊपरी सतह के नीचे प्रेतों और छायाओं के बीच न जाने किस प्रकार का भीषण संघर्ष चल रहा था। और भयंकर कोलाहल मच रहा था। सतह पर उसका मन बिलकुल शान्त था। पर वह शान्ति भी बड़ी भयावह थी। उससे छुटकारा पाने के इरादे से सामने एक आले पर से 'इलस्ट्रेटेड वीकली' का एक पुराना अंक उठाकर वह फिर अपनी जगह पर बैठ गया, और उसे खोलकर देखने लगा। दस-पाँच पन्ने उलटने के बाद उसने दो भूटानी युवतियों का एक चित्र देखा। दोनों स्वस्थ और प्रसन्न जान पड़ती थीं। उस चित्र को देखते ही उसे अपने कालिम्पांग के जीवन की याद आयी। पहले तो एक मार्मिक टीस-सी उसके भीतर उठी; पर कुछ ही क्षण बाद जब उसी सिलसिले में उसे दार्जिलिंगवाली लड़की की याद आयी, तो यह टीस एक मीठी वेदना में बदल गयी। उस लड़की के साथ उसने

जो दिन बिताये थे, वे उसे अपने जीवन के सबसे सुखकर दिन प्रतीत हुए। उन दिनों वह कालिम्पांग के ताजा घाव लेकर आया था, सन्देह नहीं; पर उस लड़की के सुन्दर और स्वास्थ्यपूर्ण संसर्ग में रहने से वह मर्म की उस गहरी चोट की पीड़ा को भी बहुत-कुछ भूल गया था। वह सोचने लगा कि यदि उसके साथ उसने विवाह कर लिया होता, तो सम्भवतः उसके जीवन में एक व्यवस्था आ जाती; और भय और भ्रान्ति से उत्पन्न जिन प्रेत-छायाओं ने इधर कुछ समय से उसके जीवन को नरक की चहारदीवारी के भीतर बाँध दिया है, तब शायद वे न रहने पातीं। ज्यों-ज्यों उस लड़की की स्मृति उसके भीतर उज्ज्वल-से-उज्ज्वलतर होती जाती थी, त्यों-त्यों वेदना की मिठास भी बढ़ती जाती थी। उस स्मृति के जादू-के-से प्रभाव से धीरे-धीरे उसके भीतर से भय और विषाद का वह अन्धकारमय पर्दा हट गया, जो इधर कुछ समय से--विशेष करके कल रात से--उसके मन को--सारी आत्मा को--बुरी तरह जकड़े हुए था। न मालूम क्यों, उसके भीतर एक सबल और स्वस्थ अनुभूति धीरे-धीरे धर करने लगी। एक अस्पष्ट सुख-स्वप्न का-सा छायाभास वह अपने अन्दर महसूस करने लगा। अचानक अपनी मानसिकता में इस प्रकार के अप्रत्याशित परिवर्तन का अनुभव जब उसे हुआ, तो उसके आश्चर्य और प्रसन्नता का ठिकाना न रहा। एक तुच्छ कारण से मन की दशा में कभी-कभी कितना बड़ा बदलाव आ सकता है, यह सोच-सोचकर वह हैरान हो रहा था। उसे ऐसा लगने लगा था कि जीवन का अनन्त सुख बेरोक-टोक उसके आगे अपना विस्तार पसारे हुए है, जिसे एक छोटा-सा काला पर्दा इतने दिनों तक उसकी दृष्टि से ओझल किये हुए था। वह पुलकित होकर पत्र के पन्ने उलटता चला गया और अस्पष्ट सुख-स्वप्नों में निमग्न होकर अनमने भाव से उसके चित्रों को देखने लगा।

कुछ समय बाद नन्दिनी एक 'ट्रे' में चाय और जलपान का सरअंजाम लिये चली आयी। पारसनाथ के मुख पर असाधारण प्रसन्नता और पुलक का भाव झलकता हुआ देखकर उसे सुख भी हुआ और आश्चर्य भी। नन्दिनी को देखकर पारसनाथ का अन्यमनस्क भाव दूर हुआ। उसने कहा--"आपको बड़ा कष्ट हुआ। आपकी नौकरानी कहाँ गई? सब काम क्या आप ही को करना पड़ता है?"

'ट्रे' को बड़ी मेज पर रखती हुई नन्दिनी बोली--"नौकरानी सिर्फ चौका-बर्तन करती है और रात को सोने के लिए आती है। बाकी सब काम मैं अपने हाथ से करती हूँ।"

"ओः! तब तो सचमुच आप बड़े कष्ट में है।"

"इतनी देर बाद आप मेरे कष्ट का अन्दाज लगा पाये, यह मेरा सौभाग्य है।"--यह कहते हुए नन्दिनी के मुख पर एक अस्पष्ट व्यंग्य-भरी सकरुण मुस्कान झलक उठी।

पारसनाथ तत्काल अपनी बात के बेतुकेपन से परिचित होकर लज्जित हो उठा। आज ही, कुछ ही समय पहले, नन्दिनी ने आवेग में आकर अपनी स्थिति की भयंकरता का जो लोमहर्षक वर्णन उसके आगे किया था, उसे वह ऐसा भूल गया था; जैसे वह पूर्वजन्म की बात हो। अपने मन की उद्भ्रान्त कल्पनाओं में वह इस कदर तल्लीन हो गया था! नन्दिनी की व्यंग्य और वेदना-भरी मर्मोक्ति सुनकर उसकी स्मृति जग उठी,

और अनमना भाव दूर हो गया। उसने हड़बड़ाते हुए कहा—"नहीं-नहीं, मेरा यह आशय नहीं था; मैं कुछ दूसरी बात कहने जा रहा था। मुझे क्षमा कीजियेगा, इस बीच मैं कुछ अनमना-सा हो गया था। खैर। आज बहुत दिनों बाद आपके हाथ की बनी चाय पीने का सौभाग्य प्राप्त हुआ है। इसके लिए आपको हृदय से धन्यवाद देता हूँ।"

अपने अकारण उल्लास और प्रसन्नता के भाव को पारसनाथ छिपा नहीं पाता था। नन्दिनी को भी उसका वह बदला हुआ भाव देखकर मन-ही-मन विशेष प्रसन्नता हो रही थी। उसने पारसनाथ के आगे एक पेगटेबिल पर एक तश्तरी में जलपान की चीजें और एक प्याले में चाय बनाकर रख दी; और स्वयं भी एक दूसरी टेबिल के पास बैठकर खाने और पीने लगी।

चाय पीने के बाद नन्दिनी एक दूसरे कमरे में जाकर काफी देर तक सजाव-शृंगार में व्यस्त रही। जब सज-सँवरकर आयी, तो पारसनाथ उसे देखकर कुछ देर तक भौंचक्का-सा रह गया। उसे ऐसा लगा, जैसे नन्दिनी किसी इन्द्रजाली उपाय से अपनी कायापलट करके आयी है। इसके पहले वह मानता था कि नन्दिनी सुन्दरी है; पर उसके सौन्दर्य का निखार इस आश्चर्यजनक रूप में उसके सामने आ सकता है, इसकी कल्पना उसने कभी स्वप्न में भी नहीं की थी। वह एक हरे रंग की चटकदार रेशमी साड़ी पहने थी। सिर के बीचोबीच माँग इस सफाई से निकाली गयी थी कि न एक बाल इधर था न एक बाल उधर। उसके ऊपर सिन्दूर की एक हलकी-सी गुलाबी रेखा उषा के अरुण राग की तरह खिल रही थी, जैसे घोर अन्धकारमय जीवन के बीच में नवजीवन का प्रकाश-पथ दिखाती हो। माँग की दोनों ओर सुसामंजस्यपूर्ण रूप से लहराते हुए बाल उसके सारे व्यक्तित्व को एक अवर्णनीय कलात्मक शालीनता प्रदान कर रहे थे। उसके मुख का गोरा रंग (शायद लोशन और पाउडर आदि के प्रयोग से) निखरकर उज्ज्वलतर हो उठा था। कपाल के बीच में एक छोटी-सी गोल बिन्दी सौभाग्य-सूर्य की तरह चमक रही थी। उसका सारा मुखमण्डल स्वास्थ्य, सौन्दर्य और शृंगार से दिप रहा था। पारसनाथ विभ्रान्त होकर सोचने लगा—प्रेतों और छायाओं के बीच में रहनेवाली यह नारी इतनी श्री और शोभा अपने मन के किस अँधेरे तहखाने की भीतर छिपाकर सुरक्षित रखे हुए थी?

पारसनाथ की भ्रान्त दृष्टि से नन्दिनी को यह समझने में देर न लगी कि उसके सजाव-शृंगार का बड़ा जबर्दस्त प्रभाव उस पर पड़ा है। अत्यन्त मधुर और बनावटी संकोच-भरी मुस्कान मुख पर झलकाती हुई वह बोली—"चलिये, मैं तैयार होकर आ गयी हूँ। समय भी प्रायः हो चुका है।"—यह कहकर उसने अपने बायें हाथ पर बँधी हुई घड़ी देखी और फिर कहा—"पाँच बजकर पचीस मिनट हुए हैं। पहुँचते-पहुँचते छह बज जायेंगे।"

उसी भ्रान्त दृष्टि से नन्दिनी की ओर देखते हुए पारसनाथ ने कहा—"चलिये।" और यह कहकर वह उठ खड़ा हुआ।

24

जब दोनों बाहर चले आये तो नन्दिनी ने दरवाजे पर ताला लगा दिया, और उसके बाद पारसनाथ से एक ताँगा तय करने के लिए कहा। गन्दी गलियों से बाहर निकलने पर जब दोनों बड़ी सड़क पर आये, तो कुछ देर ताँगे के इन्तजार में खड़े रहे। प्रायः दस मिनट बाद एक खाली ताँगा आता हुआ दिखायी दिया। उसे तय करके दोनों उस पर सवार हो गये। पहले पारसनाथ आगे की 'सीट' पर ताँगेवाले के साथ बैठने जा रहा था, पर नन्दिनी ने उससे एक प्रकार से अनुरोध किया कि वह उसी के साथ बैठे। उसकी बात मानकर वह उसके साथ पीछेवाली 'सीट' पर ही बैठ गया।

कुछ दूर आगे बढ़ने पर ताँगा जब कुछ तेज रफ्तार से चलने लगा, तो उसके धक्के से दोनों के शरीर एक-दूसरे को स्पर्श करने लगे। नन्दिनी के निकट सामीप्य से, स्पर्श से और 'एसेंस' की गन्ध से पारसनाथ की सुप्त 'रोमाण्टिक' चेतना जैसे युगों के बाद फिर उभर उठी; पर वह बोला कुछ नहीं। न नन्दिनी ही कुछ बोलने के लिए उत्सुक जान पड़ती थी। नन्दिनी पूर्व की ओर मुँह किये थी, और पारसनाथ सामने, दक्षिण की ओर। दोनों जैसे चरम मौनवाणी में एक-दूसरे के मन के कानों में व्यथा की कथा कह रहे थे। वह व्यथा क्या थी, उसका रूप कैसा था, उसका उद्‌गम-स्थान कहाँ पर था, इस बात की कोई खबर उन दोनों के सचेत मन को नहीं थी। नन्दिनी केवल इतना ही जानती थी कि उसके मन में एक मीठी उदासी छायी हुई है—ऐसी प्यारी उदासी, जिसका अनुभव शायद आज उसे जीवन में पहली बार हो रहा था। उसके भीतर यह अस्पष्ट अनुभूति जग रही थी कि आज का दिन उसके जीवन का सबसे अधिक महत्त्वपूर्ण दिन है। जिस अर्थ-पिशाच की अधीनता उसने एक दिन न जाने किस सनक के वशीभूत होकर स्वेच्छा से स्वीकार की थी; उसके साथ प्रायः दो वर्षों से भयंकर भौतिक वातावरण की बद्धता में जीवन बिताने पर भी भीतर-ही-भीतर वह विद्रोह की आग सुलगाती चली जा रही थी; पर उस यक्ष ने बाहर से सब छिद्र एक-एक करके इस भयंकरता से बन्द कर दिये थे कि न तो उस आग की लपट कहीं बाहर निकल पाती थी, न धुएँ के निकलने का ही कोई मार्ग रह गया था। आग और धुएँ को भीतर-ही-भीतर पीती हुई वह जी मसोस-मसोसकर, पत्थर के आँसू बहाकर, शैतान की उस अन्धगुहा में किसी

तरह अपने दिन बिता रही थी। उसके अन्तर्मन को इस बात का पूरा विश्वास था कि एक-न-एक दिन शैतान का वह तिलिस्म टूटेगा ही और वह एक बार मुक्त रूप से वैसा ही बन्धनहीन जीवन बिताने की सुविधा पा जायेगी, जैसा पाँच वर्ष पहले बिताया करती थी। उसकी बहनों की इच्छा नहीं थी कि वह भुजौरिया जी से विवाह करे। उन्हें उस व्यक्ति का व्यवहार प्रारम्भ से ही सन्देहास्पद लगने लगा था; पर उसने अपनी चिकनी-चुपड़ी बातों से नन्दिनी को अपने काबू में कर लिया। नन्दिनी के मन में यह महत्त्वाकांक्षा वर्षों से घर किये हुए थी कि किसी कुलीन और सद्‌गृहस्थ परिवार से सूत्र जोड़े। यही कारण था कि वह और सब बातों की तरफ़ से अन्धी होकर उस 'अर्थ-पिशाच' के चक्कर में फँस गयी थी। वास्तविकता से वह तब परिचित हुई, जब वह 'अर्थ-पिशाच' उसे सौ-सौ फन्दों से लपेट चुका था। प्रारम्भ में भुजौरिया जी का बरताव उसके साथ बड़ा ही शिष्ट और सुहृद रहा। वह भरसक उसकी प्रत्येक माँग की पूर्ति कर दिया करते थे, और उसे प्रसन्न रखने में यथासम्भव कोई बात उठा नहीं रखते थे। उन्हें पता लगा था कि नन्दिनी का झुकाव शिक्षा और संस्कृति की ओर है। जिस वातावरण में नन्दिनी का पालन-पोषण हुआ था, वहाँ शिक्षा और संस्कृति की छाया तक फटकने नहीं पाती थी; पर वह न जाने कौन-से अनोखे और रहस्यमय संस्कार अपने भीतर लिये हुए पैदा हुई थी। अपनी परिपार्श्विक स्थिति की प्रायः प्रत्येक बात से उसके भीतर विरोधी भावनाएँ उठा करती थीं, और कुछ विचित्र आदर्शमूलक स्वप्न और निराली महत्त्वाकांक्षाएँ न जाने उसके अवचेतन मन के किस अनजान स्थान से उठकर उसके सचेत मन पर प्रतिक्षण आघात करती रहती थीं वह स्वयं ठीक से नहीं समझ पाती थी कि वह क्या चाहती है और क्यों चाहती है। केवल एक बात स्पष्ट और निश्चित रूप से उसके सामने आती थी कि उसे शिक्षा प्राप्त करनी होगी—अधिक-से-अधिक अपने चारों ओर की अशिक्षा का बद्ध वातावरण जैसे प्रतिपल उसका दम घोंटने लगता था। इस उद्‌देश्य से प्रेरित होकर उसने दो-दो वर्ष के अन्तर से दो बुड्ढे मास्टर नियुक्त किये। ताँगे पर बैठे-बैठे, हिचकोलों के कारण धक्के खाते हुए, उसे यह सोच-सोचकर हँसी आ रही थी कि उसने बुड्ढे मास्टरों को खूब नियुक्त किया! तब वह एकदम नौजवान थी (अठारह-उन्नीस वर्ष से अधिक उसकी उम्र नहीं रही होगी); और स्वभावतः उसके मन में चंचल आकांक्षा वर्तमान रहनी चाहिए थी; पर उसे किसी अज्ञात संस्कार ने जैसे उसके कानों में चेतावनी का यह मन्त्र फूँक दिया था कि जवान मास्टरों को नियुक्त करने से वह दूसरे ही चक्करों में उलझने के कारण कुछ भी नहीं सीख पायेगी। इसके अलावा अपनी बड़ी बहनों का जीवन वह देख चुकी थी, जिसके फलस्वरूप अल्हड़ युवकों के विरुद्ध एक उलटी-सी धारणा उसके मन में जम गयी थी। कुछ भी हो, दो बुड्ढे मास्टरों की सहायता से उसने अशिक्षा के घोर तामसिक अन्धकार के बीच एक क्षीण प्रकाशमय पथ-रेखा अपने लिये निकाल ली। उसके बाद फिर उसने कोई मास्टर नहीं रखा और स्वयं, अपनी आश्चर्यजनक लगन और अक्लान्त अध्यवसाय से प्रायः एक हाईस्कूल पास लड़की के बराबर की शिक्षा प्राप्त कर ली; पर उस शिक्षा का कोई

विशेष मूल्य नहीं था। वह केवल शिक्षा के साथ खेलना था। वह शिक्षा जीवन की कोई निश्चित रूप-रेखा उसके सामने रखने में समर्थ नहीं हुई, और न कोई स्थिर लक्ष्य-बिन्दु ही उसके आगे स्पष्ट रूप से आ सका। केवल अनन्त प्रकार की उद्भ्रान्त किन्तु सुनहली कल्पनाएँ अस्पष्ट और धूमिल आदर्शों का रूप धारण करके उसके मन को भरमाने और भटकाने लगीं। फल यह हुआ कि वह अपने जीवन की वास्तविकता को यथारूप स्वीकार करने पर भी अपने और समाज के बीच में एक दुर्लंघ्य व्यवधान, एक वर्णनातीत वैपरीत्य और वैमनस्य का अनुभव करने लगी। उस विरोधाभास का ही यह फल था कि वह हताश-सी होकर भुजौरिया जी के साथ चली आयी थी। भुजौरिया जी ने उससे कहा था कि वह कुलीन कान्यकुब्ज ब्राह्मण हैं और उनके प्रथम विवाह की स्वर्गीया स्त्री, ''एक बीस बिस्वा परिवार की लड़की थी।'' पर वह ऐसी, ''अशिक्षिता, कुरूपा, कट्टरपन्थी और अन्धसंस्कारों से घिरी हुई'' थी कि उनकी जान के लिए वह एक आफत हो गयी थी। ''फिर भी (—भुजौरिया जी का कहना था—) मैंने मरते दम तक उसकी पूरी सेवा-टहल की, और उसके इलाज में कोई बात उठा नहीं रखी; पर अब मैं जीवन में हरगिज किसी कुलीन घराने की लड़की से विवाह नहीं करूँगा। मैं समाज से विद्रोह करना चाहता हूँ और जात-पाँत का बिलकुल भी खयाल न करके किसी ऐसी लड़की से विवाह करना और अपना (और उसका भी) जीवन सुखी बनाना चाहता हूँ, जो समझदार हो, सहृदय हो, नयी शिक्षा और संस्कृति से जो अपरिचित न हो (भले ही उसने बी. ए. और एम. ए. की डिग्री न पायी हो)। मेरे आदर्श की इस कसौटी पर आप हर तरह से खरी उतरती हैं।''

उन्होंने किसी एक गाँव का नाम लेकर यह भी कहा था कि वहाँ उनकी खासी बड़ी जमींदारी है। इसके अलावा उन्होंने दो-चार फर्मों का उल्लेख किया था जिनके नाम कम-से-कम सुनने में बड़े भारी-भरकम लगते थे। उन फर्मों के साथ उन्होंने अपना व्यावसायिक सम्बन्ध बताया था। नन्दिनी यह सुनकर बहुत प्रसन्न हुई थी—इसलिए नहीं कि वह अर्थ के लोभ से उनसे विवाह करना चाहती थी, बल्कि इसलिए कि वह अपनी बहनों को इस बात का एक और प्रमाण देना चाहती थी कि वह किसी ऐरे-गैरे आदमी से शादी करने नहीं जा रही है।

फिर भी बहनों ने अन्त तक काफी विरोध किया और नन्दिनी को बारहा समझाया; पर कोई फल नहीं हुआ। नन्दिनी अपनी कुछ अजीब-सी खामखयाली को पूरा करने की जिद पर तुली थी। बहरहाल अन्त में विवाह हो ही गया। नन्दिनी की इच्छा थी कि विवाह काफी तूमतड़ाक और धूमधाम से हो; पर एक तो बहनें विशेष उत्साहित नहीं थीं, तिसपर स्वयं भुजौरिया जी किसी प्रकार के आडम्बर के पक्ष में कतई नहीं थे, और उन्होंने चुपचाप शान्त-भाव से, दो आर्यसमाजी पण्डितों को बुलाकर, वैदिक विधि से विवाह-कार्य समापन किया।

विवाह हो जाने के बाद नन्दिनी जब लखनऊ से भुजौरिया जी के साथ नये शहर में उस गन्दी, नरक से भी बदतर, गली में आकर रहने लगी, तो प्रारम्भ से ही

उसका मन अज्ञात रूप से आशंकित हो उठा। पर, जैसा कि पहले कहा जा चुका है, भुजौरिया जी का व्यवहार आरम्भ में उसके प्रति बहुत शिष्ट और सौजन्यपूर्ण रहा; इसलिए कुछ समय तक उसे अपनी नयी स्थिति की यथार्थता का अनुभव ठीक तरह से नहीं हो पाया। भुजौरिया जी को अपनी स्वार्थजनित सूक्ष्म दृष्टि से यह जानने में देर न लगी कि नन्दिनी के कल्पनाप्रिय, रोमांसवादी मन का झुकाव विशेष रूप से किस ओर है। वह समझ गये थे कि ललित कलाओं के प्रति उसका प्रेम उकसाते चले जाने से वह नये चक्रजाल में उलझी रहेगी। उन्होंने काव्यकला और कथा-साहित्य-सम्बन्धी नयी-नयी और रोचक पुस्तकों का ढेर उसके आगे लगा दिया, और स्वयं भी मौके-बे-मौके साहित्य-चर्चा से उसका मन बहलाते रहे; पर झूठ के एक विराट् काले पहाड़ को एक बहुत ही झीनी सफेद चादर से नहीं ढका जा सका। धीरे-धीरे नन्दिनी के आगे भुजौरिया जी का यथार्थ रूप, उनकी कुटिल स्वार्थपूर्ण मनोवृत्ति का एक स्तर, स्पष्ट-से-स्पष्टतर होता चला गया। वह जान गयी कि जिस भयंकर व्यक्ति से उसका पल्ला बँधा है, उसके जीवन का एकमात्र लक्ष्य नाना छल-छद्मों से अर्थ-संचय करना है और जाल-जंजाल के अनेक गुप्त अस्त्रों को अपने ऊपरी व्यक्तित्व के पर्दे-दर-पर्दे के भीतर सब समय छिपाये रहना है। उसने बड़ी ही बारीक चालाकी से नन्दिनी की अपनी पूँजी में से कई हजार रुपये इस सफाई के साथ निकाल लिये थे कि वह बाद में स्तम्भित रह गयी। उसे बाद में इस बात का पता लगा कि भुजौरियाजी ने जिस गाँव में अपनी जमींदारी बतायी थी, वह गाँव युक्तप्रान्त की किसी भी तहसील या परगने के नक्शे में कहीं मौजूद नहीं है, और जिन फर्मों के भारी-भरकम नाम उन्होंने लिये थे, उनमें से केवल एक नाम ऐसा था, जो वास्तविक था। और उस वास्तविक फर्म से उनका व्यावसायिक सम्बन्ध केवल इस हद तक रहा कि वहाँ एक साल उन्होंने नौकरी की थी। इन सब बातों का पता चलने पर नन्दिनी का दिल दहल उठा।

कुछ समय बाद जब पारसनाथ से उनका परिचय हुआ, तो भुजौरिया जी ने दोनों को बेवकूफ बनाने के इरादे से ऐसा मन्त्र रचा कि पारसनाथ बिना वेतन के नन्दिनी को चित्रकला सिखाने के लिए राजी हो गया। तीन-चार महीने तक पारसनाथ प्रायः नियमित रूप से नन्दिनी को चित्रकला सिखाता रहा, पर बाद में धीरे-धीरे उसने एक अज्ञात उदासीनतावश उसके पास जाना कुछ कम कर दिया था।

जब तक पारसनाथ का साथ नियमित रूप से रहा, तब तक नयी परिस्थिति की आतंक उत्पन्न करनेवाली विभीषिका नन्दिनी की आँखों के आगे कुछ बदला हुआ रूप धारण किये रही, और असहनीय नहीं मालूम हुई। पारसनाथ को देखकर, उसके शील और गुणों का कुछ परिचय पाने पर, उसे ऐसा लगा कि अपने अनिश्चित, अव्यवस्थित और प्रायः अस्वाभाविक व्यक्तित्व के जिस उद्‌भ्रान्त कल्पनालोक में वह इतने दिनों तक जानकार या अनजान में भटक रही थी, और उस कल्पनाजगत् के भीतर चित्र-विचित्र स्वप्नों की रंगीन छायाएँ जिस अस्पष्ट, झिलमिले और मोहक प्रकाश-पथ की ओर उसे

लुभा रही थीं, उन सबकी सार्थकता की कुंजी जैसे उस शान्त-स्वभाव और सुन्दर मुखाकृतिवाले, प्रतिभाशाली कलाकार युवक के व्यक्तित्व के भीतर निहित है। वह अपने अनजान में अपने व्यक्तित्व का उन्नत-से-उन्नत और सुन्दर-से-सुन्दर रूप पारसनाथ के आगे रखने लगी; पर पता नहीं क्यों, पारसनाथ नन्दिनी के स्वास्थ्य और सौन्दर्य का परिचय पाने पर भी, अपने स्वभाव के विपरीत, प्रारम्भ से ही उससे कुछ खिंचा-सा रहा। उसे स्वयं यह सोचकर आश्चर्य होता कि वह क्यों प्रारम्भ से ही अपने स्वभाव की विकृति के अनुसार नन्दिनी को रिझाकर नष्ट करने की कला में सलग्न नहीं हो गया। उसे उस अल्हड़ युवती की सुरुचि, शालीनता और सहृदयता की ओट में एक ऐसे बनावटीपन की झलक दिखायी दी, जो उसे अत्यन्त अरुचिकर लगा। साथ ही यह समझने में भी उसे देर न लगी कि अपने स्वभाव की उस कृत्रिमता से नन्दिनी स्वयं अपरिचित है। यदि पारसनाथ की दृष्टि कुछ और गहरी होती, तो वह देखता कि नन्दिनी के स्वभाव की उस अज्ञात कृत्रिमता के भी अन्तराल में, उसके सचेत मन के भीतर के भी भीतर, एक ऐसी सरल और सहज सहृदयता जड़ जमाये हुए थी, जो उसके जीवन की परिस्थितियों को देखते हुए (जिनसे पारसनाथ कतई परिचित नहीं था) अत्यन्त आश्चर्यजनक और अविश्वसनीय लगती थी; पर उस मूलगत सहृदयता के वृक्ष को स्वाभाविक ढंग से बढ़ने, फूलने और फलने की सुविधा ही कहीं प्राप्त नहीं हो रही थी। कुछ भी हो, पारसनाथ की उदासीनता का हलका-सा आभास नन्दिनी को भी मिल गया था। फिर भी उसके कलात्मक साहचर्य में वह अपने भ्रमित जीवन की तत्कालीन विकरालता को, बहुत-कुछ भुलाने में समर्थ रही; पर बाद में जब धीरे-धीरे पारसनाथ ने उसके यहाँ आना-जाना बहुत कम कर दिया, तो उसके भीतर, तल से लेकर सतह तक, एक अत्यन्त भयंकर और व्यापक विषाद की विभीषिका ने अँधेरी छायाओं के ताने-बाने का जाल बुनना और तानना शुरू कर दिया। उसे ऐसा अनुभव होने लगा कि वह अनन्त अन्धकार में भटकती चली जा रही है—उसका वर्तमान अन्धकारमय है, भविष्य अन्धकारमय है, और भूत तो अन्धकारमय था ही। प्रकाश की कहीं कोई अधबुझी चिनगारी भी उसकी नजर में नहीं आती थी; और प्रकाश के लिए वह जितना ही छटपटाती थी, उतना ही अधिक वह अन्धकार की गहनता में जैसे धँसती जाती थी। उसे ऐसा लगता था, जैसे अपने स्वजनों से विच्छिन्न हुए उसे अनेक युग—बल्कि कई जन्म—बीत गये हों, और आकाश और पाताल के किसी भी कोने में कोई भी जरिया, कोई भी रास्ता अपने आत्मीय-समाज के बीच लौट चलने का उसे नहीं सूझता था। वह अपने को चारों ओर से प्रेतों और छायाओं से घिरी मालूम करने लगी थी, यहाँ तक कि स्वयं अपने को भी वह एक लक्ष्यभ्रष्ट प्रेतात्मा के रूप में ही देखने लगी थी। भुजौरिया जी उसे उस भूतलोक के नायक के रूप में लगते थे। कुछ दिनों तक वह इस प्रेतात्मक भावना से इस बुरी तरह ग्रस्त रही कि उसे ऐसा लगा, जैसे वह पागल हो जायेगी; पर शीघ्र ही उसकी आत्मरक्षा की प्रेरणा ऐसी प्रबलता से उभर उठी कि उसने अपने भीतर की समस्त सोयी हुई शक्तियों को जगाया, और प्रत्यक्ष जगत् और

पाताल-लोक के सब प्रकार के प्रेतों और भयावनी छायाओं का सामना करने के लिए वह तैयार हो गयी। जो-जो दृश्य या अदृश्य विरोधी शक्तियाँ उसके जान में या अनजान में उसके विरुद्ध षड्यन्त्र रच रही थीं, उनके प्रति ऐसे भयंकर विद्रोह की भावना उसके हृदय को जड़-सहित हिलाने लगी कि देखकर वह स्वयं चकित रह गयी। आज जब पारसनाथ कई महीनों बाद अकस्मात्, अप्रत्याशित रूप से उसके पास आया, तो उस समय उसके भीतर पूर्वोक्त विद्रोही भावना की क्षणिक प्रतिक्रिया चल रही थी, और उसके भीतर के तूफान ने कुछ समय के लिए प्रकट में गहन विषाद का शान्त रूप धारण कर लिया था। उस विषादमग्न और भ्रान्त मानसिक अवस्था में पारसनाथ जैसे खोयी हुई अमूल्य निधि की तरह उसके पास पहुँच गया; जैसे उसके आने से ओर-छोर-हीन रेगिस्तान में भटकने के बाद सहसा नखलिस्तान का-सा दृश्य नन्दिनी की आँखों में झलक गया। भले ही वह नखलिस्तान में मायावी मृगजल—मोहमयी आशा में भटकनेवाली मरीचिका—साबित हो, पर वर्तमान की अनन्त भ्रान्ति और अपार निराशा से तो कुछ समय के लिए छुटकारा पाया जायेगा!

ताँगे पर बैठे-बैठे नन्दिनी अपने जीवन के सम्बन्ध में इसी तरह के आदि-अन्तहीन विचारों में पूर्ण रूप से मग्न होकर रास्ते-भर मौन बैठी रही। और पारसनाथ? वह भी भ्रमाच्छन्न होकर कभी पृथ्वी की प्रकाशमयी जीवन-अनुभूति में भटककर नीचे पाताललोक के अगम अन्धकार के भीतर आँखें बन्द करके रास्ता टटोलता था, कभी उससे भी गहन अन्धकारमय रसातल में धँसता चला जाता था, और कभी किसी मायावी की मन्त्र-शक्ति के बल से उतराता हुआ फिर एक बार पृथ्वीतल पर आकर उसी घुप अँधेरे में डूब जाता था।

जब ताँगा सिनेमा-हाउस के पास आकर ठहरा, तब दोनों को चेत हुआ। ताँगे पर से उतरकर पारसनाथ ने नन्दिनी का हाथ पकड़कर उसे नीचे उतारा, और अपनी जेब से पैसा निकालकर भाड़ा चुकाया। नन्दिनी स्वयं अपने पास से पैसा देना चाहती थी; पर पारसनाथ ने जब जल्दी अपना हाथ बढ़ा दिया, तो वह रह गयी; किन्तु जब पारसनाथ सिनेमा का टिकट खरीदने के लिए जाने लगा, तो नन्दिनी ने उसे टोकते हुए कहा—"यह रुपया लीजिये; अगर आप अपनी गाँठ से रुपया खर्च करेंगे, तो मैं देखने नहीं जाऊँगी।"—पारसनाथ अपनी भीतर की जेब में हाथ डालकर टटोल रहा था कि उसके पास कुल कितने रुपये थे। यह सोच रहा था कि जितने रुपये होंगे, उस हिसाब से टिकट खरीदेगा। पर नन्दिनी ने सहसा ऐसा रुख अख्तियार कर लिया था कि उसे हठ करने का साहस न हुआ। उसने खिसियाये हुए व्यक्ति की तरफ मुस्कराते हुए कहा—"अच्छी बात है, जब आप नाराज होती हैं, तो मैं नाहक अपना रुपया क्यों बिगाड़ू!"

नन्दिनी ने उसे पाँच रुपये का एक नोट देते हुए कहा कि ऊपर की सीट के दो टिकट खरीद लिये जावें। टिकट खरीदने के बाद पारसनाथ ज़ब नन्दिनी को साथ लेकर ऊपर जाकर बैठा, तो बिजली की तेज रोशनी में, दर्शकों की भीड़ के बीच में, वह एक अनोखी बेचैनी का अनुभव करने लगा।

युगों तक किसी अँधेरी गुफा में छिपा हुआ रात्रिचर यदि अचानक अनजाने में, बाहर निकल पड़े, और दिन के उज्ज्वल प्रकाश में, जीवन के स्पन्दन से तरंगित स्त्री-पुरुषों के बीच में, आकर सैकड़ों कुतूहली आँखों से आत्म-रक्षा करने में अपने को असमर्थ मालूम करे, तो उसकी जो मानसिक स्थिति होगी, ठीक वही दशा उस समय पारसनाथ की भी हो रही थी। कहते हैं कि मनुष्य भूत से डरता है और भूत मनुष्य से। पारसनाथ भी आज जैसे भूतलोक से मनुष्यों के बीच में आकर अपने को एकदम अरक्षित समझ रहा था।

जब घण्टी बजी और अँधेरा हुआ, तब पारसनाथ ने चैन की साँस ली। नन्दिनी अत्यन्त उत्सुकता से खेल शुरू होने का इन्तजार कर रही थी। उसे आज ऐसा लग रहा था, जैसे वह जीवन में प्रथम बार सिनेमा देखने आयी हो। एक नयी उमंग और नये उत्साह से उसका सारा शरीर पुलकित हो रहा था। पारसनाथ के साहचर्य में सिनेमा के खेल का आकर्षण उसके लिए इस प्रकार एकदम नया रूप धारण कर सकता है, इस बात की कल्पना उसने नहीं की थी; पर पारसनाथ खेल के लिए तनिक भी उत्सुक नहीं था। सिनेमा हॉल में प्रवेश करते ही वह जिस अनोखी घबराहट का अनुभव करने लगा था, वह बढ़ती ही चली जा रही थी।

खेल शुरू हुआ। एक रोमांस के सूत्र में बम्बई शहर की चहल-पहल और राग-रंग के रहस्य और रोमांचपूर्ण दृश्य पिरोये जा रहे थे। नन्दिनी के पुलक-प्रकम्पन की सीमा नहीं थी; पर पारसनाथ को ऐसा मालूम हो रहा था, जैसे इस संसार के परे किसी एक अनजान भौतिक-लोक में चलती-फिरती पुतलियों का एक विचित्र तमाशा हो रहा है, जिसका कुछ भी अर्थ उसकी समझ में नहीं आ पाता था। पर, अर्थ समझ में न आने पर भी वे सब दृश्य उसकी हौलदिली को बढ़ाने में सहायक सिद्ध हो रहे थे।

'इण्टर्वल' होने पर जब हॉल फिर प्रकाश से जगमगा उठा, तो पारसनाथ की इच्छा हुई कि नन्दिनी को अकेली छोड़कर भागकर चला जाये। पान-सिगरेट, सोडा-लेमनेड आदि चीजें बेचनेवाले छोकरों का चिल्लाना और आनन्दान्वेषी स्त्री-पुरुषों का गुंजनालाप सुनकर, और नन्दिनी के मुख का पुलकित भाव देखकर उसका मन बिरसता से भर गया। कुछ देर बाद अब खेल फिर शुरू हुआ, तो वह मन मारकर देखता रहा, और बड़ी अधीरता से इस बात का इन्तजार करता रहा कि कब खेल समाप्त हो।

25

खेल समाप्त होने पर सिनेमा-हॉल से वह जल्दी-से-जल्दी भाग निकलने के लिए इस कदर व्याकुल हो उठा, जैसे आग की लपटों ने उसे चारों ओर से घेर लिया हो। जीवित स्त्री-पुरुषों की भीड़ का निकट संसर्ग उसके हृदय में इस कदर घबराहट उत्पन्न कर सकता है, इस बात की कल्पना इसके पहले उसने नहीं की थी। आज उसे निश्चित रूप से मालूम हुआ कि काफी लम्बे अर्से से पाताल-पुरी में रहने के कारण वह प्रेतों और छायाओं की सीमा-परिधि के बाहर एक क्षण के लिए भी स्थिर-चित्त होकर रहने योग्य नहीं रह गया है।

बाहर आकर एक ताँगा करके जब दोनों पीछे की सीट पर एक-दूसरे की ओर मुँह करके बैठे, पारसनाथ को यह अनुभव हुआ कि सिनेमा-हॉल में जिस घबराहट ने उसे बेचैन कर रखा था, वह नन्दिनी के एकान्त संसर्ग से किसी हद तक दूर हो गयी; पर अभी बहुत-कुछ शेष थी। उस भावना से आत्मरक्षा करने के उद्‌देश्य से वह जैसे अपने अनजान में नन्दिनी के और अधिक निकट आकर बैठ गया। कुछ तो बाहर की और कुछ मन के भीतर की सर्दी के कारण उसका शरीर जैसे अकड़ा जा रहा था, और दाँत जैसे किटकिटाना ही चाहते थे। इस कारण भी नन्दिनी के स्पर्श की उसे परम् आवश्यकता महसूस हो रही थी। नन्दिनी के शरीर से बिजली के 'हीटर' की तरह एक अनोखी गरमी निकल रही थी, जिससे पारसनाथ के अकड़े हुए शरीर और मन को ठीक उसी प्रकार का आराम मिल रहा था, जिसका अनुभव कड़ाके की सर्दी में अँगीठी के पास बैठने पर होता है, नन्दिनी के मुँह से जो सुगन्धित निःश्वास निकल रहा था, वह भी बड़ा सुखद लग रहा था। जब ताँगा हिचकोला खाता था, तो दोनों के घुटने एक-दूसरे से टकराते थे। उस टकराने के फलस्वरूप दोनों के शरीर से एक विचित्र बिजली का-सा स्फुरण होता था। नन्दिनी जब सिनेमा-हॉल से बाहर आयी थी, तो वह आज के खेल से इतनी अधिक तरंगित हो उठी कि एक अल्हड़ लड़की की तरह पारसनाथ से बहुत-सी बे-सिरपैर की बातें करने को उतावली हो रही थी, पर पारसनाथ के भीतर की बेचैनी और स्तब्ध मौन-भाव का ऐसा अज्ञात प्रभाव उस पर पड़ा कि उसे कुछ बोलने का साहस ही नहीं हुआ।

काफी देर तक दोनों चुप बैठ रहे। अन्त में नन्दिनी रह न सकी। उसने बोलने का क्रम शुरू करने के उद्देश्य से कहा–"आज बहुत ठण्ड मालूम हो रही है। इस साल अभी से जाड़ा शुरू हो गया है।"

पारसनाथ फिर भी चुप रहा। वह इस कोशिश में था कि उसके दाँतों के किटकिटाने की आवाज नन्दिनी को न सुनायी दे।

"आज का खेल आपको कैसा पसन्द आया?"–नन्दिनी ने पूछा।

"अच्छा ही था"–मरे मन से पारसनाथ ने उत्तर दिया।

कुछ देर तक फिर मौन छा गया। ताँगा एक एकान्त सड़क से होकर जा रहा था, इसलिए बाहर का सन्नाटा भीतर के सन्नाटे से मिलकर एक रहस्यमयी भौतिक अनुभूति की सृष्टि कर रहा था।

"मुझे तो बहुत ही पसन्द आया।"

"कौन-सी विशेष बात आपको पसन्द आयी?"–अनमने भाव से पारसनाथ ने पूछा।

"मुझे यह बात खास तौर से अच्छी लगी कि फर्म के मालिक की संरक्षता में जो अनाथ लड़की रहती थी, उसे यद्यपि वह हृदय से चाहता था और उससे विवाह करने की इच्छा रखता था, तथापि उसने अपने एक कर्मचारी से उसका विवाह करवा दिया, जिसे वह लड़की चाहती थी।"

पारसनाथ ने खेल के 'प्लाट' का अनुसरण ठीक तरह से नहीं किया था। उसने एकदम अन्यमनस्क होकर खेल देखा था, और केवल उसके छिटफुट दृश्य बिखरे-बिखरे ढंग से उसकी स्मृति में आ रहे थे। नन्दिनी की बात से उसे जैसे चेत हुआ, और उसके एक विशेष दृष्टिकोण से वह परिचित हुआ। अपने मोहाच्छन्न भाव को फटकारने की चेष्टा करते हुए कहा–"हाँ, यह बात तो वास्तव में विशेष महत्त्वपूर्ण है।"–नन्दिनी का अस्पष्ट इंगित किस बात की ओर था, इसका अन्दाज वह अब भी ठीक तरह से नहीं लगा पाया था, हालाँकि वह यह महसूस कर रहा था कि नन्दिनी की उस सीधी-सी बात में कोई भेद अवश्य छिपा है। वह अपनी क्लान्त नसों को दबा रहा था, ताकि उसकी बात का ठीक मर्म समझ पाये।

क्षण-भर के लिए चुप रहकर नन्दिनी बोली–"मेरे मन में कभी-कभी सिनेमा की 'ऐक्ट्रेसों' के जीवन के प्रति ईर्ष्या जगने लगती है।"

नन्दिनी की इस बात से पारसनाथ की व्यंग्यात्मक चेतना जैसे पूर्ण रूप से सजग हो उठी। उसने कहा–"हूँ! यह बात है? मैं कभी कल्पना नहीं कर सकता था कि इस प्रकार के जीवन के प्रति आप भीतर-ही-भीतर इस कदर आकर्षित हो सकती हैं।"

"क्यों? आपको आश्चर्य क्यों होता है? मेरे इस मनोभाव में कौन-सी अस्वाभाविकता आप पाते हैं।"

"कुछ भी नहीं। मैं कुछ भ्रम में अवश्य था; पर अब मैं मानता हूँ कि इस तरह सोचना आपके लिए सम्पूर्ण स्वाभाविक था। पर क्या मैं पूछ सकता हूँ कि 'ऐक्ट्रेसों' के जीवन की कौन-सी बात आपको सबसे अधिक आकर्षित करती है?"

पारसनाथ जिस ढंग से बोल रहा था, उसमें सरलता का लेश भी नहीं था, यह बात नन्दिनी की जानकारी से छिपी न रही; पर उसने सहज भाव से उत्तर दिया—"उनके जीवन की स्वच्छन्दता मुझे सबसे अधिक महत्त्वपूर्ण लगती है। जिस नारी के ऊपर कोई बन्धन न हो—न समाज का न व्यक्ति का—उसे मैं बहुत सुखी नहीं मानती, पर वह उस स्त्री की तुलना में अवश्य सुखी है जिसके ऊपर एक ऐसे पुरुष का बन्धन हो, जिसे वह कतई नहीं चाहती—जिसे वह तन से, मन से, सारी आत्मा से घृणा करती है।"

नन्दिनी के कथन से उसके भीतर का जो आवेग फूट पड़ा था, उसने पारसनाथ की रही-सही जड़ता और मोहाच्छन्नता को भी जैसे आँधी के एक प्रबल झोंके से उड़ा दिया। उसकी बात के भीतर छिपे हुए यथार्थ मर्म को समझने में इस बार उसे देर न लगी। उसने गम्भीर भाव से कहा—"हाँ, मैं आपकी इस बात की सचाई की ताईद करता हूँ; पर एक बात मैं और आपसे पूछना चाहता हूँ। अगर आपको आसानी से 'ऐक्ट्रेस' बनने की सुविधा प्राप्त हो जाये, तो क्या आप बिना किसी झिझक के तैयार हो जायेंगी?"

"हो सकती हूँ, एक शर्त पर।"

इस बार नन्दिनी का स्वर काफी धीमा पड़ गया था। दूर स्थित बत्ती के क्षीण प्रकाश में पारसनाथ उसके मुख के भाव से यह अन्दाज नहीं लगा पाया कि उसके कथन में कितना पुट परिहास का है और कितना गम्भीरता का।

"वह कौन-सी शर्त है।"

"जाने दीजिये, जानकर क्या कीजियेगा?"

"फिर भी!"—

"तो बताऊँ? मेरी बात को आप मजाक तो नहीं समझेंगे?"

"नहीं नन्दिनी देवी, मैं आज किसी भी बात को 'मजाक' के रूप में लेने के 'मूड' में नहीं हूँ।"

"तो सुनिये। मैं इस शर्त पर बिना किसी झिझक के 'ऐक्ट्रेस' बन सकती हूँ कि आप भी उसी कम्पनी में 'ऐक्टर' नियुक्त हो जायें।"

"यह क्यों? मेरे 'ऐक्टर' बनने से आपको क्या लाभ होगा?"—आश्चर्य के साथ पारसनाथ ने पूछा।

"लाभ या हानि की बात मैं कुछ नहीं जानती। आपने पूछा था, इसलिए मैंने बता दिया कि मैं किस शर्त पर 'ऐक्ट्रेस' बन सकती हूँ।"

"ओह! समझा!"—यह कहकर पारसनाथ चुप हो गया।

कुछ देर तक फिर मौन छा गया; और घोड़े की बेमेल टापों की आवाज और ताँगे के हिचकोले खाने के शब्द के अलावा और कोई शब्द आसपास में कहीं नहीं सुनायी देता था। पारसनाथ को पहले से भी अधिक जाड़ा लग रहा था, और नन्दिनी के शरीर से निर्गत होनेवाली गरमी उसे प्रिय-से प्रियतर मालूम होती जाती थी। उसने 'ऐक्ट्रेसों' के जीवन के प्रति अपनी जिस मोहाकांक्षा की सूचना उसे दी थी, उससे भी उस सुखद अनुभूति में कोई अन्तर नहीं पड़ा, बल्कि वह और अधिक बढ़ने लगी; इससे पारसनाथ को स्वयं अपने ऊपर आश्चर्य हो रहा था। नन्दिनी का निकट संघर्ष इतना अधिक आराम देनेवाला और प्रलोभनीय हो सकता है, इसका अनुभव आज उसे पहली बार हुआ। ऐसा क्यों हुआ, इसका विश्लेषण करने की तनिक भी मानसिक स्फूर्ति उसमें नहीं रह गयी थी।

जब वे लोग काफी दूर तक आगे निकल गये, तो अचानक नन्दिनी ने फिर उसी बात की चर्चा चलायी। उसने कहा—"अच्छा, आप एक बार खूब गम्भीर भाव से सोच-विचारकर सच्चे मन से मेरे एक प्रश्न का उत्तर दीजिये। मेरा पूर्ण विश्वास है कि आप मेरे सच्चे हित को ध्यान में रखकर जो बात कहेंगे, वही मेरे लिये ठीक होगी। अगर मैं सचमुच किसी फिल्म कम्पनी में 'ऐक्ट्रेस' नियुक्त हो जाऊँ, तो जिस प्रकार का जीवन मैं इस समय बिता रही हूँ उससे वह जीवन बेहतर रहेगा या नहीं?"

पारसनाथ फिर एक बार सजग होकर बैठ गया, और पूरे बल से अपनी बिखरी हुई मानसिक शक्तियों को बटोरने की चेष्टा करने लगा। उसके बाद बोला—"देखिये नन्दिनी देवी, जब आपने गम्भीर भाव से पूछा है, तो मैं गम्भीर ही भाव से आपके प्रश्न का उत्तर दूँगा। मेरा यह विश्वास है कि 'ऐक्ट्रेस' का जीवन बिताने पर भी आपका जीवन सुखी नहीं होगा। इस समय आपका अन्तर्जगत् जिन प्रेतों और छायाओं से घिरा हुआ है, 'ऐक्ट्रेस' का जीवन बिताने पर वे ही प्रेत और वे ही छायाएँ आपके बहिर्जगत् को घेर लेंगी। केवल इतने ही अन्तर से अगर आप यह समझें कि आपका जीवन पहले से बेहतर बन गया है, तब ठीक है। पर, मेरी यह धारणा है कि ये दोनों परिस्थितियाँ जीवन के एक ही मूल रूप के दो विभिन्न पहलू हैं। ठीक यही बात मैं अपने सम्बन्ध में भी कह सकता हूँ। असल बात यह है, नन्दिनी देवी, कि हम लोग—आप, मैं और हमारी ही तरह की सांसारिक और मानसिक परिस्थितियों के दूसरे प्राणी—जो कि सच्चे अर्थों में नरक के कीड़े हैं (क्षमा कीजियेगा, मैं एक 'जेनेरल' बात कह रहा हूँ, किसी व्यक्ति विशेष से मेरा तात्पर्य नहीं है) हम लोग अपने मानसिक लोक के प्रेतों और छायाओं की अँधेरी और भयावनी दुनिया में रहकर ही आत्मरक्षा कर सकते हैं। उससे बाहर निकलने की चेष्टा हम लोगों की वर्तमान परिस्थिति से कई गुना अधिक खतरनाक सिद्ध हो सकती है।"

नन्दिनी जिस उमंग, उल्लास और आशा के झिलमिले प्रकाश को सिनेमा-हॉल से अपने साथ लायी थी, जिस टिमटिमाती हुई रोशनी में अस्पष्ट स्वप्नों का रंगीन जाल

बुनने की चेष्टा में लगी हुई थी, पारसनाथ की अन्तिम बात के झोंके में वह एक बार चटचटाकर बुझ गया। फिर वही विकराल, अगम और अभेद्य अन्धकार वह अपने भीतर महसूस करने लगी, जो पिछले कुछ दिनों से उसे चारों ओर से अविच्छिन्न रूप से घेरे हुए था, और जिससे आज अत्यन्त प्रबल चेष्टा के बाद, बड़ी कठिनाई से, बाहर निकलने में वह समर्थ हो पायी थी। तब क्या उसकी विद्रोही आत्मा के सारे प्रयत्न, सारे उद्योग अन्त तक निष्फल हो जायेंगे? क्या उस धीर विभीषिकामयी जीवन मृत्यु से छुटकारा पाने के सब प्रयास व्यर्थ सिद्ध होंगे, जिसने उसे सब तरफ से सैकड़ों कठोर वज्र बन्धनों से जकड़ रखा है।''

ज्यों-ज्यों मकान निकट आता गया, त्यों-त्यों नन्दिनी की भय-भावना बढ़ती चली गयी। जब गली के पास आकर ताँगा खड़ा हुआ, तो उसने ताँगेवाले का भाड़ा चुकाकर उसे बिदा कर दिया। पारसनाथ यह कहने ही जा रहा था कि, "ठहरिये, अभी इसका भाड़ा न चुकाइये, मुझे वापस जाना है, भाड़ा बाद में चुका दूँगा।"—पर उसके भीतर एक ऐसी उदासीनता, एक ऐसी आलस्यमयी जड़ता छा गयी थी कि वह मुँह से एक भी शब्द नहीं निकाल पाया। यदि वह अपने अवचेतन मन में उस जड़ता का कारण खोजता, तो चौंक उठता। उसका सचेत मन अपने-आपको ठगने के लिए जैसे पहले ही से तैयार बैठा था।

गली में घुप अँधेरा था। नन्दिनी आगे-आगे चलने लगी। उस पथ से दिन-रात का घनिष्ठ परिचय होने के कारण उसे उस अँधेरे में भी रास्ता सूझ रहा था; पर पारसनाथ पग-पग पर ठोकरें खाता हुआ बड़ी कठिनाई से चल पा रहा था। वह स्वयं नहीं जानता था कि वह क्यों नन्दिनी के साथ चल रहा है। सुबह जब वह खाना खाकर घर से निकला था, तब से अब तक (निश्चय ही उस समय साढ़े दस बज चुका होगा) वह वापस नहीं जा सका, जब कि मंजरी दिन-भर अकेली—निपट अकेली—यमलोक की उस अँधेरी काल-कोठरी में बन्द पड़ी होगी। यह सोचते ही उसके भीतर एक अनोखी अप्रिय अनुभूति टीस मारने लगी। उस अनुभूति को वह बरबस अतल में दबाने की चेष्टा करने लगा; पर वह रह-रहकर जैसे ऊपर को उमड़-उमड़ उठती थी। उसका अन्तर्वासी उसकी इच्छा के विरुद्ध एक अव्यक्त आह के साथ चीख उठा—"हाय मंजरी, किस घोर नारकीय आत्मा के साथ तुम्हारा पाला पड़ा! तुम्हें पता नहीं है कि जिस व्यक्ति के हाथों तुमने अपने को अर्पित किया है, वह पाप-पंक में इस कदर डूब चुका है कि अब उससे उबरने की इच्छा भी नहीं रखता। उस कीचड़ के घिनौने कीड़ों के साथ उसकी आत्मा एकरूप हो गयी है। वह विषकीड़ा यदि जीना चाहे, तो केवल सड़ा हुआ विष खाकर ही जी सकता है; उसके मन में इस भयंकर भ्रम का भूत समाया हुआ है कि यदि उसे कभी अमृत चखने को मिल जाये, तो निश्चय ही तत्काल उसी मृत्यु हो जायेगी। यही कारण है कि सड़े-गन्दे और बदबूदार विष की भूख उसकी

दिन-पर-दिन बढ़ती ही चली जाती है। आज उसी भूख की पुनरावृत्ति हुई है। उसी को मिटाने के लिए वह इतनी रात गये इस रौरव में...'' इतने में पारसनाथ का पाँव एक नाली में जा गिरा, जो रास्ते को बीच से काटती हुई चली गयी थी। नाली चूँकि बहुत गहरी नहीं थी, इसलिए चोट अधिक नहीं आयी।

नन्दिनी ने पीछे की ओर लौटकर चिन्तित भाव से पूछा कि गहरी चोट तो नहीं आयी है? पारसनाथ हँस दिया। नन्दिनी ने कहा–''सँभलकर, मेरे कदमों को देख-देखकर चलिये।''–यह कहकर वह आगे बढ़ी। पारसनाथ उसका अनुसरण करके चलने लगा।

●

26

दरवाजे के पास पहुँचकर नन्दिनी जब ताला खोलने लगी, तो पारसनाथ के मन में एक बार आया कि तत्काल लौट चले; पर यह सोचने पर भी, न जाने क्यों, उसके पाँव जमीन पर गड़े-से रह गये। ताला खोलकर नन्दिनी ने भीतर प्रवेश किया। पारसनाथ अपनी अनिश्चित और अव्यवस्थित मानसिक अवस्था में यह आशा करता था कि नन्दिनी निश्चय ही उससे भीतर चलने का आग्रह करेगी; पर उसके आश्चर्य की सीमा नहीं रही, जब नन्दिनी बिना एक शब्द बोले, चुपचाप ऊपर चली गयी। प्रायः दो मिनट तक पारसनाथ निद्रा-विचरण की-सी विस्मृति और भ्रान्त अवस्था में दरवाजे पर ही खड़ा रहा। सहसा उसे चैतन्य हुआ, और उसे याद आया कि यद्यपि नन्दिनी ने उससे भीतर चलने को नहीं कहा, तथापि उसने यह भी तो नहीं कहा कि—"अच्छा नमस्ते! आपको देर हो गयी, अब आप जाइये!" और न भीतर से दरवाजा बन्द ही किया था।

वह और कुछ देर तक द्विविधा में पड़ा रहा। उसके बाद एक दियासलाई जलाकर सीधे ऊपर चला गया। नन्दिनी ने अभी तक बत्ती नहीं जलायी थी। ऊपर जाकर उसने एक दियासलाई और जलायी। एक झलक में पारसनाथ ने देखा, नन्दिनी के मुख के भाव में एक आश्चर्यजनक और आकस्मिक परिवर्तन आ गया है। कुछ ही समय पहले उसका जो रूप उसने देखा था, उसमें और वर्तमान रूप में जमीन और आसमान का अन्तर उसे दिखायी दिया। सबसे अधिक आश्चर्य की बात यह थी कि पारसनाथ का अन्तर्मन उस परिवर्तन के लिए जैसे पहले से ही तैयार बैठा था। नन्दिनी दाहिने हाथ पर गाल टेके अनमने भाव से खड़ी थी, और उसके मुख पर आशंका और लज्जा—हाँ, लज्जा—का एक अनोखा मिश्रण छाया हुआ था; जैसे पहले से ही उसके मन में यह भय समा गया हो कि पारसनाथ निश्चय ही बिना बुलाये ऊपर चला आयेगा; पर क्या उसकी ज्ञात या अज्ञात चेतना में केवल भय ही था। क्या इस बात की एक अस्पष्ट आकांक्षा, बल्कि उत्सुकता नहीं थी? और वह लज्जा की रहस्यमयी छाया! उसका क्या अर्थ हो सकता है? अकस्मात् वह कहाँ से आकर बिना किसी प्रकट कारण के उसके मुख पर अंकित हो गयी? अथवा किसी अव्यक्त और अस्पष्ट भावी कारण का पूर्वाभास किसी अज्ञात रहस्यमय नियम की प्रेरणा से उसे मिल गया था। इतने दिनों तक उसका

अन्तर्मन उसके अज्ञात में जिस चरम अवसर की बाट बड़ी उत्सुकता से जोह रहा था, और साथ ही जिसके सम्बन्ध में उसका सचेत मन आशंकित भी हो रहा था, क्या उसकी पूर्व-सूचना अभी-अभी उसे मिल गयी? विश्वास की बात न होने पर भी यह सत्य है कि इतनी सब बातों का सार पारसनाथ का वायु से भी वेगशील अन्तर्मन एक पल में, बल्कि उससे भी कम समय में, सोच गया—दियासलाई के क्षणिक प्रकाश में नन्दिनी के मुख की झलक देखने के साथ-ही-साथ उसने यह भी सोचा कि क्या नन्दिनी के मनोभाव के उस आकस्मिक मौन विस्फोट की 'टेलीपैथिक' प्रतिध्वनि का ही यह अज्ञात प्रभाव नहीं था कि वह उस क्षण के पहले बिना कोई कार्यक्रम निश्चित किये ही उस अनुपयुक्त अवसर पर अनुचित रूप से भीतर चला आया? या उसका अज्ञात मन पहले ही से सारा 'प्लान' तय कर चुका था?

दियासलाई जलते ही शायद क्षण-भर के लिए नन्दिनी कुछ चौंकी, या शायद न चौंकी हो, और वह केवल पारसनाथ की आँखों का भ्रम रहा हो। कुछ भी हो, जब दियासलाई बुझ गयी तो दूसरी दियासलाई जलाने का साहस उसे नहीं हुआ। सबसे अधिक विशेषतापूर्ण बात यह थी कि पारसनाथ को देखकर नन्दिनी उसी अवस्था में अपने ही स्थान पर खड़ी रही, और मुँह से एक शब्द भी नहीं बोली। एक क्षण के लिए पारसनाथ के मन में यह बात आयी कि कुछ न कहकर चुपचाप उलटे पाँव लौट चले; पर दूसरे ही क्षण उसके भीतर, न जाने कहाँ से, अवसरानुकूल साहस (या दुस्साहस) का संचार हो आया। कृष्णपक्ष की रात थी। खिड़कियाँ और दरवाजे खुले होने पर भी कमरे के भीतर घुप-अँधेरा छाया हुआ था। पारसनाथ ने धीरे-से, जैसे डरते-डरते कहा—"क्या खाना नहीं बनेगा? महरी तो आयी नहीं!"

"आती ही होगी!"—बिलकुल दबी हुई जबान में, प्रायः गद्गद स्वर में, नन्दिनी ने उत्तर दिया। उसके गले के शब्द के उस गद्गद भाव ने पारसनाथ के सिर से लेकर पाँव तक बिजली के वेग से एक वर्णनातीत उन्माद का संचार कर दिया। वह बहुत धीरे, दबे-पाँव, दो कदम आगे बढ़ा—आधे अनमने भाव से। उसके बाद बहुत ही धीमी आवाज में बोला—"बड़ी भूल हुई, बाजार से पूड़ियाँ ले आया होता, तो आपके खाने का प्रश्न हल हो गया होता।"

"मुझे भूख नहीं है,"—नन्दिनी ने धीरे से कहा। उसका स्वर पहले से अधिक गद्गद हो आया था। पारसनाथ उस घुप-अँधेरे में उस ओर धीमे से आगे बढ़ा, जहाँ से नन्दिनी की आवाज आ रही थी। जब उसके एकदम निकट आ गया, तो उसी अर्द्ध-चेतनावस्था में उसने अकस्मात् नन्दिनी का हाथ धीरे से पकड़ लिया। उसे ऐसा लगा कि नन्दिनी का हाथ एक अनोखी गरमी से जल रहा है। नन्दिनी स्थिर खड़ी रही। उसने अपना हाथ नहीं छुड़ाया। उससे साँस बड़ी तेजी से चल रही थी, जिसकी आवाज उस अन्धकारमय सन्नाटे में पारसनाथ को किसी रहस्यमयी छाया की प्रेमाकुल आह की तरह लग रही थी। वह अपनी आवाज को पहले से अधिक दबाते हुए बोला—"यह हो नहीं सकता कि तुम्हें भूख न लगी हो।"

नन्दिनी ने अस्फुट स्वर में कहा–"जैसा आप समझें।"

पारसनाथ ने आव देखा न ताव, सहसा उन्मादग्रस्त व्यक्ति की तरह अपने दोनों हाथों से उसे कसकर छाती से जकड़ लिया और उसके कानों में मन्त्र की तरह फुसफुसाते हुए कहने लगा–"तुम भूखी हो! नन्दिनी, तुम भूखी हो! मैं जानता हूँ तुम भूखी हो, और मैं भी भूखा हूँ।"–यह कहते हुए उसके ओठों के एकदम निकट अपना मुँह ले गया और ओठों को ही कान समझकर फुसफुसाता चला गया–"मैं प्रेत हूँ, नन्दिनी, और तुम छाया! हाँ, तुम छाया हो और मैं प्रेत! इसलिए तुमसे मेरा मिलन हुए बिना नहीं रह सकता था! मेरी छाया! मेरी छाया!..."

इतने में दरवाजे से नौकरानी ने आवाज दी–"बहू, जरा रोशनी दिखाना! न बाहर रोशनी है न भीतर। क्या अन्धेर है! अभी चौखट पर गिरती-गिरती बची। गोड़ ही टूट गये होते।"

पारसनाथ के जैसे होश ठिकाने आ लगे। अत्यन्त घबराहट के साथ उसने नन्दिनी को अपने बाहुपाश से मुक्त कर दिया। मरी हुई जबान से बोला–"नौकरानी आ गयी! अब क्या होगा! इस समय मेरा यहाँ ठहरना ठीक नहीं रहा।"

नन्दिनी एक शब्द भी न बोली। वह चुपचाप अभ्यस्त पगों से एक आले के पास गयी, और वहाँ से निर्दिष्ट स्थान पर रखी हुई दियासलाई की डिबिया लेकर उसने एक तीली जलायी। उससे एक लालटेन जलाकर वह सीधे नीचे चली गयी। पारसनाथ हक्का-बक्का खड़ा रह गया। उसका हृदय बेतहाशा धड़क रहा था। नन्दिनी नौकरानी को रास्ता दिखाकर भीतर ले गयी। नौकरानी बड़बड़ाती हुई कहने लगी कि वह दो बार आकर लौट गयी है। इसके बाद उसने पूछा कि खाना बनेगा कि नहीं। नन्दिनी ने स्वाभाविक स्वर में कहा–"जरूर बनेगा। आटा सानो–दो आदमियों के लिए।"

आश्चर्य और प्रसन्नता के साथ (उसकी वह प्रसन्नता नन्दिनी को अत्यन्त घृणित मालूम हो रही थी) दाँत दिखाते हुए नौकरानी ने पूछा–"क्या बाबू वापस आ गये हैं?"

"नहीं, दूसरे बाबू आये हैं। तुमने निश्चय ही उन्हें देखा है–पारसनाथ जी, जो तस्वीर बनाते हैं।"–उसके कण्ठस्वर और मुख के भाव से एक अस्वाभाविक ढिठाई प्रकट होती थी। पारसनाथ ऊपर से सुन रहा था। सुनकर उसके होश ठिकाने न रहे। नौकरानी को जब मालूम हुआ कि पारसनाथ आया है, तो क्षण-भर के लिए वह चकित रह गयी, और फिर तत्काल उसके मुख का विस्मित भाव घोर विद्वेषपूर्ण और हिंसक व्यंग्य-भरी मुस्कान में परिणत हो गया; पर नन्दिनी ने उसके मुख का भाव देखकर भी अनदेखा कर दिया, और बोली–जल्दी आग जलाओ, और तरकारी काटो। मैं ऊपर जाती हूँ; वह अकेले खड़े हैं।"–यह कहकर वह लालटेन नीचे ही छोड़कर तेज कदम रखती हुई ऊपर चली गयी।

पारसनाथ कुछ समझ ही नहीं पाता था कि मामला क्या है। नन्दिनी की अनावश्यक ढिठाई ने उसे आश्चर्य में डाल दिया था। नन्दिनी ने ही एक दियासलाई जलायी।

दियासलाई के डिब्बे को वह अपने साथ ही लेती गयी थी। उसके बाद लैम्प जलाने लगी, जो मेज पर रखा हुआ था। पारसनाथ ने अधजले लैम्प के क्षीण प्रकाश में देखा कि नन्दिनी के मुख पर एक स्थिर, शान्त और गम्भीर भाव छाया हुआ था। लैम्प जलाकर उस पर चिमनी फिट करके वह एक सोफे पर बैठ गयी, और बैठते ही उसके मुख पर एक निराली मुस्कान खेल गयी, जो पारसनाथ को अत्यन्त मोहक लगी। ऐसा भाव जताती हुई जैसे कुछ हुआ ही न हो, नन्दिनी उसी मुस्कान को और अधिक तीव्रता से झलकाती हुई काफी ऊँचे स्वर में बोली—"कहिये प्रेत महाशय, क्या हाल है? आप खड़े क्यों हैं, विराजते क्यों नहीं?"

पारसनाथ ने घबराहट के साथ हाथ से अपना मुँह ढाँपते हुए संकेत से यह जताया कि—"चुप रहो! नौकरानी सुन लेगी!"

पर नन्दिनी ने जान-बूझकर इस संकेत से तनिक भी लाभ नहीं उठाना चाहा और पहले की ही तरह ऊँची आवाज में, स्पष्ट शब्दों में कहने लगी—"आप तो बेतरह घबराये हुए हैं! क्या हो गया? बैठते क्यों नहीं?"

पारसनाथ ने देखा कि अब अपने को अधिक छिपाने की चेष्टा करना निपट मूर्खतापूर्ण और हास्यास्पद है; इसलिए उसने यथाशक्ति स्वाभाविक स्वर में कहा—"अब मुझे आज्ञा दीजिये, मैं जाता हूँ। बहुत देर हो गयी है।"

"पौन घण्टे के भीतर खाना हुआ जाता है। खाकर जाइयेगा।"

"नहीं, इस समय मुझे क्षमा करो, नन्दिनी—मुझे क्षमा कीजिये, इस समय मैं जाता हूँ।"

"वाह, यह कैसे हो सकता है! बिना खाये आप नहीं जा सकते।"

यह कहकर नन्दिनी उठ खड़ी हुई, जैसे बलपूर्वक उसका रास्ता रोकने के लिए खड़ी हुई हो; और आँख के एक अनोखे घूर्णन से पारसनाथ की ओर देखने लगी।

पारसनाथ को जैसे बिजली की एक झलक में मंजरी की याद आयी; पर उसने बरबस मन की आँखे मूँद लीं, और एक उत्सुक, मोहक और पागल दृष्टि से नन्दिनी की ओर देखा। उस एक झलक में उसने नन्दिनी के मुख पर किस रूप का आभास पाया? जादूगरनी? भौतिक छाया? या जीवन में प्रथम बार 'वास्तविक' प्रेम का स्वाद पानेवाली नायिका—जो अभी कुछ ही क्षण पहले तक मुग्धा थी, और अब अकस्मात् जिसने प्रगल्भा का रूप धारण कर लिया है?

कुछ भी हो, वह नन्दिनी की उस रहस्यमयी दृष्टि के मोहक आकर्षण का प्रतिरोध न कर सका, और 'हिप्नोटाइज' किये गये व्यक्ति की तरह चुपचाप एक कुर्सी पर जाकर बैठ गया। नन्दिनी शासन की छड़ी की तरह अपनी तर्जनी को पारसनाथ की ओर हिलाती हुई और अपनी रहस्यमयी दृष्टि में रहस्यमय मुस्कान झलकाती हुई, शासन के नकली स्वर में बोली—"देखिये, मेरे आने तक उठियेगा नहीं। मैं नीचे जाकर खाना बनाकर बीस मिनट के अन्दर-ही-अन्दर आती हूँ।"—यह कहकर वह नीचे चली गयी।

खाना बनने के बाद जब दोनों खा-पी चुके, और नौकरानी नीचे बर्तन साफ करने लगी, तो भी पारसनाथ बैठा ही रह गया। काम-धन्धा समाप्त करके नौकरानी ऊपर आयी। नन्दिनी के कमरे में अँधेरा था। बाहर से ही एक बार खाँसकर वह बगलवाले कमरे में जाकर सोने की तैयारी करने लगी। और बहुत देर तक खाँसी न आने पर भी खाँसती रही।

पारसनाथ उस दिन सारी रात वहीं रह गया। सुबह पौ फटने के पहले ही वह उठ खड़ा हुआ और चल दिया।

●

27

जब वह मकान के पास पहुँचा, तो उसकी घबराहट हद दर्जे तक बढ़ी हुई थी। सारी रात इस बात की चिन्ता दबी हुई हालत में उसे बेचैन करती रही कि मंजरी उस नरकवास में अकेली पड़ी होगी। सुबह होते ही वह चिन्ता बाहर फूट पड़ी। मंजरी को रात-भर उस अरक्षित स्थान में अकेली छोड़ने का अपराध कितना बुरा है, इस बात की कल्पना ज्वलन्त सत्य के रूप में उसकी मानसिक आँखों के आगे आयी। किस भयंकर और अव्यक्त कारण से यह घोर कुमति उसके भीतर उसकी इच्छा के विरुद्ध घर कर गयी, यह सोच-सोचकर उसके विस्मय और आतंक का ठिकाना नहीं था। दरवाजे पर पहुँचते ही उसे इस सम्बन्ध में भी सन्देह होने लगा कि मंजरी जीती है या घबराहट के कारण दिल की धड़कन बन्द होने से मर गयी है। इसी चिन्ता से हौलदिल होकर उसने काँपते हुए हाथों से दरवाजा खटखटाया। कुछ देर बाद दरवाजा खुला। उसके सामने वह मूर्ति खड़ी थी, जिसे सच्चे अर्थों में भौतिक छाया कहा जा सकता है। मुँह एकदम सूखा हुआ, बाल बिखरे हुए, निस्तेज आँखें भीतर धँसी हुई, सारी शक्ल मुरझायी हुई और उस पर भय उत्पन्न करनेवाली मुर्दनी छायी हुई। वह प्रेतात्मा एक क्षण तक विस्मित उद्‌भ्रान्त दृष्टि से पारसनाथ की ओर देखती रह गयी, जैसे पहचान ही नहीं पाती हो; पर दूसरे ही क्षण उसे होश आ गया, और उसने अत्यन्त क्षीण और अस्फुट कण्ठ से कहा—"तुम आ गये!"

पारसनाथ ने बड़ी हड़बड़ी के साथ भीतर प्रवेश किया और भीतर से किवाड़ बन्द करके जंजीर लगा दी, उसके बाद वह बोला—"मैं तुमसे बहुत-बहुत क्षमा माँगता हूँ, मंजरी! कल स्वयं अपनी ही बेवकूफी की वजह से मैं एक ऐसे चक्कर में फँस गया कि मेरे लिये आना असम्भव हो गया।"

मंजरी कुछ न कहकर भीतर की ओर चलने लगी। पारसनाथ भी उसके पीछे-पीछे चलता हुआ अत्यन्त अनुनय के स्वर में कहता गया—"बोलो मंजरी, तुमने मुझे क्षमा कर दिया है या नहीं?"

मंजरी फिर भी कुछ नहीं बोली, धीर पगों से सीढ़ियों से होकर ऊपर जाने लगी। चार-पाँच सीढ़ियाँ बड़ी मुश्किल से चढ़ने के बाद उसे चक्कर आने लगा। उसने तत्काल

दीवार का सहारा पकड़ लिया। जब किसी तरह ऊपर पहुँची तो कमरे के चौखटे पर उसका पाँव फिर एक बार लड़खड़ाया और वह धड़ाम से जमीन पर औंधे मुँह गिर पड़ी। पारसनाथ की घबराहट का ठिकाना नहीं रहा। उसने मंजरी का हाथ पकड़कर धीरे से ऊपर उठाया, और खटिया पर उसे लिटा दिया। चोट विशेष नहीं आयी थी। पारसनाथ को यह समझने में देर न लगी कि रात-भर घबराहट के कारण नींद न आने से वह कमजोर हो गयी है।

मंजरी आँखें बन्द किये लेटी हुई थी। पारसनाथ कुछ देर तक वहीं पैताने पर बैठा रहा। बाद में जब उसने देखा कि मंजरी लेटे-लेटे सो गयी है; तो वह भी वहाँ से उठकर दूसरी खटिया पर जाकर लेट गया। रात में वह भी पूरी तरह से सो नहीं पाया था, इसलिए लेटने के कुछ ही देर बाद उसकी आँखें झपने लगीं और वह बरबस गहरी नींद में सो गया।

वह काफी देर तक सोया रहा। उसकी आँखें तब खुलीं, जब किसी के हाथ के धक्के से वह स्वप्न की-सी अवस्था में चौंक उठा। जागने पर उसने देखा कि मंजरी हाथ में चाय का प्याला लिये खड़ी है। वह आँखें मलता हुआ उठ बैठा। मंजरी ने एक भेद-भरी अस्पष्ट मुस्कान मुख पर झलकाते हुए बड़े ही मीठे स्वर में कहा—"तुम्हें भी क्या मेरी ही तरह रात-भर घबराहट के कारण नींद नहीं आयी?"

पारसनाथ ने चाय का प्याला उसके हाथ से लेते हुए कहा—"तुम्हारा अनुमान बिलकुल ठीक है। सचमुच मुझे रात-भर चिन्ता और घबराहट के कारण नींद नहीं आयी।"

मंजरी बड़े गौर से उसके मुँह की ओर देख रही थी, जैसे यह जानने की चेष्टा कर रही हो कि वास्तव में उसने रात कहाँ और किस 'चक्कर' में बितायी। उसने कहा—"तुम उस समय कह रहे थे कि अपनी बेवकूफी के कारण तुम किसी एक चक्कर में फँस गये थे। वह 'चक्कर' किस प्रकार का था, क्या मैं जान सकती हूँ?"—यह प्रश्न करते हुए उसके मुख पर व्यंग्य और भोलापन—ये दोनों भाव एक साथ व्यक्त हो रहे थे।

पारसनाथ ने एक घूँट चाय पीते हुए सोचा—क्षण-भर के लिए उसके भीतर यह तरंग उठी कि सारी बात साफ-साफ और सच-सच मंजरी के आगे प्रकट कर दे; पर इतना बड़ा नैतिक साहस वह किसी प्रकार भी अपने भीतर नहीं बटोर पाता था। अन्त में उसने वही किस्सा बताया, जिसे रास्ते में उसने कल्पना द्वारा गढ़ लिया था। उसने कहा—"बात यह हो गयी कि कल एक चौराहे पर पुलिस के एक सिपाही से मेरी तकरार हो गयी। वह मेरे एक्केवाले को अकारण परेशान करने लगा था। बात यहाँ तक बढ़ी कि हाथापाई की नौबत आ गयी। पुलिसवाले को मैंने खूब पीटा; पर बदले में मुझे हवालात में बन्द रहना पड़ा। रात-भर कैद रहा; सुबह पौ फटने के पहले ही मुझे छोड़ दिया गया।"

मंजरी के मुख पर असीम समवेदना फूट पड़ी। उसने अत्यन्त चिन्तित होकर कहा–"भगवान् ने बचा दिया, नहीं तो न जाने कितना हैरान होना पड़ता!"

पारसनाथ चाय पीने के बहाने अपना सिर नीचा किये रहा। मंजरी से आँखें मिलाने का साहस उसे नहीं होता था। उसका अन्तर्वासी तीखे और कटीले व्यंग्यों के साथ उसे कोस रहा था। मंजरी खटिया पर उसकी बगल में बैठ गयी और उसके कन्धे पर हाथ रखकर अत्यन्त स्निग्ध और मधुर स्वर में बोली–"एक जमाना था, जब मैं अपने को और अपनी माँ को संसार में सबसे दुःखी समझती थी; पर जब से तुम्हारे साथ मेरा घनिष्ठ परिचय हुआ है, तब से मुझे ऐसा लगता है कि तुम्हारे दुर्भाग्य की तुलना में मेरा दुःख नाचीज है। एक-न-एक विपत्ति तुम पर हर घड़ी सवार रहती है। सुख, सन्तोष और सान्त्वना नाम की कोई चीज विधाता ने जैसे तुम्हारे लिये रची ही नहीं।"

पारसनाथ उसी तरह सिर नीचा किये चुपचाप चाय पीता रहा। जब उसने प्याले की चाय समाप्त कर डाली, तो मंजरी ने 'टी-पाट' में से बनी-बनायी चाय उँड़ेलकर उसका प्याला भर दिया। पारसनाथ फिर मौन भाव से पीने लगा। मंजरी कुछ क्षण तक अनमने भाव से उसके कन्धे पर और पीठ पर धीरे से हाथ फेरती रही। उसके बाद संकोच के साथ, दबी हुई जबान में उसने कहा–"आज प्रायः सब जिनिस समाप्त हो चली है। तुम्हारी आर्थिक स्थिति देखकर इस तरह की सूचना तुम्हें देते हुए संकोच मालूम होता है; पर इस तरह की बात एकाध दिन से अधिक छिपायी भी तो नहीं जा सकती!"

पारसनाथ जैसे स्वप्न से जग पड़ा। मंजरी की ओर देखकर बोला–"क्या सब चीजें चुक गयी हैं?"

"हाँ, आटा, दाल, चावल, घी, चीनी,–प्रायः सभी चीजें समाप्ति पर हैं। कोई-कोई चीज एकाध दिन के लिए और हो सकती है; पर आटा आज शाम के लिए भी नहीं है।"

"तुम कुछ चिन्ता न करो; मैं अभी नहा-धोकर जाता हूँ और सब सौदा खरीदकर ले आता हूँ। मुझ पर दारिद्रय का बड़ा जबर्दस्त कोप छाया हुआ है, सन्देह नहीं; पर अभी तक मैं इस हद तक मरभुक्खा नहीं हुआ हूँ कि दिन-रात की जरूरियात की चीजें भी न खरीद सकूँ। तुम बिलकुल चिन्ता न करो, बिलकुल!"–उसके कण्ठस्वर से ऐसा आकस्मिक आवेग फूट पड़ा, जिससे पहले मंजरी को आश्चर्य हुआ, पर बाद में वह अत्यन्त स्नेहपूर्वक मन्द-मन्द मुस्कराने लगी।

वास्तव में पारसनाथ का आवेग उसके अन्तस्तल में दबी हुई किसी दूसरी ही बात की प्रेरणा से उमड़ उठा था, और वह फूट पड़ा किसी दूसरे ही बहाने से। उसकी अपराधी आत्मा मंजरी की निष्कपट स्नेह-भावना से व्यथित होने लगी थी, और वह अपने भीतर मंजरी के लिए अधिक-से-अधिक प्रतिस्नेह का भाव जगाने के लिए आकुल हो उठा था। इसलिए जब जिनिस समाप्त होने की बात चली, तो वह बार-बार अन्यमनस्क भाव से यह कहता गया–"तुम कुछ चिन्ता न करो!" तुम बिलकुल चिन्ता न करो!

अर्थात् (उसकी अन्तश्चेतना उसके अज्ञात में कहना चाहती थी–) "तुम इस बात की चिन्ता न करो कि मैं तुम्हारे निश्छल प्रेम का प्रतिमूल्य देने से मुकर जाऊँगा! नन्दिनी ने कल जो मुझे तुमसे खींच लिया–या मैं ही अपनी किसी हीन और कुटिल मनोवृत्ति के क्षणिक प्रभाव से उसकी ओर खिंच गया–उसकी पुनरावृत्ति फिर नहीं होने दूँगा। तुम बिलकुल चिन्ता न करो, मैं तुम्हें किसी हालत में नहीं छोड़ँगा!"

कुछ भी हो, न मंजरी के आगे उसके उस आवेग की आड़ में किया हुआ यह अज्ञात भाव स्पष्ट हुआ, न स्वयं पारसनाथ ही अपने अवचेतन मन के इस उबाल का मर्म समझ पाया।

नहा-धोकर खाना खाकर पारसनाथ सौदा खरीदने बाजार चला गया। मंजरी शीतकाल की दुपहरी की अपेक्षाकृत निस्तब्ध निर्जनता में बरामदे पर बाँस की एक कुर्सी पर बैठ गयी, और वहाँ धूप खाती हुई बी.एस-सी. के कोर्स की जीव-विज्ञान सम्बन्धी कोई एक पुस्तक पढ़ने लगी। इधर कई दिनों से वह अपना सारा खाली समय कोर्स-सम्बन्धी पुस्तकों को पढ़ने में लगाया करती थी। वह नियमित रूप से उनका अध्ययन करती थी–एक परीक्षार्थिनी छात्रा की तरह तद्गत और तल्लीन होकर। अज्ञात भविष्य की किस कठिन परीक्षा के लिए वह तैयारी कर रही थी–यह वह स्वयं नहीं जानती थी। कोर्स की उन पुस्तकों में मग्न रहने के कारण उसे समय काटना कतई दूभर नहीं मालूम होता था। पास-पड़ोस की गाली-गलौज और हुल्लड़ से भी उसका ध्यान नहीं उचटता था। पिछले दिन पारसनाथ की अनुपस्थिति में सारा दिन उसने पुस्तक-पाठ में बेमालूम बिता दिया, और सारी रात भी वह पढ़ने में ही बिता देती, पर तरह-तरह की आशंकाओं ने उसे अस्थिर कर दिया था, जिनके कारण वह न तो सो पायी, न पढ़ पायी। सुबह जब पारसनाथ आया, तो प्रारम्भ में कुछ समय तक वह कुपित रही, पर शीघ्र ही उसकी नाराजगी करुणा में बदल गयी।

आश्चर्य की बात यह थी कि जरायम-पेशा लोगों की उस बस्ती के बीच, घोर निरानन्दमय वातावरण में, अत्यन्त अस्वाभाविक परिस्थिति में रहने पर भी वह अपने भीतर एक निराली स्थिरता, शान्ति और सामंजस्य का अनुभव करने लगी थी, और उस सौम्य भाव का विकास दिन-पर-दिन निश्चित रूप से होता जाता था। यही कारण था कि प्रकट में किसी प्रकार के सुख या आशा का निपट अभाव होने पर भी वह अधीर नहीं दिखायी देती थी, और न अपने को दुःखी ही समझती थी। उसने पारसनाथ के आगे कभी यह भाव नहीं जताया कि उस मकान में अकेले में उसका जी घबराता है, और न कभी यह इच्छा प्रकट की कि वह उसे भी अपने साथ टहलाने के लिए ले चले। न कभी इस बात के लिए मन में पारसनाथ के प्रति तनिक भी मान का भाव उत्पन्न हुआ कि वह उसे दिन-भर और रात में बहुत देर तक अकेली पड़ी रहने के लिए छोड़ देता है–जैसे यह एक स्वाभाविक और साधारण-सी बात थी। वह सोचती थी कि पारसनाथ जिस घोर कष्टकर सामाजिक और आर्थिक परिस्थितियों से होकर गुजर रहा है, उनको देखते हुए उसका वह अनोखा आचरण क्षम्य है! न जाने उसके अन्तस्तल

के किस अन्धतम स्थान से पारसनाथ के प्रति एक ऐसी मार्मिक दया का स्रोत उमड़ उठा था, जो कारणातीत और वर्णन के परे था। कब वह दया प्रेम में बदल जाती थी, और कब प्रेम ही दया के साथ घुल-मिलकर एकरूप धारण कर लेता, इसका पता उसे स्वयं नहीं रहता था।

सबसे अधिक महत्त्वपूर्ण बात यह थी कि माँ की मृत्यु के बाद —बल्कि उसके पहले ही से—चरम अनाथ अवस्था को प्राप्त होने पर भी, उसने कभी एक दिन के लिए भी अपने को निःसम्बल, निस्सहाय और पराश्रित नहीं समझा। पारसनाथ के प्रति वह कृतज्ञ थी, सन्देह नहीं, पर इसलिए नहीं कि उसने उसकी उस चरम संकटावस्था में आश्रय दिया, बल्कि इसलिए कि वह उसके भीतर बन्द पड़ी हुई करुणा के उत्स पर आघात करके प्रेम का स्रोत मुक्त कर सका है। उसका सचेत मन यद्यपि यही जानता था कि पारसनाथ ने उसके निपट संकट के अवसर पर उसे आश्रय देकर उस पर परम कृपा की है; पर असली कारण उसके अन्तर्मन में छिपा हुआ था। उसका अन्तर्मन जानता था कि अनाथ, असहाय और दयनीय वह नहीं, बल्कि पारसनाथ है। उसके भीतर किसी अज्ञात शक्ति ने उसके अनजान में जैसे यह दृढ़ आश्वासन उसे दे रखा था कि क़िसी भी स्थिति में कोई भी शक्ति उसे निरुपाय और निःसम्बल बनाने में समर्थ नहीं हो सकती! वह कारणातीत आश्वासन जब बीच-बीच में उसके सचेत मन पर भी संचारित होने लगता था, तो उसका कारण खोजकर वह हैरान हो जाती। कुछ भी हो, इतना निश्चित है कि उस अज्ञात, रहस्यमय आश्वासन के फलस्वरूप उसके भीतर स्थिरता, धीरता और सौम्य शान्ति ने धीरे-धीरे घर कर लिया था। निपट अकेली रहने पर भी वह किसी तरह की घबराहट अपने भीतर महसूस नहीं करती थी। उसे ऐसा लगता था कि वर्तमान चाहे जैसा ही अन्धकारमय और गहन निराशामूलक क्यों न हो, उसी घनीभूत अन्धकार की पर्तों की पारस्परिक रगड़ से एक ऐसी ज्योति प्रकट होगी, जो उसके भविष्य का पथ निश्चय ही आलोकित करेगी। क्षितिज के उस पार प्रकाश की किरणमयी छाया उसके अन्तर्मन की आँखों को जैसे स्पष्ट दिखायी दे रही थी। क्या उसकी अन्तराकांक्षा ने यह मोहक भ्रमजाल रचा था, या अन्तर्दृष्टि की किसी अज्ञात प्रेरणा के फलस्वरूप उसे एक विचित्र सत्य का आभास मिला था? वास्तविकता चाहे कुछ भी हो, पर इतना निश्चित था कि वह अपने भीतर एक स्वस्थ और सबल भाव का अनुभव करने लगी थी, जो अनेक विरोधी कारणों के होते हुए भी उसके अटल धैर्य और क्षमा के बाँध को टूटने नहीं देता था।

कुछ देर बाद जब धूप काफी तेज मालूम होने लगी, तो वह भीतर चली गयी, और खटिया पर बैठकर मनोयोगपूर्वक उसी पुस्तक को पढ़ती रही। प्रायः दो घण्टे बाद जब पारसनाथ सामान खरीदकर लौटा, तो मंजरी अत्यन्त मधुर स्नेहपूर्वक उसकी ओर देखकर मन्द-मन्द मुस्कराने लगी, और फिर कुली की सहायता से एक-एक करके सब सामान को यथास्थान सँजोकर रखने लगी। पारसनाथ ने देखा कि उसके किसी भी काम में, किसी भी गति में, हड़बड़ी कहीं लेशमात्र नहीं पायी जाती थी। सहज प्रसन्नता से,

अत्यन्त सुस्थिर भाव से वह हर एक चीज को या तो स्वयं उठाकर करीने से रख रही थी, या कुली को आदेश देकर रखवा रही थी। पारसनाथ सोचने लगा–"आशा के बल पर, जीवन के किस किल्पत सुख के भरोसे पर, इतने निश्चित धैर्य के साथ वह उस गिरस्ती का भार ढोने में प्रसन्नता का अनुभव कर रही है, जिसका स्थायित्व एकदम अनिश्चित है? वह क्या हम दोनों के सम्बन्ध को इतना स्थिर माने बैठी है, जबकि जीवन में कहीं भी, किसी भी स्थिति में स्थिरता नहीं है?"–सोचते-सोचते उसे यह अनुभव होने लगा कि मंजरी जान-बूझकर या अनजाने में उसे प्रतिपल और प्रतिपग अपनी प्रत्येक गतिविधि से बरबस, उसकी इच्छा के विरुद्ध एक ऐसे अटूट बन्धन में बाँधने की चेष्टा में है, जो उसके जीवन के (चाहे वह जीवन कैसा ही विकृत क्यों न हो) रक्त-प्रवाह की मुक्त गति को ही एकदम रोक देगा। वह मन-ही-मन कहने लगा–"नारी का यह अनन्तकालव्यापी स्नेह-बन्धन स्वीकार करें वे लोग, जिन्हें समाज का सम्मान और वैभव का वरदान प्राप्त है; पर मेरे जैसे प्रेतलोक में निर्वासित भगोड़े किसी भी हालत में इस प्रकार के बन्धन को अधिक समय तक मानकर नहीं चल सकते हैं।"

सब सामान ठीक तरह से सँभालकर रखने के बाद मंजरी पहले की ही तरह स्निग्ध-मधुर मुस्कान मुख पर झलकाती हुई पारसनाथ के पास आयी, और कृतज्ञता-भरे स्वर में बोली–"आज तुमने मेरे मन का एक मनों-भारी बोझ हलका कर डाला है। तीन दिन से मैं इसी चिन्ता में थी कि कैसे तुम्हें जिनिस समाप्त होने की सूचना दूँ –तुम्हारी आर्थिक स्थिति देखते हुए मुझे कुछ कहने का साहस नहीं होता था। फिर भी बिना कहे भी तो काम न चलता! पर तुम बड़े भले आदमी हो–बड़े धैर्यशाली और साहसी। मैं तुम्हें शाबाशी देती हूँ!"–यह कहकर वह सचमुच उसकी पीठ ठोंकने लगी। पारसनाथ ने देखा कि उसके मुख के भाव से और बोलने के ढंग से व्यंग्य का लेश भी प्रकट नहीं होता था। उसने जो कुछ कहा था, बड़ी ही सादगी और निश्छल स्नेह से कहा था। इसी कारण उसका पीठ ठोंकना उसे ऐसा लग रहा था, जैसे स्नेह-बन्धन की एक-एक कील उसके मुक्तिकामी प्राणों में अत्यन्त निर्ममता से गाड़ी जा रही है।

कुछ देर तक पारसनाथ उन स्नेह-सरस आघातों को अत्यन्त विरसता के साथ सहन करता रहा। उसके बाद सहसा बोला–"अच्छा, अब मैं जाता हूँ। एक आदमी से व्यवसाय की बातें करनी हैं।"

"आज रात में तो कल की तरह गायब न रहोगे?"

बिलकुल मरे मन से पारसनाथ ने उत्तर दिया–"नहीं, नहीं! यह कैसे हो सकता है! मैं आज अवश्य समय पर लौट आऊँगा।"

मंजरी ने फिर एक बार उसी मधुर, सहृदय और स्नेह-स्निग्ध कटाक्ष से उसकी ओर देखा। उस कटाक्ष से पारसनाथ के भीतर की प्रेतात्मा जैसे तिलमिला और बौखला उठी। "अच्छा, अब जाता हूँ"–कहकर वह तत्काल मुँह फेरकर चला गया।

मंजरी अत्यन्त धैर्य के साथ ऊपर गयी, और फिर पुस्तक-पाठ में मग्न हो गयी।

●

28

पारसनाथ ने सोचा था कि वह नन्दिनी के यहाँ जाना बन्द कर देगा। उसके साथ पिछली रात उसका जो नया सम्बन्ध स्थापित हुआ था, उसे अधिक तूल देने में उसका मन एक अनजान खतरे की आशंका कर रहा था। इसके अलावा एक कारण यह भी था कि उसकी प्रेतात्मा मंजरी के स्नेह-बन्धन से कितना ही क्यों न कतरा रही हो, पर उसकी अन्तरात्मा जानती थी कि वह बन्धन दिन-पर-दिन वज्र से भी दृढ़ होता जाता है, और उससे सहज में मुक्ति पाने का अनैतिक दुस्साहस उसमें नहीं है। इसलिए मंजरी के स्नेह-सिक्त निष्कपट कटाक्ष की प्रतिच्छाया अपने अन्तर में लिये हुए वह जब रास्ते में चला जा रहा था, तो विष और अमृत के मिश्रण का एक अनोखा रासायनिक प्रभाव उसके मन को मथित कर रहा था। अँधेरा होने तक वह इधर-उधर निरुद्‌देश्य भाव से चक्कर काटता रहा; पर अँधेरा होते ही नन्दिनी की गली की सड़ायँध ऐसी प्रबलता से उसे अपनी ओर खींचने लगी कि बहुत छटपटाने पर भी वह रह नहीं सका। उस सड़ायँध के भीतर की जिस 'रस-विह्वलता' का स्वाद वह एक बार पा चुका था, उसे अनेक रंगों और अनेक ढंगों से फिर-फिर चखते रहने की गलित पिपासा उसके भीतर की प्रेतात्मा को बार-बार उकसा रही थी। वह सोच रहा था—"उस नरक-लोक में निवास करनेवाली डाकिनी न जाने किस अतल अन्ध-गह्वर के भीतर घसीटने के उद्‌देश्य से मुझे प्रलोभन के दलदल में फँसाये बैठी है! निश्चय ही वह कुछ मन्त्र-तन्त्र जानती है, और भूत-प्रेतों को वश में करके उसने कोई सिद्धि भी प्राप्त कर ली है। उसी सिद्धि का यह फल है कि उसने मेरे भीतर किसी प्रेतछाया का प्रवेश करा दिया है। और वह प्रेतछाया निरन्तर मुझे उस डाकिनी से प्रेम करने के लिए उकसाती रही है। इतने दिनों तक मैं उसके निकट रहने पर भी उससे कतराता रहा, इसका कारण शायद यही था कि मेरी अन्तरात्मा उसकी डाकिनी-विद्या का आभास पा चुकी थी। पर अब? अब उसकी मन्त्र-कला सफल हो चुकी है। कल से उसकी भौतिक छाया ने मेरी प्रेतात्मा को पूर्ण रूप से जकड़ लिया है। अब उससे छुटकारे का कोई उपाय नहीं है; पर मुझे धर दबाने के लिए वह कैसे सूक्ष्म उपायों को, विद्रोह, भय, लज्जा और प्रेम के कैसे अदृश्य जालों को काम में लायी!"

साथ ही उसके अन्तस्तल के किसी एक गहनतम कोने से यह अस्पष्ट आवाज उसके कानों में आ रही थी—"तुम अपने-आपको ठग रहे हो! नन्दिनी का उद्देश्य तुम्हें पाप-प्रवृत्ति की ओर खींचने का हरगिज नहीं रहा है। तुम्हारा साहचर्य उसे अवश्य अपनी उस अवस्था में वांछनीय रहा है, पर उसने यह कभी नहीं चाहा है कि तुम्हें पाप के दलदल में घसीटकर स्वयं उससे बचकर तमाशा देखे। उलटे तुम उसकी आँखों में पट्टी बाँधकर पाताल-पुरी की अँधेरी सीढ़ियों से होकर, नीचे—और नीचे—एक ऐसी कराल-काल-कोठरी में उसे ढकेलना चाहते हो, जहाँ जहरीले साँप और बिच्छू सब समय कुलबुलाते रहते हैं। उस काल-कोठरी में उसे छोड़कर बाहर से ताला लगाकर तुम उसके बाहर निकलने का रास्ता सदा के लिए बन्द कर देना चाहते हो; इसलिए जन्म-जन्म के पापी! सावधान!"

अतल की उस अस्पष्ट आवाज का गला पूरी ताकत से घोंटने की चेष्टा करता हुआ, वह नन्दिनी के मकान की ओर कदम बढ़ाता हुआ चला गया।

तब से वह नन्दिनी के यहाँ नियमित रूप से जाने-आने लगा, और उन दोनों का 'प्रेत और छाया' का-सा सम्बन्ध गाढ़-से-गाढ़तर होता चला गया। मंजरी का यह हाल था कि वह पारसनाथ के बाहरी चक्रों से एकदम अनभिज्ञ थी; पर उस अनभिज्ञता के कारण वह अपने मन में किसी प्रकार की बचैनी उत्पन्न नहीं होने देती थी, और न वह अपने भीतर कौतूहल की स्वाभाविक प्रवृत्ति को ही इतना तूल देती थी कि उससे मानसिक स्थिरता और शान्ति नष्ट हो जाये। कभी एक दिन के लिए भी उसने पारसनाथ के आगे यह इच्छा प्रकट नहीं की कि वह भी उसके साथ टहलने के इरादे से बाहर निकलना चाहती है, और उस तंग और गन्दे मकान के दम घोंटनेवाले वातावरण से कुछ समय के लिए मुक्ति पाना चाहती है। चूँकि पारसनाथ ने कभी अपने-आप यह प्रस्ताव नहीं किया, इसलिए वह समझ गयी थी कि उसके प्रस्ताव करने पर पारसनाथ पशोपेश में पड़ जायेगा। यही कारण था कि उसने इस तरह की कोई बात ही कभी नहीं उठानी चाही। और तारीफ की बात यह है कि उस नरक-निर्वासन से कुछ समय के लिए भी बाहर न निकल सकने के कारण उसे कभी किसी प्रकार की बेचैनी का अनुभव नहीं हुआ। चौबीसों घण्टे नरक-लोक के उस जेलखाने के भीतर रहने पर भी कभी एक क्षण के लिए भी उसका जी नहीं उकताता था। अपने मन की इस परम आश्चर्यजनक धीरता और स्थिरता से वह कभी-कभी स्वयं चकित रह जाती थी। यूनिवर्सिटी की जिस पढ़ाई को उसे प्रारम्भिक अवस्था में ही अधूरा छोड़ देना पड़ा था, उसे केवल ज्ञानवर्द्धन के उद्देश्य से पूरा करने का सुवर्ण अवसर जैसे उसके तत्कालीन जेल-जीवन ने दे दिया था। पारसनाथ के प्रति उसके मन में किसी प्रकार का आक्रोश न उठने का एक कारण यह भी था। पर इसका प्रधान कारण यह था—जैसा कि पहले निर्देशित किया जा चुका है—कि पारसनाथ के आर्थिक कष्ट, सामाजिक स्थिति की अस्वाभाविकता और अस्वाभाविक मानसिक-पीड़न के कारण उसके प्रति एक निस्सीम करुणा के भाव ने मंजरी के मन के ओर-छोर को प्लावित कर दिया था। करुणा के

उस उदार और निर्बाध प्लावन में किसी प्रकार के आक्रोश और अटक का रहना सम्भव नहीं था। जीवन की जिस विवशता के कारण उसे होटल का जीवन बिताने को बाध्य होना पड़ा था, वह कैसी भयंकर विवशता है, इसका अनुभव उसे अच्छी तरह हो चुका था। इसलिए पारसनाथ ने अपने जिस आर्थिक संकट के कारण अभी कुछ समय तक विवाह को स्थगित रखने का प्रस्ताव ससंकोच किया था, उसकी विकटता मंजरी की आँखों के आगे बड़ा विकराल वेश धारण करके आयी थी। जब वह अपने होटल के जीवन के दिनों की बात सोचती थी, तो उसकी कल्पना-मात्र से उसके रोंगटे खड़े हो जाते थे। वह अब सोच नहीं पाती थी कि किस निपट आर्थिक अभाव की ताड़ना और किस प्रचण्ड नैतिक साहस की प्रेरणा के फलस्वरूप वह होटल में जाने का दम भर पायी थी। इसमें सन्देह नहीं कि होटल का जीवन बिताने पर भी वह अपनी स्त्री धर्म की रक्षा पूर्णरूप से करने में समर्थ हुई थी। फिर भी कितनी विकट लोमहर्षकहीनता को उसे मन मारकर और जी मसोसकर स्वीकार करना पड़ा था! उसे कभी-कभी ऐसा लगता था, जैसे उसका वह चरम लौकिक हीनतामय जीवन वास्तविक नहीं, बल्कि पूर्व-जीवन की किसी एक विस्मृत कालरात्रि का दुःस्वप्न मात्र था; पर उस दुःस्वप्न से जिस व्यक्ति ने उसे जगाया था, वह अपनी ज्वलन्त वास्तविकता से उसकी स्मृति में, मन में और प्राणों में सदा के लिए समा गया है। उस व्यक्ति ने उसकी सांसारिक परिस्थिति की चरमहीनता पर परम सम्मान का रंग चढ़ा दिया था। उसे वह कैसे भुला सकती है? उसके प्रति किसी भी ज्ञात या अज्ञात कारण से कैसे आक्रोश प्रकट कर सकती है?

इसके अलावा जैसा कि कहा जा चुका है, एक रहस्यमयी अन्तःप्रेरणा उसे निरन्तर इस बात का विश्वास दिलाती रहती थी कि अटल धैर्य और निश्चल शान्ति के द्वारा वह उस घोर नरक में एक दिन निश्चय ही स्वर्ग की स्थापना करने में समर्थ हो सकेगी। बिना किसी प्रत्यक्ष कारण के उसके अन्तःकरण को इस बात का पूरा भरोसा था कि उन दोनों के तत्कालीन अस्वाभाविक जीवन का घोर काला पर्दा एक दिन निश्चय ही हटेगा, और उस पर्दे के हटते ही नवीन प्रकाशमय जीवन का नया रंग और नया ढंग, नयी आशा और नयी उमंग अपने साथ लेकर अपने-आप उनके आगे प्रकट होकर रहेगा। उस नये आदर्शमय, रँगीले जीवन की कोई निश्चित रूप-रेखा उसके सामने नहीं थी; पर वह आयेगा जरूर, इस बात का ध्रुव विश्वास —न जाने क्यों—उसके मन में समाया हुआ था।

इधर पारसनाथ का यह हाल था कि नन्दिनी से उसका सम्बन्ध ज्यों-ज्यों गहरा होता जाता था, त्यों-त्यों उसकी आत्म-प्रताड़ना बढ़ती चली जाती थी। उसका फल यह होता था कि मंजरी के साथ किये जानेवाले अप्रकट अन्याय का क्षतिपूरण करने के लिए उसकी आत्मा छटपटाने लगती; पर मुश्किल यह थी कि मंजरी के निकट संसर्ग से उसके भीतर एक अजीब-सी विरस बेचैनी के काँटे खड़े हो उठते, जिससे मुक्ति पाना उसके सामर्थ्य के बाहर की बात हो गयी थी। उसके मन का यह हाल हो गया था कि

वह अब एक बार भी पूरी दृष्टि से मंजरी की ओर नहीं देख पाता था। जब कभी उससे बोलने के लिए बाध्य होना पड़ता, तो आधी दृष्टि से, संकुचित भाव से, चोरों की तरह उसकी ओर देखकर बातें करता। ऐसे अवसर पर उसकी सारी आत्मा सिमटकर, सूक्ष्म रूप धारण करके उसके अन्तर्जगत् के निविड़ अन्धकार के भीतर अपने को जैसे छिपा लेती थी; पर इस कारण से उसकी आत्म-प्रताड़ना घटने के बजाय और अधिक बढ़ती जाती थी, और वह इस बात की भरसक चेष्टा करता कि कृत्रिम स्वाभाविकता और बनावटी प्रसन्नता का मुखड़ा पहनकर मंजरी के साथ हँसे-बोलें, किन्तु इस चेष्टा से उसकी अस्वाभाविकता विकटतर रूप धारण कर लेती, और उसके मुख का भाव अत्यन्त दयनीय हो उठता था। फल यह होता था कि मंजरी की करुणा उसके प्रति और अधिक तीव्र वेग से उमड़ आती और वह अतिशय स्नेह-सरस शब्दों से उसके जले-कटे हृदय पर मरहम लगाने का प्रयास करती।

धीरे-धीरे, मन के निष्ठुर पीड़न के बाद, पारसनाथ अपनी स्थिति की अस्वाभाविकता का आदी हो गया, और ग्लानि तथा आत्म-ताड़न के भावों को धोकर पी जाने में समर्थ हो गया। पहले वह सुबह खाना खाते ही मंजरी के संसर्ग से दूर रहने के उद्देश्य से बाहर निकल जाता था। और दिन-भर गायब रहकर रात में बड़ी देर से घर वापस आता था; पर अब वह दोपहर के समय घर ही पर रहने लगा, और तरह-तरह के चित्र अंकित करने के काम में चित्त लगाकर व्यस्त रहने लगा। मंजरी उसी के पास बाँस की एक कुर्सी पर बैठकर पुस्तक-पाठ में रक्त रहती, और प्राणिजगत् के विचित्र-विचित्र जीवों के जीवन की गतिविधि में पूर्णरूप से दिलचस्पी लेती हुई, सृष्टि-जगत् की रहस्यपूर्ण व्यापकता के अनुभव से मुग्ध होकर एक निराली ही अनुभूति से विस्मित होती। बीच-बीच में वह सिर उठाकर पारसनाथ की ओर देखती, और इस बात पर गौर करके पुलकित होती कि वह किस तल्लीनता से, अपने सधे हुए हाथ से, जादू की-सी रेखाओं द्वारा रूप-जगत् की एक अभिनव कलामयी रचना में सफल हो रहा है। ऐसे अवसर पर यदि कभी किसी कारण से पारसनाथ की तल्लीनता कुछ क्षण के लिए भंग हो जाती, और वह भी सिर उठाकर उसकी ओर देखता, तो दोनों की चार आँखें होने पर मंजरी एक स्निग्ध, सरस मौन मुस्कान से उसकी इस दृष्टि का स्वागत करती। पारसनाथ भी कभी-कभी उस मुस्कान के प्रत्युत्तर में बरबस मुस्करा देता, और चुपचाप अपने काम में जुट जाता। शाम होते ही वह या तो नन्दिनी के यहाँ चला जाता; या अपने व्यवसाय से सम्बन्धित किसी मण्डली के साथ पान-भोजन में शरीक होता। बोतल के मादक-रस के प्रति उसकी तृष्णा बीच में कुछ समय के लिए दब गयी थी; पर इधर कुछ दिनों से फिर उभड़ उठी थी। जब वह रात में शराब पीकर आता था, तो मंजरी से उसकी गन्ध छिपी न रहती; पर उसने कभी एक बार भी उस सम्बन्ध में अपना विरोध प्रकट नहीं किया था। वह जानती थी कि पारसनाथ उस चीज की अच्छाई-बुराई से भली-भाँति परिचित है, इसलिए उसका विरोध निरर्थक है—जब तक वह स्वयं अपनी इच्छा से उस

चीज को नहीं छोड़ता, तब तक किसी के विरोध या उपदेश से कोई लाभ होने के बजाय हानि ही हो सकती है। इसके अलावा एक बात और थी। जिस दिन वह पीकर आता था, उस दिन मंजरी के प्रति उसका व्यवहार बहुत ही हार्दिक रहता था। अपने तत्कालीन जीवन की एकरसता में मंजरी उस हार्दिकता का स्वागत करने का लोभ नहीं सँभाल पाती थी।

इस तरह दोनों का जीवन बिना किसी विशेष घटना-चक्र की सजीवता के किसी तरह बीता जा रहा था। एक दिन जब पारसनाथ दोपहर के समय खाना खाने के बाद लेटने की तैयारी कर रहा था; तो मंजरी अपने मुख पर स्वाभाविक स्नेह-मधुर मुस्कान झलकाती हुई उसके पास खटिया पर आकर बैठ गयी, और उसके सिर के घुँघराले बालों पर अपनी कोमल-कोमल उँगलियाँ फेरती हुई बोली–"एक दिन तुमने कहा था कि तुम हाथ देखकर भविष्यवाणी करना जानते हो। मेरा हाथ देखकर बताओ कि लल्ला होगा या लल्ली?"

पारसनाथ चौंककर, हड़बड़ाता हुआ उठ बैठा। अत्यन्त आशंकित और भीत भाव जताता हुआ बोला–"क्या कहा? किसके होगा लल्ला?"

उसके मुख के भाव में आकस्मिक परिवर्तन देखकर मंजरी कुछ क्षण तक स्तब्ध रह गयी। पर शीघ्र ही उसने अपने को सँभाल लिया और सहज भाव से उसने कहा–"मेरे! क्यों, तुम इस तरह चौंके क्यों?"

पारसनाथ के मुख पर हवाइयाँ उड़ने लगी थीं। उसने पहले की ही तरह घबराहट के स्वर में कहा–"नहीं नहीं, यों ही; पर तुम कह क्या रही हो? तुम्हें कैसे मालूम–मेरे कहने का मतलब यह है कि तुम्हें कहीं धोखा तो नहीं हुआ है?"

"हो सकता है। तुम चाहो तो किसी डॉक्टरनी या दाई को दिखा सकते हो। इधर दो-चार दिन से मेरी तबीयत भी ठीक नहीं रहती। मिचली उठती है, उबकाई आती है और कै..."

"पर–पर–"इसके आगे पारसनाथ कुछ कह न सका और भ्रान्त और भीत दृष्टि से एकटक मंजरी की ओर देखता रहा गया।

मंजरी की कुछ समझ में नहीं आता था कि बात क्या है? उसने यह आशा की थी कि जिस तरह का एकरसतामय, निरानन्द जीवन पारसनाथ बिता रहा है, उस सुखद समाचार से उसमें एक नयी स्फूर्ति और सजीवता आ जायेगी; पर उसे सुनकर पारसनाथ का रुख ही एकदम बदल गया था, और भय की एक विकृत और वीभत्स छाया ने उसके मुख पर एक गाढ़ी कालिमा पोत दी थी। उसने अत्यन्त चिन्तित होकर कहा–"तुम्हें हो क्या गया है? अचानक इस कदर घबरा उठें हो जैसे–" वह कहना चाहती थी–"जैसे तुम्हारे सिर पर गाज गिरना चाहती हो।"–पर अपने मन की इस बात के लिए अपने को धिक्कार कर वह जीभ काटकर बीच ही में चुप रह गयी।

पारसनाथ ने उसी भ्रान्त भाव से कहा–"नहीं, नहीं, कुछ नहीं, ठीक है। मैं अवश्य एक डॉक्टरनी को बुलाकर दिखाऊँगा। तो तुम्हारी तबीयत भी खराब है! बात क्या हो

गयी? ठीक है, मैं आज ही—अभी—जाकर डॉक्टरनी को बुलाता हूँ। कुछ चिन्ता न करो।"

यह कहकर वह उठ खड़ा हुआ, और बाहर जाने के उद्‌देश्य से कपड़े पहनने लगा। कपड़े पहनते हुए उसके हाथ काँप रहे थे। यहाँ तक कि कोट के बटन भी वह ठीक से नहीं लगा पाया था। बाहर निकलकर वह कुछ दूर तक अन्यमनस्क भाव से चलता रहा। ज्यों ही उसने गन्दी गलियों के भूलभुलैया चक्कर से बाहर निकलकर बड़े रास्ते पर पैर रखा, त्यों ही एक एक्का लोहे के टायरों को झनझनाता हुआ बड़ी तेजी से उसके पाँवों के एकदम पास से होकर निकल गया। उसने पारसनाथ की अन्यमनस्कता भंग कर दी। वह फुटपाथ से होकर चलने लगा, और चलते-चलते सोचने लगा—"यह सब क्या होने जा रहा है! मैं जब एक बन्धन से मुक्त होने की कोशिश करता हूँ, तो तत्काल दूसरा बन्धन कहाँ से आ जाता है? और दूसरे बन्धन को तोड़कर भागने की चेष्टा करते ही उसी दम तीसरा, उससे भी कठिन और कठोर बन्धन गले का फन्दा बनने को क्यों तैयार हो जाता है? "लल्ला होगा या लल्ली!" कैसा निष्ठुर परिहास है। अज्ञात में अपने प्रति और दूसरे के प्रति किया गया कैसा क्रूर-व्यंग्य है! जारज की अविवाहिता स्त्री से उत्पन्न सन्तान! अस्वाभाविक—अस्वाभाविकतर—अस्वाभाविकतम! पर उपाय क्या है? हर हालत में कोई-न-कोई उपाय अवश्य ढूँढ़ निकालना होगा। ऐसी असम्भव परिस्थिति में किसी भी सूरत में मैं अपने को बाँध नहीं सकता। सब दया-माया, स्नेह-प्रेम मनुष्यता और नैतिकता को ताक पर रखकर जितनी जल्दी हो सके, मंजरी को भाग्य के भरोसे छोड़कर सटक-सीताराम होने में ही कल्याण है; पर उसका वह अटल धैर्य, मेरे प्रति अविचल आत्मविश्वास और अटूट स्नेह-बन्धन! अपने आनेवाले मातृत्व की सूचना देते हुए उसके मुख पर जो एक सहज विश्वास और सहृदय प्रेम का भाव वर्तमान था, उसकी सम्पूर्ण अपेक्षा करने का साहस क्या वास्तव में मुझमें है? उफ! बड़ी भयंकर समस्या है। कैसे उसका समाधान होगा, कैसे! जारजों की इस वंश-परम्परागत वृद्धि का क्रम क्या इसी तरह आगे को चलता ही रहेगा? नहीं, ऐसा हो नहीं सकता! मूल में ही इसका उच्छेद करना होगा। पर कैसे?"

कुछ दूर आगे चलकर एक दरवाजे पर उसकी दृष्टि गयी, और उसे याद आया कि उसने मंजरी से डॉक्टरनी को बुलाने का वादा किया है। "पर डॉक्टरनी को बुलाने से क्या मेरी समस्या हल हो जायेगी?"—उसने फिर सोचा—"हाँ, हो सकती है—इस तरह से कि डॉक्टरनी को रिश्वत देकर उससे यह प्रार्थना की जाये कि वह मंजरी का गर्भ गिराने की दवा दे; पर इसके लिए एक खासी बड़ी रकम की आवश्यकता है, जिसका प्रबन्ध मैं नहीं कर सकता। और फिर गर्भ गिरने पर जो मार्मिक मानसिक कष्ट (शारीरिक कष्ट के अलावा) मंजरी को होगा, उसे अपनी आँखों के सामने देख सकने का बल मैं कहाँ पाऊँ? पर आँखें खोलकर देखने की आवश्यकता ही क्या है? आँखें एकदम बन्दकर लेने से काम चल जायेगा। पर—पर—"

तरह-तरह की ऊटपटांग, बे-सिरपैर की कल्पनाएँ उसके मन में क्षण-क्षण में उदित होकर क्षण-क्षण में विलीन हो जा रही थीं। वह निरुपाय होकर अपने मन और मस्तिष्क को अत्यन्त निष्ठुरता से ऐंठता और मरोड़ता जाता था—इस आशा से कि उपचार का एक बूँद रस भी उनसे टपक पड़े तो काम चल जाये; पर बूँद का एक कण भी उनसे नहीं निकल पाता था। वह अपने मन के सिर को धुनता हुआ, अपने अज्ञात में किसी डॉक्टरनी की खोज में चलता रहा। मातृत्व-सम्बन्धी विषयों को विशेषज्ञा एक डॉक्टरनी का पता उसे मालूम था। उसके न चाहने पर भी अनजान में उसके पैर उसी ओर बढ़ रहे थे। जब वह ठीक स्थान पर पहुँच गया, तो उसके पैर अपने-आप रुक गये। भीतर जाकर, उसे बुलाकर अपने साथ ले जाना चाहिए या नहीं, इस बात को लेकर उसके भीतर भीषण द्वन्द्व चलने लगा। बहुत संकल्प-विकल्प के बाद अन्त में न बुलाने का निश्चय किया। मन के इस निश्चय से यद्यपि उसे तनिक भी सन्तोष नहीं हुआ, बल्कि भयंकर क्षोभ हुआ, फिर भी उस निश्चय पर वह अटल रहा। कुछ देर तक वह अनिश्चित पगों से इधर-उधर भटकता रहा। अन्त में उसने नन्दिनी के मकान की ओर कदम बढ़ाये—जैसे, उसके वर्तमान चरम संकट की समस्या उसी के यहाँ हल हो सकने की सम्भावना हो। वह यह बात भली-भाँति जानता था कि वह जीवन में कभी किसी रूप में न मंजरी का उल्लेख नन्दिनी के आगे कर सकता है, न नन्दिनी की चर्चा मंजरी के आगे चला सकता है। फिर भी उसके अन्तःकरण की कोई अन्धवाणी उसके कानों में चुपके से कह रही थी कि नन्दिनी का आश्रय ग्रहण किये बिना उसके वर्तमान जीवन की अनन्त उलझनों का सुलझाव नहीं है।

उस दिन रात को ग्यारह बजे के बाद जब वह लौटकर अपने मकान में आया, तो मंजरी के मन में उसने इस बात का विश्वास जमा दिया कि बहुत भटकने के बाद भी उसे किसी अच्छी डॉक्टरनी का पता नहीं लगा। साथ ही उसने यह भी कहा कि कल वह किसी-न-किसी डॉक्टरनी को अवश्य पकड़ लायेगा। और वास्तव में वह दूसरे दिन एक डॉक्टरनी को ले आया—अपने मन की 'कमजोरी' को अधिक दबाने में वह समर्थ न हो सका। डॉक्टरनी ने आकर पूरी परीक्षा के बाद बताया कि तीन महीने का गर्भ रह चुका है, और गर्भ सम्पूर्ण सुरक्षित और स्वस्थ अवस्था में है। मंजरी के लिए एक दवा लिखकर फीस लेकर वह बिदा हुई। पारसनाथ मन-ही-मन विष घोलकर, उसे स्वयं पीकर रह गया। बाजार जाकर वह उसी दम दवा ले आया। मंजरी के स्वास्थ्य के प्रति सच्ची चिन्ता प्रकट करके, और उसे यह हिदायत देकर कि उस दवा को नियमित रूप से पीते रहने में किसी तरह की अनाकानी न करे, वह बाहर चला गया।

मंजरी प्रत्येक दवा का नाम और गुण जानने के लिए विशेष उत्सुक रहा करती थी। इसका कारण यह था कि कॉलेज में रसायन-शास्त्र उसका प्रिय विषय था। इसलिए

डॉक्टरनी ने जो नुस्खा लिखा था, उसे पढ़कर उसने मालूम कर लिया था कि उसमें किस-किस मूल दवा को मिलाने का आदेश दिया गया है। उसमें से प्रत्येक के रूप, रंग और गुण की विशेषता का परिचय वह कॉलेज की पुस्तकों और प्रयोगशाला में प्राप्त कर चुकी थी। उसके रसायन-ज्ञान के अनुभव के हिसाब से डॉक्टरनी द्वारा 'प्रिस्क्राइब' की गयी दवा का रंग होना चाहिए था लाल; पर जो दवा पारसनाथ लाया था, उसका रंग था सादा। मंजरी यह भी जानती थी कि दवाखाने से दवा की जो शीशी दी जाती है, उसके बाहर एक लेबिल चिपका रहता है, जिसमें दुकान का नाम, दवा की मात्रा आदि लिखा रहता है; पर पारसनाथ जिस हरे रंग की शीशी में दवा लाया था, उसके बाहर कोई लेबिल लगा हुआ नहीं था। एक तो रंग में अन्तर, तिस पर लेबिल नहीं, इसलिए मंजरी के मन में यथेष्ट सन्देह हुआ; पर वह सन्देह पारसनाथ पर न होकर दवाफरोश पर हुआ। उसके मन में यह विश्वास जम गया कि दवा बेचनेवाले ने पारसनाथ के स्वभाव के भोलेपन का लाभ उठाकर कोई सस्ती चीज, जिसमें सादे पानी का अंश काफी है, उसके हाथ महँगे दामों पर बेच डाली है। इस कारण उसने उस दवा को न पीकर ज्यों-का-त्यों रहने दिया।

रात को जब पारसनाथ, प्रतिदिन की तरह, ग्यारह बजे के बाद लौटकर घर आया, तो मंजरी ने उसके लिए रखा भोजन—पराठा और तरकारी—चूल्हे में एक बार फिर से गरम करके पास लाकर रख दिया। पारसनाथ ने कहा—"मैं आज एक जगह दावत में खाना खाकर आया हूँ।"—महीने में प्रायः पन्द्रह दिन उसका रात का खाना इसी तरह रखा रह जाता था, जिसका उपयोग मंजरी, इच्छा न रहते हुए भी, दूसरे दिन सुबह या तो स्वयं खाकर करती थी, या चौका-बर्तन करनेवाली पासिन को देकर। आर्थिक अभाव में, भोजन की बरबादी के खयाल से उसे कष्ट तो होता ही था; पर सबसे अधिक कष्ट उसे इस बात से होता था कि उसके इतने चाव से बनाये भोजन को पारसनाथ सूँघना तक नहीं चाहता; पर, वह इस बात के लिए जिद नहीं करती थी कि वह थोड़ा-सा चख ले, क्योंकि दो-एक बार ऐसा करके वह देख चुकी थी कि उसका फल कुछ नहीं होता। इसलिए अपनी वेदना को भीतर-ही-भीतर पीकर वह चुपचाप खाना उठाकर किसी सुरक्षित स्थान में दूसरे दिन के लिए रख देती थी।

पारसनाथ ने कहा—"खाना उठाकर अलग रख दो, और यह बताओ कि तुमने दवा एकाध मौताद पी है या नहीं?"—यह प्रश्न करते हुए उसके मुख पर चिन्ता की गहरी छाया घिरी हुई थी। मंजरी ने सोचा कि यदि पारसनाथ को मालूम हो जाये कि उसने दवा नहीं पी है, तो उसे बड़ी पीड़ा पहुँचेगी; इसलिए उसके मन में एक बार यह इच्छा हुई कि वह झूठ बोले; पर दूसरे ही क्षण उसने सच बात कह दी। वह बोली—"मुझे सन्देह है कि दवाफरोश ने तुम्हें ठग लिया है। एक तो शीशी में लेबिल चिपका हुआ नहीं है, तिस पर उसका रंग सादा है, जो कि लाल होना चाहिए था। इसलिए मैंने उसे नहीं पिया।"

मंजरी की यह बात सुनकर पारसनाथ का चेहरा एकदम फक रह गया। यह बात उसकी कल्पना के बिलकुल परे थी कि दवाओं के रंग और रूप के सम्बन्ध में मंजरी का ज्ञान और पर्यवेक्षण इतना प्रखर है। इस बात से उसे जो आश्चर्य हुआ, वह तो हुआ ही, तिस पर उसका अपराधी मन इस प्रकार अप्रत्याशित रूप से बाधा पाने पर अत्यन्त भीत और चिन्तित हो उठा। उसके भीतर आत्म-ताड़ना की प्रवृत्ति फिर एक बार प्रबल रूप से जग उठी, और वह अपनी पाप-वृत्ति से अत्यन्त भीत हो उठा। मंजरी की मृत माता की जो विकराल प्रेतात्मिका छाया इधर कुछ दिनों से—जब से नन्दिनी से उसका घनिष्ठ सम्बन्ध स्थापित हुआ, तबसे—अपना कोप शान्त किये हुए थी, वह आज फिर पारसनाथ को अपने और मंजरी के बीच खड़ी दिखायी दी। उसकी मुखाकृति से वही पहले की-सी दिल दहलानेवाली वीभत्सता, विकट व्यंग्य और निष्ठुर परिहास व्यक्त हो रहा था। पारसनाथ कुछ क्षणों तक शून्य-दृष्टि से उस भयावनी छाया की ओर देखता रह गया। वह जानता था कि यह सब उसका भ्रम है, 'हेल्युसिनेशन' है और उसके अन्तस्तल में जमी हुई पाप-प्रवृत्ति और भय की भावना की काल्पनिक प्रतिच्छाया के सिवा वह और कुछ नहीं है; पर यह सब जानते हुए भी वह जैसे कुछ भी नहीं समझ पाता था, और भय की वह काल्पनिक छाया जीवित और प्रत्यक्ष सत्य की तरह उसकी आत्मा को बुरी तरह जकड़ने पर तुली हुई थी। मंजरी भी उसकी वह भयाकुल दृष्टि देखकर स्तब्ध खड़ी थी। पर पारसनाथ ने शीघ्र ही, सिर के एक प्रबल झटके से अपनी उस भूतभावना को झाड़ा, और पूर्ण रूप से सजग होकर बोला—"तुमने जो दवा नहीं पी वह अच्छा किया। मुझे भी उस सम्बन्ध में काफी सन्देह होने लगा है। कल मैं उस दवा को बदलकर डॉक्टरनी से उसकी परीक्षा कराके लाऊँगा। तुम अब आराम करो। दिन के काम से बहुत थकी होगी।"

अपने अनजान ही में वह अन्तिम बात कह गया था। उसे स्वयं पता नहीं था कि दिन-भर मंजरी ने क्या काम किया है। पर, हर हालत में उसके प्रति सहानुभूति प्रकट करने की इच्छा उसके मन में अचानक प्रबल रूप से जाग पड़ी थी। केवल मौखिक सहानुभूति प्रकट करके ही उसके अपराधी मन को चैन नहीं मिल रहा था। मंजरी के एकदम निकट जाकर बायाँ हाथ उसके गले पर डालकर दाहिने हाथ से उसने उसकी ठुड्डी पकड़ी। उसके बाद बड़े ही स्निग्ध स्वर में बोला—"तुम बहुत भली और भोली हो!"—ऐसा कहते हुए उसका हृदय भय और ग्लानि मिश्रित एक विचित्र भावना से बैठा जा रहा था। मंजरी आज बहुत दिनों बाद पारसनाथ के अंग-स्पर्श का सच्चा सुख पाकर पुलकित हो रही थी।

बात असल में यह हुई थी कि डॉक्टरनी ने जो दवा लिखी थी, उसे न खरीदकर पारसनाथ एक दूसरे डॉक्टर की सलाह से गर्भ गिराने की दवा खरीद लाया था और उस दवा को एक दूसरी—बिना लेबिलवाली—शीशी में भरकर मंजरी को दे गया था। पर शाम से ही उसके मन में अपनी उस काली करतूत के सम्बन्ध में बड़ी बेचैनी होने लगी थी।

उसकी आत्म-ताड़ना ने ऐसा विकट रूप धारण कर लिया था कि एक पल के लिए भी उसे शान्ति नहीं मिल रही थी। रात को जब वह घर वापस आया, तो उसके मन की विचित्र दशा हो रही थी। एक ओर तो वह यह सोच रहा था कि मंजरी ने यदि वह दवा पीनी शुरू कर दी हो तो अच्छा ही है। दूसरी ओर इस भय से वह व्याकुल भी हो रहा था कि कहीं वह सचमुच उसे पीने न लगी हो! उस द्वन्द्व का निबटारा तब हुआ जब मंजरी ने दवा के सम्बन्ध में अपना सन्देह प्रकट किया। दूसरे ही दिन पारसनाथ वह दवा ले आया जिसे डॉक्टरनी ने 'प्रिस्क्राइब' किया था।

उस दिन से पारसनाथ ने अपने भीतर के भयंकर संघर्ष-विघर्ष और कठोर आत्म-पीड़न के बाद अपने उस 'नये संकट' की स्थिति के प्रति अपने को बहुत-कुछ अभ्यस्त कर लिया। मन मारकर, चरम विवशता से दबकर, 'परिस्थितियों के कूट-चक्र' से हार मानकर उसने यह निश्चय कर लिया कि कम-से-कम मंजरी का गर्भपात कराने की चेष्टा वह अबसे नहीं करेगा।

महीने-पर-महीना बीतता चला गया और पारसनाथ का अन्तर्द्वन्द्व भी विचत्रि-से-विचित्रतर रूप धारण करता गया। प्रतिदिन, प्रतिपल वह इसी चिन्ता से परेशान रहता था कि किस अलौकिक उपाय से मंजरी के गर्भ का बच्चा गर्भ में ही विलीन हो जाये, और वह एक दिन आश्चर्य के साथ उसे यह सूचित करे कि उसके पेट में तो बच्चा है ही नहीं—वह तो केवल एक भ्रम था! पर मंजरी के जो शारीरिक लक्षण दिन-पर-दिन स्पष्ट-से-स्पष्टतर रूप धारण करते जाते थे, उन्हें देखकर किसी अलौकिक आश्चर्य की भ्रान्त कल्पना के लिए कहीं कोई गुँजाइश नहीं रह जाती थी। वह मन-ही-मन रोता, चीखता, बड़बड़ाता और जी मसोस कर रह जाता; पर बाहर, मंजरी के आगे, अपनी उस आत्मविनाशी खीझ का कोई स्पष्ट चिह्न भरसक प्रकट नहीं होने देता था।

•

29

भुजौरिया जी की अनुपस्थिति में पारसनाथ जिस प्रकार का घनिष्ठ सम्बन्ध जोड़ चुका था, भुजौरिया जी के लौटने के बाद भी उसका सिलसिला जारी रहा। पारसनाथ ने इस बात पर गौर किया कि इस बार भुजौरिया जी जब से बाहर से वापस आये, तो उसके प्रति उनके व्यवहार में स्पष्ट ही एक ऐसी रुखाई आ गयी थी जिसके सम्बन्ध में किसी को गलतफहमी नहीं हो सकती थी। निश्चय ही उनके मन में सन्देह का कीड़ा घुस गया था; पर वह कीड़ा किस हद तक छेद कर चुका था, इसका ठीक-ठीक अनुमान लगाने में पारसनाथ असमर्थ रहा। साथ ही उसका ध्यान इस बात पर भी गया कि भुजौरिया जी के सन्देह से परिचित होने पर भी नन्दिनी तनिक भी विचलित नहीं हुई है, बल्कि उसकी ढिठाई और साहस दिन-पर-दिन और अधिक बढ़ते चले जाते थे। पारसनाथ भरसक ऐसे मौके पर नन्दिनी के यहाँ पहुँचने की चेष्टा करता था, जब भुजौरिया जी के घर पर रहने की सम्भावना बहुत कम होती; पर कुछ दिनों से वह देख रहा था कि नौकरानी आजकल काम न रहने पर भी समय-असमय उन दोनों के इर्द-गिर्द मँडराया करती है। इस बात से वह बेचैनी का अनुभव करता था। नन्दिनी अत्यन्त आक्रोश-भरी टेढ़ी दृष्टि से बीच-बीच में नौकरानी की ओर देखती थी, पर मुँह से कुछ न कहकर पारसनाथ के साथ बड़ी ढिठाई के साथ बातें करना शुरू कर देती थी—जिसका एकमात्र उद्देश्य पारसनाथ की कल्पना में यह आता था कि वह नौकरानी को खूब चिढ़ाना चाहती है; पर एक तुच्छ नौकरानी को चिढ़ाने का उद्देश्य क्या हो सकता है? इस प्रश्न पर वह जितना ही विचार करता, उतना ही हैरान होता।

एक दिन नन्दिनी ने पारसनाथ से प्रस्ताव किया कि शाम को टहलने के लिए बाहर निकला जाये। भुजौरिया जी दोपहर से ही किसी राजा साहब के यहाँ गये हुए थे, और रात में काफी देर तक उनके वापस आने की कोई उम्मीद नहीं थी। पारसनाथ पहले तो भीरुतावश आनाकानी करने लगा; पर बाद में उसने नन्दिनी का प्रस्ताव स्वीकार कर लिया। शाम को प्रायः छह बजे दोनों बाहर निकले। नन्दिनी ने रास्ते में प्रस्ताव किया कि किसी होटल में खाना खाया जाये, क्योंकि भुजौरिया जी राजा साहब के यहाँ खाना खाकर आयेंगे, और वह आज पर लौटकर खाना बनाने के पचड़े में नहीं पड़ना चाहती।

एक ताँगा तय करके किसी एक विशेष होटल का नाम-धाम ताँगेवाले को बताकर दोनों चल पड़े। पारसनाथ जान-बूझकर उस होटल में नन्दिनी को नहीं ले गया, जिसमें मंजरी से पहले-पहल उसकी मुलाकात हुई थी।

होटल में पहुँचकर दोनों एक सुरक्षित और गुप्त कमरे में जाकर बैठ गये। नन्दिनी को होटल के अपरिचित वातावरण के बीच में वह गुप्त और एकान्त कमरा बहुत सुखद और लाभदायक लग रहा था। पारसनाथ से पूछकर उसने दोनों की रुचि के अनुकूल भोजन का ऑर्डर दे दिया। पारसनाथ की इच्छा थी कि बोतल भी आये, पर किसी कारण से नन्दिनी के आगे इस प्रकार का प्रस्ताव करने का साहस उसे नहीं हुआ। जब होटल का छोकरा ऑर्डर की पाबंदी करने चला गया, तो उसने धीरे से कहा–"जानते हो, आजकल मेरी महरी हम दोनों को समय-असमय क्यों घेरे रहती है?"

पारसनाथ अत्यन्त उत्सुक भाव से बोला–"नहीं तो? मैं तो किसी भी कारण का अनुमान नहीं लगा पाया।"

"आजकल जासूसी विभाग में उसकी नियुक्ति हुई है?"–एक रहस्यपूर्ण और व्यंग्य-भरी सरस मुस्कान आँखों में झलकाते हुए नन्दिनी ने कहा।

पारसनाथ के मुख पर अकृत्रिम चिन्ता और घबराहट के चिह्न व्यक्त हो उठे। उसने पूछा–"क्या सरकारी खुफिया विभाग की तरफ से उसे तनख्वाह मिलती है?"

नन्दिनी मुक्त वेग से खिलखिला उठी। बोली–"तुम भी कभी-कभी बच्चों की-सी बातें करते हो। खुफिया विभाग की तरफ से नहीं बल्कि 'होम डिपार्टमेण्ट' से उसे तनख्वाह मिलती है।"–यह कहकर वह एक अनोखी नाज-भरी अदा से पारसनाथ की ओर घूरने लगी। क्षण-भर के लिए पारसनाथ की भ्रान्ति बनी रही; पर दूसरे ही क्षण नन्दिनी की बात का स्पष्ट और सीधा अर्थ उसकी समझ में आ गया। फिर भी उसका कौतूहल अभी बाकी था। वह अत्यन्त गम्भीर भाव से, प्रश्न-भरी दृष्टि से नन्दिनी की ओर देखने लगा।

इस समय तक नन्दिनी के मुख पर व्यंग्य और परिहास का जो मिश्रित भाव झलक रहा था, उसके साथ धीरे-धीरे एक घृणा का-सा भाव घुल-मिल गया। और कुछ ही समय बाद वह घृणा उसके ओठों के इर्द-गिर्द स्पष्ट परिस्फुट हो उठी। उसने कहा–"तुमसे आज तक इस सम्बन्ध में मैंने कुछ कहा नहीं–मेरी नौकरानी से तुम्हारे भुजौरिया जी का वर्षों से घनिष्ठ प्रेम-सम्बन्ध रहा है। तुम्हारे भुजौरिया जी बड़े रसिक जीव हैं! दोनों की जोड़ी राम ने ऐसी मिलायी है कि क्या कहने हैं! दोनों के रूप-रंग में जैसी समानता है। वैसे ही दोनों की आत्माएँ भी एक-दूसरे से अच्छा मेल खाती हैं। भुजौरिया जी को खुश करने के लिए वह चोरी, डकैती, खून–सब-कुछ कर सकती है! और भुजौरिया जी सब कर्म उससे करवाने में कोई बात उठा भी नहीं रखते। इनसे विवाह होने के पहले की कुछ खास-खास चिट्ठियों को मैंने एक बक्स के भीतर बड़ी हिफाजत से छिपाकर रख छोड़ा था। एक दिन इसी नौकरानी ने मेरी गैर-हाजिरी में एक 'मास्टर-की' से बक्स खोलकर सब चिट्ठियाँ निकाल लीं, और उन्हें चुपचाप भुजौरिया जी के

हवाले कर दिया। उन चिट्ठियों में कोई आपत्तिजनक बात नहीं थी, फिर भी उनकी स्मृति मुझे किसी कारण से प्रिय थी। मुझे दूसरे ही दिन नौकरानी की इस करतूत का पता लग गया; पर अपनी स्थिति की विवशता के कारण मैं चुप हो रही।''

यह कहकर नन्दिनी अनमनी-सी हो गयी, और किसी गहन चिन्ता में मग्न जान पड़ी। कुछ समय बाद उसने फिर कहना शुरू किया—''विश्वास करने की बात नहीं है; पर इसी नौकरानी ने एक बार मुझे विष खिलाकर मार डालने का षड्यन्त्र रचा था। एक दिन मुझे हलवा खाने की इच्छा हुई। मैंने उसे तरकीब बताकर हलवा बनाने के लिए कहा, और स्वयं बाहर एक तसवीर खींचने के काम में व्यस्त रही। प्रायः घण्टे-भर बाद वह एक तश्तरी में गरम-गरम हलवा ले आयी। ज्यों ही एक चम्मच से थोड़ा-सा हलवा उठाकर मैंने मुँह में डाला, त्यों ही एक अनोखे कड़वे स्वाद से मेरा मुँह खराब हो गया। मैंने जितना मुँह में डाला था उसका आधा कै कर दिया, और आधा पेट ही में रह गया। मैंने तश्तरी को उठाकर जमीन पर पटक दिया। उस समय मुझे कुछ मालूम नहीं हुआ कि मैंने जो चीज चखी है उसमें विष मिला हुआ था। पर प्रायः बीस मिनट बाद मेरी तबीयत बहुत खराब हो गयी, सिर भिन्नाने लगा, चक्कर आने लगा, और पेट में दर्द होने लगा। कै करने की इच्छा होती थी पर कर नहीं पाती थी। जब तुम्हारे भुजौरिया जी आये, तो मैंने उनसे सारा किस्सा कह सुनाया और एक डॉक्टर को बुला लाने के लिए कहा; पर उन्होंने डॉक्टर न बुलाकर अपने बक्स में से एक होमियोपैथिक दवा निकालकर मुझे दी। उस दवा से कुछ समय बाद मुझे दो-तीन उल्टियाँ हुईं। उल्टियों से मेरा जी कुछ हलका हुआ। और मैं सो गयी। दूसरे दिन सुबह जब मेरी नींद खुली, तो बदन में और दिमाग में मैं बहुत कमजोरी मालूम कर रही थी। कुछ भी हो, किसी तरह उस चक्कर से मैं बच गयी। उस समय मेरे मन में इस सम्बन्ध में तनिक भी सन्देह नहीं हुआ कि मुझे जान-बूझकर विष खिलाने की चेष्टा की गयी है; पर बाद में जब उसकी और भी बहुत-सी हरकतों पर मैंने ध्यान दिया, तो सारी बात मेरे सामने एक नये ही रूप में आयी। यह सन्देह मैं अवश्य नहीं करती कि भुजौरिया जी की प्रेरणा से उसने मुझे जहर खिलाया होगा—तुम्हारे भुजौरिया जी मेरे साथ चाहे कैसे ही नीचता से पेश क्यों न आवें, पर मुझे जान से मार डालने की बात वह नहीं सोच सकते। इसके कारण हैं; पर नौकरानी चूँकि मुझे अपनी प्रतिद्वन्द्विनी समझकर मुझसे जलती रही है; इसलिए...जो भी हो, मैंने जब बाद में यह प्रस्ताव किया कि उस नौकरानी को बरखास्त कर देना चाहिए, तो तुम्हारे भुजौरिया जी इस बात पर कतई राजी नहीं हुए और लगे उसके गुणगान करने! दोनों के रंग-ढंग और हाव-भाव से मुझे पहले से ही यह सन्देह होने लगा था कि दोनों का आपस में गहरा सम्बन्ध है। धीरे-धीरे वह सन्देह बढ़ता चला गया और अन्त में एक घटना ऐसी घटी, जिसने उस सन्देह पर सचाई की मुहर ठोंक दी। फिर भी मैंने इस सम्बन्ध में महाशय जी से कुछ नहीं कहा—केवल एक हलका-सा व्यंग्य कसकर रही गयी।''

पारसनाथ को याद आया कि नौकरानी का जो रेखा-चित्र नन्दिनी ने अंकित किया था, उसमें उसका कैसा वीभत्स और लोमहर्षक स्वरूप परिस्फुट हो उठा था। इसीलिए उसने तब कहा था—"आप अपनी नौकरानी से बहुत घृणा करती होंगी।"—वह मन-ही-मन सोचने लगा कि भुजौरिया जी के प्रति उसका नारी-हृदय जो भीषण रूप से विद्रोही हो उठा है, वह अत्यन्त स्वाभाविक है, पर वह स्वाभाविकता क्या धीरे-धीरे अस्वाभाविक रूप धारण नहीं कर रही है?

छोकरा खाना लेकर आया। दोनों खाने लगे। नन्दिनी को पता नहीं क्यों, होटल का सारा वातावरण अत्यन्त सुखद और प्रिय लग रहा था; और उसी अनुभुति का यह जादू था कि होटल का खाना भी उसे बहुत ही अधिक पसन्द आया। वह तरह-तरह की चीजों का ऑर्डर देती रही, और दोनों ने खूब छककर खाना खाया। होटल में आज वह अपने जीवन में शायद दूसरी बार आयी थी। इसके पहले—विवाह के पूर्व—एक दिन उसने एक तीसरे व्यक्ति के साथ होटल में खाना खाया था, पर तब होटल की दुनिया उसे इस कदर प्रिय नहीं मालूम हुई थी।

कुछ भी हो, उस दिन से वह अक्सर शाम को उसी होटल में पारसनाथ के साथ भोजन करने के लिए आने लगी। प्रारम्भ में भुजौरिया जी को इस बात का ठीक-ठीक पता ही नहीं चला कि दोनों कहाँ जाते हैं। यह तो उन्हें मालूम हो गया था कि नन्दिनी सन्ध्या के समय पारसनाथ के साथ चली जाती है। स्वयं नन्दिनी ने उन्हें पहले ही दिन इस बात की सूचना दे दी थी, और उसके बाद भी वह जब-जब पारसनाथ के साथ गयी तब-तब उन्हें बता दिया। केवल यह बात कभी ठीक से नहीं बतायी कि वे दोनों कहाँ जाते हैं और क्यों जाते हैं। केवल 'टहलने जाते हैं' इस बात से भुजौरिया जी को तसल्ली नहीं होती थी; पर अपने असन्तोष को वह भीतर-ही-भीतर पीकर रह जाते थे। धीरे-धीरे नन्दिनी को पारसनाथ के साथ 'टहलने' की ऐसी आदत पड़ गयी कि वह भुजौरिया जी के सामने भी बेतकल्लुफ उससे बाहर चलने का प्रस्ताव कर बैठती। और मजा यह कि ऐसे अवसर पर भुजौरिया जी से वह कभी भूल कर भी न पूछती कि, "तुम भी चलोगे या नहीं?"

पर भुजौरिया जी भी एक ही काइयाँ थे। उन्होंने अपने जासूसी ज्ञान द्वारा इस बात का पता लगा लिया कि दोनों अक्सर किस होटल में जाया करते हैं और किस उद्देश्य से। एक दिन जब दोनों चले गये, तो प्रायः एक घण्टे बाद भुजौरिया जी भी सीधे होटल में जा पहुँचे। और पूछताछ करने के बाद ठीक उसी कमरे के पास जा खड़े हुए, जहाँ नन्दिनी और पारसनाथ भोजनादि के बाद पर्दे की ओट में एक-दूसरे के निकट बैठे हुए प्रेमालाप में मशगूल थे। एक मिनट तक भुजौरिया जी आड़ में छिपकर खड़े रहे और कान लगाकर दोनों की बातें सुनते रहे। उसके बाद अचानक पर्दा उठाकर दोनों को स्तम्भित और चकित करके भीतर जा घुसे। पारसनाथ का एक हाथ नन्दिनी के कन्धे पर रखा हुआ था। भुजौरिया जी को देखते ही वह सँभलकर बैठ गया। भुजौरिया जी ने केवल आँख ही से वह दृश्य नहीं देखा, बल्कि वह कानों से भी अपने सम्बन्ध

में एक ऐसी बात सुन चुके थे, जो आज तक उनकी कल्पना के अतीत थी। नन्दिनी उनसे घृणा करती है यह बात उनकी जानकारी में अवश्य थी; पर वह घृणा इस कदर विकट है और ऐसे भयंकर विद्रोह का रूप धारण कर सकती है, यह उन्होंने कभी नहीं सोचा था; इसलिए भीतर-ही-भीतर बेतरह तिलमिला उठे थे; पर बाहर से उस भावना का लेश भी उन्होंने व्यक्त नहीं होने दिया। अत्यन्त सहज भाव से मुस्कराते हुए पारसनाथ की ओर देखकर बोले—"अभी मुझे अचानक बड़ी भूख मालूम हुई है, पता नहीं क्यों। इधर एक महाशय से काम था। जब होटल के पास पहुँचा, तब मैंने कुछ खाकर चलने का इरादा कर लिया। आप लोग खा चुके क्या?"

पारसनाथ दाँत निपोड़कर बोला—"जी हाँ।"

"कोई मुजायका नहीं। ब्वाय!"

वही छोकरा हाजिर हुआ, जो नन्दिनी और पारसनाथ को खाना खिला चुका था—"सुनो! दो टोस्ट, एक आमलेट और चाय लाओ—एक आदमी के लिए! जाओ, फुर्ती से लाओ।"

जब छोकरा चला गया, तो भुजौरिया जी ने पारसनाथ से कहा—"गलती हुई, मैंने एक ही आदमी के लिए चाय मँगायी है। आप लोग भी शायद पीना चाहेंगे? या पी चुके?"

नन्दिनी की ओर वह जैसे देखकर भी नहीं देखना चाहते थे। नन्दिनी खूब अच्छी तरह जानती थी कि उनके उस न देखने का कारण अवज्ञा नहीं, बल्कि कायरता है। वह अत्यन्त तीखी और टेढ़ी दृष्टि से उनकी ओर देख रही थी। ऐसा जान पड़ता था, जैसे उसके अन्तर की सारी घृणा एकत्रित होकर उसकी आँखों में समाकर उस व्यक्ति के विरुद्ध विस्फुटित होना चाहती हो।

पारसनाथ ने फिर एक बार दाँत निपोड़े और बोला—"धन्यवाद, हम लोग पी चुके।"

छोकरा टोस्ट, आमलेट और चाय ले आया। भुजौरिया जी बड़ी बेशर्मी के साथ खाने लगे। पारसनाथ और नन्दिनी उस घोर अशोभन परिस्थिति में मन मारकर चुप बैठे रहे; पर भुजौरिया जी आज अत्यन्त अस्वाभाविक उमंग और उल्लास के साथ अनर्गल बातें करने के 'मूड' में थे, ऐसा जान पड़ा। पारसनाथ को लक्ष्य करके वह टोस्ट का एक टुकड़ा मुँह में डालते हुए कहने लगे—"हमारे यहाँ के प्राचीन अनुभवी लोग जीवन को चौपड़ के खेल के रूप में देख गये हैं। यहाँ हर एक व्यक्ति सब समय अपने-अपने दाँव की प्रतीक्षा में बैठा रहता है। किसी का दाँव समय पर आ जाता है और वह बाजी मार जाता है, किसी का अन्त तक आता ही नहीं; किसी का दाँव पौ पर अड़कर रह जाता है। मेरा दाँव जीवन में पौ पर अड़ा हुआ है, और मालूम होता है अड़ा ही रह जायेगा; पर आपका दाँव आ गया है—ऐसा जान पड़ता है। आप बधाई के पात्र हैं। एक सुन्दर चित्रकार के जीवन की सफलता वास्तव में इसी रूप में होनी भी चाहिए। आज मैंने एक यूरोपियन चित्रकार का बनाया हुआ एक बहुत सुन्दर चित्र देखा है। उसका नाम है—'दी सैटिर एण्ड दी निम्फ।' बहुत ही कलात्मक और भावपूर्ण चित्र है। खाना

खाने के बाद हम लोग सब साथ ही चलेंगे। आपको मेरे यहाँ से होते हुए जाना होगा। मैं आपको वह चित्र दिखाने के लिए बहुत ही उत्सुक हूँ...'' बहुत देर तक वह इसी तरह की उलटी-सीधी बातें करते रहे। नन्दिनी चाहती थी कि पारसनाथ का हाथ पकड़कर चुपचाप उठकर चल दे। उसने एक बार कुहनी से टहोका देकर पारसनाथ को चलने का संकेत भी किया; पर पारसनाथ की गति साँप-छछूँदर की-सी हो रही थी। भुजौरिया जी की अवज्ञा करने का साहस उसे नहीं होता था।

भुजौरिया जी जब खा-पीकर अपना बिल चुकाकर उठे, तो उन्होंने पारसनाथ का हाथ पकड़ लिया और बोले—''चलिये, आपको चित्र दिखाना चाहता हूँ।''—पारसनाथ काठ के पुतले की तरह उठ खड़ा हुआ और भीगी बिल्ली की तरह भुजौरिया जी के साथ चलने लगा। नन्दिनी उन दोनों के पीछे-पीछे चलने लगी।

बाहर आकर भुजौरिया जी ने एक ताँगा तय किया। स्थिति की अशोभनता का खयाल करके पारसनाथ पहले ही ताँगेवाले के साथ आगे जाकर बैठ गया। भुजौरिया जी जैसे विवश होकर पीछे नन्दिनी के साथ बैठे। नन्दिनी ने दक्षिण की ओर मुँह कर लिया और भुजौरिया जी ने उत्तर की ओर। रास्ते-भर वह पारसनाथ से 'दी सैटिर ऐण्ड दी निम्फ' की तारीफ करते रहे। नन्दिनी एकदम खामोश रही और पारसनाथ भी प्रायः चुप ही रहा।

जब ताँगा भुजौरिया जी के मकान की गली के पास पहुँचा, तो उन्होंने ताँगेवाले को पैसा देकर विदा किया। विदा करते ही उन्होंने पारसनाथ का हाथ पकड़ लिया। पारसनाथ को अपने प्रति उनका वह अस्वाभाविक प्रेम अत्यन्त आश्चर्यजनक मालूम हो रहा था। भुजौरिया जी ने इस फुर्ती से उसका हाथ पकड़ा था कि ऐसा जान पड़ता था, जैसे वह यह आशंका कर रहे हों कि कहीं वह भाग न पड़े।

दरवाजे पर पहुँचकर भुजौरिया जी ने नौकरानी को आवाज लगायी। आज यह नयी बात थी। नौकरानी कभी उस मकान में अकेली नहीं रहती थी। उसने आकर दरवाजा खोला। भुजौरिया जी पारसनाथ का हाथ पकड़कर उसे ऊपर ले गये। नन्दिनी भी पीछे से आकर कमरे में पहुँच गयी। कमरे में बत्ती पहले से ही जली हुई थी। जब तीनों भीतर पहुँच गये, तो भुजौरिया जी ने भीतर से दरवाजा बन्द करके सहसा अपने अचकननुमा कोट की भीतरी जेब से एक न बहुत बड़ा-न बहुत छोटा छुरा निकाला; और छुरा निकालने के साथ उन्होंने शायद आज पहली बार अपना 'सी' 'टिंज' वाला गहरे काले रंग का क्रुक्स लेन्सयुक्त चश्मा उतारा। चश्मा उतारते ही उनकी आँखों का एक दूसरा ही रूप पारसनाथ के सामने आया, जो उसे एकदम वीभत्स और खूँख्वार लगा। इतनी जल्दी कोई आदमी मुखड़ा बदल सकता है, यह बात इसके पहले उसने कभी नहीं सोची थी। और वह छुरा! वह तो उसकी कल्पना के एकदम परे था! वह ठीक से कुछ न समझने पर भी एक आसन्न संकट की आशंका से घबरा उठा। उसने उसी क्षण नन्दिनी की ओर देखा; पर उसके मुख पर घबराहट का लेश भी नहीं था। एक स्थिर और अविचल दृढ़ता के भाव से उसका सारा मुख-मण्डल व्याप्त था; पर उसकी आँखों में

और ओठों के आसपास दारुण घृणा की रूखी छाया घिरी हुई थी। वह एकटक—बिना किसी द्विविधा, झिझक और संकोच के—भुजौरिया जी की ओर उसी मार्मिक घृणा-भरी दृष्टि से देख रही थी। भुजौरिया जी ने छुरा बाहर निकालते ही एक झलक नन्दिनी की ओर देखा, और फिर पारसनाथ की ओर देखकर गीदड़ की तरह कुटिल भाव में "हुआ! हुआ!" करते हुए बोले—"देखते हो इसे? इस छुरे से आज या तो मैं अपना काम तमाम करूँगा, या तुम्हारा, या—या इस बद—बदलचन ओर बे—बेहया स्त्री का, जो मेरा घर-बार बरबाद करने के लिए उधार खाये बैठी है?"

पारसनाथ काठ के उल्लू की तरह भुजौरिया जी की ओर ताकता रह गया। इस आकस्मिक 'काण्ड' के लिए वह कतई तैयारी नहीं था। वह घबराया हुआ उतना नहीं था, जितना कि उस सारी घटना की आकस्मिकता से विमूढ़ हो रहा था। इस बात से भी उसे कम विस्मय नहीं हो रहा था कि होटल में 'महानुभावता' प्रदर्शित करने के बाद अभी जो रौद्र रूप उन्होंने धारण किया था, उसके झीने पर्दे के भीतर से उनका अत्यन्त दयनीय और क्लिष्ट-करुण रूप स्पष्ट झलक रहा था। उनके उस दयनीय भाव ने पारसनाथ के मन में बहुत-कुछ ढाढ़स बँधा दिया था। और मजा यह था कि उनकी वह दयनीयता बाहर की भीषणता के भीतर से झाँकती हुई, बीच-बीच में अत्यन्त परिहासास्पद-सी लगने लगती थी।

भुजौरिया जी कहते चले गये—"और तुम इतने बड़े कृतघ्न निकले कि जो भलाइयाँ मैंने तुम्हारे साथ कीं, तुम्हारी बेकारी की हालत में तुम्हारी जो सहायता की, उसका बदला इस तरह चुका रहे हो? तुम क्या यह समझते हो कि इस चं—चंचल स्त्री को बहकाकर, फुसलाकर अपने वश में कर सकोगे, जब कि मैं हर तरह उसे प्रसन्न रखने की चेष्टा करते हुए हार गया? यह स्त्री नहीं, यक्षिणी है!"

"और तुम पुरूष नहीं, नपुंसक हो। इस बात की गवाह हूँ मैं, गवाह है तुम्हारी नौकरानी, जो तुम्हारे पुरुषत्व के लिए नहीं (वह अच्छी तरह जानती है कि तुममें कितनी मर्दानगी है), बल्कि तुम्हारे पैसे के लिए तुम्हें चाहती है। नौकरानी से घृणित सम्बन्ध रखने पर भी मेरी नातजरुबेकारी का फायदा उठाकर, मुझे बहकाकर, मेरे साथ विवाह करते हुए तुम चुल्लू-भर पानी में डूब न मरे!"—यह कहते हुए नन्दिनी की दोनों आँखों से आग की ज्वालाएँ बरस रही थीं। ज्वालामुखी का वह आकस्मिक विस्फोट देखकर पारसनाथ भ्रान्त और मूढ़ भाव से, स्तब्ध दृष्टि से उसकी ओर देखता रह गया।

भुजौरिया जी ने छुरे की नोक को अपने कोट के बटन पर स्थापित करते हुए कहा—"क्या—क्या कहा! नौकरानी से मेरा प्रेम-सम्बन्ध! तुम—तुम झू—झूठ कहती हो। स—सरासर झूठ।"

भुजौरिया जी का हकलाना भी आज पारसनाथ को एक नयी बात लग रही थी, इसके पहले उसने उन्हें इस तरह हकलाते कभी नहीं सुना। विशेषकर नन्दिनी से बोलते समय वह हकला रहे थे।

नन्दिनी ने उसी फुफकार-भरे स्वर में कहा—"झूठे हो तुम! केवल झूठे ही नहीं, तुम घोर नीच, धोखेबाज और मनुष्यघाती हो। मुझसे विवाह करने का तुम्हारा एकमात्र उद्देश्य मेरी माँ के दिये हुए रुपयों को हड़पने का रहा है। अपनी इस अर्थपिशाची मनोवृत्ति के कारण ही तुमने अपनी पहली स्त्री की हत्या की है। यह बात मुहल्ले के सब लोग जानते हैं। यह जानकर भी कि तुम्हारी नौकरानी ने मुझे विष खिलाकर मार डालना चाहा, तुमने मेरे कहने पर भी उसे नहीं निकाला, इतने बड़े हत्यारे हो तुम!

भुजौरिया जी पहली बार नन्दिनी की खरी-खरी बातें सुनकर इस कदर घबरा उठे कि अपने अनजान में छुरे को अपने कोट के भीतर छिपाने की चेष्टा करते हुए केवल, "क्या—क्या—क्या! मैं—मैं—मैं!" कहकर रह गये। और उसके बाद छुरे को सहसा जमीन पर पटककर दोनों हाथों से अपना सिर पीटकर एक सद्यः विधवा युवती किसान-स्त्री की तरह धाड़ें मार-मारकर रोने लगे। पारसनाथ को न अपनी आँखों पर विश्वास होता था न कानों पर। वह वज्र-स्तम्भित-सा होकर बेवकूफों की तरह एक बार भुजौरिया जी की ओर देखता था, एक बार नन्दिनी की ओर। नन्दिनी के मुख के कठोर और निर्मम भाव में रंचमात्र भी परिवर्तन न देखकर उसके आश्चर्य का ठिकाना नहीं था। और वह आश्चर्य पराकाष्ठा को तब पहुँचा, जब भुजौरिया जी की उस चरम दयनीय अवस्था से तनिक भी विचलित न होकर नन्दिनी बोली—"अब अपने नपुंसकत्व का चरम परिचय देने के लिए रोते क्यों हो! पकड़ो छुरा और भोंको अपनी छाती पर, या बाहर नाली के पानी में जाकर डूब मरो! यही तुम्हारे कुटिल और क्लीव-जीवन का प्रायश्चित्त है।"

पर भुजौरिया जी धड़ाम से (किन्तु ढब से) नीचे गिरकर, दीवार के सहारे पीठ अड़ाकर, चारों हाथ-पाँव पसारकर और अधिक ऊँची आवाज से गुहार मारकर रोने लगे। नन्दिनी ने चरम घृणा से एक बार उनकी ओर जोर से थूका, और फिर चिटखनी खोलकर बाहर निकल गयी। पारसनाथ भी मौका देखकर वहाँ से चम्पत हो गया। दरवाजे से बाहर निकलते ही वह भागना ही चाहता था कि पीछे से नन्दिनी की आवाज सुनायी दी—"जरा सुनना!"

पारसनाथ ठिठककर खड़ा रह गया। नन्दिनी उसके एकदम निकट जाकर धीरे से बोली—"कल शाम फिर उसी होटल में मिलना!"

"कल नहीं, दो-चार दिन बाद मिलूँगा—होटल में नहीं, यहीं इस मकान में।"

"अच्छा, तब अवश्य मिलना—परसों शाम!"

"अच्छी बात है!" कहकर पारसनाथ चला गया।

●

30

पारसनाथ ने सोचा था कि उस असाधारण, अप्रत्याशित और अशोभन घटना के बाद नन्दिनी के यहाँ जाना उसके लिए असम्भव नहीं तो कठिन अवश्य हो जायेगा; पर उसने देखा कि मंजरी के संसर्ग में रहने से उसके गर्भ में स्थित जो भ्रूण अपने अज्ञात प्रभाव से प्रतिदिन प्रतिपल उसके दिमाग की नसों में एक विषैला 'इंजेक्शन' देकर उसे पागल करने की कसम खाये बैठा है, उसके अदृश्य शिकंजे से मुक्त होने का कोई उपाय नहीं है; बल्कि दिन-पर-दिन, गर्भ की वृद्धि के साथ, वह प्रभाव विकट-से-विकटतर रूप धारण करता चला जा रहा है। उस विषकीट के घातक प्रभाव से यदि उसे मुक्ति मिल सकती है, तो केवल नन्दिनी का आँचल पकड़ने पर। नन्दिनी का आँचल पकड़ने पर या तो उसका पूर्ण उद्धार हो जायेगा, या निकट-भविष्य में आनेवाले संकट के कराल, काल-गह्वर में वह एकदम गर्क ही हो जायेगा—और ये दोनों स्थितियाँ उसकी वर्तमान त्रिशंकु की-सी अवस्था से बेहतर ही सिद्ध होंगी। मंजरी के संसर्ग से—बल्कि मंजरी के गर्भस्थित बच्चे के सामीप्य से—वह बेतरह कतराने लगा, और हजार कोशिशों के बाद भी अपने मन की पलायन-प्रवृत्ति पर विजय प्राप्त करने में असमर्थ रहा। फल यह हुआ कि भुजौरिया जी के गर्जन, क्रन्दन और सिर-फोड़नेवाली घटना से आतंकित होने पर भी, दूसरा कोई चारा न देखकर वह तीसरे ही दिन फिर नन्दिनी के यहाँ चला गया। मकान के पासवाली गली में भुजौरिया जी से उसका आमना-सामना हो गया। भुजौरिया जी ने एक वक्र-दृष्टि से उसकी ओर देखा और फिर बड़ी तेजी से निकल गये। पारसनाथ उस दृष्टि से क्षण-भर के लिए सहम गया; पर तत्काल मन-ही-मन खूब हँसा, और निस्संकोच भाव से मकान के भीतर प्रवेश करके ऊपर नन्दिनी के पास जा पहुँचा।

इस प्रकार भुजौरिया जी के छुरे के बावजूद पारसनाथ और नन्दिनी का प्रेम-मिलन जारी रहा।

इधर मंजरी का प्रसवकाल ज्यों-ज्यों निकट आता जाता था, त्यों-त्यों उसके हृदय की सुकुमारता और मस्तिष्क की अनुभूतिशीलता बढ़ती चली जाती थी। पहले उसमें कमी आने लगी थी। जो अकेलापन पहले उसे नहीं खलता था, वह अब बीच-बीच में पीड़ा पहुँचाने लगा था। पारसनाथ से इस सम्बन्ध में उसने दो-एक बार संकेत भी किया

था; पर उसके उस संकेत से पारसनाथ के मन में घबराहट बढ़ने के सिवा और कोई लाभ नहीं हुआ। वह उससे कतराता ही रहा—हालाँकि बीच-बीच में स्नेह और सहृदयता का अच्छा-खासा स्वाँग रचकर वह मंजरी का जी भरमाने की चेष्टा करता रहा था। मंजरी को उसके व्यवहार के सम्बन्ध में अब कुछ सन्देह-सा होने लगा। फिर भी उस सन्देह पर विजय पाने की चेष्टा में उसने कोई बात उठा नहीं रखी।

एक दिन जब पारसनाथ किसी एक पत्र-सम्पादक की इच्छा के अनुसार एक 'कार्टून' बनाने में संलग्न था, तो मंजरी उसी के पास नीचे एक चटाई पर बैठी हुई कपड़ा सीने के काम पर जुटी हुई थी। पारसनाथ ने बीच में एक क्षण के लिए काम से उकता कर उसकी ओर देखा, और पूछा—"यह कपड़ा किसके लिए तैयार कर रही हो?"

मंजरी ने सहज भाव से मुस्कराते हुए तिरछी निगाह से, स्निग्ध भाव से उसकी ओर देखते हुए धीरे से कहा—"बच्चे के लिए।"

अपने मन के जिस घाव को पारसनाथ न चाहने पर भी दिन में कई बार स्वयं कुचल देता था, उसे मंजरी ने भी अनजाने में बुरी तरह से कुचल दिया! मन-ही-मन कराहता हुआ और जानकर भी अनजान-सा बनता हुआ, अत्यन्त विरसता के साथ पारसनाथ बोला—"बच्चा? किसका बच्चा?"

"तुम्हारा, और किसका?"—फिर वही तिरछी चितवन और भोली पर बाँकी अदा!

"ओह! समझा! पर उसके लिए अभी से कपड़े सीने की कौन-सी आवश्यकता आ पड़ी?"—न चाहने पर भी पारसनाथ के स्वर में कठोरता आ गयी थी।

पर मंजरी उस कठोरता से विशेष विचलित नहीं हुई। बोली—"वाह, अभी से कपड़े नहीं सिलेंगे, तो फिर कब सिलेंगे? अब एक महीने से भी कम समय रह गया है!"

"ओह! यह बात है!"—कहकर पारसनाथ अपने काम पर जुटने का भाव जताने लगा; पर अब किसी तरह उसका मन नहीं लग पाता था। कुछ देर तक कागज और पेन्सिल से खेलता रहा। उसके बाद सहसा उठकर कपड़े पहनकर बाहर जाने की तैयारी करने लगा।

मंजरी ने कहा—"आज जल्दी आ जाना। रात में अकेले जी घबराता है।"

"हाँ, हाँ।"—कहकर पारसनाथ चला गया। रात में वह जल्दी न आ सका। रोज की तरह उस रात भी वह काफी देर से घर पहुँचा।

जो पासिन चौका-बर्तन करती थी, वह पास ही बगलवाले कच्चे मकान में रहती थी। उसका नाम परबतिया था। उम्र उसकी तीस वर्ष से कुछ कम होगी। उसके दो-तीन बच्चे थे। इधर कुछ दिनों से मंजरी ने प्रायः प्रतिदिन दोनों की फुर्सत के समय उसे अपने पास बिठाकर उससे सुख-दुःख की बातें करने का क्रम बना लिया था। प्रायः सभी बातें प्रसव ही से सम्बन्ध रखती थीं, उस विषय को लेकर वह तरह-तरह के प्रश्न करती थी, जो कभी-कभी परबतिया को लड़कपन से भरे मालूम होते थे। वह स्नेहपूर्वक मुस्कराती हुई, उसके प्रत्येक साधारण-से-साधारण प्रश्न का उत्तर विस्तारपूर्वक देती थी।

प्रसव के पहले किन-किन विषयों के सम्बन्ध में परहेज चलना चाहिए, प्रसव के बाद किन-किन बातों के सम्बन्ध में सावधान रहना चाहिए, बच्चों को स्वस्थ और सुन्दर रखने के क्या-क्या उपाय हैं, आदि-आदि बहुत-सी बातें वह परबतिया से पूछा करती थी। परबतिया के निकट-साहचर्य में आने से उसे ऐसा लगा कि उसके अकेले जीवन की उससे बढ़कर साथिन उसे दूसरी कोई नहीं मिल सकती थी। उसने सुन रखा था कि पासी लोग जरायम-पेशा होते है; पर परबतिया को देखकर उस जाति के प्रति उसके मन में बड़ी श्रद्धा उत्पन्न हो गयी।

जब प्रसवकाल एकदम निकट आ गया, तो मंजरी को दो-एक बार यह भ्रम हुआ कि उसे वास्तविक प्रसव-पीड़ा होने जा रही है। पर, चूँकि पारसनाथ दिन-भर गायब ही रहने लगा था, इसलिए उस पीड़ा की अवस्था में ही परबतिया के घर जाकर उसे अपने यहाँ बुला लाने के सिवा मंजरी के लिए और कोई चारा नहीं था। परबतिया आकर अपने मातृत्व के अनुभव के अनुसार उसकी सेवा-टहल कर जाती। पारसनाथ को जब मालूम हुआ कि मंजरी को एक बार दर्द उठ चुका है, तो एक दिन झंझट टालने के उद्देश्य से एक दाई बुला लाया। दाई ने देखकर कहा—"हाँ, 'डिलिवरी' जल्दी ही हो जायेगी"—दाई को बिदा करके पारसनाथ स्वयं भी तत्काल उस दिन के लिए बिदा हुआ।

जिस दिन रात में वास्तविक प्रसव-पीड़ा उठी, उस दिन पारसनाथ रात-भर घर से बाहर रहा। भुजौरिया जी को फिर किसी अत्यन्त आवश्यक आर्थिक कार्य से बाहर जाना पड़ा था। इसलिए वह सारी रात पारसनाथ ने नन्दिनी के संग में बितायी। ठीक आधी रात के समय मंजरी को भंयकर रूप से दर्द मालूम होने लगा। शाम को जब पासिन आयी थी, तो उसे थोड़ा-बहुत दर्द मालूम हो रहा था; पर उसे उसने इस कारण महत्त्व नहीं दिया था कि उस तरह का दर्द पहले भी कई बार उठ चुका था। किन्तु, आधी रात के समय जब वह मकान में निपट अकेली पड़ी हुई थी, तो उस पीड़ा ने बड़ा विकट रूप धारण कर लिया। मंजरी निश्चित रूप से समझ गयी कि इस बार का दर्द विफल नहीं जायेगा। साथ ही इस बात की आवश्यकता उसने महसूस की कि यदि 'ट्रेण्ड नर्स' नहीं, तो कोई अनुभवी स्त्री उस समय उसके पास हर हालत में होनी चाहिए, नहीं तो उसके अपने प्राणों का संकट तो है ही, बच्चे की भी जान न बचने का पूरा अन्देशा है। यह सोचकर वह उस असह्य पीड़ा की हालत में ही गिरती-पड़ती उस अँधेरी रात में पासिन के घर गयी, और उसे जगाकर अपने घर ले गयी।

प्रायः आधे घण्टे की प्राणान्तक पीड़ा के बाद जब परबतिया ने बताया कि बेटा हुआ है, तो मंजरी ने एक लम्बी साँस ली।

दूसरे दिन तड़के जब पारसनाथ आया, तो परबतिया ने किवाड़ खोला। परबतिया उसे देखकर मन्द-मधुर मुस्करायी, पर मंजरी की हिदायत के अनुसार बोली कुछ नहीं। ऊपर जाकर पारसनाथ ने देखा, एक खिलौनानुमा बच्चा मंजरी की बगल में लेटा हुआ,

"चिहाँ-चिहाँ" शब्द करता हुआ रो रहा है। मंजरी बच्चे के रोने का शब्द सुनकर नींद से चौंकती हुई जग पड़ी। सामने उसने पारसनाथ को खड़ा देखा। एक पलक उसकी ओर देखकर उसने आँखें फेर लीं, और चुपचाप बच्चे को दूध पिलाने लगी। ये सब रंग-ढंग देखकर पारसनाथ भय, लज्जा, ग्लानि और आशंका से चकित, संकुचित और आतंकित होकर काफी देर तक निःशब्द खड़ा रहा। इतने दिनों तक वह जिस अनिवार्य घटना से कतराकर शुतुरमुर्ग की तरह मुँह छिपाकर इस भरोसे बैठा हुआ था कि वह शायद अपने-आप किसी अज्ञात दैवी कारण से टल जायेगी, अन्त में आज वह प्रत्यक्ष रूप से सामने आकर ही रही! उसने सोचा कि वह रात में उस अप्रिय घटना के अवसर पर घर नहीं रहा, यह एक तरह से अच्छा ही हुआ; वर्ना उसकी दुर्गति हो गयी होती। एक तो मंजरी की पीड़ा उससे न देखी जाती और कराहने का शब्द न सुना जाता (इसलिए नहीं कि मंजरी के प्रति वह स्नेहशील है, बल्कि इसलिए कि इस प्रकार के दृश्य और शब्द से मन की शान्ति भंग होती है), दूसरे उसे रात में दाई के पास इसलिए दौड़ना पड़ता कि वह एक जारज की नाजायज सन्तान की उत्पत्ति में सहायक बने। वह इस घोर कष्टकर और परम ग्लानिमूलक कर्त्तव्य के पालन से कम-से-कम एक रात के लिए मुक्ति पा गया; पर एक रात के लिए मुक्ति पाने से क्या हुआ! वह इस वज्र-बन्धन से हमेशा के लिए तो इस तरह छुट्टी नहीं पा सकता।

इसी प्रकार की चिन्ता में वह कुछ देर तक आत्म-विस्मृत-सा रहा। उसके बाद साहस बटोरकर अपराधी की तरह संकुचित स्वर में बोला—"मुझे इस बात की बड़ी भारी ग्लानि है मंजरी, कि मैं कल तुम्हारे जीवन के अत्यन्त महत्त्वपूर्ण अवसर पर अनुपस्थित रहा। मैं अगर आज दूसरी बार तुमसे यह कहूँ कि कल रात घर न लौट सकने की विवशता में मेरा हाथ नहीं था, तो तुम निश्चय ही अविश्वास करोगी, और समझोगी कि मैं बन रहा हूँ। इसलिए इस सम्बन्ध में चुप रहूँगा। मैं सहज भाव से स्वीकार कर लेता हूँ कि मुझसे बड़ा भयंकर अपराध हुआ है; पर साथ ही मैं तुमसे यह भी आशा रखता हूँ कि तुम मुझे, मेरे इस अक्षम्य अपराध को भी, क्षमा कर दोगी। अब बताओ कि बच्चा हुआ है या बच्ची?"

पारसनाथ को स्वयं इस बात पर आश्चर्य हो रहा था कि उसने इस तरह शान्त भाव से ऐसी करुण कोमल बात कैसे कह दी जब कि उसके भीतर विध्वंसकारी द्वन्द्व मच रहा है। प्रारम्भ में मंजरी का मन मान से भरा हुआ था। पारसनाथ ने ऐन मौके पर जो अवज्ञा दिखायी थी, उसके कारण आज पहली बार उसके विरुद्ध उसके मन में वास्तविक विद्रोह सिर उठाने के लक्षण प्रकट करने लगा था; पर उसका कातर वचन सुनकर उसका क्षमाशील नारी-हृदय पिघल गया, और बच्चे के जन्म से जो प्रसन्नता उसे हुई थी, उसे बाँटने की इच्छा उसके मन में प्रबल हो उठी। उसने अतिशय स्नेह-कोमल स्वर में कहा—"नजदीक आकर देखो न, कि क्या हुआ है।"

पारसनाथ मन मारकर उसके निकट गया। बच्चे को पूरी दृष्टि से देखने का साहस उसे नहीं हो रहा था। उसे देखकर एक अनोखी और अवर्णनीय ग्लानि की विरस भावना

से उसके सारे शरीर में काँटे खड़े हो रहे थे। वह सोचने लगा कि यह कौन घृणित और गलित, साथ ही दयनीय और असहाय जीव किस रहस्यमय अदृश्य लोक से आकर उसके कलंकित जीवन की पापपूर्ण अनुभूति को समूर्त रूप प्रदान करने के उद्देश्य से प्रकट हुआ है, और मंजरी की छाती से जोंक की तरह चिमट गया है! उसकी सारी आत्मा उस निपट अज्ञान, एकदम असमर्थ, सद्यःजात शिशु के प्रति उत्कट विद्वेष की भावना से भर गयी। जैसे वह उसके जन्म-जन्मान्तर का बैरी हो।

पर मंजरी के मुख पर मातृत्व का जो समंगल भाव झलक रहा था, जो विशुद्ध आनन्द की अनुभूति प्रस्फुटित हो रही थी, वह इतनी अधिक वास्तविक और ऐसे ज्वलन्त सत्य से पूर्ण थी कि उसकी अवज्ञा पारसनाथ किसी प्रकार भी नहीं कर पाता था। इसलिए उसने बच्चे को एकदम निकट से आकर देखा, स्पर्श किया और चुमकारा। पर बच्चे के कान में उसके चुमकारने की आवाज नहीं गयी, और वह दूध पीता ही रहा।

थोड़ी देर बाद परबतिया चाय बनाकर ले आयी। चाय पीकर, नहा-धोकर पारसनाथ फिर बाहर जाने के लिए तैयार हुआ। मंजरी ने घबराहट के साथ पूछा—"कहाँ जाते हो?"

"मैं डॉक्टरनी को बुला लाता हूँ।"

"अब कोई आवश्यकता नहीं है।"

"वाह, तुम्हारी बात मैं कैसे मान लूँ। कल तो नर्स की जरूरत थी; पर अब डॉक्टरनी की जरूरत है। प्रसव के बाद ही जच्चा और बच्चा की तबीयत जरा-जरा-सी बात से बिगड़ जाने का डर रहता है, ऐसा मैंने सुन रखा है। मैं डॉक्टरनी को बुला लाता हूँ, वह एक बार देख लेगी, उसमें हर्ज ही क्या है?"

मंजरी चुप हो गयी। पारसनाथ जाकर सचमुच डॉक्टरनी को बुला लाया। डॉक्टरनी ने बच्चा और बच्चे की माता दोनों को देखकर कहा कि दोनों का स्वास्थ्य साधारणतः ठीक है, फिर भी एहतियातन उसने दो-एक दवाएँ लिख दीं। डॉक्टरनी को बिदा करके पारसनाथ दवा ले आया।

उस दिन वह दिन-भर मंजरी के पास बैठा रहा। घर का कुछ काम परबतिया ने किया, यहाँ तक कि खाना पकाकर दोनों को खिलाया भी। पारसनाथ को मन-ही-मन यह सोचकर सन्तोष हुआ कि उसकी अनुपस्थिति के बावजूद भी मंजरी की देख-रेख होने की सम्भावना है। शाम होते ही उसके पंख फड़फड़ाने लगे, और सौरी के बद्ध वातावरण से भाग निकलने के लिए उसके प्राण छटपटाने लगे। यह जानते हुए भी कि मंजरी को कम-से-कम दो-चार दिन के लिए किसी भी समय—और विशेषकर रात के समय अकेले छोड़ना किसी हालत में भी उचित नहीं है, वह किसी एक बहाने से बाहर निकल गया। जाते समय परबतिया से अनुरोध कर गया कि वह भरसक समय निकालकर मंजरी के पास बैठी रहे। उस दिन वह ग्यारह बजे के पहले ही घर वापस आ गया।

31

उस दिन से पारसनाथ के पहले से ही डाँवाँडोल हृदय में एक भयंकर तूफानी परिवर्तन होने लगा। वह निश्चित रूप से समझ गया कि उस अस्वाभाविक परिस्थिति को अब अधिक समय तक ढील नहीं दिया जा सकता। या तो मंजरी से विवाह करके नियमित रूप से सामाजिक व्यवस्था के साथ उसे जीवन बिताना होगा, या घोर नीचतापूर्ण निर्लज्जता को पूर्ण रूप से अपनाकर हृदय की रही-सही 'दुर्बलता' को लात मारकर, चम्पत हो जाना पड़ेगा। और वास्तव में चम्पत होने में ही दोनों ओर का कल्याण है—यह आत्मवंचक विश्वास उसके मन में जमने लगा। पर बीच-बीच में जब उसकी नींद किसी दुःस्वप्न के बाद अचानक उचट जाती, तो मंजरी की स्वर्गीया अन्धी माँ की प्रेतात्मक छाया एक नये ही रूप में उसके सामने प्रकट होती और विकट अट्टहास की मुद्रा के साथ भौतिक इंगित द्वारा मानो कहती—"तुम सहज में अब इस बन्धन से त्राण नहीं पा सकते! अभी न जाने और कितने फन्दे तुम्हारे गले पर पड़ते रहेंगे।"—वह अपने पापी मन के भ्रम से उत्पन्न उस आतंककारी भौतिक छाया से रक्षा पाने के उद्देश्य से कम्बल से मुँह ढक लेता; पर कम्बल के भीतर, उसकी बन्द आँखों के आगे भी, वही भीषण प्रतिहिंसात्मक छाया अपना विकराल; किन्तु स्पर्शातीत रूप दिखाने से बाज न आती। बड़े ही कठिन प्रयास के बाद वह उस भ्रामरी छाया की लोमहर्षक माया से अपने को मुक्त करने में समर्थ हो पाता।

बच्चे को जब कभी जरा-सी भी सर्दी या खाँसी होती, तो मंजरी अत्यन्त चिन्तित होकर पारसनाथ से अनुरोध करती कि किसी होमियोपैथिक डॉक्टर को बुलायें। पारसनाथ टाल जाने की इच्छा रखते हुए भी किसी कारण से नहीं टाल पाता था। बच्चे ने उसे जैसे मंजरी से भी अधिकतर प्रबल बन्धन से जकड़ लिया था। उसके अज्ञात में उस नन्हें से सुकुमार प्राणी के प्रति ममता का बीज अंकुरित होने के चिह्न प्रकट होने लगे थे। एक दिन जब उसे अचानक बच्चे के प्रति उस अज्ञात ममता की सूचना मिली तो वह बुरी तरह घबरा उठा। चार महीने का वह अदना-सा जीव बड़ा ही चंचल, आमोदप्रिय और अस्थिर स्वभाव का था। पारसनाथ जब कभी मंजरी के आग्रह से और कभी बरबस किसी अज्ञात प्रेरणा से प्रेरित होकर उसे "मुन्नू!" या "बच्चू"! कहकर

चुमकारता था, वह माँ की गोद में दूध पीता हुआ भी जैसे उछल पड़ता, और दाहिने हाथ की तर्जनी ऊपर को उठाकर पूरी ताकत से "कू—ऊ—ऊ!" की आवाज मुँह से निकालकर उसकी चुमकार का उत्तर देता। एक बार बच्चा सर्दी और खाँसी से बहुत परेशान था और गले के भीतर बहुत अधिक कफ जमा होने से किसी तरह की भी आवाज ठीक तरह से नहीं निकाल पाता था, पर पारसनाथ ने ज्यों ही चुमकारते हुए कह—"मुन्नू!" त्यों ही वह आधी नींद से उचक पड़ा और दाहिने हाथ को नचाकर अत्यन्त पुलकित भाव से अपने फँसे हुए गले से आनन्द की किलकारी का शब्द निकालने की चेष्टा करने लगा। दो-एक बार उसका प्रयास विफल गया, बल्कि उसे खाँसी का जबर्दस्त 'फिट' आ गया—ऐसा भयंकर 'फिट' कि जिसकी अवधि पूरे ढाई मिनट तक रही। मंजरी उसकी पीठ पर हाथ फेरती हुई इस आशंका से घबराकर रो पड़ी कि बच्चे का दम अटका जा रहा है, और अब उसकी मृत्यु निश्चित है। पारसनाथ भी बहुत घबरा उठा? पर उस दुर्बल शरीर और क्षीणप्राण बच्चे के भीतर न जाने कौन-सी जादू-भरी जीवनीशक्ति वर्तमान थी कि प्रबल चेष्टा से फटफटाकर, उस 'फिट' से मुक्त होकर, वह फिर उल्लास से तरंगित होता हुआ कूक उठा—"कू—ऊ—ऊ!" बार-बार खाँसता और बार-बार पारसनाथ के या मंजरी के चुमकारने पर उसी तरह उल्लास भरे रूप में कूकता हुआ उमंग से बाहर को उछलने का प्रयास करता।

इस प्रकार रोग से पीड़ित उस बच्चे ने पारसनाथ के मन में एक विकल स्नेह-वेदना उत्पन्न कर दी। एक ओर स्नेह की फाँस उसे अपनी ओर खींचती, दूसरी ओर उसकी पाप-पीड़ित आत्मा मानवीय कर्त्तव्य के समस्त बन्धनों से मुक्त होकर, उच्छृंखल अवस्था में भाग निकलने को उसे उकसाती रहती थी। फल यह होता था कि उस प्यारे बच्चे के प्रति वह समय-समय पर जितनी ही अधिक स्नेहशीलता का अनुभव करता, बाद में उसकी प्रतिक्रिया भी उतने ही प्रबल रूप में होती, और वह यह इच्छा करने लगता कि वह बच्चा जल्दी या तो दम घुटने के कारण मर जाये, या उसे कोई विषैली दवा पिलायी जाये, जिससे उसका काम तत्काल तमाम हो जाये।

एक दिन वह नन्दिनी के मकान की ओर जाता हुआ इसी तरह की बात सोच रहा था। बच्चे की मृत्यु की बात सोचते हुए मंजरी के अत्यन्त आर्त्त और अतिशय करुण रूप की कल्पना ने उसके मस्तिष्क को छा दिया। बच्चे की मृत्यु से जो दारुण पीड़ा मंजरी को पहुँचेगी, उसका स्वरूप पारसनाथ की मानसिक आँखों के आगे बिलकुल स्पष्ट रूप से आ रहा था। उसकी कल्पना-मात्र से उसके रोएँ खड़े हो गये और उसकी सारी आत्मा में एक गहन आतंक की गाढ़ छाया घिर आयी। उस घनघोर आतंक के छाते ही उसके संकीर्ण स्वार्थपूर्ण मन के भीतर आत्म-रक्षा की भावना जागरित हुई, और तत्काल जैसे किसी आश्चर्यजनक रासायनिक क्रिया से उसके मन का सारा भाव ही बदल गया। मंजरी उसे अपनी घोरतम शत्रु जान पड़ी। केवल शत्रु ही नहीं, उसे ऐसा लगा, जैसे उसकी प्रतिहिंसापरायणा अन्धी माँ की मृतात्मा उसके अनजान में उसके

भीतर समा गयी हो। वह सोचने लगा–"स्नेह की ओट में मेरी आत्मा की नस-नस को जकड़नेवाली इस वैरिणी के जीवन के साथ मैं अब अधिक चल नहीं सकता–चल नहीं सकता! अगर मैं पागल होने से अपने को बचाना चाहूँ, तो उस अनाथ नारी को चार महीने के सुकुमार शिशु के साथ अकेली छोड़कर, उसके साथ सारा नाता जड़ से उखाड़कर, भाग निकलना होगा। किसी अनाथ लड़की का साथ अन्त तक देने का ठीका नहीं ले सकता। जब वह अनाथ है, तो आज एक का आश्रय पकड़ने के बाद कल दूसरे का आश्रय पकड़ सकती है। और फिर मेरे भागने के बाद उसे कहीं आश्रय मिले या न मिले–इससे मुझे क्या वास्ता! मैं कहाँ तक इन सब बातों की चिन्ता करूँ! ज्यों-ज्यों बन्धन तोड़ने में मैं कमजोरी दिखा रहा हूँ, त्यों-त्यों उसकी गाँठें और फन्दे बढ़ते चले जा रहे हैं। इसलिए जितनी जल्दी हो सके उतना ही अच्छा है। हाँ, ठीक है, उतना ही अच्छा है। मैं आज ही नन्दिनी से इस बात का जिक्र करूँगा, पर नन्दिनी से जिक्र करने की आवश्यकता ही क्या है? मैं भी अजब बेवकूफ हूँ! हाँ, हाँ, ठीक तो है! नन्दिनी को यदि मैं अपने साथ न भगा सका, तो मेरे भागने का उद्देश्य ही व्यर्थ सिद्ध होगा। उसने एक दिन बताया था कि उसके पास अभी संचित धन बहुत-कुछ शेष है, जिसे उसने भुजौरिया जी की गृद्ध-दृष्टि से बचा रखा है। उसके पास गहने भी काफी हैं और थोड़ी-बहुत नकदी भी है। पर इससे क्या हुआ? क्या मैं उसके पैसों के लोभ से उसे भगाना चाहता हूँ? तब भुजौरिया जी में और मुझमें अन्तर ही क्या रहा? नहीं, यह बात कभी सम्भव नहीं हो सकती! मैं पैसों के लिए नहीं, बल्कि उसके व्यक्तित्व के लिए उसे चाहता हूँ। उसका व्यक्तित्व मुझे बहुत तेजस्वी लगता है। भूतों और प्रेतों के बीच में रहने पर भी वह अपने जीवन और यौवन को सबल रखने में समर्थ हुई है। वास्तव में उसने मेरी आत्मा को मोह लिया है, और हम दोनों एक-दूसरे को सच्चे अर्थों में चाहते हैं। पर उसके पास रुपया कहाँ से आया? कई हजार रुपया तो श्रीमान् भुजौरिया जी हड़प गये हैं, और तिस पर अभी बहुत-कुछ शेष है! किसी बड़े घर की लड़की मालूम होती है। तभी तो वह किसी कुलीन घराने के व्यक्ति से विवाह करने के लिए लालायित थी। मालूम होता है, उसके पिता उसके और उसकी बहनों के लिए काफी रुपया छोड़कर मरे हैं; पर इस सम्बन्ध में मैंने उस दिन उससे जो प्रश्न किया था, उसका साफ-साफ उत्तर उसने क्यों नहीं दिया? कुछ गोल-मोल-सा उत्तर देकर बात को टाल क्यों गयी? भाड़ में जाये, इन सब बातों से मुझे क्या करना है! वह भुजौरिया जी से तहेदिल से घृणा करती है और मुझे चाहती है–यही जरूरी बात है।"

इस तरह की उलटी-सीधी बातें सोचता हुआ वह भुजौरिया जी के यहाँ पहुँचा। भुजौरिया जी अभी तक अपने व्यावसायिक दौरे से वापस नहीं आये थे। मकान का दरवाजा भीतर से बन्द था–किवाड़ यों ही फेर दिये गये थे। भीतर जाकर पारसनाथ ने दरवाजा बन्द करके जंजीर चढ़ा दी। इसके बाद जब ऊपर जाकर वह नन्दिनी के कमरे में पहुँचा, तो उसने देखा कि वह पलँग पर लेटी हुई अंचल से आँखें पोंछ रही

है। स्पष्ट ही वह रो रही थी। पर अकेले में इस प्रकार रोने का कारण क्या हो सकता है, इसकी कोई सम्भव या असम्भव कल्पना पारसनाथ नहीं कर पाया। वह कुछ शंकित-सा आगे बढ़ा और डरता-डरता धीरे से नन्दिनी के पैताने जाकर बैठ गया। इसके बाद उसके सिर के बालों पर हाथ फेरता हुआ बड़े ही कोमल भाव से बोला–"क्या तबीयत कुछ खराब है? रो क्यों रही थीं?"

नन्दिनी आँसुओं के शेष चिह्नों को अंचल से अच्छी तरह मिटाने का प्रयत्न करती हुई सहज भाव से बोली–"मैं रोती कहाँ थी! पलकों में खुजली मालूम हो रही थी, इसलिए आँखें मल रही थी।"

नन्दिनी के समान स्पष्टवादिनी स्त्री रोने की बात को इस तरह छिपाना चाहे, यह एक दूसरा आश्चर्य पारसनाथ को हुआ। कुछ देर तक वह लेटे-लेटे आँखें पोंछती रही। उसके बाद सहसा उठ बैठी, और पारसनाथ के बायें कन्धे पर गलबहियों के रूप में दोनों हाथ और दाहिने कन्धे पर अपना सिर रखकर बोली–"क्या सारी जिन्दगी मुझे इसी कारावास में बिता देनी पड़ेगी? इससे छुटकारा पाने का क्या कोई उपाय नहीं है? आज दिन-भर मैं यही बात सोचती रही। कभी मुझे ऐसा लगता है कि भूतों के इस डेरे से छुट्टी पाने का उपाय बहुत ही आसान है, और कभी मेरा मन घनघोर निराशा से छा जाता है, और यह आशंका मेरे मन में घर कर जाती है कि जन्म-जन्मान्तर तक इस यम-यातना से मेरा उद्धार नहीं हो सकेगा। आज उसी भयंकर निराशा के घने काले बादल मेरे भीतर घिर आये हैं।"

पारसनाथ ने अत्यन्त गम्भीरता के साथ कहा–"नहीं नन्दिनी, तुम्हें निराश नहीं होना चाहिए। इस यम-यातना से निश्चय ही तुम्हारा उद्धार होगा, और जल्दी–बहुत ही जल्दी होगा! केवल तुम्हारा ही नहीं, तुम्हारे साथ मेरा भी उद्धार होगा–यह मेरा दृढ़ विश्वास है। देर है केवल तुम्हारे कमर कसने भर की।"

नन्दिनी ने प्रश्न-भरी उत्सुक दृष्टि से उसकी ओर देखा। वह बोला–"मुझे तुम जैसा आदेश दोगी मैं वैसा ही करूँगा।"

नन्दिनी सँभलकर बैठ गयी, और फिर बोली–"सच कहते हो?"

"हाँ, बिलकुल सच! आजमा कर देख लो।"

"तब चलो, कल ही बोरिया-बँधना उठाकर मेरे साथ निकल पड़ो–जहाँ मैं कहूँ।"

"मैं राजी हूँ।"

"सच?"

पारसनाथ उसके अविश्वास पर मन्द-मन्द मुस्कराने लगा। और उसके दाहिने गाल पर अपना बायाँ गाल रखता हुआ बोला–"तुम्हें मेरी बात पर विश्वास क्यों नहीं होता?"

नन्दिनी ने एक लम्बी साँस लेकर कहा–"सचमुच मेरे मन का अविश्वास इधर बहुत बढ़ गया है। इसका कारण शायद यह है कि मैंने एक व्यक्ति का पूर्ण विश्वास

करके भयंकर धोखा खाया है। मेरा हृदय पहले से जितना ही सरल विश्वास से भरा था, अब अविश्वास के कीड़े ने उसे उतना ही छेद-छेदकर चलनी बना डाला है। फिर भी उसमें अभी इतना बल बाकी है कि तुम्हारे साथ चलने की हिम्मत बाँध सकती हूँ!''

पारसनाथ को ऐसा लगा, जैसे किसी ने उसके पापी मन के मर्मस्थान को पकड़कर झंझोड़ दिया। वह उस कटु अनुभूति को मन-ही-मन पीने की चेष्टा करने लगा, पर इस चेष्टा का फल केवल यह हुआ कि मंजरी की सरल विश्वास और सहज प्रेम से भरी स्निग्ध मुखछवि उसकी आँखों के आगे नाचकर उसे अस्थिर करने लगी, और उसके प्यारे बच्चे की उल्लसित कूक की आवाज एक अनोखी मार्मिक वेदना से उसके कानों में रह-रहकर गूँजने लगी। वह सोचने लगा—''फिर से मेरे मन की निपट कमजोरी का भूत मुझे धर दबाना चाहता है। एक बार जहाँ वह भूत मुझे पूरी तरह दबाने में समर्थ हुआ नहीं कि मैं निश्चय ही तत्काल पागल हो उठूँगा; इसलिए इसे एक बार अच्छी तरह झाड़कर फटकारे बिना त्राण नहीं है, त्राण नहीं है!''

शरीर के एक कम्प से समस्त भय, भ्रान्ति और शंका की भावनाओं को झाड़कर वह सहसा उठ खड़ा हुआ, और नन्दिनी को भी उसने हाथ पकड़कर ऊपर उठाया। उसके बाद पूर्ण आवेग के साथ दोनों बाँहों से जकड़कर अपनी छाती से लगाता हुआ बोला—''मेरा विश्वास करो, नन्दिनी। मैंने चाहे तमाम संसार के साथ विश्वासघात किया हो, या सारे संसार ने मेरे साथ विश्वासघात किया हो; पर तुम्हारे साथ मैं कभी इस जन्म में विश्वासघात नहीं करूँगा।''

ज्यों ही उसने यह बात कही, त्यों ही किसी ने उसकी आत्मा के भीतर से विकट अट्टहास किया। उस अट्टहास के भौतिक शब्द से चौंककर उसने शून्य दृष्टि से सामने दीवार की ओर देखा। उस शून्य दृष्टि ने शून्य में ही देखा कि उसी अन्धी अधेड़ स्त्री की प्रेतात्मा अपनी निर्जीव आँखों को पूरा खोलकर, खीसें बाहर निकालकर, वीभत्स हास्य की मुद्रा बनाये अधर में लटक रही है। पारसनाथ ने क्षण-भर के लिए आँखें मूँद लीं, और यह जानकर कि स्वयं उसकी अपराधी आत्मा ने फिर एक बार भय की उस भ्रामक छाया को उत्पन्न किया है, उसने नन्दिनी के कन्धे पर अपना सिर रख दिया, और कुछ क्षणों तक उसी अवस्था में आँखें मूँद ही रहा। उसके बाद नन्दिनी को अपने बन्धन से मुक्त करके बोला—''अच्छा, तो कल की बात पक्की रही! यहाँ से कहाँ जाने का इरादा है? मैं कै बजे तैयार होकर आऊँ?''

नन्दिनी ने कहा—''जब चलना ही है, तो कल के भरोसे पर क्यों बैठे रहते हो? आज ही क्यों न चले चलें? मैं चाहती हूँ कि आज ही रात की गाड़ी से लखनऊ के लिए रवाना हो जायें।''

क्षण-भर के लिए पारसनाथ असमंजस में पड़कर भ्रान्त भाव से खड़ा रहा। उस क्षुद्रातिक्षुद्र क्षण के भीतर न जाने कितने जन्मों की कितनी बातें उसके मस्तिष्क की संकीर्ण परिधि के भीतर पुंजीभूत होकर कुलबुलाने लगीं। उनके कुलबुलाने से उसके

दोनों कानों में चारों ओर से आवाजें आने लगीं—"हा! हू! हल्ला!" "हा! हू! हल्ला!" जैसे कहना चाहती हों—"खबरदार! खबरदार! सावधान! सोच लो, सोच लो! फिर से सोच लो! इतना बड़ा ग़जब, ऐसा भयंकर अन्धेर न करो! अपनी पाप-प्रवृत्तियों को सर्वनाश की इस सीमा तक न पहुँचने दो!"—केवल एक छोटे-से क्षण के भीतर उसके अन्तर्मन में इतना बड़ा काण्ड हो गया, ऐसा भयंकर तूफान मच गया; पर उस चरम क्षण के समाप्त होते ही वह सारा तूफानी चक्कर उसे भौतिक दुःस्वप्न की तरह मिथ्या लगने लगा, और उसने तत्काल नन्दिनी के प्रश्न का उत्तर देते हुए कहा—"ठीक है। तुम ठीक ही कहती हो। कल के लिए जीवन की इतनी महत्त्वपूर्ण बात को टालना चतुराई का काम न होगा। कल तक इन्तजार करने से न जाने कौन-से विघ्न खड़े हो उठें, कौन कह सकता है!"—उसे इस बात का भय हो रहा था कि मंजरी के पास लौट चलने से उसके मन की 'कमजोरी' कहीं फिर से उसका गला न पकड़ ले। विशेष करके कुछ दिनों से उस छोटे-से नाजायज बच्चे के प्रति मार्मिक ममता का जो भाव उसके मन में न चाहने पर भी उत्पन्न होने लगा था, उसने उसे और भी अधिक भयभीत कर दिया था।

पर नन्दिनी ने अपनी कुछ दूसरी ही आशंका की बात उसे बतायी, वह बोली—"कल तुम्हारे भुजौरिया जी के लौट आने की सम्भावना है। अगर वह कल आ गये, तो फिर बात न जाने कब तक के लिए टल जाये।"

"ठीक है। आज ही चलेंगे—अभी! तुम अपना सब सामान बाँध-बूँध कर ठीक कर लो। मेरे पास कुछ विशेष सामान नहीं है, और जो है भी उसे लाने के लिए मैं नहीं जाऊँगा। मैं सीधा यहीं से तुम्हारे साथ स्टेशन चला चलूँगा।"

नन्दिनी उसी क्षण सामान सजाने और बिस्तर बाँधने के काम पर जुट गयी। प्रायः आधे घण्टे के भीतर पूरी तैयारी हो गयी। उसके बाद बोली—"अब चलो। नौकरानी के आने के पहले ही यहाँ से भाग निकलना ठीक होगा।"

"चाभी किसे दे जाओगी?"

"मकान खुला ही पड़ा रहेगा। बाद में श्रीमान् भुजौरिया जी की असली 'गृहिणी' जब चौका-बर्तन करने आयेगी, तो अपने-आप सारी गृहस्थी फिर से सँभाल लेगी। इस बात की चिन्ता करके हम क्यों बेकार परेशान हों!"

"ठीक है, तब चलो। जरा ठहरो, मैं किसी एक्के या ताँगेवाले को बुला लाता हूँ।"

पारसनाथ निद्रा-विचरण की-सी आत्म-विस्मृत अवस्था में फुर्ती से बाहर जाकर बड़े रास्ते के चौराहे के पास गया। भाग्य से उसी समय एक ताँगा खाली चला जा रहा था। बिना कुछ ठहराये वह उसे गली के पास ले गया। उसके बाद कुछ सामान ताँगेवाले से उठवाया और कुछ स्वयं उठाकर ताँगे पर पहुँचाया। सामान काफी था—तीन बड़े बक्स, एक छोटा बक्स और दो बिस्तर। एक बिस्तर उसने पारसनाथ के लिए पहले से ही अलग बाँधकर रख दिया था।

●

32

जब दोनों स्टेशन पहुँचे तो नन्दिनी ने चैन की एक लम्बी साँस ली। सन्ध्या के समय उसके मुख पर जो एक गहन उदास छाया घिरी हुई थी, वह इस समय एकदम अन्तर्धान हो गयी थी, और उसके स्थान पर एक उल्लसित आभा चमक रही थी, जो बिजली के प्रकाश में उज्ज्वलतर मालूम हो रही थी। उसने कभी इस बात की आशा नहीं की थी कि इतनी आसानी से वह उस कुटिल-कठोर बन्धन से मुक्ति पा सकेगी जिसने उसकी आत्मा की नस-नस को कसकर निःशक्त बना दिया था।

पारसनाथ के भीतर जो विकट द्वन्द्व-चक्र चल रहा था, जो घनघोर संघर्ष मच रहा था, उसका यथार्थ वर्णन नहीं हो सकता। उसकी आँखों के आगे मंजरी के स्नेहकरुण, आर्त्त और असहाय रूप की प्रतिच्छाया लाख दबाने की चेष्टा करने पर भी फिर-फिर नाच उठती थी, और उस निपट नादान और अनाथ बच्चे की अस्फुट किलकारी की गूँज निरन्तर हाहाकार भरे स्वर में बजती जाती थी। पर यह सब होने पर भी यह अनुभूति उसे एक उन्मादक और अस्वाभाविक स्फूर्ति प्रदान कर रही थी कि वह एक विवाहिता स्त्री को भगाये लिये जाता है। किस ओर भगा ले जा रहा है, किस उद्देश्य से और कितने समय तक के लिए—अपने अन्तरतम मन के ये सब प्रश्न उसे एकदम अर्थहीन और निस्सार लगते थे। केवल यह कल्पना उसे रह-रहकर तरंगित कर रही थी कि जो स्त्री उसके साथ भाग निकली है वह कल तक किसी दूसरे की सम्पत्ति थी, और आज वह पूर्णरूप से उसके अधिकार में है। वह मन-ही-मन कहने लगा—"इस स्त्री ने मंजरी की तरह अनाथ और असहाय होने के कारण विवशता से मेरा प्रेम स्वीकार नहीं किया है, बल्कि पूर्ण सनाथ अवस्था में स्वेच्छा से मुझे अपना सब-कुछ अर्पित करके वह भाग निकली है। सबसे बड़ी बात यह है कि मेरी खातिर वह विवाह के धार्मिक और सामाजिक बन्धन को लात मारकर तोड़ आयी है। एक विवाहिता नारी को भगाने में जो सुख है, वह किसी अविवाहिता स्त्री के साथ भागने में किसी भी हालत में प्राप्त नहीं हो सकता। किसी गुणवती और शीलवती सुन्दरी स्त्री का पातिव्रत खण्डित करने से हम नरक के कीड़ों की सबसे बड़ी महत्त्वाकांक्षा की पूर्ति होती है। इसलिए आज मेरे नारकीय जीवन की चरम सफलता का दिन है—क्योंकि मैं केवल इस स्त्री का

पातिव्रत खण्डित करने में ही सफल नहीं हुआ हूँ, बल्कि वह आज हर तरह से मेरे अधीन है।"

इण्टरक्लास का टिकट खरीदकर दोनों 'वेटिंग रूम' में बैठ गये। बहुत देर बाद गाड़ी लगी। गाड़ी में काफी जगह थी। आमने-सामने के दो बर्थों पर बिस्तर बिछाकर दोनों बड़े आराम से लेट गये। दूसरे दिन पौ फटने के कुछ पहले ही गाड़ी लखनऊ पहुँची। गाड़ी से उतरकर पारसनाथ ने पूछा—"कहाँ ठहरना होगा?"

कुछ सोचकर नन्दिनी ने कहा—"ठहरने को तो बहुत-सी जगहें हैं। पर अभी किसी होटल में ठहरना ठीक रहेगा। बाद में देखी जायेगी।"

ताँगे पर सामान लदवाकर दोनों बैठ गये, और कैसरबाग के पास किसी एक होटल में जाकर ठहरे। एक अपेक्षाकृत एकान्त कमरा उन लोगों को मिल गया। सामान ठीक-ठिकाने से रखवाकर और दो पलँगों पर बिस्तर बिछवाकर कुछ देर तक दोनों भीतर से किवाड़ बन्द करके आराम से लेटे रहे। उसके बाद हाथ-मुँह धोकर कपड़े बदलकर सुबह की चाय पीने और नाश्ता करने बैठे।

चाय की पहली घूँट पीने के बाद ही नन्दिनी ने कहा—"मैंने पहले सोचा था कि मैं तुम्हें साथ लेकर सीधे अपनी छोटी बहन के यहाँ जाकर उतरूँगी।"

"फिर उसमें कौन-सी बाधा आ गयी?"

"फिर मैंने सोचा कि शायद तुम्हें आपत्ति हो।" यह कहकर वह बड़े गौर से पारसनाथ के मुख का भाव ताड़ने की चेष्टा करने लगी।

"मुझे क्या आपत्ति हो सकती है! हाँ, तुम्हारी बहन को या तुम्हारे बहनोई साहब को अवश्य यह बात नागवार मालूम होगी कि तुम मेरे साथ भागकर चली आयी हो। मुझे साथ लेकर वहाँ चलने की बात तुम सोच ही कैसे पायी, मुझे इसी बात पर आश्चर्य हो रहा है।

"मेरे बहनोई-वहनोई कोई नहीं हैं। और मेरी बहन इस बात से प्रसन्न ही होगी कि उस खूसट को छोड़कर मैं एक भले आदमी के साथ चली आयी हूँ। वह पहले ही, उसके साथ विवाह करने से मुझे रोक रही थी।"

पारसनाथ की समझ में यह बात बिलकुल भी नहीं आ पाती थी कि पति को छोड़कर प्रेमिका के साथ भाग निकलनेवाली बहन की उच्छृंखलता का समर्थन कोई भी भारतीय नारी कैसे कर सकती है। वह सोचने लगा—"तब तो नन्दिनी के आत्मीय-स्वजन बहुत ही अधिक प्रगतिशील हैं!"

उसने कहा—"तुम्हारे बहनोई नहीं हैं! तब क्या तुम्हारी बहन—"वह कहने जा रहा था कि 'विधवा है?' पर नन्दिनी ने तत्काल उसकी बात की पूर्ति करते हुए कहा—"हाँ, हाँ अभी तक अविवाहित है।"

"अविवाहित है? और अकेली रहती है?"

"हाँ। तुम्हें आश्चर्य क्यों हो रहा है।"

"उसका खर्च कौन चलाता है?"

"वह खुद ही कमाती है।"

वास्तव में पारसनाथ के आश्चर्य का ठिकाना नहीं था। उसने कहा—"खुद ही कमाती है! इस बात का अर्थ मैं समझा नहीं। क्या वह कहीं नौकरी करती है?"

सहसा नन्दिनी के मन में यह सन्देह उठा कि पारसनाथ को आज तक उसके सम्बन्ध में बड़ी भारी गलतफहमी रही है; पर उसने तो जान-बूझकर कोई बात उससे छिपाने की चेष्टा नहीं की, बल्कि जब-जब मौका आया है, उसने अपने स्पष्ट संकेत द्वारा उसे यह सूचित कर देना चाहा है कि विवाह होने के पहले उसका जीवन किस प्रकार के समाज के बीच में बीता है। यदि उसके संकेतों को पारसनाथ न समझा हो, अन्यमनस्कतावश उसने उसकी बातों पर ध्यान न दिया हो, तो इसमें उसका क्या दोष है? कुछ भी हो, यदि सचमुच पारसनाथ को उसकी यथार्थ सामाजिक स्थिति का पता पहले से न हो, और अब अकस्मात् उल्कापात की तरह वह दृश्य उद्भासित हो उठे, तो उसकी क्या प्रतिक्रिया उसके मन में होगी? इस सम्बन्ध में तरह-तरह के विचार नन्दिनी के मन में उठने लगे! कुछ क्षणों तक उसे साहस नहीं हुआ कि बात को स्पष्ट और यथार्थ रूप में पारसनाथ के आगे रखे; पर बाद में उसने सोचा कि जब उसने जान-बूझकर कभी सत्य को छिपाना नहीं चाहा है (भले ही अनजान में उसके मन में यह प्रवृत्ति किसी हद तक वर्तमान रही हो), तो इस समय उसे दबाने की चेष्टा अत्यन्त नीचतापूर्ण कायरता होगी; इसलिए वह हर प्रकार की सम्भावना के लिए तैयार होकर, साहस बटोरकर, सँभलकर बैठ गयी, और बोली—"मेरा ऐसा खयाल था कि तुम्हें मेरे और मेरी बहनों के सम्बन्ध में सब बातें मालूम हैं। मेरी दोनों बहनें अभी तक पेशा करती है।"

पारसनाथ वज्र-स्तम्भित होकर रह गया। अकृत्रिम आश्चर्य से आँखें फाड़-फाड़कर कुछ क्षणों तक नन्दिनी की ओर एकटक देखता रहा। उसके बाद एकदम धीमी आवाज में, प्रायः फुसफुसाते हुए, बोला—"पेशा? तब क्या तुम्हारी बहनें—"

"वेश्याएँ हैं। और मैं भी पहले वेश्या ही थी!"—नन्दिनी काफी साहस बटोर चुकी थी, और उसने यह दृढ़ निश्चय कर लिया था कि चाहे परिणाम कुछ भी क्यों न हो, वह स्पष्ट और सत्य बात कहेगी।

पारसनाथ के मुख पर गाढ़ कालिमा छा गयी थी, जैसे किसी ने स्याही पोत दी हो। वह एक घूँट भी चाय न पी सका, केवल जले हुए काठ की तरह स्तब्ध और निश्चल अवस्था में बैठा रह गया। उसकी दोनों आँखें बुझती हुई चिनगारियों की तरह अत्यन्त करुण भाव से जलती हुई, नन्दिनी की ओर देखती रह गयीं।

नन्दिनी को भी अब चाय कुनैन की तरह कड़वी लगने लगी थी। पारसनाथ के मुख के भाव में आकस्मिक परिवर्तन देखकर कुछ समय के लिए वह सहम-सी गयी; पर

सहसा उसके अन्तर के तल-प्रदेश से एक ऐसा भयंकर तूफान उठकर उथल-पुथल मचाने लगा, जिसका अनुभव उसने आज जीवन में पहली बार किया।

उसके मुख पर सावन के मेघ की तरह एक गहन-गम्भीर छाया घिर आयी थी। अपने भीतर आक्रोश को बरबस पीने की चेष्टा करते हुए उसने कहा—"यह जानकर कि वेश्या का जीवन बिता चुकी हूँ, तुम्हें जो इतन गहरा धक्का पहुँचा है, उसका कारण क्या है—क्या मैं जान सकती हूँ?"

कुछ देर तक पारसनाथ उसी उत्कट दृष्टि से नन्दिनी की ओर देखता रहा। उसके बाद दाँतों का पीसना बलपूर्वक रोककर बोला—"उसका कारण क्या है? पूछती हो? कारण कुछ भी नहीं है, कुछ भी नहीं! अच्छी तरह समझ रहा हूँ कि इस समय तुम नहीं बोल रही हो, बल्कि तुम्हारे भीतर से उस अन्धी और अधेड़ स्त्री की प्रेतात्मा बोल रही है, जो प्रायः डेढ़ वर्ष से मेरे जीवन को प्रतिदिन, प्रतिपल विषमय बनाने के लिए कसम खाये बैठी है। इतने दिनों तक वह अपनी सहृदय और सरल-स्वभाव लड़की की आत्मा के भीतर प्रवेश किये रही, अब जब मैंने उसकी लड़की का साथ छोड़ा है, तो उसने न जाने कितने जन्मों की शत्रुता का बदला मुझसे चुकाने के लिए तुम्हारी आत्मा पर कब्जा कर लिया है। मैं खूब समझता हूँ।"

यह कहते हुए पारसनाथ की आँखों में आज बहुत दिनों बाद फिर एक बार प्रेतलोक की उसी रहस्यमयी और लोमहर्षक छाया का आभास झलक उठा, जिसे देखकर एक दिन मंजरी का दिल दहल उठा था। नन्दिनी भी उससे डर गयी और उसके सारे शरीर में काँटे खड़े हो गये। डरने के साथ ही उसके हृदय में पारसनाथ के प्रति एक अपरिसीम करुणा की लहर हहर उठी। अपने मन की तत्कालीन घोर अप-साधारण अवस्था में वह न जाने क्या कह गया—नन्दिनी उसकी बात का एक अक्षर भी नहीं समझ पायी। उसे वह पागल का-सा प्रलाप लगा; पर उसकी अन्तःप्रज्ञा इतना अवश्य समझ गयी (जिसे वह वर्षों के परिचय से नहीं समझ पायी थी) कि पारसनाथ किसी कारण से अत्यन्त दुःखी और दयनीय है। आकस्मिक प्रेरणा ने उसी क्षण उसके आगे यह सत्य भी उद्भासित कर दिया कि उसके दुःख का वह गुप्त कारण उसकी आत्मा के बहुत भीतर जड़ जमाये हुए है, और वर्षों से उसे यम-यातना भुगतने के लिए बाध्य किये हुए है। उसे इस बात पर बड़ा आश्चर्य हुआ कि इतने दिनों तक इतना प्रचण्ड सत्य उससे कैसे छिपा रह गया। जब से पारसनाथ से उसका परिचय हुआ, तब से आज तक नन्दिनी ने उसे जिन-जिन रूपों में देखा था, जिस-जिस तरह का भाव उसकी प्रत्येक बात से, व्यवहार से, रंग से, ढंग से व्यक्त होता हुआ पाया था, उन सबको उसने अपने मन के दर्पण के आगे एक बार सरसरी तौर पर उतारा। और उतारते ही वह एकदम नये रूप में एक अर्द्धगुप्त सत्य का आभास पाकर सन्न रह गयी। उन पिछली स्मृतियों के कुरेदने पर उसे ऐसा लगा कि पारसनाथ सब समय किसी काल्पनिक (या वास्तविक—कौन जाने!) प्रेतात्मा की छाया को अपने साथ लिये रहता था। कहीं किसी भी समय उसने

दिल खोलकर उससे कोई बात नहीं की। और तो और, प्रेम-सम्बन्ध स्थापित होने के पहले, जिस दिन उसके हृदय का आवेग चरम सीमा को पहुँचा हुआ था, उस दिन भी उसने सबसे अधिक उमंग की जो बात कही, वह केवल यह कि, "तुम छाया हो और मैं प्रेत, मैं प्रेत हूँ और तुम छाया!"—सोच-सोचकर नन्दिनी का भय जितना ही बढ़ता जाता था, उसी परिमाण में पारसनाथ के प्रति करुणा का भाव भी उमड़ रहा था। पर, इन दोनों भावों की उथल-पुथल के बावजूद इस बात की मार्मिक पीड़ा को वह किसी प्रकार भी भूल नहीं पा रही थी कि उसके भूतपूर्व वेश्या-जीवन की बात मालूम होने पर पारसनाथ उससे अपने अन्तस्तल से घृणा करने लगा है, और दोनों के इतने दिनों के आन्तरिक (!) प्रेम को एक पल में भुला बैठा है।

कुछ भी हो, वह यथा-सम्भव शान्त भाव से बोली—"इस बात से तुम इस कदर विचलित हो उठोगे, यह मैंने नहीं सोचा था।"

"तुम सोच ही कैसे सकती थीं। दूसरों को धोखे में रखना ही जिसका—पर अब सब व्यर्थ है! सब बेकार है! जो अनर्थ हो चुका है, उसका अब कोई प्रतिकार विश्व के किसी भी कोने में नहीं रह गया है। तुम्हारा दोष नहीं है, तुम्हारी जाति का दोष है—वेश्या जाति नहीं, स्त्री जातिमात्र का!"

इस समय तक पारसनाथ की दयनीय मानसिक दशा देखकर जो करुणा नन्दिनी के मन में तिलमिला रही थी, उसकी अन्तिम कटूक्ति सुनने के बाद उसके अपमानित नारी-हृदय के प्रचण्ड विद्रोह की दहकती हुई आग ने उसे एकदम सुखाकर गरम-गरम भाप में परिणत कर दिया। इंजन के धुएँ की तरह उस भाप को बाहर निकालती हुई वह फुफकार-भरे स्वर में बोली—"तो क्या अभी तक तुम यह समझे बैठे थे कि समाज के और पति के बन्धन में बँधी हुई एक भले घर की बहू को फुसलाकर भगाये लिये जा रहे हो? ठीक है, यही बात है! एक कुलीन घराने की विवाहिता स्त्री को भगाकर उसका धर्म नष्ट करने में तुम जैसे अधम पुरुषों को जो सुख मिलता है, वह किसी वेश्या-समाज की लड़की को (फिर चाहे वह विवाहिता ही क्यों न हो) भगाने में कहाँ मिल सकता है! आज मैं अच्छी तरह समझ गयी हूँ कि तुम सचमुच नरक के कीड़े हो—उस नरक के भीतर कुलबुलाते रहने में ही तुम्हें सुख मिल सकता है—घोर विकृत और गलित सुख! इस समय तक मैं तुम्हें अपना त्राणकर्त्ता समझती थी और यह विश्वास किये बैठी थी कि इतने दिनों के बाद अन्त में एक पुरुष मुझे ऐसा मिला है, जिसका सोना सचमुच खरा है—ऐसा पुरुष जो मन की उदारता और हृदय की समवेदना में उस आदर्श से बहुत-कुछ मिलता-जुलता है, जिसकी कल्पना प्रत्येक स्त्री के मन में (जान में या अनजान में) बहुत छोटी उम्र से रहती है, पर जिसे वह वास्तविक जीवन में अन्त तक नहीं पाती। मुझे क्या पता था कि तुम भी अपने सब चचाजाद भाइयों की ही तरह निकलोगे। तुम सब लोग मिलकर जैसे यह षड्यन्त्र रच बैठे हो कि मैं वेश्या-जीवन से मुक्ति पाने के लिए चाहे कितना ही छटपटाऊँ, लाख प्रयत्न करूँ, पर

किसी भी हालत में मैं उस प्रयास में सफल न होने पाऊँ, और अन्त में वेश्या की वेश्या ही बनी रहूँ। अपने इसी हताश प्रयास में मैंने श्मशान के उस चाण्डाल से—तुम्हारे भुजौरिया जी से—विवाह किया, पर उस ब्रह्मराक्षस ने भरसक यह चेष्टा की कि मैं उस विवाहिता स्थिति में भी गुप्त रूप से उसके परिचित राजा-रईसों के साथ व्यभिचार का सम्बन्ध स्थापित किये रहूँ, और उस उपाय से उसके कभी न भरे जा सकनेवाले पाप के घड़े को सोने की मोहरों से भरती रहूँ। मेरे मन का और मेरी आत्मा का सब स्निग्ध रस सोखकर, मेरा सारा पार्थिव वैभव—मेरी माँ का दिया हुआ और अपना जोड़ा हुआ रुपया—भी उसने हड़प लिया। तुम्हें उसने उस दिन जो छुरा दिखाया, उसका कारण यह नहीं था कि वह मुझे चाहने के कारण तुमसे ईर्ष्या कर रहा है; बल्कि यह था कि उसकी दृष्टि में तुम मरभुक्खे थे। अगर उसे यह उम्मीद होती कि तुमसे मेरा प्रेम-सम्बन्ध जारी रहने से उसे रुपया मिलता चला जायेगा, तो वह अपने साथ मुझे ले जाकर तुम्हारे मकान पर पहुँचा आता। ऐसे पिशाच के साथ अपनी जवानी के पूरे पाँच वर्ष मुझे बिताने पड़े। इतना लम्बा अर्सा मैंने प्रतिपल किस तरह जी मसोसकर, अपनी आत्मा को भीतर-ही-भीतर जला-जलाकर बिताया होगा—यह संसार में मेरे सिवा कोई नहीं जान सकता। जीवन में एक भयंकर भूल का प्रायश्चित्त मैं कर ही रही थी कि तुमने आकर उससे भी बड़ी भूल के भँवर में मुझे डाल दिया। तुमसे मैंने सच्चे अर्थों में प्रेम किया था। और तुम्हारे संग में रहकर यह स्वप्न देखने लगी थी कि जिस कठोर कारागार की गन्दी काल-कोठरी में मैं इतने दिनों तक बन्द पड़ी थी, उससे मुक्त करके तुम मुझे एक सुन्दर जीवन के आदर्श-पथ पर ले जाओगे। पर, आज तुमने जिस नीचता का, जिस तंगदिली का परिचय दिया है, उससे मेरा सारा स्वप्न पल में नष्ट हो गया है। मैं निश्चित रूप से समझ गयी हूँ कि अन्त तक वेश्या-जीवन बिताने के सिवा मेरे लिये और कोई चारा नहीं है। अच्छी बात है, मैं यही करूँगी। तुम सब जब यही चाहते हो, तो यही होगा। तुम अपना रास्ता पकड़ो, मैं अपना रास्ता पकड़ूँगी। इस समय से तुम्हारे साथ की कोई आवश्यकता मुझे नहीं है। तुम अगर वापस जाना चाहो, तो मैं तुम्हें रुपया दिये देती हूँ।"

यह कहकर वह फनफनाती हुई उठ खड़ी हुई। पारसनाथ ने देखा कि दुःख और क्रोध के आँसुओं को वह बरबस पी जाने की चेष्टा कर रही थी। उस चरम क्षण में सहसा पारसनाथ के भीतर आत्मरक्षा की भावना जग उठी, और साथ ही उसकी दृष्टि भी यथार्थवादी बनकर चौकन्नी हो गयी। वह कुर्सी पर से उठ खड़ा हुआ, उसके बाद उसने नीचे झुककर नन्दिनी के दोनों पैर पकड़ लिये। बोला—"अपनी नीचता के कारण मैं कुछ समय के लिए आत्म-विस्मृत और पागल हो उठा था, नन्दिनी! मैं तुमसे हृदय से क्षमा चाहता हूँ। मुझे बहुत दुःखी और अभागा जानकर क्षमा कर दो! मैं जानता हूँ, तुममें इतनी शक्ति और साहस है कि मुझे छोड़ने पर भी तुम अपना मन और मस्तिष्क स्वस्थ और स्थिर रख सकती हो; पर मुझ में अब इतना साहस नहीं रह गया है कि मैं तुम्हें

छोड़कर अपना दिमाग एक दिन के लिए भी ठीक रख सकूँ। चाहे अच्छे के लिए हो या बुरे के लिए, अब तुम्हारे सिवा मेरी कोई दूसरी गति नहीं है; इसलिए मुझे निराधार मत छोड़ो, अपने चरणों में शरण दो!''

वह उसके दोनों पाँव पकड़े हुए ऊपर उसके मुख की ओर देख रहा था। नन्दिनी न तो छटपटायी, न उसने अपना पाँव हटाया। सहसा दो बूँद आँसू पारसनाथ के मुख पर ऊपर से टपक पड़े। पारसनाथ की आर्त्तवाणी से उसका नारी-हृदय फिर एक बार बरबस पिघल गया था, और साथ ही उसके आकस्मिक विद्रोह की क्षणिक प्रतिक्रिया भी शुरू हो गयी थी।

बहुत चिरौरी करने के बाद पारसनाथ उसे पूरी तरह से शान्त कर पाया। उसके बाद उसने नये सिरे से चाय मँगायी। नाश्ता-पानी के बाद नन्दिनी ने अत्यन्त गम्भीर भाव से सुदृढ़ स्वर में कहा—''मैं यहाँ से सीधे अपनी बहन के यहाँ जाना चाहती हूँ। तुम्हें अगर कोई एतराज न हो, तो मेरे साथ चले चलो। वर्ना यहीं बैठे रहो। या अगर वापस जाना चाहो, तो ऐसा भी कर सकते हो—जैसे तुम्हारी इच्छा हो।''

उसके बोलने के ढंग में एक सुस्थिर और निश्चित कठोरता का आभास पाकर पारसनाथ के सिर से लेकर पाँव तक आग लग गयी; पर उस आग को मन-ही-मन पीते हुए वह शान्त भाव से बोला—''मैं वहीं चलूँगा, जहाँ तुम जाओगी।''

33

होटल का बिल चुकाकर, सामान उठाकर एक ताँगे पर लदवाया गया। उसके बाद स्वयं भी ताँगे पर बैठ गये। चौक के लिए ताँगा तय किया गया था। चौक पहुँचने पर एक ऊँचे मकान के पास नन्दिनी ने ताँगा रुकवाया। कुलियों से सामान ऊपर रखवाया गया। भाड़ा चुकाने के बाद नन्दिनी सीढ़ियों से होकर ऊपर तीसरी मंजिल पर गयी। पारसनाथ भी मन मारकर, ग्लानि की कड़वी घूँट को चुपचाप पचाने की चेष्टा करता हुआ, उसके पीछे-पीछे चला। ऊपर एक काफी बड़े कमरे में फर्श पर बिछी हुई कालीन के ऊपर एक परम सुन्दरी युवती बैठी हुई थी। उसका सिर खुला हुआ था। उसके मुख पर स्निग्ध-मधुर मुस्कान के साथ ही जिज्ञासा का भाव भी वर्तमान था। दो पुरुष--बने-ठने, बाँके-छैले--उसे घेरे हुए थे।

स्नेह-सरस स्वर में युवती ने कहा--"तुमने अपने आने की इत्तला भी नहीं दी, दीदी! जीजा जी कहाँ है?"

नन्दिनी ने कुछ रूखे ढंग से कहा--"वह नहीं आये।"

पारसनाथ की ओर देखकर युवती ने नन्दिनी से पूछा--"आपकी तारीफ?"

"आप ही से पूछो!"--यह कहकर नन्दिनी सीधे भीतर के कमरे में चली गयी।

युवती ने पारसनाथ से कहा--"आप खड़े क्यों हैं? तशरीफ रखिये।"

पारसनाथ नन्दिनी के व्यवहार से अपने को घोर अपमानित अनुभव करता हुआ अत्यन्त संकुचित भाव से खड़ा था। एक तो नन्दिनी का उस तरह का व्यवहार, तिस पर उन बाँके-छैलों के बीच में वह अपने को या तो हंसों में काग या कौवों में हंस समझकर बहुत सिकुड़ा और सिमटा हुआ एक कोने में खड़ा था। दोनों बाँके यद्यपि उससे देखकर मन्द-मन्द मुस्करा रहे थे, तथापि उनकी उस मुस्कान की आड़ में विद्वेष और खीझ का भाव स्पष्ट परिस्फुट हो रहा था--जैसे वे पारसनाथ से कहना चाहते हों--"तुम हमारे रंग-में-भंग करने के लिए दुनिया के किस पर्दे से यहाँ आ टपके हो?"

पर पारसनाथ जैसे क्रोध, घृणा और ग्लानि के मिक्सचर को अन्तिम घूँट तक पीने के लिए कसम खाये बैठा था। वह युवती के आदेशानुसार चुपचाप नीचे कालीन के

ऊपर एक किनारे पर बैठ गया। युवती ने, शायद शिष्टाचारवश, उससे प्रश्न किया– ''आप कहाँ से तशरीफ लाये हैं?''

पारसनाथ के उत्तर देने के पहले ही भीतर से नन्दिनी की आवाज सुनायी दी–''निर्मला जरा सुनना!''

युवती तत्काल वहाँ से उठकर, उपस्थित छैलों से कुछ देर के लिए क्षमा माँगकर, भीतर चली गयी। भीतर दोनों बहनों के बीच आपस में कुछ कानाफूसी चलने लगी। कानफूसी का शब्द स्पष्ट सुनायी देता था, हालाँकि उस शब्द से यह जानना असम्भव था कि क्या बातें हो रही हैं।

इस बीच उपस्थित बाँकों ने पारसनाथ से प्रश्न करना आरम्भ किया–''जनाब का इस्मशरीफ? दौलतखाना? कहाँ से आना हुआ? क्या काम करते हैं? यहाँ कब तक रहने का इरादा है?''–आदि-आदि। उन प्रश्नों का उत्तर देते हुए पारसनाथ की ग्लानि का घूँट कटु-से-कटुतर होता जाता था। फिर भी उसने प्रत्येक प्रश्न का उत्तर बड़ी शिष्टता से दिया–सच-झूठ जैसा मुँह से निकला। उन बाँकों के पोशाक-पहनावे, आकृति-प्रकृति और बातचीत के ढंग से यह स्पष्ट था कि वे सब अर्द्धशिक्षित–बल्कि अशिक्षित–शोहदे हैं। ''तब नन्दिनी की बहन ऐसे लोगों की संगति में पेशा करती है? और नन्दिनी भी निश्चय ही (विवाह के पूर्व) इन्हीं लोगों के हाथ अपनी जवानी बेचती रही होगी! और मैं यह सोचकर विजय के गर्व से फूला नहीं समाता था कि समाज की सुदृढ़ शृंखला में बँधी हुई एक सद्गृहस्थ महिला को भगाने में सफल हुआ हूँ! यह कितनी बड़ी विडम्बना है! भाग्य का कैसा क्रूर व्यंग्य है! और मंजरी की क्या दशा इस समय हो रही होगी? उफ! क्या अभी उलटे पाँव उसके पास लौट चलूँ? और बच्चा! कू–ऊ–ऊ!...मुन्नू! –कू-ऊ-ऊ!... चुप! चुप! पागल! सब स्वप्न था–सब स्वप्न है–घोर दुःस्वप्न! प्रेतों और छायाओं की सारी भ्रामरी माया है! पागल! पागल कु–ऊ–ऊ!...मुन्नू!...कू–ऊ–ऊ!...चुप! चुप!...'' वह भीतर-ही-भीतर धाड़ें मार-मारकर रोने लगा। कल्पना जगत् के एक कल्पित स्थान पर खड़ा होकर बड़े-बड़े गरमागरम अदृश्य आँसू बहाने लगा–निरन्तर बहाता चला गया। यहाँ तक कि उसी ''भ्रामरी माया'' ने उन आँसुओं की धार से एक गढ़ा भर दिया, जिस पर कूदकर पारसनाथ कुछ देर तक अपने को डुबाये रहा।

इतने में नन्दिनी अपनी बहन के साथ बाहर आयी। पारसनाथ के मुख का दयनीय भाव वह आज ही सुबह एक बार देख चुकी थी; पर जो दयनीयता इस समय उसके मुख पर छायी हुई थी; वह ऐसी आश्चर्यजनक थी कि देखकर नन्दिनी चौंक उठी। उसके मन में, न चाहने पर भी, एक अतलव्यापी समवेदना उथल उठी। उसने पारसनाथ को लक्ष्य करके कहा–''यहाँ क्यों बैठे हो! उठो, भीतर चलकर नहा-धोकर खाना खा लो।''

पारसनाथ ने एक बार भ्रान्त दृष्टि से उसकी ओर देखा, और फिर तत्काल उसने मुँह फिरा लिया, और निर्मला की ओर देखकर जैसे उसका रुख जानने की चेष्टा करने लगा। निर्मला ने एक बार नन्दिनी की ओर देखकर पारसनाथ से कहा–"दीदी ठीक ही तो कहती है, जाइये, भीतर हो आइये।"

नन्दिनी ने भी कहा–"उठो, उठो, अब देर न करो!"

पारसनाथ उठा और नन्दिनी के साथ भीतर चला गया।

●

34

उस दिन जब पारसनाथ रात-भर गायब रहा, तो मंजरी को कुछ चिन्ता अवश्य हुई, पर विशेष नहीं। वह इस तरह की बातों की आदी हो चुकी थी; पर जब दूसरे दिन भी वह दिन-भर गायब रहा और रात में भी नहीं आया, तो मंजरी की चिन्ता एकदम चरम सीमा को पहुँच गयी, क्योंकि इस हद तक की ज्यादती पारसनाथ ने पहले कभी नहीं की थी। तीसरे दिन सुबह भी जब वह नहीं आया, तो मंजरी ने पासिन से अत्यन्त करुण स्वर में, प्रायः बिललिलाते हुए कहा–"परबतिया, क्या गजब हो गया। बाबू कल रात भी नहीं आये। कहीं किसी कारण से गिरफ्तार तो नहीं हो गये? या किसी एक्के, ताँगे या मोटर से दबकर किसी अस्पताल में तो नहीं पहुँचाये गये? क्या होगा, परबतिया? मुझ पर न जाने यह कौन-सी महाविपत्ति की गाज गिरने जा रही है!"–उसके गालों से होकर आँसू ढुलकते जा रहे थे, पर उन्हें पोंछने का होश उसे नहीं था। वह केवल विभ्रान्त, विह्वल और व्याकुल दृष्टि से पासिन की ओर देख रही थी। पर वास्तव में पासिन की ओर देखने पर भी वह उसे नहीं देख रही थी। उसकी मानसिक आँखें किसी एक काल्पनिक अस्पताल के किसी वार्ड के एक पलँग पर आहत अवस्था में पड़े हुए पारसनाथ को देख रही थीं। वह देख रही थी कि उसके सिर पर, हाथों पर और पाँवों पर पट्टी बँधी हुई है, और वह असहनीय पीड़ा से छटपटाता हुआ, व्याकुल वेदना से कराह रहा है।

पासिन ने कहा–"यही तो मुझे भी ताज्जुब हो रहा है, बहू, कि बात क्या हो गयी; पर तुम बिलकुल फिकिर न करो। मैं अभी अपने भाई को भेजती हूँ, वह एक-एक करके शहर के सब अस्पतालों में जाकर पता लगा आवेगा, और हर-एक थाने में जाकर पूछ-ताछ करेगा। मैं अभी जाकर उससे कहती हूँ!"–यह कहकर वह चली गयी।

मंजरी दिन-भर असहनीय मानसिक पीड़ा से बेचैन रही। चिन्ता के कारण उसने दिन-भर कुछ नहीं खाया। फल यह हुआ कि वह बच्चे को दूध पिलाने में असमर्थ रही! दूध बिलकुल सूख गया था। पासिन ने जब यह हाल देखा, तो पास ही के एक ग्वाले से पाव-डेढ़-पाव गाय का दूध उधार ले आयी। वही बच्चे को पिलाया गया। घर में अभी

कुछ आटा रखा हुआ था। पासिन ने चार रोटियाँ पकाकर और एक पानी की तरह पतली तरकारी बनाकर मंजरी को बलपूर्वक खिलाया। शाम को प्रायः सात बजे पासिन ने बड़े दुःख के साथ बताया कि उसका भाई शहर के सब अस्पतालों में जाकर देख आया और सब थानों में जाकर खोज आया है; पर कहीं पारसनाथ का पता न चला। मंजरी को ऐसा मालूम हुआ, जैसे अनन्त विपत्तियों का आसमान उस पर एकबारगी टूट पड़ना चाहता है। वह हताश भाव से पलँग पर लेट गयी और दोनों हाथों से उसने अपनी आँखें बन्द कर लीं। बच्चा आज सुबह से केवल रोता था और खाँसता था। शायद ही एक क्षण के लिए वह शान्त हुआ हो। इस समय भी, जब कि मंजरी अपनी निरुपाय अवस्था का अनुभव करके एकदम पस्त पड़ी हुई थी, बच्चा बुरी तरह बिलबिलाता हुआ रो रहा था, और बीच-बीच में खाँसते-खाँसते काफी देर तक दम नहीं ले पाता था। मंजरी सब सुन रही थी। बच्चे के निरन्तर रोते रहने की आवाज गला फँस जाने की वजह से उस बकरे के मिमियाने की तरह मालूम होती थी, जिसका सिर एक झटके से काटे जाने की चेष्टा में केवल आधा ही कटकर रह गया हो। सुन-सुनकर मंजरी का कलेजा फटा जा रहा था, जैसे कई तेज चाकुओं की चोंटे उसके हृदय पर एक साथ पड़ रही हों, जैसे उसका भाग्य उस बच्चे के बिलखने और बिलबिलाने के रूप में उसके लिए कसक-कसककर रो रहा हो। उसे ऐसा लगता था जैसे वह अब कोई भी काम किसी भी रूप में करने में असमर्थ है; जैसे अब वह न हिल सकती है, न डुल सकती है, न बच्चे को दूध पिला सकती है, न किसी ढंग से उसे खेलाकर मना सकती है। एक ऐसी निपट निश्चेष्टता उसमें आ गयी थी कि उसे लगता था, जैसे उसका सारा शरीर पत्थर का बन गया हो। पारसनाथ के सम्बन्ध में एक अस्पष्ट सन्देह धीरे-धीरे उसके मन में स्पष्ट-से-स्पष्टतर होता जाता था। उसका पिछले दिनों का प्रत्येक व्यवहार एक दूसरे ही प्रकाश में उसकी मानसिक आँखों के आगे आ रहा था। यह सत्य उसके भीतर उद्भासित हो रहा था कि प्रथम प्रेम-मिलन की रात में ही पारसनाथ ने उसके प्रति अपना सारा अन्तरावेग उँड़ेल डाला था, और उसके बाद दूसरे ही दिन से उस अन्तरावेग की प्रतिक्रिया विचित्र रूपों में पारसनाथ की प्रत्येक बात से और व्यवहार से प्रकट होने लगी थी। उसकी जिस चिन्तामूलक मानसिक स्थिति और रूखे व्यवहार का कारण वह उसकी शोचनीय आर्थिक परिस्थिति समझे बैठी थी, उसका असली रूप आज श्मशान की चिन्ता के-से प्रचण्ड प्रकाश में स्पष्ट प्रज्वलित होने लगा। उसे याद आया कि पारसनाथ ने अर्थ की तंगी के प्रश्न को अत्यन्त करुण रूप में उसके सामने रखकर विवाह की बात को किस सफाई से टाल दिया था, और उसने भी निपट मूर्खों की तरह उसकी उस थोथी बात पर विश्वास कर लिया। केवल विश्वास ही नहीं किया, बल्कि तब से पारसनाथ के प्रति उसके मन में करुणा और अधिक वेग से उमड़ उठी थी, और स्नेह भी और अधिक उमंग से उथल उठा था। दिन के बारह घण्टों में प्रायः आठ घण्टे वह उसे अकेली छोड़कर गायब रहता था, और रात में भी ग्यारह-बारह बजे के पहले

कभी घर नहीं आता था। कई बार रात-रात-भर गायब रहा, तो भी वह अपने विवेक की आँखों को हठपूर्वक बन्द किये रही। आज इतने दिनों बाद आँखें तब खुलीं जब बच्चे की माँ बनने के कारण आत्मरक्षा का कोई सम्बल उसके पास शेष न रहा। यदि बच्चा न होता, तो वह स्वतन्त्र होने के कारण इस विराट् विश्व में कहीं-न-कहीं अपने लिये ठौर-ठिकाना ढूँढ़ लेती—इतना आत्मबल उसमें था; पर वर्तमान अवस्था में वह एकदम पंगु हो गयी है। एक पैसा उसके पास नहीं है। बच्चा बीमार है, उसके इलाज का कोई उपाय वह सोच नहीं पाती। न किसी डॉक्टर को घर पर बुला सकती है, न इतनी स्फूर्ति उसमें शेष रह गयी है कि बच्चे को लेकर किसी अस्पताल में या डॉक्टर के पास हो आये। स्वयं उसकी तबीयत ठीक नहीं है, और भोजन का कोई डौल नहीं है। क्या होगा? क्या होगा? पर क्या सचमुच पारसनाथ उसे छोड़कर भाग गया है? कोई भी मनुष्य क्या इस हद तक हृदयहीन पापिष्ट बन सकता है? इस संसार में नीचता के उदाहरणों की कोई कमी अवश्य नहीं है, पर क्या इस हद तक...'। वह अधिक कुछ सोच न सकी। इतनी देर तक जो क्रन्दन उसके भीतर बर्फ की तरह जमा हुआ था वह अन्तर्ज्वाला के आकस्मिक विस्फोट की आग से गलकर उच्छ्वसित धाराओं में बाहर फूट पड़ा। वह बिलख-बिलखकर रोने लगी। पासिन पास ही स्तब्ध अवस्था में खड़ी थी। उसकी कुछ समझ ही में नहीं आता था कि उस मर्म-विदारक दुःख के लिए क्या सान्त्वना दे। मंजरी रोते हुए बच्चे के मुख पर अपना निःसत्त्व स्तन लगाती हुई बिलबिलाते हुए स्वर में कहने लगी—"क्या होगा? परबतिया, क्या होगा?"—इसके सिवा वह और कुछ कह ही नहीं पाती थी।

"धीरज धरो, बहू, धीरज धरो! सब ठीक हो जायेगा। सब ठीक हो जायेगा।"—पासिन ने कहा। पर, वह स्वयं नहीं जानती थी कि कैसे वह असम्भव अवस्था सुधर सकेगी। कुछ भी हो, वह पास ही के एक ग्वाले के पास जाकर पाव-भर दूध का प्रबन्ध और कर लायी। उससे किसी तरह उस समय के लिए बच्चे का काम चलाया गया; पर बच्चे की तबीयत केवल दूध की कमी से ही नहीं किसी एक दूसरे भयंकर कारण से भी खराब होती जाती थी। प्रायः आधी रात में उसे तेज बुखार आ गया, और उसके गले के भीतर 'घर्र-घर्र' शब्द होने लगा। पासिन अपने बच्चों को छोड़कर रात-भर मंजरी के पास पड़ी रही; पर बच्चे का कोई इलाज वह भी नहीं कर पायी। बच्चे का माथा तवे की तरह जल रहा था। ऐसा मालूम होता था कि वह न सो रहा है, न जाग रहा है। वह केवल अस्पष्ट-चेतन अवस्था में आँखें बन्द किये लेटा था, और बड़ी तेजी से साँस लेता हुआ 'घर्र-घर्र' आवाज से गले के भीतर जमे हुए कफ के साथ जूझ रहा था। बीच-बीच में एक हलकी-सी कराह उसके मुँह से निकलती थी! ऐसा मालूम होता था कि कराहने की भी शक्ति उसमें नहीं रह गयी है। मंजरी अपने अन्तर में एक मर्मघाती वेदना की ऐंठन का अनुभव कर रही थी, और बीच-बीच में अस्फुट कण्ठ से केवल इतना ही कह पाती थी—"हे भगवान्! क्या होने जा रहा है? परबतिया, क्या होगा!"—यह कहती हुई बीच-बीच में बच्चे के मुँह के भीतर जबर्दस्ती अपने सत्त्वहीन स्तन का मुख डालती

जाती थी। बच्चा-दो-एक बार अभ्यासवश स्तन चूसता था, और फिर तत्काल छोड़ देता था—दूध के अभाव के कारण नहीं, बल्कि पीने की असमर्थता या अनिच्छा के कारण।

दूसरे दिन पासिन अपनी एक रिश्ते की ननद को बुला लायी। उसने मंजरी से कहा कि उसकी वह ननन्द बच्चों के इलाज के लिए मुहल्ले-भर में प्रसिद्ध है। मंजरी ने अपनी हताश अवस्था में उसी से प्रार्थना की। उसने एक बार बच्चे की अवस्था देखकर न जाने किन-किन बूटियों का काढ़ा तैयार करके एक कपड़े में उसे छानकर चम्मच से बलपूर्वक बच्चे के मुँह में डाला। उसके बाद यह हिदायत देकर वह चली गयी कि हर तीन घण्टे के बाद वह दवा बच्चे को पिलायी जाये।

पर उस दवा से बच्चे की दशा सुधरने के बजाय और अधिक गिरती चली गयी। गले का घरघराना इतना अधिक बढ़ गया कि साँस लेना कठिन हो गया। अन्त में सन्ध्या को प्रायः साढ़े सात बजे के समय गले के कफ की अत्यन्त वृद्धि के कारण उसका दम घुट गया और वह चल बसा। मंजरी जमीन पर पछाड़ खाकर, गुहार मारकर रोने और चिल्लाने लगी। घण्टों तक "हाय मेरे लाल! हाय मेरे लाल!" के सिवा और कोई शब्द ही उसके मुँह से नहीं निकला। पासिन स्वयं रो रही थी, इसलिए मंजरी को दिलासा कैसे देती। पासिन के दो-तीन रिश्तेदार आकर मृत शिशु को अन्तिम संस्कार के लिए उठाकर ले गये।

आधी रात तक मंजरी रोती रही। उसके बाद जब थक गयी, तो फर्श पर ही औंधे मुँह लेटी रही। अपने दोनों हाथों पर वह अपना सिर रखे थी। उसके सिर के बाल दोनों ओर बिखरे पड़े थे। साक्षात् प्रेतिनी का-सा रूप उसका हो गया था। औंधे मुँह लेटे-लेटे कुछ देर के लिए उसकी आँखें झप गयीं। तीन दिन से वह एक पलक नहीं सो पायी थी, इसलिए बरबस उसे नींद आ गयी; पर कुछ ही समय बाद वह अचानक अकचकाकर जग पड़ी, और अपनी विकराल परिस्थिति की वास्तविकता नंगे रूप में उसके सामने आयी। वह कहाँ जाये, कौन दयालु और श्री-सम्पन्न व्यक्ति आश्रय देता? वह जीये तो कैसे जीये, और मरे तो कैसे मरे! आत्महत्या करने की भी स्फूर्ति उसमें कहाँ रह गयी है! पर क्यों वह आत्महत्या करे? अपने किस अपराध के लिए? सहसा न जाने उसके अन्तर्मन के किस अँधेरे कोने में राख से दबी पड़ी चिनगारियों ने ऊपर उठकर उसके मृतप्राय प्राणों में प्रतिहिंसा की ज्वालामयी चेतना धधकानी शुरू कर दी। और उसी चेतना ने उसमें आत्मरक्षा की प्रवृत्ति भी जगा दी। वह सोचने लगी—"मैं क्यों मरूँ? अभी मैंने जीवन को देखा ही क्या है, समझा ही कितना है? अभी तो मैंने केवल अपने अनुभवहीन सरल स्वभाव के कारण धोखा खाया है। उस धोखे ने मेरी कमर ही तोड़ डाली है, सन्देह नहीं; पर उस टूटी हुई कमर को फिर से सीधा करना होगा। अपने स्वभाव की सरलता के कारण जो प्राणघाती अनुभव मुझे आज हुआ है, उससे अगर मैं न उबर पायी, और उससे लाभ न उठा पायी, तो मेरी इस कायरता को सहस्र बार धिक्कार है! मैं नहीं मरूँगी, नहीं मरूँगी! मैं जीऊँगी और अपने जीवन की महत्त्वाकांक्षा

को पूरा करके छोड़ूँगी, और—उसके बाद? देखी जायेगी। मैं नहीं मरूँगी! मरे वह अधम व्यक्ति जो अपने ही हाथों से रचे हुए नरक के बीच में गले तक डूब चुका है। वह निश्चय ही उसमें जलेगा, मरेगा और सड़ेगा। क्योंकि वह यही चाहता है; पर मैं इस घोर नरक के अनुभवों को यदि स्वर्ग की छाया में परिणत न कर पायी, तो मैंने क्या किया!"

इस तरह की कल्पना से उसे उस चरम दुःख की अवस्था में भी एक अपूर्व और अप्रत्याशित बल प्राप्त हुआ; पर दूसरे दिन जब रात का अँधेरा हटने के बाद नियमित रूप से सूर्य निकला, तो उसका वह सारा काल्पनिक बल काफूर हो गया, और कठोर वास्तविकता अपने विकराल जबड़ों को खोलकर उसे समूचा निगल जाने की धमकी दिखाने लगी। पासिन आयी, और घर में जो थोड़ा-सा आटा और बचा था, उससे दो रोटियाँ पकाकर उसने हठपूर्वक मंजरी को खिलाया। खाना किसी तरह पेट में डालने के बाद मंजरी ने कहा—"परबतिया, मैं अब इस मकान में एक दिन भी नहीं रहना चाहती। तुमने मेरी घोर विपत्ति में मदद करके जो-जो तकलीफें उठायी हैं, उन्हें मैं मरते दम तक नहीं भूलूँगी। तुम मेरी माँ से भी बढ़कर हो। मुझे केवल इतना ही अफसोस है कि मैं तुम्हारे किसी काम में न आ सकी। और न कभी आ पाऊँगी, क्योंकि इसके बाद फिर कभी तुमसे भेंट कहीं हो पायेगी, इसका कोई भरोसा नहीं है। जो भी हो, मेरी बहुत-सी चीजें यहाँ पड़ी हुई हैं—बर्तन हैं, कपड़े हैं और छोटी-मोटी चीजें हैं। कुछ मेरी हैं, कुछ 'दूसरों' की हैं। इन्हें तुम चाहे बेच डालो, या कुछ करो। मकान-मालिक का थोड़ा-सा किराया बाकी होगा, उसे चुकाकर जो कुछ बचे उसे तुम रख लेना। इससे अधिक मैं और क्या कर सकती हूँ! मैं अपने साथ अपनी किताबें, दो-एक कपड़े और एक बक्स के सिवा और कुछ नहीं ले जाऊँगी।"

परबतिया चुपचाप आँचल से आँसू पोंछने लगी। मंजरी ने कहा—"रोओ नहीं परबतिया, रोना बेकार है। यह सब अपने-अपने भाग्य का भुगतान है। तुम एक एक्का तय कर दो। दो-चार आने पैसे मेरे पास हैं, किराया-भर को काफी हो जायेंगे। उसके बाद मैं या तो किसी अनाथालय में चली जाऊँगी या और कहीं। एक होटल के मैनेजर से मेरी पहचान है, वहाँ ही जा सकती हूँ। जाओ, एक्का तय कर आओ, रोओ मत, मेरी भली दीदी! जाओ!"

पासिन—सम्भवतः अपनी विवशता का खयाल करके—अकस्मात् फूटकर रो पड़ी। मंजरी ने बड़ी मुश्किल से उसे समझाया। चरम संकट के बाद भी अपने मन की तत्कालीन स्थिरता और दृढ़ता पर उसे स्वयं आश्चर्य हो रहा था। अन्त में परबतिया गयी और एक्का तय करके आयी। बक्स एक्के तक पहुँचाकर, मंजरी को उस पर बिठाकर वह रोती हुई विदा हुई।

•

35

नन्दिनी ने अपनी बहन निर्मला की बगल में ही एक मकान किराये पर ले लिया, और पारसनाथ को साथ लेकर उसी में रहने लगी। फल यह हुआ कि निर्मला से मिलने-जुलनेवाले दो-एक खास-खास व्यक्तियों ने समय-असमय नन्दिनी से भी मिलना-जुलना आरम्भ कर दिया। नन्दिनी केवल शिष्टाचार के बतौर उन लोगों से बातें करके उन्हें बिदा कर देती थी; पर पारसनाथ इस बात को लेकर बीच-बीच में नन्दिनी को जली-कटी बातें सुना दिया करता था। वह पारसनाथ की तत्कालीन मानसिक दशा को दयनीय समझकर उस पर काफी रिआयत करती थी; और उसके कटु व्यंग्यों का उत्तर भरसक स्निग्ध और शान्त भाव से देने का प्रयत्न करती थी; पर पारसनाथ की जलन उसे—नन्दिनी को—कभी घड़ी-भर के लिए भी चैन नहीं लेने देती थी। वह बात-बात में अपनी कटूक्तियों द्वारा उसे मार्मिक चोट पहुँचाया करता था, और जब नन्दिनी कभी-कभी खीझ उठती या रो पड़ती, तो वह तत्काल गिड़गिड़ाकर, अपनी पीड़ित मानसिक अवस्था को अत्यन्त दयनीय रूप से उसके सामने रखकर क्षमा माँग लेता; पर फिर दूसरे दिन उसका व्यंग्य-चक्र नियमित रूप से चलने लगता। अन्त में, उसके कटु वचनों और व्यंग्यबाणों से नन्दिनी इस कदर तंग आ गयी कि उसने भी उसे जान-बूझकर जलाने का निश्चय कर लिया। पहले वह केवल शिष्टता-वश बाहर के मिलने-जुलनेवाले व्यक्तियों से बातें किया करती थी। बाद में वह जान-बूझकर हाव-भाव के साथ उनसे रंग-रस की बातें करने लगी। पारसनाथ भीतर-ही-भीतर जल-भुनकर, मन-ही-मन सिर धुनकर और जी मसोस कर रह जाता था। मजा यह था कि नन्दिनी ज्यों-ज्यों उसे जलने का कारण देती थी, त्यों-त्यों पारसनाथ के मन का लगाव उसके प्रति बढ़ता चला जाता था। पारसनाथ को इस बात पर बड़ा आश्चर्य होता था कि जितना ही अधिक वह नन्दिनी से घृणा करना चाहता है, उतना ही उसके प्रति आकर्षित क्यों हुआ जाता है? क्या ईर्ष्या में यह विशेषता है कि वह प्रेमाकर्षण को सान पर चढ़ा देती है? जब तक उसे यह बात मालूम थी कि नन्दिनी पूर्ण रूप से उसके वश में है, तब तक कभी एक दिन के लिए भी उसने अनुभूति की उस तीव्रता का अनुभव नहीं किया, जिसका अनुभव वह आज कर रहा है, जबकि वह निश्चित रूप

से जानता है कि नन्दिनी उसके वश के बाहर हो गयी है। इस अनुभूति के मूल में कौन-सी प्रवृत्ति काम कर रही है? क्या यही वास्तविक प्रेम की वेदना है? या यह ज्वलनशीलता उसके पराजित अहम् की प्रतिक्रिया है? ठीक है, यही बात है। नन्दिनी से उसके प्रेम का कोई प्रश्न ही अब नहीं उठ सकता, क्योंकि यह निश्चित है कि दोनों एक-दूसरे को अन्तर से घृणा करने लगे हैं। फिर भी एक-दूसरे का साथ छोड़ना नहीं चाहते, इसका कारण है। शायद सब नशों में प्रेम ही एक ऐसा नशा है, जिसका मजा नशे की मूल अवस्था की अपेक्षा खुमार की हालत में अधिक मिलता है। या विभिन्न व्यक्तियों के प्रेम के नशे की प्रतिक्रिया भी भिन्न-भिन्न होती है? मंजरी ने प्रेम की जो बोतल उसे पिलायी थी, उसका जो सुख नशे की हालत में प्राप्त हुआ था, खुमार की हालत में वह उतना ही विरस मालूम होने लगा था; पर नन्दिनी के प्रेम की मादकता उतनी उत्तेजक नहीं मालूम हुई, जितनी उसकी प्रतिक्रिया मालूम हो रही है। कुछ भी हो, यह निश्चित है कि नन्दिनी अब उससे पिण्ड छुड़ाना भी चाहे, तो वह किसी भी हालत में अब उसे नहीं छोड़ेगा—चाहे उसे ईर्ष्या से कितना ही जलना पड़े, चाहे कितना ही अपमानित होना पड़े।

इस निश्चय के साथ पारसनाथ नन्दिनी के अंचल से न जाने किस गोंद की करामात से चिपका रहा। प्रतिदिन के कलह-संशय, राग-द्वेष, प्रेम का स्वाँग और घृणा की वास्तविकता के बीच दोनों का जीवन बीतता चला गया। आश्चर्य है कि प्रायः पौने दो वर्ष तक दोनों इस प्रकार की अस्वाभाविक मानसिकता के द्वन्द्व-चक्र के बावजूद पति-पत्नी का-सा सम्बन्ध निबाहते चले गये; पर दूसरा वर्ष समाप्त होते-होते एक ऐसा व्यक्ति उन दोनों के बीच में आया, जिसने उन दोनों के पारस्परिक सम्बन्ध की सीमा-रेखा पर विभाजन की एक निश्चित दीवार खड़ी कर दी। उस व्यक्ति की अवस्था तीस से दो-एक वर्ष ऊपर होगी। वह देखने में बहुत सुन्दर था और सभ्य था। उसके शान्त और मधुर स्वभाव की शालीनता प्रथम दृष्टि में ही किसी भी व्यक्ति पर अपना प्रभाव छोड़े बिना नहीं रह सकती थी। वह विलायती फैशन में रहता था। उसे देखते ही मन पर यह प्रभाव पड़ता था कि वह एक कुलीन घराने का पैसेवाला व्यक्ति है। उसके मुख के भाव से ऐसा जान पड़ता था कि जीवन के गहरे अनुभव से उसका आभिजात्य सुसंयत होने पर भी अधिक पुष्ट हो गया है, और उसी कारण से उसमें आत्म विश्वास का भाव जम गया है। उस व्यक्ति का नाम था ठाकुर वीरेन्द्रकुमार सिंह। वीरेन्द्रकुमार एक उजड़े हुए किन्तु तेजस्वी ताल्लुकेदार वंश के टिमटिमाते हुए 'अन्तिम' तारे थे। उनके पिता के जमाने में ही उनकी सारी सम्पत्ति 'कोरट' हो चुकी थी। अपने स्वर्गीय पिता की वह एकमात्र सन्तान थे। प्रख्यात और प्रभावशाली वंश को अधिक दुर्गति से बचाने के उद्देश्य से उन्होंने विवाह नहीं किया था। उनके अपने खर्च के लिए अब भी काफी सम्पत्ति बची हुई थी, जिसे वह बड़े ढंग से खर्च करते थे। आमोद-प्रमोद के प्रेमी वह अवश्य थे, और उनका सारा जीवन ऊँचे दर्जे की वेश्याओं के बीच में बीता था; पर उस आमोदप्रियता को वह एक विशेष सीमा के बाहर नहीं

जाने देते थे। वेश्याओं के पीछे वह काफी रुपया खर्च कर चुके थे, और अब भी करते थे, पर इस युक्ति से करते थे कि कभी उन्हें बाहर से रुपया कर्ज नहीं लेना पड़ा। अपनी सीमित सम्पत्ति को वह दो-एक विशेष व्यवसायों द्वारा यथाशक्ति बढ़ाते भी जाते थे। गरज यह कि उनके जमा-खर्च का हिसाब देखे जाने पर खर्च का खाता जमा के खाते से दौड़ में पिछड़ा ही रहता था।

नन्दिनी से उनका परिचय तब हुआ, जब वह वेश्याओं के निकट-सम्पर्क में आने के कारण उनके बाहरी और भीतरी जीवन के सम्बन्ध में विशेष जानकारी प्राप्त कर चुके थे। तरह-तरह की वेश्याओं के स्वभाव-चरित्र का गहरा अनुभव होने का ही यह फल था कि नन्दिनी ने प्रथम दृष्टि में ही उन्हें प्रबल रूप से आकर्षित कर लिया। वह उन्हें जैसी ही सुसंस्कृत जान पड़ी वैसी ही सहृदय भी। साथ ही उसके स्वभाव की स्फूर्ति और सजीवता ने उन्हें और अधिक मोह लिया। प्रारम्भ से ही वह केवल शिष्टाचार के बतौर ही नहीं, बल्कि आन्तरिक सम्मान से उसके साथ पेश आये। फल यह हुआ कि नन्दिनी पर भी उनकी आकृति-प्रकृति और शील-स्वभाव का बड़ा गहरा प्रभाव पड़ा। पारसनाथ के स्वभाव से उनके शान्त और संयत स्वभाव की तुलना करने पर वह और अधिक प्रभावित हुई।

ठाकुर साहब ने पहले निर्मला के यहाँ गाना सुनने के उद्देश्य से आना शुरू किया था। वहीं नन्दिनी के साथ उनका परिचय हुआ। धीरे-धीरे उन्होंने नियमित रूप से उसके यहाँ आना-जाना शुरू कर दिया। प्रायः प्रतिदिन शाम को दो-तीन घण्टा वह उसके साथ गपशप में बिताते थे। पारसनाथ को ऐसा महसूस होने लगा, जैसे किसी हिंसक जन्तु ने उसके भीतर पैठकर उसके कलेजे को बुरी तरह झंझोड़ना शुरू कर दिया है। उस जंगली जानवर से अपने को छुड़ाने की जितनी ही चेष्टा वह करता, उतना ही अधिक उसके तीखे पंजों से क्षत-विक्षत होकर लहूलुहान हो जाता। इसके सिवा और कोई लाभ छटपटाने से नहीं होता। फिर भी वह छटपटाता ही रहता, और बात-बात में नन्दिनी को कटु व्यंग्य के चाकू से छेदते रहने की चेष्टा करता रहता। एक दिन रात के समय नन्दिनी को एकान्त में पाकर उसने कहा—"तुम फिर से वेश्या का पेशा स्वीकार करने के लिए बेचैन हो उठी हो, और अपनी स्वभावगत निर्लज्ज नीचता का परिचय फिर से देना चाहती हो!"

क्रोध को बलपूर्वक पीने की चेष्टा करते हुए नन्दिनी ने ऊपर से बनावटी शान्त भाव जताकर कहा—"हाँ, मैं यही चाहती हूँ। मैं वेश्या थी और वेश्या होकर रहूँगी—इसमें आश्चर्य की कौन-सी बात है!"

"होकर रहोगी नहीं, तुम बराबर ही वेश्या रही हो। भुजौरिया जी से शादी करने पर भी तुमने मेरे साथ प्रेम-सम्बन्ध स्वीकार करके अपनी वेश्या-वृत्ति का ही परिचय दिया है। अब यहाँ आकर तुमने ढोंग का नकाब अच्छी तरह उतार डाला है।"—इस मार्मिक कटूक्ति से नन्दिनी बेतरह तिलमिला उठी। जिस व्यक्ति को उसने एक दिन अपने

आदर्श की कल्पना का सजीव रूप समझा था, वह इस हद तक अमानुषिक निष्ठुरता और पाशविक नीचता का परिचय दे सकता है, यह उसने कभी नहीं सोचा था। इस बार उसके भीतर क्रोध का भाव तनिक भी नहीं जगा, बल्कि लोमहर्षक आतंक ने उसे धर दबाया। उसके भीतर मानवता के प्रति रहा-सहा विश्वास भी भूकम्प के एक भयंकर धक्के से ढहने की तैयारी करने लगा। कुछ देर तक वह स्तब्ध खड़ी रही। उसके बाद धीरे से बोली—''हाँ, तुम ठीक ही कहते हो। मैं बराबर ही वेश्या रही हूँ। वेश्या कभी एक व्यक्ति के साथ बँधी नहीं रह सकती, खासकर उस व्यक्ति के साथ, जिससे आर्थिक लाभ होने के बजाय, उलटा उसे खिलाना-पिलाना पड़े। इसलिए आज तक तुम्हारा और मेरा जो सम्बन्ध रहा है, आज से, इसी क्षण से, उसका खातमा समझो। आज तक मुझमें इस बात की क्षीण आशा वर्तमान थी कि तुम्हारी मति सुधर जायेगी; पर अब मेरे मन में यह निश्चित धारणा जम गयी है कि तुम इस जन्म में बदल नहीं सकते, बल्कि समय के साथ-साथ पतन के गढ़े की ओर अधिक गहराई में गिरते चले जाओगे। केवल तुम ही नहीं गिरोगे, बल्कि अपने संसर्ग में आनेवाले प्रत्येक व्यक्ति को भी अपने साथ ही ढकेले लिये जाओगे। फिर भी मेरा जो पतन हो चुका है, उससे अधिक अब हो नहीं सकता। इसलिए अगर तुम चाहो, तो तुम्हारे खाने, पीने और रहने की सुविधा में कोई कसर अब भी नहीं होगी; पर इसके सिवा कोई भी दूसरा सम्बन्ध तुम्हारे साथ अब मेरा नहीं रहा। तुम यहाँ रहना चाहो, तो रहो और जाना चाहो तो जाओ—जैसी तुम्हारी इच्छा। खूब सोच लो!''

पारसनाथ को अपने ऊपर ऐसा तरस आया, जैसा कभी नहीं आया था। उसकी इच्छा हुई कि गुहार मारकर रोये, और अपने रोने की आवाज से सारी पृथ्वी और आकाश को गुँजा दे। वह कई दिनों से इस बात पर अच्छी तरह गौर कर रहा था, कि उसकी मनोवृत्तियाँ दिन-पर-दिन विकृत-से-विकृततर होती चली जाती हैं, और वह विकृति धीरे-धीरे उस सीमा को पहुँचती जाती है, जो उपचार के परे है। आत्म-सम्मान की जिस भावना को वह पहले ही खो चुका था, वह जैसे अब एकदम रसातल को पहुँच चुकी थी—कहीं खोजने पर भी उसका पता नहीं मिलता था। तिस पर मजे की बात यह थी कि उसकी स्त्रैण —बल्कि नपुंसक —भावुकता दिन-पर-दिन बढ़ती चली जाती थी, और जरा-जरा-सी बात पर वह उत्तेजित हो उठता था। एक झूठे आत्म-सम्मान के मनोभाव की ओछी गन्ध उसमें अब भी शेष थी, और वह बात-बात में यह कहने का आदी हो गया था—"यह सरासर मेरा अपमान है! मैं इस तरह की बातें सहने का आदी नहीं हूँ।" और तिस पर भी वह बड़े मजे से हर तरह के अपमान की बात सहकर दो वर्षों से नन्दिनी को घेरे हुए था। उसकी इस तरह की बातें सुनकर नन्दिनी को हँसी भी आती थी और दुःख भी होता था। भावुकता की वृद्धि के साथ-ही-साथ वह बात-बात में क्रोधावेश में आकर नपुंसक आँसू भी गिरा देता था। इन सब कारणों से नन्दिनी को अपनी स्थिति बड़ी जटिल मालूम होने लगती थी। पारसनाथ के कटु वचनों से खीझकर

जब कभी-कभी वह भी पलटे में कुछ कह बैठती, तो उसकी आँखों में आँसुओं का आभास देकर वह करुणा से एकदम पिघल जाती थी। यही कारण था उसके संग से मुक्त होने की एकान्त इच्छा रखते हुए भी वह अपने किसी आदमी के द्वारा बलपूर्वक उसे मकान से बाहर खदेड़ने में अपने को असमर्थ मालूम करती थी।

भीतर-ही-भीतर बिलबिलाने पर भी पारसनाथ ने अपने आँसुओं को बरबस रोककर कहा—"तुम मुझे अपने घर से निकालने की चाहे लाख चेष्टा करो, पर मैं अब किसी तरह भी नहीं निकल सकता। मैं तुम्हें अपने साथ भगाकर यहाँ नहीं लाया, बल्कि तुम मुझे भगा लायी हो। मेरा जीवन एक निश्चित पथ पर चल रहा था—दुःख से या सुख से। पर तुमने बीच में आकर उसे इस तरह छिन्न कर दिया कि अब वह तार जुड़ नहीं सकता। अब मुझमें ऐसी भयंकर जड़ता आ गयी है कि मैं किसी तरह का भी चित्र अंकित नहीं कर सकता, और अपने पेट-भर के लिए भी रोटी नहीं कमा सकता। तुम्हारा साथ देकर मैंने जो अनर्थ किया है, उसका उल्लेख तुम्हारे आगे मैं इस जन्म में नहीं कर सकता, और जो रास्ता छूट गया है, उस पर लौट चलने का कोई उपाय भी मेरे लिये अब नहीं रह गया है, इसलिए मैं अब तुम्हें छोड़ नहीं सकता—चाहे लाख अपमानित होऊँ, चाहे दुर्गति की चरम सीमा को पहुँच जाऊँ।" —यह कहकर वह जैसे धरना देने के इरादे से दरवाजे के चौखट पर बैठ गया। नन्दिनी ने आज इस बात पर गौर किया कि इधर कुछ समय से उसके मुख की आकृति भी बड़ी भयावनी हो उठी है। विशेषकर उसकी आँखें चोरों, गुण्डों और पेशेवर दुष्कर्मियों की तरह दिखायी देने लगी थीं। वह सचमुच आजकल किसी अनिष्टकारी प्रेत से भी अधिक डरावना दिखायी देने लगा था। नन्दिनी को पारसनाथ का वह कथन फिर याद आया—"मैं प्रेत हूँ और तुम छाया!" उसने सोचा—"मैं छाया हूँ या नहीं, यह प्रश्न ही दूसरा है, पर सामने हत्या देकर बैठा हुआ यह व्यक्ति निश्चय ही प्रेत है। कैसे इस जीवित प्रेत से छुटकारा मिलेगा? कैसे? एक ब्रह्मराक्षस से बड़ी मुश्किल से छुटकारा मिला, तो ऐसे हिंसक प्रेतात्मा के चंगुल में आ फँसी हूँ, जो पिछले व्यक्ति से भी कई गुना अधिक भयंकर सिद्ध हो रहा है। अगर उसका लिहाज करके मैं इसी त्रिशंकु की-सी अवस्था में लटकी रह गयी, तो मेरा मरण निश्चित है। नहीं, ऐसा नहीं हो सकता। जब मैंने वेश्या का जीवन फिर से स्वीकार करने का इरादा कर ही लिया है, तो उस इरादे को जल्दी-से-जल्दी पूरा कर लेना चाहिए।"

यह सोचकर उसने उसी दिन ठाकुर साहब के उस अनुरोध का पालन करने का निश्चय कर लिया, जिसे वह इतने दिनों तक बराबर टालती जाती थी। ठाकुर साहब को मालूम हो गया था कि नन्दिनी का मुजरा किसी जमाने में बड़ा ठाठदार हुआ करता था। इसलिए कुछ दिनों से वह उससे अत्यन्त विनम्रतापूर्वक अनुरोध कर रहे थे कि एक दिन पूरे साजो-सामान के साथ उसका मुजरा हो जाये। नन्दिनी उनकी इस बात को परिहास में टालकर तत्काल किसी दूसरे ही विषय की चर्चा चला देती थी; पर आज

उसके विद्रोह ने एक और निश्चित कदम बढ़ाने का पक्का इरादा कर लिया। वह उसी क्षण निर्मला के पास गयी और उससे मीरासी, तबलची आदि बाजगीरों का प्रबन्ध कर देने के लिए कहा।

शाम को ठाकुर साहब नियमित समय पर आये, और आज भी उन्होंने डरते-डरते उसी बात के लिए सविनय अनुरोध किया। नन्दिनी ने बड़े नाज के साथ मन्द-मधुर मुस्कराते हुए कहा—"अच्छी बात है। जब आपकी इतनी प्रबल इच्छा है, तो यही होगा।"—यह कहकर उसने अपना नौकर भेजकर बजवैयों को बुलाया। बाकायदा, पूरे ठाठ से मुजरा शुरू हुआ। ठाकुर साहब पुलकित भाव से गाना सुनते रहे, और एक क्षण के लिए भी नहीं उकताये। पारसनाथ छाती पर पत्थर रखकर भीतर के कमरे के एक पलँग पर लेटा सुन रहा था।

36

तब से नन्दिनी ने नियमित रूप से गायिका का पेशा स्वीकार कर लिया। पारसनाथ से अब वह किसी तरह की भी कोई बात नहीं करती थी। पारसनाथ जब कभी अपने जले दिल के फफोले फोड़ने के लिए उसे घेरना चाहता, तो वह कतराकर निकल जाती। आरम्भ में कुछ दिनों तक वह भीतर-ही-भीतर बहुत बौखलाया और छटपटाया, पर बाद में धीरे-धीरे वह एक प्रकार से आदी हो गया, यहाँ तक कि वह कभी-कभी स्वयं भी मुजरे के अवसर पर बीच महफिल में जाकर बैठ जाता—उसके आत्म-सम्मान की भावना इस कदर जड़ बन गयी थी। अवस्था यहाँ तक पहुँची कि जिस व्यक्ति के कारण उसके भीतर ईर्ष्या की आग धधक उठी थी, उसका परिचय व्यक्तिगत रूप से प्राप्त करने के लिए वह उत्सुक हो उठा। दो-तीन मौके ऐसे आ गये, जब ठाकुर साहब से आठ-आठ, दस-दस मिनट तक उसकी बातें हुईं। उसके बाद ठाकुर साहब के अत्यन्त सभ्य और शिष्ट व्यवहार से प्रभावित होकर वह धीरे-धीरे उसके साथ अपेक्षाकृत बेतकल्लुफी से बातें करने का आदी हो गया। ठाकुर साहब को जब यह मालूम हुआ कि पारसनाथ एक अच्छा चित्रकार है, तो इस बात ने उनकी रईसाना तबीयत को गुदगुदा दिया। यह जानकर कि पारसनाथ की आर्थिक स्थिति अच्छी नहीं है, वह उसे 'पेट्रोनाइज' करने के लिए उत्सुक हो उठे, हालाँकि पारसनाथ से इस सम्बन्ध में कुछ कहने का साहस उन्हें नहीं हुआ, क्योंकि वह यह बात ताड़ गये थे कि उसमें एक प्रकार के झूठे अभिमान की तीखी अनुभूति वर्तमान है। उसके भीतरी जीवन के सम्बन्ध में विशेष बातें मालूम न होने पर भी ऊपरी बातों से वह यह अनुमान लगा पाये थे कि वह एक 'निराश प्रेमिक' है।

एक दिन ठाकुर साहब तीसरे प्रहर, चार बजे के करीब, नन्दिनी के यहाँ आये। नन्दिनी को उस दिन उसके एक पुराने परिचित राजा साहब के यहाँ चाय-पार्टी में निमन्त्रण था। ठाकुर साहब किसी तरह शाम गुजारना चाहते थे। उन्होंने पारसनाथ से यह प्रस्ताव किया कि किसी होटल में जाकर पान-भोजन किया जाये। इधर कुछ दिनों से पारसनाथ की मद्य-पिपासा प्रबल हो उठी थी। नन्दिनी ने उसके खाने-पीने और रहने की सुन्दर सुविधा कर दी थी, और जेब-खर्च के लिए भी वह उसे माहवार एक निश्चित रकम दे दिया करती थी; पर वह आजकल इतना अधिक पीने लगा था कि उतने

जेब-खर्च से पूरा नहीं पड़ता था; इसलिए किसी भी व्यक्ति की तरफ से आया हुआ 'पान' का प्रस्ताव उसे सहर्ष मान्य था।

दोनों एक मध्यश्रेणी के होटल में गये। ठाकुर साहब ने एक बढ़िया ह्विस्की का ऑर्डर दिया। जब पीने का क्रम चलने लगा और दोनों बहुत-कुछ तरंगित हो गये, तो ठाकुर साहब ने एक सिगार जलाते हुए कहा—"आपसे आज एकान्त में मिलने का सौभाग्य प्राप्त होने पर मुझे बड़ी प्रसन्नता हुई है। जब से मुझे मालूम हुआ कि आप चित्रकार हैं, तब से मैं इस बात के लिए मौका ढूँढ़ रहा था कि आपसे दिल खोलकर बातें करूँ। नन्दिनी बाई के सामने किसी कारण से आपसे खुलकर बातें करने का साहस मुझे नहीं होता था। क्या मैं यह पूछने की धृष्टता कर सकता हूँ कि नन्दिनी बाई से आपका परिचय कब, किस सिलसिले में हुआ।''

पारसनाथ ने जब 'नन्दिनी बाई' सुना, तो उसके हृदय को अज्ञात में एक धक्का-सा पहुँचा। उसे याद आया कि वह कितने सम्मान से उसे 'नन्दिनी देवी' कहकर पुकारा करता था। ''तब मुझे क्या पता था कि वह नख से लेकर शिख तक केवल 'बाई-ही-बाई' है!''—उसने सोचा। एक क्षण के लिए भी उसने इस दृष्टि से नहीं सोचा कि नन्दिनी वेश्या जीवन से मुक्ति पाने के लिए वर्षों से सच्चे हृदय से छटपटा रही थी, और इसी उद्‌देश्य को सामने रखकर वह भुजौरिया जी से विवाह करने को राजी हुई थी, पर भुजौरिया जी उसे जिस प्रकार का जीवन बिताने को बाध्य करना चाहते थे उससे वेश्या-जीवन कहीं अच्छा था। उसके बाद उसके हताश हृदय ने यह आशा की थी कि पारसनाथ के साथ वह सच्चे प्रेम से पूर्ण, सम्माननीय गृहस्थ-जीवन बिताने में समर्थ हो पायेगी; पर पारसनाथ ने भागने के बाद ही जिस विचित्र मनोवृत्ति का परिचय देना शुरू कर दिया था, उससे नन्दिनी के लिए यह असम्भव हो गया कि वह उसके साथ सहज सम्बन्ध स्थापित किये रहे। कोई गति न देखकर उसने खीझ और आत्म-विद्रोह की भावना से प्रेरित होकर फिर से वेश्या का जीवन बिताने का निश्चय किया था। हालाँकि नन्दिनी ने क्रोध और आत्म-करुणा के आवेश में अपनी सारी स्थिति की सचाई उसे समझा दी थी और उसका अन्तर्मन स्वयं भी समझ गया था, फिर भी उसका सचेत मन अपने को किसी प्रकार भी दोषी ठहराने को तैयार नहीं था। और सब समय, हर घड़ी वह इस भावना को मन में पाले रहता था कि नन्दिनी ने उसके साथ घोर नीचतापूर्ण और कृतघ्न व्यवहार किया है, जैसा कि केवल एक वेश्या ही कर सकती है; इसलिए, जब ठाकुर साहब ने 'नन्दिनी बाई' कहा, तो पारसनाथ को प्रथम क्षण में एक हलका-सा धक्का अवश्य पहुँचा, पर दूसरे ही क्षण उसकी प्रतिहिंसापूर्ण मनोवृत्ति को इस बात से विशेष सुख का अनुभव हुआ कि यदि नन्दिनी के संसर्ग में आने से वह आत्म-सम्मान और पुरुषार्थ गँवाकर पतन की चरम सीमा को पहुँचा है, तो वह भी 'देवी' से केवल 'बाई' बनकर रह गयी है।

ठाकुर साहब के प्रश्न का उत्तर देते हुए उसने कहा—"मैं उन्हें चित्रकला सिखाया करता था।"

ठाकुर साहब का मुख पुलक-भरी प्रसन्नता से चमक उठा। उन्होंने कहा—"क्या नन्दिनी बाई चित्रकला भी जानती हैं? सचमुच? उन्होंने तो मुझसे इस बात का कोई जिक्र नहीं किया! खैर, इस विषय पर उनसे फिर कभी बातें होंगी। जो भी हो, क्या मैं एक और बात की धृष्टता कर सकता हूँ?"

पारसनाथ ने जिज्ञासु-दृष्टि से उनकी ओर देखा। ठाकुर साहब बोले—"नन्दिनी बाई के साथ आपका केवल शिक्षक और शिक्षार्थिनी का ही सम्बन्ध रहा है या—?"

एक घूँट और लेने के बाद पारसनाथ ने गम्भीर दृष्टि से उनकी ओर देखते हुए परम धैर्य के साथ कहा—"आपका सन्देह ठीक है। हम दोनों का सम्बन्ध विशेषरूप से घनिष्ठ रहा है।"

एक अस्पष्ट किन्तु गम्भीर व्यंग्य का आभास ठाकुर साहब के मुख पर छाकर तत्काल विलीन भी हो गया । उस भाव को बड़ी सफाई से सहज सहृदयता में बदलते हुए उन्होंने कहा—"मेरा यह भी अनुमान है कि वह अब भूतकाल की बात हो गयी है, और वर्तमान में आप दोनों के बीच एक गहरी खाईं खुद चुकी है। है न?"

खीझ-भरी उदासी के साथ पारसनाथ बोला—"जी हाँ। आपने ठीक ही अनुमान लगाया है।"

सिगार 'ऐश-ट्रे' पर रखकर ठाकुर साहब ने एक गहरी घूँट ली। उसके बाद जरा सँभलकर बैठ गये, और फिर बोले—"देखिये साहब, दूसरों के व्यक्तिगत जीवन की बातों को जानने या उनमें दखल देने का कोई अधिकार मुझे नहीं है। फिर भी आपके 'प्राइवेट' जीवन की बातों में मुझे क्यों इतनी दिलचस्पी मालूम हो रही है, मैं स्वयं नहीं जानता; पर चूँकि इस समय दोनों हमप्याला हैं, इसलिए आशा करता हूँ कि आप मेरी अनधिकार चेष्टा को क्षमा कर देंगे। आज तक न नन्दिनी बाई से आपके विषय में कोई बात मुझे मालूम हुई है, और न आपसे उनके सम्बन्ध में। फिर भी आपके मुख पर मैं हर समय जो एक गहरी उदासी की छाया देखता आया हूँ, और इस बात पर गौर करता रहा हूँ कि आप दोनों एक-दूसरे के इतने निकट रहने पर भी इतने दूर-दूर रहते हैं, उससे मेरे मन में एक विशेष सन्देह उत्पन्न हुआ है। आपने अभी बताया है कि आप दोनों का घनिष्ठ सम्बन्ध रह चुका है। वह घनिष्ठता किस हद तक रही है, इसका ठीक-ठीक अन्दाज लगाना कठिन है। फिर भी इतना मैं निश्चित रूप से कह सकता हूँ कि नन्दिनी बाई ने व्यावसायिक दृष्टिकोण को सामने रखकर आपसे घनिष्ठता का सम्बन्ध, स्थापित नहीं किया होगा। देखिये, मैं इस समय तरंग में हूँ, इसलिए मेरी बात पहले पूरी तरह धैर्य से सुन लीजिये, तब आपको जो कुछ कहना हो, कहियेगा। अपने जीवन में मैं बहुत-सी वेश्याओं के घनिष्ठ सम्पर्क में आया हूँ। उस अनुभव के आधार पर मैं कह सकता हूँ कि नन्दिनी बाई बाहर से एक ठेठ वेश्या का जीवन बिताने पर भी भीतर से विशुद्ध नारी हैं। उनकी अन्तरात्मा में वेश्यापन की बू-बास भी नहीं है।

इसलिए मैं कह रहा था कि आपसे उनका सम्बन्ध कभी व्यावसायिक नहीं रहा होगा। यह सब होने पर भी आजकल आप दोनों के बीच घोर अनबन के चिह्न मैं स्पष्ट देख रहा हूँ। इस अनबन का कारण चाहे कुछ भी रहा हो, पर इतना स्पष्ट है कि वह कारण नन्दिनी बाई की तरफ से नहीं आया होगा; बल्कि आपकी असहनशीलता ही (साफगोई के लिए मुझे क्षमा कीजियेगा) इस अनबन के मूल में रही होगी। आपके मुख पर सब समय जो एक विशेष प्रकार की खीझ और घृणा का भाव छाया रहता है, वह इस बात का प्रमाण है कि आप व्यक्तियों के प्रति—विशेष कर स्त्री-जाति के प्रति—बहुत ही असहनशील हैं! भाई साहब, आपको यह बात कभी न भूलनी चाहिए कि भारतीय वेश्या के समान करुणाशील और उदार प्राणी का जोड़ मिलना कठिन है। मैं इस ज्वलन्त सत्य पर पर्दा नहीं डालना चाहता कि यथार्थ जगत् की बहुत-सी वेश्याएँ ऊपर से बड़ी लोभी, संकीर्ण-हृदय, मूर्ख और घोर स्वार्थी लगती हैं; पर अगर उनके भी बाहरी जीवन का कड़ा चमड़ा चीरकर देखा जाये, तो भीतर स्वस्थ प्रेम और सच्ची करुणा के सैकड़ों सोते फूटते हुए दिखायी देंगे। अपने नरकवास की हजारों गन्दगियों के भीतर भी वे न जाने स्वर्ग की शान्त और सुखद छाया को अपने सनातन नारीत्व के स्नेह-अंचल के किस अज्ञात कोने में छिपाये रहती हैं। क्षणिक और तात्कालिक स्वार्थ की संकीर्ण दृष्टि से देखने के कारण अधिकांश पुरुषों को इतना धैर्य नहीं रहता कि वे उनके भीतर के सच्चे नारीत्व का पता लगा सकें। वे जब उपन्यासों या कविताओं में वेश्या के नारी-हृदय की करुणा का गुण-गान पढ़ते हैं, और वास्तविक जीवन की वेश्या के रूखे, गन्दे और स्वार्थपूर्ण व्यवहार से परिचित होते हैं, तो उनके हृदय को गहरा धक्का पहुँचता है; पर अगर वे सहानुभूति से पूर्ण अन्तर्दृष्टि से देखें और धैर्य से काम लें, तो धीरे-धीरे उनकी निराशा, पुलक, विस्मय और श्रद्धा में बदल जायेगी। मैं यह दावा तो नहीं कर सकता कि मेरी अन्तर्दृष्टि बड़ी पैनी है, फिर भी इतना जरूर है कि मैंने वर्षों के अनुभव से किसी भी वेश्या को सहानुभूति की दृष्टि से देखने की आदत डाल ली है। इसका फल यह होता है कि मैं उसके अन्तर्जीवन का पट अपने-आप उघड़ने की प्रतीक्षा बड़े धैर्य के साथ करता रहता हूँ। इस उपाय से एक गलीज-से-गलीज वेश्या के अन्तर में छिपे हुए नारीत्व की महिमा सत्य के स्वाभाविक प्रकाश से जगमगा उठती है। बाहरी जीवन के कई पर्तों के भीतर दबे हुए उस उज्ज्वल सत्य के अचानक उघड़ने में एक ऐसा अनोखा रस प्राप्त होता है, जिसका स्वाद बार-बार चखते रहने की इच्छा मेरे लोभी मन में बनी रहती है। यही कारण है कि वेश्याओं के प्रति आन्तरिक सहानुभूति रखते हुए भी मैं उन्हें उसी रूप में देखते रहना चाहता हूँ, जिस रूप में उन्हें पूँजीवादी समाज ने सदियों से बँधे पड़े रहने के लिए बाध्य कर रखा है। यह एक ऐसा अनोखा विरोधाभास मुझमें वर्तमान है, जिसकी कोई कैफियत मेरे पास नहीं है। अपनी इस हीनता से छुटकारा पाने की बहुत कोशिश मैंने की है; पर सफल नहीं हो पाया हूँ। यह जानते हुए भी कि नन्दिनी बाई सुशिक्षित और सुसंस्कृत हैं, मैं उन्हें मुजरे के साज में देखने की आकांक्षा को न दबा सका। इस विषय पर मैं इस प्रकार सोचता हूँ—"यह जो नारी आर्थिक

विवशता से या समाज की कुव्यवस्था की बाध्यता से मेरे आगे हाव-भाव बातकर गा रही है, यह कामी पुरुषों द्वारा किये जानेवाले सैकड़ों अमानुषिक अन्यायों के भार से दबी है। तिस पर भी वह अपने अन्तर के अगम मन्दिर में शुभ्र नारीत्व का कभी न बुझनेवाला दीपक जलाये हुए है—मैं इसी दीपक का पतंग बनने की इच्छा रखता हूँ। सूर्य के प्रकाश में दीपक का कोई महत्त्व नहीं रह जाता। चूँकि समाज द्वारा सम्मानित नारी का चरित्र बाहर से शुभ्र और निष्कलंक और प्रकाशमय होता है, इसलिए उसके भीतर का वह दीपक सब समय निस्तेज पड़ा रहता है। मुझे सूर्य के प्रकाश की अपेक्षा अगम अन्धकार के बीच में जले हुए दीये की लौ अधिक सुन्दर लगती है, यही कारण है कि मैं घोर सामाजिक अन्धकार में डूबे हुए वेश्या-हृदय की गहनता में जलनेवाले प्रकाश का इतना बड़ा प्रेमी हूँ, किस बात से मैं किस बात पर आ पड़ा। नशे से उत्पन्न भावुकता ऐसी ही होती है। मैं यह कहना चाहता था कि नन्दिनी बाई चाहे हजार वर्ष तक वेश्या का जीवन बिताती रहें, पर उनके अन्तर का मंगलमय प्रकाश कभी धीमा नहीं पड़ेगा। आपने उन्हें समझने में बहुत भूल की है, भाई साहब! यदि आप कुटिल-से-कुटिल परिस्थिति में भी धैर्य धारण किये रहते, तो एक दिन अपने-आप उनके अगम अन्तर के किवाड़ खुल पड़ते और उसके भीतर के उसी दीपक के दर्शन आपको हो जाते, जिसका उल्लेख मैंने अभी किया है; पर अब उस भूल को सुधारने का कोई उपाय आपके लिए शेष नहीं रह गया है; इसलिए आप व्यर्थ में भटक रहे हैं और उनके यहाँ बेकार धरना दिये बैठे हुए हैं।”

ठाकुर साहब की अन्तिम बात के लिए पारसनाथ कतई तैयार नहीं था। वह उनकी उलटी-सीधी ‘दार्शनिक’ बातों का ठीक-ठीक तात्पर्य समझने की कोशिश कर ही रहा था कि अचानक ठाकुर साहब ने उस पर सीधा वार कर दिया। वह यह सोचकर मन-ही-मन अवज्ञापूर्वक मुस्करा रहा था कि नशे की हालत में ठाकुर साहब अपनी ही बातों के चक्कर में बुरी तरह उलझ गये हैं; पर जब उन्होंने अन्त में बिना किसी हेर-फेर के अपने मन की असली बात कही, तो पारसनाथ की आँखें खुलीं और वह समझ गया कि ठाकुर साहब ने जान-बूझकर, उसे भरमाने के लिए उस तरह की ‘दार्शनिक’ बातें की थीं। इधर कुछ समय से उसकी स्वाभाविक सन्दिग्धता यों ही बढ़ी हुई थी, तिस पर जब उसने इस तरह की बात सुनी, तो उसका वहम इस कदर बढ़ गया कि उसके मन में भय और शंका के बादल छा गये। उसे ऐसा लगा कि उसके मस्तिष्क की चेतना को एक घने काले कुहरे ने ढक दिया। वह उस कुहरे से अपने सिर को ऊपर उठाने की बहुत चेष्टा करने लगा; पर कोई फल नहीं हुआ। उसने चुपचाप बोतल से अपने खाली गिलास में शराब उँड़ेलकर, उसमें बराये-नाम सोडा मिलाकर दो-एक गहरी घूँटें लीं। फल यह हुआ कि उसकी जड़ चेतना फिर कुछ डगमगायी, और ठाकुर साहब की सारी बातों का एक दूसरा ही अर्थ उसके सामने आया। उसने सहसा आँखें मीचकर, एक निराली उद्भ्रान्त दृष्टि से ठाकुर साहब की ओर देखकर कहा—“आप भुजौरिया जी के चाहे कितने ही बड़े मित्र क्यों न हों, पर मुझे आप अपने जाल में नहीं

फाँस सकते। आप सी. आई. डी. के कैसे ही चालाक कर्मचारी क्यों न हों; पर आप मेरा कुछ भी नहीं बिगाड़ सकते; क्योंकि मैं भी बड़े-बड़े धूर्तों के साथ रह चुका हूँ। नन्दिनी को मैंने नहीं भगाया, बल्कि वह स्वयं मुझे भगाकर लायी है, इसलिए मैं आपके मित्र, भुजौरिया जी से नहीं डरता। रही मंजरी की बात। आपका कहना है कि वह एक वेश्या थी और नरक की हजारों गन्दगियों के बीच भी स्वर्ग की शान्त छाया को अपने भीतर छिपाये थी; पर आपको मालूम होना चाहिए कि वह नन्दिनी की तरह वेश्या नहीं थी। वह एक भले घर की लड़की थी। परिस्थितियों की विवशता के कारण होटल में ठहरनेवाले यात्रियों को अपने रूप की झलक दिखाकर वह उनसे पैसा स्वीकार करने को बाध्य हुई थी। उसकी माँ की मृत्यु के बाद मैंने उसे अपने यहाँ आश्रय दिया था। हम दोनों के बीच प्रेम-सम्बन्ध स्थापित हुआ, और उसने एक सुन्दर, प्यारे-से बच्चे को जन्म दिया। इसके बाद नन्दिनी ने मुझे अपने प्रेम-जाल में फँसा लिया; इसलिए मंजरी और उसके बच्चे को मौत की रखवाली में छोड़कर चले आने के लिए दोषी मैं नहीं, नन्दिनी है। मैं जानता हूँ कि आपने मेरे पेट की सब बातें निकालकर मुझे पुलिस के हवाले करने के उद्देश्य से आज मुझे पीने का निमन्त्रण दिया है; पर आपको चाहिए कि मुझे न घेरकर नन्दिनी को गिरफ्तार करें। लेकिन शायद नन्दिनी भी मुझे गिरफ्तार करने के षड्यन्त्र में आपके साथ शरीक है। ठीक है, उसकी सब चालें आज एक-एक करके मेरी समझ में आ रही हैं...”

ठाकुर साहब विमूढ़ दृष्टि से पारसनाथ की ओर ताकते रह गये। उसकी बात का एक अक्षर भी उनकी समझ में न आया। भुजौरिया जी को उन्होंने अपने जीवन में न कभी देखा था, न कभी इसके पहले उनका नाम ही सुना था। क्या वास्तव में इस नाम का कोई व्यक्ति है, या यह पारसनाथ की मनगढ़न्त कल्पना है? यदि वास्तव में कोई व्यक्ति है तो नन्दिनी से उसका क्या सम्बन्ध है? और यह मंजरी दाल-भात में मूसरचन्द की तरह बीच में कहाँ से आकर कूद पड़ी? “आपने कहा है कि मंजरी एक वेश्या थी!” पर उन्होंने तो इस तरह की कोई बात नहीं कही! तब यह मामला क्या है? निश्चय ही उसका मर्म किसी गहरी चोट से व्यथित है, और उन्होंने अपनी बात से उस पीड़ित स्थान को खरोंच दिया है। उस पुराने घाव के ताजा होने का असर उसके दिमाग पर भी हो गया। उन्हें अपनी बात के लिए दुःख हुआ। वह जान गये थे कि पारसनाथ बहुत ही आत्ममग्न प्राणी है। ऐसे व्यक्तियों के विकृत मन को कुछ समय के लिए फिर से केन्द्र पर लाने का एकमात्र उपाय वह यही जानते थे कि उनके विशेष गुणों की प्रशंसा द्वारा उनके आत्म-सम्मान को जगाया जाये। इसी उद्देश्य को सामने रखकर वह बोले—“मारिये गोली इन सब बातों को। मैंने सुना है कि आप बहुत ही उच्चकोटि के चित्रकार हैं। क्या आप एक चित्र मेरे लिये तैयार नहीं कर देंगे? मैं बहुत धनी नहीं हूँ, फिर भी आपको विश्वास दिलाता हूँ कि आपके चित्र का मैं भरसक उचित सम्मान करूँगा,—आर्थिक सम्मान भी। आर्थिक सम्मान इसलिए नहीं कि आप गरीब हैं, और

आपको अर्थ की आवश्यकता है; बल्कि इसलिए कि किसी भी श्रेष्ठ कलाकार के प्रति पत्र और पुष्प की अंजलि चढ़ाना कला के प्रत्येक प्रेमी का कर्त्तव्य है।"

पारसनाथ ने क्षण-भर तक अत्यन्त गम्भीर भाव से, परीक्षक की तरह बड़े गौर से, ठाकुर साहब की ओर देखा। उसके बाद धीरे-धीरे एक मार्मिक व्यंग्य का तीखा भाव उसके मुख पर झलक उठा। पूर्ण दृष्टि से, निस्संकोच भाव से, ठाकुर साहब की आँखों की ओर देखते हुए नाटकीय स्वर में बोला–"Et tiu, Brute? भुजौरिया जी भी अपने को कला का प्रेमी बताता था, और इसी सूत्र से उसने मुझे फाँसना चाहा था। उसके बाद अब आपकी बारी है; पर आप बहुत देर से आये हैं, मिस्टर! अब पारसनाथ किसी के चंगुल में फँस नहीं सकता–इसलिए कि अब वह चित्र बनाने का पेशा सदा के लिए छोड़ चुका है–Othello's occupation is gone!"

पारसनाथ की बातों का ढंग देखकर ठाकुर साहब का सारा नशा हिरन हो गया। उन्होंने बहुत घबराहट के साथ कहा–"पारसनाथ बाबू, आपको काफी नशा हो चुका है; अब चलिये, घर को वापस चला जाये।"

"घर को वापस? पर मेरा मकान इस संसार में कहीं है भी! (Home! home! Sweet home! There's no Place like home! There's no place like home! –यह मैं मानता हूँ, पर जिस कवि ने यह गीत रचा था वह आवारा था, कहीं उसका घर-द्वार नहीं था। मैं भी उसी कवि की तरह हूँ। नन्दिनी के मकान को अगर मैं अपना घर कह सकता हूँ, तो यह होटल भी मेरा घर है। हाँ, सचमुच यह होटल मेरा घर है। मैं अब यहाँ से उठने का नहीं। हजरते दाग जहाँ बैठ गये, और होंगे तेरी महफिल से भड़कनेवाले!..." कहते ही उस नशे की–बल्कि पागलपन की–हालत में भी उसे याद आया कि दाग का वह शेर (सही या गलत, जैसा कुछ भी हो) उसके सम्बन्ध में अक्षरशः सत्य बैठा है, क्योंकि नन्दिनी के लाख भड़काने पर भी वह निपट निर्लज्ज की तरह उसके यहाँ धरना दिये बैठा है, और उनके व्यंग्यों के बावजूद वह अन्त में फिर उसी के यहाँ वापस जायेगा–भले ही इस समय तैश में आकर वह कुछ-का-कुछ कह रहा हो।

ठाकुर साहब ने बेतरह घबराकर कहा–"उठिये पारसनाथ बाबू, अब काफी हो चुका चलिये!"

पर पारसनाथ गिलास की शेष शराब को एक घूँट में समाप्त करके बोला–"Oh no! Never in my life! अब मैं मरते दम तक यहीं डटा रहूँगा। जब तक जहन्नुम से शैतान के दूत आकर मुझे उठा न ले जायें, तब तक I won't budge an inch! होटल में पीने का निमन्त्रण देकर बीच में उड़नछू होना चाहते हो? यह नहीं होने का! ब्वाय, लाओ एक और बोलत–यही शराब। कौन शराब है यह? (बोतल का लेबिल पढ़कर) 'किंग जॉन।'! हाँ 'किंग जॉन' जन्दी! " यह कहकर उसने बोतल की शेष शराब को एक ही बार में अपने गिलास में डाल दिया, और ठाकुर साहब से झूठे मुँह

भी नहीं पूछा कि तुम भी लोगे या नहीं। ठाकुर साहब स्तब्ध भाव से बैठे रहे, और उसकी हरकतों को चुपचाप देखते रहे।

अन्तिम गिलास को समाप्त करने के बाद पारसनाथ बुरी तरह झूमने लगा, और कुर्सी पर सँभलकर बैठने में अपने को असमर्थ मालूम करने लगा। पर उस दशा में भी वह न भूला कि उसने एक दूसरी बोतल के लिए ऑर्डर दिया है। ठाकुर साहब उठ खड़े हुए और पारसनाथ के पास जाकर धीरे से उसका हाथ पकड़कर बोले—"उठिये पारसनाथ बाबू, अब देर हो गयी है।" —पारसनाथ ने आँखें बन्द किये ही अलसायी आवाज में कहा—"ऊँहूँ! पहले एक बोतल और मँगाइये—वर्ना मैं टस-से-मस नहीं होने का!"

लाचार ठाकुर साहब ने एक अद्धा और मँगाया। पारसनाथ ने उस अद्धे का भी आधा किसी तरह मरते-मरते पिया, और उसके बाद वह गिलास को पकड़ने के लिए भी समर्थ न रहा। बड़ी मुश्किल से ठाकुर साहब उसे वहाँ से उठाकर एक ताँगे पर रखने में समर्थ हुए। उसे नन्दिनी के यहाँ पहुँचाकर, पलँग पर लिटाकर, सारा किस्सा उन्होंने नन्दिनी के आगे कह सुनाया। नन्दिनी सुनकर, एक लम्बी साँस लेकर चुप हो रही।

●

37

उस दिन नशे की हालत में पारसनाथ को पागलपन का जो 'फिट' आया था, वह बाद में कुछ समय के लिए दब अवश्य गया, पर दबने का परिणाम केवल यह हुआ कि उसने उसके भीतर की गहराई में जड़ें पकड़ लीं। उसके मन में यह वहम पैठ गया कि सारा संसार उसके विरुद्ध षड्यन्त्र रच रहा है, और उसके आसपास का प्रत्येक व्यक्ति जासूस की तरह उसकी हर बात और हर हरकत पर गौर कर रहा है। नन्दिनी से मिलने जो भी नया आदमी आता था, वह यदि एक बार भी सहज कौतूहलवश उसकी ओर देखता, या साधारण शिष्टाचार के बतौर उससे उसका परिचय पूछता, तो उसके मन में यह निश्चित धारणा जम जाती कि वह सी.आई.डी. का कोई आदमी है और उसे पुलिस के हवाले करने के फेर में है। और सब बातें वह इस ढंग से करता था, जिससे उसके होश और हवास दुरुस्त होने के सम्बन्ध में किसी के मन में शंका नहीं होती थी, पर बीच-बीच में अपने विरुद्ध रचे गये काल्पनिक षड्यन्त्रों और अपने पीछे लगे हुए 'जासूसों' की चर्चा चलाकर वह लोगों को चक्कर में डाल देता था। मजा यह था कि उन 'षड्यन्त्रों' और 'जासूसी चक्करों' का वर्णन वह इस सफाई से और इस तरतीब से करता था कि कभी-कभी अनजान आदमी को सत्य का धोखा हो जाता। उससे परिचित प्रत्येक व्यक्ति समझ लेता कि वह उसकी मनगढ़न्त कल्पना है, इसलिए वह अक्सर अपरिचित व्यक्तियों के आगे ही अपने उन काल्पनिक दुःखों का रोना रोने लगता और उनके सहानुभूतिपूर्ण शब्दों से बहुत-कुछ सान्त्वना प्राप्त करता।

दूसरों की सान्त्वना प्राप्त करने की प्रवृत्ति उसमें धीरे-धीरे इस हद तक बढ़ गयी कि वह नन्दिनी के मीरासी, तबलची, नौकर-चाकर आदि निम्न श्रेणी के आदमियों के साथ दुःख-सुख की बातें करने का आदी हो गया। वह उन लोगों के साथ इस तरह पेश आता, जैसे वे उसके समान-स्तर के व्यक्ति हों। विशेष करके नन्दिनी के मुसलमान तबलची अब्बास से उसकी खूब घुलती थी! अब्बास बड़ा बाँका, फुर्तीला और मिलनसार नौजवान था। जब वह फुरसत के समय अपने संगियों के साथ बैठकर गप्पें उड़ाने में व्यस्त रहता, उस समय पारसनाथ भी चुपके से उस मण्डली के बीच में आकर बैठ जाता और आते ही कहता—"यार अब्बास, एक सिगरेट तो पिलाओ।"—अब्बास उसे बहुत

मानता था और उससे हार्दिक सहानुभूति रखता था। वह जानता था कि नन्दिनी का बरताव पारसनाथ के साथ ऊपर से चाहे कैसा ही रूखा क्यों न हो, पर भीतर से अब भी वह उसके प्रति कोमल है; पर जिस बात ने अब्बास को सबसे अधिक प्रभावित किया था, वह थी पारसनाथ की शिक्षा और संस्कृति। संगीत के विषय में पारसनाथ का वैज्ञानिक ज्ञान असाधारण था ही, साथ ही राजनीतिक और सामाजिक समस्याओं के विभिन्न पहलुओं को लेकर वह ऐसी तर्क-सिद्ध बातें, रोजमर्रा की सरल, किन्तु मुहावरेदार भाषा में ऐसे रोचक ढंग से सुनाता कि अब्बास और उसके साथी बड़ी दिलचस्पी से सुनते। अब्बास ने आठवें दर्जे तक पढ़ा था। उसका बाप एक दर्जी के यहाँ काम किया करता था। बाप के मर जाने पर उसका अपना कहने को कोई नहीं रहा। फीस और किताबों का खर्चा जुटाने में असमर्थ होने के कारण उसने पढ़ना-लिखना छोड़ दिया। उसके पड़ोस ही में एक बूढ़ा 'उस्ताद' रहा करता था, जिसकी सेवा-टहल करके उसने तबला बजाना सीख लिया। 'उस्ताद' ने समय आने पर एक नौसिखिया वेश्या के यहाँ उसे तबलची के पद पर नियुक्त करा दिया। तब से वह कई वेश्याओं के यहाँ नौकर रह चुका था। नन्दिनी की बहन निर्मला के साथ भी वह दो वर्षों तक रहा था। वास्तव में तबला बजाने में उसका हाथ सध गया था। साथ ही वह बहुत-से दूसरे तबलचियों की तुलना में बहुत शिष्ट था—इसलिए नन्दिनी ने अपेक्षाकृत अधिक तनख्वाह पर उसे नियुक्त किया था। आर्थिक विवशता के कारण उसका पढ़ना-लिखना छूटने पर भी उसकी 'ज्ञान' की पिपासा मिटी नहीं थी। जिस संकीर्ण कूप के भीतर उसे रहना पड़ता था, उसके बाहर विपुल विश्व में कौन-कौन-सी महा घटनाएँ घट रही हैं, इस विषय की जानकारी प्राप्त करने की लालसा उसके मन में बराबर बनी रहती थी। वह उर्दू का कोई एक साप्ताहिक-पत्र नियमित रूप से पढ़ा करता था, और जो कुछ पढ़ता उसे अपनी निर्बन्ध कल्पना के हवाई घोड़े पर चढ़ाकर अपने साथियों के आगे दून की हाँका करता था। इसलिए पारसनाथ से जब उसे ऐसे तथ्यों का पता लगता, जो आश्चर्यजनक होने पर भी करीब-करीब सोलहों आना सत्य होते थे, तो वह मन्त्रमुग्ध होकर गद्‌गद भाव से उनमें दिलचस्पी लेता था। और सबसे बड़ी बात (जैसा कि पहले कहा जा चुका है) यह थी कि पारसनाथ उसके और उसके साथियों के स्तर तक नीचे उतरकर समानता का व्यवहार दिखाकर बातें करता था। इस उपाय से पारसनाथ जैसे अपने स्तर के समाज को लक्ष्य करके यह कहना चाहता था—"यह देखो, तुम लोगों ने मुझे इस कदर सताया है कि आज मैं तबलचियों, मीरासियों, भाँड़ों और कथकों के साथ मित्रता स्थापित करने के लिए बाध्य हुआ हूँ। उन लोगों से सिगरेट माँगकर पीता हूँ, उनसे पैसे कर्ज लेकर ठर्रा पीता हूँ, और एक प्रकार से उन्हीं लोगों के जरिये से मुझे भोजन प्राप्त होता है—क्योंकि नन्दिनी की रोजी उन्हीं लोगों की सहायता से चलती है, और मैं नन्दिनी के न चाहने पर भी उसका आश्रित बना हुआ हूँ। देखो, देखो, अपने कुचक्रों का, अपने अत्याचारों का फल देखो! तुम सब लोगों ने मिलकर एक प्रतिभाशाली चित्रकार की क्या दुर्गति कर डाली है—जरा इस बात पर गौर करो! तुम

ही लोगों ने मिलकर पहले मुझे जारज सिद्ध करके घर-घाट से निकाल दिया, उसके बाद भुजौरिया के वेष में मुझे ठगना चाहा और फिर केवल पुस्तकों के कवर-डिजाइन तैयार करनेवाला चित्रकार बनकर रह जाने के लिए बाध्य किया, उसके बाद मंजरी की अन्धी माँ के रूप में मुझे परेशान किया, और अन्त में नन्दिनी और उसके प्रेमिक के द्वारा मुझे जलील किया। अब भी तुम लोग अपने षड्यन्त्रों से बाज नहीं आते हो, और अज्ञात और अदृश्य रूपों से मुझ पर चोट-पर-चोट करते जाते हो। सताओ, सताओ, तुम लोगों का जितना जी चाहे सताओ; पर किसी उपाय से भी मेरा अस्तित्व मिटाने में समर्थ नहीं हो सकोगे। तुम लोग अगर धूर्त और कुचक्री हो, तो मैं भी बेशर्मों का सिरमौर हूँ।

नन्दिनी ने यह सोचकर उसे शराब के लिए रुपया देना बन्द कर दिया था कि, उसे डर था कि शराब पीते रहने से वह कहीं पूरा पागल न हो उठे। पर, अब्बास और उसके दल के लोग उसके प्रति सम्मान रखते थे और करुणा भी, इसलिए उसके ठर्रे का खर्चा किसी-न-किसी तरह जुटा देते थे। एक दिन अत्यन्त दयनीय भाव से उसने अब्बास से कहा—"यार अब्बास, ठर्रा पीते बहुत दिन हो गये, कलेजा जलने लगा है और जबान का जायका खराब हो गया है। आज ह्विस्की पीने की इच्छा है।"—अब्बास ने कुल रुपये अपनी गाँठ से खर्च करके एक बोतल ह्विस्की की लाकर चुपके से उसके हाथ में दे दी, और धीरे से कहा—"लुक-छिप कर पीजियेगा। बाबू जी, कहीं बाई जी को मालूम हो जायेगा तो गरीब की नौकरी जाती रहेगी।"

चोरी-छिपे बोतल में से एक पौवा खतम करके जब वह बाहर आया, तो अचानक कहीं पास-पड़ोस से एक छोटे-से बच्चे के रोने की आवाज सुनायी दी—"किहाँ-किहाँ-किहाँ! कहाँ-कहाँ-कहाँ!"—पारसनाथ नशे की हालत में उस आवाज को सुनकर चौंक उठा। अब्बास से बोला—"वह सुनो; वह किसका बच्चा रो रहा है?"

उसके मुख का असाधारण रूप से घबराया हुआ भाव देखकर अब्बास को विस्मय हुआ। वह बोला—"होगा किसी का बच्चा, इतना बड़ा मुहल्ला है—कौन जाने किसका बच्चा है। पर, आप चौंक क्यों उठे?"

पारसनाथ की घबराहट पहले से भी अधिक बढ़ गयी थी। बच्चा निरन्तर रोता चला जाता था—"किहाँ-किहाँ-किहाँ! कहाँ-कहाँ-कहाँ!" पारसनाथ का कलेजा कटा जा रहा था; और भय और आशंका बढ़ती चली जा रही थी। उसने उन्माद-ग्रस्त दृष्टि से शून्य की ओर देखते हुए कहा—"मैं जानता हूँ, यह किसका बच्चा है! यह निश्चय ही उसी का बच्चा है —उसी का! वह पता लगाते-लगाते आ पहुँची है!"

अत्यन्त आश्चर्य से अब्बास ने पूछा—"किसका बच्चा, बाबू जी?"

पारसनाथ ने झिड़ककर कहा—"अरे, उसी का! बन क्यों रहे हो? तुम्हें तो सारा किस्सा मालूम है! जब वह मैले चिथड़े पहने बच्चे को गोद में लिये—नंगी और भूखी—लाटूश रोड और ऐबट रोड के चौराहे पर बिलबिलाती हुई कह रही थी—''अरे,

कोई मेरे इस अनाथ बच्चे पर तरस खाकर कुछ दे दो बाबा! चार दिन से मैं भूखी हूँ, और दो दिन से मेरा बच्चा दूध के बिना तड़फड़ा रहा है। अरे, कोई ईश्वर के नाम पर दया करो बाबा!" तब तुम भी तो मेरे साथ वहाँ पर खड़े थे, अब्बास! उसे देखते ही मैं कतराकर भाग निकलने के लिए बेचैन हो उठा। इसलिए तुम्हारा हाथ खींचकर तुम्हें पकड़कर मैं कैसरबाग की ओर ले गया, और रास्ते में सारा किस्सा मैंने तुम्हें कह सुनाया। तिस पर भी तुम अनजान-से बन रहे हो। बड़े अफसोस की बात है! यह वही औरत है, और जो बच्चा रो रहा है वह उसी का है। जाओ अब्बास, जाओ, फौरन जाकर पता लगाओ कि यहाँ वह किसके यहाँ आकर ठहरी है।—पर नहीं, उसके पास जाना तुम्हारे लिये भी खतरनाक है और मेरे लिये भी। न जाने यह खुफिया-पुलिस की कौन-सी चाल है! असल में अब मुझे ही यहाँ से भागकर किसी दूसरी जगह डेरा जमाना होगा।"

अब्बास आँखें फाड़-फाड़कर विस्मय-विमूढ़ भाव से उसकी ओर ताकता रह गया। वह कभी पारसनाथ के साथ लाटूश रोड और ऐबट रोड के चौराहे पर नहीं गया था, न उसने उसके साथ में किसी दूसरी जगह उस तरह की स्त्री देखी थी, और न कभी पारसनाथ ने इस सम्बन्ध में कोई किस्सा ही उसे सुनाया था; पर इस बात पर भी उसे विश्वास नहीं होना चाहता था कि पारसनाथ एकदम मनगढ़न्त बात को सचाई के साँचे में ढालकर उसे बेवकूफ बनाने की इच्छा रखता है। उसने बड़े नम्र भाव से कहा कि इस तरह की कोई घटना उसके सामने नहीं हुई। पारसनाथ फिर एक बार उसी तरह झिड़ककर बोला—"हुई क्यों नहीं! मुझे अच्छी तरह याद है, तुम मेरे साथ थे। मैं बच्चे को देखकर एक बार कहने ही को था—'मुन्नू! बच्चू!' पर उसी दम मैंने अपने को जब्त कर लिया और तुम्हें अपने साथ घसीटकर भगा।"

उसकी मानसिक आँखों के आगे बच्चे का वही रूप प्रत्यक्ष सत्य के बतौर नाच रहा था, जिसे कुछ वर्ष पहले उसने देखा था। इन कुछ वर्षों के अर्से में बच्चे के तनिक भी बढ़ने की सम्भावना उसकी कल्पना में नहीं समा पाती थी। बच्चा खाँसी के 'फिट' से बड़ी कठिनाई के साथ मुक्ति पाकर दोनों हाथ और दोनों पावों को अत्यन्त उल्लास के साथ हिलाता हुआ ऊपर को उछलने की चेष्टा कर रहा था, और उसके पुचकारते ही, और अधिक उमंग से उछलता हुआ कूक उठता था—"कू—ऊ—ऊ!"

"मुन्नू!"

"कू—ऊ—ऊ!"

"बच्चू!"

"कू—ऊ—ऊ—ऊ! —किहाँ—किहाँ! चिहाँ—चिहाँ!"

"अब्बास, जरा देख तो आओ, बच्चा इतनी देर से क्यों रो रहा है? उसकी माँ उसे छोड़कर कहाँ चली गयी है, जरा देख तो आओ!"

अब्बास उठ खड़ा हुआ और खिड़की से बाहर झाँककर देखने लगा कि बच्चे के रोने की आवाज किस मकान से आ रही है। प्रायः मिनट-भर तक देखने के बाद वह फिर बैठ गया, और बोला—"मैंने देख लिया, यह आवाज पण्डित जी के यहाँ से आ रही है—पण्डित शिवशंकर शर्मा। वह चौक के बड़े नामी पण्डित हैं, बाबू जी। यह उन्हीं का बच्चा रो रहा है।"

"हाँ, हाँ, मैं जानता हूँ, वह उन्हीं का बच्चा है, पर यह जान तो आओ कि वह इतनी देर से रोता क्यों है।"

अन्त में अब्बास को उठना ही पड़ा—"अच्छी बात है, मैं जाकर पूछ आता हूँ।"—कहकर वह चला गया।

38

मंजरी ने पहले उसी होटल में जाने का विचार किया था, जहाँ पारसनाथ से पहली मुलाकात हुई थी; पर रास्ते में उसने सोचा कि उसकी वर्तमान स्थिति में होटल किसी प्रकार भी सुरक्षित स्थान नहीं है। तब उसका अपना एक ठिकाना था, एक ठौर था; पर अब जब उस होटल में ही रहना और वहीं खाना पड़ेगा, तो दुर्गति से बचना उसके लिए असम्भव हो जायेगा। तब वह कहाँ जायेगा? अनाथालय की कल्पना उसके मन में उदित हुई। वहाँ जाकर वह मैनेजर से कहेगी कि उसे अच्छा-से-अच्छा या बुरा-से-बुरा कोई काम दे दिया जाये। खाना बनाने, यहाँ तक कि चौका-बर्तन साफ करने का काम भी, वह स्वीकार कर लेगी। बदले में उसे केवल भोजन मिल जाये, इतने से ही वह सन्तुष्ट रहेगी। केवल शर्त वह यह रखेगी कि उससे किसी प्रकार का अनुचित प्रस्ताव करने की ज्यादती कोई न करने पाये, न कोई किसी प्रकार का अशिष्ट परिहास ही करे। फिर उसे याद आया कि अभी हाल ही में उसने किसी एक पत्र में अनाथालयों के कुछ पेशेवर मैनेजरों की काली करतूतों के सम्बन्ध में लोमहर्षक बातें पढ़ी थीं। ऐसी हालत में किसी भी अनाथालय में वह अपनी इज्जत बचाकर रह सकेगी, इसकी कौन 'गारण्टी' है? तब क्या उपाय होगा? एक्के पर बैठे-बैठे इस तरह की बातें सोचते-सोचते अपनी निपट असहाय अवस्था का खयाल करके उसका दिल दहल उठा। एक बार उसकी इच्छा हुई कि अनाथालय में जाकर आज ही रात कमरा बन्द करके गले में फाँसी लगाकर प्राण त्याग दे। फिर सोचा कि उसके इस काण्ड से अनाथालय के प्रबन्धक पर बिना किसी अपराध के कानून-सम्बन्धी आफत आ सकती है। 'आये आफत!'—उसने मन-ही-मन कहा—"इससे मुझे क्या? दया-मया का कोई मूल्य इस संसार में नहीं है! इतने अनुभव के बाद भी क्या इस सम्बन्ध में कोई सन्देह अभी तक बाकी रह गया है? मुझे जब स्वयं अपनी चरम दुर्गति की अवस्था पर तरस नहीं आ रहा है, तो दूसरों के लिए चिन्तित होने की कौन आवश्यकता मेरे लिये है? और फिर इन बदमाशों पर जितनी ही आफत आये, उतना ही अच्छा है। मैं अवश्य फाँसी लगाकर मरूँगी!

कुछ दूर आगे चलकर उसने बायीं ओर एक इमारत देखी, जिसके फाटक पर खुदा हुआ था—"नारी-संस्कृति-निकेतन।"—अचानक मंजरी का माथा ठनका। क्यों न इस

संस्था में भरती हो जाये? यह संस्था संस्कृति का निकेतन हो चाहे न हो, कम-से-कम इतना तो अवश्य होगा कि उसका संचालन कोई महिला करती होगी; पर कौन जाने, यह भी अनाथ और असहाय अबलाओं को फँसाने का एक जाल हो सकता है! इस विश्व-प्रपंच में न किसी मनुष्य पर विश्वास किया जा सकता है, न किसी संस्था पर। जब सर्वत्र यही हाल है, तो होटल क्या बुरा है? वहाँ के लोग कम-से-कम यह ढोंग तो नहीं रचते कि वे निराश्रय अबलाओं को शरण देकर उनका उद्धार करते हैं! वे साफ-साफ यह जता देते हैं कि स्त्रियों के व्यवसाय की वृद्धि से उनके व्यवसाय की उन्नति होती है–"नहीं, मैं किसी संस्कृति-निकेतन में नहीं जाऊँगी"--उसने मन-ही-मन कहा।

पर कुछ ही दूर आगे चलने के बाद सहसा उसका निश्चय बदल गया और उसने एक्केवाले से एक्के को लौटा देने के लिए कहा। जब लौटाने के बाद एक्का फाटक के पास पहुँचा, तो उसने फाटक के बाहर उसे खड़ा करवा दिया और स्वयं साहस करके भीतर चली गयी। कुछ ही दिन पहले तक उसका स्वभाव इस कदर संकोचशील था कि वह कभी एक अपरिचित आश्रम में प्रवेश करके एक अपरिचित महिला से बातें करने का इरादा न कर पाती; पर उसकी वर्तमान हताश अवस्था ने उसकी विद्रोही आत्मा को एक आश्चर्यजनक बल प्रदान कर दिया था। भीतर प्रवेश करने पर फाटक के पास ही उसे चौकीदार मिला। मंजरी ने उससे पूछा कि उस संस्था की संचालिका महोदया कौन हैं और इस समय कहाँ है। चौकीदार ने उनका नाम बताते हुए कहा कि वह इस समय लड़कियों को पढ़ा रही हैं। मंजरी ने कहा--"मैं चार मिनट के लिए उनसे अकेले में मिलना चाहती हूँ।" चौकीदार बोला--"कागज के एक टुकड़े पर अपना नाम और काम लिख दीजिये।" –मंजरी ने उससे कागज और पेन्सिल मँगवाकर अपना नाम लिख दिया, और काम के सम्बन्ध में केवल इतना ही लिखा–"एक आवश्यक व्यक्तिगत विषय।"

चौकीदार भीतर गया और प्रायः चार मिनट बाद लौटकर बोला–"चलिये, आपको बुलाया है।"

मंजरी उसके पीछे-पीछे चली। चौकीदार उसे एक एकान्त कमरे में ले गया। वहाँ कुछ देर तक प्रतीक्षा करते रहने के बाद एक चश्माधारिणी प्रौढ़ा महिला ने प्रवेश किया। मंजरी शिष्टाचार के बतौर अभिवादन के लिए उठ खड़ी हुई। प्रौढ़ा महिला ने किंचित् गम्भीर भाव से कहा–"विराजिये। कहिये क्या आज्ञा है?"-- यह कहकर वह पास ही एक कुर्सी पर बैठ गयी। मंजरी ने देखा कि उनका स्वर गम्भीर होने पर भी उसमें यथेष्ट मात्रा में कोमलता वर्तमान है। उसका साहस कुछ बढ़ा। उसने अत्यन्त नम्र भाव से कहा--"मैं आपके यहाँ कोई काम पाने की आशा से आयी हूँ।"

"आप खड़ी क्यों है, विराजिये!"

मंजरी धीरे से पासवाली कुर्सी पर बैठ गयी।

महिला ने कहा--"जगह तो हमारे यहाँ आजकल कोई भी खाली नहीं है। कुछ ही समय पहले तक छोटे दर्जों को पढ़ाने के लिए एक अध्यापिका की आवश्यकता हमें अवश्य थी; पर वह जगह भी अब भर गयी है।"

मंजरी ने धीरे से, संकोच के साथ प्राणपण से जूझते हुए कहा--"मैं चूल्हे-चौके का काम भी कर सकती हूँ।"

महिला ने परम आश्चर्य से उसकी ओर देखा। उसके बाद वह बोली--"पर--पर--माफ कीजियेगा, आपने कहाँ तक शिक्षा पायी है?"

"बी.एस-सी. 'जॉइन' किया था; पर किसी कारण बीच ही में छोड़ देना पड़ा।"

"तो--तो--आप क्या चूल्हे-चौके का काम सचमुच कर सकेंगी?"

"मेरा तो ऐसा ही खयाल है।"

"स्पष्ट ही आप विवशता के कारण यह काम स्वीकार करना चाहती हैं। क्या मैं पूछ सकती हूँ कि आप अपने घरवालों की सम्मति जानकर यह काम करने को तैयार हुई हैं, या अपनी स्वतन्त्र इच्छा से?"

अत्यन्त उदास भाव से मंजरी ने कहा--"मेरा न कोई सगा-सम्बन्धी जीवित है, न कहीं मेरा घर ही है।"--कहते ही वह इस कदर संकुचित हो उठी जैसे उससे कोई भारी अपराध हुआ हो।

प्रौढ़ा महिला के मुख का शान्त और गम्भीर भाव एकदम बदल गया और उनके मुख पर एक विषादपूर्ण म्लान छाया घिर आयी। उन्होंने कुछ सोचकर कहा--"जब तक किसी दूसरी जगह आपका कोई ठिकाना लग नहीं जाता, तब तक मेरे साथ आराम से रहिये। कोई काम होगा, तो आपको दे दिया जायेगा। मुझे अभी एक कक्षा में पढ़ाना है तब तक आप ऑफिस के कमरे में चलकर बैठें।"

यह कहकर वह उठ खड़ी हुई और मंजरी को अपने साथ ऑफिस के कमरे में ले गयी। इसके बाद एक नौकर से कहकर उन्होंने मंजरी का जो थोड़ा-बहुत सामान एक्के पर पड़ा था, उसे मँगा लिया और एक्केवाले का किराया चुका देने के लिए कह दिया।

कुछ ही दिनों के अन्दर प्रौढ़ा महिला से मंजरी की काफी घनिष्ठता हो गयी, और उसने अपने जीवन का सारा इतिहास उन्हें कह सुनाया। प्रौढ़ा महिला की सहृदयता का परिचय पाकर वह मुग्ध हो गयी, और अपने जीवन की कोई भी बात--गुप्त-से-गुप्त भी--उसने उनके आगे नहीं छिपायी। उन्होंने किसी तरकीब से मंजरी को दो-तीन मध्य-कक्षाओं को अँगरेजी पढ़ाने के काम पर नियुक्त कर दिया। वेतन बहुत साधारण था, पर मंजरी के लिए वेतन का कोई प्रश्न ही उस समय नहीं था। वह प्रौढ़ा महिला के ही यहाँ भोजन करती थी और उन्हीं के साथ रहती थी। वहाँ वह हर तरह से सन्तुष्ट थी, केवल एक बात रह-रहकर समय-असमय उसके मन में उठा करती थी। डॉक्टरी सीखने की जो आकांक्षा उसके मन में बहुत दिनों से घर किये हुए थी; पर बीच में

परिस्थितियों की विवशता के कारण दब-सी गयी थी, वह इधर फिर से बड़े वेग से उभरने लगी थी। आज तक उसका जीवन जिन कठिन बन्धनों से जकड़ा रहा, अब उसकी घोर प्रतिक्रिया आरम्भ हो गयी थी। प्रौढ़ा महिला के यहाँ सब बातों का आराम होने पर भी उसका अनुभूतिशील हृदय अब वहाँ भी परतन्त्रता की वज्र-कठिन बेड़ियों से अपने को बन्धन-ग्रस्त समझ रहा था। पूर्ण आत्म-स्वातन्त्र्य की चरम लालसा उसके भीतर प्रबलता से जग उठी थी पर किस उपाय से वह विरोधी समाज की सहस्रों वज्र-कठोर शृंखलाओं से छुटकारा पाने में समर्थ हो सकेगी, इस सम्बन्ध में कोई भी निश्चित बात वह सोच ही नहीं पाती थी। यदि किसी उपाय से वह डॉक्टरी की पूरी शिक्षा प्राप्त कर लेती, तो उसकी महत्त्वाकांक्षा की भी पूर्ति हो जाती, और सम्भवतः आत्म-स्वातन्त्र्य की ओर भी एक बहुत बड़ा कदम बढ़ा लेती। पर उसके लिए आर्थिक समस्या का समाधान कहाँ से हो?

एक दिन उसने उन्हीं प्रौढ़ा महिला—संस्कृति-निकेतन की संचालिका महोदया—के आगे अत्यन्त संकोच के साथ अपने जीवन की उस एकान्त अभिलाषा का उल्लेख किया। पहले तो उन्होंने उस बात को एक अनुभवहीन लड़की की चंचल आकांक्षा के रूप में ग्रहण किया; पर बाद में जब उन्हें मालूम हुआ कि वह प्रतिदिन, प्रतिपल केवल उसी एक आकांक्षा को अन्तरतम मन में पाल कर जी रही है, वर्ना जीवन की कटुता का जो चरम अनुभव उसे हो चुका है, उसके बाद निश्चय ही वह आत्महत्या कर लेती, तो उन्होंने अत्यन्त गम्भीर भाव से उस प्रश्न पर सोचना शुरू कर दिया। डॉक्टरी की पढ़ाई में जो खर्चा बैठेगा, उसका समाधान कैसे हो, इस बात पर वह दिन-रात विचार करने लगीं। अन्त में उन्हें एक उपाय सूझा। एक धनी महिला से उनका घनिष्ठ परिचय था, जो समाज-सुधार के कामों में काफी दिलचस्पी लिया करती थीं। उनसे काफी देर तक बातें करने के बाद संस्कृति-निकेतन की संचालिका महोदया ने उन्हें इस बात के लिए राजी कर लिया कि वे प्रतिमास चालीस रूपया मंजरी को दिया करें, और बीस रुपया उन्होंने स्वयं अपनी गाँठ से देने का निश्चय कर लिया। मंजरी को उन्होंने कुछ नहीं बताया कि खर्च का प्रबन्ध उन्होंने किया है। एक दिन उन्होंने मंजरी को एकान्त में बुलाकर कहा–"तुम अगर डॉक्टरी पढ़ना चाहती हो, तो मैं उसका प्रबन्ध कर सकती हूँ। कलकत्ते के मेडिकल कॉलेज में मेरे परिचित एक सज्जन एक अच्छे पद पर हैं। मैं उनके लिए एक चिट्ठी लिखकर तुम्हें दे दूँगी। वह तुम्हें वहाँ बिना किसी दिक्कत के भर्ती करा देंगे। रुपये का प्रबन्ध हो जायेगा। प्रतिमास तुम्हें साठ रुपया मिल जाया करेगा। यदि कभी किसी खास कारण से और अधिक रुपयों की जरूरत पड़े, तो बिना किसी संकोच के लिखना।"

जब प्रौढ़ा महिला ने साठ रुपया महीने की बात कही, तो मंजरी पुलकित भाव से, आश्चर्य के साथ उनकी ओर देखती रह गयी। वास्तव में उसे पढ़ाई के खर्चे का ठीक अन्दाज नहीं था; पर प्रौढ़ा महिला जानती थीं कि साठ रुपया महीना कम-से-कम चाहिए। उन्हें यह भी मालूम था कि डॉक्टरी की किताबों के लिए भी एक काफी बड़ी

रकम की आवश्यकता पड़ेगी। इस सम्बन्ध में उन्होंने सोच लिया था कि अपने परिचित सज्जन को लिखकर 'सेकण्ड हैण्ड' किताबें मंजरी के लिए खरीदने का अनुरोध करेंगी।

इस घटना के प्रायः एक सप्ताह बाद मंजरी कलकत्ते को रवाना हो गयी। जिन महाशय के लिए वह पत्र ले गयी थी, वह वास्तव में सज्जन निकले। उन्होंने मंजरी को कॉलेज में भर्ती करवा दिया, स्त्रियों के एक बोर्डिंग-हाउस में उसके रहने का प्रबन्ध करा दिया, और आवश्यक पुस्तकें भी जुटा दीं। मंजरी बड़ी लगन से अध्ययन करने लगी। प्रायः तीन महीने बाद उन्हीं सज्जन की चेष्टा से मंजरी के लिए दो जगह 'ट्यूशन' का भी प्रबन्ध हो गया। दो नयी रोशनी के मारवाड़ी सेठों की लड़कियों को एक-एक घण्टे के लिए पढ़ाने का काम उसे मिल गया। वेतन भी खासा अच्छा तय हुआ। 'ट्यूशन' का प्रबन्ध होते ही मंजरी ने नारी-संस्कृति-निकेतन की संचालिका महोदया को अत्यन्त विनम्रतापूर्वक कृतज्ञता जताते हुए लिख दिया कि अबसे वह उसके लिए खर्चा भेजने का कष्ट न करें; क्योंकि प्रबन्ध हो गया है। इस प्रकार वह स्वावलम्बन द्वारा आत्म-स्वातन्त्र्य की पहली सीढ़ी पर चढ़ी।

वर्ष-पर-वर्ष बीतता चला गया। मंजरी बड़े अध्यवसाय के साथ अध्ययन में जुटी रही। कोर्स समाप्त होने के प्रायः एक वर्ष पहले मन्मथनाथ राय नामक एक अधेड़ अवस्था के बंगाली सज्जन से मंजरी का घनिष्ठ परिचय हो गया। राय महाशय मेडिकल कॉलेज के प्रौढ़ और प्रवीण अध्यापक थे। शल्य-चिकित्सा के क्षेत्र में उनकी दक्षता तमाम कलकत्ते में विख्यात थी। इस विशेष डॉक्टरी कला में वह अपना सानी नहीं रखते थे। नाजुक-से-नाजुक स्थानों के आपरेशन ऐसे जादू की-सी सफाई से करते थे कि देखकर दाँतों-तले उँगली दबानी पड़ती थी। स्वभाव के ऐसे सच्चे, सहृदय और बमभोले थे कि कॉलेज का सारा 'स्टाफ' और सब छात्र उनका बड़ा सम्मान करते थे और उन्हें आन्तरिक श्रद्धा की दृष्टि से देखते थे। अपने काम के सिवा दुनिया की किसी बात की खबर उन्हें बहुत कम रहती थी। यहाँ तक कि उन्हें कभी इस बात की विशेष आवश्यकता महसूस नहीं हुई कि एक जीवन-संगिनी ढूँढ़कर पारिवारिक जीवन की सौम्य शान्ति का सुख भोगें—हालाँकि वह पचास के करीब पहुँच चुके थे। पर, जबसे उन्होंने मंजरी को देखा, और उसकी लगन और तन्मयता का परिचय पाया, तब से इस सम्बन्ध में उनकी अन्यमनस्कता भंग हुई। दूसरे छात्र-छात्राओं से वह उदासीन और अनमने भाव से बातें करते थे; पर मंजरी को देखते ही वह स्नेहपूर्वक मन्द-मन्द मुस्कराने लगते। जब किसी नये प्रयोग की शिक्षा वह अपने छात्रों को देते, तो दूसरे छात्रों की प्रायः पूर्ण उपेक्षा करके सबसे पहले मंजरी को ही लक्ष्य करके समझाते रहते। उनकी विशेष कृपा का भाजन बनने के कारण मंजरी अत्यन्त संकोच का अनुभव करने लगती। पर, सच पूछा जाये, तो वह भी मन-ही-मन राय साहब के प्रति आन्तरिक स्नेह का अनुभव करने लगी—यद्यपि उस स्नेह के यथार्थ रूप का विश्लेषण करने की चेष्टा उसने कभी नहीं की। धीरे-धीरे राय साहब का स्नेहभाव उसके प्रति बढ़ता चला गया, और वह क्लास के बाहर भी उससे बातें करने के लिए उत्सुक रहने लगे। मंजरी का

भी प्रारम्भिक संकोच धीरे-धीरे मिट गया और वह सहज भाव से उनके साथ बातें करने की आदी हो गयी। प्रारम्भिक दो वर्षों में वह राय साहब के गुरु-गम्भीर रूप का यथेष्ट परिचय पा चुकी थी। पर उससे घनिष्ठता बढ़ाने के बाद उनका वह रूप जब स्निग्ध हास और सहृदय उल्लास में परिणत हो गया, तो मंजरी को आश्चर्य के साथ ही बड़ा सुख भी हुआ। कोई प्रतिष्ठित पद-प्राप्त अधेड़ व्यक्ति किसी कारण से बच्चों का-सा उल्लसित भाव प्रकट कर सकता है, इस बात का अनुभव इसके पहले उसे नहीं था। राय साहब दिन-भर अपने काम में, मरीजों की देख-भाल में, इस कदर व्यस्त रहते थे कि उन्हें फुरसत का समय बहुत कम मिलता था। फिर भी वह समय मिलते ही मंजरी से मिलने उसके बोर्डिंग में चले जाते और कभी-कभी उसे मोटर में सैर कराने के लिए भी ले चलते। उसकी अन्तरात्मा यह महसूस करने लगी कि इस तरह के सच्चे स्नेह का परिचय उसे जीवन में पहली बार मिला है। पिता के स्नेह से वह सदा वंचित रही, माता का स्नेह उसके लिए कठोर बन्धन-स्वरूप हो गया था, और पारसनाथ का प्रेम झूठा, विश्वास-घातक और जघन्य कुटिलता से भरा हुआ सिद्ध हुआ; पर राय साहब के स्वभाव की सरलता, सचाई और सहृदयता उसे अविवादास्पद जान पड़ी। वह सोचती—"अगर यह स्नेह भी कपट से भरा प्रमाणित हुआ, तो मैं स्वयं अपने ऊपर विश्वास करना छोड़ दूँगी। यह सच है कि मिस्टर राय वृद्धावस्था के निकट पहुँच गये हैं, और उनमें जवानी की सहज दीप्ति और स्वाभाविक स्फूर्ति शेष नहीं रह गयी है; पर किसी की जवानी से मुझे क्या करना है! जवानी के भड़कीले रंग में कैसी धोखेबाजी की अस्थायी चमक और पालिश होती है, यह मैं खूब देख चुकी हूँ। इन रोमाण्टिक प्रेमियों से भगवान् बचाये। मैं रोमांस की नहीं, सहृदयता की भूखी हूँ। मुझे प्रेमी की आवश्यकता नहीं है, मुझे या तो स्नहेशील संरक्षक चाहिए या चाहिए ऐसा सरल-स्वभाव, सकरुण और असहाय व्यक्ति, जिसकी संरक्षकता का भार मैं स्वयं अपने ऊपर ले सकूँ। राय साहब में मैं ये दोनों विशेषताएँ वर्तमान पाती हूँ।

छह वर्ष का लम्बा कोर्स समाप्त करने के बाद मंजरी ने जब सम्मान के साथ डॉक्टरी की परीक्षा पास करके अपने जीवन के चिर-आकांक्षित स्वप्न को सत्य करने में सफलता पा ली, तो डॉक्टर राय ने एक दिन उसके आगे विवाह का प्रस्ताव किया। प्रस्ताव करते समय उनके मुख पर नव-विवाहित किशोर वर की तरह एक सुमधुर लज्जा की लालिमा छा गयी, जो मंजरी को बहुत ही प्रिय लगी। उस दिन मंजरी के हर्ष-गद्गद हृदय में जिस सुख का अनुभव हुआ, वह अभूतपूर्व था। उसने सलज्ज मुस्कान से पुलकित स्वर में प्रस्ताव स्वीकार कर लिया। राय साहब के बंगाली मित्रों ने एक अबंगाली महिला से विवाह करने के विपक्ष में बहुत बातें कहीं, और कुछ ने तो खुल्लम-खुल्ला विरोध करके उन्हें मित्र-मण्डली से बहिष्कृत कर देने की धमकी दिखायी। पर राय साहब दार्शनिक प्रकृति के व्यक्ति थे। इसलिए उन्होंने किसी की बात पर तनिक भी ध्यान नहीं दिया, और एक दिन काफी धूम-धाम से दोनों का विवाह हो गया।

विवाह होने के बाद ज्यों-ज्यों समय बीतता गया, त्यों-त्यों दोनों यह अनुभव करने लगे कि उनका विवाहित जीवन उत्तरोत्तर सुखमय बनता जा रहा है। दोनों एक-दूसरे को जितनी ही अधिक निकटता से जानते चले गये, उसी परिमाण में दोनों का पारस्परिक प्रेम भी बढ़ता चला गया। राय साहब के 'मित्रों' ने सोचा था कि उस 'विषम' विवाह का परिणाम अच्छा नहीं होगा, और दोनों शीघ्र ही एक-दूसरे से उकता जायेंगे; पर समय के साथ-ही-साथ उन लोगों को अपनी आशा के एकदम विपरीत प्रमाण सुस्पष्ट रूप से दिखायी देने लगे। वास्तव में राय दम्पति के पारस्परिक सौहार्द का दृष्टान्त अद्वितीय था, जिसने विवाह-शास्त्र के साधारण प्रचलित नियमों को मूलतः खण्डित कर दिया था।

विवाह होने के बाद मंजरी के स्वास्थ्य में एक आश्चर्यजनक परिवर्तन आ गया था। रक्त की वृद्धि से उसके मुख पर एक निराली सजीवता झलकने लगी थी। सौन्दर्य की जो विशेषताएँ इतने दिनों तक उसके अस्वस्थ मुख पर सिकुड़ी और सिमटी हुई पड़ी थीं, वे स्वास्थ्य की उन्नति के साथ-ही-साथ उभर उठीं। अपने पिछले जीवन की कटु-स्मृतियों को वह बहुत-कुछ भूल गयी। उसका केवल काया-पलट ही नहीं हुआ, बल्कि उसे ऐसा अनुभव होने लगा, जैसे उसके मन ने भी नये अनुभवों के जादू से अपनी केंचुली बदल डाली है। अपने पिछले जीवन के मनोभावों से नये जीवन की अनुभूतियों का कहीं कोई साम्य ही उसे नहीं दिखायी देता था—जैसे किसी ने उसके पिछले और आज के जीवन के बीच में रात और दिन का-सा व्यवधान खड़ा कर दिया हो। दोनों जीवन-काल एक-दूसरे से सम्बन्धित होने पर भी मूलतः भिन्न थे। पिछला जीवन जैसे अमावस्या की काली रात का विकट दुःस्वप्न था, जो भयंकर-से-भयंकर होने पर प्रातःकाल सूर्य निकलने पर अपने भयावनेपन का लेश भी नहीं छोड़ जाता।

प्रारम्भ में कुछ दिनों तक पति-पत्नी दोनों एक-दूसरे से अँगरेजी में बातें करते थे, एकान्त में सोते समय भी। पर बाद में राय साहब ने बीच-बीच में टूटी-फूटी हिन्दी में बोलना शुरू कर दिया। मंजरी उनके मुख से बँगला-उच्चारण से फुलायी गयी खिचड़ी हिन्दी सुनकर हँसते-हँसते लोट-पोट हो जाती थी। कभी-कभी राय साहब विशुद्ध बँगला में उससे बातें करते थे। छह-सात साल तक बंगालियों के बीच में रहने से मंजरी बड़े मजे में बँगला का अक्षर-अक्षर समझ लेती थी। वह स्वयं बँगला बोल भी सकती थी; पर उसे यह भय था कि जिस प्रकार राय साहब हिन्दी बोलने पर उसके निकट परिहास के पात्र बने हैं, इसी प्रकार बँगला बोलने पर वह भी उसी प्रकार उसकी खिल्ली उड़ाना शुरू कर देंगे, इसलिए उसे साहस नहीं होता था। कुछ समय तक वह उसकी बँगला का उत्तर हिन्दी में ही देती रही। पर बाद में उसने एक नया तरीका अख्तियार कर लिया। हिन्दी वाक्यों के बीच में वह एकाध वाक्य बँगला का इस ढंग से बोलती थी, जिससे यह जान पड़े कि वह जान-बूझकर परिहास के लिए ही बँगला बोल रही है। इस उपाय का फल यह हुआ कि उसे धीरे-धीरे ठेठ बँगला में बोलने का साहस हो आया। जब उसे धड़ल्ले से बँगला बोलने की आदत पड़ गयी, तो राय साहब के परिचित

सज्जनों के घरों की स्त्रियाँ उसके साथ निकटता का अनुभव करने लगीं। इस प्रकार वह एक काफी बड़े बंगाली-समाज की सदस्या-सी बन गयीं। राय साहब भी उसके निकट संसर्ग में आने से धीरे-धीरे खासी अच्छी हिन्दी बोलना सीख गये। और वे दोनों कभी हिन्दी में प्रेमालाप करते और कभी बँगला में।

डॉक्टरी पास करते ही मंजरी ने 'प्रैक्टिस' करनी शुरू कर दी थी। राय साहब को उसका 'प्रैक्टिस' करना कुछ अच्छा नहीं मालूम हुआ। उनकी यह दलील थी कि जब वह काफी रुपया कमा लेते हैं, तो मंजरी को आर्थिक लाभ के लिए मरीजों को देखने की कोई आवश्यकता नहीं है; पर वास्तव में आर्थिक लाभ का कोई प्रश्न ही मंजरी के दिमाग में नहीं था। दीन-दुःखियों की सेवा करना ही उसका प्रधान उद्देश्य था। वह सोचती कि यदि इतने परिश्रम, अध्यवसाय और धैर्य के बाद डॉक्टरी पास करने पर भी वह पीड़ितों की कोई सेवा न कर पायी, तो उसके जीवन की सारी साधना ही विफल हो गयी; पर डॉक्टर साहब से उसने कभी यह नहीं कहा कि वह आर्थिक लाभ के लिए 'प्रैक्टिस' नहीं कर रही है। वह उनकी आपत्ति के उत्तर में परम स्नेहपूर्वक मुस्कराकर कहती—"अर्थ के सम्बन्ध में कभी सन्तोष नहीं करना चाहिए, यह आधुनिक युग के ज्ञानियों की राय है। न मालूम जीवन में कब किस तरह की आवश्यकता आ पड़े!" —राय साहब भी कोई उपाय न देखकर चुपचाप मुस्कराकर रह जाते।

इस प्रकार स्नेह-प्रेम, सुख और सन्तोषमय जीवन की छाया राय—दम्पति के सौभाग्य-चक्र के ऊपर मंगलमय वितान ताने रही।

●

39

पारसनाथ के साथियों को—अब्बास और उसकी मण्डली के दूसरे व्यक्तियों को—इस बात पर विश्वास नहीं होता था कि उसे बीच-बीच में कुछ समय के लिए वास्तविक पागलपन के दौरे आ जाते हैं। विश्वास न होने का कारण यह था कि पारसनाथ अपनी उद्भ्रान्त कल्पना से निकली हुई बातों को इस ढंग से, संयत और सुसम्बद्ध रूप से कहता था कि वे एक ऐसे व्यक्ति के मुँह से निकली हुई मालूम होती थीं, जिसके होश-हवास एकदम दुरुस्त हों। वे लोग केवल यह सोचते थे कि पारसनाथ का स्वभाव साधारण व्यक्तियों से कुछ अधिक वहमी है। यह बात कुछ अंशों में ठीक भी थी। पारसनाथ का क्षणिक पागलपन वहम का ही विकसित रूप था, और अभी किसी खास खतरे की हालत को नहीं पहुँचा था। नन्दिनी से भी उसके वहमी मन का हाल छिपा न रहा। उसे इस बात से बहुत दुःख हुआ; पर सच बात यह थी कि उसका अन्तर्मन पारसनाथ के संग से बेहद उकता गया था। यहाँ तक कि अपने अनजान में वह उससे घृणा करने लगी थी। मंजरी के इतिहास से यद्यपि वह तनिक भी परिचित नहीं थी, तथापि उसका अन्तर्मन जान गया था कि पारसनाथ का वहम उसके भीतर बद्धमूल कुछ घोर दुष्कर्मी प्रवृत्तियों और विकृतियों की ही प्रतिक्रिया का परिणाम है। उसकी घृणा का यही कारण था; पर साथ ही प्रतिहिंसा की इस प्रवृत्ति को दबाकर करुणा की एक हिलोर बरबस उसके भीतर उथल उठती थी और पारसनाथ की दयनीय दशा पर उसे तरस आने लगता था।

समय बीतता चला गया। पारसनाथ की मानसिक दशा न अधिक कुछ बिगड़ी, न कुछ विशेष सुधरी ही; पर प्रगति कुछ अच्छाई की ओर ही दिखायी दी। बाद में धीरे-धीरे उसके मन से आत्म-सम्मान खोने की ग्लानि भी बहुत-कुछ जाती रही, और उस ग्लानि के कम होने का यह असर हुआ कि उसके जड़ताग्रस्त मन से वहम भी बहुत-कुछ जाता रहा।

एक दिन सुबह जब वह नींद खुलने के बाद भी आलस्यवश पलँग पर ही लेटा हुआ था, तो बगलवाले कमरे से एक अपरिचित स्त्री के बोलने की आवाज उसके सुनने में आयी। वह नया कण्ठ-स्वर नन्दिनी के गले की आवाज से थोड़ा-बहुत मिलता हुआ होने पर भी उसमें बड़ा अन्तर था, और वह पारसनाथ को बहुत ही प्रिय और सुखद

लग रहा था। उसमें क्या विशेषता थी, इस बात का अन्दाज वह नहीं लगा पाता था; पर चित्त को इस कदर शान्ति पहुँचानेवाली आवाज उसने जीवन में शायद ही कभी सुनी हो। वह स्त्री कौन है और कहाँ से आयी है, इस बात का पता लगाने की चेष्टा में वह लेटे-लेटे नन्दिनी के साथ उसका वार्त्तालाप बड़े गौर से सुनने लगा। वह नन्दिनी के साथ घुल-घुलकर बातें कर रही थी, जैसे दोनों का जन्मगत परिचय हो। कुछ देर तक ध्यानपूर्वक दोनों की बातें सुनते रहने के बाद उसने यह अन्दाज लगाया कि सम्भवतः दोनों सगी बहनें हैं। उसे याद आया कि भुजौरिया जी से अपने विवाह की चर्चा चलाते समय एक दिन नन्दिनी ने अपनी बहनों का उल्लेख किया था, जिससे स्पष्ट था कि उसकी एक से अधिक सगी बहनें हैं। निर्मला उससे छोटी थी, और यह नवागता बहन निश्चय ही उससे बड़ी थी, क्योंकि नंदिनी उसे 'दीदी' कहकर पुकार रही थी। नवागता स्त्री किसी एक व्यक्ति का उल्लेख करके स्पष्ट शब्दों में उसकी निन्दा कर रही थी, और उसकी ज्यादतियों का वर्णन कर रही थी। पहले पारसनाथ ने समझा कि वह अपने पेशे से सम्बन्धित किसी एक व्यक्ति की कंजूसी की शिकायत कर रही है। ऐसा उसने क्यों समझा यह वही जाने, क्योंकि वास्तव में कंजूसी की कोई चर्चा किसी रूप में न नयी आयी हुई स्त्री ने चलायी थी न नन्दिनी ने। बाद में जब उसने और अधिक ध्यान से सुना, तो मालूम हुआ कि मामला कुछ दूसरा ही है। नवागता स्त्री असल में नन्दिनी के आगे यह शिकायत कर रही थी कि अपने जिस 'प्रेमिक' के साथ वह भाग निकली थी, वह उसे बुत्ता देकर, बड़ी दयनीय दशा में उसे छोड़कर चम्पत हो गया है। वह कह रही थी–"निर्मला ने अगर वक्त पर मेरे लिये तार से रुपया न भेजा होता नन्दो, तो मेरी क्या दुर्गति हो गयी होती, यह तुम नहीं सोच सकतीं।"

नन्दिनी बोली–"निर्मला ने मुझसे पहले ही कह दिया था कि जिस आदमी के साथ तुम भगी हो, निश्चय ही तुम्हारे गहने-पत्ते लेकर एक दिन तिड़ी हो जायेगा। अन्त में वही बात हुई। निर्मला ने मुझको भी विवाह करने के पहले चेतावनी दे दी थी कि उसका परिणाम मेरे लिये अच्छा नहीं होगा। उसकी वह बात भी सच निकली। निर्मला हमारी बहुत ही समझदार बहन है, दीदी, उसकी बात न मानकर हम लोगों ने बहुत दुःख उठाया है, और आगे भी उठायेंगे–अगर उसकी मर्जी के खिलाफ कोई काम करेंगे तो! मेरे विवाह का विरोध तुमने भी किया था; पर उस हद तक नहीं, जिस हद तक निर्मला ने। और अन्त में तुम स्वयं उसी प्रकार के चक्कर में जा फँसी।"

इसी तरह की बातें दोनों में हो रही थीं। पारसनाथ काफी देर तक लेटे-लेटे सुनता रहा। दिन में जब अब्बास और उसके साथ के आदमी बाहर बैठक के कमरे में प्रतिदिन की तरह आज भी आकर गपशप करने लगे, तो पारसनाथ भी उनके बीच में जाकर बैठ गया। बैठते ही अभ्यासवश उसने कहा–"यार अब्बास, एक सिगरेट पिलाओ।"–अब्बास ने जेब से सिगरेट निकालकर उसे पीने को दी। पारसनाथ दीवार से पीठ अड़ाकर फर्श पर बिछी हुई कालीन पर पाँव फैलाकर बैठ गया, और सिगरेट पीने लगा। सिगरेट पीता हुआ वह, बिना किसी ज्ञात उद्देश्य के, सामने बायीं तरफवाले कमरे की ओर देखने

लगा। सहसा उस कमरे के दरवाजे का पर्दा हटाकर एक महिला ने उसकी ओर झाँका। महिला की आयु छब्बीस-सत्ताईस वर्ष के लगभग होगी। उसका स्वास्थ्य न बहुत अच्छा था न बहुत बुरा; पर उस गोरे-चिट्टे मुख पर एक असाधारण चमक थी, और चित्र-लिखित-सी भौहों और काली तथा घनी बरौनियों की विशेषता बहुत आकर्षक थी। तिस पर उसने एक मार्मिक कटाक्ष से पारसनाथ की ओर देखा, जो उसके लिए सहज और साधारण-सी बात होने पर भी पारसनाथ के लिए असाधारण सिद्ध हुई। उस विचित्र रूपवती महिला को देखते ही पारसनाथ को ऐसा महसूस हुआ कि उसे जीवन में आज एक नया अनुभव हुआ है। उसके जड़ताग्रस्त मन में आज बहुत दिनों बाद अजीब बेचैनी समा गयी। कुछ देर बाद महिला भीतर चली गयी, और पारसनाथ न जाने क्या सोचता रह गया।

उस दिन से पारसनाथ के जड़ और विकृत जीवन में एक नया परिवर्तन आ गया। जिस महिला को उसने उस दिन देखा था, वह नन्दिनी की बड़ी बहन थी। उसका नाम हीरा था। नन्दिनी शहर के राजा-रईसों की 'पार्टियों' में व्यस्त रहती थी, और हीरा अक्सर घर पर अकेली रहती थी। चूँकि स्वभावतः उसे अकेलापन अच्छा नहीं लगता था, इसलिए वह अपनी बहन की 'पोजीशन' का खयाल न करके अब्बास की मण्डली में आकर बैठ जाती और उनके गपशप में बड़ी दिलचस्पी से भाग लेती। असल में हीरा यद्यपि अपनी दोनों बहनों से अधिक रूपवती और सहृदय थी, तथापि वह न उनकी तरह सुसंस्कृत थी न संगीत-कला का ही विशेष ज्ञान उसे था। इसलिए सुसंस्कृत समाज में उसकी पूछ नहीं होती थी और साधारण श्रेणी के व्यक्तियों से ही उसका पाला पड़ता था। वर्षों के अनुभव के बाद अपने पेशे से वह भी नन्दिनी की ही तरह उकता गयी थी, और इस चिन्ता में थी कि यदि कोई सहृदय व्यक्ति मिले (चाहे वह विशेष धनी न भी हो) तो वह उसके साथ जीवनव्यापी प्रेम-सम्बन्ध कर ले, और सम्भव होने पर उससे विवाह भी कर ले। दीर्घ प्रतीक्षा के बाद उसे एक ऐसा व्यक्ति मिला, जिसके विषय में उसके मन में यह धारणा जम गयी कि वह उसके मन का आदमी है, और उसे हृदय से चाहता है। उस व्यक्ति ने उसे बताया कि वह चाँदी और सोने की खानों से सम्बन्धित किसी कम्पनी का पत्तीदार है, और अविवाहित है। हीरा उसके बहकाने में आ गयी, और एक दिन उसके साथ निकल भागी। बाद में मालूम हुआ कि न वह किसी सोने या चाँदी की खान में पत्तीदार है, न अविवाहित ही है। बचपन में ही उसका विवाह हो चुका था। उसकी पत्नी भी जीवित थी और उसके तीन बच्चे भी थे। पर उसने अपनी पत्नी को एक प्रकार से छोड़ दिया था, और स्वयं अनेक कुचक्रों से भले आदमियों को ठगकर पेशेवर शोहदों का जीवन बिताया करता था—हालाँकि उसका बाहरी ठाठ देखकर कोई यह नहीं कह सकता था कि वह शोहदा है। उसने कुछ दिनों तक हीरा को पटने के एक किराये के बँगले में टीम-टाम के साथ रखा। बाद में उसके सरल और सहृदय स्वभाव का लाभ उठाकर वह धूर्त उससे कुछ नकदी लेकर, बँगले

में उसे अकेली छोड़कर, एक रात लापता हो गया। हीरा के पास वापस जाने के लिए एक पैसा भी नकद नहीं बचा। तिस पर बँगले के मालिक ने किराये के लिए उसे तंग करना शुरू किया। उसने अपना कोई गहना बेचने के पहले निर्मला को तार भेजकर सारी स्थिति समझा देना उचित समझा। निर्मला ने तार पाते ही तार द्वारा दो सौ रुपया उसके लिए भेज दिया। लखनऊ वापस आने पर उसने ग्लानि के कारण पहले की तरह एक अलग कोठे पर जमने का विचार छोड़ दिया। वह सीधे नन्दिनी के यहाँ आकर उतरी और उसी के यहाँ रहने लगी। निर्मला के यहाँ जगह की कमी से तथा और भी कुछ कारणों से उसने अपने रहने की सुविधा नहीं समझी।

कोठेवालियों का-सा जीवन बिताना उसने भले ही छोड़ दिया हो, पर अपने सरस हृदय की स्वाभाविक दुर्बलता को वह त्याग नहीं सकती थी। शान्ति और सन्तोषमय गृहस्थ-जीवन बिताने की, और किसी सहृदय पुरुष का सच्चा, निःस्वार्थ और स्थायी प्रेम पाने की जो लालसा उसके मन में बहुत दिनों से थी, वह पिछले कटु अनुभवों से भी नहीं दब पायी थी। पारसनाथ के मनोविकारग्रस्त, उद्भ्रान्त व्यक्तित्व की जो पारलौकिक छाया उसके शीर्ण मुख पर और चमकती हुई आँखों में सब समय घिरी रहती थी, वह हीरा को अपार रहस्यमयी लगती थी, और इसी कारण से अत्यन्त आकर्षक भी मालूम होती थी। पारसनाथ को भी उसकी भोली छवि बहृत मोहक लगने लगी थी।

आरम्भ में कुछ दिनों तक पारसनाथ उससे कुछ बोला नहीं; केवल चुपचाप उसकी प्रत्येक हरकत, रंग-ढंग और बात-व्यवहार पर गौर करता रहा। हीरा उसका रुख देखकर चाहने पर भी उससे कुछ बोल नहीं पाती थी। एकाध प्रश्न उसने किया था; पर पारसनाथ रूखा उत्तर देकर चुप लगा गया था। प्रायः एक हफ्ते बाद पारसनाथ के मौन की प्रतिक्रिया शुरू हुई। एक दिन जब हीरा और पारसनाथ दोनों अब्बास की मण्डली में बैठे हुए थे, तो पारसनाथ ने, बिना किसी पूर्व चर्चा के, अचानक हीरा से कहा—"बाई जी, आप अपनी दोनों बहनों की तुलना में अधिक सुन्दर हैं। मुझे अफसोस है कि पहले आपसे मेरी मुलाकात नहीं हुई।"

हीरा को यह किस्सा मालूम था कि नन्दिनी पारसनाथ के साथ भागकर लखनऊ वापस आयी है। वह यह भी जानती थी कि उन दोनों का प्रेम-सम्बन्ध रह चुका है। केवल इतना वह नहीं जानती थी—जानने पर भी समझने की बुद्धि नहीं रखती थी—कि पारसनाथ ने बाद में नन्दिनी को किस कदर अपमानित किया और कैसी मार्मिक चोट पहुँचायी। वह इस घटना के सम्बन्ध में इस तरह सोचती थी कि कुछ समय तक नन्दिनी पारसनाथ को चाहती रही, और बाद में किसी कारण से उससे फ्रण्ट हो गयी। इसमें वह नन्दिनी का ही दोषी समझती थी, क्योंकि पारसनाथ के सम्बन्ध में वह प्रत्यक्ष देख रही थी कि वह अभी तक उसके साथ लगा हुआ है, और उस व्यक्ति के समान नहीं है, जिसके साथ वह स्वयं भाग निकली थी। इस कारण भी पारसनाथ उसकी नजर में बहुत ऊँचा उठ गया था। भीतर की असली बात वह कुछ नहीं जानती थी।

कुछ भी हो, जब पारसनाथ ने उसके रूप की प्रशंसा करते हुए कहा कि, ''मुझे अफसोस है, पहले आपसे मुलाकात नहीं हुई'', तो इस बात के सम्बन्ध में उसने यह नहीं सोचा कि वह कहनेवाले की धूर्तता हो सकती है, या व्यंग्य हो सकता है। इस बात से उसका आत्म-गौरव जग उठा; पर वह केवल सोल्लास मुस्कराकर रह गयी, बोली कुछ नहीं।

पारसनाथ ने कहा—"अगर आप आज्ञा दें, तो मैं आपकी एक तस्वीर खींचना चाहता हूँ।"

हीरा ने पूछा—"आपके पास कोई अच्छा-सा कैमरा है क्या?"

पारसनाथ आज बहुत दिनों बाद मुस्कराया। अत्यन्त शिष्ट और शालीन भाव से उसने कहा—"जी नहीं! मैं पेन्सिल से आपकी तस्वीर कागज पर उतारूँगा, फिर उसके बाद उस पर रंग करूँगा।"

अकृत्रिम आश्चर्य से, पुलकित भाव से हीरा बोली—"अच्छा? आप क्या तस्वीर बनाना भी जानते हैं?"

"जी हाँ, आपकी दुआ से थोड़ा-बहुत जानता हूँ।"

अब्बास के संग में रहने से वह 'आपकी दुआ से', कहना सीख गया था।

''तब तो जरूर आप मेरी तस्वीर खींच दीजिये!"—नाज के साथ हीरा ने कहा।

पारसनाथ उसी दम कागज-पेन्सिल मँगवाकर चित्र अंकित करने लगा। इस काम में ढाई-तीन घण्टे लग गये। हीरा बड़े धैर्य से इतने अर्से तक स्थिर बैठी रही। पेन्सिल का काम खतम हो जाने पर पारसनाथ उस चित्र को रंगमय बनाने के काम पर बड़ी लगन से जुट गया। दो-चार दिन की पूरी मेहनत के बाद जब चित्र तैयार हो गया, तो उसने हीरा को उसे अर्पित कर दिया। हीरा उस चित्र पर इतनी मुग्ध हो गयी कि बहुत देर तक उसे देखती रह गयी। वह चित्र फोटो की अपेक्षा कई गुना अधिक सजीव और सुन्दर था। उसने बड़े चाव से उस चित्र पर फ्रेम मढ़ाकर उसे अपने कमरे में पलँग के सिरहाने टाँग दिया।

उस चित्र की चर्चा चलाते हुए उसने पारसनाथ से कहा—"आप तो एक जादूगर मालूम होते हैं।"

पारसनाथ ने उदास भाव से मुस्कराते हुए उत्तर दिया—"जी हाँ, मुझे भी कुछ ऐसा ही लगता है। सुना है कि पिछले जमाने के जादूगर किसी आदमी को पकड़कर उसे जानवर बना दिया करते थे। मेरी इस जादूगरी का क्या कहना कि मैं स्वयं अपने को कुत्ता बनाये बैठा हूँ, और दुरदुराया जाने पर भी दूसरों के फेंके हुए टुकड़ों पर जीने की कसम खाये बैठा हूँ। ऐसा कहा जाता है कि जिन आदमियों को जादू से जानवर बनाया जाता था, उनको पशु-रूप में जीवन बिताने पर भी अपनी मनुष्य-योनि की सब बातें याद रहती थीं, और बुद्धि भी उनमें मनुष्यों की-सी होती थीः पर, मनुष्यों का-सा आचरण करने में वे स्वभावतः असमर्थ रहते थे। मेरा भी ठीक वही हाल है। कुत्ते की-सी अवस्था

होने पर भी मैं जानता हूँ कि मुझमें मनुष्य की सभी शक्तियाँ वर्तमान हैं; पर चाहने पर भी उन शक्तियों को काम में लाने की क्षमता मुझमें नहीं रह गयी है।"

हीरा के लिए यह एक और रहस्यवादी बात थी। वह उसका मर्मगत आशय ठीक से कुछ समझी नहीं। फिर भी अपनी बुद्धि के अनुसार उसने उसका एक विशेष अर्थ लगा लिया। उसने कहा—"आप हर तरह से योग्य और बुद्धिमान् होने पर भी अपनी रोजी का कोई ठिकाना लगाने से डरते हैं, यह बड़े आश्चर्य की बात है।"

"आप ठीक कह रही हैं, हीरा बाई, यह बात आश्चर्य की ही है, इसमें शक नहीं। स्वयं मुझे अपने मन की इस हालत पर आश्चर्य होता है। फिर भी मुझे विश्वास है कि मेरे मन की यह दशा अब अधिक समय तक ठहरने नहीं पायेगी।"

कौतूहलवश हीरा ने पूछा—"इस नये विश्वास का कारण क्या है, क्या मैं जान सकती हूँ?"

पारसनाथ ने बड़े इतमीनान के साथ कहा—"कारण यह है कि अब आपसे मेरा परिचय हो गया है।"

हीरा के सुन्दर गौरवर्ण मुख पर प्रसन्नता की दीप्ति झलक उठी, हालाँकि पारसनाथ की बात वह ठीक से नहीं समझ पायी थी। उसने कहा—"तो इससे क्या हुआ? मेरा परिचय आपके किस काम आ सकता है?"

"आप बहुत भोली हैं, हीरा बाई, इसलिए मेरा आशय नहीं समझ पा रही हैं। आपका परिचय मेरे पिछले जीवन की सब भूलों को धोकर मुझे फिर से कुत्ते से मनुष्य बना सकता है, बशर्ते आपकी कुछ भी कृपा मुझ पर हो।"

हीरा ने अपनी समझ के अनुसार पारसनाथ की बात का ऊपरी अर्थ लगा लिया। और एक प्रकार से ठीक ही लगाया; पर उस ऊपरी बात के अन्तराल में जो गुप्त और मार्मिक रहस्य छिपा हुआ था, उसे वह नहीं समझ पायी, और न समझने की कोई विशेष इच्छा ही उसके मन में उत्पन्न हुई। जितना कुछ वह समझ पायी थी, वही उसके लिए इतना अधिक था कि उसकी सारी आत्मा उससे भर गयी थी। उसके जन्म से कुचला और ठुकराया गया नारी हृदय इतने दिनों तक जड़ और चेतनाहीन-सा बना हुआ था। यद्यपि भूकम्प के हलके धक्कों का मृदु-मृदु कम्पन वह बीच-बीच में अनुभव करती रहती थी, तथापि उन कम्पनों का महत्त्व समझने की चेष्टा उसने कभी नहीं की, और बराबर उनके प्रति उदासीन ही बनी रही। पर आज पारसनाथ की केवल एक बात से उसके अन्तर के अतल में जैसे एक अग्निमयी क्रान्ति मच उठी, जिसके फलस्वरूप उसके हृदय का रुद्ध मुख ज्वालामुखी के एक प्रचण्ड विस्फोट से खुल गया, और उसका सारा व्यक्तित्व एक भीषण भूकम्प के आन्दोलन में डाँवाँडोल हो उठा। उसके सरल किन्तु चंचल चित्त में इसके पहले कोई भी अनुभूति ऐसी गहरी मार्मिकता के साथ स्पन्दित नहीं हुई थी। उसकी चकित हरिणी के समान आँखों में एक गहन-गम्भीर भाव की छाया घिर आयी।

उसने कहा—"मैं तो नाचीज हूँ, पारसनाथ बाबू—एक तुच्छ और हीन प्राणी हूँ। अगर मैं जीवन में आपकी किसी भी सेवा में आ सकी, तो अपने को कृतार्थ समझूँगी। भला मैं आपको उबारने की क्या सामर्थ्य रखती हूँ! फिर भी विश्वास रखिये कि मैं तन-मन से आपके साथ हूँ।"

पारसनाथ को जैसे एक नया जीवन और नयी स्फूर्ति मिली। उसे ऐसा लगने लगा, जैसे उसके पिछले जीवन के पतन की सब घटनाओं और समस्त पाप-परितापमूलक भावनाओं का कोई अस्तित्व ही कभी नहीं रहा—जैसे आज जीवन में प्रथम बार एक नारी से उसके प्राणों का परिचय हुआ हो। उसके सचेत मन ने उस समय के लिए उसके अन्तर्मन के ऊपर ऐसे जबर्दस्त धोखे की टट्टी खड़ी कर दी कि वह अपने स्वभाव की मूलगत हीनता के साथ ही अपने नारकीय दुष्कर्मों को एकदम भूल गया। इस बात पर कोई विचार ही उसके मन में उत्पन्न नहीं हुआ कि जिस प्रकार वह उसके पहले कई सहृदय स्त्रियों को अपने फन्दे में फँसाकर उनके साथ अधम व्यवहार कर चुका है, सम्भवतः उसी प्रकार हीरा के साथ भी अन्त में वह उसी तरह पेश आयेगा। बिना किसी प्रत्यक्ष कारण के वह इस बात पर विश्वास किये बैठा था कि हीरा को पाने से उसके जीवन की मूल गति ही एकदम पलट सकती है, और उसके मन की विशृंखल और अस्त-व्यस्त अवस्था सुसंगत और सुस्थिर बन सकती है।

मुख पर एक रहस्यमय भाव झलकाते हुए वह बोला—"आप अपने को नाचीज बताती हैं; पर मैं जान गया हूँ कि आप अपने भीतर कौन-सी शक्ति छिपाये बैठी हैं। जो भी हो, आज आपने मुझे जो भरोसा दिया है, उससे मुझे बहुत बड़ा बल मिल गया है। आपके इस कृपाभाव के लिए मैं आपको धन्यवाद देकर उसका महत्त्व नष्ट नहीं करना चाहता, इसलिए इस विषय में अधिक कुछ नहीं कहूँगा।"

●

40

उस दिन से हीरा के साथ पारसनाथ की घनिष्ठता दिन-दूनी और रात-चौगुनी—इस रफ्तार से बढ़ती चली गयी। अब्बास ने आश्चर्य से इस बात पर गौर किया कि जब से पारसनाथ हीरा का कृपा-पात्र बना, तब से उसके स्वभाव में और व्यवहार में आश्चर्यजनक परिवर्तन आ गया है। कुछ समय पहले उसकी बातों से बीच-बीच में पागलपन के जो स्फुट लक्षण प्रकट होने लगे थे, वे बिलकुल गायब हो गये। एक अनोखा उल्लास और एक निराली सजीवता उसके रूप में, रंग में, बात में और व्यवहार में व्यक्त होने लगी। अब्बास को पारसनाथ का वह बदला हुआ रूप देखकर आन्तरिक हर्ष हुआ और वह भरसक उन दोनों के सम्बन्ध को घनिष्ठ-से-घनिष्ठतर बनाने की चेष्टा में अपनी तरफ से कोई बात उठा नहीं रखता था। मौका पाने पर वह हीरा के आगे पारसनाथ की अनुपस्थिति में उसके 'आसाधारण और अलौकिक' गुणों का बखान बड़े गम्भीर भाव से फारसी और अरबी लफ्जों की भरमार के साथ करता था और पारसनाथ के आगे हीरा की विशेषताओं का वर्णन करता था। पारसनाथ किसी उपाय से स्वस्थ हो और प्रसन्न हो, यह उसकी आन्तरिक आकांक्षा थी। उसका यह अनुमान था कि नन्दिनी ने उसके साथ बड़ा अन्याय किया है, इसलिए वह किसी उपाय से उस अन्याय का प्रतिकार चाहता था। उसकी समझ में हीरा उस प्रतिकार का सबसे उपयुक्त साधन थी।

नन्दिनी भी हीरा के साथ पारसनाथ की घनिष्ठता के प्रति उदासीन नहीं थी। प्रारम्भ में यह बात उसे कतई अच्छी नहीं मालूम हुई कि हीरा एक ऐसे व्यक्ति को चाहने लगी है, जो (उसकी समझ में) निश्चय ही पहले व्यक्ति से भी बड़ा धोखेबाज सिद्ध होगा। उसने हीरा को संकेत-रूप से यह बात समझायी भी; पर जब उसने देखा कि हीरा न तो पिछले अनुभव से कोई लाभ उठाने को तैयार है, न उसके संकेत को ही कोई महत्त्व देना चाहती है, तो उसने इस सम्बन्ध में फिर उससे कोई बात नहीं की। इसके अलावा उसने देखा कि हीरा पेशे के प्रति उसी तरह विद्रोही हो उठी है, जिस तरह वह स्वयं एक बार हुई थी। एक-न-एक प्रेमिक के सहारे के बिना वह जी नहीं सकती—इसलिए जैसे नागनाथ वैसे साँपनाथ! उसने सोचा—अधिक-से-अधिक दो-तीन बार ठोकरें खाने के बाद उसी की तरह फिर से उसका विचार स्वयं बदल जायेगा। इस बात पर भी वह

ध्यान दे रही थी कि हीरा के साथ हेल-मेल बढ़ाने के बाद से पारसनाथ शारीरिक और मानसिक रूप से भी स्वस्थ-सा दिखायी देने लगा है। कौन जाने, उसकी बुद्धि इस बार ठिकाने लग जाये, और वह वास्तव में हीरा को...! पर नहीं, यह नामुमकिन है! जिस प्रकार उसे समाज के इन घातक कीड़ों ने वेश्या-जीवन के विरुद्ध उसके विद्रोह को बलपूर्वक दबाकर आजीवन वेश्या बने रहने के लिए बाध्य किया है, उसी प्रकार हीरा भी चाहे लाख सिर पटके और छटपटाये, अन्त में उसे भी वेश्या-की-वेश्या बने रहने के लिए विवश किया जायेगा; पर कुछ भी हो, इतना निश्चित है कि वह हीरा के किसी भी निर्णय में दखल नहीं देगी। ठोकरें खाने के बाद वह स्वयं जिस निष्कर्ष पर पहुँचेगी, वही उसके लिए सबसे अधिक उपयुक्त होगा। इस तरह सोचकर नन्दिनी सब-कुछ देखने-सुनने पर भी चुप थी।

पारसनाथ ने देखा कि हीरा अपनी बहनों की अपेक्षा संगीत-कला में एक प्रकार से अनाड़ी है और इस कारण से वह अपनी हीनता के बोध से अपने अज्ञात में बहुत पीड़ित रहती है। इसलिए, उसने अपना 'अनन्त अवकाशमय' समय उसे संगीत की विशिष्ट शिक्षा देने में लगाने का निश्चय कर लिया और शीघ्र ही उस निश्चय को कार्यरूप में परिणत करना भी शुरू कर दिया। वह दिन-भर में प्रायः पाँच घण्टे हीरा को गाना सिखाया करता। नन्दिनी को यह देखकर आश्चर्य हुआ कि पारसनाथ गाने-बजाने की कला में इतना अधिक पारंगत है। उसे इस बात का पता अवश्य था कि पारसनाथ गाना जानता है और उसका गला मीठा है; पर वह इसके पहले यह नहीं जानती थी कि वह इस कला का पूरा उस्ताद है। हीरा उसके शिष्यत्व में बड़ी लगन से सीखने लगी। फल यह हुआ कि चन्द महीनों के अन्दर उसका संगीत-ज्ञान यदि नन्दिनी से अधिक नहीं बढ़ा, तो उसके मुकाबले तक अवश्य पहुँच गया। इन पाँच घण्टों के अलावा प्रतिदिन प्रायः दो घण्टा नियमित रूप से पारसनाथ उसे हिन्दी और अंग्रेजी की ऊँची शिक्षा दिया करता था। प्रायः डेढ़ वर्ष तक यह क्रम जारी रहा।

इसके बाद एक दिन पारसनाथ ने हीरा से कहा—"तुम्हें यह नहीं सुहाता कि अपनी बहन की कमायी खाओ, और उसके अधीन रहकर अपने स्वतन्त्र व्यक्तित्व के विकास का पथ जान-बूझकर रोके रहो।"

हीरा ने कहा—"आपको शायद मालूम नहीं है कि हम तीनों बहनों में कभी किसी प्रकार का भेद-भाव नहीं रहा है। तीनों एक-साथ पली हैं, एक-साथ बढ़ी हैं, और प्रायः एक-साथ ही तीनों ने जीवन में प्रवेश किया है। इसमें सन्देह नहीं कि बाद में हम तीनों का बाहरी जीवन अलग-अलग ढंग से बीता है; पर उससे हम लोगों की आत्मीयता में कभी नाममात्र का अन्तर नहीं आ पाया है। इसलिए नन्दिनी के 'अधीन' रहकर 'मेरे व्यक्तित्व' के नष्ट होने की जो आशंका आपके मन में उत्पन्न हुई है वह मुझे बिलकुल निराधार मालूम होती है।"

पारसनाथ विचित्र व्यंग्यपूर्वक मुस्कराया। हीरा को यदि मानव-स्वभाव की विकृतियों का गहरा ज्ञान होता, और यदि उसने मनुष्य के मुख पर विभिन्न अवस्थाओं और

विविध रूपों में उभरने और विलीन होनेवाली रेखाओं का अध्ययन करना सीखा होता, तो पारसनाथ की उस मुस्कान की आड़ में वह देखती कि एक लोमहर्षक और नारकीय प्रतिहिंसा अपनी कुटिल दाढ़ों को दिखा रही है। बहुत ही शिष्ट और शान्त स्वर में, परम हितैषिता का भाव जताते हुए पारसनाथ बोला—"यह आत्मीयता ही तो तुम्हारे जीवन की प्रगति में सबसे अधिक बाधक सिद्ध हुई। जिस प्रकार दो निकटवर्ती पौदों के पारस्परिक आलिंगन का यह फल होता है कि सतेज शक्तिशाली पौदा अपेक्षाकृत क्षीण पौदे को अपनी छाया से ढककर बढ़ने नहीं देता, उसी प्रकार एक संग पले-पुसे दो व्यक्तियों का भी यही हाल होता है। स्वतन्त्र व्यक्तित्व का विकास मनुष्य की उन्नति के लिए परम आवश्यक है। इसलिए आत्मीयता के बन्धन को काट डालना सबसे बड़ी बुद्धिमत्ता है। तुम में रूप है, यौवन है, और कुछ ऐसे विशेष गुण हैं, जो तुम्हारी दोनों बहनों में से किसी में भी नहीं हैं। तिस पर भी तुम नंदिनी की तुलना में निस्तेज पड़ी हुई हो और उपेक्षित जीवन बिता रही हो, इसका एकमात्र कारण यह है कि नन्दिनी में तुमसे अधिक स्फूर्ति है, और है ऊँची महत्वाकांक्षा! वह आत्मीयता के ऊपर उठ गयी है और तुम अभी तक आत्मीयता के बन्धन में अपने को फँसाये हुए हो।"

जब पारसनाथ ने बार-बार इस प्रकार के 'लेक्चर' पिलाने शुरू कर दिये, तो एक दिन हीरा ने सचमुच नन्दिनी के यहाँ से डेरा उठा लिया और पारसनाथ के साथ एक अलग मकान में जाकर रहने लगी। इधर कुछ समय से पारसनाथ की कूटबुद्धि आश्चर्यजनक प्रगति के साथ विकास को प्राप्त होती चली जा रही थी। वह जानता था कि अभी हीरा के पास कई हजार रुपये मूल्य के गहने और थोड़ी-बहुत पूर्व-संचित नकदी शेष है। पर, दोनों की बेकारी हालत में उस संचित धन पर एकदम से टूट पड़ना अदूरदर्शिता होगी, यह सोचकर उसने हीरा के आगे एक प्रस्ताव रखा। उसने कहा—"देखो हीरा, मुझे इस बात पर दृढ़ विश्वास हो गया है कि तुम अब मेरे जीते-जी कभी वेश्या का व्यभिचारमय जीवन नहीं बिता सकती; पर नाच-मुजरे से तुम्हें कोई आपत्ति नहीं होनी चाहिए, क्योंकि वह एक कला है।"

"कला को बेचकर पैसे कमाना क्या कला का व्यभिचार नहीं है?"—यह प्रश्न करते हुए हीरा को मन-ही-मन हर्ष हो रहा था, हालाँकि बाहर से उसके मुख पर गम्भीर भाव वर्तमान था। वह भीतर-ही-भीतर सोच रही थी कि पारसनाथ जैसे सुसंस्कृत व्यक्ति के संसर्ग में डेढ़-दो वर्ष रहकर उसकी नैतिक भावना इस कदर सूक्ष्म और सुकुमार हो उठी है कि अब वह 'कला के व्यभिचार' के प्रश्न पर भी विचार करने की अधिकारिणी हो गयी है।

पारसनाथ बोला—"नहीं, मैं इसे कला का व्यभिचार कदापि नहीं कहूँगा, बल्कि 'आनेस्ट लेबर'—ईमानदारी से की गयी मजदूरी—कहूँगा। कला खरीद-फरोख्त के ऊपर की चीज है, यह गलतफहमी पूँजीवादी समाज ने फैलायी है।"

वह यह सोचकर भीतर-ही-भीतर हँस रहा था कि अपने निपट स्वार्थ की सिद्धि के लिए उसने मार्क्सियन तर्क का खूब दुरुपयोग किया है! "शठता, शठता! यह मेरी घोर शठता है! पर यह शठता मेरी रगरग में इस हद तक समा गयी है कि मेरी रक्त की धारा के साथ घुल-मिलकर एकाकार हो गयी है। अब मैं उससे उबरने की व्यर्थ चेष्टा हरगिज नहीं करूँगा, बल्कि समाज से अपने वैर का बदला लेने के लिए और अधिक धूर्तता सीखता जाऊँगा।"—उसने अपने-आप मन-ही-मन यह बात कही। यदि उसकी अन्तरात्मा उससे उस समय यह प्रश्न करती—"तुम खूब सोच-समझकर ईमानदारी से कहो कि समाज ने क्या वास्तव में तुम्हारे साथ किसी प्रकार का बैर साधा है?"—तो वह निश्चय ही कोई ठीक उत्तर नहीं दे पाता। अपनी अन्तरात्मा की इस आवाज़ को वह वर्षों से प्रतिदिन, प्रतिपल, भरसक दबाने की चेष्टा करता रहता था कि समाज ने उसके साथ कोई खास शत्रुता नहीं की है, बल्कि उलटे उसी ने पग-पग पर समाज की पीठ पर छुरे से आघात किया है।

हीरा ने कहा—"तो क्या सचमुच आपकी यही राय है कि नाचने और गाने का पेशा करके रुपया कमाऊँ?"

"हाँ हीरा, नहीं तो तुम इस तरह बेकार रहकर कब तक अपना निर्वाह कर पाओगी?"—मन-ही-मन उसने ये शब्द भी जोड़ दिये—"और मेरा निर्वाह भी!"

हीरा कुछ अनमने भाव से उसकी ओर देख रही थी। उसे चिन्तामग्न देखकर पारसनाथ ने फिर कहा—"तुम्हें मालूम होना चाहिए कि आजकल भले घरों की सुशिक्षित लड़कियाँ भी सामूहिक रूप से सार्वजनिक घरों में नाचकर और गाकर पैसा कमाती हैं। हमारे देश में नृत्यकला के जो दो-चार प्रसिद्ध पीठस्थान हैं, वहाँ की लड़कियाँ जब किसी शहर में अपनी कला का प्रदर्शन करती हैं, तो लोग टिकट खरीदकर उनका नाच देखते हैं। तुम्हारे व्यवसाय में केवल यह अन्तर रहेगा कि तुम नृत्य-शालाओं में नहीं, बल्कि अपने कोठे पर नाचोगी या गाओगी, और तुम्हारे श्रोता या दर्शक सर्वसाधारण नहीं, कुछ गिने-चुने व्यक्ति रहेंगे। जब तक तुम अपना शरीर नहीं बेचती, तब तक इस पेशे में कोई बुराई मैं नहीं देखता।"

चूँकि हीरा के भीतर वेश्या-जीवन के संस्कार किसी हद तक अब तक भी बद्धमूल थे, इसलिए पारसनाथ के कुतर्कों के जाल में वह फँस गयी। उसने बाकायदा नाचने और गाने का पेशा शुरू कर दिया। पारसनाथ एक वेश्या का 'नायक' बनने की समस्त लज्जा और ग्लानि की भावनाओं को शराब की बोतलों में डुबाते जाने की चेष्टा करता रहता था। पर, इस चेष्टा में उसे कुछ भी सफलता मिलती हुई नहीं दिखायी देती थी। कभी-कभी उसके मन में अचानक यह प्रश्न भूत की तरह उसके मन के पाताल-लोक से उठ खड़ा होता कि वह किस आकांक्षा की पूर्ति की प्रतीक्षा में, किस उद्देश्य से जी रहा है? वह आत्महत्या क्यों नहीं कर लेता? ऐसे क्षण में वह सोचता कि जब एक जारज

सन्तान की हैसियत से उसे अपने जीवन की क्षति का पूरण विकृत ही उपायों से करना है, तो आत्महत्या उन विकृत उपायों में सबसे उत्तम है! पर इतने वर्षों तक विकृतियों के विकास के साथ-ही-साथ उसके भीतर अपनेपन के प्रति एक सर्वशोषी ममता का भाव विकसित होते-होते चरम अवस्था को पहुँच गया था। उसने उसे जीवन के गन्दे-से-गन्दे कीचड़ में शूकर और श्वान के समान लोटने में ही एक अत्यन्त वीभत्स 'सुख' का स्वाद चखा दिया था। उस 'सुख' की चिपचिपी गन्दगी को किसी भी हालत में छोड़ने की इच्छा उसके मन में उत्पन्न नहीं होती थी।

पर दिन-पर-दिन वह चिपचिपापन इस कदर बढ़ता चला जाता था कि उसमें पड़े रहना शारीरिक और मानसिक दोनों दृष्टियों से उसके लिए प्रायः असम्भव हो उठा।

●

41

एक दिन पारसनाथ ने हीरा से कहा—"एक ही जगह इस तरह पड़े रहना अच्छा नहीं लगता। मेरी राय है कि हम दोनों यहाँ से किसी दूसरी जगह चले जायें। मैंने यह भी सोच लिया है कि हम दोनों का विवाह अब जल्दी हो जाना चाहिए। इस तरह का अस्वाभाविक सम्बन्ध अधिक समय तक नहीं चलाया जा सकता; पर लखनऊ में विवाह करना मैं किसी कारण से अच्छा नहीं समझता। विवाह करके जब हम लोग लौटकर आयें, तब लोग जानें कि हम लोगों का असली सम्बन्ध क्या है!"—हीरा को इस प्रस्ताव से हार्दिक प्रसन्नता हुई। उसने पुलकित भाव से कहा—"इससे अच्छी बात और क्या हो सकती है! कहाँ जाना चाहते हो? कब?"

"यहाँ से कलकत्ता जायेंगे। वहाँ विवाह हो जाने के बाद फिर देखी जायेगी। अब जल्दी ही चलना चाहिए।"

"तो कल ही क्यों नहीं चलते? हमें यहाँ करना ही क्या है।"

पर तैयारी में तीन-चार दिन लग गये। उसके बाद दोनों कलकत्ते के लिए रवाना हो गये। वहाँ पहुँचकर एक होटल में जाकर ठहरे। यह सोचकर पारसनाथ को बहुत प्रसन्नता हो रही थी कि नन्दिनी को उन दोनों के भागने का समाचार जब मालूम होगा, तो उसे बहुत दुःख होगा। यह उसे किसी-न-किसी उद्योग से पीड़ा पहुँचाना चाहता था। हीरा के साथ हेल-मेल बढ़ाने का एक उद्‌देश्य प्रारम्भ से ही उसके मन में यह भी था। और इसी उद्‌देश्य से प्रेरित होकर वह हीरा को नाच और गाना सिखाने और अँगरेजी पढ़ाने के लिए तैयार हुआ था। नन्दिनी की बहन को उसकी प्रतियोगिता में खड़ा करने में पारसनाथ को बड़ा सुख मिल रहा था। अन्त में जब उसे कलकत्ते भगा ले गया, तो वह निश्चित रूप से जानता था कि नन्दिनी इस बात से कभी प्रसन्न नहीं हो सकती।

कुछ भी हो, होटल में प्रायः एक सप्ताह साधारण भाव से, बिना किसी विशेष घटना के गुजर गया। इतने दिनों के परिचय से पारसनाथ के प्रति हीरा का विश्वास घटने के बजाय बढ़ता चला गया था। इसलिए वह निश्चित थी; पर पारसनाथ किसी कारण से बहुत चिन्तित और बहुत परेशान दिखायी देता था, इसलिए हीरा ने एक दिन सरल भाव से कहा—"मालूम होता है यहाँ के शोर और भीड़ में तुम्हारा जी लग नहीं रहा है,

इसलिए किसी दूसरी जगह चले चलें, जहाँ एकान्त हो और जहाँ तुम सुख और शान्ति से रह सको।"

पारसनाथ ने कुछ सोचकर उत्तर दिया—"नहीं, यह बात नहीं है। मेरा जी यहाँ खूब लग रहा है; पर मैं एक बात सोच रहा हूँ। वर्षों से मैं बेकार पड़ा हुआ हूँ। और चूँकि अब मैं जल्दी ही तुम्हारे साथ विवाह करके पारिवारिक जीवन बिताने की बात तय कर चुका हूँ, इसलिए आजकल मुझे कोई ऐसा काम करने की चिन्ता सवार है, जिससे मैं काफी रुपया कमाकर गृहस्थ-जीवन की आर्थिक समस्या हल करने में समर्थ हो सकूँ। इधर दो-तीन दिन इधर-उधर घूम-फिरकर एक काम का ठिकाना मैंने लगा भी लिया है। कलकत्ते के आसपास की कुछ जगहों में हवाई अड्डे बन रहे हैं। इनमें से एक का ठीका मेरे पहचान के एक आदमी के जरिये से मुझे भी मिल सकता है। इस काम में मुझे कई लाख रुपये का लाभ हो सकता है; पर पहले जमानत के रूप में काफी रुपये जमा करने होंगे।"

हीरा ने बड़ी उत्सुकता से पूछा—"कितने?"

"कम-से-कम पन्द्रह हजार, जो मेरे बूते के बाहर की बात है।"

हीरा ने सहज सरल विश्वास के साथ कहा—"इतनी-सी बात के लिए तुम इस कदर चिन्तित हो उठे हो? यह कौन-सी बड़ी बात है! मेरे पास करीब सात-आठ हजार रुपया नकद होगा, और बाकी के लिए मेरे गहने काफी हैं।"

पारसनाथ ने झूठमूठ का आश्चर्य जताते हुए कहा—"सच? तब तो बड़ा भारी काम हो जायेगा। तुम विश्वास रखो हीरा, कि हम लोग इतने रुपयों से डेढ़-दो साल के भीतर इतना रुपया कमा लेंगे कि फिर जिन्दगी-भर के लिए निश्चिन्त हो जायेंगे।"

हीरा ने कहा—"मैं यह सब-कुछ नहीं जानती, मैं केवल यह जानती हूँ कि तुम्हें इस समय पन्द्रह हजार रुपये की आवश्यकता है। इतना जानना मेरे लिये काफी है। यह लो, मैं अभी दिये देती हूँ।"—यह कहकर उसने एक विशेष बक्स से सौ-सौ रुपये के नोटों के रूप में सात हजार रुपये निकालकर पारसनाथ को दे दिये। उसके बाद अपने कुल कीमती गहनें उतारकर उसके हाथों में रख दिये!

उन गहनों को छूते ही पारसनाथ के शरीर में एक अनोखी बेचैनी की बिजली-सी दौड़ गयी और उसके हृदय में धड़कन पैदा हो गयी। क्षण-भर के लिए वह उन्हें लेने से हिचका, और जी में आया कि अपने शठतापूर्ण विचार की सारी पोल स्पष्ट शब्दों में हीरा के आगे खोलकर उससे क्षमा माँग ले; पर दूसरे ही क्षण उसकी नारकीय मनोवृत्ति ने फिर से विजय प्राप्त कर ली, और जी कड़ा करके उसने सब गहने ले लिये। एक बड़े-से रूमाल में रुपयों और गहनों को एक-साथ बाँधकर एक हैण्डबैग के भीतर बन्द करके वह चलने के लिए तैयार हुआ। उसने कहा—"तुमने आज बड़े भारी आत्मत्याग का परिचय दिया है, हीरा, इसे मैं जीवन में कभी नहीं भूलूँगा। अच्छा, तो मैं जाता हूँ, क्योंकि यह काम जितनी जल्दी मिल जाये, उतना ही अच्छा है। मैं शाम तक लौटूँगा।

कुछ देर भी हो जाये, तो चिन्ता न करना।" यह कहकर वह चला गया। उसके जाते ही हीरा के भीतर क्षण-भर के लिए एक ठण्डी सिहरन-सी दौड़ गयी, और उसका हृदय अकारण ही फड़फड़ा उठा; पर दूसरे ही.क्षण उसमें स्थिरता आ गयी, और वह अपने कमरे के उत्तर की तरफ की खिड़की के पास बैठकर अनमने भाव से बाहर सड़क का दृश्य देखने लगी।

पारसनाथ जब हैण्डबैग को लेकर बाहर सड़क पर आया, तो सोचने लगा कि अब कहा चलना चाहिए। उसका इरादा कलकत्ते आने के पहले से ही हीरा को बुत्ता देकर भाग निकलने का था। जिस उद्देश्य से वह कलकत्ते आया था, उसकी पूर्ण पूर्ति आज हो गयी थी। वह सोच रहा था—"जिस वेश्या ने मुझे धोखे में रखकर अपने साथ भाग निकलने के लिए फुसलाया, और उसके बाद मेरा घोर अपमान और तिरस्कार किया, उसकी बहन के साथ अगर पलटे में मैं भी वैसा ही व्यवहार करूँ, तो यह किसी तरह भी अनुचित नहीं है। उस घमण्डी वेश्या की बहन को मैंने एक निश्चित पथ तक आगे बढ़ाकर अन्त में एकदम से डोर खींच ली है, और उसे नंगा-बूचा करके एक ऐसी जगह में लाकर छोड़ दिया है, जहाँ निश्चय ही मालिक, मैनेजर, नौकर-चाकर सभी होटल का 'बिल' वसूल करने के उद्देश्य से उस पर ज्यादती करके उसे जलील-से-जलील बनाये बिना न छोड़ेंगे; क्योंकि मुझ पर पूर्ण विश्वास करके मुझे सब-कुछ दे देने के बाद अब उसके पास बिल चुकाने के लिए भी रुपया शेष नहीं रहा है। प्रतिहिंसा इससे अधिक और क्या हो सकती है! और उसके पूरा होने में जो सुख है, उसका अनुभव मुझसे अधिक और कौन कर सकता है! पर इतने रुपयों से मैं करूँ क्या? और इन्हें लेकर जाऊँ कहाँ!"

उसकी मानसिक अवस्था उस समय निद्रा-विचरण के रोगी की-सी हो रही थी। उसी अवस्था में अनमने भाव से उसने सियालदह स्टेशन को जानेवाली ट्राम पकड़ ली। ट्राम में बैठने पर भी वह नहीं जान पाया कि क्यों उसने खास तौर से सियालदह की ट्राम पकड़ी है।

स्टेशन के पास उतरकर जब वह आने-जानेवाले यात्रियों की भीड़ के बीच में आगे बढ़ा, तो उसे याद आया कि दार्जिलिंग और कालिम्पांग की ओर जानेवाली गाड़ियाँ उसी स्टेशन से छूटती हैं। कुछ क्षणों के लिए उसकी मानसिक आँखों के आगे अपने जीवन के प्रारम्भिक युग के चलचित्र बिजली की गति से एक-एक करके उद्घाटित होने लगे, और प्रायः तेरह-चौदह वर्ष पहले की विचित्र सुख-दुःखमयी वेदना की अनुभूतियाँ उसके भीतर विकल पुलक की सिहरन उत्पन्न करने लगीं। वह सोचने लगा कि सत्य, शिव और सुन्दर की किन मनमोहक आशाओं और आकांक्षाओं को लेकर उसका प्रारम्भिक जीवन बीता था, और आज कितनी विराट् वीभत्सता और अतलव्यापी नारकीयता में उसकी परिणति हो गयी है! एक ही व्यक्ति के जीवन के दो कालों के बीच में ऐसा भीषण और दुर्लंघ्य व्यवधान कैसे खड़ा हो गया? इसमें क्या प्रकृति का हाथ है, या उसके

भाग्य का, या स्वयं उसकी हीन प्रवृत्तियों का? सोच-सोचकर उसके अवचेतन मन से लेकर उसके सचेत मन तक एक लोमहर्षक आतंक की लहर दौड़ गयी, और क्षण-भर के लिए उसे ऐसा जान पड़ा, जैसे प्रलयकारी भूकम्प उसके सचेत मन की सारी जमीन को हिलाकर उसे उलटा देने की तैयारी पर है। पर किसी अज्ञात शक्ति के प्रतिरोध से यह आन्दोलन तत्काल दब गया। उसके दब जाने के बाद जब पारसनाथ के चित्त में फिर से जड़तामयी स्थिरता छा गयी, तो उसने सोचा—"एक दिन मैंने कलाकार के मांगलिक जीवन का स्वर्गीय स्वप्न देखा था, और आज मैं अगर एक वेश्या का नायक बनने के बाद दगाबाज, लुटेरा बन गया हूँ, और पन्द्रह हजार रुपयों की पाप की गठरी अपने साथ लिये चला जा रहा हूँ, तो इसमें आतंकित होने की कौन-सी बात है? जीवन का चक्र आदिकाल से लेकर आज तक बराबर भीषण संघर्षों-विघर्षों से पूर्ण रहा है; जो कल राक्षस था वह आज देवता है, जो कल देवता था, वही आज राक्षस बना हुआ है। यह क्रम तो चलता ही रहता है। मैं आज जान-बूझकर राक्षस बना हुआ हूँ—इसी में मुझे एक निराले सुख का अनुभव हो रहा है। प्रकृति को यही मंजूर है, इसलिए इसमें बुराई क्या है?"—पर उसके सचेत मन के चट्टान के नीचे से विकट अट्टहास का दबा हुआ स्वर निरन्तर उसके कानों में प्रेतों और छायाओं के नृत्यताल में गूँजता हुआ एक अनोखी बेचैनी की कुलबुलाहट उसके भीतर पैदा कर रहा था।

●

42

जब पारसनाथ ने अन्यमनस्क अवस्था में स्टेशन के भीतर पाँव रखा, तो कुछ देर तक भ्रान्त-भाव से इधर-उधर देखता रहा। उस दिन शनिवार था, और आसपास के गाँवों में रहनेवाले आफिसों के 'बाबू' लोग 'वीक-एण्ड' में घर जाने की हड़बड़ी में स्टेशन पर भीड़ लगाये हुए थे। पारसनाथ के पूर्णतः अनिश्चित मन में अचानक एक अपूर्व-कल्पित विचार उत्पन्न हुआ। उसने सोचा कि पाप के उस बोझ को लेकर पूर्व बंगाल के किसी एक छोट-से कस्बे में अज्ञातवास किया जाये, और वहीं किसी हीनवंशी बंगालिन के साथ विवाह करके सारा जीवन उसी अज्ञात निर्वासन में बिता दिया जाये। आश्चर्य की बात है कि उसका सचेत मन हीरा की निपट असहाय अवस्था की बात एकदम भूल-सा गया था, जैसे वह किसी पूर्व जन्म की घटना हो और इस जन्म की बातों से उसका कोई सम्बन्ध ही न हो। अपने भूत, वर्तमान और भविष्य की बिलकुल दूसरी ही बातों की चिन्ता उसे घेरे हुई थी।

एक विशेष स्टेशन को ध्यान में रखकर वह टिकट खरीदने के उद्देश्य से टिकट-घर की ओर बढ़ा। पाँच कदम आगे बढ़ा होगा कि अकस्मात् एक आदमी को बाहर की सीढ़ियों से ऊपर—स्टेशन की इमारत के भीतर—आते देखकर वह ठिठककर खड़ा रह गया। वह आदमी उसके 'पिता' का नेपाली नौकर चन्द्रबहादुर था, जो कालिम्पांग में रहता था और जिससे वह भली-भाँति परिचित था। इतने वर्षों बाद भी उसकी सूरत-शक्ल में कोई विशेष परिवर्तन नहीं आया था। उसके साथ एक आदमी और था। पारसनाथ उससे नजर बचाकर भाग निकलना चाहता था; पर चन्द्रबहादुर ने उसे देख लिया था। केवल देख ही नहीं लिया था, बल्कि पहचान भी लिया था, और वह ऊँची आवाज में पुकार रहा था—"छोटू बाबू! छोटू बाबू!"—एक बार पारसनाथ ने सोचा कि सुनी-अनसुनी करके भाग निकले; पर फिर एक अप्रिय, किन्तु अदम्य कौतूहल दुर्निवार वेग से उसके भीतर जाग उठा। अत्यन्त गम्भीर मुद्रा बनाकर वह अपने स्थान पर खड़ा रहा।

चन्द्रबहादुर तेज कदम बढ़ाता हुआ उसके पास आ पहुँचा।—"राम राम!"—कहकर उसने परमस्नेह-भाव से पूछा—"छोटू बाबू, आप आज यहाँ कहाँ से आ गये और कहाँ जा रहे हैं?"

पारसनाथ ने उसी गम्भीर मुद्रा में अत्यन्त कर्कश स्वर में कहा—"मेरी बात रहने दो, पहले तुम बताओ, तुम कहाँ से आ रहे हो?"

"मैं बड़े बाबू के साथ यहीं—कलकत्ते आया हुआ हूँ। आज अपनी पहचान के एक आदमी को गाड़ी में बिठाने आया हूँ। आप इतने वर्षों तक कहाँ रहे, बाबू जी? बड़े बाबू आपकी वजह से बहुत बेचैन रहते हैं। हर घड़ी आपको याद करते रहते हैं। खासकर जब से आपकी माता जी का स्वर्गवास हुआ है, तब से आपके लिए उनकी बेचैनी और ज्यादा बढ़ गयी है।

पारसनाथ के ऊपर का जो चमड़ा इतने दिनों की धूप और पानी के सम्मलित प्रभाव से बहुत चीमड़ और सख्त हो गया था, उसे जैसे किसी ने एक तेज और तीखे तीर से छेद डाला। उसने विचलित भाव से कहा—"क्या माँ का स्वर्गवास हो गया! कब?" —'स्वर्गवास' कहते हुए उसे एक विचित्र प्रकार की सान्त्वना मिल रही थी; जिसका कारण वह स्वयं नहीं जानता था।

"आज तीन वर्ष हुए होंगे। बड़े बाबू को जब उनकी बीमारी की खबर मिली, तो वह तुरन्त घर गये। वहाँ से उन्हें कलकत्ते ले आये। बड़े-बड़े डॉक्टरों का इलाज कराने और दिन-रात सेवा-टहल करते रहने पर भी जब माँ जी को न बचा पाये, तो दोनों हाथों से अपना सिर पीटकर औरतों की तरह रोने लगे। तब से बड़े बाबू की तन्दुरुस्ती बहुत गिर गयी है, और गिरती चली जा रही है। वह हर घड़ी आपको याद करते हुए कहते हैं—''बबुआ का मुँह अगर मरने के पहले एक बार देख पाता तो चैन से मरता, चन्द्रबहादुर! पर इस जन्म में अब उससे मिलने की कोई उम्मीद नहीं रह गयी है। वह कमजोर दिल का आदमी है। मुझे यह भी शक है कि मेरी कड़ी बातें सुनकर कहीं उसने आत्महत्या न कर ली हो। मैं बहुत अधम पापी हूँ, चन्द्रबहादुर! मैंने जिन्दगी-भर उसकी माँ को सताया, और उसके बाद अपने इकलौते बेटे को भी गँवा बैठा। मरने के बाद भी मुझे चैन नहीं मिलेगा! वक्त-बेवक्त इसी तरह की बातें कहकर औरतों की तरह विलाप करते रहते हैं। मुझे उनकी हालत देखकर रोना आता है, छोटे बाबू! आज भगवान् की कृपा से आपसे अचानक मुलाकात हो गयी है, अब आप मेरे साथ सीधे बड़े बाबू के पास चलिये।"

पारसनाथ ने देखा, चन्द्रबहादुर की आँखें सचमुच डबडबा आयी हैं; पर उसकी समझ में नहीं आ रहा था कि वह बहुत दिनों से रटा-रटाया नाटकीय 'पार्ट' दुहरा गया है, या एक सच्ची और सीधी बात कह गया है। उसकी एक भी बात पर उसे स्वभावतः विश्वास नहीं होता था; पर साथ ही उसके मुख के भाव में वह एक ऐसी सचाई का आभास पा रहा था, जिस पर अविश्वास करना कठिन था।

कुछ सोचकर उसने कहा—"मैं किसी के पास नहीं जाऊँगा। मुझे बहुत जरूरी काम से अभी एक जगह गाड़ी से जाना है। गाड़ी छूट जायेगी तो मेरा बड़ा नुकसान होगा।"

चन्द्रबहादुर ने दोनों हाथों से उसके पाँव पकड़ लिये, और गिड़गिड़ाते हुए कहा—"ऐसा नहीं हो सकता, छोटे बाबू! आज आप भाग्य से मिले हैं, अब मैं आपको किसी

हालत में नहीं छोड़ सकता। आपको जरूरी-से-जरूरी काम छोड़कर बड़े बाबू के पास चलना ही होगा।"

पारसनाथ का मन डगमगाने लगा। उसे चन्द्रबहादुर की बातों में एक अज्ञात रहस्य छिपा हुआ मालूम हो रहा था। उसे पूरी तरह जानने की अदम्य इच्छा उसके मन में उत्पन्न हो रही थी; पर साथ ही कोई शक्ति उसके भीतर से बरबस उस इच्छा का प्रतिरोध कर रही थी। अन्त में कौतूहल की ही जीत हुई। वह चन्द्रबहादुर के साथ चलने को तैयार हो गया। हर्ष के कारण चन्द्रबहादुर की आँखें छलछला उठीं। उसने हड़बड़ी के साथ अपने साथी के हाथ में कुछ रुपये रखकर उससे क्षमा-याचना करते हुए बिदा माँगी, और पारसनाथ को साथ लेकर बाहर चला गया।

बाहर जाकर दोनों ने पार्क-सर्कस की ट्राम पकड़ ली। पारसनाथ रास्ते-भर मौन रहा। वह बहुत-से प्रश्न करना चाहता था; पर कुछ भी पूछने का साहस उसे नहीं होता था। चन्द्रबहादुर अपने-आप बड़े बाबू के सम्बन्ध में जो-कुछ कहता, उसे वह बड़े गौर से सुन रहा था। उसकी बातों से पारसनाथ को मालूम हुआ कि उसकी माँ की मृत्यु के बाद से 'बड़े बाबू' ने कालिम्पांग के ऊन के व्यवसाय में दिलचस्पी लेना बिलकुल छोड़ दिया है, और कलकत्ते की आबोहवा उन्हें यद्यपि तनिक भी माफिक नहीं आती, तथापि वह हठपूर्वक वहीं रहना पसन्द करते हैं।

जब ट्राम अन्तिम स्टेशन—डिपो—पर जाकर ठहरी, तो दोनों उतर गये। वहाँ से कुछ ही दूर उत्तर की ओर चलने के बाद एक न बहुत बड़ा न बहुत छोटा नया-सा मकान था। उसी में 'तिब्बती दानव' महाशय—बैजनाथ बाबू—रहते थे। भीतर पहुँचकर चन्द्रबहादुर ने कहा—"आप एक मिनट ठहरिये, मैं बड़े बाबू को खबर दे आता हूँ, क्योंकि अचानक आपको देखकर उनको इतनी बड़ी खुशी होगी कि उसका असर उनके दिल पर हो सकता है। डॉक्टरों का कहना है कि उनका दिल बहुत कमजोर हो गया है, और अचानक किसी भी बड़ी खुशी या बड़े सदमे से उस पर बुरा असर हो सकता है।"

पारसनाथ नीचे ही खड़ा रहा और चन्द्रबहादुर ऊपर खबर देने चला गया। पारसनाथ को मन-ही-मन सन्देह होने लगा कि वास्तव में 'तिब्बती दानव' के मन का भाव उसके प्रति कतई नहीं बदला है, और चन्द्रबहादुर मनगढ़न्त बातों से उसे फुसलाकर यहाँ इस झूठी आशा से ले आया है कि फिर से उसके और 'तिब्बती दानव' के बीच मेल हो जाये! सोच-सोचकर उसे इस बात के लिए बड़ी ग्लानि होने लगी कि वह चन्द्रबहादुर के बहकाने में आ गया। वह फिर से चुपचाप भाग निकलने की बात सोच ही रहा था कि चन्द्रबहादुर ने सीढ़ियों के ऊपर से बड़े उल्लास के साथ पुकारा—"छोटे बाबू, चले आइये।"

क्षणिक हिचक के बाद पारसनाथ अन्त में ऊपर चढ़ ही गया। 'पाप की गठरी' अभी तक उसके हाथ ही में थी। ऊपर दक्खिन की तरफ के एक कमरे से किसी के खाँसने की आवाज आ रही थी। ऐसा जान पड़ता था कि वह व्यक्ति खाँसते-खाँसते दम लेने

की फुरसत तक नहीं पा रहा है। खाँसी कुछ क्षणों के लिए समाप्त होते ही कराहने की आवाज आती थी। पारसनाथ का मन एक अप्रिय भावना से जैसे सिकुड़ा जा रहा था।

जब वह ऊपर पहुँचा, तो चन्द्रबहादुर ने दक्खिन की तरफ के उसी कमरे का पर्दा हटाकर कहा—"चले आइये।"

एक अनोखी ग्लानि और संकोच के साथ पारसनाथ ने भीतर प्रवेश किया। वहाँ उसने देखा कि 'तिब्बती दानव' महाशय पलँग पर लेटे हुए कराह रहे हैं। उनके चेहरे पर एक आश्चर्यजनक परिवर्तन उसने देखा। ऐसा मालूम होता था कि किसी कारण से उस पर थोड़ी-सी सूजन आ गयी है; पर उस सूजन से उसकी आकृति विकृत होने के बजाय उसमें एक प्रकार की सौम्यता-सी आ गयी है—हालाँकि वह सौम्य-भाव एक मार्मिक पीड़न की करुण छाया से घिरा हुआ था।

पारसनाथ के भीतर प्रवेश करते ही बैजनाथ बाबू पलँग पर उठ बैठे और अत्यन्त कोमल और करुण स्वर में, प्रायः कराहते हुए बोले—"आओ बेटा, आओ! भगवान् के न्यायालय में देर हो सकती है, पर अन्धेर नहीं। आखिर मरने के पहले तुमसे भेंट हो ही गयी। आओ, आओ मेरे एकदम नजदीक आ जाओ बेटा, कतराओ नहीं। जरा तुम्हारे गालों पर एक बार हाथ तो फेर लूँ। तुम चाहे कितने ही बड़े हो जाओ, पर मेरे लिये तुम अभी वही बबुआ हो, जिसे मैं छह महीने की अवस्था से लेकर तीन वर्ष की अवस्था तक दिन-भर गोद में लेकर खेलाते रहना पसन्द करता था। तुम्हारे इन्हीं गालों को बार-बार चूमते रहने पर भी मुझे तसल्ली नहीं होती थी। जब तुम माँ की गोद में दूध पीते हुए बीच-बीच में मेरी ओर देखकर उल्लास से उछलते और किलकते हुए कहते—'बब्बू?' तो मुझसे रहा न जाता और तुम्हारी माँ की गोद से तुम्हें जबर्दस्ती छुड़ाकर तुम्हें रुलाकर भी मैं दोनों हाथों से तुम्हें उठा लेता, और स्नेह के आवेग से दाँत किटकिटाता हुआ तुम्हें ऊपर उछालकर बार-बार तुम्हारा मुँह चूमता रहता। तुम्हें देख-देखकर मैं किस कदर पुलकित होता था, उसका वर्णन नहीं हो सकता। कहाँ गये बेटा, वे दिन? कैसे चैन के, कैसे सुख के, कैसे सन्तोष के उजले सपने थे वे! हाँ, सपने ही तो थे। उसके बाद अचानक एक भीषण दैत्य ने काले धुएँ के रूप में न जाने कहाँ से आकर धीरे-धीरे मेरे भीतर घर करना शुरू—"

यहाँ पर बैजनाथ बाबू को खाँसी का एक जबर्दस्त 'फिट' आ गया, और खाँसते-खाँसते उनका दम फूलने लगा। अन्त में उन्होंने बलगम थूकने के लिए पीकदान की ओर हाथ-बढ़ाया। पारसनाथ के मन में एक बार आया कि वह स्वयं पीकदान उठाकर उनकी ओर बढ़ा दे; पर दूसरे ही क्षण कुछ सोचकर वह रह गया। वह सोच भी नहीं पाया था कि चन्द्रबहादुर ने पीकदान उठा लिया और बैजनाथ बाबू के मुँह के पास बढ़ा दिया। उसमें थूककर, कराहकर और कुछ सुस्ताकर बैजनाथ बाबू ने फिर कहना शुरू किया—"मुझे एक अनोखे सन्देह का पागलपन अकारण भूत की तरह धर दबाने लगा। मैं भली-भाँति जानता था कि तुम्हारी माँ के रक्त की एक-एक बूँद

में सतीत्व की भावना कूट-कूटकर भरी हुई है। शायद इसी की प्रतिक्रिया के फल से मेरे विकृत मन को यह विश्वास करने की इच्छा हुई कि वह घोर असती है। पहले इस विकृत इच्छा ने कौतुक के रूप में मेरे ऊपरी मन के छोटे-से कोने में अपने लिये स्थान बनाया। उसके बाद कौतुक की आग के उस छोटे-से कण ने मेरे अनजान में मेरे मन की सारी सतह को छा दिया। फल यह हुआ कि तुम्हारी माँ के भीतरी और बाहरी स्वभाव में केवल सतीत्व, केवल शुद्धाचार पाकर मेरा हृदय जिस एकरसता का अनुभव करने लगा था, वह अपने मन को अपने-आप धोखा देने के इस विकृत उपाय से दूर हो गया और मैं ईर्ष्या, घृणा और विद्वेष की जलन की प्रेरणा से एक नारकीय विद्रोह का अनुभव करने लगा। मेरा कालिम्पांग का जीवन मेरी उसी 'विद्रोही' मनोवृत्ति का परिणाम था। अधिकांश मनुष्य ऐसी औंधी खोपड़ीवाले होते हैं, बेटा, कि देखकर और सोचकर दंग रह जाना पड़ता है। विशुद्ध सुख, शान्ति और परिपूर्ण सन्तोष से अगर किसी आदमी के जीवन को छा दिया जाये, तो वह उसकी एकरसता से उकता उठेगा और स्वयं अपने ही भीतर से विद्रोह की आग के कणों को बटोरकर अपने उस सारे सुख-सन्तोष और वैभव को जलाकर राख में परिणत करने के लिए उतावला हो उठेगा। किसी एक प्रसिद्ध कवि ने कहा है कि देवताओं ने सुख—केवल सुख—को इतना अधिक बटोर लिया था कि अन्त में वे स्वयं अपनी उस सुखराशि के प्रति विद्रोही हो उठे थे, और दुःख-दैन्य, संघर्ष और पीड़न की बहुरसता का अनुभव करने की लालसा उनके भीतर भयंकर भूत की तरह जग उठी। उसी भावना का यह फल था कि उन्होंने देवत्व की काया बदल कर मानवत्व का रूप धारण किया। मैं भी तुम्हारी परम सती-साध्वी, मंगलमयी माता के साथ देवत्व का जीवन बिता रहा था। उस जीवन से विद्रोह करके मैंने देवता से मनुष्य बनना चाहा; पर राक्षस बनकर रह गया। मैं जानता हूँ, तुम्हें मेरी इन सब लम्बी-चौड़ी बातों पर विश्वास नहीं—ीं—ीं—ीं—"

इसके बाद फिर एक बार खाँसी के 'फिट' ने उन्हें धर दबाया। जब वह कुछ स्थिर हुए, तो उन्होंने फिर बोलना शुरू किया—"असल बात यह है कि विश्लेषण से प्रकट में सरल और साधारण लगनेवाली बात भी जटिल और असाधारण लगने लगती है, और सहज-सम्भव बात अस्वाभाविक और असम्भव मालूम होने लगती है। जो भी हो, इतना तुम मान लो कि तुम्हारी माँ के प्रति सन्देह करके मैंने जो स्वयं अपने-आपको पीड़ित और दण्डित करना चाहा, उसका कारण हम दोनों के स्वर्गीय सुख और शान्तिमय जीवन की एकरसता की प्रतिक्रिया के सिवा और कुछ नहीं था। मेरी अन्तरात्मा जानती थी कि तुम्हारी माँ पूर्णरूप से सती है; पर मेरा ऊपरी मन अपने-आप को धोखा देने के लिए व्याकुल हो उठा। कालिम्पांग जाकर मैंने सन्देह की उस दानवी माया को बढ़ाते-बढ़ाते इस हद तक बढ़ा दिया कि घृणा और विद्वेष की ज्वाला से पीड़ित रहने लगा। मैं एक और ऐसी बात तुमसे कहना चाहता हूँ, जिस पर तुम निश्चय ही मन-ही-मन अविश्वास की हँसी हँसोगे! पर अगर मुझमें अब भी कुछ मनुष्यत्व शेष है, तो मैं उसकी शपथ खाकर कहता हूँ, बेटा, कि तुम्हारे जन्म के बाद से लेकर आज तक

तुम्हारे प्रति मेरे मन में बराबर गाढ़े स्नेह का भाव वर्तमान रहा है। वह बराबर बढ़ता ही गया है, कभी घटा नहीं। विश्वास मानो, जिस दिन कालिम्पांग में मैंने तुम्हारा तिरस्कार करते हुए तुमसे कहा था कि तुम मेरे बेटे नहीं हो, उस दिन तुम्हारे प्रति मेरे मन में सबसे अधिक स्नेह-भावना उमड़ी थी! मैं तुमसे बहुत कम बातें किया करता था और जब बोलता भी, तो कभी सीधी तरह से कोई बात नहीं कहता था और सब समय तुम्हें 'छोकरा' कहकर पुकारा करता था; पर यह सब होते हुए भी तुम्हारी शिक्षा और संस्कृति देखकर, तुम्हारे बहुत-से गुणों का परिचय पाकर मैं मन-ही-मन गर्व से फूला नहीं समाता था। मैं मन-ही-मन कहा करता था—'यह मेरे मन की एकदम झूठी कल्पना है कि वह मेरा बेटा नहीं है। निश्चय ही वह मेरा बेटा है, मेरे प्रत्येक रक्तकण से उसकी आत्मा सिंची हुई है। बाहर से मैं अवश्य उसके साथ रूखे ढंग से पेश आऊँगा और कठोर बरताव दिखाऊँगा, पर भीतर-ही-भीतर उसे जी-जान से प्यार किये बिना मैं रह नहीं सकता। मैं—उसका बाप—पतन की चरम सीमा को पहुँच चुका हूँ; और अब उससे उबर नहीं सकता; पर वह मेरे कुल का मुख उज्ज्वल करेगा, उसका गौरव बढ़ायेगा—इस आशा से मैं क्यों न अपने घोर नरकवास के दिन भी सुख में बिता दूँ!' चूँकि मैं भीतर-ही-भीतर तुम्हें इतना अधिक चाहता था, इसलिए तुमसे बेहद डरता...” फिर कुछ समय तक वह खाँसी के झटके से परेशान रहे। इस बार जब वह बलगम थूकने लगे, तो पारसनाथ ने बरबस आगे बढ़कर पीकदान उठाकर उनके आगे कर दिया। बैजनाथ बाबू की बातों ने उसके भीतर युगों से बन्द पड़ी हुई एक निराली ही दुनिया का दरवाजा खोल दिया था, जिसे देखकर वह भ्रान्त, चकित और पुलकित हो रहा था।

झटका समाप्त होने पर बैजनाथ बाबू कहने लगे—“हाँ, तुमसे मैं डरता था। खासकर तुम्हारी सुन्दर आँखों की अन्तर्भेदिनी दृष्टि से। तुम्हें याद होगा, जब कालिम्पांग में अन्तिम बार तुमसे मुलाकात हुई थी, तो मैंने तुम्हें डाँट बताते हुए कहा था कि मेरी ओर नाक-भौं सिकोड़कर घृणा-भरी दृष्टि से न देखा करो। तुम्हारी वह दृष्टि मुझे बहुत भयभीत कर देती थी, और असहनीय मालूम होती थी।”

सहसा पारसनाथ का मौन भंग हुआ। उसने अपने मुख के गम्भीर भाव को कुछ हलका करते हुए कहा—“आपने यह भी कहा था कि अगर इस तरह मेरी ओर देखोगे, तो सामने टँगी हुई दुनाली बन्दूक से तुम्हारा काम तमाम कर दूँगा।” —उस विशेष बात की याद दिलाने के लिए, पारसनाथ न जाने क्यों, बरबस उतावला हो उठा था।

बैजनाथ बाबू कुछ देर तक स्तब्ध-भाव से पारसनाथ की ओर देखते रह गये। उसके बाद उनका मुख एक अत्यन्त करुण छाया से म्लान हो आया। एक लम्बी साँस लेकर कराहने के-से स्वर में वह बोले—“हालाँकि मुझे याद नहीं है, फिर भी मैं जानता हूँ कि मैंने इस तरह की बात कही होगी। मैं पहले ही कह चुका हूँ कि मैं कितना बड़ा राक्षस हो गया था! आज भी मैं नरक ही का जीव हूँ, फिर भी मेरी भावनाओं में आज बड़ा

अन्तर आ गया है। तुम्हारी माँ ने अपनी बीमारी की हालत में चार चिट्ठियाँ मुझे लिखी थीं। उनमें कैसी मार्मिक करुणा भरी हुई थी, मेरे प्रति कैसा प्राणस्पर्शी प्रेम छलक उठा था, कैसी मार्मिक वेदना टीस मारती थी, वह मैं तुम्हें किस प्रकार समझाऊँ बेटा! उन पत्रों को मैं कालिम्पांग में ही भूल आया हूँ, नहीं तो इस समय तुम्हें पढ़ाता, जिससे तुम्हारी माँ की महानता का एक नया रूप तुम्हारे सामने आता। उसमें तुम्हारे बारे में भी बहुत-कुछ था—माँ की ममता का अत्यन्त विकल तथापि संयत आवेदन। उन चारों पत्रों में यह कातर प्रार्थना की गयी थी कि मैं एक बार उसकी मृत्यु के पहले उससे अवश्य मिल लूँ, और पिछली सब गलतफहमियों को भूलकर उसे आशीर्वाद दे जाऊँ। पहला पत्र जब मैंने पढ़ा, तो मेरे हृदय में भावुकता की एक लहर-सी अवश्य उथल उठी; पर फिर भी मेरे भीतर का राक्षस नहीं डिगा। पर, बाद में जब एक-एक करके तीन पत्र मुझे और मिले, जिनमें करुणा का आवेग उत्तरोत्तर बढ़ता चला गया था, तो मेरी युगों की जड़ता का चट्टान हिल गया, और मैं रह न सका। मैं उसी दिन घर के लिए रवाना हो गया।

"घर पहुँचने के बाद जब मैंने तुम्हारी माँ का रक्त-मांस से एकदम रहित, कंकाल का-सा रूप देखा, तो मैं आतंक से सिहर उठा। उस प्रेत-मुख पर आँखों के रूप में प्रकाश के दो बिन्दु बड़ी तेजी से चमक रहे थे। वे बड़े भयावने लगते—अगर उनमें करुणा सिमिट- सिमिट कर समा न गयी होती। क्षय रोग ने उसके शरीर पर पूरी तरह से कब्जा कर लिया था; पर उसके होश-हवास बिलकुल दुरुस्त थे, और अभी तक उसमें उठने-बैठने की स्फूर्ति शेष थी। मुझे देखते ही उसका म्लान मुख आतिशबाजी के महताब की तरह कुछ-कुछ नीले रंग के-से उज्ज्वल प्रकाश से क्षण-भर के लिए जगमगा उठा। वह पलँग पर उठ बैठी और अपने दोनों हाथों से मेरे पाँवों को जकड़कर उन पर माथा टेककर बूँद-बूँद करके आँसू गिराने लगी। मेरी समझ ही में न आया कि मैं उसे किन शब्दों में सान्त्वना दूँ। एक अनोखी बेचैनी ने आधी रात के स्वप्न में छाती पर चढ़ बैठनेवाले भूत की तरह मुझे धर दबाया। बहुत चेष्टा करने पर भी मैं केवल इतना ही कह पाया—'हो गया! हो गया! उठो, उठो!' उसने उसी तरह आँसू गिराते हुए रूँधे हुए गले से कहा—'मुझसे इस जन्म में अगर सचमुच कोई अपराध हुआ हो, तो क्षमा कर दीजिये! और यह आशीर्वाद दीजिये कि अगले जन्म में मैं आप ही को पति-रूप में पाऊँ; पर जो वियोग बिना किसी अपराध के इस जन्म में मुझे भोगना पड़ा है, वह फिर कभी न भोगना पड़े!'—उसके ये शब्द मेरी बेचैनी को बहुत बढ़ाने लगे। वह बेचैनी एक वायु गोले की तरह मेरी छाती के भीतर उठकर मुझे मानसिक शूल की-सी पीड़ा पहुँचाने लगी; पर मुँह से मैंने केवल यही कहा—'अब बस करो! बस करो!'— यह कहकर मैंने उसके दोनों हाथ पकड़े और उसे धीरे से उठाकर पलँग पर लिटा दिया। मेरे भीतर विचारों का एक अनोखा तूफान उठने लगा। मैं सोचने लगा—'इतनी अधिक पति-परायणता की क्या आवश्यकता थी!' उसे चाहिए था कि जिस व्यक्ति ने अपने

मन की कुछ विकृत, जघन्य और भयंकर पागलपन की नारकीय प्रवृत्तियों के लिए उसे त्याग दिया और उसे इतने वर्षों तक नारीत्व के सहज अधिकार से वंचित रखा, उसे वह घोर घृणा की दृष्टि से देखती और उसका तिरस्कार करती; पर उसकी दास-मनोवृत्ति ने उसकी आत्मा को इस कदर क्षीण बना दिया है कि उसमें विद्रोह की शक्ति ही नहीं रह गयी है, और वह अगले जन्म में मुझ राक्षस को ही पति-रूप में पाने की एकान्त इच्छा रखती है!"

कुछ भी हो, तब से मैंने उसकी सेवा-टहल में कोई बात उठा नहीं रखी। खर्चे की तनिक भी परवाह न कर शहर से प्रतिदिन दो डॉक्टरों को बुलाने का क्रम जारी रखा। वह पहले से काफी प्रसन्न और कुछ स्वस्थ भी दिखायी देने लगी; पर मेरे घर पहुँचने के दसवें दिन प्रायः आधी रात के समय अचानक उसका फेफड़ा जैसे फट गया—ऐसा मालूम हुआ, और उसके मुँह से खून के फौव्वारे छूटने लगे। इस घटना के चौथे रोज उसकी मृत्यु हो गयी। मरने के प्रायः आधा घण्टा पहले उसने कहा—"मैं आपकी स्त्री नहीं, घोर शत्रु निकली—मरते दम तक मुझसे आपको केवल कष्ट ही मिला। और मैं खुद कितनी बड़ी अभागिनी रही, इस बात का जिक्र ही करना बेकार है। आपको तो मैंने नाराज किया ही, बबुआ को भी...मेरे मरने के बाद बबुआ की खोज अवश्य कीजियेगा—'यही मेरी आखिरी प्रार्थना है!'—उसकी मृत्यु से जो गहरा धक्का मुझे पहुँचा, उसकी कल्पना भी मैंने पहले नहीं की थी। मैं दिन-रात एक ऐसी तीखी पीड़ा से छटपटाने लगा, जिसका ठीक-ठीक स्वरूप ही मेरी समझ में नहीं आ रहा था मुझे पूरा विश्वास है कि अगर तुम्हारी माँ की मृत्यु मेरे सामने न हुई होती, तो उसके मरने की घटना मेरे जीवन पर तनिक भी प्रभाव न छोड़ पाती। मुझे तो ऐसा लगता है, जैसे अपने प्रति किये गये अन्याय का भरपूर बदला लेने के लिए ही उसने अत्यन्त करुण पत्रों से मुझे डिगाकर मरने के पहले अपने पास बुला लिया..."

●

43

इस बीच पारसनाथ अपने 'बैग' को एक कोने में रखकर चुपके-से एक कुर्सी पर बैठ गया था। जब बैजनाथ बाबू को फिर एक बार खाँसी का 'फिट' आया, तो वह उठ खड़ा हुआ, और पीकदान उनके मुँह के पास बढ़ाकर धीरे से उनकी पीठ पर हाथ फेरने लगा।

'फिट' से सँभलते ही उन्होंने फिर बोलना शुरू किया। पारसनाथ देख रहा था कि बोलने से उनके हृदय पर काफी दबाव पड़ रहा है, और एक बार उसके मन में यह इच्छा हुई कि उनसे कुछ समय तक चुप रहकर विश्राम करने के लिए अनुरोध करे; पर फिर वह कुछ सोचकर रह गया। उसके आगे जिस नयी दुनिया का—नये भावनालोक का—रहस्य पर्दा-दर-पर्दा उघड़ता चला जा रहा था, उसके भीतर का पूरा रूप देखने का कौतूहल वह दमन नहीं कर पाता था।

बैजनाथ बाबू कहने लगे—"इस मार्मिक घटना ने मेरे जीवन को चाहे कैसा ही अस्त-व्यस्त क्यों न किया हो, एक जबर्दस्त अनुभव इससे मुझे प्राप्त हुआ है, और भारतीय नारी-जाति के सम्बन्ध में एक निश्चित विश्वास इसने मेरे मन में जमा दिया है। मेरी इस अनुभव-सिद्ध बात को गाँठ बाँध लो, बेटा, कि भारतीय नारी चाहे समाज के किसी भी स्तर में, किसी भी स्थिति में जीवन क्यों न बिताती हो, उसकी आत्मा अपनी मूलगत महानता का त्याग कभी नहीं करती। हाँ, हमारे देश की नारी बहुत महान्—महानतम्—है! उसने सदियों से बहुत पीड़न सहे हैं; पुरुष-परिचालित सभ्यता के कठोर लौह-शासन से कुचले जाने पर भी उसने अपनी चरम परतन्त्रता को स्वर्गीय आदर्श की महिमा प्रदान की है; पति के साथ सती बनकर वह जीवित अवस्था में चिता में हँस-हँसकर जल मरी है; विधवा का कठोर त्यागमय जीवन बिताकर जल-जलकर और घुल-घुलकर अपने कंकाल को उसने गृहस्थ-जीवन के बीच मंगलमयी मूर्ति का रूप दिया है; जब कभी उसे वेश्या का जीवन बिताने को बाध्य होना पड़ा है, तो घोर-नरक के बीच में रहकर अपने शरीर की बलि देने पर भी उसने उस नरक के बीच में स्वर्ग का स्निग्ध आभास झलकाने के लिए प्राणपण से प्रयत्न किया है—स्वयं अपने व्यभिचारमय यथार्थ जीवन के दिल दहलानेवाले अनुभवों से यह घोर सत्य मेरे सिर पर

चढ़कर बोला है। इन सब हीनताओं के कीचड़ में लोटने को विवश होने पर भी उसने अपनी मूल प्रकृति की महत्ता नहीं खोयी है—न जाने उसके भीतर किस प्रचण्ड आत्म-शक्ति का बीज निहित रहा है। युग-युगान्त की वह तापसी ऊपर से आज भी पिसी हुई; निःशक्त और पराजित मालूम होती है। पर, उसके भीतरी बल का यथार्थ प्रदर्शन अभी संसार ने देखा कहाँ! पर वह दिन दूर नहीं है, जब उसके भीतर इतने दिनों से बड़े यत्न के साथ संचित अंगार-कण दहककर विश्वव्यापी ज्योतिर्मय ज्वाला में परिणत हो उठेंगे। मैं आज आत्म विश्वास के साथ तुम्हारे आगे यह भविष्यवाणी करता हूँ, बबुआ, कि असंख्य हीनताओं के भार से दबी हुई आज की भारतीय नारी जल्दी ही एक दिन सारे विश्व पर अपने महान् गौरव की प्रभुता स्थापित करेगी, और क्या पूर्व और क्या पश्चिम—संसार के समस्त देशों की नारियाँ उसी की विजय-पताका के पीछे-पीछे चलकर अपने को महिमान्वित समझेगीं। याद रखो, मैं भावुकता के आवेश में आकर अपने छोटे मुँह से यह बड़ी बात कहने का दुस्साहस नहीं कर रहा हूँ; बल्कि अपने नारकीय जीवन के दीर्घ अनुभव से इस परिणाम पर पहुँचा हूँ। तुम्हें अपने जीवन-काल में ही मेरे इस कथन की सचाई का पता लग जायेगा। कुछ भी हो, आज अप्रत्याशित रूप से खोयी निधि की तरह तुम्हें अचानक पाकर मेरी प्रसन्नता का ओर-छोर नहीं, बबुआ! तुम्हारी माँ की मृत्यु का दुःख भी मैं आज बहुत-कुछ भूल गया हूँ। आओ बेटा, मेरे एकदम पास आकर बैठ जाओ। एक बार तुम्हारे सिर पर हाथ फेरकर कुछ समय के लिए आज एक बार फिर से उसी स्वर्गीय सुख का अनुभव करूँ, जिसका स्वाद मैं तुम्हारे छुटपन से तुम्हें गोद में खेलाकर ले चुका हूँ। आओ, आओ!"

पारसनाथ प्रतिरोध के रूप में एक शब्द भी न कहकर तत्काल कुर्सी पर से उठ खड़ा हुआ, और धीरे से बैजनाथ बाबू के पलँग पर उनकी बगल में जाकर बैठ गया। बैजनाथ बाबू एक हाथ उसकी पीठ पर फेरने लगे और दूसरे हाथ से उसके सिर के बाल सहलाने लगे। वह मन-ही-मन सोच रहे थे कि यदि पारसनाथ की माँ इस समय जीवित होती, तो वह इतने वर्षों बाद उसे पाकर इसी तरह उसके प्रति अपना दुलार जताती। उनके मन में जैसे पारसनाथ की स्वर्गीय माँ की तरफ से भी स्नेहाकुलता उमड़ उठी थी।

उस समय पारसनाथ के मन की क्या दशा हो रही थी, इसका ठीक-ठीक अन्दाज लगाना कठिन है। उसने एक बार किसी एक पुस्तक में एक व्यक्ति के दुःस्वप्न के बारे में पढ़ा था, जो इस प्रकार था—वह व्यक्ति रेल के एक डिब्बे में बैठा हुआ अकस्मात् अपने किसी अपराध से आशंकित होकर डिब्बे से भाग निकलने के लिए व्याकुल हो उठता है। वह उठकर भागता है और डिब्बे में जितने भी आदमी उसे रास्ता रोके हुए दिखायी देते हैं, उन सब को घबराहट के कारण एक तेज हथियार से कत्ल करके वह आगे की ओर दौड़ा चला जाता है। उस ट्रेन से कूदकर वह तेजी से भागता हुआ एक दूसरी ट्रेन पकड़ता है, और वहाँ भी अपने डिब्बे के आदमियों से आशंकित होकर, जो कोई भी उसके रास्ते में आता है, उसकी हत्या करके बाहर कूद पड़ता है और फिर दौड़कर एक तीसरी ट्रेन पकड़ता है। इस प्रकार वह एक के बाद दूसरी ट्रेन में सवार

होकर भागा चला जाता है। भागने के सिवा और किसी भी दूसरी बात की चिन्ता उसके मस्तिष्क में नहीं आती। पारसनाथ सोच रहा था कि उसका इतने वर्षों तक का जीवन ठीक इसी प्रकार के भौतिक दुःस्वप्न के सिवा और कुछ नहीं था। जब से उसने सुना कि वह जारज सन्तान है, तब से उसकी आत्मा पाप और अमिट कलंक की अनुभूति से इस कदर त्रस्त रहने लगी कि प्रतिपल वह उस भावना से भागने के लिए बेचैन रहने लगा, और भागने की उस हड़बड़ी में जो कोई भी व्यक्ति उसके रास्ते में आया, नैतिक दृष्टि से उसकी हत्या करता हुआ वह जीवन-यात्रा की एक ट्रेन के बाद दूसरी ट्रेन पकड़ता चला आया है। और आज जब नींद खुलने के बाद उसका वह लोमहर्षक और दुःस्वप्न टूटा है, तो उसकी आँखों के आगे सारी दुनिया का रंग ही बदल गया है। आज ही वह भागने की हड़बड़ी में कैसा भयंकर अनर्थ करने जा रहा था! हीरा न अत्यन्त सरल हृदय से उस पर पूर्ण विश्वास करके जब उसे अपना, सर्वस्व सौंप दिया था, उस समय उसकी आँखों में जो एक अत्यन्त करुण-कोमल और मार्मिक स्निग्धता से भरा भाव छलक उठा था, उसकी स्मृति रह-रहकर पारसनाथ के हृदय को तीखे शूलों से बेधने लगी। ''पर अब भय की कोई बात नहीं है। मैं अभी आता हूँ, हीरा!''—उसने मन-ही-मन कहा।

एक बात रह-रहकर उसके मन से बाहर निकलने के लिए छटपटा रही थी। अभी उस बात की चर्चा चलाना उचित होगा या नहीं, कुछ देर तक वह इस असमंजस में मौन बैठा रहा; पर कुछ ही समय पहले वह हीरा के प्रति कैसा भयंकर अनर्थ करने जा रहा था और कर ही चुका था, यदि अचानक चन्द्रबहादुर न मिल गया होता! उसकी प्रतिक्रिया उसके मन में उसी तेजी से होने लगी थी। इसलिए उसे अधिक धैर्य नहीं रहा, और उसने साहस बटोरकर कहा—"आपकी बातों से मुझे विश्वास हो गया है कि वास्तव में नारी-जाति के प्रति आपके विचारों में बड़ा भारी परिवर्तन आ गया है। इसलिए मैं आपके आगे एक प्रस्ताव रखने की धृष्टता करता हूँ। मैं एक लड़की को चाहता हूँ। वह लड़की पहले वेश्या का जीवन बिताया करती थी; पर कुछ वर्षों से उस जीवन से वह एकदम नाता तोड़ चुकी है, और उसके प्रति तनिक भी मोह उसके मन में शेष नहीं रहा है। वह मेरे साथ विवाह करके गृहस्थ-जीवन बिताने के लिए हृदय से उत्सुक है, और अपने भोलेपन के कारण मेरी ईमानदारी पर पूर्ण विश्वास किये बैठी है; पर मैं उससे कतराकर भाग निकलने की फिक्र में था! मैं उसे होटल में असहाय अवस्था में अकेली छोड़कर उसके पास की सब नकदी और गहने खसोटकर चम्पत हो गया होता, अगर आज स्टेशन पर चन्द्रबहादुर से भेंट न हुई होती तो। पर, आज आपकी बातों ने मेरी दृष्टि का स्वरूप ही बिलकुल बदल दिया है। इतने दिनों तक अपने को जारज समझकर जिन काल्पनिक शंकाओं से मेरा मन ग्रस्त रहा है और उन शंकाओं के पीड़न को भुलाने के लिए जिन अमानुषिक पाप-प्रवृत्तियों में मग्न रहा है, उनका अनुमान आप नहीं लगा पायेंगे; पर अब आपने उन शंकाओं को जड़ से उखाड़ डाला

है। अब मैं उस लड़की को किसी भी हालत में नहीं छोड़ सकता—सारा संसार अगर विरोधी हो उठे, तो भी नहीं। इसीलिए आपके आगे मैं यह प्रस्ताव रखने का दुस्साहस करता हूँ कि मुझे उस वेश्या लड़की के साथ विवाह करने की अनुमति दे दें।" —यह कहकर वह उत्सुक दृष्टि से उनकी ओर देखने लगा।

बैजनाथ बाबू काफी देर तक स्तब्ध भाव से पारसनाथ की ओर ताकते रह गये। उसके बाद धीरे-धीरे उनके मुख पर एक अत्यन्त शान्त और गम्भीर भाव प्रस्फुटित हो उठा। शायद उनके जीवन में पहली बार वैसा सहज-सुन्दर सौम्य भाव व्यक्त हुआ होगा। उन्होंने धीरे स्वर में कहा—"मेरे भीतर जो संकीर्ण रूढ़िवादी व्यक्तित्व दबा हुआ है, वह तुम्हारे प्रस्ताव का भयंकर विरोध करने पर उतारू हो गया था और अब भी वह विरोध के लिए छटपटा रहा है। पर, उसके ऊपर मेरा जो नया व्यक्तित्व उभर आया है, वह तुम्हारे प्रस्ताव को आदर की दृष्टि से देखने लगा है। इसलिए मैं सच्चे मन से तुम्हें उस वेश्या लड़की के साथ विवाह करने की अनुमति देता हूँ, बेटा! केवल अनुमति ही नहीं देता हूँ, बल्कि उसमें मेरा पूर्ण सहयोग भी रहेगा। तुम्हारी माँ के साथ मैंने जो नृशंस व्यवहार किया है, उसकी अनुभूति मेरे मन के गहरे-से-गहरे स्तरों को स्पर्श करती हुई अभी तक भीतर की ओर धँसती चली जाती है। मेरे उस घोर पाप का बहुत-कुछ प्रायश्चित्त हो जायेगा, अगर तुम उस वेश्या लड़की से विवाह कर लो, जिसे तुम असहाय अवस्था में छोड़ आये हो, और जो तुम पर पूर्ण विश्वास करके निश्चिन्त बैठी होगी। जाओ बबुआ, अभी चन्द्रबहादुर के साथ जाओ और मेरी भावी बहू को यहीं ले आओ।"

पारसनाथ का मुख एक ऐसी परिपूर्ण प्रसन्नता की दीप्ति से विभासित हो उठा, जिसका अनुभव उसने जीवन में इसके पहले कभी एक बार के लिए भी नहीं किया था। वह तत्काल उठ खड़ा हुआ और भाव के आवेश में उसने बैजनाथ बाबू के दोनों पाँव छूकर आन्तरिक श्रद्धा से उन्हें प्रणाम किया। बैजनाथ बाबू मन-ही-मन हार्दिक आशीर्वाद देते हुए केवल उसके सिर पर हाथ रखकर रह गये। उनके गद्‌गद प्राणों की वाणी बाहर फूट नहीं पाती थी। बहुत दबाने पर भी आँसू की दो-एक बूँदें उनकी आँखों से निकलकर उनके गालों से होकर बह चलीं। उन्हें ऐसा अनुभव हो रहा था कि अनेक युगों के बाद आज उस तरह के विह्वल और पुलक-विकल सुख का अनुभव उन्हें हुआ है।

•

44

पारसनाथ उसी दम 'बैग' को हाथ में लेकर चल पड़ा। बैजनाथ बाबू ने इशारे से चन्द्रबहादुर को भी उसके साथ चलने के लिए कह दिया। यद्यपि अब अपने लड़के के प्रति किसी प्रकार का अविश्वास उनके मन में नहीं रह गया था, तथापि पूर्व अनुभवों से बहुत अधिक घबराये हुए उनके ऊपरी मन की बाहरी झिल्ली पर सन्देह की एक संस्कारगत छाया अभी तक शेष थी।

होटल की ओर जानेवाली ट्राम में बैठकर पारसनाथ आकाश-पाताल की बातें सोचने लगा। भंग की परिपूर्ण तरंग से माथा चकराने पर जिस तरह नाना प्रकार के रूप-रंग क्षण-क्षण में बदलते हुए आलोक-चक्रों की तरह मस्तिष्क के भीतर मँडराते रहते हैं, उसके मन और मस्तिष्क की वही दशा उस समय हो रही थी। बैजनाथ बाबू ने उसे विवाह की अनुमति देते हुए जो बात कही थी, उस पर विचार करता हुआ वह मन-ही-मन कहने लगा—"हीरा से मेरा विवाह हो जाने पर आपके पाप का प्रायश्चित्त सम्भवतः हो जाये, पिता जी, पर मैं जो आपसे भी कई गुना अधिक भयंकर और घातक पाप कर चुका हूँ, क्या उनका प्रायश्चित्त अब किसी भी उपाय से हो सकता है? कभी नहीं! कभी नहीं! इस जन्म में नहीं! पर कुछ भी हो, जो एक और घातक पाप मैं करने जा रहा था, उससे तो कम-से-कम मुक्त हो ही जाऊँगा।"

ट्राम से उतरकर जब वह और चन्द्रबहादुर कुछ दूर तक पैदल चलकर होटल के दरवाजे के पास पहुँचे, तो हीरा खिड़की से अत्यन्त उत्सुक दृष्टि से उनकी ओर देख रही थी। जब से पारसनाथ गया था तब से अकेले में उसका जी बहुत घबरा रहा था, और वह क्षण-भर के लिए भी एक स्थान पर स्थिर नहीं रह पाती थी। कभी इस खिड़की के पास जाकर खड़ी होती, कभी उस खिड़की के पास, और कभी बाहर बरामदे में। अन्त में पारसनाथ जब लौटकर आ ही पहुँचा तो उसकी पुलकित आँखें सजलता से चमक उठीं। जब पारसनाथ ऊपर जाकर कमरे के भीतर गया, तो चन्द्रबहादुर कमरे के बाहर ही खड़ा रहा। पारसनाथ भीतर प्रवेश करते ही 'बैग' को नीचे रखकर अत्यन्त अधीर भाव से हीरा से लिपट पड़ा और उसके दाहिने गाल पर, कान के पास अपने ओठों को रखकर चुमकार-भरे स्वर में फुसफुसाते हुए कहने लगा—"मेरी हीरा! मेरी मोती! मेरी पन्ना!"

हीरा अत्यन्त सरस स्नेह की मधुर मुस्कान मुख पर झलकाती हुई बोली—"जिस काम से तुम गये थे, वह हुआ या नहीं, पहले यह बताओ!"

"मैं उससे बहुत बड़ा काम करके आया हूँ, हीरा!"

"क्या काम?"

"मैं, हम दोनों के विवाह की बात, पक्की करके आया हूँ।"

अत्यन्त आश्चर्य के साथ हीरा ने कहा—"मैं तुम्हारी बात कुछ समझी नहीं! किससे पक्की करके आये हो?"

"पिता जी से!"

हीरा को और भी अधिक आश्चर्य हुआ।

"पिता जी से?" कहाँ हैं तुम्हारे पिता जी? उनके सम्बन्ध में कोई बात तुमने मुझसे कभी नहीं कही! वह क्या यहीं—कलकत्ते में—हैं?"

"हाँ, हीरा, वह आजकल यहीं हैं। मुझे भी पहले पता नहीं था। आज इत्तफाक से उनसे भेंट हो गयी। तुम्हारे सम्बन्ध में सब बातें उन्हें बताकर मैंने तुम्हारे साथ अपने विवाह की इच्छा प्रकट की, और इस विषय में उनकी अनुमति चाही। उन्होंने आज्ञा दे दी, और कहा—'मैं अपनी भावी बहू को देखना चाहता हूँ, उसे यहीं ले आओ।' अब चलो। वहाँ काफी जगह है। आज से हम लोग वहीं रहेंगे। होटल का बिल चुकाकर चले चलें।"

हीरा के लिए यह इतने बड़े सुख की बात थी कि उसे विश्वास ही नहीं होना चाहता था; पर पारसनाथ के मुख के सहज भाव से उसकी बात पर अविश्वास करने का कोई कारण भी उसे नहीं दिखायी देता था। कुछ भी हो, वह चलने की तैयारी करने लगा। पारसनाथ ने चन्द्रबहादुर को भीतर बुलाया। उसने सब सामान बाँध डाला। उसके बाद एक गाड़ी और एक टैक्सी ले आया। होटल का बिल चुकाकर पारसनाथ हीरा के साथ टैक्सी पर सवार हो गया और चन्द्रबहादुर सामान के साथ गाड़ी में बैठ गया।

निर्दिष्ट स्थान पर उतरकर पारसनाथ हीरा को मकान के भीतर ले गया। ऊपर चलकर जब दोनों ने बैजनाथ बाबू के कमरे में प्रवेश किया तो हीरा उनका रुग्ण शरीर और रुक्ष आकृति देखकर कुछ सहम-सी गयी। पारसनाथ ने अत्यन्त गम्भीर भाव से कहा—"यही मेरे पिता जी हैं, हीरा!"

हीरा के मन में तत्काल जैसे किसी पूर्व जन्म के संस्कार से श्रद्धा की भावना जग उठी, और उसने सच्चे सम्मान के साथ बैजनाथ बाबू को प्रणाम किया।

बैजनाथ बाबू ने उसे आन्तरिक आशीर्वाद देते हुए धीरे से कहा—"आओ बेटी, आओ। तुम नहीं सोच सकतीं कि आज मेरे जीवन में कितने बड़े आनन्द का दिन है! तुम दोनों को एक-साथ देखकर मुझे ऐसा महसूस हो रहा है कि मैं मरता-मरता जी उठा हूँ। तुम दोनों का प्रेम आजीवन अटल रहे, और तुम्हारा गृहस्थ-जीवन सदा फलता-फूलता रहे, यह मेरा आन्तरिक आशीर्वाद है!"

तब से हीरा और पारसनाथ वहीं रहने लगे। बेटे के मिलने की प्रसन्नता के कारण हो, या डॉक्टरों की कुछ विशेष दवाओं के प्रभाव से हो, तब से बैजनाथ बाबू का स्वास्थ्य दिन-पर-दिन सुधरता हुआ मालूम होने लगा। हीरा अपनी सच्ची सेवाओं से उनकी प्रसन्नता को और अधिक बढ़ाती चली गयी। भावी ससुर की सेवा में जो एक विशेष प्रकार का स्निग्ध-सुख हीरा को मिल रहा था, उसका अनुभव तो दरकिनार, उसकी कल्पना भी उसने इसके पहले कभी नहीं की थी। उसके हृदय के अतल में युगों से दबे हुए भारतीय कुलवधू के संस्कार जैसे किसी माया मन्त्र से जग पड़े थे।

प्रायः एक महीने बाद बैजनाथ बाबू ने बड़ी धूम-धाम से दोनों का विवाह कर दिया। कालिम्पांग से उन्होंने अपने बहुत-से आदमियों को बुलाया और कलकत्ते के बहुत-से परिचित सज्जनों को निमन्त्रित किया। वर और वधू को बहुत-से सुन्दर और मूल्यवान् उपहार दिये।

विवाह के बाद प्रायः पाँच महीने तक सब लोग कलकत्ते ही में रहे। उसके बाद बैजनाथ बाबू ने कालिम्पांग जाने की इच्छा प्रकट की। पुत्र और पुत्रवधू को भी वह साथ ले जाना चाहते थे; पर पारसनाथ कुछ काल के लिए हीरा के साथ स्वतन्त्र जीवन बिताने की इच्छा रखता था। बैजनाथ बाबू का स्वास्थ्य अब बहुत-कुछ सुधर चुका था, इसलिए इस सम्बन्ध में कोई विशेष चिन्ता की बात नहीं रह गयी थी। बैजनाथ बाबू ने आज्ञा दे दी कि दोनों जहाँ जी चाहे वहीं सुख से रहें, और कुशल-पत्र देते रहें।

हीरा की इच्छा लखनऊ जाने की थी। वह अपनी बहनों को अपने जीवन के नये निर्माण की सूचना देना चाहती थी। जिन बहनों के साथ उसके जीवन के इतने वर्ष एक-साथ बीते थे, अपने सौभाग्य के दिनों में उनके संसर्ग से एकदम अलग रहना उसे अच्छा नहीं लगता था। उसने प्रस्ताव किया कि लखनऊ में एक बँगला किराये पर लेकर कुछ महीने वहीं बिताये जायें—कम-से-कम उसके प्रसव-काल तक। इधर कुछ महीनों से उसके आगे अपने भावी मातृत्व के शुभ-चिह्न प्रकट हो रहे थे; पर पारसनाथ ने उसे मीठी-मीठी बातों से समझा-बुझाकर लखनऊ जाने के प्रस्ताव को रद्द कर दिया। उसके मन में लखनऊ के जीवन की कोई अच्छी स्मृति नहीं थी, इसलिए वह भरसक वहाँ जाना नहीं चाहता था। उसने कहा—"तुम्हारी इच्छा का बड़ा मूल्य मेरे लिये है; इसलिए मैं तुम्हारी बात को एकदम से टालना भी नहीं चाहता। मेरी यह राय है कि हम लोग लखनऊ के पास ही किसी एक शहर में जाकर रहें। अगर तुम्हारी बहनें सचमुच तुमसे मिलने के लिए व्याकुल होंगी, तो वे वहाँ आसानी से मिल सकती हैं। या तुम भी चाहो, तो बीच-बीच में उनसे मिलने जा सकती हो; पर लखनऊ में डेरा जमाना किसी हालत में भी मैं उचित नहीं समझता।"

हीरा ने उसकी बात मान ली। कानपुर में रहने की बात तय हुई। कानपुर में 'सिविल लाइन्स' की तरफ एक अच्छा-खासा बँगला किराये पर लेकर दोनों रहने लगे। पारसनाथ अपनी गर्भवती स्त्री के स्वास्थ्य के सम्बन्ध में बहुत सचेष्ट रहने लगा, और हर तरह

उसे स्वस्थ और प्रसन्न करने के लिए प्रयत्नशील रहने लगा। इस बार वह बड़ी उत्सुकता से बच्चे के जन्म के शुभ-दिन की प्रतीक्षा करने लगा। हीरा के मुख पर दिन-दिन वह उसी सरस स्निग्धता, उसी मधुर आशा का उज्ज्वल आभास देख रहा था, जो कभी उसी दशा में मंजरी के मुख पर उसने देखी थी। उस पुरानी स्मृति के उभड़ने से एक क्षणिक टीस-सी उसके मन में उठी, पर तत्काल वह विलीन भी हो गयी। उसके तब के और आज के मनोभावों में जमीन-आसमान का अन्तर था। तब यह बात मालूम होने पर कि मंजरी को गर्भ रह गया है, पारसनाथ मन-ही-मन बौखला उठा था और तब से मंजरी को त्यागने के समय तक—और उसके बाद भी—जिस असहनीय मानसिक पीड़ा का अनुभव उसे करना पड़ा था, उसकी कल्पना भी आज वह ठीक से नहीं कर पाता था । आज पिता का शुभाशीर्वाद पाने के कारण जिस नारी को उसने द्विविधाहीन भाव से पत्नी के रूप में स्वीकार कर लिया था, उसके मातृत्व के मंगलमय रूप का बड़ा मूल्य उसके लिए था, और पिता के सच्चे सुख का पूर्वानुभव उसे हो रहा था।

●

45

जब आठवाँ महीना समाप्त होने को आया तो पारसनाथ के मन में यह चिन्ता उत्पन्न होने लगी कि एक अनुभवी स्त्री की सहायता के बिना कैसे काम चलेगा। उसने पिछली सब बातों को भूलकर हीरा को सलाह दी कि वह अपनी किसी बहन को प्रसव-काल के लिए अपने पास बुला ले। पर हीरा के लिखने पर भी कोई बहन नहीं आयी। अन्त में उसने निश्चय किया कि प्रसव-काल के कुछ समय पहले ही हीरा को लेडी डफरिन अस्पताल में भरती करा देना चाहिए। पर, बाद में उसके एक परिचित सज्जन ने उसे सूचित किया कि प्रायः एक वर्ष से एक बहुत ही योग्य डॉक्टरनी के तत्त्वावधान में एक नया मेटरनिटी हॉस्पिटल खुला है। उन्होंने अपनी श्रीमती को भी वहीं भरती कराया था; वहाँ बड़ी सुविधाएँ हैं, और हर तरह का आराम है, आदि-आदि। पारसनाथ ने उनकी बातों से आश्वासित होकर नवें महीने के प्रारम्भ में हीरा को वहाँ भरती करा दिया। वहाँ की प्रबन्धकर्त्री महाशया एक देशी ईसाई महिला थीं। वह बहुत ही शिष्ट और सहृदय जान पड़ीं। उन्होंने पारसनाथ को सलाह दी कि वह हीरा को प्राइवेट वार्ड में भरती न कराके जेनेरल वार्ड में ही भरती करावें, क्योंकि वहाँ सब समय दूसरी स्त्रियों का साथ रहने से उसका जी नहीं घबरायेगा, और चौबीसों घण्टे बिना बुलाये नर्सों और डॉक्टरनियों के 'अटेण्डेन्स' की सुविधा रहेगी। पारसनाथ ने उनकी बात मान ली। हीरा जेनरल वार्ड में भरती हो गयी।

बाहरी आदमियों के मिलने का समय दिन में तीन बजे से लेकर पाँच बजे तक था। पारसनाथ रोज उस निश्चित समय में जाकर हीरा से मिल आता। एक नौकरानी से सुबह-शाम हीरा के मन का खाना भिजवा दिया करता, और दिन में स्वयं कुछ फल-फूल उसके लिए ले जाता। जेनेरल वार्ड में जो दूसरी स्त्रियाँ भरती थीं, उन सबसे हीरा ने एक ही दिन में मैत्री स्थापित कर ली थी। उनमें से जो स्त्रियाँ अनुभवी थीं, उनसे वह नयी माता के कष्ट तथा नवजात शिशु के समुचित पालन-पोषण के सम्बन्ध में तरह-तरह की बातें जानती रहती थी। वह बहुत प्रसन्न थी और उत्सुकता से अपने मातृत्व के दिन की प्रतीक्षा कर रही थी; पर पारसनाथ बहुत सशंकित था। उसने सुन रखा था कि प्रसव-पीड़ा कभी-कभी असहनीय होने के कारण उससे गर्भिणी की मृत्यु

तक हो सकती है। मंजरी के सम्बन्ध में इस तरह की चिन्ता कभी उसके मन में उदित ही नहीं हुई थीं। तब वह बिलकुल दूसरी ही चिन्ताओं में मग्न था।

कुछ भी हो, हीरा के भरती होने के प्रायः एक हफ्ते बाद एक दिन तड़के सवेरे पारसनाथ को यह सूचना मिली कि पिछली रात प्रायः 3 बजे के समय हीरा ने एक लड़की को जन्म दिया है, और नवजात लड़की और उसकी माँ दोनों सकुशल हैं। पारसनाथ उसी दम हीरा से मिलने के लिए अधीर हो उठा; पर अस्पताल के कायदे के अनुसार वह उस समय मिल नहीं सकता था। जो नौकरानी खाना पहुँचाने गयी, उससे पता चला कि 'बहू रानी' बहुत प्रसन्न हैं और 'नन्हीं बिटिया' भी स्वस्थ है।

शाम को जब पारसनाथ नियत समय पर फल-फूल लेकर अस्पताल पहुँचा, तो उस समय हीरा बच्ची को दूध पिला रही थी। हीरा वास्तव में बहुत प्रसन्न दिखायी देती थी। उसने बच्ची के मुँह से दूध छुड़ाकर दोनों हाथों से उसे ऊपर उठाया और पारसनाथ को दिखाते हुए कहा—"जरा देखो तो सही, कैसी सुन्दर दिखायी देती है।" यह कहते हुए मातृत्व के गौरव से उसका मुख दीप्त हो रहा था, और स्नेहजनित हर्ष से उसकी सजल आँखें चमक रही थीं।

बच्ची एक-बड़े कीड़े की तरह माँ की गोद में कुलबुला रही थी और अज्ञात अन्ध-संस्कारवश माँ का दूध पीने के लिए छटपटा रही थी, हालाँकि उस समय उसे दूध पिलाने से मना किया गया था, और केवल "ग्लूकोज" मिला हुआ पानी पिलाया जा रहा था। उसे देख-देखकर पारसनाथ के शरीर में एक हलकी-सी सरसरी दौड़ गयी—स्नेह से, हर्ष से या—घृणा से? वह स्वयं नहीं जान पाया। बच्ची को देखकर पारसनाथ का एक अज्ञात सुप्त संस्कार जैसे जग उठा, और उसने अपने अनजान में ही चुमकारना शुरू कर दिया। चुमकारते-चुमकारते वह कहने जा रहा था—''मुन्नू!'' पर किसी पूर्व स्मृति ने उभड़कर सहसा उसका गला पकड़ लिया, और वह केवल ''मु—!" कहकर रह गया।

उस दिन एक विचित्र अनुभूति लेकर वह अस्पताल से वापस गया—उस अनुभूति में कितना सुख था और कितनी वेदना थी, इसकी ठीक माप-तौल वह नहीं कर पाया। उसके बाद वह प्रतिदिन नियत समय पर अस्पताल जाता था। सातवें दिन जब वह उसी नियत समय पर अस्पताल पहुँचा, तो उसने हीरा को बहुत गम्भीर पाया। उसके गोरे मुख पर किसी आशंकाजनित वेदना की हलकी-सी कालिमा पुती हुई थी। मालूम हुआ कि बच्ची को बुखार आया हुआ है। पारसनाथ को देखकर हीरा आँखों में आँसू भर लायी और बोली—"डॉक्टरनी को दिखाया था। उसने एक दवा पिलायी थी; पर उससे बुखार घटा नहीं, बल्कि बढ़ गया है।"

पारसनाथ ने देखा कि बच्ची तेजी से साँस ले रही है। और बेहोशी की-सी हालत में माँ का दूध चूसने का क्षीण प्रयास कर रही है। डॉक्टरनी मरीजों को देखने के लिए 'वार्ड' में आयी हुई थी। पारसनाथ बहुत घबरायी हुई हालत में उसके पास गया।

डॉक्टरनी आयी। उसने बच्ची को देखा और उसके बाद जो नर्स पास ही खड़ी थी उसे एक विशेष दवा बताकर कह दिया कि बच्ची को पिला दिया जाये। यह कहकर वह चली गयी। नर्स ने वैसा ही किया। दवा पिलाने के साथ प्रायः आधे घण्टे बाद बच्ची की हालत और अधिक खराब हो गयी, और उसकी साँस और तेजी से चलने लगी। वह बड़े कष्ट से दूध पी रही थी। हीरा रो पड़ी और बच्ची के मुख में जबरदस्ती स्तन का सिरा ठूँसने लगी। बच्ची क्षण-भर के लिए स्तन चूसने की चेष्टा करके छोड़ देती थी। हीरा अत्यन्त व्याकुल होकर रोने लगी। पारसनाथ भी बुरी तरह घबरा उठा। जो नर्स वहाँ पर खड़ी थी उससे उसने कहा कि फिर से जल्दी डॉक्टरनी को बुला लाये। नर्स जाकर फिर उसी डॉक्टरनी को बुला लायी। डॉक्टरनी ने बच्ची को देखकर कहा—''केस'' कुछ ''सीरिअस'' है। बड़ी डॉक्टरनी—डॉक्टर राय—को बुलाना होगा।"

पारसनाथ ने आश्चर्य से पूछा—"अभी और भी कोई डॉक्टरनी हैं क्या? मैंने तो उन्हें कभी नहीं देखा। मैं तो बराबर आप ही को देखता आया हूँ!"

डॉक्टरनी साहबा मुस्करायीं। उन्होंने कहा—"डॉक्टर राय तभी आती हैं, जब कोई 'सीरिअस केस' रहता है। उन्हें अस्पताल की कुल बातों का प्रबन्ध करना पड़ता है, इसीलिए उन्हें सब समय आने की फुर्सत नहीं रहती। मैं अभी उन्हें बुलाती हूँ। आप घबराइये नहीं। उनकी दवा से आपकी बच्ची की तबीयत पाँच मिनट के अन्दर ठीक हो जायेगी।"—यह कहकर वह चली गयी।

पारसनाथ मारे घबराहट के कुछ सोच ही नहीं पा रहा था कि क्या किया जाये। वह बार-बार हीरा को दिलासा देने की चेष्टा में स्वयं भी रोनी-सी सूरत बना लेता था, और एक बार बच्ची की ओर देखकर न जाने किस दुःस्वप्न-लोक में मग्न हो जाता। प्रायः तीन मिनट बाद किसी के पाँवों की आहट सुनकर उसने लौटकर देखा—दो महिलाएँ खड़ी थीं। उनमें से एक वही डॉक्टरनी थी जो बच्ची को पहले देख गयी थी; पर दूसरी महिला को देखकर पारसनाथ को कुछ क्षणों तक अपनी आँखों पर विश्वास नहीं हुआ। आँखें फाड़-फाड़कर वह भ्रान्त और भीत दृष्टि से दूसरी महिला की ओर देखता रह गया। नवागता महिला उससे कम भ्रान्त और भीत नहीं दिखायी देती थी। पारसनाथ ने कहा—"तुम!..." इसके आगे वह कुछ नहीं कह सका। नवागता महिला भी उत्तर में केवल "तुम!" कहकर रह गयी। पारसनाथ को प्रथम क्षण में यह विश्वास नहीं हुआ कि मंजरी कायाकल्प के किसी नियम से डॉक्टरनी का वेश बदलकर उसके सामने खड़ी है; पर कुछ ही समय बाद उसका भ्रम जाता रहा और उसे निश्चित विश्वास हो गया कि, 'बड़ी डॉक्टरनी' के रूप में जो स्त्री उसके सामने उपस्थित है वह मंजरी ही है। जो डॉक्टरनी 'डॉक्टर राय' को बुला लायी थी और जो नर्सें वहाँ पर खड़ी थीं, वे सब बड़े गौर से विस्मित दृष्टि से दोनों की ओर देख रही थीं।

डॉक्टर राय विस्मय के प्रथम धक्के से जब सँभलीं, तो उन्होंने एक बार घोर घृणा की दृष्टि से पारसनाथ की ओर देखकर रूखे—बल्कि कठोर—स्वर में कहा—"क्या यह तुम्हारी बच्ची है?"—काँपती हुई आवाज में पारसनाथ बोला—"जी हाँ!"

"जाओ! जाओ! इसी क्षण मेरे सामने से हट जाओ—मैं इस बच्ची को हरगिज नहीं देखूँगी!"—उन्होंने झल्लाकर कहा। सारे वार्ड में सन्नाटा छा गया और पारसनाथ सबके कुतूहल का केन्द्र बन गया।

"डॉक्टर रमैया, तुम देखना, और जो कुछ पूछना हो, मुझसे पूछ लेना। मैं जाती हूँ—" यह कहकर डॉक्टर राय जाने लगीं। उनकी आँखों से चिनगारियाँ निकल रही थीं या आँसू, यह ठीक से बताना कठिन है। क्षणिक स्तब्धता के बाद पारसनाथ का होश फिर आया। उसने दौड़कर डॉक्टर राय के दोनों पाँवों के जूते पकड़ लिये। अत्यन्त गिड़गिड़ायी हुई आवाज में बोला—"मेरी बच्ची को एक बार देख लीजिये। उसे जिला दीजिये! उसके बाद आप मुझे जो भी सजा देना चाहेंगी मैं उसे स्वीकार कर लूँगा।"

"जाओ ! जाओ! मेरे सामने से हट जाओ! तुम्हारे समान हत्यारे की कोई बात मैं सुनना नहीं चाहती!"—फिर एक बार झल्लायी हुई आवाज में डॉक्टर राय ने कहा, और झटके से अपने दोनों पाँवों को छुड़ाकर वह चलने लगीं। सारे वार्ड में तमाशा लग गया। इतने में अकस्मात् हीरा बच्ची को लेकर डॉक्टर राय के सामने चली आयी, और बच्ची को उनके पाँवों के सामने फर्श पर रखकर अत्यन्त व्याकुलता से बिलखती हुई बोली—"बहन जी, मेरी बच्ची को या तो देख लीजिये, या इसे अपने पैरों से कुचलकर मार डालिये! इससे अधिक मैं और कुछ नहीं कह सकती।"

"यह क्या करती हो! यह क्या करती हो!"—कहकर डॉक्टर राय ने बच्ची को दोनों हाथों से उठा लिया। उनकी दोनों आँखों से आँसुओं की धारा जैसे रोके नहीं रुकना चाहती थी। उन्होंने पारसनाथ की ओर एक बार अपनी सजल और साथ ही जलती हुई आँखों से देखकर कहा—"अगर तुम चाहते हो कि मैं बच्ची का इलाज करूँ, तो तुम इसी क्षण यहाँ से हटकर बाहर चले जाओ।"

पारसनाथ बिना एक शब्द बोले चुपचाप बाहर निकल गया। डॉक्टर राय ने बच्ची को अच्छी तरह देखकर हीरा से स्नेह-कोमल स्वर में कहा—"घबराने की कोई बात नहीं है, बहन! मैं अभी दवा दिये देती हूँ, उससे पाँच मिनट के अन्दर तबीयत ठीक हो जायेगी।" —यह कहकर उन्होंने नर्स को एक विशेष दवा लाने के लिए आदेश दिया। नर्स तत्काल बगलवाले कमरे से दवा ले आयी। डॉक्टर राय ने हीरा से कहा कि बच्ची को गोद में लेकर पलँग पर बैठ जायें। हीरा ने वैसा ही किया। डॉक्टर राय ने बच्ची को चम्मच से एक घूँट दवा पिला दी। हीरा तद्गत भाव से बच्ची की ओर देख रही थी और बरबस आँसू गिराती जाती थी। उसके लिए उस समय बच्ची के सिवा संसार में और किसी का अस्तित्व ही नहीं था—स्वयं अपना भी नहीं। डॉक्टर राय भी बड़े ध्यान से हीरा की ओर देख रही थीं—क्या सोचकर, कौन जाने! बच्ची के लिए डॉक्टर राय तनिक भी चिन्तित नहीं थीं, क्योंकि उन्होंने पहले ही देख लिया था कि उसकी जान बिलकुल भी खतरे में नहीं है।

प्रायः दस मिनट बाद बच्ची ने स्वाभाविक ढंग से दूध पीना शुरू कर दिया, और उसकी साँस की क्रिया भी बहुत-कुछ, सहज-भाव से चलने लगी। डॉक्टर राय की भीगी

पलकें पुलकित हो आयीं। उन्होंने स्नेह–मधुर मुस्कान से हीरा की ओर देखकर कहा, "अब कुछ चिन्ता न करो बहन! अब तुम्हारी बच्ची बिलकुल अच्छी हो गयी है।"

हीरा भी जान गयी थी कि अब बच्ची की हालत पहले से काफी अच्छी हो गयी है, इसलिए वह चैन की साँस ले रही थी, और कृतज्ञता के आँसू छलकाती हुई डॉक्टर राय की ओर देख रही थी। डॉक्टर राय उससे बातें करने के लिए विशेष उत्सुक जान पड़ती थीं; पर जैसे कुछ संकोच का-सा अनुभव कर रही हों, ऐसा मालूम होता था। कुछ देर तक चुप रहने के बाद डॉक्टर राय ने धीरे से पूछा–"वह तुम्हारे कौन होते हैं, बहन?"

"पति"–ससंकोच और सविभ्रम हीरा ने कहा।

"ओह ! तुम्हारा विवाह कब हुआ?"–यह प्रश्न पूछते हुए डॉक्टर राय का मुख एक अव्यक्त विषाद से म्लान हो आया। हीरा ने इस बात पर गौर किया। पारसनाथ के प्रति डॉक्टर राय का व्यवहार वह देख चुकी थी। एक अस्पष्ट सन्देह उसके मन में पहले ही से उत्पन्न हो रहा था। उसने उत्तर दिया–"प्रायः साल-भर पहले की बात है।"

"ओह!"–एक लम्बी साँस लेते हुए डॉक्टर राय ने कहा–"कुछ भी हो, मुझे बहुत अफसोस है; बहन, मैंने अपने कठोर व्यवहार से तुम्हारा जी दुखाया! पर इस बात का एक कारण था, जिसे आज तो नहीं, पर मौका मिलने पर किसी दिन अवश्य बताऊँगी। इस समय मैं जाती हूँ। अगर बच्ची की तबीयत फिर कुछ भी खराब हो, तो मुझे अवश्य बुला लेना।"–यह कहकर डॉक्टर राय तेज कदम रखती हुई दूसरे कमरे में चली गयीं।

पारसनाथ इतनी देर तक बाहर बरामदे में एक खिड़की के पास ओट में खड़ा था, और वहाँ से लुक-छिपकर सब-कुछ देख रहा था, और बहुत-कुछ सुन रहा था। जब डॉक्टर राय चली गयीं तो वह चुपके से फिर भीतर चला आया। बच्ची की तबीयत का हाल जानकर और हीरा की घबराहट दूर होते देखकर उसे परम प्रसन्नता हुई।

46

तब से हीरा जब तक अस्पताल में रही, तब तक कभी एक दिन के लिए भी उसकी तबीयत खराब न हुई। जब उसके अस्पताल से बिदा होने का समय आया, तो डॉक्टर राय ने (जो हीरा और उसकी बच्ची का हाल डॉक्टर रमैया से बराबर मालूम करती रहती थीं) उसे एकान्त में अपने पास बुलाया। स्वयं हीरा के पास वह पारसनाथ की उपस्थिति के डर से नहीं गयीं। अकेले में वह हीरा से बड़े प्रेम से मिलीं, और बच्ची को गोद में लेकर उन्होंने उसे खूब प्यार किया, उसके बाद उन्होंने अपने पिछले जीवन का सारा इतिहास विस्तार के साथ सुनाया। जब वह सुना रही थीं, तो हीरा अत्यन्त श्रद्धा और सम्भ्रम के साथ उनके तेजस्वी मुख की गौरव-श्री पर तद्गत भाव से ध्यान दे रही थी। एक अपूर्व रहस्यमयी महिमा से दिपते हुए उस मुख पर कभी एक मर्मस्पर्शी कोमल करुणा झलक उठती थी, कभी रोषपूर्ण भाव व्यक्त हो उठता, और कभी स्निग्ध, शान्त, सौम्य ज्योति विभाजित हो उठती थी। सारी दास्तान सुनाने के बाद उन्होंने कहा—"तुम्हारे प्रति मेरे मन में लेशमात्र भी ईर्ष्या का भाव नहीं है, बहन, और मैं तुम्हें विश्वास दिलाती हूँ कि तुम्हारी बच्ची के प्रति मेरे मन में एक ऐसी ममता जग उठी है, जिस पर विचार करके मुझे स्वयं आश्चर्य होने लगता है। पर क्षमा करना, एक बात मैं स्पष्ट शब्दों में तुम्हें बता देना चाहती हूँ—वह यह कि जिस व्यक्ति को तुमने अपना पति बनाया है, उसे इस जीवन में मैं कभी क्षमा नहीं कर सकती। उसके समान हीन और घृणित पापात्मा इस जीवन में मैंने दूसरा नहीं देखा। वह हत्यारा है, हाँ, हत्यारा! उसने मेरे हँसते-खेलते हुए बच्चे को अनाथों का भी अनाथ बनाकर कुत्ते की मौत मरने के लिए छोड़ दिया। और मुझे ऐसी अवस्था में छोड़कर वह भाग निकला कि...पर अब ये सब बातें व्यर्थ हैं। जो भी हो, तुमसे मिलकर मुझे बड़ी प्रसन्नता हुई है! तुम बड़ी सरल और सहृदय हो। भगवान् तुम्हें और तुम्हारी बच्ची को स्वस्थ और सुखी रखें। बीच-बीच में मुझसे मिलती रहना। मुझसे फुरसत से मिलने का समय सबसे अच्छा दिन में ग्यारह बजे से लेकर एक बजे तक है।"

हीरा बच्ची को गोद में लेकर उठ खड़ी हुई, और उसी अवस्था में उसने डॉक्टर राय से 'नमस्ते' कहा। डॉक्टर राय की बातों के उत्तर में वह बहुत-कुछ कहना चाहती थी,

पर उनके आगे अपने को इस कदर निस्तेज पा रही थी कि कुछ बोलने का साहस ही उसे नहीं होता था। फिर भी जाने के पहले वह साहस बटोरकर बोली—“मेरे पति के सम्बन्ध में आपने जो बातें कही हैं, उनसे मुझे विश्वास हो गया है कि उन्होंने आपके साथ घोर अन्याय किया है। फिर भी आपके मुँह से उनके सम्बन्ध में कड़े शब्द मुझे बिलकुल अच्छे नहीं लगे हैं। इसका कारण केवल यह है कि वह मेरे पति हैं; पर इसके लिए मैं आपको बिलकुल भी दोषी नहीं ठहराती, क्योंकि मैं सोच सकती हूँ कि अगर आपके स्थान में मैं होती, तो बहुत मुमकिन है मेरे भी मन का भाव ऐसा ही हो उठता। फिर भी मैं आपसे प्रार्थना करूँगी कि अगर हो सके, तो आप अब उन्हें क्षमा कर देने की चेष्टा करें। यह आपके समान महान् और उदार नारी के ही योग्य होगा। इससे अधिक मैं और कुछ नहीं कह सकती। अच्छा, नमस्ते। आपने मेरी बच्ची को जिलाकर मेरा जो उपकार किया है, उसके लिए मैं जीवन-भर मन-ही-मन आपको धन्यवाद देती रहूँगी।”—यह कहकर हीरा चली गयी।

घर पहुँचकर हीरा ने पारसनाथ से सब बातें विस्तार सहित कह डालीं। दूसरी बातों के साथ उसने यह भी बताया कि किन परिस्थितियों में डॉक्टर राय ने कलकत्ते में डॉक्टरी पढ़ी, कैसे वहाँ के एक नामी बंगाली डॉक्टर से उनका विवाह हुआ, और विवाह के दो वर्ष बाद ही पति की मृत्यु हो जाने पर उनकी छोड़ी हुई सम्पत्ति तथा उनके मित्रों के दिये हुए दान की सहायता से कैसे डॉक्टर राय ने कानपुर में एक ऐसी मेटरनिटी हॉस्पिटल खोला, जो प्रान्त-भर में अपने ढंग का बेजोड़ अस्पताल है—जिन-जिन से हीरा की बातें हुईं उन सबकी यही राय थी। हीरा ने यह भी बताया कि डॉक्टर राय पारसनाथ से कैसे भयंकर रूप से नाराज हैं, और किसी भी हालत में उसे क्षमा करने को तैयार नहीं हैं।

पारसनाथ ने अत्यन्त गम्भीर भाव से डॉक्टर राय के सम्बन्ध में हीरा की सब बातें सुनीं। अन्त में एक लम्बी साँस लेकर उसने कहा—“मंजरी बिलकुल सत्य कहती है, हीरा, मैं सचमुच घोर पापात्मा और हत्यारा हूँ। मंजरी बहुत महान् है, बहुत महान्! जितना तुम समझती हो, उससे बहुत अधिक—यह बात मैं सच्चे मन से, आन्तरिक विश्वास से कह रहा हूँ! मैं जानता हूँ कि वह अब किसी भी शर्त पर मुझे क्षमा नहीं कर सकती; पर साथ ही मैं यह भी जानता हूँ (जिसे तुम नहीं जानती हो) कि वह किस हद तक क्षमा कर सकती हैं और कर चुकी है। फिर भी मैं एक बार उससे मिलूँगा—चाहे परिणाम कुछ भी हो!”

और दूसरे ही दिन वह मंजरी से मिलने अकेले चला गया। प्रायः बारह बजे के समय वह डॉक्टर राय के बँगले के दरवाजे पर पहुँचा, जो अस्पताल के निकट था। वर्दी पहने हुए चपरासी ने पूछा—“आप किससे मिलना चाहते हैं?”

“डॉक्टर राय से।”

“अपना नाम लिखकर दीजिये।”

"नाम लिखने की कोई जरूरत नहीं है, तुम उनसे जाकर कह दो कि एक आदमी एक बहुत ही जरूरी काम से उनसे दो बातें करने आया है।"

पर चपरासी बिना नाम लिखा हुआ पुर्जा या कार्ड लिये किसी तरह भी भीतर जाने को राजी न हुआ। कोई उपाय न देखकर अन्त में पारसनाथ ने दो रुपये जेब से निकाल-कर चुपचाप उसके हाथ में रख दिये। चपरासी प्रसन्न होकर भीतर गया। पारसनाथ बाहर 'कोरीडोर' में एक बेंच पर बैठ गया। थोड़ी देर बाद भीतर का पर्दा हटा और डॉक्टर राय भीतर से झाँकने लगीं। पारसनाथ को देखकर उनके मुख की मुद्रा एकदम कठोर हो उठी। पारसनाथ पलक मारते उठ खड़ा हुआ और आज भी उस दिन की तरह उसने डॉक्टर राय के दोनों 'सैण्डल' पकड़ लिये। अत्यन्त दीन भाव से, व्याकुल कण्ठ से बोला—"मंजरी, मुझे क्षमा कर दो! अगर हमेशा के लिए क्षमा न करना चाहो, तो केवल आज भर के लिए कर दो। केवल मेरी दो बातें सुन लो!"

क्षण-भर के लिए ऐसा मालूम हुआ, जैसे डॉक्टर राय कुछ विचलित हो उठीं; पर तत्काल पिघलते-पिघलते रह गयीं। फिर से उनका रोष उभड़ आया और उन्होंने अपने दोनों पाँवों को झटके से छुड़ाना चाहा; पर पारसनाथ ने ऐसी मजबूती से उन्हें जकड़ लिया था कि उनके लिए छुड़ाना मुश्किल हो गया। उन्होंने कहा—"छोड़ो, नहीं तो मुझे अभी अपने आदमियों को बुलाना पड़ेगा।"—पर पारसनाथ ने उनकी इस बात पर भी ध्यान न देकर जूता-सहित उनका दाहिना पाँव अपने नंगे सिर पर रख लिया, और बोला—"तुम चाहे अपने आदमियों को बुलाकर, मुझे पिटवाओ, मरवा डालो, या और किसी दूसरे तरीके से जलील करो, पर जब तक तुम कम-से-कम आज के लिए मुझे क्षमा करके मेरी दो बातें सुनने को राजी न हो जाओ, तब तक तुम्हारे जूतों को मैं नहीं छोड़ने का।"

डॉक्टर राय ने न जाने क्या सोचा। उनका रुख कुछ बदला, ऐसा जान पड़ा। उन्होंने कहा—"अच्छी बात है, तुम क्या कहना चाहते हो कह डालो; उसके बाद तुम्हें फौरन चल देना होगा। मेरे उत्तर की कोई प्रतीक्षा तुम्हें नहीं करनी होगी।"—उनके कण्ठस्वर में अभी तक वही कठोरता वर्तमान थी।

पारसनाथ उठ खड़ा हुआ और बोला—"अच्छी बात है। यही सही, मैं केवल अपने मन की बात कहकर ही सन्तोष कर लूँगा। तो चन्द मिनट इतमीनान से बैठ जाओ।"

मंजरी धम से कुर्सी पर बैठ गयी और बोली—"कहो, क्या कहना है?—अभी तक उसके मुख पर घृणा और क्रोध की छाया वर्तमान थी, यद्यपि उसकी प्रगाढ़ता किसी कारण से पहले की अपेक्षा कुछ कम हो गयी थी।

पारसनाथ भी एक कुर्सी पर बैठ गया। उसके मुख पर विषाद की एक गहरी कालिमा घनीभूत हो उठी थी। उसने गला साफ करके कहा—"देखो मंजरी, मैं अच्छी तरह जानता हूँ कि जो महान् अपराध मैंने तुम्हारे प्रति किया, उसके लिए क्षमा चाहना उस अपराध पर और अधिक गहरा रंग चढ़ाना है—किसी व्यक्ति को जलाकर उसके जले स्थान पर नमक छिड़कने के बराबर है। और यह जानकर भी मैं तुमसे क्षमा चाह रहा हूँ, इससे तुम निश्चय ही समझ गयी होगी कि मेरे स्वभाव में अभी तक कुटिलता किस हद तक

शेष है। फिर भी एक बात से तुम्हें परिचित कराये बिना मेरा मन नहीं मानता। तुम्हें याद होगा, मैंने एक दिन तुमसे कहा था कि मैं अपनी माँ के पति का बेटा नहीं, बल्कि उसके प्रेमी का लड़का हूँ। मुझे इस बात का सन्देह था कि मेरी बात सुनकर तुम उसी वक्त से मुझसे घृणा करने लगोगी; पर तुमने अपने विशाल हृदय की गहरी समवेदना का परिचय देते हुए कहा था—"नहीं, तुम कतई घृणा के योग्य नहीं हो! कोई भी दुःखी आदमी घृणा के योग्य नहीं हो सकता।"—तब से मेरे प्रति तुम्हारी स्नेहपूर्ण समवेदना घटने के बजाय और अधिक बढ़ गयी। इस बात से तुम्हारी महानता का परिचय अवश्य मिला; पर उससे मेरे समान क्षीण-हृदय, किन्तु प्रबल अनुभूतिशील प्राणी की आत्मग्लानि कुछ भी कम नहीं हुई। आत्मग्लानि की वह भावना कैसी सर्वनाशी और आत्मशोषी थी, इसकी कल्पना आज मैं स्वयं नहीं कर सकता, कोई दूसरा क्या कर सकेगा। उस भावना ने सारे संसार को मेरे लिये भयंकर रौरव नरक में परिणत कर दिया था, और उस नरक में निवास करनेवाले प्रेतों और छायाओं के विरुद्ध एक अतलव्यापी विद्वेष की विषैली भावना मेरे भीतर मथित हो उठी थी। मैं जीवित मनुष्यों के संसर्ग में रहने पर भी वास्तव में प्रेतात्माओं और छायाओं के संघर्ष में जीवन बिताया करता था, और जाग्रत अवस्था में रहने पर भी सब समय निद्रा-विचरण के रोगी का-सा आचरण किया करता था। मेरा मन सब समय ऐसा उद्भ्रान्त और चंचल रहता था कि न मैं स्वयं कभी एक क्षण के लिए भी चैन से रह पाता था, न दूसरों को चैन से रहने देता था। एक जरा-सी बात ने मेरे सारे व्यक्तित्व को ऐसे भयंकर रूप से डाँवाँडोल कर दिया, इससे स्पष्ट है कि मैं किस कदर ओछा हूँ और मेरा व्यक्तित्व किस कदर पोपला और अन्तःसारहीन है। अनुभवियों से यह बात छिपी नहीं है कि जो प्राणी जितना क्षीण होगा, वह उसी परिमाण में निष्करुण भी होगा। मेरी हृदयहीनता का यही कारण रहा है। वर्षों बाद जब मुझे इस बात का निश्चित प्रमाण मिल गया कि मैं जारज नहीं, बल्कि अपनी माँ के पति का ही पुत्र हूँ, तो मेरी सारी भावधारा ही एकदम उलट गयी। असल बात यह है कि हम लोग—मैं और मेरे बहुत-से समानुभवी—जो कि नई पीढ़ी के प्राणी हैं, हम सब आवश्यकता से बहुत अधिक अनुभूतिशील होते हैं, पर चरित्र का ठोसपन और इच्छाशक्ति की दृढ़ता हम लोगों में लेशमात्र भी नहीं रहती। यही कारण है कि जरा-सी बात से हम लोग अपने को पाताल में गिरा हुआ पाते हैं, और जरा-सी बात में आकाश में चढ़ जाते हैं..."

डॉक्टर राय ने उकताकर कहा—"बस? कह चुके तुम्हें जो कुछ कहना था? तो अब जाओ! इस तरह के लेक्चर और आत्म-करुणा या आत्म-निन्दा से भरी बातें मैं तुम्हारे ही मुँह से कई बार पहले भी सुन चुकी थी। इसलिए इन व्यर्थ की बातों को मैं अब अधिक सुनने को तैयार नहीं हूँ! अब तुम जाओ!"—यह कहकर वह उठने लगीं। उनका मुँह फिर एक बार क्रोध से तमतमा उठा था।

पारसनाथ ने उनके पाँव पकड़कर अत्यन्त विनयपूर्वक कहा—"जरा दो मिनट और सुन लो! उसके बाद मैं फिर कभी तुमसे कुछ नहीं कहूँगा।"

डॉक्टर राय किसी अज्ञात कारण से अचानक बुरी तरह तिलमिला उठीं। वह कुर्सी ने उठ खड़ी हुईं और झल्लायी हुई आवाज में बोलीं–"तुम्हारे समान जघन्य दुष्कर्मी की बातें सुनकर मैं क्या करूँ! तुम्हारे स्वभाव के अणु-परमाणु में बदमाशी कूट-कूटकर भरी हुई है। तुमने जो अपने जारज होने की बात मेरे आगे प्रकट की थी, वह इसलिए नहीं कि तुम सच्चे और ईमानदार हो, बल्कि इसीलिए कि तुम उस बात से मेरे अन्तस्तल की समवेदना, करुणा और प्रेम की प्रवृत्तियों को पूर्ण रूप से उभाड़ना चाहते थे–तुम ऐसी गहराई में पैठनेवाले धूर्त हो। तुमने अपनी नारकीयता को, और उस नारकीयता से उत्पन्न आत्मग्लानि की भावना को एक विकृत 'कला' का रूप देना चाहा है। कभी दूसरों के प्रति अपने विद्वेष और घृणा के भावों की तुष्टि से, और कभी अपने प्रति दूसरों की करुणा उभाड़कर तुमने एक विकृत 'कलात्मक' सन्तोष प्राप्त करना चाहा है–इतने बड़े शैतान हो तुम! तुम पाताल-लोक के यक्ष हो, जो जीवित मनुष्यों से तब तक दूर रहता है जब तक वे भी भूत-प्रेत बनकर उसके गहन अन्धकारमय पाप-राज्य में उसका साथ नहीं देते। इसके अलावा तुम उसी सनातन पुरुष-समाज के नवीन प्रतिनिधि हो, जिसने युगों से नारी को छल से ठगकर, बल से दबाकर, विनय से बहकाकर और करुणा से गलाकर उसे हाड़-मांस की बनी निर्जीव पुतली का रूप देने में कोई बात उठा नहीं रखी है। पर याद रखो, विश्वव्यापी क्रान्ति के इस युग में आततायी और कामाचारी पुरुष-जाति की सत्ता अब निश्चित रूप से मूलतः ढहने को है, और युगों से दलित नारी-जाति आज तक अपनी छायात्मकता के भीतर भी शक्ति का जो महाबीज सुरक्षित रखे हुए थी, उसके विस्फोट को दबाने की समर्थता अब ब्रह्मा में भी नहीं रह गयी है!"

डॉक्टर राय के कालिका-रूप से निकलनेवाली प्रचण्ड ज्वालाओं से पारसनाथ जैसे झुलस गया। कुछ देर तक वह आँखें फाड़े और मुँह बाये निपट मूर्खों की तरह उनकी ओर देखता रह गया। डॉक्टर राय भी कुछ समय के लिए जैसे अपनी ही बातों की प्रतिध्वनि में पूर्णरूप से निमग्न होकर शून्य दृष्टि से पारसनाथ की ओर देखती रहीं। पारसनाथ शीघ्र ही उस घोर मोहाच्छन्नता की दशा में सँभल गया। उसने झुककर डॉक्टर राय को प्रणाम किया। और कहा–"मेरी अन्तिम बात सुन लो, मंजरी। जीवन के विविध घात-प्रतिघातों के बाद आज मुझमें थोड़ा-सा परिवर्तन निश्चय ही आ गया है, और नारी-हृदय की महानता का लोहा मैं मान चुका हूँ; पर आज तुम परिपूर्ण विजयिनी हो; इस बात को तुमने जीवन में सिद्ध कर दिखाया है, और मैं आज भी नरक का वही कीड़ा हूँ; पहले से केवल थोड़ा उबर आया हूँ–बस इतना ही अन्तर है। इससे अधिक मैं और कुछ नहीं कहूँगा। तुम्हारी क्षमा मैं नहीं पा सका, इसका दुःख मुझे जीवन-भर रहेगा। फिर भी मैं आज एक स्वर्गीय भाव की छाया अपने साथ लेकर तुम्हारे पास से लौट रहा हूँ। सुख की इस अनुभूति को मैं मरते दम तक नहीं भूलूँगा। अच्छा, जाता हूँ!"–यह कहकर परम श्रद्धा से फिर एक बार हाथ जोड़कर पारसनाथ चला गया।

डॉक्टर राय कुछ समय तक अन्यमनस्क भाव से अपने ही स्थान पर खड़ी रहीं; उसके बाद लम्बी साँस लेकर धीरे से दूसरे कमरे में चली गयीं।

●

उपसंहार

इस घटना के प्रायः आठ महीने बाद बैजनाथ बाबू की मृत्यु हो गयी। पारसनाथ हीरा को लेकर कालिम्पांग गया। बैजनाथ बाबू उसे अपनी विशाल सम्पत्ति का एकमात्र उत्तराधिकारी बना गये थे। प्रायः पैंतीस लाख रुपया नगद छोड़कर वह मरे थे। डॉक्टर राय से मिलने के बाद से पारसनाथ के मन में एक विचित्र वैराग्य का-सा भाव समा गया था। हीरा की बातों से पता चला कि उसे भी अर्थ के प्रति विशेष प्रलोभन नहीं रह गया है। पारसनाथ ने उसकी राय लेने के बाद पन्द्रह लाख रुपया छद्मनाम से डॉक्टर राय के अस्पताल को प्रदान कर दिया और पन्द्रह लाख रुपया एक राष्ट्रीय संस्था को अर्पित कर दिया! तीन लाख रुपया अपने स्वर्गीय पिता की ऊन की फैक्टरी में काम करनेवाले मजूरों और मजूरनियों में बराबर-बराबर बाँट दिया। डेढ़ लाख रुपया उसने अपनी बच्ची और भविष्य में होनेवाली सन्तान के नाम जमा करवा दिया। शेष पचास हजार रुपयों पर उसने अपना और हीरा का निर्वाह करने का निश्चय कर लिया। ऊन की फैक्टरी को उसने एक लिमिटेड कम्पनी का रूप दे दिया, और उसमें काम करने-वाले प्रत्येक व्यक्ति को उसका शेयर-होल्डर बना दिया, और स्वयं एक भी शेयर स्वीकार नहीं किया।

हीरा को अकस्मात् राष्ट्रीयता की धुन सवार हो गयी। राष्ट्र की सच्ची सेवा द्वारा उसने अपने प्राथमिक जीवन की रही-सही ग्लानि को भी धो डालने का संकल्प कर लिया। पारसनाथ ने भी उसका पूरा साथ देने का व्रत ग्रहण कर लिया। हीरा नन्दिनी से मिलने गयी थी, नन्दिनी पर भी हीरा की बातों का बड़ा प्रभाव पड़ा और उसे अपने बिखरे हुए और हीनताग्रस्त जीवन को सुन्दर सामंजस्य के सूत्र में सजोने का सबसे अच्छा उपाय यही जँचा कि सच्चे मन से हीरा के पथ का अनुसरण किया जाये। वेश्या-जीवन को उसने सदा के लिए तिलांजलि दे दी। हीरा के प्रति पारसनाथ की सचाई और सहृदयता देखकर उसने अपने प्रति किये गये अपराध के लिए उसे बहुत-कुछ अंश तक क्षमा कर दिया। सुनते हैं, भुजौरिया जी भी क्षमा माँगने के उद्देश्य से नन्दिनी के पास गये थे। उसने उन्हें पूर्णरूप से क्षमा तो नहीं किया; पर उन्हें अपनी राष्ट्रीय सेवाओं की सफलता का साधन बना लिया।

●